2003年浙江省哲学社会科学规划课题研究成果

中国古诗话批评论纲

张一平 著

中国社会科学出版社

图书在版编目（CIP）数据

中国古诗话批评论纲/张一平著．—北京：中国社会科学出版社，2008.6

ISBN 978－7－5004－7144－8

Ⅰ．中…　Ⅱ．张…　Ⅲ．诗话—文学研究—中国—古代　Ⅳ．I207.22

中国版本图书馆 CIP 数据核字（2008）第 120220 号

策划编辑　卢小生（E－mail：georgelu@vip.sina.com）
责任编辑　卢小生
责任校对　曲　宁
封面设计　高丽琴
技术编辑　李　建

出版发行　中国社会科学出版社
社　　址　北京鼓楼西大街甲 158 号　　邮　编　100720
电　　话　010－84029450（邮购）
网　　址　http：//www.csspw.cn
经　　销　新华书店
印　　刷　北京新魏印刷厂　　装　订　丰华装订厂
版　　次　2008 年 6 月第 1 版　　印　次　2008 年 6 月第 1 次印刷
开　　本　710×1000　1/16　　插　页　2
印　　张　26　　印　数　1—6000 册
字　　数　506 千字
定　　价　40.00 元

谨以此书缅怀我慈父般的恩师詹锳先生！

目　录

凡　　例

一、为了方便阅读，书中注释采用如下方法：

（一）引文注释一般均详细注明书名、作者、版本或出版社、出版时间及页码（卷数）等。

（二）正文中凡未详细注明版本信息者，均为前一次出现此书籍之版本内容。其他信息，诸如引用此条书目的作者、版本、出版社及出版时间等内容，可直接查看书后的“参考书目”。

（三）清代以前版本由于无法标出引文页码，故而，若其再次出现时，为了避免重复，正文只标明卷数（若仅有一卷者，省略不写），其余版本信息可直接查看书后的“参考书目”。

二、书中以下诗话择善引用多种版本：

（一）丛书类引用其他版本者：

1. 辑录者（清）何文焕：《历代诗话》（中华书局 1981 年校点本；清乾隆三十五年序刊本）该书中的下列诗话同时引用其他版本：

（1）（梁）钟嵘：《诗品》，另有人民文学出版社 1961 年版。

（2）（唐）释皎然：《诗式》，另有凤凰出版社 2005 年张伯伟汇考《全唐五代诗歌汇考》本。

（3）（唐）司空图：《二十四诗品》一卷，另有人民文学出版社 1963 年版。

（4）（宋）欧阳修：《六一诗话》一卷，另有人民文学出版社 1962 年版。

（5）（宋）葛立方：《韵语阳秋》二十卷，另有上海古籍出版社 1979 年据宋本影印。

（6）（宋）姜夔：《白石道人诗说》一卷，另有人民文学出版社 1962 年版。

（7）（宋）严羽：《沧浪诗话》一卷，另有人民文学出版社 1961 年版。

2. 辑录者近代丁福保：《历代诗话续编》（中华书局 1983 年校点本；民国五年无锡丁氏排印本）该书中的下列诗话同时引用其他版本：

（1）（唐）孟棨：《本事诗》，另有古典文学出版社 1957 年版。

（2）（宋）杨万里：《诚斋诗话》，另有文渊阁《四库全书》本。

（3）（宋）范晞文：《对床夜语》，另有文渊阁《四库全书》本。

（4）（金）王若虚：《滹南诗话》三卷，另有人民文学出版社 1962 年版及四部丛刊本。

（5）（明）王世贞：《艺苑卮言》，另有明万历十七年武林樵云书舍刻本。

（6）（明）谢榛：《四溟诗话》四卷，另有人民文学出版社 1961 年版。

3. 辑录者近代丁福保：《清诗话》（上海古籍出版社 1978 年 9 月新一版修订本；中华书局上海编译所 1963 年校点本；民国十六年无锡丁氏排印本）该书中的下列诗话同时引用其他版本：

（1）（清）王夫之：《姜斋诗话》二卷，另有人民文学出版社 1961 年版。

（2）（清）宋大樽：《茗香诗论》一卷，另有清乾隆光绪间知不足丛书本。

（3）（清）赵执信：《谈龙录》一卷，另有人民文学出版社 1981 年版。

（4）（清）沈德潜：《说诗晬语》，另有人民文学出版社 1998 年霍松林校注本；清乾隆刻沈归愚诗文全集本。

（5）（清）叶燮：《原诗》一卷，另有人民文学出版社 1979 年版霍松林校注本。

（6）（清）薛雪：《一瓢诗话》一卷，另有人民文学出版社 1979 年版，1998 年印刷杜维沫校注本；清昭代丛书本。

4. 辑录者郭绍虞：《清诗话续编》（上海古籍出版社 1983 年 12 月校点本；人民文学出版社 1989 年版）该书中的下列诗话同时引用其他版本：

（1）（清）赵翼：《瓯北诗话》，另有人民文学出版社 1963 年霍松林、胡主佑校点本。

（2）（清）翁方纲：《石洲诗话》，另有人民文学出版社 1981 年陈迩冬校点本。

（3）（清）潘德舆：《养一斋诗话》（附李杜诗话），另有清道光十六年徐宝善刻本。

（4）（清）陈仅：《竹林答问》，另有清镜滨草堂钞本。

（5）（清）朱庭珍：《筱园诗话》，另有清光绪十年刻本。

（二）单行本类同时引用其他版本者：

1. 旧题（唐）王昌龄：《诗中密旨》，《格致丛书》本；另有凤凰出版社 2005 年张伯伟汇考《全唐五代诗歌汇考》本。

2.（五代）徐夤：《雅道机要》，胡文焕《格致丛书》，明万历三十一年

（1603）刊本；另有凤凰出版社2005年张伯伟汇考《全唐五代诗歌汇考》本。

3. （宋）洪迈：《容斋诗话》，学海类编本；另有上海师范大学古籍整理编辑组点校、上海古籍出版社1978年排印本。

4. （宋）魏庆之：《诗人玉屑》，上海古籍出版社1978年本；另有（清）文渊阁《四库全书》本。

5. （宋）阮阅：《诗话总龟》，人民文学出版社1987年本；另有四部丛刊影印明嘉靖刊本。

6. （清）朱彝尊：《静志居诗话》，人民文学出版社1998年姚祖恩编、黄君坦校点本；另有清嘉庆扶荔山房刻本。

7. （清）吴景旭：《历代诗话》，《吴兴先哲遗书》本；另有中华书局上海编辑所1958年版及京华出版社1998年陈卫平、徐杰校点本。

8. （明）胡震亨：《唐音癸签》，《四库全书》本；另有古典文学出版社1957年排印本。

9. （清）方东树：《昭昧詹言》，清光绪刻方植之全集本；另有人民文学出版社1961年汪绍楹校点本。

10. （清）王士禛：《带经堂诗话》，人民文学出版社1963年版、1998年印刷，戴鸿森校点本；另有清乾隆二十七年刻本。

11. （清）朱彝尊：《静志居诗话》，人民文学出版社1998年黄君坦校点本；另有清嘉庆扶荔山房刻本。

12. （清）章学诚：《文史通义》，商务印书馆1932年3月本；另有中华书局1984年版本。

13. （清）林昌彝：《射鹰楼诗话》，上海古籍出版社1988年版王镇远、林虞生标点本；另有清咸丰元年刻本。

14. （宋）惠洪：《冷斋夜话》，文渊阁《四库全书》本；另有中华书局1988年本。

15. （宋）李昉辑：《文苑英华》，明刻本；另有中华书局1966年5月第1版，1982年7月第2次印刷影印宋残本补配明本。

16. （明）李贽：《焚书》、《续焚书》，明刻本；另有中华书局1975年排印本。

17. 陈衍：《石遗室诗话》，人民文学出版社2004年郑朝宗、石文英校点本；另有上海书店出版社2002年张寅彭《民国诗话丛编》本。

18. （宋）苏轼：《经进东坡文集事略》，四部丛刊本；另有文学古籍刊行社1957年宋郎晔选注排印本。

绪章　抽丝者得绪而可引①

通常意义所说的诗歌批评，是指读者对诗歌作品进行鉴赏感受、理解、批评和审美活动的过程，是感性和理性活动的协调统一；是欣赏、审美和批评三者的完美结合体。读者在对诗歌批评过程中，通过自己的审美感官，调动起自己的联想、想象，对诗歌艺术进行感受体验，并加以思索品味。因此，诗歌批评是读者在接触诗歌作品过程中产生的一种特殊的精神活动。

第一节　中西方批评之名词探究

批评鉴赏和审美之名词不等同于批评鉴赏和审美本身的历史　中西方批评鉴赏和审美之名词探究

批评鉴赏和审美之名词，并不等同于鉴赏批评和审美本身的历史。在这些名词出现之前，批评鉴赏和审美依旧是存在的，且往往已经有了辉煌的历史，这种现象在中西方都曾经发生过。因此，我们不能以该名词出现的迟早，来断定一个民族诗歌的批评鉴赏和审美理论之优劣。认清这一点后，便可以大致地考究其名词出现的史实了。

诗歌批评之精神活动是全人类所共有的，人们不仅可以从西方的批评和审美著作中找到其渊源关系，同时也可以在中国古代的诗话理论中挖掘出耀映天宇的宝藏来。

---

① （汉）许慎：《说文解字注·糸部·绪》，（清）段玉裁注，上海古籍出版社 1981 年影印本，第 643 页。

西方诗歌的批评当滥觞于古希腊时代。例如，亚里士多德（公元前384年至公元前322年）即谈到了批评和欣赏：

史诗所吸引的是有教养的观众。这样的观众毋需演员用姿态来帮助理解，而悲剧则是给低级观众欣赏的。如果悲剧是庸俗的，显然它必定是低级的。首先，这并不是对诗学本身的批评，而是对于演员的演技的批评。因为即使在史诗背诵时，诵诗者也可能做得过分，如索西斯特拉托斯即是如此，在歌唱比赛中，奥普斯的莫那西提斯也是这样做的。此外，人们不应当弃绝一切动作，否则连舞蹈也该弃绝了。只应当摒弃那些摹仿鄙劣的人物的举止，如欧里庇德斯就受过这样的批评。①

亚里士多德所谈到的“悲剧”、“舞蹈”和“演技”等问题，因为与我们所谈的诗歌没有太大的关系，所以可以暂且不必去管它。我们只需注意在他的言论中，无论是“有教养的观众”批评史诗，还是“给低级观众”欣赏的庸俗悲剧，“欣赏”（鉴赏）和“批评”都是紧紧地融为一体的。稍有遗憾的是，他所提到的欣赏和批评专指戏剧而言。这些“演技”与“舞蹈”的艺术形式，与我们今天所说的诗歌批评有相当大的差距。尽管如此，我们依旧可以从其字里行间证明：诗歌批评的历史是悠久的，因为戏剧里面毕竟有诗歌的成分在起作用。至于观众对当时古希腊悲、喜剧中所朗诵的诗歌进行批评的激烈程度，亚里士多德也有过记述：

对诗人进行吹毛求疵现今已成为时尚，又因为昔日的诗人善用各种技巧创作悲剧，因此这就要求每一位作者都应胜过每一位先贤的特长。②

从引文所描述的“对诗人进行吹毛求疵现今已成为时尚”，可知当时对诗歌的批评已经达到了很高的水平。

批评一词源于希腊文 kritikōs，原先的概念是评判和论断，以后逐渐演变为诗歌批评、审定和评论的意思。上文所引亚里士多德原文里的“批评”，即

---

① ［古希腊］亚里士多德：《亚里士多德全集》第九卷《论诗》，苗力田主编，中国人民大学出版社 1997 年版，第 687 页。

② 同上书，第 668—669 页。

是批评和评论的意思。这种使用方法，直到 18 世纪时依旧没有改变。法国启蒙思想家伏尔泰（1694—1778）将批评家称为“为几行诗歌写出了成部的评论作品”的人。[①] 以后，恩格斯在其《致斐迪南·拉萨尔》中也说：“我是从美学观点和历史观点，以非常高的、即最高的标准来衡量您的作品的……几年来，在我们中间，为了党本身的利益，批评必然是最坦率的。”[②] 恩格斯所提到的“美学观点和历史观点”，在以后的历史发展中又形成了马克思主义批评文学作品的思想标准与艺术标准。

20 世纪初，有别于传统批评的心理分析批评和形式主义批评盛行一时。它要求批评者将诗歌作品看成是一种心理现实，应对其心理内涵和心理机制进行分析和评价，进而审定诗人创作的心理活动系统；或认定把诗歌当成是一个独立王国，它不需借助于外部的世界，只一心讲求对诗歌作品的“细读”，将诗歌中的词义、音律、比喻、句式看成是最主要的东西。这种批评显然暴露出其指导思想的狭隘性。

从 20 世纪 60 年代起，逐渐兴起了接受美学批评。德国南部康斯坦茨为其发源地，以后传播到了瑞士、波兰、法国和苏联，再又传播到了英国、美国、加拿大及澳大利亚等国家。近年来，中国对这种理论也进行了多方位的评介和应用。这种理论认为：诗歌意义是来自于诗人的诗歌和读者之间，且读者的批评是最主要的、起决定性作用的。具体来说，诗歌本身的深刻内涵所具有的“潜在意义”，并非一次就能被读者完全理解；时代的变迁，会导致各个时期的批评者的不同理解。因此，即使批评同一诗歌，也会不断呈现出新认识和新评价。应该说，这种批评是符合马克思的认识论的。

诗歌批评之审美一词，来源于希腊文 aisthetikos，在 2500 年以前，古埃及、巴比伦、印度和中国都有诗歌批评之审美。然而，作为一门独立的学问，是从德国唯心主义美学始祖鲍姆加登（1714 ~ 1762）于 1750 年出版的 *Aesthetik* 一书算起的。鲍姆加登以感性、感觉来表明批评之审美是研究感性认识的一门学问，它完全可与逻辑学之运用概念推理进行的抽象思维相区别。从鸦片战争以后，西方诗歌批评之审美观点被陆续介绍到中国。

对中国诗歌批评之审美理论影响较大的是俄国革命民主主义者别林斯基、

---

① ［法国］伏尔泰：《论史诗》，《西方文论选》上卷，伍蠡甫等编，上海译文出版社 1979 年版，第 319 页。

② 《马克思恩格斯全集》第 29 卷，人民出版社 1972 年版，第 586 页。

车尔尼雪夫斯基、赫尔琴及杜勃罗留波夫等人的审美思想。俄国美学理论家将辩证法和战斗的唯物主义融合在了一起。要求诗歌同自己时代的解放斗争结合起来。除此之外，德国哲学家黑格尔对审美学史做出的伟大贡献，也曾深深地震撼着中国学术界。黑格尔的重要著作《美学》，原本是其在19世纪20—30年代在海德堡大学和柏林大学讲课的讲义。朱光潜先生于1959—1981年之间，译完了三卷本。因此，真正标明以批评之“审美”思想来研究诗歌的历史，在中西方时间都比较短。今天看来，诗歌批评之审美当具有批评之审美知觉及其特征，包括认识美的心理过程、审美理想及其诗歌创作和批评鉴赏之审美经验等等内容。

诗歌归属于上层建筑之文学，是一种艺术形态，但它又不像一般意识形态那样简单。诗歌区别于音乐、舞蹈、美术等学科，关键在于其独特的批评审美性。诗人在创作诗歌时，同时体现了诗人审美理想，读者在批评诗歌的同时，批评和审美达到了完美的结合。在诗歌里，诗人通过他所创造的艺术形式，以审美和批评连接起共性与个性之美，给批评者以美的愉悦。故而诗歌的本质在于批评和审美之中，批评和审美是诗歌存在的根源所在。

中国古代批评史中本没有诗歌批评之“审美”一词。但其诗歌之审美思想却有着相当长的发展历史。至于“批评”一词，大约最早出现于明代。原本与诗歌批评无关。例如，明李贽《寄答留都》即云：“前与杨太史书亦有批评，倘一一寄去，乃足见兄与彼相处之厚也。”[①] 李贽所说的批评是指对事物加以分析比较。至清代时，“批评”一词方有些今之文学批评的味道。清孔尚任《桃花扇·逮社》说：“今日正在里边删改批评，待俺早些贴起封面来。”[②] 这里所说的批评是对文章加以批点、评注的意思。

值得欣慰的是，与批评一词大致相当的“评”，在我国古代却出现得很早，且常常与批评形影不离。如东汉末年，朝野所盛行的臧否人物和评论政治的清议，实为批评传统的一次大展示。当时的乡党批评人物是为了配合朝廷的察举制度，清流名士也趋之若鹜。南朝宋刘义庆曾高度赞美汉末陈蕃之德行：

陈仲举言为士则，行为世范，登车揽辔，有澄清天下之志。为豫章太守，至，便问徐孺子所在，欲先看之。主簿曰：“群情欲府君先入廨。”陈曰：“武

① （明）李贽：《李温陵集》卷四《寄答留都》，明刻本。

② （清）孔尚任：《桃花扇·逮社》，王季思、苏寰中校注，人民文学出版社1958年版，第183页。

王式商容之间，席不暇暖。吾之礼贤，有何不可！”①

这种批评往往注重被评者的道德规范和人的精神气质。至三国时，令后世心仪的“月旦评”一时成风。例如，汝南许劭与其从兄许靖最惹人注目。乃至天下俊杰以能得到二许兄弟之评而骄傲万分，即使是有雄霸天下之心的曹操也不能免俗。《后汉书》卷六八《许劭传》载云：“曹操微时，常卑辞厚礼，求为己目。劭鄙其人而不肯对，操乃伺隙胁劭，劭不得已，曰：‘君清平之奸贼，乱世之英雄。’操大悦而去。”② 为了得到对方的一句评语，机关算尽，力求能抓住对方的小辫子，而求得一评，足见当时的评说之盛。

当然，我们已经注意到了这种批评，最主要针对的是人之品行而言的，与今天所说的诗歌批评是有区别的。尽管如此，将其视为中华民族批评文学作品之最浑厚而古朴的土壤并不为过。由此，我们方可以充分理解春秋时期孔老夫子鉴赏诗乐以致忘乎所以的动人情形。《论语·述而》载言：“子在齐闻韶，三月不知肉味。”③ 先秦之诗是可以唱的，孔子听乐，有没有歌词（诗）已不可考。但这种近乎于完美的鉴赏，不正说明了中国古代批评鉴赏曾有过辉煌的历史吗？

其实，“鉴赏”一词在中国出现的时间是比较早的，只不过最初是识别的意思。例如，《晋书》卷四三《王戎传》即云：“族弟敦有高名，戎恶之。敦每候戎，辄托疾不见。敦后果为逆乱。其鉴赏先见如此。”④ 至明代鉴赏一词也可以用于诗歌之中。文征明《咏次明》诗唱道：“寄情时有樗蒱乐，博物咸推鉴赏家。”⑤

综上所述，我国古人在长期的历史发展过程中，不仅创建了辉煌灿烂的文化遗产，留下了瀚如烟海的诗歌，而且积累了丰赡、精湛的诗歌鉴赏审美及批评的思想。其范畴与西方鉴赏审美与批评学之内容不大相同。大致围绕着诗歌创作、诗歌写作风格、对诗人及内心思想感情之具备等方面展开论述。比较独特的有：对诗歌创作之“神”、“韵”、“气”、“味”、“自然”、“淡泊”、“兴

---

① （南朝宋）刘义庆：《世说新语·德行第一》，梁刘孝标注，上海古籍出版社 1982 年版，第23—24 页。

② （南朝宋）范晔：《后汉书》卷六八《许劭传》，中华书局 1965 年本，第八册，第 2234 页。

③ 校刻者（清）阮元：《十三经注疏·论语注疏·述而》，中华书局 1980 年影印本，第 2482 页。

④ （唐）房玄龄等：《晋书》卷四三《王戎传》，中华书局 1974 年本，第四册，第 1231 页。

⑤ （明）文征明：《甫田集》卷二《咏次明》，文渊阁《四库全书》本。“樗蒱”：博戏名，也作“樗蒲”。

会”、“意向”、“虚静”、“温柔敦厚”等概念的审美与批评。古人对这些概念的认识，伴随着中华民族古老的文明史，随着中国古代诗歌的发生、发展、成熟而汹涌起伏着。进而渐渐地形成了自己独特的民族风格和传统的诗歌批评审美观，同时反映出中华民族特有的批评心理和审美倾向。其思想和观点星罗棋布般地散见于古代诗歌、文论、诗话、词话、笔记、批注、杂录、评点、史传、书札等评品诗歌的著作里，这种璨若丽星映天、凝聚交汇的珍奇现象，与西方鉴赏批评及审美理论之存在形式也不尽相同。

第二节　中国古代诗歌批评之演进

中国最古老的诗歌批评与审美　儒、道、墨、法家对批评与审美理论的贡献　汉魏六朝时的批评　唐、宋、明、清批评与审美的历史演进

中国古代诗歌批评与审美观念的源头，考其本，可以溯源到最早的原始诗歌。远古人不认识自然客观规律，其征服自然界的能力极其有限。自然之变迁在他们眼里，是已被人格化之神的力量所为之结果。因此，人们相信巫者拉长声调所唱的合辙押韵的咒语（原始诗歌），具有神奇的法力，这样便可以通过咒语去影响，甚至改变神的意志，同时听众在听诗的过程中，仿佛也置身于其中，心灵为之所动。这就是最早的诗歌批评萌芽。《山海经·大荒北经》有命令旱魃离开本土北去之诗：“神北行！先除水道，决通沟渎。”[①] 为了愉悦神灵，这种咒语式的远古诗歌同时伴有舞蹈和音乐，三者合而为一，体现出和谐古朴之美。《吕氏春秋》卷五《古乐篇》载原始诗歌诗、乐、舞之结合：“昔葛天氏之乐，三人操牛尾投足以歌八阕。一曰‘载民’，二曰‘玄鸟’，三曰‘遂草木’，四曰‘奋五谷’，五曰‘敬天常’，六曰‘建帝功’，七曰‘依地德’，八曰‘总禽兽之极’。”[②] 所歌之“八阕”，载歌载舞，基于其当时艺术实践经验的总结，体现了远古人的审美批评观，同时也给予观者耳与目的愉悦。

至上古三代时，审美与批评的思想，开始展现出中华民族特有之批评内涵

① 校注者袁珂：《山海经校注》，上海古籍出版社1980年版，第430页。

② 国学整理社：《诸子集成》，中华书局1986年重印本，第六册《吕氏春秋》，第51页。

的魅力："神人以和"。《尚书·舜典》不仅注意到了"诗言志"，同时也首开"神人以和"其端："帝曰：'夔！命汝典乐，教胄子：直而温，宽而栗，刚而无虐，简而无傲。诗言志，歌永言，声依咏，律和声。八音克谐，无相夺伦，神人以和。'夔曰：'於予击石拊石，百兽率舞。'"① 所谓的直温、宽栗、刚无虐、简无傲，可视其为"典乐"之批评标准，只不过这里的批评者不是我们人类，而是神灵。神灵在听了咏言之歌、八音克谐之和律声乐后，即可受到感染而为人所驱使。

《左传·昭公二十年》载东周时批评之情形云："故《诗》曰：'亦有和羹，既戒既平。鬷嘏无言，时靡有争。'先王之济五味、和五声也，以平其心，成其政也。声亦如味，一气，二体，三类，四物，五声，六律，七音，八风，九歌，以相成也。清浊大小，短长疾徐，哀乐刚柔，迟速高下，出入周疏，以相济也，君子听之，以平其心。心平德和，故《诗》曰：'德音不瑕'。"② 从现存的古文献来看，当时的"八音克谐"，乃以金、石、土、革、丝、木、匏、竹八种原料为质地的乐器合奏。不过，这种诗、舞、乐之和谐对于普通人来讲，是很难掌握的。《礼记》卷一〇《内则》曾描述其学者之艰辛："十有三年，学乐、颂诗、舞勺。"③ 有了这种复杂的诗乐，君子听之自然便会"以平其心。心平、德和"④ 了。

伟大的哲学家孔子对周礼之继承，最明显的一点是：把对祖先与父母的崇拜，拉进神灵的队列里。《论语·为政》说："樊迟御，子告之曰：'孟孙问孝于我，我对曰：无违。'樊迟曰：'何谓也？'子曰：'生，事之以礼。死，葬之以礼，祭之以礼。'"⑤《论语·八佾》亦言："祭（指祭祀祖先）如在，祭神如神在。子曰：'吾不与祭，如不祭。'"⑥ 人伦之孝的提倡，符合中华礼仪之邦的普遍心理。同时，反映到诗歌批评之审美上，自然会导致将批评之审美观滑向伦理政治的泥坑里。孔子曾告诫弟子诗之作用，并将其用途归结到亲情之道上："小子何莫学夫《诗》，《诗》可以兴，可以观，可以群，可以怨。迩

---

① 校刻者（清）阮元：《十三经注疏·尚书正义·舜典》，中华书局1980年影印本，第131页。

② 校刻者（清）阮元：《十三经注疏·春秋左传正义·昭公二十年》，中华书局1980年影印本，第2093—2094页。

③ 校刻者（清）阮元：《十三经注疏·礼记正义》卷一〇《内则》，中华书局1980年影印本，第1471页。

④ 校刻者（清）阮元：《十三经注疏·春秋左传正义·昭公二十年》，中华书局1980年影印本，第2094页。

⑤ 校刻者（清）阮元：《十三经注疏·论语注疏·为政》，中华书局1980年影印本，第2462页。

⑥ 校刻者（清）阮元：《十三经注疏·论语注疏·八佾》，中华书局1980年影印本，第2467页。

之事父，远之事君，多识于鸟兽草木之名。”① “远之事君”，实际上是“迩之事父”在政治社会上的延伸，不难看出，其延伸力量实为批评者读过诗后所受到的感染力量而已。孔子对批评理论的贡献在于：将神灵之批评转移到了人类本身。《论语·泰伯》进一步言明诗之于社会、家庭的不可替代的作用：“子曰：‘兴于诗，立于礼，成于乐。’”② 这种人伦之道的模式，揭示了文艺与政治的紧密关系，赋予着较之与西方更侧重自己民族特征的审美批评观。

孔子对做仁人君子的标准也有过论述，其作用非常适合于审美批评标准。《论语·学而》说：“其为人也孝弟，而好犯上者鲜矣；不好犯上，而好作乱者，未之有也。君子务本，本立而道生。孝弟也者，其为仁之本与!”③ 事父、事君，仅为人之本分，还称不上是不折不扣的君子。《论语·雍也》从另一条道讲述了君子所必须做的事情：“子曰：‘质胜文则野，文胜质则史。文质彬彬，然后君子。’”④ 故而孔子对诗歌批评与审美的要求便是“文质彬彬”。在“文质彬彬”的统帅下，孔子高蹈“中和”之美，主张诗歌当如《关雎》：“乐而不淫，哀而不伤。”⑤ 如《诗》一样，“一言以蔽之，曰：思无邪。”⑥ 由此，孔子倡导尽善尽美之诗歌：“子谓《韶》尽美矣，又尽善也。谓《武》尽美矣，未尽善也。”⑦ 同时孔子还反对淫靡之郑、卫之声。《论语·卫灵公》即主张：“放郑声，远佞人，郑声淫，佞人殆。”⑧ 孔子审美批评之所好，直接导致了以后儒家“温柔敦厚”审美之批评思想的确立。

孟子对审美之批评有过卓越的贡献。他提出了著名的“以意逆志”和“知人论世”的批评论。《孟子·万章上》：“曰：是诗也，非是之谓也；劳于王事，而不得养父母也。曰：‘此莫非王事，我独贤劳也。’故说诗者，不以文害辞，不以辞害志。以意逆志，是为得之。如以辞而已矣，云汉之诗曰：‘周余黎民，靡有孑遗。’信斯言也，是周无遗民也。孝子之至，莫大乎尊亲；尊亲之至，莫大乎以天下养。为天子父，尊之至也；以天下养，养之至也。”⑨《孟子·万章下》又云：“以友天下之善士为未足，又尚论古之人。颂其诗，

---

① 校刻者（清）阮元：《十三经注疏·论语注疏·阳货》，中华书局1980年影印本，第2525页。
② 校刻者（清）阮元：《十三经注疏·论语注疏·泰伯》，中华书局1980年影印本，第2487页。
③ 校刻者（清）阮元：《十三经注疏·论语注疏·学而》，中华书局1980年影印本，第2457页。
④ 校刻者（清）阮元：《十三经注疏·论语注疏·雍也》，中华书局1980年影印本，第2479页。
⑤ 校刻者（清）阮元：《十三经注疏·论语注疏·八佾》，中华书局1980年影印本，第2468页。
⑥ 校刻者（清）阮元：《十三经注疏·论语注疏·为政》，中华书局1980年影印本，第2461页。
⑦ 校刻者（清）阮元：《十三经注疏·论语注疏·八佾》，中华书局1980年影印本，第2469页。
⑧ 校刻者（清）阮元：《十三经注疏·论语注疏·卫灵公》，中华书局1980年影印本，第2517页。
⑨ 校刻者（清）阮元：《十三经注疏·孟子注疏·万章上》，中华书局1980年影印本，第2735页。

读其书，不知其人可乎？是以论其世也。是尚友也。”[①] 后人分析诗歌作品往往以此为圭臬，只不过对“意”的理解不同，往往各云其是。

除此之外，孟子也讲究人品，认为只有完善之人格，方可有“至大至刚”之正气。这种主张与孔子的孝悌为君子、务本而道生之思想极为相近。《孟子·公孙丑上》云：“我知言，我善养吾浩然之气。”[②] 孟子自言其气为：“其为气也，至大至刚，以直养而无害，则塞于天地之间。其为气也，配义与道；无是馁也。”[③] 言、气之结合，对以后诗人风格的产生和发展有着极大的影响，后来韩愈在此基础上提出了“气盛言宜”的批评论题，即可见一斑。

同与儒家为显学的墨家并不赞成孔子的批评主张。墨子攻击孔子之术为“厚葬靡财而贫民”[④] 而另易旗帜。他的批评与审美思想主要集中在《墨子·非乐》之中。墨子极力鼓吹“非乐”观点，认为乐为亡国之大患，对政治只能起到破坏作用：“民有三患：饥者不得食，寒者不得衣，劳者不得息，三者民之巨患也。然即当为之撞巨钟、击鸣鼓、弹琴瑟、吹竽笙，而扬干戚，民衣食之财，将安可得乎？即我以为未必然也。”[⑤] 墨子的非乐，并非不承认音乐之美：墨子言道：“子墨子之所以非乐者，非以大钟、鸣鼓、琴瑟、竽笙之声，以为不乐也；非以刻镂华文章之色，以为不美也。”[⑥] 这种既爱乐又恨乐的矛盾心理，是伟大的忧国忧民之思。因此其偏颇的文学主张呈现于世人面前的时候，便蒙上了一层悲壮的色彩：质木无文，“尚用”即可。汉之后墨家沦为草芥，但其对批评理论的影响功若秋山。唐宋以后不断出现的强调社会功用、反对形式美的批评思想，与墨子的文学主张有着极大的关系。

可与儒、墨批评思想相媲美的是：道家用另一只眼睛以玩世不恭的心态来看待世界上万事万物的变化，其批评与审美思想显然与儒、墨两家不一。《庄子·天道》鼓吹精于斲轮者“口不能言”，语言不能很好地表达思想。事物的客观规律，只能意会，不可言传：“世之所贵道者，书也。书不过语，语有贵也；语之所贵者，意也。意有所随；意之所随者，不可以言传也。”[⑦] 在庄子

---

① 校刻者（清）阮元：《十三经注疏·孟子注疏·万章下》，中华书局 1980 年影印本，第 2746 页。

② 校刻者（清）阮元：《十三经注疏·孟子注疏·公孙丑上》，中华书局 1980 年影印本，第 2685 页。

③ 同上。

④ 国学整理社：《诸子集成》，中华书局 1986 年重印本，第七册，《淮南子》卷二一《要略》第 375 页。

⑤ 国学整理社：《诸子集成》，中华书局 1986 年重印本，第四册，《墨子间诂·非乐上》，第 156 页。

⑥ 同上书，第 155 页。

⑦ 国学整理社：《诸子集成》，中华书局 1986 年重印本，第三册，《庄子集解·天道》，第 87 页。

的笔下，圣人之书成了可有可无的破烂竹简，故而他尖锐地指出："而世因贵言传书，世虽贵之，我犹不足贵也，为其贵非其贵也。故视而可见者，形与色也；听而可闻者，名与声也。悲夫，世人以行色名声为足以得彼之情！夫行色名声，果不足以得彼之情，则知者不言，言者不知，而世岂识之哉！"（同上）言不可达意，故而"道"只可意会。庄子"言不尽意"之说，为后来陆机《文赋》、刘勰《文心雕龙》之诗歌批评理论所接受。用以说明创作规律难以言传，诗人当努力提高自己的语言表达能力。

庄子对批评理论所作的第二点贡献在于崇尚自然。他的以"天籁"为自然美、反对人为地矫揉造作之鉴赏与审美的批评观，对后世重视诗歌的自然美，也起到了积极的影响。《庄子·齐物论》说："汝闻人籁而未闻地籁，女闻地籁而未闻天籁夫。"[①] 在庄子的笔下，人籁乃丝、竹等乐器所构成的音乐，有如人为之诗；地籁则为风吹大地大小孔穴所发出的声音，虽脱离了人为，但其仍有所依恃。天籁则不受任何约束，完全是自然自发产生出的声音。庄子以为，只有自然之天乐，达到"至乐无乐"的声音，才是自然界最值得欣赏的东西。

法家集大成之韩非以反对儒、墨思想为自己的天职。他的《五蠹》将儒者看成是国家的蛀虫，认为儒、墨所称道的典籍、诗书、文学实为妨害法治的游词虚文。但这并不证明他与儒、墨永断交往之好：首先它永远是儒者荀子的学生；其次在文艺理论观点上与墨家有着说不清的血缘关系：法家与墨家同样强调文章质的重要性。二者稍有不同的是，韩非在文之质的基础上，强调质的自然美与其本色美，反对不必要的文饰。

至汉代，批评理论当以王充继承庄子与物俱化、追求自然的鉴赏与审美之批评观点最为著名。《法言·吾子》提出了"诗人之赋丽以则，辞人之赋丽以淫"[②] 的著名论断。"则"，指自然之法则，"辞人之赋"有别于"诗人之赋"，在于其违反了自然天工之美，人工之丽靡美超过了当时人们的审美观，违反了自然天工之美。

此时，以儒学思想为基准的诗歌理论亦达到了登峰造极的地步。《毛诗序》的出现，实为汉以前鉴赏与审美之批评思想的全面总结。《毛诗序》以儒家思想为武器，注重强化诗歌与政治的不可分割的关系，使得风教的作用提高到不可企及的程度，所谓："情发于声，声成文谓之音。治世之音安以乐，其

---

① 国学整理社：《诸子集成》，中华书局 1986 年重印本，第三册，《庄子集解·齐物论》，第 6 页。

② 国学整理社：《诸子集成》，中华书局 1986 年重印本，第七册，《法言·吾子》，第 4 页。

政和；乱世之音怨以怒，其政乖；亡国之音哀以思，其民困。故正得失，动天地，感鬼神，莫近于诗。先王以是经夫妇，成孝敬，厚人伦，美教化，移风俗。”① 这样，诗人的情与理完全被限制在了伦理教化之中，批评者自然也就会百川归海臣服其麾下了。

《毛诗序》对情与礼的关系也处理得极为妥当：其一方面主张诗歌吟咏性情，另一方面又规定要“发乎情，止乎礼仪”②。不可失其正，不可违背封建统治之道德规范。唯有如此，方可“上以风化下，下以风刺上”③。情与礼的关系认识及美刺与讽谏思想的提出，恩被后世。例如，刘勰《文心雕龙·比兴》所倡导的“讽兼比兴”，明清许多诗话对作品情、理关系的审评，均源于此。

魏晋六朝诗歌批评与审美的勃兴，其功首在于魏文帝曹丕。他将文章视为不朽之盛事，《典论·论文》说：“盖文章经国之大业，不朽之盛事。年寿有时而尽，荣乐止乎其身，二者必至之常期，未若文章之无穷。”④ 在诗歌形式方面，曹丕从批评审美的角度提出了“诗赋欲丽”的主张，用以区别其他文体。另外，曹丕继承了孟子养气说之精华，提出了著名的“文以气为主”的批评理论。认为：文气之不一样，形成了作家性格和气质的不同，故而形成诗人不同的风格。“文以气为主，气之清浊有体，不可力强而致。譬诸音乐，曲度虽均，节奏同检，至于引气不齐，巧拙有素，虽在父兄，不能以移子弟。”⑤“文以气为主”的提出，标志着古代批评意识的觉醒。从此批评者对诗人、对个体内在的性情，予以了空前的重视。

太康诗人陆机所作《文赋》在曹丕“诗赋欲丽”的基础上，开始重视诗人心理内在的和谐之美。他提出了“诗缘情而绮靡”⑥ 的观点，公开与先秦以来“诗言志”理论分庭抗礼。朱自清《诗言志辨》评品曰：“缘情的五言诗发达了，言志以外迫切的需要一个新标目，于是陆机《文赋》第一次铸成‘诗缘情而绮靡’这个新语。”⑦《文赋》对后世的影响，直接导致了刘勰的《文

---

① 校刻者（清）阮元：《十三经注疏·毛诗正义》，中华书局1980年影印本，第270页。

② 同上书，第272页。

③ 同上书，第271页。

④ （梁）萧统编，（唐）李善注：《文选》卷五二《典论·论文》，上海古籍出版社1986年版，第2271页。

⑤ 同上。

⑥ （梁）萧统编，（唐）李善注：《文选》卷一七《文赋》，上海古籍出版社1986年版，第766页。

⑦ 朱自清：《诗言志辨》，古籍出版社1957年版，第33页。

心雕龙》的产生。章学诚说："刘勰氏出，本陆机氏说，而昌论文心。"① 章氏所言使人茅塞顿开。

西晋时期另一位对古代批评理论做出重要贡献的是文学理论批评家挚虞。其《文章流别集》以《诗经》为正宗，赞扬风雅诗歌文风之回归，尤其注重情、义为主的诗歌。与挚虞相呼应的是东晋批评家李充，其《翰林论》侧重从审美的角度批评诗歌之利病，实为诗之病开出一剂良药，也为后世的诗话评析诗病起了很好的表率作用。

齐梁之间，诗歌焕然一新：以周颙、沈约、谢朓为首的诗人建立的"永明体"，从音乐美的角度，第一次对诗歌的外在形式进行了伟大的总结。"四声八病"的提出，使诗歌从此扔掉古朴的百衲衣，以华美的外表，登上了文学的大雅之堂。从此宫羽相变、低昂互节有了依据。形式美令人赏心悦目、眼花缭乱。一时间，一简之内，音韵尽殊，两句之中，前有浮声，后须切响，轻重悉异，典故雅丽，四六横行。泽流百代，今天我们很难想象古代诗歌如果没有永明体之漂亮的外衣遮掩的话，还会不会有人饶有兴致地去吟诵它。

我们肯定"永明体"，是由于其并不是形式主义的代名词，但其畸形的发展，的确助长了两晋以来注重形式美的逆流。

刘勰《文心雕龙》以前无古人、后无来者的宏伟气势，从批评美学的高度论述文学。全书凡十卷五十篇，三万七千余言。《原道》、《征圣》、《宗经》、《正纬》、《辨骚》为文之枢纽，以下从《明诗》至《书记》二十篇为文体论；从《神思》到《总术》十九篇为创作论；另《时序》至《程器》五篇为批评鉴赏论；书之末为书之序言。《文心雕龙》笼罩群言，体大虑周，议论精深，文词优美。《原道》崇尚自然美，反对形式主义追求文采，主张"道沿圣以垂文，圣因文而明道"②；《征圣》以古圣人为标准，学习如何认识自然之道；《宗经》要求作家以儒家经典为标准来写作；《正纬》呼吁文学家对于谶纬之书，应酌情取之，以"有助于文章"；《辨骚》推崇《楚辞》，同时指出楚辞的流弊；《明诗》对诗的题材"原始以表末，释名以章义，选文以定篇，敷理以举统"③，总结写诗的法则。创作论与批评鉴赏论，以批评美学的角度对创作方法与鉴赏批评原则"剖情析采"，即使"轻采毛发"④ 的细节，也未

① （清）章学诚：《文史通义》卷三《内篇三·文德篇》，商务印书馆 1932 年版，第 80 页。

② （梁）刘勰著，范文澜注：《文心雕龙注·原道》，人民文学出版社 1998 年版，第 3 页。

③ （梁）刘勰著，范文澜注：《文心雕龙注·序志》，人民文学出版社 1998 年版，第 725 页。

④ 同上书，第 727 页。

有忽略。可以说，没有永明体的形式美，就不会有伟大的批评理论家刘勰的出现。——要知道《文心雕龙》是用骈俪体写成的！

敢与刘勰《文心雕龙》相匹敌的是钟嵘《诗品》，二者可堪称六朝文论之双璧。《诗品》思深意远，评论自汉至梁一百二十二位五言诗人。标举五言诗"居文词之要，是众作之有滋味者也。"追求"文已尽，而意有余"[①] 的诗歌意境，并以批评审美之沉思，探源每一位诗人其渊源流派，揭示其风格特点。把"自然英旨"作为诗歌的批评审美要求，对建安文学极力推崇，为诗学批评理论开辟了新的天地。

唐诗以崭新的面貌开创了诗歌的新世界。明胡应麟《诗薮》外篇卷三总结说："甚矣，诗之盛于唐也！其体，则三、四、五言，六、七杂言，乐府，歌行，近体，绝句，靡弗备矣。其格，则高卑、远近、浓淡、浅深、巨细、精粗、巧拙、强弱，靡弗具矣。其调，则飘逸、浑雄、沉深、博大、绮丽、幽闲、新奇、猥琐，靡弗诣矣。其人，则帝王、将相、朝士、布衣、童子、妇人、淄流、羽客，靡弗预矣。"[②] 其诗歌批评潮流大致有三条线索：一是由李白为鳌头的理想主义潮流，高举建安风骨，追随庄、骚之壮美，不屑四声八病柔气之束缚，反对雕琢之颓风。同路者如陈子昂、高适、岑参、韩愈、李贺等人，以浩大之气势、雄浑之声响、激荡之旋律、阳刚之力度、奔放洒脱之想象，唱出唐之壮音。二是以杜甫为代表的风雅写实文学思潮，讲究格律，但不为格律所拘。以从容不迫、深沉悲郁之美打动读者。其追随者如元稹、白居易、杜荀鹤、皮日休、罗隐等人，大多以诗史为目的，倡导语言通俗之美，力求以诗歌参与政治，救济人病，裨补时阙。三是以王维、孟浩然、韦应物、柳宗元为领袖的田园、山水诗人，追慕陶、谢之高远，鄙弃齐梁萎靡之音。其诗自然、清丽，注重兴象之美，以意境来渲染一片天地。皎然、司空图为其批评、审美理论代表。皎然《诗式》意在总结王、孟诗派创作经验，对批评诗歌体式、风格及创作进行了有益的探讨。他将诗的批评审美特征总结为十八字，即：高、意、贞、忠、诚、志、气、情、思、德、诫、闲、达、悲、怨、力、静、远，以评品诗之高下。司空图《诗品》追慕皎然《诗式》之倩影，强调诗歌风格的多样性，以批评审美之眼光对诗歌体式风格分以二十四类：雄浑、冲淡、纤秾、沉著、高古、典雅、洗练、劲健、绮丽、自然、含蓄、豪放、精神、缜密、疏野、清奇、委曲、实境、悲慨、形容、超诣、飘逸、旷

---

① （梁）钟嵘：《诗品》，见（清）何文焕辑《历代诗话》，中华书局 1981 校点本，第 3 页。

② （明）胡应麟：《诗薮》外篇卷三，上海古籍出版社 1958 年版，第 163 页。

达、流动，每类分别以十二句四言诗加以形容，其含义高远，致使仁者见仁，智者见智，多为后人所引用。

宋、金、元诗歌批评与审美思想较之唐人发生了变化：以议论为诗，以才学为诗，以散文为诗，汇成诗歌之滔天巨流。无论苏门四学士，还是以后的尤杨范陆、永嘉四灵、江湖诗派，都不免沾染此风气。

柔靡的西昆诗派以美之辞藻、音韵、典故，追求形式美，为宋诗的出现当了反面教员。欧阳修《六一诗话》承继孟子"知人论世"之风，论诗注重探及诗人的身世及作品背景。并且在《梅圣俞诗集序》中提出了"穷者而后工"① 的著名诗论。苏轼以一代之才，喜好铺排典故，外枯中膏，姿态横生，开宋代诗歌审美批评之风气。黄庭坚虽出苏门，然志在标新。讲究诗歌的形式与技巧美，用字造句，无一字无来处，点铁成金，脱胎换骨。其审美批评思想，直接创建了宋代阵容最大的江西诗派，余波所及，直至清末。

与江西诗派鼓旗骂阵的是严羽的《沧浪诗话》。严羽聚集全力诋毁宋诗，以盛唐为法，开后世诗必胜唐之先河。艺术上以禅说诗，讲究入神与妙悟，注意诗的形象思维。向往"羚羊挂角，无迹可求"② 之美。元好问《论诗三十首》反对内容空虚之形式美，重新肯定建安以来风雅写实诗歌写作方法。元人杨维祯效法卢仝、李贺，以奇诡为美，代表了这一时期之审美批评思想主流。

明清时，诗歌批评思想以不同层次而多头并进。其内容形式或偶笔笑谈，诠释名物，记事论人，以推及作者之志；或笔记诗论，籍箧满盈，踵而广之，期于诗教。大多书旨不一，不拘形迹，率然成篇。诸如论作诗之法者，资闲漫笔，引经据典，求是去非，探究古今诗歌审美批评之得失，开近代批评美学之法门；批评作诗之人者，念彼短此长，花红玉白，研究历代作家流派写作经验，阐述诗歌批评审美理论真谛而蔚然成风。

这一时期以明之台阁体务求雍容典雅之美的出现，为其批评审美的开端。后来，李贽以"童心"之无邪，疾呼个性审美批评，荡涤着阁老安闲、平缓之暮腐气，振聋发聩，直接启迪公安派企慕本色美之批评审美思想之形成。王夫之长于思辨，对文学批评审美特征及内部规律进行了深入的探讨。强调诗歌之意、势、情："意犹帅也，无帅之兵，谓之乌合。"（《船山遗书·夕堂永日

① （宋）欧阳修：《欧阳文忠公文集》卷四二《梅圣俞诗集序》，《四部丛刊》本。

② （宋）严羽：《沧浪诗话·诗辩》，（清）何文焕辑：《历代诗话》，中华书局 1981 年校点本，第 688 页。

绪论内篇》）“势者，意中之神理也。”（同上）“含情而能达，会景而生心，体物而得神，则自有通灵之句。”（同上）叶燮上学王夫之，主张情、理、事三者具备。其《原诗》以杜、韩、苏三家为宗，将诗歌艺术问题以哲学的角度来研究，予以诗歌批评之审美以新的内容，标志着我国古典批评审美思想已经走向了成熟。袁枚古体宏肆奔放，近体自然清新，主张诗以“性灵”为主，力求表现个人心灵深处所激发出来的诗的情趣，以挣脱传统批评审美的束缚。最终为近代批评思想的解放开辟了道路。

第三节　中国古代诗话研究之现状及本书的写作方法

中国古代诗话研究现状之概况　本书的写作方法

中国古代诗话数量瀚如烟海，至今尚无确切的总目。只知其作家如林，作品云蒸。俯而视之，其种类有二：一为以诗论诗，二是以文论诗。以诗论诗者，多为七言绝句，如唐杜甫的《戏为六绝句》、金元好问《论诗绝句》三十首。这一类诗论的数量不多。且从严格意义上来说，不能算作纯粹的诗话。另外，诗论家的数量也比较少，著名者唐五代有：刘禹锡、白居易、李商隐、杜牧、杜荀鹤、罗隐、韦庄等；宋代有：欧阳修、苏轼、王安石、陆游、杨万里、戴复古等；明、清时期有：王世贞、王士禛、袁枚、赵翼、龚自珍等。以文来论诗者，当为古代诗话之主流，其数量如“波涛汹涌的长江大河”[①]，不可胜计。（后文将涉及大量的这类作品，故此处略）

盖古诗话写作目的大致有两种：一是揣度诗人之志，二为企盼能诲人写诗。其写法，大多为随笔或笔记，且率然成篇，内每每有韵趣天成、妙语生辉之笔。文章中散乱地夹杂有大量的古代诗歌理论，是古人留给后人的一份极为宝贵的文学理论遗产。

面对这些珍贵的文学遗产，近年来以郭绍虞、吴文治为代表的老一辈诗话学者集毕生精力，广博收集、出版古诗话原文总集，取得了令人瞩目的成就。

---

① 蒋祖怡评“以文论诗话”语，见蒋祖怡《中国诗话词典·前言》，北京出版社 1996 年版，前言第 3 页。

如《历代诗话》、《历代诗话续编》、《诗话总龟》、《五代诗话》、《宋诗话全编》、《宋诗话辑佚》、《稀见本宋诗话四种》、《全明诗话》、《中国诗话珍本丛书》、《明诗话全编》（此书获第十一届中国图书奖；另外，吴文治先生的《元诗话全编》和《辽金诗话全编》也即将付梓）《清诗话》、《清诗话续编》、《民国诗话丛编》等；单个古代诗人之诗话的出版也成就斐然：如仅人民文学出版社就出版了袁枚的《随园诗话》、叶燮的《原诗》、薛雪的《一瓢诗话》、沈德潜的《说诗晬语》、朱彝尊的《静志居诗话》、谢榛的《四溟诗话》、王夫之的《姜斋诗话》、王士禛的《带经堂诗话》、许学夷的《诗源辩体》、吴纳的《文章辨体序说》、徐师曾的《文体明辨序说》等。此外，也有另辟蹊径者：如张忠纲先生的《杜甫诗话六种校注》，集宋、清两朝专评杜甫之诗话予以校注；陈良云先生的《中国历代诗学论著选》，海选古代著名诗话，加以注解和评释；赵永济先生的《古代诗话精要》，于300多种古代诗话中，沙里拣金，摘录评议。蔡镇楚先生的《中国诗话史》，刘德重、张寅彭先生的《诗话概说》，为更多普通人了解诗话做了普及的工作；蒋祖怡、陈志椿先生的《中国诗话词典》，张葆全先生的《中国古代诗话词话词典》，为研究者研究诗话提供了极好的工具书。海外研究诗话也有值得注意的地方：其中尤以我国台湾省学界整理古诗话令人瞩目：台北艺文印书馆1974年出版了清何文焕辑的《历代诗话》，1982年木铎出版社重复出版；台北艺文印书馆于1974年出版了近代丁福保辑的《历代诗话续编》，台北木铎出版社1983年重复出版。台北艺文印书馆1977年出版了丁福保辑的《清诗话》，台湾木铎出版社1983年出版了《清诗话续编》。台北广文书局1971年出版了《古今诗话丛编》，1973年出版了《古今诗话续编》。台北弘道文化事业公司1978年出版了《诗话丛刊》。受中国传统诗话的影响，日本池田四郎次郎编有《日本诗话丛书》（该书已绝版），韩国赵钟业编有《韩国诗话从编》。2002年，中国香港邝健行整理了《韩国诗话中论中国诗资料选粹》，由中华书局出版。古朝鲜诗话与日本古诗话无论其论诗体制、风格特征、创作宗旨均与中国古诗话大致相同，充分显示了东方古诗话之文学理论创作文化体系的巨大魅力。上述资料足以证明，古诗话研究具有重要的现实意义。

面对浩繁、散乱的古诗话，据笔者陋见，目前国内外研究者做了以下基础研究：

（1）搜集古诗话原文的文本研究，如上面所举吴文治的《宋诗话全编》、蔡镇楚的《中国诗话珍本丛书》。

（2）古诗话单篇研究，如周兴陆等人的《还〈沧浪诗话〉以本来面目——

〈沧浪诗话校释〉据“玉屑本”校订献疑》(《文学遗产》2001年第3期)。

(3) 多种诗话流变研究，如朱金城、朱易安的《试论〈诗源辨体〉的价值及其与〈沧浪诗话〉的关系》(《文学遗产》1983年第4期)。

(4) 中外古诗话比较研究，如张伯伟的《论日本诗话的特色——兼谈中日韩诗话的关系》(《外国文学评论》2002年第1期)。

(5) 古诗话作家及作家群研究，如蒋祖怡等人的《中国诗话辞典》(北京出版社1996年版)。

(6) 诗话考辨研究，如郭绍虞辑的《宋诗话考》(中华书局1979年版)、蒋寅先生《清诗话考》(中华书局2004年版)。

(7) 诗话语录分类研究，如赵永纪的《古代诗话精要》。

上述类型的研究成果，为本书进一步做系统专题研究古诗话诗歌批评理论奠定了基础。

综上所述，目前学界还没有人能以现已披露的中国古代诗话为基础，充分借鉴日、朝、韩古诗话之精华，就古诗话之群体对古代诗歌批评理论所涉及的全部问题，进行全方位的宏观细致的专题研究，如进行“古诗话诗歌批评理论系统专题研究”课题。这种局面，严重地制约了我们今天对古代诗话批评理论优秀遗产的继承。显然，无宏观系统的古诗话专题性的批评理论研究，不足以反映古诗话对古典诗歌批评创作理论的全部精髓。正如蔡镇楚先生在其《中国诗话史·序》所说的那样：“资料长篇似的罗列，则无异于何文焕、丁福保式的诗话整理；以亚里斯多德式的西方诗学的模式来套中国诗话之体，则无益于中国诗话之研究。”①

显然，蔡镇楚先生的观点是有道理的。仅就中国古代诗话对古代诗歌理论批评来讲，即明显地与西方诗论有别。用西方诗论来套用批评中国古代诗人、流派的创作过程，批评古代诗歌的审美，体验古代诗人写作的经验得失，虽谓他山之石，但失之于中华民族文化土壤，终有张冠李戴之嫌。诸如古诗话批评理论所要求的诗歌应注意味、调、辞、法、体、韵、律、理、变、典、泥、凿、征声、直寻、英旨、天机、选色、隐秀、兴会、诗眼、家数、熔裁、“三境”与“三格”、“活法”与“死法”、实字与虚字、生字与熟字的用法及时代特定诗瑕等内容，便是西方诗论喟叹鞭长莫及的事情。古诗话之批评理论深深根植于本民族文化土壤之中，打上了中华民族传统文化鲜明的烙印，体现着中华古朴的文化个性；古诗话对古代诗歌的批评鉴赏，生动形象，且细致入

① 蔡镇楚：《中国诗话史》，湖南文艺出版社1988年版，序第2页。

微，因而能轻而易举地回答上述问题。当然，我们也应该看到，古诗话毕竟存在着系统性不强等弱点，且自身质量良莠不齐，妍媸共存于天下，因而有必要全面、细致地析理出古诗话批评理论之精华、批判地继承优秀遗产，为今所用。

本书以中国古代诗话批评古代诗歌为切入点，将论述的根基建立在中国古代诗话对古典诗歌批评论述的本体上面，在形态方面追求突破诗话原有研究的藩篱。试图详细论证古代诗话所表现出的有关批评理论。全书力求以丰赡的原始资料见长，采用无征不信、以诗话本身论述来说话的写作方法，借鉴现代美学及西方文论的经验，将古代诗话中有关批评与审美的诗歌理论组成一个批评体系。在论述过程中，以相互比较为途径，即把纵向（历史）和横向（诗话作者当时的现实）、宏观（现存全部诗话）与微观（单个诗话）、同一时代诗话的各种诗话等内容相互结合起来，进行比较和分析研究，深入探究古代诗话对古代诗歌批评与审美的认识及功过。

同时，本书试图努力做到注重诗话研究的战略性和前瞻性，解决一些难以用西方诗论来解答的中国古代诗歌批评理论问题，诸如对“神”、“韵”、“调”、“气”、“味”、“变”、“律”、“典”、“泥”、“凿”、“自然”、“淡泊”、“虚静”、“温柔敦厚”等内容的辨析。本书的写作目标是：引导学术界之古诗话研究向更深、更广的领域迈进，以利于广博深邃的古诗话遗产重新泽被诗苑。

第一章　诗话者何谓？所话者，诗也①

中国古代诗话写作之本来目的盖有以下几点：或评论古今诗歌得失；或研究历代作家、流派写作经验；或总结诗人创作风格。大致不出阐述诗歌理论真谛之旨。然而，由于诗话本身创作的良莠不齐，故诗话中多有对诗话本身的批评鉴赏。

第一节　夫观文章宜若悬衡然②

诗话的批评　批评难　批评的重要　批评当注意主客的关系　批评难的原因　批评者应具备良好的文化素养　多识与论诗之旨

诗歌创作难，以审美的心态去批评古代诗歌更难。这是因为，古代诗歌批评是连接古代诗人与今之读者心灵的一种重要方式，是今人观赏古代诗歌时特有的审美享受。由于古人所处的时代与今人不同，加之不同的思想世界观、不同的经历、不同的环境等，故而揭示古代诗歌固有的真谛是极为困难的。汉董仲舒所说的“诗无达诂，易无达占，春秋无达辞。从变从义，而一以奉人。”③在一定程度上说明了这个道理。无达诂、无达占、无达辞，也就是面对批评的诗歌没有一个标准答案。孰是孰非没有定论，有可能真理被看做是谬论，也有

---

①（清）王士禛：《五代诗话·郑方坤例言》，人民文学出版社1989年版，1998年郑方坤删补、戴鸿森校点本，第2页。

②（唐）柳宗元：《柳宗元集》卷三四《答吴秀才谢示新文书》，中华书局1979年版，第888页。

③（汉）董仲舒：《春秋繁露义证》卷三《精华》，苏舆撰，钟哲校点，中华书局1996年版，第95页。

可能将美说成是丑。对此庄子曾有过深沉的感慨："毛嫱、丽姬，人之所美也；鱼见之深入，鸟见之高飞，麋鹿见之决骤。四者孰知天下之正色哉？自我观之，仁义之端，是非之涂，樊然淆乱，吾恶能知其辩。"① 庄子之言并未专指诗歌批评，然鱼、鸟、麋鹿见古今绝世佳人，弃而奔走，也确实令美人感伤不已。大概只有等到美人远逝，人们方会依稀忆起美人之芳尘。似此类之品赏，唐宪宗时因参加永贞革新坐交王叔文党而被贬至永州的柳宗元，对此最有发言权，其《与友人论为文书》言道："古今号文章为难，足下知其所以难乎？非为比兴之不足，恢拓之不远，钻砺之不工，颇颣之不除也。得之为难，知之愈难耳。"② 英雄垂恨，似柳宗元之大才，无人知之，故其只能寄希望于身后："生则不遇，死而垂声者众焉。扬雄没而《法言》大兴，马迁生而《史记》未振，彼之二才，且犹若是，况乎未甚闻著者哉？固有文不传于后祀，声遂绝于天下者矣。故曰知之愈难。"（同上）以扬雄、司马迁之死而其著得以流传之事，激励自己，倍感凄怆苍凉。

果然，至宋时吴子良忆起了柳宗元，《林下偶谈》卷二《知文难》言道："柳子厚云：'夫文为之难，知之愈难耳。'是知文之难，甚于为文之难也。盖世有能为文者，其识见犹倚于一偏，况不能为文者乎？"他例举说："昌黎《毛颖传》，杨诲之犹大笑以为怪。诲之盖与柳子厚交游，号稍有才者也。东坡谓南丰编《太白集》，如《赠怀素草书歌》并《笑矣乎》等篇，非太白诗，而滥与集中。东莱编《文鉴》，晦庵未以为然。"③ 有声名者见识尚且不同，其他俗人之论，纷纷然，愈加可想而知。故此，清田同之《西圃诗说》深有感触地说："为之难，知更不易，其信然哉！"④

尽管如此，但批评依旧极为重要，否则便无法进行今人与古诗人之心灵的对话。清方东树对此有着极为深刻的看法：

圣人论学曰："博学审问，慎思明辨。"辨之不明，则已无由识真，古人不感其知己，后人不享其教思。⑤

---

① 国学整理社：《诸子集成》，中华书局1986年重印本，《庄子集解·齐物论》，第15页。

② （唐）柳宗元：《柳宗元集》卷三一《与友人论为文书》，中华书局1979年版，第829页。

③ （宋）吴子良：《林下偶谈》卷二《知文难》，丛书集成本。

④ （清）田同之：《西圃诗说》，《清诗话续编》，上海古籍出版社1983年郭绍虞辑校点本，第753页。

⑤ （清）方东树：《昭昧詹言》卷一，人民文学出版社1961年汪绍楹点校本，第50页。

方东树之言并非唬人，忽视慎思明辨，不但古人不赞同，后人也会耻笑的。这里的“博学审问”，即以深厚的知识为基础，予以作家和作品批评鉴赏之意。与之相比，明费经虞站在批评者的角度，将批评喻比为“药石”饶有风趣：

梁肉所以养也，药石所以攻也。泽肌肤，强筋骨，精神发越者，梁肉之功也；而蠲症结，散雾露，开通腠理者，药石之力也。不御梁肉，其身必瘦，不饮药石，其邪必痼。①

批评之言何以能变成健身强体、医病人之身的梁肉和药石呢？费经虞解释道：“诗书六艺之文，史传百家之奥，得之则词采芳润，此粱肉也，驳正谬误，指陈是非，先贤高识，览之则章句少疵，此药石也。是二者皆不可少。”（《雅伦》卷一九）写诗当然免不了诗病，“古云：马有一百八病。诗病多于马。马皇所传，可以愈马，此编先辈之微辞秘旨，观之以疗诗病，莫良于此。”（同上）有病服药是好事，但一定得对症下药。最主要的是，把握火候。柳宗元批评诗文的经验是：“夫观文章，宜若悬衡然，增之铢两则俯，反是则仰，无可私者。”② 稍微马虎，或凭主观臆想加以想象，即与诗歌本意相反。因为天平是否公正，从不以人的主观意志为转移。韩非子言墨家以文害辞之例，可说明上述道理：

昔秦伯嫁其女于晋公子，令晋为之饰装，从文衣之媵七十人，至晋，晋人爱其妾而贱公女。此可谓善嫁妾，而未可谓善嫁女也。楚人有卖其珠于郑者，为木兰之柜，熏以桂椒，缀以珠玉，饰以玫瑰，辑以羽翠，郑人买其椟而还其珠。此可谓善卖椟矣，未可谓善鬻珠也。③

由以上两例韩非得出结论云：“今世之谈也，皆道辩说文辞之言，人主览其文而忘有用。墨子之说，传先王之道，论圣人之言，以宣告人。若辩其辞，则恐人怀其文、忘其直，以文害用也，此与楚人鬻珠，秦伯嫁女同类。故其言

① （明）费经虞：《雅伦》卷一九，清康熙四十九年刻本。

② （唐）柳宗元：《柳宗元集》卷三四《答吴秀才谢示新文书》，中华书局1979年版，第888页。

③ 国学整理社：《诸子集成》，中华书局1986年重印本，《韩非子集解》卷一一《外储说左上第三十二》，第198～199页。

多不辩。”[①]

在韩非子看来，墨子言多不辩的原因有三：其一，失去本意，主客相反；其二，览其文，忘其用；其三，墨子担忧以文害用。世人在鉴赏过程中，往往会蹈袭墨子之覆辙。之所以会发生这种尴尬的事情，当然有着多种多样的原因。北宋董传将其因归结于读者不解圣人高深之意：

故人董传善论诗，予尝云：杜子美不免有凡语，“已知仙客意相亲，更觉良工心独苦”，岂非凡语耶！传笑曰：此句殆为君发。凡人用意深处，人罕能识！[②]

普通人之所以不及诗圣杜甫，在董传看来，“用意深处”欠功力是其主要原因。功力欠火候，自然会限制批评的能力。

南宋陈俊卿则另执一端，他将批评难之原因归结为读者个人的喜好不同，进而造成没有统一的标准来加以衡量：

作诗固难，评诗亦未易。酸咸殊嗜。泾渭异流。浮浅者喜夸毗，豪迈者喜道警，闲静之人尚幽眇，以至嫣然华媚无复体骨者，时有取焉。[③]

应该说，陈俊卿的说法是有道理的。至于后世之批评者何去何从，全凭个人的喜好了。

稍后的陆游上承董传之论言道：“诗岂易言哉？一书之不见，一物之不识，一理之不穷，皆有憾焉。”[④] 鉴赏中的不识，言为平生恨事并不为过，但陆氏之说，较之董传之感叹似乎要求更为严厉一些：“同此世也，而盛衰异；同此人也，而壮老殊。一卷之诗有淳漓，一篇之诗有善病，至于一联一句，而有可玩者，有可疵者，有一读再读至十百读，乃见其妙者，有初悦可人意，熟

---

① 国学整理社：《诸子集成》，中华书局 1986 年重印本，《韩非子集解》卷一一《外储说左上第三十二》，第 199 页。

② （宋）苏轼：《寄董传论诗》，见《宋诗话全编》，第 1 册《苏轼诗话》，吴文治主编，江苏古籍出版社 1998 年版，第 809 页。

③ （宋）黄彻：《䂬溪诗话》陈俊卿序，近代丁福保辑：《历代诗话续编》，中华书局 1983 年校点本，第 344 页。

④ （宋）陆游：《陆放翁全集》上，《渭南文集》卷三九《何君墓表》，中国书店 1986 年 6 月据世界书局 1936 年影印本，第 245 页。

味之使人不满者。”（同上）大凡诗中有美有丑，诸如千人千面，只有善读者读其数变，自可见其中之奥妙。

明安磐溯源陈俊卿注重批评之个性的观点，于《颐山诗话·原序》中亦言及批评诗歌难之原因：

夫诗言志，诗话又以论诗也。故诗难而论诗又难也。夫作者皆禀灵含异，各充其极，缛旨绮文，情变气殊，故以浅涉者不能深，以泛猎者不能得，以己见者不能赅，以辞类者不能达意。[①]

安磐所举之例足以警醒世人。故而他以为解决论诗难的办法应当是制定准确的鉴赏批评标准：“夫立标以示表也，启钥以开户也。世之论诗者低昂众制，商榷前藻，乃复继之曰：予尝拟之云；又曰：予尝有诗云。此何以称焉？”（同上）没有标准，即无航向，诗坛必乱。与安磐比，明宋濂似乎就董传与陈俊卿的是耶非耶之争中，更为圆滑大度些：“为文非难而知文为难。文之美恶易见也，而谓之难者，何哉？问学有浅深，识见有精粗，故知之者未必真，则随其所好以为是非。照乘之珠或疑之于鱼目，淫哇之音或比之以黄钟，虽十百其喙，莫能与之辨矣。”[②] 其所言，并非卓见，实乃为拼合以上宋人两种意见而已。不过，令人刮目相看的是：宋濂能在综合不同看法之中，找到最终的出路：“然则斯世之人，果无有知文者乎？曰：非是之谓也。荆山之璞，卞和氏固知其为宝；渥洼之马，九方皋固知其为良。使果燕石也、驽骀也，其能并陈而方驾哉？”（《丹崖集序》，《宋文宪全集》卷二）虽为骑墙之论，但也不失为较好的一着棋。

相比较而言，推崇理学的方东树之立场更为坚定一些。他旗帜鲜明地反对骑墙之说，主张批评时要注意学术与人品的内在统一：

君子取人贵恕，及论学术，则不得不严。大声疾呼，人犹不应，况于骑墙两可，轻行浮弹以掣鲸鱼，褒衣博带以赴敌场，菖阳甘草以救沉寒火热之疾乎？[③]

① （明）安磐：《颐山诗话·原序》，《四库全书珍本初集》本，商务印书馆1935年版。
② （明）宋濂：《宋文宪全集》卷二《丹崖集序》，《四部备要》本。
③ （清）方东树：《昭昧詹言》卷一，人民文学出版社1961年汪绍楹点校本，第50页。

铁脸诤言，千载之下犹可见其肝胆。

方东树工于心性之学，曾学古文于同里姚鼐，被时人誉为“姚门四弟子之一”，故而以上引文强调心映照于学术。几乎与方东树同时的史学大家章学诚似乎并不如此看待批评诗文：“善论文者，贵求作者之意指，而不可拘于形貌也。”① 意重于形可谓另辟蹊径。在当时桐城派文学理论因袭的条件下，章氏的说法显然有一定的积极意义。

刘勰在其《文心雕龙·序志》中感叹道：

夫铨序一文为易，弥纶群言为难。虽复轻采毛发，深极骨髓；或有曲意密源，似近而远，辞所不载，亦不胜数矣。及其品列成文，有同乎旧谈者，非雷同也，势自不可异也，有异乎前论者，非苟异也，理自不可也。同之与异，不屑古今，擘肌分理，唯务折衷。②

刘勰之言，概括了诗歌批评过程中的变化无常之个性，是批评难的真实描绘。单篇易解，若真正地将整个“群言”搞通便太难了。虽然注意到了毛发细微，探索到了骨髓那样深入，由于其文用意曲折，根源细密，故而看似浅近，但其内里往往却深不见底。明朝李贽曾例举批评难之变迁：“吴道子始见张僧繇画，曰：‘浪得名耳’。已而坐卧其下，三日不能去。庾翼初不服逸少，有家鸡野鹜之论，后乃以为伯英再生。”③ 由轻视傲慢转为佩服得五体投地，是一个批评的过程。由上述两例批评的转变，李贽得出结论说：“然则入眼便称好者，决非好也，决非物色之人也，况未必是吴之与庾，而何可以易识。噫！千百世之人物，其不易识，总若此矣。”④

应当说变迁的这种妙处，是难以描述的，清张维屏《听松庐诗话》深感其意：“古今好诗，读者每心知其妙而口难说。童二树诗云：‘如盐着水中，其味饮者受’，可谓善于形容。”⑤ 所谓“饮者受”即为批评者深谙诗作者的喜怒哀乐。或言之以共赏，或不言将表情深藏于心迹。总之，读者受到了感

---

① （清）章学诚：《文史通义》卷一《内篇一·诗教下》，商务印书馆1932年本，第22页。

② （梁）刘勰著，范文澜注：《文心雕龙注》卷一〇《序志第五十》，人民文学出版社1998年版，第727页。

③ （明）李贽：《焚书》卷五《读史·诗画》，明刻本。

④ 同上。

⑤ （清）张维屏：《听松庐诗话》，《国朝诗人征略》本。

染。诗人与批评者达到了心灵上的沟通，进而使之“天地位焉，万物育焉”[①]。

由于诗歌批评者要与诗作者全方位地心灵沟通，故而古诗话作者以为批评者之难，当与要求批评者应具备良好的文化素养有关：“著述之道，盖难言矣。昔人论诗话一家，非胸具良史才不易为。何则？其间商榷源流，扬抡风雅，如披沙简金，正须明眼者抉择之。”[②] 批评远非凡夫俗子所能胜任。清乾隆时人郑天锦为王士禛《五代诗话》作序时进一步要求道：“天锦以为史不妨略，而诗话不可不详。盖史记大纲大法，取明劝戒、辨兴亡而已。非是，虽有美谈盛事，概削不书。故今人之所收者，未必其非古人之所弃，谓谨严之体固如是也。”[③] 诗话详，以补史阙，显然与上面所提到的同时代的吴骞之观点遥相呼应。

比郑天锦、吴骞之观点更为激进的是李沂。李氏诗歌澹远自娱，好求神仙，但其将批评的大门把守得更严。其《秋星阁诗话》张潮《序》进而将诗话喻比成诗：“诗话诚不足以尽诗乎？夫唐人无诗话，所谓‘善《易》者不言《易》’也。然余则谓唯善《易》者始可言《易》。苟以为善者不言，而遂置不复道，其不善者闻之，必且摇唇鼓舌，作为文章而无所顾忌，不几为斯道之蠹乎？”[④] 张潮在李沂的《秋星阁诗话》序中为我们描述了一幅批评的可悲图景：善言话者，即批评者，亦当善言诗，否则批评之诗坛人人摇唇鼓舌，岂不乱了套？

然而，张潮忘了一个浅显的道理：大千世界毕竟会写诗者少于批评者，长此下去面对诗的王国，何人再敢不自量力地去言诗？正如清田同之《西圃诗说》所描述的“百宝帐、千丝网，五色迷离”的诗歌“几何不被人瞒过！”[⑤] 由此面对真与伪之诗，田同之响亮地提出自己的口号：批评要“分别正须具眼”。（同上）眼正，方可识别所有的诗歌。

较之郑天锦、吴骞、李沂及张潮等人的观点来看，方东树似乎对众人其严密的批评大门并不以为然。他描述其论学论文示人而遭人批评一事云：“愚无

---

① 校刻者（清）阮元：《十三经注疏·礼记正义·中庸》，中华书局1980年影印本，第1625页。

② （清）吴骞：《拜经楼诗话》自序，近代丁福保辑：《清诗话》，上海古籍出版社1978年修订本，第720页。

③ （清）王士禛：《五代诗话》郑天锦序，人民文学出版社1989年版，1998年郑方坤删补、戴鸿森校点本，第5页。

④ （清）李沂：《秋星阁诗话·小引》张潮序，近代丁福保辑：《清诗话》，上海古籍出版社1978年修订本，第911页。

⑤ （清）田同之：《西圃诗说》，《清诗话续编》，上海古籍出版社1983年郭绍虞辑校点本，第753页。

所知，而于论学论文，好刻酷求真，语无隐剩。偶出示人，皆嫌憎之，以为不当诋讦前贤，或又以为词气激直，不能渊雅，失儒者气象。"[①] 自我谦逊的背后，是更深的反抗："是皆药石矣。然思惟求保一己美善之名，而无公天下开来学之切意，含糊颟顸，使至理不明，历观孔、孟、程、朱之言无是也，韩、欧、苏、黄之言无是也。"（同上）以圣哲孔、孟、程、朱之言抵御前贤之攻击，以唐宋大家韩、欧、苏、黄之言证明批评"药石"之可笑。透过表面现象可探讨方东树对批评者傲岸不屈的个性。

与方东树比肩而论的诗话家当首推明人费经虞。费经虞的诗话不仅注意到了诗话批评的重要性，批评犹如"药石"，同时也看到了其反面，即批评亦可导致诗病的发生："然古人之说，有统言者，有单言者，有成之者，有救之者，未可执一而论之。引而伸之，触类而长之，使古人之神明如见，而吾心之真解突出，方为有益。若因药致病，则岂往哲之意而经虞辑汇之志也哉！"[②] 费经虞的理论是较为先进的，且带有辩证的思想。对于诗人来言，批评之药石一方面可能对其改正缺点错误有帮助，另一方面错误的批评也有可能误导诗人走向歧途。故而秦大士慨言："诗而有话，毋乃涉于迹象，落于言诠欤？"[③] 秦氏将诗话批评归结于诗可意会和不可以言传，显然将诗话批评引入到了神秘的怪圈里面。如此下去，只能造成繁琐的批评不断地产生。

袁枚拨云见日，其《随园诗话补遗》卷三写道："必欲繁其例，狭其径，苛其条规，桎梏其性灵，使无生人之乐，不已傎乎！"[④] 繁琐只能桎梏人之性灵，使批评永远陷入不可超脱的泥坑里。

那么，何为最令人神往的诗话批评呢？其实，明人诗话中早有论述。例如，以盛称唐诗为己任的茶陵大诗人李东阳便认为："选诗诚难，必识足以兼诸家者，乃能选诸家，识足以兼一代者，乃能选一代，一代不数人，一人不数篇，而欲以一人选之，不亦难乎？"[⑤] 多读诗方可识人，李东阳以宰臣身份主持文坛，被时人奉为宗师，故其所云的多读诗方可识人，确为经验之谈。为其

---

① （清）方东树：《昭昧詹言》卷一，人民文学出版社1961年汪绍楹点校本，第50页。

② （明）费经虞：《雅伦》卷一九，清康熙四十九年刻本。

③ （清）叶矫然：《龙性堂诗话初集》秦大士序，《清诗话续编》，上海古籍出版社1983年郭绍虞辑校点本，第929页。

④ （清）袁枚：《随园诗话补遗》卷三，顾学颉校点：《随园诗话》，人民文学出版社1982年版，第627页。

⑤ （明）李东阳：《麓堂诗话》，（清）何文焕辑：《历代诗话》，中华书局1981年校点本，第1376页。

《麓堂诗话》作序的王铎亦言："人在堂上，方能辨堂下人曲直，予于是亦云。"① 只有深入其中，方可批评诗歌。

与李东阳同时的都穆有另外的见识。都穆向来以主张崇习宋诗而著称，与李东阳之文学主张互不兼容。《南濠诗话》文璧序云："所贵是书正在识见耳。若拾录阙遗，商订古义，不为无裨正史，而雅非作者之意矣。"② 识见对批评是很重要的，但其既无裨于正史，同时也与《诗经》里的风雅精神有距离。

李东阳与都穆、文璧之流的话各有道理，故袁枚《随园诗话补遗》卷三将二者的观点总结为："盖诗境甚宽，诗情甚活，总在乎好学深思，心知其意，以不失孔、孟论诗之旨而已。"③ 袁枚的调和是极为高明的，它的意义在于：批评既要有宽松的文艺理论作基础，同时又不违背孔孟论诗之旨。这种认识是符合儒家中和思想的，也最切合中国古代诗话批评的内在本质规律。

第二节　言诗者日多，而诗道日晦④

古诗话自身体裁批评之批判　20 世纪初文论转型异变时古诗话与现代文论血缘承继关系希望的破灭　诗话体裁批评批判特征　诗话家鄙斥诗话严厉而广泛，但其无法割断与古诗话体裁千丝万缕的联系

中国古代诗话无论是滥觞于南朝梁钟嵘的《诗品》，还是源于宋代欧阳修的《六一诗话》，均可证明其为中国传统文学理论的主要形式之一的历史是源远流长的。经过南宋、元、明数代，至清时，古诗话创作达到了"登峰造极"⑤ 的地步。其数量至今无法精确地统计出具体的数目来。据蒋寅先生考证，仅清诗话就有 1500 种之多⑥，这一数量足可见古诗话在被历史淘汰前夕

---

① （明）李东阳：《麓堂诗话》，（清）何文焕辑：《历代诗话》，中华书局 1981 年校点本，第 1368 页。

② （明）都穆：《南濠诗话》文璧序，（清）何文焕辑：《历代诗话》，中华书局 1981 年校点本，第 1341 页。

③ （清）袁枚：《随园诗话补遗》卷三，顾学颉校点：《随园诗话》，人民文学出版社 1982 年版，第 626—627 页。

④ （清）杭世骏：《榕城诗话》汪沆序，《丛书集成初编》本。

⑤ 郭绍虞：《清诗话续编序》，《清诗话续编》，上海古籍出版社 1983 年郭绍虞辑校点本，第 1 页。

⑥ 蒋寅：《清诗话考·自序》，中华书局 2004 年版，第 2 页。

卷帙繁盛的情形。

自20世纪初始，西学大炽，我国文学理论便进入由传统文论到现代文论的转型异变历程。异变的结果是苦涩的：数量繁盛的传统古诗话被不分良莠地抛弃了[①]，代之而起的是全新的现代文论及西方诗学（包括马克思主义文论）。令人遗憾的是，经历由极盛而衰败巨变的古诗话与获胜者之间，似乎存在着一条天然的不可逾越的鸿沟，人们很难从中找出二者有血缘的承继关系。

古诗话惨遭遗弃发人深省。究其原因繁杂难辨：或文言失去活力，新文学大力倡导及西方文艺理论东渐等外在诱因起作用；或古诗话本身存在着系统性不强的弱点，加之缺乏缜密严实的逻辑思辨能力，不具备对诗歌创作进行高屋建瓴式的规律性的理论指导等缘由，促使了古诗话在转型异变中走向败落。但是，上述因素均无法阻止构筑现代文论时古诗话不被批判地继承的可能性。只有古诗话内部长期而普遍的自暴自弃的自身体裁批判品评，才有可能使得古诗话在逻辑严密、体制完备的西方诗学面前众叛亲离：在诗话界内部，古诗话自惭形秽，厌恶自身体裁难以克服的琐碎支离、态度偏激、以讹传讹、轻率纰缪等陋习；在他人眼里，古诗话衣衫褴褛、地位低贱，望而唯恐避之而不及。由此古诗话最终被远远拒之于新构建的文学理论殿堂门外。

古诗话对其自身体裁之鄙弃和批判品评是普遍而严厉的。今人很容易从诗话中发现诗话对其自身体裁的批判品评文字。例如，清吴功溥曾不屑一顾地说："诗话，小道也。"[②] 章学诚进而攻讦诗话作者为："为诗话者，又即有小慧而无学识者也。"[③] 上述言论可大体代表诗话家对古诗话体裁批评及其他诗话作者同行的基本态度。

在这种自卑的鄙弃心理的暗示下，批判诗话体裁品评之举在古诗话中蔚成风气。其中最具有讽刺意味的是，"诗话多而无用"论对古诗话的冲击。清代主张宗唐崇杜的诗话家方世举（息翁），面对"诗之有话，自赵宋始，几于家

---

① 张寅彭先生总结说："以旧体诗为评说对象的诗话，长期以来一直处在湮蔽不彰的状态之中，虽距今不远而已如古物，沦于待挖掘、待整理的命运。"（《民国史话丛编·自序》，上海书店出版社2002年版，第4页）蔡镇楚先生依《中国历代史书目》也得出结论云："现代诗话中的旧体诗话，数量其少，不上十几部，较有影响的更是寥若晨星。"（《中国诗话史》，湖南文艺出版社1988年版，第376页）

② （清）邬启祚：《耕云别墅诗话》吴功溥序，《邬家初集》本。

③ （清）章学诚：《文史通义》卷五《诗话》篇，商务印书馆1932年本，第77页。

有一书”[①] 的泛滥现实，告诫儿辈云：“《草堂诗话》之专言杜者，凡五十家，他可知也。然可取者少，又仅以字句为言，其于学诗之大端，体格异同，宗派正变，音韵是非，绝未之及，诗话虽多奚为乎?”（同上）《草堂诗话》为南宋著名诗话家蔡梦弼所编，此书资料详赡，不乏卓识远见。但是，方世举仍旧以为：其以五十家之巨评杜，数量虽多，然不涉言正事，似杂草丛生，多而无用。同时代的劳孝舆遍观全部诗话后，也得出诗话种类多，但徒劳无功的结论：“自谈诗者有诗品、诗式、诗格、诗法，于是唐、宋间人诗话汗牛充栋矣。其中论声病，谈法律，别体裁，不啻人擅阳秋，家悬月旦，而诗之源委，讫无定评。”[②] 劳氏本欲探究诗的内在规律，但古诗话貌似批评褒贬之渊薮，实际上仅仅限于声病、诗法、诗律、体裁等说教，失望之情，自不可掩。

方、劳两位诗话家之论并未击中诗话多而无用的要害。与之相比，南宋孝宗时黄永存在为长者黄彻《䂬溪诗话》作序跋时说得较为符合事实：“诗话杂说，行于世者多矣，往往徒资笑谈之乐，鲜有益于后学。若《䂬溪诗话》，议论去取，一出于正，真可谓有补于名教者。”[③] 无益于后学的资笑谈乐，实为古诗话被人诟病之关键所在，自欧阳修《六一诗话》倡导“以资闲谈”[④] 以来，多被人奉为诗话写作的指导思想。故黄氏批判的锋芒直斥欧阳修《六一诗话》。当然，黄氏对诗话体裁的批判是不彻底的：在其否定诗话体裁的同时，也肯定了另一诗话。这种矛盾的做法，实为诗话作者为今人所呈现的一道有趣的风景线。

明王世贞诗话《艺苑卮言》也存在类似的矛盾：“余读徐昌穀《谈艺录》，尝高其持论矣，独怪不及近体，伏习者之无门也。杨用脩搜遗响，钩匿迹，以备览核，如二酉之藏耳。其于雌黄曩哲，橐钥后进，均之未暇也。……独严氏一书，差不悖旨，然往往近似而未覆。”[⑤] 在王氏眼中，似乎任何诗话都是有瑕疵的，优秀诗话诸如徐祯卿的《谈艺录》、杨慎的《升庵诗话》及严羽的《沧浪诗话》等，虽卓然自立，但均无益于后学。有感于此，王氏遂作《艺苑卮言》，其书名虽不用“诗话”二字，但其依旧无法摆脱诗话体裁写作之桎

---

① （清）方世举：《兰丛诗话·序》，《清诗话续编》，上海古籍出版社 1983 年郭绍虞辑校点本，第 769 页。

② （清）劳孝舆：《春秋诗话》卷五，《丛书集成初编》本，第 1743 册，第 51 页。

③ （宋）黄彻：《䂬溪诗话·跋》，（清）何文焕辑：《历代诗话》，中华书局 1981 年校点本，第 402 页。

④ （宋）欧阳修：《六一诗话》，（清）何文焕辑：《历代诗话》，中华书局 1981 年校点本，第 264 页。

⑤ （明）王世贞：《艺苑卮言》卷一，近代丁福保辑：《历代诗话续编》，中华书局 1983 年校点本，第 949 页。

梏。清人沈德潜所写诗话与王氏类同：其著《说诗晬语》，书名亦不用“诗话”二字。沈氏为乔亿《剑溪说诗》作序时遗憾地说：“古来说诗者伙矣，而司空表圣、严沧浪、徐昌穀为胜，以不着迹象，能得理趣也。但从入之方，未尝指示，学者奚所循轨焉？”① 一方面慨然批判诗话不能指导学诗者步入正途，另一方面又为他人诗话欣然作序，和谐的矛盾共同处于古诗话家身上。

与以上相比，肯定杭世骏《榕城诗话》的清人汪沆，对古今诗话体裁批评的态度较为强硬：“大抵比量声韵，轩轾字句者，什居七八，而于作者之旨，暗而不彰，于是言诗者日多，而诗道日晦。”② 陈文述在举荐陆蓥《问花楼诗话》时也说：“自文谱兴，文之义法以亡；诗话繁，诗之源流以晦。”③ 在汪、陈二人眼中，诗话的唯一作用，便是使不景气的诗坛更加混乱不堪。

造成诗坛混乱的原因为何呢？在诗话家看来，盖有两条原因。其一，诗话家不能容忍学行低下的诗话作者与己为伍。例如，清代诗家秦瀛云：“世之为诗话者，一二才人，侈声气之广，往往摭拾公卿贵游之名以为重。而羼其间者，降至市井富人，优伶贱卒，靡不拦入。”④ 故其所创作之诗话“芜而杂，踳而鄙”。（同上）在秦氏的笔下，诗话作者被描述成一帮无赖文人。其二，诗话不具备启发引导诗歌写作的资格。以李、杜为宗的清代大诗话家潘德舆力主诗话无用：“李、杜不选诗，至殷璠、姚合等乃为之。唐人不著诗话，至宋人乃盛为之。此可以悟诗之升降。陆务观《示子》云：‘汝果欲学诗，工夫在诗外。’至哉言乎！可以扫尽一切诗话矣。”⑤ 殷璠曾选录常建等24位诗人之诗为《河岳英灵集》，体例仿效钟嵘的《诗品》，姓名之下各有品评；姚合则选录王维等21人诗编《极玄诗》，两部选集颇多精到之见。潘氏以诗话之有无来判定唐诗好于宋诗的观点是不科学的。至于潘氏所言陆游的“工夫在诗外”，则表明其意识到了诗歌内容的源泉在于社会生活的正确创作方法。不过，若以此来彻底否认诗话理论对诗歌写作的惠助及功效，便有违实际情况了。稍后的诗话家陈文述也不认可诗话能泽溉诗歌创作：“语云：‘善射者不

---

① （清）乔亿：《剑溪说诗》沈德潜序，《清诗话续编》，上海古籍出版社1983年郭绍虞辑校点本，第1065页。

② （清）杭世骏：《榕城诗话》汪沆序，《丛书集成初编》本，第2593册，第1页。

③ （清）陆蓥：《问花楼诗话》陈文述序，《清诗话续编》，上海古籍出版社1983年郭绍虞辑校点本，第2291页。

④ （清）吴骞：《拜经楼诗话》秦瀛序，近代丁福保辑：《清诗话》，上海古籍出版社1978年修订本，第719页。

⑤ （清）潘德舆：《养一斋诗话》卷一，《清诗话续编》，上海古籍出版社1983年郭绍虞辑校点本，第2010页。

言射。’故羿、逢蒙无传书，而以善射名天下。后世善诗者，唐之李、杜，宋之苏、黄，其生平论著最多，要其于文未尝有谱，其于诗未尝有话也。”[①] 陈氏所云，其误有二：第一，偷换了论述的概念。后羿、逢蒙之射，为真正的弓矢，与李、杜、苏、黄这些文弱书生的著述没有丝毫的相同之处，二者不构成必然的前因后果关系。第二，言苏、黄不写诗话，实为误解。吴文治编录《宋诗话全编》第一册辑录有“苏轼诗话”481条[②]；第二册辑录《黄庭坚诗话》202条[③]。陈良运《中国历代诗学论著选》选苏轼诗话9篇；选黄庭坚诗话6篇[④]；程毅中《宋人诗话外编》选苏轼诗话2篇[⑤]；另外，《苏轼文集》卷二有《诗论》，即以诗话形式写成。

诗话家们将诗坛混乱的责任归咎于诗话作者和诗话体裁的用意是清楚的，这就是：写好诗者不言诗话。清初诗话名家吴乔的话最为精警：“唐人工于诗而诗话少，宋人不工诗而诗话多。”[⑥] 由于上述认识作祟，很容易导致诗话界出现更为悲观的意识：“诗话兴而诗亡”。如清嘉庆时沈涛即说：“每况愈下，诗有话而诗亡，岂虚语哉？”[⑦] 稍后著有《竹林答问》的陈仅全盘否定诗话：“问：‘自宋人以来，诸家诗话何如？’‘宋人之论诗也凿，分门别式，混沌尽死。明人之论诗也私，出奴入主，门户是争。近人之论诗也荡，高标性灵，蔑弃理法。其下者则摘句图而已。”[⑧] 将宋、明、清三代诗话描述得一文不值。

逆耳直言，不由使人回首审视诗话自家阵营：舍去妄下雌黄之短语不谈，有如清人王士禛《带经堂诗话》、袁枚《随园诗话》等，虽篇帙厚重，却繁杂碎屑，无梁代刘勰《文心雕龙》大笔功用，只能归在小家碧玉之门里。章学诚曾将《文心雕龙》与诗话体比较优劣：“（《文心雕龙》）专门著述，自非学富才优，为之不易，故降而为诗话。沿流忘源，为诗话者，不复知著作之初意矣。犹之训诂与子史专家，为之不易，故降而为说部。沿流忘源，为说部者，不复知专家之初意也。诗话，说部之末流，纠纷而不可犁别。学术不明，而人

---

① （清）陆鎣：《问花楼诗话》陈文述序，《清诗话续编》，上海古籍出版社1983年郭绍虞辑校点本，第2291页。

② 见吴文治《宋诗话全编》，江苏古籍出版社1998年版，第697页。

③ 同上书，第932页。

④ 见陈良运《中国历代诗学论著选》，百花洲文艺出版社1998年版，目录第5页。

⑤ 见程毅中《宋人诗话外编》，国际文化出版公司1996年版，目录第1页。

⑥ （清）吴乔：《围炉诗话》卷五，《清诗话续编》，上海古籍出版社1983年郭绍虞辑校点本，第603页。

⑦ （清）沈涛：《匏庐诗话·自序》，（晚清）孙福清辑：《槜李遗书》本，望云仙馆刻。

⑧ （清）陈仅：《竹林答问》，《清诗话续编》，上海古籍出版社1983年郭绍虞辑校点本，第2251页。

心风俗，或因之而受其敝矣。”[①] 戴上有色眼镜来认识批评整个诗话体，虽针砭病体，也不免心灰意冷，愈加厌恶诗话体裁固有的先天性不足：“前人诗话之弊，不过失是非好恶之公。今人诗话之弊，乃至为世道人心之害。”（同上）“世道人心之害”论将诗话贬弃到了无以复加的地步。

与章学诚相比，清著名诗话家叶燮对诗话的打击面更广。《原诗》卷三云：“我故曰：历来之评诗者，杂而无章，纷而不一，诗道之不能常振于古今者，其以是故欤！”[②] 依叶燮之意，古今诗话似乎俱可弃之矣！

诗话的存在遭到了诗话家们前所未有的质疑。连诗话领袖袁枚也奋然反击诗话：“西崖先生云：‘诗话作而诗亡。’余尝不解其说，后读《渔隐丛话》，而叹宋人之诗可存，宋人之话可废也。”[③] 与他人所不同的是，袁枚将宋诗和诗话的关系加以区别开来，诗话可亡，但宋诗可存。

在一片甚嚣尘上的自我批判声中，诗话之前景似乎岌岌可危！但诗话家自宋始至西方文论大举攻入国门之前，从未真正迈出彻底摒弃古诗话体裁实质性的第一步：更换新的诗学理论。诗话家无法摆脱与古诗话千丝万缕的血肉联系。长期而严厉的自身批判，只不过反映了诗话家对诗话体裁爱恨交加的矛盾心理，同时也为后来的古代诗话于近代文论转型异变中被彻底丢弃，埋下了伏笔。

第三节 诗话作而诗亡，缘拾宋人道学唾余[④]

诗话家品评批判诗话体裁的不彻底性　具有批判妥协性质之诗话体裁反批判品评是古诗话于批判声中不断壮大的法宝　诗话体裁批评厚今薄古以清人为最　宋人诗话遭清诗话批评家轻薄的原因　清诗话在厚今的同时爱憎分明

古诗话体裁作为自宋以来中国古代诗歌理论的主要形式，遭遇了较之古代诗歌、散文、小说及戏剧等其他体裁从未受过的最为猛烈的批判。千夫所指，无疾而亡。对于古诗话而言，在清季之前却并不尽其然。其原因为：品评批判

① （清）章学诚：《文史通义》卷五《诗话》篇，商务印书馆 1932 年本，第 76 页。
② （清）叶燮：《原诗》卷三，人民文学出版社 1979 年霍松林校注本，第 55 页。
③ （清）袁枚：《随园诗话》卷八，人民文学出版社 1982 年顾学颉校点本，第 249 页。
④ （清）张晋本：《达观堂诗话》卷三，清同治十二年刊本。

的声音不是来自于外界，訾议者往往就是诗话家自身。故其虽声色俱厉，但本质上无法脱离诗话体裁母体。由此决定了这种攻讦并非以彻底摒弃诗话体裁为目的，而具有明显的改良倾向。乃至于批判和赞誉诗话者兼而有之，不可截然分开。例如，明王铎一方面指斥“近世所传诗话，杂出蔓辞，殊不强人意”[①]。另一方面推许“严沧浪诗谈，深得诗家三昧”；（同上）激赏李东阳的《麓堂诗话》为“故其评骘折衷，如老吏断律，无不曲当”。（同上）

这种带有批判妥协性质的诗话，反批判的作用是巨大的。古诗话能于千百年之间，在一浪高过一浪的批评声中传承下来，且像滚雪球似的越滚越大，数量蔚然成其大观，当与其反批判品评的鼓励有关。

最早的褒扬声音是由诗话之祖——钟嵘《诗品》发出来的：“近彭城刘士章……欲为当世诗品，口陈标榜，其文未遂，感而作焉。”[②] 这时的诗话反批判并不成熟：钟嵘所赞者，仅刘士章口占而已。岁月如梭，至清嘉庆时，张晋本忿詈流俗所好的诋毁诗话之习最为畅快：“动辄贬驳讥弹，往往作过量语，是名士招牌，头巾习气。前人谓诗话作而诗亡，缘拾宋人道学唾余，于大处全无见地，惟毛举细琐绳人，且多尖酸刻酷语。盖此事自关心术也。”（《达观堂诗话》卷三）张晋本宏才博学，工诗文，善书画，服膺明杨慎的主性情、反模拟，对清袁枚的“性灵说”也异常喜好，故其能见识高远，不随波逐流。

清林昌彝对“诗话作而诗亡”的说法也不赞成。《射鹰楼诗话》卷五分析道：“昔人谓‘诗话作而诗亡’，此论未免太过。近临川太学李君宗瀛，东粤西王少鹤诗，有‘论诗口诀传都赘’之句，亦以诗话为不必作。盖以唐人无诗话而诗存，宋人有诗话而诗亡。不知唐人无诗话，至晚唐风格卑弱，已几于亡。宋人始有诗话，而宋诗至东坡、山谷、渭南，雄视一代，而苍然入古，是诗至宋而未尝亡。诗之存亡，关一代之运会，不关于诗话之作与不作也。”[③]林昌彝竭力为诗话在“诗亡”的问题上开脱罪责，并将诗之灭亡的原因归结于时代变迁所造成的。今天看来，一代有一代之文学，时代变迁故使诗歌逊位于宋词、元曲、明清小说，高瞻远瞩，令鼓吹“诗话作而诗亡”者汗颜。

清计发另易旗帜，他注意到了诗话家诋毁诗话时往往批评过分严厉，且心口不一：“钟、谭一派，诋之者至目为鬼趣、为兵象、为诗妖，亦太甚矣。而

① （明）李东阳：《麓堂诗话》王铎序，近代丁福保辑：《历代诗话续编》，中华书局1983年校点本，第1368页。

② （梁）钟嵘：《诗品》，（清）何文焕辑：《历代诗话》，中华书局1981年校点本，第4页。

③ （清）林昌彝：《射鹰楼诗话》卷五，上海古籍出版社1988年王镇远、林虞生标点本，第95页。

况诋之者正未尝不效之也。”[①] 竟陵诗派的代表人物钟惺和谭元春提倡抒发性灵，偏爱冷涩、幽深、孤峭诗格。明清之际的钱谦益曾批评这种诗风为“鬼趣”、“兵象”、“诗妖”。故而计发有感而发。他例举说：“凌缄亭《偶作》云：‘辛苦为诗两竟陵，纵然别派也澄清。阿谁烂把《诗归》读，入室操戈汝太能。（自注：钱牧斋少时颇亦取径《诗归》）’”（《鱼计轩诗话》）钱谦益忘形地批判钟、谭二人，其早年之作多学钟、谭二人的《古诗归》。计发继续言道：“‘新城重代历城兴，清秀羸将牧老称，（自注：时谓阮亭为清秀李于鳞。钱牧斋顾亟称之，何耶?）细读羼提轩里句，又疑分得竟陵镫。（自注：新城诗有绝似钟、谭者）’明眼人定不肯随声附和耳。”（《鱼计轩诗话》）继钱谦益主盟诗坛的王士禛亦曾学习过钟、谭之论。计发对诗话家钱谦益和王士禛口不应心做法的奚落，代表了一大批具有理性诗话批评家的真实的感想。

显然，不问诗话皂白良莠，通以斥责，是不利于学术进步的。古诗话的数量浩如烟海，其中多有真知灼见，不乏名篇。令人欣喜的是，古诗话家在批判诗话体裁品评的同时，往往能热情辨别古今诗话质量，以期于其能够正确指导后学者学诗，表现出一种对诗话体裁自身评判的积极态度。如明王世贞批评钟嵘《诗品》格外引人注目：“吾览钟记室《诗品》，折衷情文，裁量事代，可谓允矣，词亦奕奕发之。第所推源出于何者，恐未尽然。”[②] 言《诗品》的优点为“折衷情文，裁量事代”，缺点是“推源”作者渊源“恐未尽然”。这些解释，直至今日，仍然可称得上是高雅公允之论！

清毛先舒《诗辩坻》卷三为读者列出他本人认定的优秀诗话，也十分精当：“其论诗则刘勰《文心雕龙》，钟嵘《诗品》，皎然《诗式》，严羽《沧浪吟卷》，徐祯卿《谈艺录》，王世贞《艺苑卮言》，此六家多能发微。”[③] 在毛氏的眼里，能探究诗中的微妙之处，即为好诗话。稍后独主神韵的王士禛与毛氏喜好类同：“余于古人论话，最喜钟嵘《诗品》、严羽《诗话》、徐祯卿《谈艺录》。”[④]

论诗主张性情当先，排斥悖理之情的清潘德舆与毛先舒、王士禛赏识钟嵘

---

① （清）计发：《鱼计轩诗话》，《适园丛书》本，第十二集。

② （明）王世贞：《艺苑卮言》卷一，近代丁福保辑：《历代诗话续编》，中华书局 1983 年校点本，第 1001 页。

③ （清）毛先舒：《诗辩坻》卷三，《清诗话续编》，上海古籍出版社 1983 年郭绍虞辑校点本，第 71 页。

④ （清）王士禛：《渔洋诗话》卷上，近代丁福保辑：《清诗话》，上海古籍出版社 1978 年修订本，第 170 页。

《诗品》的观点则不一致："新城尚书不处沧浪之时，亦拈'妙悟'二字，倡率天下，似乎误会沧浪之旨。又以《沧浪诗话》与钟嵘、司空图《诗品》、徐祯卿《谈艺录》一例服膺，皆不甚当。嵘之品评颠倒，前人多已论及。表圣《廿四诗品》，今古脍炙，然文词致佳而名目琐碎，'高古'、'疏野'、'旷达'、'清奇'、'超诣'亦大概相似耳。"① 批评诗坛领袖王士禛误会严羽"妙悟"的高深含义，进而贬低钟嵘《诗品》品评颠倒、司空图《二十四诗品》名目琐碎，均为中肯之言。然其所云："知诗之本者，非沧浪其谁?"（同上）过高地褒扬《沧浪诗话》，实有过誉之嫌。

除了《沧浪诗话》之外，潘氏还称颂南宋的一些著名诗话。如张戒的《岁寒堂诗话》、姜夔的《白石道人诗说》及黄彻的《砻溪诗话》等②。非著名诗话者如《通雅·诗话》和《茗香诗论》，潘德舆也认为有可取之处："诗话之简而当者，莫如明末方密之《通雅诗话》二十余则，极有契会。"③ "密之之后能以简胜者，近又有仁和宋大樽《茗香诗论》，其论尤为精澈不刊。"④ 这两则诗话因其"简"而被潘德舆所推重。

上述各家所言优秀诗话并不完全相同。古诗话家个人的好恶决定了其批评认定优秀诗话没有统一的标准。然若仅就其大致偏好来看，厌古喜今的现象在清诗话中是很明显的，与中国古代盛行的尊古做法不尽一致。例如，以补救袁枚"性灵说"著称于世的清朱庭珍曾以古今优劣诗话之多寡，表现其贬斥古诗话之思想倾向："沈归愚先生《说诗晬语》，赵秋谷《声调谱》、《续谱》，王阮亭《古诗平仄定体》，翁覃溪《小石帆亭著录》，及洪稚存《北江诗话》，赵云松《云松诗话》，此本朝人诗话之佳者。古人则《姜白石诗说》、《沧浪诗话》、《怀麓堂诗话》以外，鲜可观者。"⑤ 众多的清人优秀诗话，与较少的古代优秀诗话相比，从数量上，足以看出朱庭珍批评诗话之爱憎。"宋、元人诗话最多，而附会穿凿，最无足取。"（同上）清贺裳也有同感："宋人议论拘执。……论诗则过于苛细，然正供识者一噱耳。"⑥

---

① （清）潘德舆：《养一斋诗话》卷一，《清诗话续编》，上海古籍出版社 1983 年郭绍虞辑校点本，第 2011 页。

② 同上书，第 2154 页。

③ 同上书，第 2159 页。

④ 同上书，第 2160 页。

⑤ （清）朱庭珍：《筱园诗话》卷一，《清诗话续编》，上海古籍出版社 1983 年郭绍虞辑校点本，第 2349 页。

⑥ （清）贺裳：《载酒园诗话》卷一，《清诗话续编》，上海古籍出版社 1983 年郭绍虞辑校点本，第 252 页。

厚今薄古之批评思潮在清梁章钜的诗话中亦可看出内里之征候。梁氏以广师历代名家之学，并能复变其说著称当时，故其所言最具有说服力：“司空表圣《诗品》，但以隽词标举兴象，而于诗家之利病，实无所发明，于作诗者之心思，亦无所触发。近袁简斋作《续诗品》三十二首，乃真学诗之准绳，不可不读。自序谓：‘陆士龙云：虽随手之妙，良难以词谕。要所能言者，尽于是耳。’盖非深于诗者不能为也。”① 批评唐司空图著名的《诗品》不注重诗人内心之挖掘，称誉袁枚《续诗品》为学诗者之准绳，偏袒今人之论，令人目瞪口呆。

除此之外，明人胡应麟不满宋诗话之论，可与清诗话媲美：

> 宋人诗话，欧、陈虽名世，然率纪事，间及谐谑，时得数名言耳。刘贡父自是滑稽渠帅，其博洽可睹一班。司马君实大儒，是事别论。王直方拾人唾涕，然苏、黄遗风余韵，赖此足征。叶梦得非知诗者，亿或中焉。吕本中自谓江西衣钵，所记甚寥寥。唐子西录不多，其中颇有致语，亦不可尽凭。葛常之二十卷独全，头巾亹亹，每患读之难竭。高似孙小儿强作解事，面目可憎。许彦周迂腐老生。朱少章湮没无考。洪觉范浮屠谈诗，而诞妄坌出，在彼法当堕无间狱中。陈子象掇拾遗碎，时广见闻。张表臣独评自作诗，大堪抵掌。②

在胡氏的笔下，宋诗话有率纪谐谑者，有滑稽渠帅者，有拾人唾涕者，有奉江西诗派衣钵者，有头巾亹亹者，有强作解事者，有迂腐老迈者，有湮没无考者，有诞妄坌出者，有掇拾遗碎者。总之，优秀诗话极少。

宋人诗话之所以遭到明清诗话作者的猛烈批判，实与其最初立足点有关。欧阳修始作俑者，其第一次以“诗话”命名的《六一诗话》，鼓吹“资闲谈”③，将诗话创作引入了歧途。显然，此论与明清诗话试图改良诗话，以期能指导后生者写诗的宏伟目标不可同日而语。

沦为“兼说部”④ 之“资闲谈”，使得宋诗话在其所评的古代诗歌面前始终无法抬起高贵的头颅。身为江西诗派中人的王直方描述宋诗话家刘咸临写诗话的情形为：“刘咸临醉中尝作《诗话》数十篇，既醒，书四句于后曰：‘坐

---

① （清）梁章钜：《退庵随笔·学诗二》，《清诗话续编》，上海古籍出版社1983年郭绍虞辑校点本，第1991—1992页。

② （明）胡应麟：《诗薮》杂编卷五，上海古籍出版社1979年版，第321页。

③ （宋）欧阳修：《六一诗话》，（清）何文焕辑：《历代诗话》，中华书局1981年校点本，第264页。

④ （清）永瑢等：《四库全书总目·诗文评类一》，中华书局1965年版，第1779页。

井而观天，遂亦作天论。客问天方圆，低头惭客问。’盖悔其率尔也。”[①] 诗话只宜酒醉中作，觉醒后即悔行。此虽记刘咸临之事，亦表明宋诗话作者本人对诗话体裁爱恨交加的矛盾批评态度。

鄙厌古诗话之潮也波及了明诗话：清人叶燮曾不无调侃地批评明王世贞说："王世贞诗评甚多，虽祖述前人之口吻，而掇拾其皮毛。"[②] 神韵大师王士禛鼓旗响应道："弇州《艺苑卮言》……独嫌其党同类，稍乖公允耳。"[③] 对于明代其他诗话，王士禛也表现出自己的不满："不喜皇甫汸《解颐新语》、谢榛《诗说》。"（同上）皇甫汸批评诗歌多有疏漏之处，故"不喜"自在情理之中；谢榛《诗说》标榜汉魏风骨，诗评能鞭辟入里，其言"不喜"疑其与清人鄙厌古人所作诗话之习有关。明代优秀诗话徐祯卿的《谈艺录》同样遭到了清人的批判。潘德舆云："《谈艺录》推本性情，颇敦古谊。然谓乐府与诗殊途，是不知三代以上诗乐表里之旨，谓子建不堪整栗，是不识子建也。此处转让钟嵘见地。嵘谓'孔门用诗，陈思入室'，虽推挹微过，然子建真《风》、《雅》之苗裔，非陶公、李、杜，则无媲美之人矣。"[④] 言徐祯卿不知三代以上古诗乐表里之旨，不识曹植，与事实不相符合。徐祯卿有《迪功集》六卷，其诗风专门效法汉魏古诗。故知其对曹植知之甚深。潘氏之评正好说明清诗话作者对诗话厚今薄古的心理是片面的。

当然，我们这样说并非否认清诗话作者之间存在着不可调和的矛盾。清诗话阵营内部远远不是一派莺歌燕舞的景象，亦有自毁长城之举者。林昌彝《射鹰楼诗话》卷五批评诗话诸家云："近代竹垞（朱彝尊号竹垞，著《静志居诗话》）、西河（毛奇龄为西河，著《西河诗话》）、愚山（施闰章号愚山，著《蠖斋诗话》）、渔洋（王士禛号渔洋，有《渔洋诗话》）、秋谷（赵执信号秋谷，著有《谈龙录》）、确士（沈德潜字确士，著《说诗晬语》）、瓯北（赵翼号瓯北，著有《瓯北诗话》）、简斋（袁枚号简斋，著有《随园诗话》）、雨村（李调元号雨村，著《雨村诗话》二种）、四农（潘德舆号四农，著《养一斋诗话》），皆有诗话。竹垞之婷雅，四农之精确，则诗话必不可不作，是

---

① （宋）王直方：《王直方诗话·刘咸临题诗话诗》，郭绍虞辑：《宋诗话辑佚》本，中华书局1980年版，第34页。

② （清）叶燮：《原诗》卷三，人民文学出版社1979年霍松林校注本，第55页。

③ （清）王士禛：《渔洋诗话》卷上，近代丁福保辑：《清诗话》，上海古籍出版社1978年修订本，第170页。

④ （清）潘德舆：《养一斋诗话》卷一，《清诗话续编》，上海古籍出版社1983年郭绍虞辑校点本，第2011页。

有诗话而古诗存。确士之专取风格，简斋之一味滥收，则诗话不必作可也。简斋诗话尤滋学者之惑，为诗话之蠹。”① 在林昌彝看来，上述著名的优秀诗话只有朱彝尊和潘德舆的诗话妙不可言；沈德潜和袁枚诗话犹如秕糠，尤其是袁枚诗话更为诗话之蠹虫。林氏如此贬低袁枚诗话，显非公允之论。

潘德舆亦曾对袁枚诗话加以怀疑过，但他的态度要比林昌彝平缓得多：“近人诗话之有名者，如愚山，渔洋，秋谷，竹坨、确士所著，不尽是发明第一义，然尚不至滋后学之惑。滋惑者，其随园乎？人纷纷訾之，吾可无论矣。”② 潘氏对他人所喜欢的清翁方纲《石洲诗话》也无好感：“独《石洲诗话》一书，引证该博，又无随园佻纤之失，信从者多。予窃有惑焉，不敢不商榷，以质后之君子。”（同上）故此他得出结论说：“以苏（轼）之豪于诗，而倡言学之者犹足累人，况降于此者哉！论诗者诚不可不慎于言矣。”③

清人诗话何以即厌古喜今而又祸起萧墙、内乱不断呢？钟嵘《诗品》曾评南朝梁时文坛现象，其情形极类似清诗话文坛阵营：“庸音杂体，人各为容。至使膏腴子弟，耻文不逮，终朝点缀，分夜呻吟。独观谓为警策，众睹终沦平钝。”④ 诗话作者恃己才高，自以为是，妄加点评，实为清诗话内乱之主要原因。清沈楙悳为顾嗣立《寒厅诗话》作跋语时曾感慨道：“今之翕张风雅，轩轾人才，片语单词。悉以己意为去取，而安得为知诗，而安能为能话？”⑤ 然尽管如此，诗话犹不可不作。汪师韩有言：“宋后文人好著诗话，其为支离琐屑之谈，十且六七，而余复尤而效之乎？余过矣！虽然，以志余过。”⑥ 以诗话记述作者本人写诗话的过错，虽然所作诗话支离琐屑，但在未出现新的文学理论形式之前，也只能记写诗话俯就一时了。

清方世举创作诗话之矛盾心理可为清诗话作者心态的最好说明：“余小言亦且有误，或误人，或误题，直抒胸次而未遑检对。老不耐烦，又无胥钞，一

---

① （清）林昌彝：《射鹰楼诗话》卷五，上海古籍出版社1988年版王镇远、林虞生标点本，第95页。

② （清）潘德舆：《养一斋诗话》卷一，《清诗话续编》，上海古籍出版社1983年郭绍虞辑校点本，第2011页。

③ 同上书，第2013—2014页。

④ （梁）钟嵘：《诗品》，（清）何文焕辑：《历代诗话》，中华书局1981年校点本，第3页。

⑤ （清）顾嗣立：《寒厅诗话》沈楙悳跋，近代丁福保辑：《清诗话》，上海古籍出版社1978年修订本，第97页。

⑥ （清）汪师韩：《诗学纂闻》，近代丁福保辑：《清诗话》，上海古籍出版社1978年修订本，第439页。

气疾书，掷笔而止。”① 对诗话体裁爱恨交加，成也萧何，败也萧何，正是诗话作者心态的真实写照。

由此我们可以得出结论：古诗话内部自身体裁的批判和反批判，和谐地维系着古诗话对诗论长久的统治。然而，即使是诗话最为辉煌的宋、明、清三代，诗话界也从未达成统一的共识。狼烟蜂起，批判与反批判相互诘难，伴随着诗话的兴亡成败。加之诗话作者无法做出更多的抉择，故而只能以诗话的形式表达自己的文学理论思想。最终使得古诗话汗牛充栋；一旦当科学而崭新的西方文学理论大举涌入国门之时，古诗话不得不为其满目疮痍的表象付出惨痛的代价：诗话内部之争，到头来没有谁是胜利者，其唯一的命运便是统统被当成了垃圾，扫地出门。由此探明古诗话体裁自身批判的特征，了解诗话批判与反批判在诗话历史中所起的独特作用，对于今天实现古代诗话的现代转化无疑具有重要的现实意义。

① （清）方世举：《兰丛诗话·序》，《清诗话续编》，上海古籍出版社 1983 年郭绍虞辑校点本，第 785 页。

第二章　目见者易远，足践者必近[①]

在整个诗歌批评中，诗人与批评者双方有着鲜明的界限和角色特征。诗人所扮演的角色，是进行诗歌创作，并始终处于主体地位；批评者则为诗歌接受的一方，是文学批评的主体，享受着最广泛的精神食粮。批评者在对古代诗歌批评过程中，完成了由诗人诗歌创作到诗歌传播及批评者审美批评等几个基本环节，实现了诗歌的审美价值。可以说，批评是诗歌价值的最终落脚点。

创作离不开批评，但诗歌批评绝不等同于诗歌创作。尽管如此，诗人与批评者之间依然存在着很大程度上的共同性，这就是批评也具有一定的创造性，这种创造性往往通过批评者感受到的文学形象去实现的。诗人们创造着新的诗歌；批评者则面临鉴赏过程的再创造。在这个过程中，批评者可以进入到一个高度参与、自由发挥和即兴创造的空间，任你的思绪信马由缰。哪怕只有只言片语的感想，也不必去担心批评水平质量的高低。只有这样，批评者才能通过自己的想象和联想活动，认识那些表现在诗歌中的形象变异和对形象所蕴涵的意义的理解差异。南朝梁陆机《文赋》曾云："遵四时以叹逝，瞻万物而思纷。悲落叶于劲秋，喜柔条于芳春，心懔懔以怀霜，志眇眇而临云。咏世德之骏烈，诵先人之清芬。游文章之林府，嘉丽藻之彬彬。"又说："耽思傍讯，精骛八极，心游万仞。""观古今于须臾，抚四海于一瞬。"陆机的话，虽然指的是文学创作，但运用到此时的诗歌批评中，亦是极为恰当的。

但是，这种文学批评的"再创造"，在主观随意性上经常会受到诗歌自身文本的制约。批评者大多是在诗歌文本所提供的艺术形象中，寻找自己的依托，并进行着合情合理的想象活动。甚至可以就诗人之诗篇去探寻诗人当时写作思路的踪迹，进而探求诗人内心情感，以及语言的变化全过程。古代诗话对诗人创作和批评的关系有过深刻的论述。

---

① （清）吴乔：《围炉诗话》卷一，《清诗话续编》，上海古籍出版社1983年郭绍虞辑校点本，第481页。

第一节 作与识原是一家眷属？[①]

写诗与批评的不一致性 在批评中，批评者的认识时常会高于诗人的诗歌创作 鉴赏时批评他人，也经常会发生反不及人的现象 创作与批评在同一作家中往往会存有巨大的差异：善于批评诗歌者往往不善于写诗，善吟诗者多不能评诗 作与识原是一家眷属实为批评史中的逆流

南朝梁钟嵘在《诗品》中，曾讲述了一则文坛上有趣的怪事：“轻薄之徒，笑曹、刘为古拙，谓鲍照羲皇上人，谢朓今古独步。而师鲍照终不及‘日中市朝满’，学谢朓劣得‘黄鸟度青枝’。徒自弃于高明，无涉于文流矣。观王公缙绅之士，每博论之余，何尝不以诗为口实？”[②] 世人嘲笑建安曹植、刘桢，效法曹、刘衣钵的继承者鲍照和谢朓，然令人尴尬的是，这些人眼高手低，根本无法达到鲍、谢诗歌的水平。故而钟嵘批评世俗小人：“随其嗜欲，商榷不同，淄渑并泛，朱紫相夺，喧议竞起，准的无依。”[③] 清叶矫然在其《龙性堂诗话初集》中亦记述道：“曹能始云：‘李于鳞乐府，自谓‘拟议以成其变化’，今观其乐府，点窜古人一二字而已，未见其所谓变化者。’”[④] 虽自谓能“拟议以成其变化”，但在具体的诗歌创作中，未见其所谓变化者，写诗与批评不一致，表现到了极点。

钟嵘和叶矫然之言，实际上涉及了诗歌批评上的一个重要问题，创作与批评是不能等同的两种理解诗歌的艺术形式：创作者在写诗的时候，被诗歌内在的激情感染着，成就千古诗篇；批评者则在读诗的时候，读出自己的感情来。

但是，这种批评中的感情，有时是隐蔽着的。宋葛立方的《韵语阳秋》自序在叙述己之对诗歌的批评可为其注脚：“言口绝臧否，而心存泾渭，余以为是也，其深愧于斯人哉！若孙盛、檀道鸾、邓粲各有《晋阳秋》，是皆不畏

---

① （清）张晋本：《达观堂诗话》卷四，清光绪本。

② （梁）钟嵘：《诗品》，清何文焕辑：《历代诗话》，中华书局1981年校点本，第3页。

③ 同上书，第3—4页。

④ （清）叶矫然：《龙性堂诗话初集》，《清诗话续编》，上海古籍出版社1983年郭绍虞辑校点本，第952页。

人祸天刑，率意而作，如昌黎公所云者也。余也，非惟不敢，亦不暇。”[①] 批评过程中口不能说，是由于畏人祸天刑。经过几番反复，心存泾渭之论，终记言于《韵语阳秋》之中。

明李东阳《麓堂诗话》在批评严羽论诗时注意到了批评与诗歌创作本身是不一致的道理：“惟严沧浪所论超离尘俗，真若有所自得，反覆譬说，未尝有失。顾其所自为作，徒得唐人体面，而亦少超拔警策之处。予尝谓识得十分，只做得八九分，其一二分乃拘于才力，其沧浪之谓乎？若是者往往而然。然未有识分数少而作分数多者，故识先而力后。”[②] 以大批评理论家严羽之高才来写诗，竟然会是“少超拔警策之处”，不能不让古人心存疑虑。

应当说，有如李东阳心中之疑虑者在古诗话中大有人在。清潘德舆的《养一斋诗话》卷五批评唐代大批评理论家司空图的做法，即可与李东阳的认识相媲美：

司空表圣《诗品》，首列“雄浑”一门。然其五言如“草嫩侵沙长，冰轻着雨消”，“坡暖冬生笋，松凉夏健人”，“夜短猿悲减，风和鹊喜灵”，“马色轻寒惨，雕声带晚饥”，“棋声花院闭，幡影石坛高”，“地凉清鹤梦，林静肃僧仪”，“暖景鸡声美，微风蝶影繁”，七言如“得剑乍如添健仆，亡书久似忆良朋”，“孤屿池痕春涨满，小栏花韵午晴初”，“五更惆怅回孤枕，犹自残灯照落花”，佳句累累，终无可当“雄浑”之目者。若其《漫题》、《偶题》、《杂题》诸小诗，亦多幽致。如“破巢看乳燕，留果待啼猿”，“鸟窥临栏镜，马过隔墙鞭”，“晒书因阅画，封药偶和丹”，“鸥和湖雁下，雪隔岭梅飘”，“溪涨渔家近，烟收鸟道高”，“陂痕侵牧马，云影带耕人”，“绿树连村暗，黄花入麦稀”，颇令人应接不暇，要于“雄浑”两字，概乎未有闻也。[③]

对于严羽诗歌创作与诗歌理论相脱节的情形，潘德舆也有批评，但其对李东阳的见解是不大满意的：

表圣以后善论诗者，首数沧浪严氏，平时以李、杜之金翅擘海，香象渡河

① （宋）葛立方：《韵语阳秋》，（清）何文焕辑：《历代诗话》，中华书局 1981 年校点本，第 482 页。

② （明）李东阳：《麓堂诗话》，近代丁福保辑：《历代诗话续编》，中华书局 1983 年校点本，第 1371 页。

③ （清）潘德舆：《养一斋诗话》卷五，《清诗话续编》，上海古籍出版社 1983 年郭绍虞辑校点本，第 2072 页。

为法。而李西涯谓“沧浪所论，超离尘俗，反覆譬说，未尝有失。……”愚谓表圣善论诗，而自作不逮，亦犹是也。而自题其集云：“撑霆裂月，劼作者之肺肝，亦当吾言之无怍。蹈恕已则昏之弊，不类善论诗者所云矣。”[①]

由上述批评者们可以得出这样的结论：第一，不能按批评者之说来认识诗人的诗歌写作。第二，在批评中，鉴赏的认识往往会高于诗人的诗歌创作。同时也表明：李东阳和潘德舆对司空图、严羽的嘲讽，暴露出李、潘二人并不懂得批评与创作是不可等同的道理。

李东阳的“识先而力后”和潘德舆的“不类善论诗者所云”的论述，说明古代诗话作家意识到对诗人创作切不可盲从的问题。故此潘德舆的《养一斋诗话》卷一〇教导后学要多读诗，反对写诗：“予尝谓常读诗者，既长识力，亦养性情，常作诗者，既妨正业，亦蹈浮滑。”[②] 潘德舆对读诗与作诗的认识，与孔老夫子的述而不作极为相近。

江西诗派开山鼻祖黄庭坚注意到诗歌创作上的扬长避短：“荆公六艺学，妙处端不朽。诸生用其短，颇复凿户牖。譬如学捧心，初不悟己丑。玉石恐俱焚，公为区别不?”[③] 王安石的诗歌秉承六艺学之风，故其诗“妙处端不朽”，但这并不能说明其诗歌没有缺陷。在黄庭坚眼中，“诸生”即不善学习，专学王安石诗的短处，其诗如东施效颦一般。宋张戒也注意到了鉴赏时批评他人、反不及人的现象。《岁寒堂诗话》卷上记载云：“乙卯冬，陈去非初见余诗，曰：‘奇语甚多，只欠建安、六朝诗耳。’余以为然。及后见去非诗全集，求似六朝者，尚不可得，况建安乎？词不逮意，后世所患。”[④] 建安诗风慷慨悲歌、刚健有力，诗人特别注重表现社会政治思想内容，历来被诗坛批评者视为健康正确的诗歌发展方向；六朝诗风追求华美的艺术形式，内容空虚庸俗，或析文以为妙，或流靡以自妍，代表着诗坛上的一种注重形式主义的逆流。应当说这种诗坛上的眼高手低的文学现象是极普遍和极容易发生的情形。南宋刘克

① （清）潘德舆：《养一斋诗话》卷五，《清诗话续编》，上海古籍出版社 1983 年郭绍虞辑校点本，第 2073 页。

② （清）潘德舆：《养一斋诗话》卷一〇，《清诗话续编》，上海古籍出版社 1983 年郭绍虞辑校点本，第 2157 页。

③ （宋）黄庭坚：《奉和文潜赠无咎篇末多见及以既见君子云胡不喜为韵》，《豫章黄先生文集》卷二，四部丛刊本。

④ （宋）张戒：《岁寒堂诗话》卷上，近代丁福保辑：《历代诗话续编》，中华书局 1983 年校点本，第 464 页。

庄曾列举晚唐诗人杜牧不喜中唐诗人元、白事，讥讽杜牧云：“杜牧罪元、白诗歌传播，使子父女母交口诲淫，且曰：‘恨吾无位，不得以法绳之。’余谓此论合是元鲁山、阳道州辈人口中语。牧风情不浅，如《杜秋娘》、《张好好》诸篇，‘青楼薄幸’之句，街吏平安之报，未知去元、白几何？以燕伐燕，元、白岂肯心服？”[①] 杜牧早期有大志，关心国家政治前途，曾注释《孙子兵法》，以期能一展宏图，然仕途坎坷，只得留恋声色之间，乃至于生活放荡不检。故其早年不喜元、白诗，后期复蹈元、白诗的后尘。由此明杨慎《升庵诗话》卷九批评杜牧讥刺人者反不如人：“杜牧尝讥元、白云：‘淫词媟语，入人肌肤，吾恨不在位，不能以法治之。’而牧之诗淫媟者，与元、白等耳，岂所谓睫在眼前犹不见乎？”[②]

主张论诗首先当注意诗人亲身遭遇、境界的清吴乔，注意到了年龄的增长变化对批评诗歌的影响。“问曰：‘丈夫生平诗千有余篇，自谓与此中议论离合何如？’谢曰：‘不佞少时为俗学所误者十年，将至四十，始见唐诗比兴之义；又二十年，方知汉、魏、晋、宋之高妙，而精气销亡，不能构思矣。人之目见者易远，足践者必近，勿相困也。’”[③] 人的见识随年龄增加而变化，越老越精。在吴乔看来，初始者，人往往会走弯路；到了晚年虽见多识广，但已不能再构思了。每至此时，悲怆之情不由而生。同时吴乔对年轻所学予以了深刻的反省：“谚云：‘贼捉贼，鼠捉鼠。’余幼时沉酣于弘、嘉之学者十年，故醒后能穷搜其窟穴。”[④] 老悔少作，因是自己走的弯路，故觉醒后反戈一击最为有力。

吴乔的认识在一定程度上说明了诗歌评论与诗歌创作不一致的道理。比吴乔晚一些时候的潘德舆从更多的文体上意识到了诗文创作与诗歌批评的不一致。《养一斋诗话》卷二云：“山谷不喜集句，笑为百家衣。然于寿圣院、快轩则集句咏之，何也？大抵文人多自蹈其所讥者，不独诗为然矣。”[⑤] 徐增的《而庵诗话》所论也可和吴乔之论相唱和：“古之诗有至今日而始见其好者，

---

① （宋）刘克庄：《后村诗话》后集卷二，中华书局1983年王秀梅校点本，第66页。

② （明）杨慎：《升庵诗话》卷九，近代丁福保辑：《历代诗话续编》，中华书局1983年校点本，第821页。

③ （清）吴乔：《围炉诗话》卷一，《清诗话续编》，上海古籍出版社1983年郭绍虞辑校点本，第481页。

④ （清）吴乔：《围炉诗话》卷四，《清诗话续编》，上海古籍出版社1983年郭绍虞辑校点本，第596页。

⑤ （清）潘德舆：《养一斋诗话》卷二，《清诗话续编》，上海古籍出版社1983年郭绍虞辑校点本，第2035页。

有至今日而始见其不好者。此要以本领见识为主，勿以一时毁誉为定评也。”[①]类似徐增所云，在文学史上的例子很多。如晋宋之际的陶渊明，其诗歌达到了质朴与纯美的高度合一，然其诗在当时并不被人所看好，刘勰的《文心雕龙》及钟嵘《诗品》这些伟大的文艺理论著作，均没有意识到陶诗的好处；直至唐宋以后，人们方才认识到了陶诗的可贵。再如唐玄宗时号为“燕许大手笔”的张说与苏颋，多作应制诗，后人读之味同嚼蜡。由此吴乔将诗歌创作和诗歌批评分为读诗与作诗两类，并分别言其特点：“读诗与作诗，用心各别。读诗心须细，密察作者用意如何，布局如何，措词如何，如织者机梭，一丝不紊，而后有得。于古人只取好句，无益也。作诗须将古今人诗，一帚扫却，空旷其心，于茫然中忽得一意，而后成篇，定有可观。若读时心不能细入，作时随手即成，必为宋、明人所困。”[②] 吴乔批评宋、明两代诗歌重韵不重情所导致的有韵无诗的倾向。他以为，不加区别读诗与作诗，必将为宋、明人所困。吴乔的观点，表明清人对诗歌的创作和批评不一致的认识，已经有了较为正确的理解。

除吴乔外，意识到创作与批评不属于一路的清人还大有人在。清贺裳说：“元、白诗不能高，论诗却高。微之《少陵墓志》、《叙诗与乐天书》，乐天《寄元九书》，皆深得六义之解者，惜所作不逮耳，不得以其诗废其言也。”[③]以为元白诗不高，自为偏见；其下所言“论诗却高”，可谓卓见。至于贺裳所提出的“不得以其诗废其言”的观点，则说明了其看待问题有着辩证的眼光。

清陈仅也意识到了诗歌创作与批评二者的不一致性。他曾就学界质疑千古评诗之祖钟嵘仅传诗论《诗品》，而其所作诗歌不传，是否意味着“善评诗者反不能写诗”时说：“非特善评诗者不能诗。即善吟诗者多不能评诗。唐人不知诗者，无如白香山。《慈恩塔》诗，李、杜、岑、薛在上，而独取章八元‘回梯暗踏如穿洞，绝顶跻攀似出笼’之句，徐凝恶诗，亦赞不容口。宋人不知诗者，无如王半山。《百家诗》选王仲初而斥右丞、左司，犹可言也。曹唐之‘独凭红肌捋虎须’，‘黑地潜擎鬼魅愁’，亦复入选，不几于好恶拂人之性

---

① （清）徐增：《而庵诗话》，近代丁福保辑：《清诗话》，上海古籍出版社 1978 年修订本，第 432 页。

② （清）吴乔：《围炉诗话》卷四，《清诗话续编》，上海古籍出版社 1983 年郭绍虞辑校点本，第 591 页。

③ （清）贺裳：《载酒园诗话又编》，《清诗话续编》，上海古籍出版社 1983 年郭绍虞辑校点本，第 357 页。

乎？同时山谷，亦不善评诗。因知人各有能不能也。”① 陈仅不仅注意到了善于批评诗歌者不善于写诗，同时也看到善吟诗者多不能评诗的现象。以白居易、王安石尚且如此，他人更不需说。有如锦绣千尺，善织锦者不一定善裁剪，善裁剪者不必善织锦。同样的道理，世上多有不能诗而善批评诗者，也有善批评鉴赏者而不善写诗的人。清劳孝舆《春秋诗话》卷二以诗作有题而读者无题的例子证明批评与创作不一的观点较为新颖：“大抵《诗》之作必有题，而善读者不可有题。非谓诗本无题也，学者生千载后，不得起千载以上之人而请业焉。事在渺茫，而强为之题，牵诗以就我。则有题已无诗，不如无题诗尚在也。试观诸名卿所赋何诗？其诗何题哉？余故就此一题，发解《诗》之大凡，以与解人参之。”将有题与无题之论视之为“《诗》之大凡”足见其对诗歌创作与诗歌批评性质不同的深刻认识。

但是，清人的认识是矛盾和不坚定的，例如，同样是吴乔，便提出了与前相反的观点。《围炉诗话》卷六言道：

献吉亦知诗妙处有言外之意，求工于字句，心劳日拙，而所作反是。元美之讥钱起“佳气长浮仗外峰”为泛，亦然。②

前七子领袖李梦阳，字献吉；后七子领袖王世贞，字元美。李梦阳以反对虚浮的台阁体诗而著称于世，他曾提出著名的“文必秦汉，诗必盛唐”的口号。吴乔讥讽李梦阳诗歌与其观点相悖：平时昌言诗之妙处在言外之意，但写诗时却反其道而行之，刻意求工于字句。应该说吴乔的批评是正确的，然而，他的批评同时也与其一贯倡导的诗歌创作和批评鉴赏的不一致相忤逆了。这说明清人对诗歌创作与批评的关系之认识的把握是不圆满的。

以为诗歌创作与批评应该画等号的观点在当时诗坛上毕竟是一股逆流。受其裹挟，清诗话中许多大诗话家也有相类似的思想。贺云翻为贺贻孙的《诗筏》作序时说：“吾乃知惟能言人所能言，然后能言人所不能言，能言人所共言，然后能言人所不及言。何也？轨无异辙，理无二致，人自不能言，不及言耳。有一人焉，昭昭揭而示之，于是恍然以为先得我心之所同然也。”③ 首先

① （清）陈仅：《竹林答问》，《清诗话续编》，上海古籍出版社1983年郭绍虞辑校点本，第2250页。

② （清）吴乔：《围炉诗话》卷六，《清诗话续编》，上海古籍出版社1983年郭绍虞辑校点本，第669页。

③ （清）贺贻孙：《诗筏》贺云翻序，《清诗话续编》，上海古籍出版社1983年郭绍虞辑校点本，第134页。

做到了共性，言人所共言，然后才能去谈自己独特的个性，言人所不能言。清贺贻孙《诗筏》嘲笑司空图自用其弊："晚唐惟司空图善论诗，其《与李生论诗书》云：'醯非不酸也，止于酸而已；盐非不咸也，止于咸而已。所贵乎味者，为其醇美在酸咸之外耳。贾阆仙诚有警句，视其全篇，意思殊馁，大抵附于蹇涩，方可致才，亦为体之不备也。惟近而不浮，远而不尽，然后可以言韵外之致'数语大有意味。但其自为诗，亦未脱晚唐习气，而辄自誉云：'千变万状，不知所以神而自神。'抑太过矣。"[①] 正确的道理人人知晓，只是他自己不能正确地去做而已。翁方纲的《石洲诗话》卷二曾有类似看法，他不解为何在司空图身上作与评会出现如此大的差距："司空表圣在晚唐中，卓然自命，且论诗亦入超诣。而其所自作，全无高韵，与其评诗之语，竟不相似。此诚不可解。"[②] "《二十四品》，真有妙语。而其自编《一鸣集》，所谓'撑霆裂月'者，竟不知何在也。"[③] 翁方纲的疑问，在清徐增身上也有。只不过徐增能够站在另一个角度看到诗之等级的情况。《而庵诗话》云："诗之等级不同，人到那一等地位，方看得那一等地位人诗出。学问见识如棋力酒量，不可勉强也。"[④] 在徐增的笔下，等级是天生的，当与生俱来，不可勉强。他举例说："今人好论唐诗，论得著者几个？譬如人立于山之中间，山顶上是一种境界，山脚下又是一种境界，此三种境界各各不同。中间境界人论上境界人之诗，或有影子；至若最下境界人而论最上境界人之诗，直未梦见也。"[⑤] 有何等见识就会有何等的论述。神韵大师王士禛从妙悟的角度批评钱谦益不知妙悟理趣导其一生病症："虞山钱先生不喜妙悟之论，公一生病痛正坐此。然仪卿诗实有刻舟之诮，高新宁亦然，大抵知及之而才不逮云。"[⑥] 稍后的张晋本简单地将诗歌与评论二者联系起来："昔人谓诗文一道，作者难，识者尤难。余谓农夫识谷，织女识布，作与识原是一家眷属，盖失则两失，得则两得也。"（《达观堂诗话》卷四）诗歌创作与批评鉴赏二者既有联系也有不同，不可简单地将二者等同起来。故言"失则两失，得则两得"是不切合实际情况的。但是，

---

① （清）贺贻孙：《诗筏》，《清诗话续编》，上海古籍出版社 1983 年郭绍虞辑校点本，第 181 页。

② （清）翁方纲：《石洲诗话》卷二，《清诗话续编》，上海古籍出版社 1983 年郭绍虞辑校点本，第 1395 页。

③ 同上。

④ （清）徐增：《而庵诗话》，近代丁福保辑：《清诗话》，上海古籍出版社 1978 年修订本，第 430 页。

⑤ 同上。

⑥ （清）王士禛：《带经堂诗话》卷六，人民文学出版社 1998 年戴鸿森校点本，第 138 页。

张晋本提倡诗歌写作与批评鉴赏同步提高的愿望还是对后人有所激励的。明方以智的《通雅诗话》也以为创作与评论是一家，并以杜甫与韩愈的例子证明：作者如果自己成为大文学家的话，那么便会有高深的评论见解："'或看翡翠兰苕上，未掣鲸鱼碧海中'，'龙文虎脊皆君驭。历块过都见尔曹'，'别裁伪体亲《风》《雅》，转益多师是汝师'，此子美之论也。'横空盘硬'，'妥贴排奡'，'垠崖崩愁'，'乾坤雷硠'，此退之所取也。读书深，识力厚，才大笔老，乃能驱使古今，吞吐始妙。"[①] 我们不能说方以智的观点完全是错误的。一般来说，自身有西施之容，乃可论于淑媛；有龙泉之利，然后议于断割。否则他人自会不服气的。例如，清方东树《昭昧詹言》卷一即不肯臣服地说："退之、子厚、习之、明允之论文，杜公之论诗，殆若孔、孟、曾、思、程、朱之讲道说经，乃可谓以般若说般若者矣。其余则不过知解宗徒，其所自造则未也。如陆士衡、刘彦和、钟仲伟、司空表圣皆是。既非身有，则其言或出于揣摩，不免空华目翳，往往未谛。若夫宋以来诗话诸书，指陈褊隘，雅俗杂糅，任意抑扬，是非倒置，由己本未深诣精解也。"[②] 方东树之言并不恰当，称韩愈、柳宗元为大家情有可原；杜甫有诗无论本为事实，其所论既比不了中唐皎然的《诗式》，也比不了晚唐司空图的《二十四诗品》；只有《戏为六绝句》可称颂，但其不仅批评论述数量少，且为游戏之作。后人切不可盲从。其他如习之（李翱）、明允之辈，何足论哉！至于其所蔑视的陆机、刘勰、钟嵘、司空图等人，哪一个不是伟大的文学理论批评家？其批评论述上的成就，韩愈、柳宗元、杜甫、李翱等，何人能望其项背？从这一点来言，意识到诗歌与批评虽原本为一家眷属，但其中的每一个人都是不可相等的道理，便格外的重要了。

第二节　颂其诗，读其书，不知其人，可乎？[③]

晓得文义是一重，识得意思好处是一重　有"具眼"，方可论诗　说诗者不以文害辞，不以辞害志，以意逆志

① （明）方以智：《通雅诗话》，《全明诗话》，齐鲁书社 2005 年周维德集校本，第 5099 页。

② （清）方东树：《昭昧詹言》卷一，清光绪刻方植之全集本。

③ （战国）孟子：《孟子·万章下》，《四部丛刊》本。

清方东树《昭昧詹言》对陆机、刘勰、钟嵘、司空图等人的指责，说明其不懂得批评与诗歌创作不可完全等同的道理。那么，何以知晓诗人作诗之本意呢？空华目翳、一味空谈显然不属于科学的方法。宋魏庆之与清人薛雪的主张可值得借鉴。魏庆之《诗人玉屑》卷六云：

陈文蔚说诗，先生曰："谓公不晓文义则不得，只是不见那好处。如昔人赋梅云：'疏影横斜水清浅，暗香浮动月黄昏。'这十四字谁人不晓得？然而前辈直恁地称叹，说他形容得好。是如何？这个便是难说，须要自得他言外之意，须是看得他物事有精神方好。若看得有精神，自是活动有意思，跳掷叫唤，自然不知手之舞之，足之蹈之。这个有两重：晓得文义是一重，识得意思好处是一重。"①

对于任何诗人和其诗歌而言，都当注重两个方面：晓得文义和识得意思好处，这样便可懂得其言外之意。薛雪的《一瓢诗话》也说：

读书先要具眼，然后作得好诗。切不可误认老成为率俗，纤弱为工致，悠扬宛转为浅薄，忠厚恳恻为粗鄙，奇怪险僻为博雅，佶屈荒诞为高古，才是学者。②

"具眼"最早为明李东阳《怀麓堂诗话》所提出来的诗歌主张。他要求评论者能够透过诗歌的外在形式，把握诗歌的本质特征。薛雪承继了李东阳的衣钵，强调只有注重"具眼"，方可论诗，不至于误入歧途。那么，何以能"晓得文义"、"识得意思好处"而具备一双"具眼"呢？中国古代诗话从孟子身上找到了突破点。《孟子·万章下》云："颂其诗，读其书，不知其人，可乎？是以论其世也。是尚友也。"③ 孟子之论本意虽为交友之道，但应运于诗文中极为恰当。孟子继续言道："故说诗者不以文害辞，不以辞害志，以意逆志，是为得之。"④ 逆，揣度、迎取之意。以意逆志，即以己之意揣度他人之志。孟子的话是实事求是和客观的。故而古诗话以孟子之言作为批评古代诗人及作

---

① （宋）魏庆之：《诗人玉屑》卷六，上海古籍出版社 1978 年，第 125—126 页。

② （清）薛雪：《一瓢诗话》，近代丁福保辑：《清诗话》，上海古籍出版社 1978 年修订本，第 681 页。

③ （战国）孟子：《孟子·万章下》，《四部丛刊》本。

④ 同上。

品的根本法则。即使是批评陆机、刘勰、钟嵘和司空图等人言行不一的清人方东树也是以此为论诗之标准的。《昭昧詹言》卷一赞扬孟子“知人论世”是“此为学诗最初之本事，即以意逆志之教也。若王阮亭论诗，止于掇章称咏而已，徒赏其一二佳篇佳句，不论其人为何如，又安问其志为何如？此何与于诗教也？”① 在方东树看来，孟子论世当为学诗之根本。王士禛将主要精力放在“章咏”上面，即不论人，也不探求作者之志，结果只能是：其人不知，其志也无法搞清楚，故其作不符合诗教。方东树为其所列罪名，足以置王士禛诗论于死地。

相比较而言，清吴淇就孟子诗论问题有过三点系统的阐发。

其一，吴淇解释了为何要以孟子论诗为宗旨之原因：“然论其人，必先论其世者，何也？使生乎天之下，或无多人，或多人而皆善士，固无有同异也，偏党何由而生；亦无爱憎也，谗讥何由而起。无奈天下之共我而生者，林林尔，总总尔，攻取不得不繁，于是党同伐异，相倾相轧，遂成一牢不可破之局。君子生当其世，欲争之而不得，欲不争而又不获已，不能直达其性，则虑不得不深，心不得不危，故人必与世相关也。”② 大千世界，每一个人有每一个人之“世”。绝然不能以我之“世”强行加于古人之“世”。这是因为，古人自有古人之“世”的缘故。即使是同一时代的古人，二者之世界也是完全不一样的，吴淇举例说：“不珍厥愠，文王之世也；愠于群小，孔子之世也；苟不论其世为何世，安知其人为何如人乎？余之论选诗，义取诸此，其六朝诗人列传，仿知人而作，六朝诗人记年，又因论世而起云。”（同上）

吴淇的论述之二为：对意与志加以了认定：“诗有内有外。显于外者曰文曰辞，蕴于内者曰志曰意。此意字与‘思无邪’思字皆出于志，然有辨。思就其惨澹经营言之，意就其淋漓尽兴言之，则志古人之志而意古人之意。”（同上）诗之内外有别，指的是其思想和其艺术特色。志、意和思，同属于思想内容方面，但三者是有细微的区别的。他例举云：“选诗中每每以古意命题是也。汉、宋诸儒以一志字属古人，而意为自己之意。夫我非古人，而以己意说之，其贤于蒙之见也几何矣。不知志者古人之心事，以意为舆，载志而游，或有方，或无方，意之所到，即志之所在，故以古人之意求古人之志，乃就诗论诗，犹之以人治人也。”。（同上）今天看来，吴淇将志、意强行区别，似乎近于繁琐。

---

① （清）方东树：《昭昧詹言》卷一，清光绪刻方植之全集本。

② （清）吴淇：《六朝选诗定论缘起》，《六朝选诗定论》卷一，清康熙刊本。

其三，吴淇将作诗与批评诗歌区别开来：“不以文害辞，此为说诗者言，非为作诗者解也。一字之文，足害一句之辞，于此得炼字之法。不以辞害意，亦为说诗者言。一句之辞，足害一篇之意，可见琢句须工。然却不外炼字之法。字炼得警则句自健耳。”（同上）视不以文害辞和不以辞害意为诗歌批评的根本法则，且与作诗无关，更为批评者提出了专门的标准。至于写诗者的标准是什么，吴淇没有谈。

与吴淇的三点高论相比，明胡应麟的《诗薮》内编卷一可补其阙：“孔曰：‘草创之，讨论之，修饰之，润色之。’千古为文之大法也。孟曰：‘不以文害辞，不以辞害意，以意逆志，是为得之。’千古谈诗之妙诠也。”[①] 胡应麟不仅宗法孟子之论，还特意加上了孔子。并详细地给二人加以分工：孔子之论为写诗之大法，孟子之论可专为批评诗歌而谈。清章学诚的《文史通义·杂说》也注意到了诗歌批评与诗歌创作的标准不一致这个问题：“三百之《诗》具在也，文字无所加损也，声音无所歧异也，体物之工，言情之婉，陈义之高，未尝有所改变也；然而说《诗》之旨一有所异，则《诗》之得失霄壤判焉。”[②]

然而，以孔孟之言作为诗歌写作与批评之大法的思想在中国古代社会里并不是一贯传承不息的。韩非子即曾对孔子的认识能力提出过质疑。《韩非子·显学》记言道：“澹台子羽，君子之容也。仲尼几而取之，与处久而行不称其貌。宰予之辞，雅而文也。仲尼几而取之，与处而智不充其辩。故孔子曰：‘以容取人乎，失之子羽；以言取人乎，失之宰予。’故以仲尼之智而有失实之声。”[③] 孔子仅仅凭自己的看法来认识别人，最终证明是错误的。汉扬雄走上了另一个极端，《扬子法言·问神》认为圣人之言不可解：“或问圣人之经不可使易知与？曰：‘不可。’天俄而可度，则其覆物也浅矣；地俄而可测，则其载物也薄矣。大哉！天地之为万物郭，五经之为众说郛。”[④] 在扬雄看来，强解圣人之意便会浅薄丛生。宋程颐则以为孔子之后再无人可解诗：“自仲尼后更无人理会得《诗》。如言后妃之德，皆以为文王之后妃。文王，诸侯也，岂有后妃？”又云：“《大序》言，是以《关雎》乐得淑女以配君子。忧在进贤不淫其色。哀窈窕，思贤才，而无伤善之心焉。是《关雎》之义也。只著

① （明）胡应麟：《诗薮》内编卷一，上海古籍出版社 1979 年版，第 2 页。

② （清）章学诚：《文史通义·杂说》，古籍出版社 1956 年版，第 199 页。

③ （战国）韩非子：《韩非子·显学》，见国学整理社辑《诸子集成》第五册《韩非子集解》，中华书局 1986 年重印本，第 353 页。

④ （汉）扬雄：《扬子法言·问神》，《四部丛刊》本。

个‘是以’字，便自有意思。”[①] 上述所言，若与诗话作者相比，显然诗话作者的见识远远高于韩非、扬雄和程颐等贤哲的思想。

但是，我们也不难从诗话的论述中看到一丝韩非、扬雄和程颐等人的思想影子来。明焦竑的《题词林人物考》曾论云：“友人王赤冈氏，耽玩艺文，错综今古，乃取昭代词家，人为之传。以为不得其神，未可论其法；不知其人，未有能得其神者也。其诵诗读书而论其世之意欤？”[②] 焦竑将诗歌认识分为三个步骤，即：其神、其人与其世。三个步骤里，焦竑将论其世放在了最基础的地位上面。没有它，也就不会有所谓的论其人和论其神了。

清张廷玉曾批评王世贞以己之好恶来定诗人高下的做法，亦令后世的批评者们为之醒悟：“其所与游者，大抵见其集中，各为标目。曰前五子者，攀龙、中行、有誉、国伦、臣也。后五子则南昌余曰德、蒲圻魏裳、歙汪道昆、铜梁张佳胤，新蔡张九一也。……末五子则京山李维桢、鄞屠隆、南乐魏允中、兰溪胡应麟，而用贤复与焉。其所去取，颇以好恶为高下。”[③] 故此金圣叹要求批评者们做“真才子”，并要其当身临其境：“作书不过弄墨之事也，乃写来便若真有其事，而亲临其地者。真正才子，谁其匹之？”[④] 清薛雪以为批评诗歌应该知作者所指，切莫可一味率执己见：“看诗须知作者所指，才是贾胡辨宝。若一味率执己见，未免有吠日之诮。”以此为标准，薛雪解诗道：“一友作秋雨诗，首句云：‘雨入秋来密。’盖实指其时也。有人评之曰：‘起句太率。’嫌入春、入夏、入冬皆可。余闻之不觉失笑，其友诘余，曰：杜浣花‘年过半百不称意。’亦觉太率；人生不称意，三十、四十、六十、七十皆可，何独半百耶？座客无不绝倒。”[⑤] 知诗人所指，便不会错误地解释诗歌。诸如中国古代多为黑暗现实，解诗时切不可不顾其诗歌旨意如何，务将其归结于简单化，或以刺时、刺其君而敷衍。

诗歌生于至情之中，情又处于一定的环境里面，环境千奇百怪，比如：安、危、亨、困之界，情有喜、怒、哀、乐之分。故而不可简单地以刺时、刺君相概括。即使是同一时代，忠臣烈士与奸佞小人也有云泥之别。衰世有如夏桀、商纣之朝，多贤士大夫；盛朝有如尧舜之世，四凶逞顽。故不可以简单地

---

① （宋）程颐：《二程遗书》卷一八，文渊阁《四库全书》本。

② （明）焦竑：《澹园集》卷二二《题词林人物考》，《金陵丛书》本。

③ （清）张廷玉等：《明史·王世贞传》，中华书局1974年本，第7381页。

④ （清）金圣叹：《第五才子书施耐庵水浒传》第四十七回夹批，中华书局本。

⑤ （清）薛雪：《一瓢诗话》，近代丁福保辑：《清诗话》，上海古籍出版社1978年修订本，第684页。

颂美或讥刺，否则与正确的诗歌批评无缘。

清黄子云另辟蹊径注意到了诗之味，《野鸿诗的》云：“学古人诗，不在乎字句，而在乎臭味。字句魄也，可记诵而得。臭味魂也，不可以言宣。”[①]理解诗歌的程度如何，全在乎对诗之味体会得多少。切不可用心于字句之间。在黄子云看来，诗味是不可言传他人的。但是，这并不意味着诗味不可得，他继续言道：“当于吟咏时，先揣知作者当日所处境遇，然后以我之心，求无象于窅冥惚恍之间，或得或丧，若存若亡，始也茫焉无所遇，终焉元珠垂曜，灼然毕现我目中矣。”[②] 入古人之境界，然后以我之心求之，可称得上是极恰当的。袁枚《续诗品·辨微》曾描述过辨微的情形：“是新非纤，是淡非枯，是朴非拙，是健非粗。急宜判分，毫厘千里，勿混淄渑，勿眩朱紫。戒之戒之，贤智之过。老手颓唐，才人胆大。”[③] 以袁枚所言，辨微妙之差别，当会精确无误。

做到了以上各点似乎还不全面。清刘熙载的“合其境”亦有可参考的地方：“文文山词有‘风雨如晦，鸡鸣不已’之意。不知者以为变声。其实乃变之正也。故词当合其人之境地以观之。”[④] 刘氏本意虽在乎词，但对于鉴赏者批评诗歌足可谓他山之石。

唯求其精但不可过分地细致，否则必陷于琐屑之泥坑。清何文焕《历代诗话考索》言曰：“六一居士谓诗人贪求好句，理或不通，亦一病也。如‘袖中谏草朝天去，头上宫花侍宴归。’奈进谏无直用草稿之理。‘姑苏台下寒山寺，夜半钟声到客船。’奈夜半非打钟时云云。按‘谏草’句不无语病，其余何必拘？况不以文害辞，不以辞害志，孟子早有明训，何容词费！”[⑤] 过度追求“真”，有时会害辞，与孟子的“不以文害辞”相悖。

与之相比，吴乔有另一番见解：批评诗歌时心须细密；写诗则须将古今人诗摒弃殆尽，以便能空旷其心：“读诗与作诗，用心各别。读诗心须细，密察作者用意如何，布局如何，措词如何，如织者机梭，一丝不紊，而后有得。于

---

① （清）黄子云：《野鸿诗的》，近代丁福保辑：《清诗话》，上海古籍出版社 1978 年修订本，第 847 页。

② 同上书，第 847—848 页。

③ （清）袁枚：《续诗品·辨微》，近代丁福保辑：《清诗话》，上海古籍出版社 1978 年修订本，第 1033 页。

④ （清）刘熙载：《艺概·词曲概》，清同治古桐书屋六种本。

⑤ （清）何文焕：《历代诗话考索》，（清）何文焕辑：《历代诗话》，中华书局 1981 年校点本，第 812 页。

古人只取好句，无益也。作诗须将古今人诗一帚扫却，空旷其心，于茫然中忽得一意，而后成篇，定有可观。若读时心不能细入，作时随手即成，必为宋明人所困。”① 作诗与诗歌批评不一致，故当分开来看。诗歌批评要细，如织者织布，一丝不紊，而后可体会出作者的深层用意；写诗要粗豪，可于茫茫无绪之中，顺延主线写出豪放的诗歌来。

明何景明从另一角度意识到诗歌体裁互有短长：“孔子斯为折中之圣，自余诸子，悉成一家之言。体物杂撰，言辞各殊，君子不例而同之也，取其善焉已尔。”② 诸如三国时的曹、刘，西晋时的阮、陆，有唐之李、杜，无不异曲同工，各擅其时，并称雄于诗坛。何景明解释其中之三味道：“辞有高下，皆能拟议以成其变化也。”（《何大复先生全集》卷三二）变化方可呈现花团锦簇。假设必求其同曲，然后加以批评，则既无曹、刘、阮、陆之辈，李、杜之诗也不会千载独步。然每一位诗人都当有自己独特的艺术风格，一般来说，这种独特风格的建立，当与时代有关。明胡震亨《唐音癸签》卷二五慷慨而云：“凡诗，一人有一人本色。无天宝一乱，鸣候止写承平；无拾遗一官，怀忠难入篇什，无杜诗矣。故论杜诗者论于杜世与身所遭，而知天所以佐成其诗者实巧。”③ 时代造就英雄，故胡震亨得出结论云：“千载仅有杜诗，千载仅有杜公诗遭耳。”（《唐音癸签》卷二五）

那么，如何审清时代的关系呢？清吴乔《围炉诗话》卷一为批评者们提供了一个最好的办法：“熟读新旧唐书、通鉴、稗史，知其时事，知其处境，乃知其意所从生。如少陵《丽人行》，不知五杨所为，则‘丞相嗔’之意没矣。”④ 吴氏的办法，实为放之四海的真理，即使是在今天，也是我们了解古代社会的最佳途径。因为诗歌之中必定隐匿着深层的含义，显然可见，意从境生，故多读各类史书，是破解诗旨之最佳途径。

与之相比，清考据大师戴震强调从具体事物中考察并认识事物的规律可为吴氏之论的补充：“今就全诗，考其字义、名物于各章之下，不以作诗之意衍其说。”⑤ 为何如此呢？戴震解释说：“盖字义、名物，前人或失之者，可以详核而知。古籍具在，有明证也。作诗之意，前人既失其传者，非论其世知其

---

① （清）吴乔：《围炉诗话》卷四，《丛书集成》本。

② （明）何景明：《何大复先生全集》卷三二《与李空同论诗》，清咸丰刊本。

③ （明）胡震亨：《唐音癸签》卷二五，文渊阁《四库全书》本。

④ （清）吴乔：《答万季野诗问》，近代丁福保辑：《清诗话》，上海古籍出版社1978年修订本，第30页。

⑤ （清）戴震：《戴东原集》卷一〇《毛诗补传序》，《四部备要》本。

人，固难以臆见定也。”（《戴东原集》卷一〇《毛诗补传序》）字句可考究，其意则必知其时代方可知晓诗人的真正用心。

主张诗歌同时应具备真情、个性和灵性三方面要素的性灵大师袁枚，则并不像戴震那样乐观。在袁枚的眼里，似乎无人可做到精确考证前人：“相传小序为子夏所作，古无明文。即果为子夏所作，亦未必尽合诗人之旨。其他毛、郑皆可类推。朱子有见于此，别为集解，推其意亦不过据己所见，羽翼诗教，启发后人，而并非禁天下好学深思之士以意逆志也。”[①] 不仅孔子的学生子夏做不到，其他如毛亨、毛苌、郑玄等大师都做不到。甚至连朱熹也只是“推其意亦不过据己所见”。袁枚的话掷地有声！

袁枚之说的关键在于“并非禁天下好学深思之士以意逆志也”。实为鼓励以己之意去理解原文的思想，表现了袁枚卓越的见识和无与伦比的才智。其《程绵庄诗说序》甚至言道：“作诗者以诗传，说诗者以说传。传者，传其说之是，而不必其尽合于作者也。”（《小仓山房文集》卷二八《程绵庄诗说序》）明显的离经叛道的观点！

应该认识到：袁氏的观点是符合唯物辩证思想的。因为诗歌批评者之思想是永远不能全等于诗人当时的思想观点的。所谓考证出来的东西，无非名氏而已。至于诗歌，诗人兴会标举，景物触动，偶然成诗，以后又不断地及时修改。故此批评者虽冥心追溯，求其前所以为诗之故而终不可得。所谓你永远不会走进同一条小河中，就是这个道理。山川依旧，物去人非，当你站在同一条河里时，水早已不是旧时原貌了。

明皇甫汸也有不同凡俗的言语，可供诗歌批评者参考：“评诗者，须玩理于趣中，逆志于言外。”[②] 评诗须玩理于趣中，似理学家枯燥的说教，不足为奇；逆志于言外，是有一定的道理的，与陆游的“功夫在诗外”，有着异曲同工之妙。

诗以言志。其多有承继《诗经》、《楚辞》风格者。其势起，或兴、或比、或赋，大多寓意深远，托词寄情，反复优游而雍容不迫。或写景而雅淡，或推人心以至情，写感慨微意，抒悲欢含蓄，美刺婉曲，不露不伤。诗歌批评者诵其诗，可知诗人意志：或内怀幽忧隐痛，不能自明；或仕途日进满心欢喜，急于唱和；或被世风所感，民生喜怒哀伤，均侵扰着诗人的心田。此时漫托风云

---

① （清）袁枚：《小仓山房文集》卷二八《程绵庄诗说序》，《四部备要》本。

② （明）徐师曾：《文体明辨序说·文章纲领·论诗》引（明）皇甫汸言，人民文学出版社 1962 年版，第 87 页。

月露，美人花草之形，以遣其内心喜悦和幽怨。故而批评者欲想见其为人，把酒共盏，将诗中所有得意处、不得意处、转笔处、难转笔处、趁水生波处、翻空出奇处、不得不补处、不得不省处、顺添在后处、倒插在前处，无数难以知晓处，悉数得以解答，求得心灵共振。由此看来，不论其世、不知其人可乎？

第三节　美刺箴怨皆无迹，当以心会心[①]

切不可以成败论人　诗不可言语求得，必将观其意　不要被诗中的伪句所迷惑　“文、理、义”与“细绎之”　从意在言外之中搜寻作诗者本意　从字面语来批评古代诗句，会得出错误的观点　诗贵寓意之说　板腐会引导批评者对诗歌做出错误的批评　不可摘其全集之微玷，盖厥终身　名诗并不等于好诗　名句分类　比兴和考证辨误

诗歌批评者见识高远，方可与古代诗人的心灵缩短距离。宋人张戒的《岁寒堂诗话》卷上曾以杜甫诗为例说明这个道理：“子美诗奄有古今，学者能识《国风》《骚》人之旨，然后知子美用意处；识汉、魏诗，然后知子美遣词处。至于掩颜、谢之孤高，杂徐、庾之流丽，在子美不足道耳。”[②] 张氏之言的本质实为多读书，尤其是多读先秦和汉魏经典著作。此不失为批评者探求古代诗人之内心世界的一条好办法。比张氏的办法更为可行的是“以心会心”，古诗话中最早提出这一建议的是南宋姜夔：

《三百篇》美刺箴怨皆无迹，当以心会心。[③]

“以心会心”，实为古诗话对诗歌批评者提出的更高的批评方法。至清时，

① （宋）姜夔：《白石道人诗说》，（清）何文焕辑：《历代诗话》，中华书局 1981 年校点本，第 681 页。

② （宋）张戒：《岁寒堂诗话》卷上，近代丁福保辑：《历代诗话续编》，中华书局 1983 年校点本，第 451 页。

③ （宋）姜夔：《白石道人诗说》，（清）何文焕辑：《历代诗话》，中华书局 1981 年校点本，第 681 页。

劳孝舆承传姜夔衣钵，以心灵探求古人真面目："惟公子以至聪之耳，至明之目，而运以古人之心。得之于神，遇之于幽，不觉其津津道之，皆行以见古人之真面目，真性情也。今之说诗者，苟如其评以求之，不为耳挂，不为目碍，并不以心为师，或可介公子以见古人也。"（《春秋诗话》卷五）劳氏所言的"公子"指《左传·襄公二十九年》所载的在鲁国观周乐的吴公子季札。春秋时，诗、乐、舞不分，三位一体。季札曾就其所观赏的十五国风、大小雅及三颂予以了精美的评论。在劳氏看来，批评者应当具备季札那样的"至聪之耳，至明之目"，同时还当"运以古人之心"，"得之于神，遇之于幽"，如此，方可与古人心心相印。宋代大诗人苏轼批评杜诗时曾经达到过这种境界："仆尝梦见人云是杜子美，谓仆曰：'世人多误解吾诗，《八阵图》诗云：江流石不转，遗恨失吞吴。人皆以为先主、武侯，皆欲与关羽复仇，故恨不能灭吴。非也。我本意谓吴、蜀唇齿之国，不当相图，晋之所以能取蜀者，以蜀有吞吴之意，此为恨耳。'此理甚长。"[①] 苏轼梦中所听杜甫言，真卓见也！三国时，魏国强大，蜀、吴弱小。蜀、吴唯一的出路就是联合起来，共同抗击曹魏。否则自相攻伐，只能会亲仇敌快，让曹魏渔翁得利。苏轼批评诗歌竟然到了神驰的地步，故而才会有此高论。

与苏轼相比，就中唐之刘、柳坐交王伾、王叔文党，剥夺宦官军权事，南宋刘克庄一反世俗偏见，以己心去体会历史，亦有真见地："八司马附丽伾、文，固无足议，但谋夺宦者兵柄，使范希朝、韩泰总统诸镇行营兵马，边上诸将各以状辞中尉，中人大怒曰：'从其谋，吾属必死其手。'嗟乎！此岂伾、文之智所及哉！八司马多隽才，必有为画策者。事虽不成。与晁错、窦武、陈蕃何异！"[②] 刘克庄将刘禹锡与柳宗元比之为汉代专于阉党斗争的铮铮铁汉晁错、窦武、陈蕃，表现了其进步的思想和卓越的胆识。汉、唐均有宦官之祸，其中尤其以唐代宦官之祸最为惨烈。阉竖弑宪宗、敬宗，擅自废立皇帝，其中穆宗、文宗、武宗、宣宗、僖宗、昭宗均是由宦官拥立的。宰相及诸王多有被宦官诛杀者。阉党还作为监军执掌国家的军队，使得军令不行，最终导致亡唐巨祸。故而刘、柳谋夺宦者兵柄，对唐室是十分有益的。尽管最终失败了，但其赤诚之心光耀千秋。然与刘柳同时的韩愈并不这样认为，他曾写诗《永贞行》，怒斥刘、柳篡权。故此刘克庄批评韩愈道："退之《永贞行》云：'北军百万虎与罴，天子自将非他师。一日夺印付私党，凛凛朝士何能为?'呜呼！天子

① （宋）苏轼：《东坡诗话补遗》，《萤雪轩丛书》本。
② （宋）刘克庄：《后村诗话》续集卷二，中华书局1983年王秀梅校点本，第97页。

安能自将？不过付之中尉及观军容使耳。以成败论人，世俗不足责，退之豪杰，亦以天子自将北军为是，而夺印非耶？”① 刘克庄提出的切不可以成败论人的观点，是对批评理论的杰出贡献，直到今日，批评诗歌均需特别注意这个问题。

宋魏庆之注意到了诗歌理解不可从字面上去求得的事实：“诗者，不可言语求而得，必将观其意焉。”有时讥刺与赞美从字面上来看是相反的，他举例说：“故其讥刺是人也，不言其所为之恶，而言其爵位之尊，车服之美，而民疾之，以见其不堪也。”犹如“‘君子偕老，副笄六珈’，‘赫赫师尹，民具尔瞻’是也。其颂美是人也，不言其所为之善，而言其容貌之盛，冠佩之华，而民安之，以见其无愧也。‘缁衣之宜兮，蔽予又改为兮’，‘服其命服，朱芾斯皇’是也。”② 但是，如果不以字面含义为基准的话，往往会产生歧义。明王世懋的《艺圃撷余》例举云：

一日偶诵贾岛《桑乾绝句》，见谢枋得注云：“旅寓十年，交游欢爱，与故乡无异。一旦别去，岂能无情？渡桑乾而望并州，反以为故乡也。”不觉大笑。拈以问玉山程生曰：“诗如此解否？”程生曰：“向如此解。”余谓此岛自思乡作，何曾与并州有情？其意恨久客并州。远隔故乡，今非惟不能归，反北渡桑乾，还望并州，又是故乡矣。并州且不得住，何况得归咸阳？此岛意也。谢注有分毫相似否？程始叹赏，以为闻所未闻，不知向自听梦中语耳。③

文中所说的《桑乾绝句》，《全唐诗》卷五七四第三十八首为《渡桑干》，诗云：“客舍并州已十霜，归心日夜忆咸阳。无端更渡桑干水，却望并州是故乡。”桑干河地处晋北，并州（今山西省太原市）位于晋中。并州离咸阳较之桑干河近一些。王世懋所解诗虽较之谢氏更为合情理一些，但我们依旧难以辨别二人所解贾岛诗谁是谁非。这主要是由于王世懋和谢氏之解释的语境不同所造成的。清吴仰贤《小匏庵诗话》卷三言道：“‘万事不如杯在手，一年几见月当头？’此宏光时王孟津奉敕所书榜联也。二语诚佳。然施之草堂，则为风雅，施之黼座，则成荒淫。岂可以诗人寓言自解哉？”④ 相同的话语，若放在不同的场合就会产生截然相反的结果，而且都是十分的恰当妥帖。由此我们不

① （宋）刘克庄：《后村诗话》续集卷二，中华书局1983年王秀梅校点本，第98页。
② （宋）魏庆之：《诗人玉屑》卷六，上海古籍出版社1978年，第125页。
③ （明）王世懋：《艺圃撷余》，（清）何文焕辑：《历代诗话》，中华书局1981年校点本，第781页。
④ （清）吴仰贤：《小匏庵诗话》卷三，清光绪刻本。

可以肯定地说：谢氏的解释是错误的。

在诗歌批评中做到以心会心还要注意不要被诗中的伪句所迷惑。清王跷堂的《匡山丛话》卷二云：“禅家有正法眼，直须具此眼目，方可入道。”只有具备法眼，方可识得伪句，他接着例举说：“吾谓学者读太白集，先以识为主，不为伪句所惑。即如贵家子，虽沉醉�吒中作，无理语有之，终不至作寒乞声耳。”[①] 清叶矫然的《龙性堂诗话续集》认为，诗之本意切莫以他人之言为训：“介甫诗：‘三代子百姓，公私无异财。人主擅操柄，如天持斗魁。’此新法之本意也。”[②] 王安石变法，本为利国之举，但众口皆谤：“众人纷纷何足竟，是非吾喜非吾病。颂声交作莽岂贤？四国流言旦犹圣。”无私无惧，才能自有公断。在王安石看来，王莽篡汉虽有一片颂声，其身终为国贼；周公旦赤胆忠心，尽管有流言飞语，却无法抹杀其圣贤之光环。由此叶矫然得出结论云：“其言如此，宁以人言为足恤者哉！”[③]

稍后的方东树追求“学诗之正轨”。何谓正轨呢？方氏解释说：学之功夫“则在讲求文、理、义。”[④] 求得文、理、义的办法有两步，即：其一知人论世：“求通其辞，求通其意也。求通其意，必论世以知其怀抱。”其二是于诗句上狠下苦工：“然后再研其语句之工拙得失所在，及其所以然，以别高下，决从违。”（《昭昧詹言》卷一）相形之下，王世懋讲究“细绎之”亦可借鉴：

太白《远别离》篇，意最参错难解，小时诵之，都不能寻意绪。范德机、高廷礼勉作解事语，了与诗意无关。细绎之，始得作者意。其太白晚年之作邪？先是肃宗即位灵武，玄宗不得已称上皇，迎归大内，又为李辅国劫而幽之。太白忧愤而作此诗。因今度古，将谓尧、舜事亦有可疑，曰“尧舜禅禹”，罪肃宗也；曰“龙鱼”、“鼠虎”，诛辅国也。故隐其词，讬兴英皇，而以《远别离》名篇。风人之体善刺，欲言之无罪耳。然幽囚野死，则已露本相矣。古来原有此种传奇议论。曹丕下坛曰：“舜禹之事，吾知之矣。”太白故非创语，试以此意寻次读之，自当手舞足蹈。[⑤]

---

① （清）王跷堂：《匡山丛话》卷二，清光绪本。

② （清）叶矫然：《龙性堂诗话续集》，《清诗话续编》，上海古籍出版社 1983 年郭绍虞辑校点本，第 1012 页。

③ 同上。

④ （清）方东树：《昭昧詹言》卷一，清光绪刻方植之全集本。

⑤ （明）王世懋：《艺圃撷余》，（清）何文焕辑：《历代诗话》，中华书局 1981 年校点本，第 778 页。

“细绎之”当包括“因今度古”，其基础当立足于“风人之体善刺，欲言之无罪耳”。古人之诗用意深微含蓄，文法精严密邃。如屈宋诸骚，阮籍、谢灵运、李贺、李商隐等人诗，皆深不可识。后世浅薄俗士，未尝苦心研说，于词且未通，安能索解？故而王世懋之“细绎之”，对于诗歌批评者来言还是有说服力的。

但是，这种“细绎之”的方法，对于同样讲求“好学深思”的叶矫然来讲，却不大合适。因为叶矫然以为：诗歌乃有为而作，其自身内容必有所指，但是批评者们切不可拘于所指，更为重要的是要使人临文而思，掩卷而叹，如前所言的“恍然相遇于语言文字之外，是为善作”。因此，批评者自当搜寻作者所指，然不必拘于某句是指某事，某句是指某物，当于断续迷离之处，而得其精神要妙。只有如此，方才是优秀的诗歌批评者。清梁章钜的《退庵随笔》也主张从意在言外之中去搜寻作诗者之本意：在他看来，古诗人之意，有故为偎佻之语而语实庄重者，也有故为浅薄语而实深厚者。他例举说：

“衮衣”留周公，辞甚偎而情则重，《麦秀》伤故都，语虽薄而思则厚。盖风人之旨，意在言外，必考时论事，而后知之。此《青青子衿》之篇，朱子以为刺淫奔，不如《小序》以为刺学校也。朱子之意，亦不过以为辞意偎薄，施之于学校，不相似耳。阎百诗尝曰：唐人朱庆余作《闺情》一篇献水部郎中张籍，云：“洞房昨夜停红烛，待晓堂前拜舅姑。妆罢低声问夫婿，画眉深浅入时无？”向使无《献水部》一题，则偎偎数言，特闺阁语耳，有能解其以生平就正贤达之意乎？又窦梁宾以才藻见赏于进士卢东表，适东表及第，梁宾喜而为诗曰：“晓妆初罢眼初润，小玉惊人踏破裙。手把红笺书一纸，上头名字有郎君。”若掩其题，则靡丽轻薄，与妇喜夫第何异？①

“衮衣”是指《诗经·豳风·九罭》诗。原文为：“九罭之鱼，鳟鲂。我觏之子，衮衣绣裳。鸿飞遵渚，公归无所，于女信处。鸿飞遵陆，公归不复，于女信宿。是以有衮衣兮，无以我公归兮，无使我心悲兮。”大意是写一位渔民姑娘遇见自己的心上人，决定以身相许，不想让其远走他乡之事。故叶氏云其“辞甚偎而情则重”；《麦秀》，《诗经》既无此诗，也无此句，不知其所指为何？从其前后所言，疑其指《诗经·鄘风·载驰》，该诗中有句为：“我行

① （清）梁章钜：《退庵随笔》，《清诗话续编》，上海古籍出版社1983年郭绍虞辑校点本，第1956页。

其野，芃芃其麦。控于大邦，谁因谁极？大夫君子，无我有尤。百尔所思，不如我所之。”写许穆夫人念其旧国之事，故作者说“语虽薄而思则厚”。《青青子衿》为《诗经·郑风·子衿》，原诗为：“青青子衿，悠悠我心。纵我不往，子宁不嗣音？青青子佩，悠悠我思。纵我不往，子宁不来？挑兮达兮，在城阙兮。一日不见，如三月兮。”写想念情人。所以，叶矫然方有“刺淫奔”与“刺学校”之辨；唐诗如朱庆余作《闺情》以献张籍求荐举的“妆罢低声问夫婿，画眉深浅入时无”等，均不可简单地从字里行间中寻求答案。由此梁章钜得出结论说：“盖风人寓言，往往不可猝辨如此”[①]，而应考时论事，而后知之。

仅以字面语来批评古代诗句，往往会得出错误的观点来。宋黄彻《䂬溪诗话》卷二批评陶潜诗即是如此：“渊明《乞食》篇云：‘饥来驱我去，不知竟何之。行行至斯里，叩门拙言辞。’其卑污乃尔，不肯为五斗折腰，殆无异矣。”[②] 以贫困交加的陶渊明向邻里借粮，又不好意思张口之事，怀疑其不向官府小人五斗米折腰之高贵品格，甚至言其“卑污”，实则太过。黄彻曾为宋徽宗宣和六年进士，当过平江、嘉鱼等地的县令，后触怒上司，弃官而归。想其不曾挨过饿，也未向乡邻借过粮，故有此言。相形之下，注重诗论客观性的南宋末诗话家蔡正孙所评陶潜要客观、现实得多：“黄山谷云：观渊明此（指《责子》）诗，想见其人，慈祥戏谑可观也。俗人便谓渊明诸子皆不肖，而渊明以愁叹见于诗耳。所谓‘痴人前不得说梦’也。”[③] 故此清人吴雷发有感于“人多不得其解”而高倡：“诗贵寓意之说”[④]，便显得极为迫切了。

贵寓意之说同样适合于古代宫体诗。清张谦宜的《絸斋诗谈》卷二曾探求绝句之宫体诗之真义：“绝句之有宫体，大约皆文人忧忿，托之于女子，贵乎婉而善怨，凄断伤心，溢于楮墨之外。其用古事古器，用服饰、宫殿、乐器，当以类合。清庙之鼎钟，不可置于房闼；帝后之冠服，不可施于婢妾，慎之慎之！”[⑤] 将绝句宫体诗视之为“清庙之鼎钟”、“帝后之冠服”，足见其对

---

① （清）梁章钜：《退庵随笔》，《清诗话续编》，上海古籍出版社 1983 年郭绍虞辑校点本，第 1956 页。

② （宋）黄彻：《䂬溪诗话》卷二，近代丁福保辑：《历代诗话续编》，中华书局 1983 年校点本，第 251 页。

③ （宋）蔡正孙：《诗林广记》前集卷一，文渊阁《四库全书》本。

④ 原文为：“夫诗岂不贵寓意乎？”（清）吴雷发：《说诗菅蒯》，近代丁福保辑：《清诗话》，上海古籍出版社 1978 年修订本，第 901 页。

⑤ （清）张谦宜：《絸斋诗谈》卷二，《清诗话续编》，上海古籍出版社 1983 年郭绍虞辑校点本，第 807 页。

此类诗歌的重视。批评者若仅仅将其视为宫辞，便辜负了作者之意了。为此，张氏一再叮嘱“慎之慎之”。清人马平泉的《挑灯诗话》卷二以为：唐人之宫体诗，实则“托此以自况”耳，这是因为，诗人们作宫辞，或赋事，或舒怨，或寓讽刺之意，或负才寄志不得报效君主，故而每每于流落无聊之时，托宫体诗以自况。他例举云：“如江宁《春宫曲》云：‘昨夜风前露井桃，未央宫殿月轮高。平阳歌舞新承宠，帘外春寒赐锦袍。’是言官家又别用一番人，其特恩异数类如此。按此诗负才赍志，不得于君，便是题，若一直说去，那得有诗！”[①] 不用寓意去解释诗歌，诗歌则“那得有诗”，是非面前不容人质疑。

对于征夫怨妇诗，诗话作者也认为当引起注意。这主要是因为，唐人诗托于征妇怨词者，多为男子作妇人女子口中心中语，往往写出一种楚楚可怜情致。故而清人郭兆麒的《梅崖诗话》认为，对于这类诗当注意以才调和神韵取胜，他说：“此等亦多以才调取胜，其最高则以音节，其又高则纯乎意味，以神韵行之矣。”[②] 他例举说：“‘妾梦不离江上水，人传郎在凤凰山’，才调也；‘红粉楼中应计日，燕支山下莫经年’，音节也，‘夫戍边关妾在吴’，直小儿子语。以音节则轻，以才调则滑，求其意味神韵兼擅他美者，还当以‘卢家少妇’为第一。”（《梅崖诗话》）由此清薛雪的《一瓢诗话》讲究“得句先要炼去板腐”。有板腐者，会引导批评者对诗歌做出错误的鉴赏和批评。清吴乔《围炉诗话》卷四批评宋苏辙以腐言错误理解李白诗事：

苏子由云：“李白诗类其为人，骏发豪放，华而不实，好事喜名而不知义之所在也。言用兵则先登陷阵，不以为难；言游侠则白昼杀人，不以为非。此岂其诚能也哉！唐人李、杜首称，甫有好义之心，白不及也。”予谓宋人不知比兴，不独《三百篇》，即说唐诗亦不得实。[③]

吴乔所言极当。李白胸怀有高出六合之气，诗歌寄兴为之，非一般诗人之作可比拟。李白饮酒学仙，喜欢用兵游侠，故其诗多有寄兴。吴乔接着说：“子由以为赋而讥之，不知诗，何以知太白之为人乎？宋人惟知有赋，子美

---

① （清）马平泉：《挑灯诗话》卷二，清刊本。

② （清）郭兆麒：《梅崖诗话》，《山右丛书初编》本。

③ （清）吴乔：《围炉诗话》卷四，《清诗话续编》，上海古籍出版社 1983 年郭绍虞辑校点本，第 580 页。

‘纨袴不饿死’篇是赋义诗，山谷说之尽善矣。其余比兴之诗蒙蒙耳。”① 指出唐宋八大家之一的苏辙批评李白诗之误其勇可嘉，但概言唐诗比兴“蒙蒙耳”，便不可取了。与苏辙的错误相比，其兄苏轼对待李白的批评也有过错误。南宋刘克庄《后村诗话》新集卷一曾批评苏轼错误判断李白诗歌事：

史言明皇欲官太白，为妃所沮。余观“飞燕在昭阳”之语，不足深憾。《雪谗诗》自序甚详，略云：“汉祖吕氏，食其在旁。秦皇太后，毒亦淫荒。”时妃以禄山为儿，史云宫中有丑声。而白肆言无忌如此。他人于玉环事皆微婉其词，如云：“养在深闺人不识。”又云：“薛王沉醉寿王醒。”又云：“不从金舆惟寿王。”白独昌言之，可见刚稜嫉恶。坡公疑其以此召怨，力士因借此以报脱靴之辱，岂飞燕之句能为祟哉！②

李白将杨玉环比作汉成帝之宠妃赵飞燕，赵飞燕骄妒狠毒异常，故刘克庄认为，李白“刚稜嫉恶”，为“为妃所沮”。苏轼则认为，李白得罪了高力士，故其仕途受阻。刘克庄据此推理判断苏轼误。但刘克庄例举“他人于玉环事皆微婉其词”，进而证明李白“刚稜嫉恶”是不科学的。其一，“薛王沉醉寿王醒”，出自李商隐的《龙池》诗：“龙池赐酒敞云屏，羯鼓声高众乐停。夜半宴归宫漏永，薛王沉醉寿王醒。”③ 其二，“不从金舆惟寿王”，为李商隐的《骊山有感》：“骊岫飞泉泛暖香，九龙呵护玉莲房。平明每幸长生殿，不从金舆惟寿王。”④ 以晚唐之事混淆盛唐李白，进而证明李白疾恶如仇，显然是站不住脚的。

与刘克庄相比，陆游的见识要广一些。《冷斋夜话》、《扪虱新语》两篇诗话皆载言：王安石曾评李白诗歌，言李白诗迅猛豪快，无疏脱处，但其思想意识汙下。对此，陆游的《老学庵笔记》认为，上述语言绝非王安石所言，当为“读李诗未熟者妄言之”⑤。潘德舆的《养一斋李杜诗话》卷一进一步肯定

---

① （清）吴乔：《围炉诗话》卷四，《清诗话续编》，上海古籍出版社1983年郭绍虞辑校点本，第580页。

② （宋）刘克庄：《后村诗话》新集卷一，中华书局1983年王秀梅校点本，第153页。

③ （唐）李商隐：《龙池》，见《全唐诗》卷五四〇，上海古籍出版社1986年剪贴缩印本。

④ （唐）李商隐：《骊山有感》，见《全唐诗》卷五四〇，上海古籍出版社1986年剪贴缩印本。

⑤ 参见潘德舆《养一斋李杜诗话》卷一，《清诗话续编》，上海古籍出版社1983年郭绍虞辑校点本，第2176页。

陆游之说，认为“此辩极为明通”[①]。陆游曾批评李白为人：第一，太白识度甚浅，如“王公大人借颜色，金章紫绶来相趋”，“一别蹉跎朝市间，青云之交不可攀”。第二，李白得一翰林供奉，便忘乎所以。遂云：“当时笑我微贱者，却来请谒为交欢”。陆游不为名人所囿，其识度诚伟矣。但是，我们也应该看到，伊古以来，诗歌出群之雄者，其诗中往往流露出萦情于富贵之语言，并不独是李白一人。如杜甫《柏学士茅屋》诗云：“富贵必从勤苦得，男儿须读五车书。”[②] 韩愈《符读书城南》诗云：“一为马前卒，鞭背生虫蛆。一为公与相，潭潭府中居。问之何因尔，学与不学欤。”[③] 杜甫能言“致君尧舜上，再使风俗淳。”[④] 韩愈能言“生平企仁义，所学皆孔周。”[⑤] 二人均以学问为富贵公相之饵，且谆谆教人，又当何说？瑕不掩瑜，读古人诗切不可一难废百，最好的方法是：观其大端即可。李白一生飘逸不群，粪土王侯，实为其主要倾向。潘德舆的《养一斋李杜诗话》卷一曾批评陆游诋毁李白之偏见：

> 苏子瞻谓：“士以气为主，方高力士用事时，公卿大夫争事之，而太白使脱靴殿上，固气盖天下矣。夏侯湛《赞东方朔》曰：‘凌砾卿相，嘲哂豪杰，雄节迈伦，高气盖世。’吾于太白亦云。”曾南丰亦谓其“捷出横步，志狭四裔。始来玉堂，旅去江湖。麒麟凤凰，世岂能拘?”务观何均不之引而为此异论也？夫诗理性情，世俗见地，自宜痛扫，然必摘其全集之微玷，盖厥终身，侪之浅人。亦无当于论世知人之识矣。[⑥]

潘氏所提倡的不可“摘其全集之微玷，盖厥终身”的观点一洗宋诗话看问题之偏激，唱出了古诗话批评古代诗歌的最强音。直到今天，对学术界都有深刻的教育意义。

与潘德舆之论相媲美的是，清人朱庭珍的名诗并不等于好诗的观点也使人

① 潘德舆：《养一斋李杜诗话》卷一，《清诗话续编》，上海古籍出版社 1983 年郭绍虞辑校点本，第 2176 页。

② （唐）杜甫：《柏学士茅屋》，见《全唐诗》卷二三一，上海古籍出版社 1986 年剪贴缩印本。

③ （唐）韩愈《符读书城南》，见《全唐诗》卷三四一，上海古籍出版社 1986 年剪贴缩印本。

④ （唐）杜甫：《自京赴奉先县咏怀五百字》，《全唐诗》卷二一六，上海古籍出版社 1986 年剪贴缩印本。

⑤ （唐）韩愈：《赴江陵途中，寄赠王二十补阙、李十一拾遗、李二十七员外翰林三学士》，见《全唐诗》卷三三六，上海古籍出版社 1986 年剪贴缩印本。

⑥ （清）潘德舆：《养一斋李杜诗话》卷一，《清诗话续编》，上海古籍出版社 1983 年郭绍虞辑校点本，第 2177 页。

耳目一新：

自来得名之句，有卓然可传者，有不佳而倖成名者，名篇亦然。盖非谐俗，不能风行一时，人人传诵，所以不足为据。若夫卓然可传之作，当日得名，必其时风雅极盛，能诗者在朝在野，皆多有之，又值有真知诗而名位俱隆者，激赏奖许所致。①

在朱庭珍看来，所有得名之句，大致可分成以下八类：

第一类为卓然可传之篇，不愧享大名于古今者也。如李白的《蜀道难》诸篇，受知于贺知章，贺氏谓其为谪仙人，故其诗得以传；孟浩然以《临洞庭湖赠张丞相》中的“八月湖水平”一诗得名；刘禹锡以《西塞山怀古》一律，令白居易心折不已，谓刘氏独探骊珠，余皆搁笔；其他如王之涣《凉州词》的“黄河远上”、王昌龄《长信秋词》的“奉帚平明”、王维《送元二使安西》的“渭城朝雨”绝句，均因熟于歌妓之口而盛传一时。

第二类为名作之稍次一筹者，这一类虽不能如李白等人卓绝千古，然得名亦尚无忝。如白居易的《长恨歌》、《琵琶行》二篇，曾一时风行，名满天下。即使是妓女能唱《长恨歌》，亦可大增其身价，至今脍炙人口。《赋得古原草送别》的“离离原上草”一律，白氏以此谒见顾况，顾况称妙不已，因而得名。元稹的《连昌宫词》，流传宫禁，被时人呼为元才子，与《长恨歌》齐名。

第三类为名作之再稍次一筹者，这一类多千古杰作，实至名归，毋庸多赞。如温庭筠《商山早行》的“鸡声茅店月，人迹板桥霜”，严维《酬刘员外见寄》的“柳塘春水漫，花坞夕阳迟”，宋人如陈师道的《除夜对酒赠少章》“发短愁催白，颜衰酒借红”，戴复古《石屏集》的“春水渡旁渡，夕阳山外山”。七言诗唐人如崔颢的《黄鹤楼》，杜甫的《登楼》、《阁夜》，李商隐的《筹笔驿》、《重有感》等。

第四类为昔日传诵之句，各有佳处，以云名句，犹不愧也。名句如韦应物的“寒树依微远天外，夕阳明灭乱流中”，赵嘏的“残星几点雁横塞，长笛一声人倚楼”，宋人梅尧臣的“野凫眠岸有闲意，老树著花无丑枝”，陈与义的“客子光阴诗卷里，杏花消息语声中”，明人高启的“白下有山皆绕郭，清明

---

① （清）朱庭珍：《筱园诗话》卷四，《清诗话续编》，上海古籍出版社 1983 年郭绍虞辑校点本，第 2396 页。

无处不思家”，杨基《春草》诗的“六朝旧恨斜阳里，南浦新愁细雨中”等。

第五类为幸运得名，而诗则卑靡浅俗，意格风近，了无风骨，品斯劣矣。如晚唐的“崔鸳鸯”、“郑鹧鸪”、“雍白鹭”、“罗牡丹”之流，以及宋人大小宋《落花》之什、元人谢宗可的《蝴蝶》之吟等。

第六类为皆负一时盛名，以为绝作，其实不过名句修饰妍华，风调好听而已。这类诗歌神骨不峻，格意不高，皆非集中出色之作，同时也不可以奉以为式的诗歌。如明人袁凯的《白雁》、黎美周的《黄牡丹》、邝露的《赤鹦鹉》及清朝王士禛的《秋柳》等。

第七类虽秀句而写景狭小，意尽句中，了无格韵。属于此种句法，似乎好看，殊易谐俗，初学往往爱之，也不难以效仿。岂知此中绝不可学，学则囿于局中，终身不能近古，无力振拔矣。如晚唐名句，“水面风回聚落花”，“绿杨花扑一溪烟”，“芰荷翻雨泼鸳鸯”等语。

第八类为最俗一等，尖佻偎邪，风雅扫地，此类诗数量最多。如晚唐张祜的《金山》五律，又如明人苏衡的《咏绣鞋》：“南陌踏青春有迹，西厢立月夜无声。”然当日亦呼为“苏绣鞋”等，朱庭珍《筱园诗话》卷四称此类诗为：“鄙恶不可入目，而彼时亦复有名。”[①] 这类诗多存于“一切诗话、丛书、杂记中，所夸名篇名句，大都类此。”[②] 故此朱庭珍以为古诗名句不可轻信。

批评古代诗歌以心会心，还须注意诗人比兴手法的运用。《诗经》、《楚辞》自不用说，即使是唐宋诗歌也是会经常用到的。清吴乔《围炉诗话》卷五对此有较深刻的认识：“唐人诗被宋人说坏，被明人学坏，不知比兴而说诗，开口便错。义山《骄儿》诗，令其莫学父，而于西北立功封侯，讬兴以言己之有才而不遇也。葛常之谓‘其时兵连祸结，以日为岁，而望三四岁儿，立功于二十年后，为俟河之清。’误以为赋，故作寐语。”[③] 懂得诗歌之比兴，对诗歌的创作和批评，便可使其思绪如手中之笔毫，握之不盈掬，放之弥乎六合。可近可远，写尽天下好文章。有了比兴，还当学会考证，以辨其误。吴乔《围炉诗话》卷一云：“余读韩致尧《惜花》诗结联，知其为朱温将篡而作，

---

① （清）朱庭珍：《筱园诗话》卷四，《清诗话续编》，上海古籍出版社 1983 年郭绍虞辑校点本，第 2397 页。

② 同上。

③ （清）吴乔：《围炉诗话》卷五，《清诗话续编》，上海古籍出版社 1983 年郭绍虞辑校点本，第 602 页。

乃以时事考之，无一不合。”[①] 古人所处之时，所值之事，以及作诗之岁月，必要符合于事实，前后加以考证，只有考证方可纠正前人的错误。比如，屈原、宋玉、阮籍、陶渊明、谢灵运等诗人，如不知其世，不考其行止，则无法体会其诗中的语句之妙。中国古代诗人中有许许多多不清楚的地方，不加以考证，何由得其义、知其味、以心会心？何能使得诗人与批评者精神相互沟通？故而清方东树的《昭昧詹言》卷一记述其考证陶、谢二诗人之事云：“皆依事大概，移易前后题目编次，俾其语意诸事明晓，而后得以领其妙，及其语言之次第。”方东树的做法值得每个诗歌批评者去效法。

第四节　李、杜二公，正不当优劣[②]

李杜优劣之争始于中唐元稹　各有所长　“主”、“宗”、“贵”　学杜诗者居多　杜甫诗好就好在“教化”　宋时起即有不断攻讦杜甫者　崇杜的原因　若偏重一隅便非笃论　今人对杜诗《石壕吏》的非议有失公允

三国曹丕的《典论·论文》曾本着文以致用的思想，给予文学地位以相当高的评价：“经国之大业，不朽之盛事。”与之相比，梁钟嵘《诗品》则将文学的价值看得低了些：“至若诗之为技，较尔可知，以类推之，殆均博弈。”[③] 不论是捧上了天，还是将其视为平庸的一种技艺，古代诗话之批评始终期望为古代诗歌王国中推举一位能得以服众的圣人。盛唐诗歌是中国古代诗歌最为辉煌的时代，诗话作者自然把目光投向盛唐诗坛领袖李白和杜甫身上。

李杜优劣之争肇始于中唐元稹。他曾于唐穆宗时以工部侍郎与裴度同朝拜相，因依附宦官与裴度不合，为时论所薄。元稹曾为死去多年的杜甫主动撰写过墓志铭，对杜甫予以了极高的评价：

至于子美，盖所谓上薄风、骚，下该沈、宋，古傍苏、李，气夺曹、刘，

---

① （清）吴乔：《围炉诗话》卷一，《清诗话续编》，上海古籍出版社 1983 年郭绍虞辑校点本，第 496 页。

② （宋）严羽：《沧浪诗话·诗评》，文渊阁《四库全书》本。

③ （梁）钟嵘：《诗品》，（清）何文焕辑：《历代诗话》，中华书局 1981 年校点本，第 4 页。

掩颜、谢之孤高，杂徐、庾之流丽，尽得古今之体势，而兼人人之所独专矣。[①]

赞扬杜甫本无可非议，但其则把扬杜的基础建立在了抑李之上：

时山东人李白，亦以奇文取称；时人谓之李、杜。予观其壮浪纵恣，摆去拘束，摸写物象，及乐府歌诗，诚亦差肩于子美矣。至若铺陈终始，排比声韵，大或千言，次犹数百，词气豪迈，而风调清深，属对律切，而脱弃凡近，则李尚不能历其藩翰，况堂奥乎？（《唐故工部员外郎杜君墓系铭并序》）

元稹与白居易为友，在诗歌创作上主张“俗”、“白”、“轻”诗风，创元白诗派；时韩愈、孟郊与之诗风不同，主张“险”、“怪”、“奇”。白居易有《久不见韩侍郎，戏题四韵以寄之》诗：“近来韩阁老，疏我我心知，户大嫌酒甜，才高笑小诗。”[②] 今人朱金城的《白居易年谱》“长庆二年”条以“裴度与元稹龃龉，必各树党援”，以及“韩为裴度之旧僚，元、白则交谊深厚”为据，得出“白诗中于韩愈每有微辞”的结论，[③] 极重肯綮。故而元稹扬杜抑李之论遭到了韩愈的猛烈抨击：

李杜文章在，光焰万丈长。不知群儿愚，那用故谤伤？蚍蜉撼大树，可笑不自量。伊我生其后，举颈遥相望。夜梦多见之，昼思反微茫。徒观斧凿痕，不瞩治水航。想当施手时，巨刃磨天杨。[④]

抛开派别之争不言，韩愈同时赞扬李、杜，不厚此薄彼，显然是正确的态度。宋范温《潜溪诗眼》认为，韩愈与李、杜均远学建安诗歌，终各成一家，故而韩愈评李、杜最为公允：“老杜、李太白、韩退之早年皆学建安，晚乃各自变成一家耳。如老杜《崆峒》、《小麦熟》、《人生不相见》、《新安》、《石壕》、《潼关吏》、《新昏》、《垂老》、《无家别》、《夏日》、《夏夜叹》，皆全体

① （唐）元稹：《唐故工部员外郎杜君墓系铭并序》，《元氏长氏集》卷五六，《四部丛刊》本。

② （唐）白居易：《久不见韩侍郎，戏题四韵以寄之》，见《全唐诗》卷四四二，上海古籍出版社 1986 年剪贴缩印本。

③ 朱金城：《白居易年谱》，上海古籍出版社 1988 年，第 133 页。

④ （唐）韩愈：《调张籍》，《昌黎先生集》卷五，《四部备要》本。

作建安语。”① 南宋胡仔《苕溪渔隐丛话前集》卷一四认为李、杜各有所长：“《钟山语录》云：‘杜甫固奇，就其分择之，好句亦自有数。李白虽无深意，大体俊逸，无疏谬处。”② 在胡仔的笔下，李、杜之区别，实在于奇与不奇之间。然李白的《蜀道难》，垠崖崩豁，令鬼神惊魂，若言其不奇非至诚之论。故此明杨慎《升庵诗话》卷一一引南宋杨万里论李、杜之奇：“杨诚斋云：‘李太白之诗，列子之御风也。杜少陵之诗，灵均之乘桂舟驾玉车也。无待者，神于诗者与？有待而未尝有待者，圣于诗者与？宋则东坡似太白，山谷似少陵。”③《庄子》里的列子御风与《离骚》中的灵均乘桂舟、驾玉车天马行空，均可为奇。至于其言唐宋均有李、杜，东坡似太白，山谷似少陵，则显为不当。苏轼诗无李白之仙逸，黄庭坚专从故纸堆里寻找灵感，主张点铁成金、脱胎换骨之法，无杜甫之读万卷书、行万里路的行止，何以相提并论？倒是杨氏引徐仲车之语，言李、杜各有其高更为准确一些：“徐仲车云：‘太白之诗，神鹰瞥汉；少陵之诗，骏马绝尘。’”④ 由所引杨万里和徐仲车所评李、杜之言，杨氏论道：“二公之评，意同而语亦相近。余谓太白诗，仙翁剑客之语；少陵诗，雅士骚人之词。比之文，太白则《史记》，少陵则《汉书》也。”（同上）仙翁剑客与雅士骚人，一文一武，较为切合李、杜诗歌的实际情况。李白诗歌以理想浪漫为主，杜甫诗歌以风雅写实为主；《史记》的写法无拘无束，不为儒家思想所困，可比之李白；《汉书》的写法道统气息浓厚，专以儒家思想为纲，可比之杜甫。

明王世贞的《艺苑卮言》卷四以“主”、“宗”、“贵”比之李、杜，亦较为准确：“五言古、《选》体及七言歌行，太白以气为主，以自然为宗，以俊逸高畅为贵；子美以意为主，以独造为宗，以奇拔沉雄为贵。”⑤ 李白不喜师常法，故而以自然为宗；杜甫独善于锤炼，因而以独造为宗；李白诗歌有一种飘逸的仙气，杜甫诗歌则推重沉郁顿挫之风格。至于“气”与“意”有时是极不好区别的，二者不宜于强分，只可细细地品味。故而王世贞所言李、杜之“意”、“气”是不可绝对化的。因为李、杜互有以“气”或以“意”为主的

---

①（宋）范温：《潜溪诗眼》，郭绍虞：《宋诗话辑佚》上册，中华书局1980年版，第315页。

②（宋）胡仔：《苕溪渔隐丛话前集》卷一四，清乾隆刻本。

③（明）杨慎：《升庵诗话》卷一一，近代丁福保辑：《历代诗话续编》，中华书局1983年校点本，第850页。

④ 同上。

⑤（明）王世贞：《艺苑卮言》卷四，近代丁福保辑：《历代诗话续编》，中华书局1983年校点本，第1005页。

诗歌。如李白的《月下独酌》其一："花间一壶酒，独酌无相亲。举杯邀明月，对影成三人。月既不解饮，影徒随我身。暂伴月将影，行乐须及春。我歌月裴回，我舞影零乱。醒时同交欢，醉后各分散。永结无情游，相期邈云汉。"① 意似一条主线，从桌上的酒到明月再到影子，从舞到歌再到云汉，"意"将整首诗连贯起来，随处可见；杜甫也多有以"气"为主的诗歌：如《自京赴奉先县咏怀五百字》，全诗以气为主，记述诗人探亲途中和到家后的所见所闻，长歌当哭，悯时伤乱之情，忧国忧民之心全以慷慨之气予以贯通。

既然如此，何又有"李杜"之称呢？明郭子章的《豫章诗话》卷三对此问题论述最详：

或曰："唐人之呼何以李加杜？"公（王安石）笑曰："名姓先后之呼，岂足以优劣人？汉有李固、杜乔，世号李杜；李膺、杜密，亦语李杜。当时甫、白复以能诗齐名，因亦语李杜，取其称呼便耳。退之诗有曰：'李杜文章在'，又曰：'昔年尝读李白、杜甫诗'，则李在杜先。若曰：'远追甫白感至诚'，又曰：'少陵无人谪仙死'，则李居杜后。如此，则孰为优劣？如今人呼姓则语班马，呼名则语迁、固。白居易先与元稹同时唱和，人号元白；后与刘禹锡唱和，则语刘白。居易之才岂真下二子哉？若曰王、杨、卢、骆，杨炯固尝自言：'余愧在卢前，耻居王后。'益知称呼前后不足以优劣人也。晋王导尝戏诸葛恢云：'人言王葛，不言葛王，何耶？'恢答曰：'譬言驴马，岂驴胜马？'"②

在郭氏看来，李、杜之顺序只为称呼便当而已，并不表明前优后劣。其例举"譬言驴马，岂驴胜马"事，诙谐有趣。但其言初唐四杰排列顺序不足以说明孰优孰劣之观点，还是较为牵强的。杨炯当时不服王勃，盖因其没有自知之明的缘故。今天看来，王勃仅一篇《滕王阁诗并序》便可臣伏四杰中的其他任何一位诗人。故知王、杨、卢、骆的排名，还是有高低之分的。

与郭子章同时的胡应麟诗论学习王世贞，他曾与王氏兄弟、李维桢、屠隆五人并列于末五子。胡氏以为李、杜本无优劣可分，但世人学杜者居多："李，杜二家，其才本无优劣，但工部体裁明密，有法可寻，青莲兴会标举，

---

① （唐）李白：《月下独酌》其一，《全唐诗》卷一八二，上海古籍出版社 1986 年剪贴缩印本，第 424 页。

② （明）郭子章：《豫章诗话》卷三，清刻本。

非学可至。又唐人特长近体，青莲缺焉，故诗流习杜者众也。”[①] 胡氏的分析是很有道理的。诗歌自六朝周颙、沈约、谢朓等人发现四声八病，开创永明体后，经过初唐四杰的努力，至沈佺期、宋之问时近体诗定型。杜甫晚年，专攻近体诗，精益求精，使之达到了极限。由于近体诗“体裁明密，有法可寻”，因此，律诗成为以后大多数人所学古诗的典范。李、杜之诗均求于变化。李白诗歌的变化，极尽于歌行体，杜甫诗歌笔力变化，常表现于近体诗之中。李白善于在调与词中变化，杜甫则专长在意与格中转换。加之歌行体无常规，易于表现错综复杂的思想内容；近体诗中的律法极严，故而难于伸缩给人以参差顿挫的感觉。李白的诗调与词可超逸，骤如骇耳，索之易穷；杜甫的诗意与格愈精深，则初始似乎无奇，寻之难尽。李、杜诗歌的不同，造就了学杜诗之毛皮更为容易一些，更有规律可谈。故此胡氏解释为何学杜诗者居多的问题，理由还是很充分的。

清人马星翼《东泉诗话》卷一也评述过李白诗歌的变化：“李诗如深林巨谷，龙虎变化不测，而结体高妙，读之令人飘飘有凌云之意，诚仙才也。然不必与杜相较，正如楂梨桔柚，各得一味，而不相兼尔。”由此马氏得出结论：“李、杜并称，未可优劣。”对杜诗用功极勤，著《杜诗义法》二卷的清人乔亿所论李杜各有所长颇多卓见：“太白诗法，齐尚父、淮阴侯之兵法也；少陵诗法，孙、吴之兵法也。以同时将略论。在汉，李则飞将军，杜则程不识；在唐，李则汾阳王，杜则李临淮。然则李愈与？曰：杜犹节制之师。百世之常法。”[②] 姜尚、韩信之兵法兵无常势，十面埋伏；孙吴兵法宏阔深远，本末兼该；飞将军李广与程不识俱为汉景帝时著名将领。李广与匈奴对阵，无部伍行阵，率兵驻边，人人自便，不击刁斗以自卫，简化文书账籍，远远地布置哨兵侦探敌情，故长胜。程不识率兵军律极严，排布阵势严明有序，夜晚击刁斗以示警，程不识本人率军吏管理军簿至天明，军不得休息，然也从来都是很安全的。汾阳王为中唐郭子仪，平安史之乱功第一，英猛无敌。时吐蕃、回纥分兵来犯，郭子仪率数十骑迎敌，敌下马而降，以一生系时局安危二十余年；李临淮为李光弼，与郭子仪共同平叛安史之乱，被封临淮王，其作战守兵法而能多变，精细过人。乔亿之例钩玄提要，独抒己意，为他人所不及。

比乔亿岁数小三十二岁的翁方纲著作等身，其见识自不同于他人，《石洲

① （明）胡应麟：《诗薮》外编卷四，上海古籍出版社1979年版，第190页。

② （清）乔亿：《剑溪说诗》卷上，《清诗话续编》，上海古籍出版社1983年郭绍虞辑校点本，第1087页。

诗话》卷一云："太白云：'山随平野尽，江入大荒流。'少陵云：'星垂平野阔，月涌大江流。'此等句皆适与手会，无意相合，固不必谓相为依傍，亦不容区分优劣也。"[①] 重考据、曾著《翻切简可篇》二卷的近代张燮承对翁方纲的李、杜二人既不可依傍，又不容区分优劣的说法并不买账。《小沧浪诗话》卷二云："李、杜齐名，后人每有轩轾之论。偏于斥李非，而谓李、杜无优劣者亦非。燮以为颖滨持论最允。虽沧浪谓'李、杜正不当优劣'，而一则曰'少陵如节制之师'，再则曰'少陵所谓集大成者也'，语意未始无别。学者于古人固不宜轻议，然心无判辨，焉定从违？吾何从，从杜矣。"[②] 表面看来，不赞成排斥李白，也不赞成所谓李、杜无优劣者，实际上，李、杜之评应该是有结果的，这就是杜甫诗歌胜于李白诗。

事实上，自宋朝开始，扬杜抑李的浪潮一浪高过一浪。江西诗派以杜甫为祖，杜甫礼享到了从未有过的众多诗人的顶礼膜拜。宋张戒《岁寒堂诗话》卷上载云："鲁直专学子美"[③]，但黄庭坚学杜甫没有学到家，故而张氏将杜甫诗与黄庭坚诗相比较："子美诗读之，使人凛然兴起，肃然生敬。《诗序》所谓'经夫妇，成孝敬，厚人伦，美教化，移风俗'者也，岂可与鲁直诗同年而语耶？"[④] 张氏身处于南北宋易代之交，当时社会矛盾、民族矛盾极为激烈，故而在张氏看来，杜甫诗好就好在"教化"两字之上，有益于社会。黄庭坚虽学老杜，但局限于个人的小圈子里，故其与老杜差之千里。同为宋徽宗时代的魏泰也注意到了杜甫诗歌的社会现实性："刘攽诗话载杜子美诗云：'萧条六合内，人少豺虎多。少人慎勿投，多虎信所过。饥有易子食，兽犹畏虞罗。'言乱世人恶甚于豺虎也。予观老杜《潭州诗》云：'岸花飞送客，樯燕语留人。'与前篇同。意丧乱之际，人无乐善喜士之心，至于一将一迎，曾不若岸花樯燕也。诗主优柔感讽，不在逞豪放而致怒张也。"[⑤] 文中所言《潭州诗》，《全唐诗》卷二三三为《发潭州（时自潭之衡）》，仇兆鳌注《杜诗详注》及浦起龙《读杜心解》名与《全唐诗》同。仇兆鳌注《杜诗详注》释

---

① （清）翁方纲：《石洲诗话》卷一，《清诗话续编》，上海古籍出版社1983年郭绍虞辑校点本，第1372页。

② 近代张燮承：《小沧浪诗话》，《张师笃著述》本。

③ （宋）张戒：《岁寒堂诗话》卷上，近代丁福保辑：《历代诗话续编》，中华书局1983年校点本，第465页。

④ 同上。

⑤ （宋）魏泰：《临汉隐居诗话》，（清）何文焕辑：《历代诗话》，中华书局1981年校点本，第319页。

云："送客但花飞，留人惟燕语，本属寥落之感，却能出以鲜俊之辞。"[1] 勉强解其为"丧乱之际，人无乐善喜士之心，至于一将一迎，曾不若岸花樯燕"，似乎不如写一种"寥落之感"更为贴切些。故仇兆鳌引洪仲注曰："此皆言外寓意，实说便少含蓄矣。"（同上）

黄彻《䂬溪诗话》卷二曾总结自韩愈后至南宋初年，诗话对李、杜诗歌优劣之所评："自退之为'蚍蜉撼大木'之喻，遂使后学吞声。"[2] 但黄氏心依暗恋杜甫："余窃谓如论其文章豪逸，真一代伟人；如论其心术事业，可施廊庙，李、杜齐名，真忝窃也。"[3] 与卷二相比，同书卷一说得更为明白："（杜甫）《剑阁》云：'吾将罪真宰，意欲铲叠嶂'，与太白'捶碎黄鹤楼'，'铲却君山好'语亦何异。然《剑阁》诗意在削平僭窃，尊崇王室，凛凛有忠义气，捶碎、铲却之语，但觉一味粗豪耳。"[4] 杜诗好于李诗，因其有"忠义气"，符合古人以意为上的标准。明胡应麟推崇杜甫七律诗："杜'风急天高'一章五十六字，如海底珊瑚，瘦劲难名。沉深莫测，而精光万丈，力量万钧。通章章法、句法、字法，前无昔人，后无来学。微有说者，是杜诗，非唐诗耳。然此诗自当为古今七言律第一，不必为唐人七言律第一也。（元人评此诗云：'一篇之内，句句皆奇，一句之中，字字皆奇。'亦有识者。）"[5] 在胡氏的笔下，杜甫七律诗《登高》不仅被捧至到了圣坛之上，且散发着万丈精光，力量非凡。

但是，言杜为李之上，并非金瓯完整。宋时起即有不断攻讦杜甫者。俞文豹《吹剑录》云：

古大贤虽左氏、孟子，称夫子止曰仲尼，不敢名焉。唐文宗赐裴度诗："我家柱石衰，忧来学丘祷。"以天子而名圣人，又用其语，故无嫌。李白乃云"凤歌笑孔丘。"韩文公云"柄用儒雅崇丘轲。"荆公云"驱马临风想圣丘。"马子才云"何必嫌恨伤丘轲。"然此犹可也。杜子美《醉时歌》："儒术于我何有哉？孔丘盗跖俱尘埃。"以百世帝王之师，名呼而齐之盗跖，何止得

---

① 仇兆鳌注：《杜诗详注》，中华书局1979年版，第1972页。

② （宋）黄彻：《䂬溪诗话》卷二，近代丁福保辑：《历代诗话续编》，中华书局1983年校点本，第351页。

③ 同上。

④ 同上书，第347页。

⑤ （明）胡应麟：《诗薮》内编卷五，上海古籍出版社1979年版，第95页。

罪于名教。①

俞文豹为括苍（今浙江省丽水）人，对宋代的江西诗派、四灵诗派及江湖诗派均有中肯的批评。一生浪迹江湖四十余年，不曾为官，然其思想却纯正得很。在他看来，唐文宗以天子身份言孔子名讳，理所当然；李白、韩愈、王安石、马子才言圣人名也可原谅，唯杜甫将百世帝王之师与万恶的盗跖同等而论，罪莫大焉！宋范晞文《对床夜语》卷三也有同样的看法："'干戈犹在眼，儒术岂谋身。''纨袴不饿死，儒冠多误身。'感愤之作也，曾何伤？若'儒术于我何有哉，孔丘盗跖俱尘埃。'叱圣人之名，而使之与盗贼同列，嘻！得罪于名教亦甚焉。或谓孟子曰舜跖之徒，舜与跖岂可徒耶？然为利为善之别，亦昭然矣。"② 与布衣俞文豹相比，范晞文曾任浙江儒学提举，故有维护圣人名誉之举。但因其诗推重李、杜，故他的观点较之俞文豹要温和得多。

明茶陵诗派的改革者杨慎也曾对杜甫提出过尖锐的批评。《升庵诗话》卷四扬李贬杜道："盛弘之《荆州记》巫峡江水之迅云：'朝发白帝，暮到江陵，其间千二百里，虽乘奔御风，不以疾也。'杜子美诗：'朝发白帝暮江陵，顷来目击信有征。'李太白：'朝辞白帝彩云间，千里江陵一日还。两岸猿声啼不尽，扁舟已过万重山。'虽同用盛弘之语。而优劣自别。今人谓李、杜不可以优劣论，此语亦太愦愦。白帝至江陵，春水盛时行舟。朝发夕至，云飞鸟逝不是过也。太白述之为韵语，惊风雨而泣鬼神矣。"③ 盛弘之为刘宋时人，著有《荆州记》三卷，民国曹元忠辑录，有笺经室丛书本。其言巫峡江水内容与北魏郦道元之《水经注·江水注》同，疑曹元忠误收郦道元文。杨慎批评李、杜不可以优劣分，进而扬李贬杜之论，遭到清叶矫然猛烈的反击。这位顺治九年的进士，一生最推重杜甫，他不能容忍杨慎对杜甫的蔑视，《龙性堂诗话初集》指责杨慎言："杨用修好誉其乡人，屡尊太白，于子美每致微词。至谓'子美绝句无所解'，又谓'朝发白帝暮江陵'，不及'朝辞白帝彩云间'。噫！二公差次，微之、半山曾亦言及，识者犹讥其过于分别，用修何太拟议为

① （宋）俞文豹：《吹剑录》，《说郛》卷九，中国书店1986年影印本。

② （宋）范晞文：《对床夜语》卷三，近代丁福保辑：《历代诗话续编》，中华书局1983年校点本，第425页。

③ （明）杨慎：《升庵诗话》卷四，近代丁福保辑：《历代诗话续编》，中华书局1983年校点本，第716—717页。

也？”[1] 严格地说，李白与杨慎并非同乡。杨慎新都人（今属四川）；李白祖籍为陇西（今甘肃省西部），五岁随父迁居绵州彰明县（今四川江油）；在叶矫然的眼里，杨慎是一个不顾事实、只认同乡、心胸狭隘的小人。杨慎自幼长于北京，诗歌主张向茶陵诗派学习，但能纠正茶陵派之短处。由此可知杨慎扬李实为护及同乡的说法不大可能。至于叶矫然贬低杨慎学问不深，没有资格议论李、杜，并说大学问家诸如元稹、王安石议论李、杜犹遭他人讥议之事，其言也太偏颇。叶矫然本身就有许多扬杜抑李的言论，自身做得不彻底，无须去讥评他人，否则五十步笑百步，惹人捧腹。

与叶矫然相比，明人陆时雍更偏向杨慎的立场。陆氏曾为明崇祯朝贡生，崇尚天然真素，著《诗镜》九十卷，历评先秦至晚唐诗歌，其中多有真知灼见。他曾分析有宋一代为何崇杜之原因，较有说服力：

宋人抑太白而尊少陵，谓是道学作用，如此将置风人于何地？放浪诗酒，乃太白本行，忠君忧国之心，子美乃感辄发。其性既殊，所遭复异，奈何以此定诗优劣也？太白游梁、宋间，所得数万金，一挥辄尽，故其诗曰：“天生我才必有用，黄金散尽还复来。”意气凌云，何容易得？[2]

陆氏认为，关于李、杜之优劣，第一，不可以用不同标准去分析；第二，不能将道学作用放在首位，而忽视诗歌本身。从其字里行间来看，陆氏对李白更怀有敬意之情。与之相比，南宋刘克庄也主张李、杜各有优劣，但其本质深处更倾向于李白：“杨大年、欧阳公皆不喜杜子美诗，王介甫不喜太白诗，殊不可晓。介甫之说诗云：‘白诗十句九句说妇人、酒耳。’独不思命高将军脱靴，识郭汾阳于贫贱时，比开元贵妃于飞燕，岂说妇人酒者所能为耶？晦翁亦云：‘近时诗人何曾梦见太白脚后板。’”[3] 与陆时雍相比，刘氏之言并不避讳政治，所谓令宦官高力士脱靴，于贫贱之中赏识郭子仪，将杨贵妃比作蛇蝎心肠的赵飞燕，就是最大的忠君和爱国。

和前几位诗话作家相比，明王世贞《艺苑卮言》卷四的观点最为公允：“李、杜光焰千古，人人知之。沧浪并极推尊，而不能致辨。元微之独重子

---

① （清）叶矫然：《龙性堂诗话初集》，《清诗话续编》，上海古籍出版社 1983 年郭绍虞辑校点本，第 977—978 页。

② （明）陆时雍：《诗镜总论》，近代丁福保辑：《历代诗话续编》，中华书局 1983 年校点本，第 1416 页。

③ （宋）刘克庄：《后村诗话》新集卷一，中华书局 1983 年王秀梅校点本，第 152 页。

美，宋人以为谈柄。近时杨用修为李左袒，轻俊之士往往傅耳。要其所得。俱影响之间。”① 王氏批评元稹、杨慎各执一偏。稍后的胡应麟也主张李、杜之评不可偏废：“若偏重一隅。便非论笃。况以甲所独工，形乙所不经意，何异寸木岑楼，钩金舆羽哉！正如‘朝辞白帝’，乃太白绝句中之绝出者，而杨用修举杜歌行中常语以当之。然则《秋兴》八篇，求之李集，可尽得乎？他日又举薛涛绝句，谓李白亦当叩首，则杜在李下，李又在薛下矣，甚矣可笑也！”② 胡氏之论是很有道理的。由此，至清道光时期，潘德舆方能较为全面地总结李、杜之优劣：

荆公云：“李白歌诗，豪放飘逸，人固莫及，然其格止于此而已。至于杜甫，则发敛抑扬，疾徐纵横，无施不可，斯其所以光掩前人，后来无继。”欧公云：“甫之于白，得其一节，而精强过之。”王若虚曰：“欧公、荆公之言适相反。荆公之言，天下之言也。”愚按前贤抑扬李、杜，议论不同，累幅难尽，欧公、荆公特其一端耳。要之论李、杜不当论优劣也。尊杜抑李，已非解人；尊李抑杜，尤乖风教。自昌黎不能不并尊李、杜，而永叔、介甫欲作翻案，殆亦不自量邪？后此纷纷，益无足计。③

潘氏的字里行间似乎稍偏向杜甫一边。除此之外，基本上还可算为公论。总之，对于李、杜二人应当全面地来看其优劣。既要看到双方的优点，也要看到双方的缺点，不可扬彼抑此。如李白诗歌的一些优点在杜甫诗中是欠缺的，杜甫诗歌里的一些妙处在李白诗中也是没有的。像李白的《梦游天姥吟留别》、《蜀道难》、《答王十二寒夜独酌有怀》、《远别离》等，杜甫不能道；杜甫《北征》、《兵车行》、《自京赴奉先县咏怀五百字》、《秋兴》八首、《登高》等，李白也写不了。总之，杜甫没有李白之飘逸；李白不能做杜甫诗中的沉郁，二人若阙其一，便不成为李、杜，便是文学史上莫大的遗憾。这便是李、杜成为中国古代诗坛上辉映天际的双子星座而永不可分离的深层原因。

附录：今人对杜诗《石壕吏》的非议有失公允。

---

① （明）王世贞：《艺苑卮言》卷四，近代丁福保辑：《历代诗话续编》，中华书局1983年校点本，第1005页。

② （明）胡应麟：《诗薮》外编卷四，上海古籍出版社1979年版，第190页。

③ （清）潘德舆：《养一斋诗话》卷二，《清诗话续编》，上海古籍出版社1983年郭绍虞辑校点本，第2034页。

自宋时起即有不断攻讦杜甫者，此习俗一直延续至今日。《文学遗产》2003年第4期载迟乃鹏先生《杜甫〈石壕吏〉中的老翁和石壕吏》札记（简称“迟文”），文中就杜甫《石壕吏》中的老翁和石壕吏的形象予以了全新观点的品评。令人遗憾的是，短短五百字里竟然隐藏着多处严重的失误，故以辨讹。

一、迟文全篇立论的基础为：“唐朝承接隋朝，在兵制上实行府兵制。……《兵志》云：‘凡民二十为兵，六十而免。’”因此，官府才会对老翁“点其为兵”[①]。然而，只要我们略读一遍《新唐书》卷五〇《兵志》，即可知府兵制与其所规定的二十至六十岁之限，本指唐高祖李渊和太宗李世明时兵制的情况，与迟文所言安史之乱时的征兵没有丝毫的关系。

依《新唐书》卷五〇《兵志》所载，唐代共有三次大的兵役演变，且不同时期的兵役制度是不能等同的：“盖唐有天下二百余年，而兵之大势三变，其始盛时有府兵，府兵后废而为彍骑，彍骑又废，而方镇之兵盛矣。”[②] 府兵制的主要内容为：府兵者的家庭其他成员依然正常服徭役。府兵者本人服兵役，且兵、农不分，平日务农，农隙演练，自备兵器和粮饷。《新唐书·兵志》曾言施行府兵制的益处：“初，府兵之置，居无事时耕于野，其番上者，宿卫京师而已。若四方有事，则命将以出，事解辄罢，兵散于府，将归于朝。故士不失业，而将帅无握兵之重。所以防微渐、绝祸乱之萌也。”[③] 因此，均田制和租庸调法履行得越广泛、越彻底，府兵制度也就越巩固。反之，若土地集中、战争频仍，均田农民必大批破产，无力按府兵制的要求自备粮饷器械，府兵制度也就毁弃了。

府兵制最早隳废于高宗朝至武则天执政期间。当时，各地府兵番役更代多不以时，大量府兵逃亡，“府兵之法浸坏”[④]，至玄宗开元时，各地府兵均“逃亡略尽”[⑤]。鉴于府兵制名存实亡，宰相张说曾奏请玄宗召募壮士充宿卫，施行“彍骑”之法：“（开元）十一年（723），取京兆、蒲、同、岐、华府兵及白丁，而益以潞州长从兵，共十二万，号‘长从宿卫’，岁二番，命尚书左丞

---

① 迟乃鹏：《杜甫〈石壕吏〉中的老翁和石壕吏》，《文学遗产》2003年第4期，第84页。

② （宋）欧阳修、宋祁撰：《新唐书》卷五〇《兵志》，中华书局1975年版，第5册，第1323—1324页。

③ 同上书，第1328页。

④ 同上书，第1326页。

⑤ （宋）范祖禹：《唐鉴》卷八《玄宗上》，文渊阁《四部全书（史部一五·政书类）》本。

萧嵩与州吏共选之。明年，更号曰‘彍骑’。”[①] 每个彍骑兵丁“皆免征镇、赋役”[②]，由官府拨给兵丁军器、粮资。彍骑制的优厚待遇，使得逃亡者争相应募：“旬日，得精兵十三万。”[③] 至此，府兵制彻底废弃。待至奸相李林甫执政时，军费开支成了朝廷的巨大负担，于是朝廷便在“彍骑”法的执行中打起了折扣：“自天宝以后，彍骑之法又稍变废，士皆失拊循。……其后徒有兵额、官吏，而戎器、驮马、锅幕、糗粮并废矣。”[④] 朝廷不发军饷，彍骑法也便徒有虚名了。但彍骑法并未由此废止，至安史之乱时依旧采用：《旧唐书》卷九《玄宗本纪下》即谓：“以常清为范阳、平卢节度使，兼御史大夫，令募兵三万以御逆胡。……以京兆牧、荣王琬为元帅，命高仙芝副之，于京城召募，号曰‘天武军’，其众十万。”[⑤]《新唐书》卷第一三五《哥舒翰传》也云：“禄山本以诛国忠故称兵……即募牧儿三千人，日夜训练，以剑南列将分统之。又募万人屯灞上。”[⑥] 这里的“募”，指的便是彍骑募兵法。

由上可知，彻底摒弃府兵制，施行彍骑制是玄宗朝和安史乱时兵制显著的特点。因此，若论述安史乱时之兵役，仍旧以早已灰飞烟灭的府兵之法来立论著说，便显得风马牛不相及了。

二、迟文中有一主观想象的系列推论，即：因为《石壕吏》里有“惟有乳下孙”句，所以，老翁岁数是“五十左右”。依据府兵制“六十而免”的规定，“老翁还应当是个兵”，官府也有权利令其出征，但是，老翁以“逾墙走”的方式逃避兵役，故而老翁是一个“对国家社稷无责任心逃避兵役之逃兵”[⑦]。

迟文以“乳下孙”来推断其祖父（老翁）岁数为“五十左右”，从常识上来讲，这种推断方法是不可取的。因为它漠视了无奇不有的大千世界所有“乳下孙”与其祖父可能相距的实际年龄。如白居易《谈氏小外孙玉童》诗即云：“外翁七十孙三岁。”张祜《捉搦歌》写“阿婆六十翁七十”女儿思嫁之事。（见《全唐诗》卷五一〇张祜《捉搦歌》）假设其女以后在四十岁时产下

---

① （宋）欧阳修、宋祁撰：《新唐书》卷五〇《兵志》，中华书局 1975 年版，第 5 册，第 1326—1327 页。

② 同上书，第 1327 页。

③ （宋）范祖禹：《唐鉴》卷八《玄宗上》，文渊阁《四部全书（史部一五·政书类）》本。

④ （宋）欧阳修、宋祁撰：《新唐书》卷五〇《兵志》，中华书局 1975 年版，第 5 册，第 1327 页。

⑤ （后晋）刘昫等撰：《旧唐书》卷九《玄宗本纪下》，中华书局 1975 年版，第 1 册，第 230 页。

⑥ （宋）欧阳修、宋祁撰：《新唐书》卷一三五《哥舒翰传》，中华书局 1975 年版，第 15 册，第 4572 页。

⑦ 迟乃鹏先生文。《文学遗产》2003 年第 4 期，第 84 页。

一子，老翁则九十余岁了[①]。故此，按照“乳下孙”来推断其祖父的岁数，并作为系列推论的前提是不科学的。

那么，《石壕吏》中老翁的年龄到底应该有多大呢？我以为，最小也当有六十岁。理由有两点：

（一）杜甫的《石壕吏》作于肃宗乾元二载（759）学术界是普遍承认的[②]。当时杜甫本人已经四十八周岁了。从常理来分析，他不可能称呼仅比自己大两三岁的人为“老翁”的。因为“翁”字是对长辈带有褒义的尊称。《方言》六说：“凡尊老……周晋秦陇谓之公，或谓之翁。”唐代也是如此。唐玄应《一切经音义》卷一六《善见律》称祖父为翁：“祖为翁者，取其尊上之意也。”[③] 再如《新唐书》卷一六一《张荐传》张荐叹赏年已八十的忠直之士颜真卿为翁：“不知悲翁何以堪此！”[④] 所以，迟先生推定老翁的岁数为“五十左右”是不近情理的。

（二）唐代称普通百姓为“老”有着严格的规定。官府登记注册的“老”，才是真正的“老”，不可随意称呼。《旧唐书》卷四八《食货上》记载云：“二十一为丁，六十为老。每岁一造计账，三年一造户籍。”新、旧《唐书》及《文献通考》载其注册后的“老”有五点好处：第一，称“老”之后可不必服各种徭役。第二，老到一定年龄的时候，朝廷便会授其名誉官衔。第三，犯罪可以减免刑法。第四，可参加县令主持的礼仪活动。第五，可惠及其子免除徭役。由于“老”的称呼与其本人及其子男的赋役情况紧密相关联，故而唐中宗之韦后曾用“老”的称呼来收买人心，将“老”降为五十八岁：“韦庶人为皇后，务欲求媚于人，上表请以二十二为丁，五十八为老，制从

---

① 唐时百岁老人是有的，如高宗曾于麟德三年（666）春下诏“诸老人百岁已上版授下州刺史，妇人郡君。”（见（后晋）刘昫等撰《旧唐书》卷五《高宗本纪下》，中华书局1975年版，第1册，第89页）

② 可参见：（1）章培恒主编《中国文学史》中册《杜甫》一节，第111页第3行，复旦大学出版社1997年版；（2）中国社科院文学所总纂、乔象钟主编的《唐代文学史》“杜甫上”一节，第499页第17行，人民文学出版社1995年版；（3）吴文治《中国文学史大事年表》，黄山书社1987年版，第787页；（4）袁行霈主编《中国文学史》第二卷“杜甫”一章言：“三吏”写于九节度兵败邺城沿途征兵时。（见高等教育出版社1999年8月版，第282页）“九节度兵败邺城”正为乾元二载三月。（见《旧唐书》卷一〇《肃宗本纪》第1册，第255页）

③ （唐）玄应：《一切经音义》卷一六《善见律》之第一四卷，《丛书集成初编》本，第0742册，第744页，中华书局1983年版。

④ （宋）欧阳修、宋祁撰：《新唐书》卷一六一《张荐传》，中华书局1975年版，第16册，第4980页。

之。"[①] 后韦氏伏诛，杨玚上表请求废韦氏提案，"省司遂依玚所执，一切免之。"[②] 朝廷对民之"老"的称呼如此斤斤计较地反复修正，说明"老"之称呼的确是一件极为严肃的事情。

由上两点可基本确认老翁岁数最小也当为六十岁，没有服兵役的义务，官府也不应当征其为兵。

无疑，将一个六十多岁的老田翁强行说成是"逃兵"是荒唐的。但是假使撇开年龄不顾，老翁是不是"逃兵"呢？回答是否定的。理由也有两点：

其一，老翁不是府兵。从杜甫《石壕吏》中的"请从吏夜归。急应河阳役，犹得备晨炊"句可以看出，石壕吏只管捉人，并未要让被捉之人自带兵器和粮食。这说明军队负责供给士兵兵器、粮食。这种情况不符合府兵制自备粮饷和兵器的原则。有点类似彍骑制，只不过将其中的"招募"变成了捉兵而已；由前所述，从玄宗开元十一载（723）正式废弃府兵制而另用彍骑之法起，至杜甫写《石壕吏》时止，彍骑制已使用了三十七年，故而所谓的老翁是"府兵"当服兵役的说法，不攻自溃。

其二，老翁也不是彍骑招募兵。彍骑招募兵丁对身体的要求是很严格的，必须要达到"强壮"的程度，《新唐书·兵志》记述招募彍骑兵之身体标准为："皆择下户白丁、宗丁、品子强壮五尺七寸以上，不足则兼以户八等五尺以上。"[③] 这样高的要求，老翁是达不到的。因为任何时候也无法将"强壮"与老翁等同起来。

至于"老翁逾墙走"之事，应当以同情的心理来看待。老翁已为国家献出了三个儿子，家里只剩老妻和"出入无完裙"的儿媳及"乳下孙"。若老翁再被捉走，一家人该如何生活？迟文将老翁说成是一个"对国家社稷无责任心"的人，有失公允。

三、迟文认为，石壕吏捉拿老翁服兵役，是"依据法律"的，因此，石壕吏是代表"国"的"法律执行者"[④]。此观点荒谬至极，原因有两点：第一，安史之乱时，官府向百姓征兵役毫无"法律"可言。不仅老翁、少年要

---

① （后晋）刘昫等撰：《旧唐书》卷四八《食货上》，中华书局1975年版，第6册，第2089页。

② （后晋）刘昫等撰：《旧唐书》卷一八五《杨玚传》，中华书局1975年版，第9册，第4819页。

③ （宋）欧阳修、宋祁撰：《新唐书》卷五〇《兵志》，中华书局1975年版，第5册，第1327页。

④ 《文学遗产》2003年第4期，第84页。

服兵役[①]，而且连精力衰竭的贫苦老妇人也不放过。在如此黑暗的社会里，迟先生奢谈“依据法律”，岂不谬哉？第二，如果一定要牵连“法律”的话，那么，石壕吏捉拿老翁上前线打仗有违新、老皇帝的诏命，不仅不能代表“国”，不是“法律执行者”，而且是祸国殃民的凶神恶煞。

彍骑制代替府兵制后，玄宗为了让天下百姓感受到惜老怜贫之仁君形象，曾先后两次下诏放还老兵。《放诸镇兵募诏》敕命云：“或老疾尪羸……一切放还。”[②]《放还老病军士诏》重申道：“有疾病老弱不堪斗战者，委节度拣择放还。”[③]

肃宗即位后依旧想压缩没有战斗力的兵员。如乾元元年（758）肃宗颁布《乾元元年南郊赦文》令：“兵士有尪弱羸老并拣择放。”[④]稍后的《罢役兴农诏》再一次下令强调：“应在行营有羸老病疾不任战阵者，各委节度使速拣择放还。”[⑤]

如前所述，杜甫的《石壕吏》作于肃宗乾元二载（759）是毫无疑问的事。也就是说，这时肃宗刚刚颁布了军队放还“羸老”的《乾元元年南郊赦文》谕旨，石壕吏既不奉行老皇帝的诏书，也不顾及新皇帝的敕令，将任何人都必须无条件执行的“圣旨”视为儿戏，何以能代表“国”？何以称得上是“法律的执行者”？

综上不难得出这样的看法：迟先生的观点虽说新奇，但违背基本历史事实，是难以成立的。这说明我们古代文学的研究工作者，不仅要有新思想、新方法、新思路和新发现，同时更应具有严谨、科学的治学态度。只有这样，方可自觉地抵御学界目前存在的浮躁之风。

---

① 杜甫的《羌村三首》其三有“儿童尽东征”句，《新安吏》有“中男绝短小，何以守王城”之叹；《垂老别》写“骨髓干”的老者走向沙场事。分别见仇兆鳌《杜诗详注》，中华书局 1979 年版，第 394、523、534 页。

② （清）董浩等：《全唐文》卷三一元宗一二《放诸镇兵募诏》，上海古籍出版社 1990 年版，第 1 册，玄宗皇帝，第 344 页。

③ （清）董浩等：《全唐文》卷三一元宗一二《放还老病军士诏》，上海古籍出版社 1990 年版，第 1 册，玄宗皇帝，第 352 页。

④ （清）董浩等：《全唐文》卷四五肃宗四《乾元元年南郊赦文》，上海古籍出版社 1990 年版，第 1 册，肃宗皇帝，第 496 页。

⑤ （清）董浩等：《全唐文》卷四三肃宗二《罢役兴农诏》，上海古籍出版社 1990 年版，第 1 册，肃宗皇帝，第 478 页。

第五节 诗如天生花卉，春兰、秋菊各有一时之秀[①]（上）

李、杜与其他诗人的比较　刻意求好与其结果　诗体不一，故不可言比　偏激的赏析与严厉批评　以李、杜诗之不足，比众人之所长，李、杜自不如众人　爱其诗而知其短，可为理智之爱　诗坛排名次序与其成就高低　关于诗坛第一诗人

中国是一个诗的国度。在这个国度里，诗人有如满天的星斗，交相辉映，共同构建了浩渺无涯的天际。在众多的诗人之间，李、杜无疑是众家诗人的领袖。除此之外，还有数不清的优秀诗人。诸如有写诗歌为锦绣，蕴五经为缯帛，行仁礼为室宇，修身齐家为广宅者；有以道义为丰年，议论为英华，敦厚为珍宝者；有如玄酒太羹，虽典有雅则，而滋味淡薄者；有如腻体丰肌，虽可爱秾华，而风骨尽乏者；有如累练轻缣，虽适宜济时，而窘于边幅者；有如道者空山学仙辟谷，峻嶒疲骨，自若神气者；有如掠野豪鹰，叫群独鹤，环顾无人，青碧万里者；有如行云秋空，卷雨晴雷，壁立万仞，变化纵横者，等等。百家争鸣，尽笔难数。其诗歌或至德理物，或良金美玉，或玉斝琼林，或可珍烂然，或八音琴瑟，或燕歌赵舞，或靓妆丽色，或衣之绮绣，或鹤鸣九皋，或鸿鹄徘徊，或白驹空谷，或羚羊挂角，或杨柳堤上，或小桥流水，或浅斟低唱，或高唱清选，或多有玷缺，或五色龙章，或临摹晋帖，或岁寒茂松，或幽夜逸光，或观者忘忧，或百战健儿，或悬鼓待槌，或震雷俱发，或孤峰绝岸，或丛云郁兴，或诚可畏惧，等等。百花齐放，不一而足。

面对丰富多彩的诗的世界，古代诗话以自己独有的方式评论着古代诗人及其作品。最引人注目的是李、杜与其他优秀诗人的比较。北宋魏泰便是较早地将杜甫与其继承者白居易相提并论的诗话作者，其《临汉隐居诗话》即云："杜甫善评诗，其称薛稷云：'驱车越陕郊，北顾临大河。'美矣。又称李邕

① （清）袁枚：《随园诗话》卷三，人民文学出版社 1982 年版，第 70 页。

《六公篇》恨不见之。"[①] 在魏氏的眼中，白居易因学杜诗故此其批评水准也令人钦羡："若白居易殊不善评诗，其称徐凝《瀑布诗》云：'千古长如白练飞，一条界破青山色。'又称刘禹锡'雪里高山头白早，海中仙果子生迟。''沉舟侧畔千帆过，病树前头万木春。'此皆常语也。禹锡自有可称之句甚多，颇不能知之尔。"[②] 文中所引白氏所评三首诗，写得别有风味。徐凝的《瀑布诗》，《全唐诗》卷四七二为《庐山瀑布》，此诗写出了一种难以言道的美景和气势；"沉舟侧畔千帆过，病树前头万木春。"为刘禹锡《酬乐天扬州初逢席上见赠》诗里的名句，《全唐诗》卷四四八有白居易的《醉赠刘二十八使君》，诗云："为我引杯添酒饮，与君把箸击盘歌。诗称国手徒为尔，命压人头不奈何。举眼风光长寂寞，满朝官职独蹉跎。亦知合被才名折，二十三年折太多。"至于"雪里高山头白早，海中仙果子生迟"，为刘禹锡的《苏州白舍人寄新诗，有叹早白无儿之句，因以赠之》诗，《全唐诗》卷三六〇录有此诗。白居易《刘白唱和集解》云："梦得，梦得！文之神妙，莫先于诗。若妙于神，则吾岂敢？如梦得'雪里高山头白早，海中仙果子生迟'、'沉舟侧畔千帆过，病树前头万木春。'之句之类，真谓甚妙。在在处处应当有灵物护之。"[③] 白居易称颂刘禹锡诗句，盖刘诗真情流露、引用贴切、境界崇高之故，同时也说明：魏氏的批评鉴赏有开创之功。

但魏氏的人品却不能让人苟同。他曾与权贵曾布有姻，横行乡里，人避之而不及。与之相映照的是陈师道，这位宁肯冻死也不穿为富不仁的富亲戚棉衣的血性男儿，比魏泰的人品要高尚得多。陈师道以苦吟见长，其评诗并不以寻词摘句为念。他曾将杜甫与王安石、苏轼、黄庭坚等人的诗相比较："诗欲其好，则不能好矣。王介甫以工，苏子瞻以新，黄鲁直以奇。而子美之诗，奇常、工易、新陈莫不好也。"[④] 王、苏、黄三人刻意求好，反不及杜诗工整、新奇鲜美。

同为江西诗派并学诗于黄庭坚、陈师道的北宋诗话家范温，曾记载黄庭坚评论杜甫与韩愈诗歌事：

孙莘老尝谓老杜《北征》诗胜退之《南山》诗，王平甫以谓《南山》胜

---

① （宋）魏泰：《临汉隐居诗话》，（清）何文焕辑：《历代诗话》，中华书局 1981 年校点本，第 326 页。

② 同上。

③ 见《白居易集笺校》卷六九，上海古籍出版社 1983 年版，第 3711 页。

④ （宋）陈师道：《后山诗话》，（清）何文焕辑：《历代诗话》，中华书局 1981 年校点本，第 306 页。

《北征》，终不能相服。时山谷尚少，乃曰："若论工巧，则《北征》不及《南山》；若书一代之事，以与《国风》、《雅》、《颂》相为表里，则《北征》不可无，而《南山》虽不作，未害也。"二公之论遂定。①

《北征》为老杜著名的长诗，类同于给皇帝的谏书一般；韩愈的《南山》诗盖从赋体演化出来的长诗，诗中极其铺张终南山山形地险，灵异缥缈之态，叠叠数百言，险语迭出。钱仲联先生的《韩昌黎诗系年集释》卷四《南山诗》引方式举注云："提挈天地而委万物。"② 从范氏的记载可看出，黄庭坚并非一味地崇拜老杜，《北征》与《南山》各有优劣，不可替代。黄庭坚之评影响深远，清陈仅《竹林答问》即曾就此问题予以论述："问：唐人五言长古，或推老杜《北征》，或推昌黎《南山》，以何诗为胜？"答曰："太白《经乱忆旧游书怀赠江夏韦太守》诗，书体也，少陵《北征》诗，记体也，昌黎《南山》诗，赋体也。三长篇鼎峙一代，俯笼万有，正不必以优劣论。"③ 诗体不一，故不可言比。

与范温同时代的惠洪也曾评过杜甫的《北征》诗。这位被称之为"浪子和尚"的诗话家因与宰相张尚英交往，待张氏倒台后，受到牵连，被刺配崖州。尽管如此，其对朝廷的忠心不改。《冷斋夜话》卷二云："老杜《北征》诗曰：'唯昔艰难初，事与前世别。不闻夏商衰，终自诛褒妲。'意者明皇鉴夏、商之败，畏天悔过，赐妃子死也。而刘禹锡《马嵬诗》曰：'官军诛佞幸，天子舍夭姬。群吏伏门屏，贵人牵帝衣。'白乐天《长恨》词曰：'六军不发争奈何，宛转蛾眉马前死。'乃是官军迫使杀妃子。"④ 杜甫与众家评杨贵妃之死显然不一，故惠洪慨而叹曰："孰谓刘、白能诗哉！其去老杜何啻九牛（一）毛耶？《北征》诗识君臣之大体，忠义之气与秋色争高，可贵也。"（《冷斋夜话》卷二）在惠洪的思想中，杜甫因识君臣大礼、有忠义之气，所以，杨贵妃之死的各家评论，无人能高过杜甫。抬高杜甫有近谀之嫌。

至南宋时，诗话家也多有将李、杜与其他诗人相提并论者，最为著名的是张戒。张氏不以诗著名，而最善论诗。主张复古学习风、骚和汉魏诗歌。《岁

① （宋）范温：《潜溪诗眼》，《宋诗话辑佚》郭绍虞辑佚本，中华书局1980年版，第327页。

② 钱仲联：《韩昌黎诗系年集释》卷四《南山诗》引方式举注，上海古籍出版社1984年版，第437页。

③ （清）陈仅：《竹林答问》，《清诗话续编》，上海古籍出版社1983年郭绍虞辑校点本，第2230—2231页。

④ （宋）惠洪：《冷斋夜话》卷二，文渊阁《四库全书》本。

寒堂诗话》卷上以“无邪”为准则，评论陶、杜等人诗：

孔子删诗，取其思无邪者而已。自建安七子、六朝、有唐及近世诸人，思无邪者，惟陶渊明、杜子美耳，余皆不免落邪思也。六朝颜、鲍、徐、庾，唐李义山，国朝黄鲁直，乃邪思之尤者。鲁直虽不多说妇人，然其韵度矜持，冶容太甚，读之足以荡人心魄，此正所谓邪思也。①

言六朝颜延之、徐陵父子、庾信父子及唐李商隐乃邪思之尤者，其情可谅，因其毕竟写过许多的男女情诗。鲍照上承建安，诗抒己悲愤，内容丰富，感情强烈，为南朝最杰出的诗人；黄庭坚诗学杜甫，虽于故纸堆里找灵感，但能脱胎换骨，点铁成金。因此，言鲍照、黄庭坚也“邪思之尤”，未免偏激太过。然而，张氏似乎对黄庭坚并不饶过，甚至牵连到了“苏黄”并称的苏轼：

《国风》、《离骚》固不论，自汉魏以来，诗妙于子建，成于李杜，而坏于苏黄。余之此论，固未易为俗人言也。子瞻以议论作诗，鲁直又专以补缀奇字，学者未得其所长，而先得其所短，诗人之意扫地矣。②

认为诗妙于曹植，成于李、杜，坏于苏、黄，纯为一家之喜好，不可为定论。不过，其言苏轼以议理为诗，黄庭坚以补缀奇字，还是说到了关键点上。尽管如此，张氏的评论绝非完璧，同样是《岁寒堂詩话》卷上，也同样是对于陶渊明、黄庭坚，却有着不一样的声音：

子瞻则又专称渊明，且曰：“曹、刘、鲍、谢、李、杜诸子皆不及也。”夫鲍、谢不及则有之，若子建、李、杜之诗，亦何愧于渊明？即渊明之诗，妙在有味耳，而子建诗，微婉之情、洒落之韵、抑扬顿挫之气，固不可以优劣论也。古今诗人推陈王及《古诗》第一，此乃不易之论。至于李、杜，尤不可轻议。欧阳公喜太白诗，乃称其“清风明月不用一钱买，玉山自倒非人推”之句。此等句虽奇逸，然在太白诗中，特其浅浅者。鲁直云：“太白诗与汉、

---

① （宋）张戒：《岁寒堂诗话》卷上，近代丁福保辑：《历代诗话续编》，中华书局1983年校点本，第465页。

② 同上书，第455页。

魏乐府争衡。”此语乃真知太白者。[①]

前言陶诗与杜甫“无邪”，无人可及之。此言陶渊明不如曹植，前后不相谐；至于张氏先言诗坏于黄庭坚，又云黄氏真知李白事，则是恰当的，表明张戒之爱憎分明。对于李白和其他诗人，张氏也有评论：“王介甫云：‘白诗多说妇人，识见污下。’介甫之论过矣。孔子删《诗》三百五篇，说妇人者过半，岂可谓之识见污下耶？元微之尝谓自诗人以来，未有如子美者，而复以太白为不及。故退之云：‘不知群儿愚，那用故谤伤。’退之于李、杜但极口推尊，而未尝优劣，此乃公论也。”[②] 元稹和王安石以偏激的思想贬李赞杜，自然受到了张戒的严厉批评。

以遍搜宋代诗话家之言而著名的南宋诗话家何汶，曾引言黄庭坚诗话中“杜甫与刘禹锡”的比较：“山谷云：‘刘梦得《竹枝》九章，词意高妙，元和间诚可以独步。道风俗而不俚，追古昔而不愧。比之杜子美《夔州歌》，所谓同工而异曲也。昔东坡尝闻余咏第一篇，叹曰：此奔轶绝尘，不可追也。’”[③] 鼓吹刘禹锡《竹枝词》意高妙如杜诗，并不可服人。因二人之作为两种类型的诗：杜甫诗歌沉郁顿挫，刘禹锡的《竹枝词》，则向民间歌谣学习，新鲜活泼可爱，乡土气息浓厚，与杜诗虽同为好诗，但泾渭有别，不可相比较。

至明清时，亦多有大诗话家将李、杜与众家诗人比较者。后七子领袖王世贞强项耿直，诗必盛唐而不保守，《艺苑卮言》卷四曾评李、杜与曹氏父子及陶、谢诗：

其歌行之妙，咏之使人飘扬欲仙者，太白也；使人慷慨激烈、歔欷欲绝者，子美也。《选》体，太白多露语、率语，子美多稚语、累语，置之陶、谢间，便觉伧父面目，乃欲使之夺曹氏父子位耶？五言律、七言歌行，子美神矣，七言律，圣矣。五七言绝，太白神矣，七言歌行，圣矣，五言次之。太白之七言律，子美之七言绝，皆变体，间为之可耳，不足多法也。[④]

---

① （宋）张戒：《岁寒堂詩话》卷上，近代丁福保辑：《历代诗话续编》，中华书局 1983 年校点本，第 451 页。

② 同上。

③ （宋）何汶：《竹庄诗话》卷二〇，文渊阁《四库全书》本。

④ （明）王世贞：《艺苑卮言》卷四，近代丁福保辑：《历代诗话续编》，中华书局 1983 年校点本，第 1005—1006 页。

李、杜自为诗坛领袖不必说，但其自身亦有不足之处，以其不足，比曹氏父子、陶、谢等人诗之长处，李、杜自不如众人。在王世贞的思想中，其他的二流诗人之诗也可以与杜甫诗歌相媲美："何仲默取沈云卿'独不见'，严沧浪取崔司勋《黄鹤楼》，为七言律压卷。二诗固甚胜，百尺无枝，亭亭独上，在厥体中，要不得为第一矣。沈末句是齐、梁乐府语。崔起法是盛唐歌行语。如织官锦间一尺绣，锦则锦矣，如全幅何？老杜集中，吾甚爱'风急天高'一章，结亦微弱，'玉露调伤'、'老去悲秋'，首尾匀称，而斤两不足；'昆明池水'秾丽况切，惜多平调，金石之声微乖耳。然竟当于四章求之。"① 沈云卿即初唐诗人沈佺期，其《独不见》诗，《全唐诗》卷九六载，诗名又作《古意》或《古意呈补阙乔知之》，写思妇思念征夫事，诗的最后两句是："谁谓含愁独不见，更教明月照流黄。"故而王世贞有"末句是齐、梁乐府语"之评；崔司勋为盛唐诗人崔颢，《黄鹤楼》诗《全唐诗》卷三一有载，其首联为："昔人已乘白云去，此地空余黄鹤楼。"因此，王世贞评其为："起法是盛唐歌行语。""风急天高"为杜甫诗《登高》的起句，其诗末两句为："艰难苦恨繁霜鬓，潦倒新停浊酒杯。"故而王世贞认为诗歌收尾"结亦微弱"；"玉露调伤"为杜甫诗《秋兴八首》其一，首尾两联分别为"玉露凋伤枫树林，巫山巫峡气萧森"和"寒衣处处催刀尺，白帝城高急暮砧"。"老去悲秋"句，为杜甫《九日蓝田崔氏庄》诗，其诗首联为："老去悲秋强自宽，兴来今日尽君欢。"尾联为："明年此会知谁健，醉把茱萸子细看。"王世贞因此评论这两首诗为："首尾匀称，而斤两不足"。王世贞爱杜诗，而知其所短，可为理智之爱。

稍后的胡应麟曾携诗谒见后七子领袖王世贞，受到王世贞的赏识。同时，胡氏以聚书丰富而著名于世。在胡氏看来，诗坛上的排名先后并不代表其成就的高低："凡词场称谓，要取适齿牙而已，非必在前则优，居后为劣也。屈宋、曹刘之类，固云中的。诗称苏李，岂苏长于李乎？史称班马，岂马减于班乎？颜在谢先，而颜非谢比。元居白上，而元匪白俦。宋张、韩、刘、岳，明边、何、徐、李，皆取便称谓，非远弗如。元虞、杨、范、揭差近，亦偶然耳。"② 名排先者，有年龄的原因，如"屈宋"和"曹刘（曹植、刘桢）"，但更是为了好称呼，如"班马（班固、司马迁）"、"元白（元稹、白居易）"之

① （明）王世贞：《艺苑卮言》卷四，近代丁福保辑：《历代诗话续编》，中华书局 1983 年校点本，第 1008 页。

② （明）胡应麟：《诗薮》外编卷二，上海古籍出版社 1979 年版，第 158 页。

类。同时也应该注意到，古代诗人由于排名情况较为复杂，故而不可一概而论[①]。胡应麟也曾将李白绝句与王维、柳宗元绝句予以比较："'千山鸟飞绝'二十字，骨力豪上，句格天成。然律以辋川诸作，便觉太闹。青莲'明月出天山，苍茫云海间，长风几万里，吹度玉门关。'雄浑之中，多少闲雅。"[②]柳宗元绝句《江雪》写环境幽静，其句"千山"与"万径"，数字太大，王维写闲静诗有许多，可与二人相比。《全唐诗》卷二七有王维《鹿柴》诗，写空山之静："空山不见人，但闻人语响。返景入深林，复照青苔上。"卷三九《竹里馆》写竹林之静："独坐幽篁里，弹琴复长啸。深林人不知，明月来相照。"卷四三《皇甫岳云溪杂题五首·鸟鸣涧》写春山之静："人闲桂花落，夜静春山空。月出惊山鸟，时鸣春涧中。"三首诗均有响音，顿觉胡氏所评"太闹"，极为妥帖。李白绝句，雄浑之中有闲雅，胡氏以为最好。然若与王维、柳宗元诗所写静处比，李白诗是无法与之抗衡的。

王世贞等人所意识到的李、杜诗并非完美的观点，在袁枚诗论中也有所体现。这位诗坛领袖、著名的诗话家曾主持乾、嘉诗坛近五十年，他曾否认诗坛有第一诗人："人或问余以本朝诗，谁为第一？余转问其人，《三百篇》以何首为第一？其人不能答。余晓之曰：诗如天生花卉，春兰秋菊，各有一时之秀，不容人为轩轾。音律风趣，能动人心目者，即为佳诗，无所为第一，第二也。"[③]每一位诗人均各有其优点长处，显示出其领袖博采众家的风采。尽管如此，在袁枚的观点里，诗坛不是始终都没有第一的，有一时之英雄："有因其一时偶至而论者，如'不愁明月尽，自有夜珠来'一首，宋居沈上。'文章旧价留鸾掖，桃李新阴在鲤庭'一首，杨汝士压倒元、白是也。"亦有全局之领袖："有总其全局而论者，如唐以李、杜、韩、白为大家，宋以欧、苏、陆、范为大家，是也。若必专举一人，以覆一朝，则牡丹为花王，兰亦为王者之香。"（同上）踌躇满志地指点诗坛领袖，其已必为牡丹、兰花也。

自古杰出的诗人，大多与其各自的时代而共同孕育而生，并转而以其伟大的诗篇影响着自己朝代及将来的每一位诗人。李、杜如此，苏、黄亦如此。自欧阳修为诗话冠名以来，至明清时汇成汹涌的长江大河，以致诗话远远胜于诗歌的繁荣。著名的诗话家如杨慎、王世贞、胡应麟、袁枚、王士禛纵横踯躅，睥睨千古，不袭古人。无论居古人千年之后，即如袁枚去唐未远，其才岂不能

① 有关排名先后优劣的问题，本章第四节"李、杜二公，正不当优劣"已经有过论述，故此省略。

② （明）胡应麟：《诗薮》内编卷六，上海古籍出版社 1979 年版，第 120 页。

③ （清）袁枚：《随园诗话》卷三，人民文学出版社 1982 年顾学颉校点本，第 70 页。

复为盛唐诗之再现耶？即使其无丝毫李、杜余习，千载后或许学界正由于其未袭李、杜之遗风，无不击节其诗评！春兰、秋菊各有一时之秀，故而未必去古益远，以古绳人。

第六节　诗如天生花卉，春兰、秋菊各有一时之秀[①]（下）

古诗话对其他优秀诗人的批评　可解不可解不必解之说　古诗话评选唐绝句第一之争　苦心作，苦心读，苦心评方可见真谛　箴其所阙，济以所长

自风雅、楚骚之后，魏晋六朝诗人有如春兰、秋菊，各逞秀色，擅一时之美，如“古诗十九首”之高妙，曹、刘之豪逸，嵇、阮之冲澹，潘、陆之模拟，陶、谢之澹远，鲍、左之峻洁，徐、庾之萎靡。既有鸾凤之翔，亦有蛱蝶之舞。或勃勃英气，慷慨悲歌；或嘲咏风月，专论词工；或化雨和风，裨于风教。至唐、宋两朝时，诗歌各走一途，无不窥姚姒，逮庄骚，摘屈宋，熏班马。高歌盛唐气象，万里觅侯；低吟晚唐夕阳，声塞穷壤；北宋专主议论，名揭日月；南宋崇尚性理，程朱派传。致使诗歌风格各现：有萤火之光，也有星燎之光；有鬼燐之光，亦有闪电之光；有若木之光，也有日月之光，光亮天际。由此古代诗话对其有过大量的批评，除上两节专论对李、杜之批评外，古诗话对其余的优秀诗人的批评也多放异彩。

宋胡仔曾引《蔡宽夫诗话》批评柳宗元、白居易与陶渊明之个性：“子厚之贬，其忧悲憔悴之叹，发于诗者，特为酸楚。闵己伤志，固君子所不免，然亦何至是。卒以愤死，未为达理也。乐天既退闲，放浪物外，若真能脱屣轩冕者，然荣辱得失之际，铢铢校量，而自矜其达，每诗未尝不着此意，是岂真能忘之者哉？亦力胜之耳。”[②] 柳宗元赤心为国，时时梦想成就一番功业，不慎坐交王叔文党，被唐宪宗怒贬蛮荒之地，直至身死异乡，故其诗文，英雄失路，多有酸楚之痛；白居易前期兼济天下，四阻宦官吐突承璀执掌军权，三救元稹，每每献诗歌于朝堂，以愿天子听。后期深晓朝政险恶，以释、道两家为

① （清）袁枚：《随园诗话》卷三，人民文学出版社1982年顾学颉校点本，第70页。
② （宋）胡仔：《苕溪渔隐丛话》前集卷一九，清乾隆刻本。

伍，保己平安，诗歌吟咏身边琐碎之事，与柳宗元的忧悲憔悴之叹，不可相提并论。蔡宽夫批评柳宗元“未为达理”，其实正为柳氏高于白居易的地方。与柳、白相比，蔡宽夫认为：“惟渊明则不然。观其《贫士》、《责子》，与其他所作，当忧则忧，遇喜则喜，忽然忧乐两忘，则随所遇而皆适，未尝有择于其间，所谓超世遗物者，要当如是而后可也。”（见宋胡仔《苕溪渔隐丛话》前集卷一九）以柳、白与陶渊明相比较，确实可以看出陶氏乐忧两忘之个性。但这种“忘”，毕竟不如柳之悲更为感人。

柳宗元之悲，造就了其诗文的伟大的成就。宋王十朋曾将柳宗元的诗文喻比为“辞工、才美”，将其与韩愈、欧阳修、苏轼四人合称为“四子”，并言：“唐宋文章未可优劣。唐之韩、柳，宋之欧、苏，使四子并驾而争驰，未知孰后而孰先，必有能辨之者。”① 在王氏看来，“不学文则已，学文而不韩、柳、欧、苏是观，诵读虽博，著述虽多，未有不陋者也。”尽管如此，“四子”的地位并不是完全等同的，王氏《梅溪王先生文集》前集卷一九《读苏文》继续说道：“韩、欧之文粹然一出于正，柳与苏好奇而失之驳，至论其文之工，才之美，是宜韩公欲推逊子厚，欧阳子欲避路放子瞻出一头地也。”“奇”毕竟为“正”之歧途，有“失之驳”之嫌，故而“四子”之正副首领，还当推属于韩愈与欧阳修二人。

明人王文禄《文脉》卷二曾详细地分析了韩愈、欧阳修被推崇为正副首领的原因：

韩昌黎有志古学，但性坦率，不究心精邃，非柳匹也。当时能忘势且延揽英才，籍、湜辈尊称之，文名遂盛于唐。后欧阳六一好而尊之，配孟，以已（“已”，疑为“己”字）配韩。苏氏父子在欧门下，极推尊欧，不得不推尊韩，是韩又盛于宋。②

在王氏看来，韩愈被推崇为首领的原因有三：其一为韩愈的为人，“能忘势且延揽英才”，故而受到了“韩门弟子”张籍、皇甫湜等人的拥护。其二是欧阳修借古人之魂，以抬高自己的缘故。其三为苏门父子爱戴自己的恩师欧阳修，不得不推崇韩愈。王氏之论，意在尊柳贬韩，故将欧阳修及苏门父子说成是势利小人。果真其后文继续言道：“我明宋潜溪原文：六经外当读孟子与

① （宋）王十朋：《梅溪王先生文集》前集卷一九《读苏文》，《四部丛刊》本。
② （明）王文禄：《文脉》卷二，《丛书集成》本。

韩、欧文。夫惟皆知宗韩，则不复知先秦两汉文。故何大复曰：‘文靡于隋，韩力振之，古文之法亡于韩；诗溺于陶，谢力振之，古诗之法亡于谢。’旨哉言乎！”（《文脉》卷二）宋潜溪，指明代开国文臣之首宋濂，其文以典雅见长；何大复为前七子的何景明，对明代诗歌有很大的影响。王氏所言韩愈振兴古文，越振兴越败，最终古文之法亡于韩。言语偏激，殊不知，宋有欧阳修等人承继韩愈之衣钵，终于取得古文运动的伟大胜利，及至清代，犹有桐城派古文泛滥之事。至于其所云陶渊明、谢灵运对古代诗歌有罪，更如痴人说梦一般。

明人杨慎也评论过苏轼对韩愈的态度，但他的观点与王氏不一样。明何良俊《四友斋丛说》卷二三曾记言道：“杨升庵云：苏东坡不喜韩退之《画记》，谓之甲乙账簿。此老千古卓识，不随人观场者也。”① 苏轼不随波逐流，不惧大家，当符合其真正的本性。

对于其他诗人，古诗话亦有批评。例如，宋真德秀《咏古诗序》赞扬杜牧与王安石：“古今诗人吟风吊古多矣。断烟平芜，凄风淡月，荒寒萧瑟之状，读者往往慨然以悲。工则工矣，而于世道未有云补也。惟杜牧之、王介甫高才远韵，超迈绝出，其赋息妫，留候等作，足以订千古是非。今吾德庄所赋，遇得意处不减二公，至若以诗人比兴之体，发圣门理义之秘，则虽前世以诗自雄者，犹有惭色也。”② 对世道未有补者乃无用之诗本无非议，但言杜牧“发圣门理义之秘”，便不确切了。杜牧古诗豪健跌宕，骨气遒劲。但多流连声色之作。清何文焕《历代诗话考索》曾记言许颉对杜牧的讥讽：“彦周诮杜牧之《赤壁》诗‘社稷存亡都不问，只恐捉了二乔，是措大不识好恶’。”③ 许颉著有《彦周诗话》，对创作有着自己独到的见解。批评诗歌不乏真知灼见。但此处评杜牧诗显然曲解了作者的用意，有失公允。故而何文焕批评道：“夫诗人之词微以婉，不同论者直遂也。牧之之意，正谓幸而成功，几乎家国不保。彦周未免错会。”④ 尽管如此，也依旧可证明：杜牧“发圣门理义之秘”是面有愧色的。

那么，杜牧诗是否真的有失轻薄吗？回答是否定的。世人讥其伤艳，其实不然。杜牧诗多为若轻而甚重者，如《过华清宫》、《赤壁》、《泊秦淮》均是这样。他人之诗，或失之于粗，或失之于俗，或不为谓诗人之诗。杜牧诗绝无

---

① （明）何良俊：《四友斋丛说》卷二三，明万历七年张仲颐刻本。

② （宋）真德秀：《真文忠公文集》卷一七《咏古诗序》，《四部丛刊》本。

③ （清）何文焕：《历代诗话考索》，清何文焕辑：《历代诗话》，中华书局 1981 年校点本，第 816 页。

④ 同上。

此病。其轻飏纤丽，盖能自成一家，如金玉锦绣，辉焕白日，虽离“发圣门理义之秘”甚远，但毕竟为诗之大家。

宋王楙《野客丛书》卷七曾引胡仔记述苏轼与黄庭坚二人争名事较有趣味：“渔隐云：‘元祐文章，世称苏、黄，然二公争名，互相讥诮。东坡谓：鲁直诗文如蝤蛑江瑶柱，格韵高绝，盘餐尽废，然不可多食，多食则发风动气。山谷亦曰：盖有文章妙一世，而诗句不逮古人者，此指东坡而言也。’”① 胡仔为两宋之交时人，小黄庭坚五十三岁，其言当有一些来头。但南宋王楙并不同意胡仔的观点。他以为胡仔所理解的苏轼之言有误：“诗文比之蝤蛑江瑶柱，岂不谓佳？至言发风动气，不可多食者，谓其言有味，或不免讥评时病，使人动不平之气。乃所以深美之，非讥之也。”（《野客丛书》卷七）事实上，苏、黄二人曾同时相引重，黄庭坚推重苏轼尤甚，而苏也很器重黄庭坚。

胡仔与王楙的解释孰是孰非呢？清吴雷发《说诗菅蒯》有另外的看法：“有强解诗中字句者。或述前人可解不可解不必解之说晓之，终未之信。”他例举说：“古来名句如‘枫落吴江冷’，就子言之，必曰枫自然落，吴江自然冷；枫落则随处皆冷，何必独曰吴江？况吴江冷亦是常事，有何吃紧处？即‘空梁落燕泥’，必曰梁必有燕，燕泥落下，亦何足取？不几使千秋佳句，兴趣索然哉？且唐人诗中，钟声曰‘湿’，柳花曰‘香’，必来君辈指摘。不知此等皆宜细参，不得强解。”② 类似苏轼所言黄庭坚诗文如蝤蛑江瑶柱事，可不必强解。否则便会兴趣索然。这是由于宋时多有友人之间相互推重者。如宋杨亿评钱惟演等人“并负懿文，尤精雅道，雕章丽句，脍炙人口。”③ 黄庭坚曾学于苏轼，从情理上讲，胡仔之言当不可信。

吴雷发所说“或述前人可解不可解不必解之说晓之”的观点，出自王世贞《艺苑卮言》卷四：“李于鳞言唐人绝句当以‘秦时明月汉时关’压卷，余始不信，以少伯集中有极工妙者。既而思之，若落意解，当别有所取，若以有意无意、可解不可解间求之，不免此诗第一耳。”④“秦时明月汉时关”诗名为《出塞》，为盛唐诗人王昌龄七绝诗，王昌龄字少伯，其诗意境高远，深沉含蓄，曾被誉为“诗家天子王江宁”；李于鳞为后七子领袖李攀龙，主张诗歌自盛唐之下无足以观。王世贞曾与李攀龙交情厚谊，故也赞成“秦时明月汉时

---

① （宋）王楙：《野客丛书》卷七，文渊阁《四库全书》本。

② （清）吴雷发：《说诗菅蒯》，《清诗话》下册，上海古籍出版社1978年版，第900页。

③ （宋）杨亿：《西昆酬唱集序》，《西昆酬唱集》卷首，《四部丛刊》本。

④ （明）王世贞：《艺苑卮言》卷四，近代丁福保辑：《历代诗话续编》，中华书局1983年校点本，第1008页。

关”为第一首诗。

古诗话曾试图评选唐绝句之最优秀者曾为一时风尚。明王世懋《艺圃撷余》并不同意李攀龙与王世贞的看法：“于鳞选唐七言绝句，取王龙标‘秦时明月汉时关’为第一，以语人，多不服。于鳞意止击节‘秦时明月’四字耳。必欲压卷，还当于王翰‘葡萄美酒’、王之涣‘黄河远上’二诗求之。”① 王翰“葡萄美酒”其诗名为《凉州词》，诗歌清调豪放，有浓郁的军营色彩；王之涣“黄河远上”，其诗名也为《凉州词》，诗以曲折深刻、境界雄阔苍凉而著称。两首《凉州词》与《出塞》诗相媲美，正遇敌手。

王世懋本为王世贞之弟，主张格调说，其论较之其兄长要严谨得多。唐诗之争起于萧墙，实为诗话史上的一桩趣事。曾受恩于王世贞的胡应麟也曾卷进了唐诗绝句孰最为优秀之争的漩涡里：“初唐绝，‘蒲桃（葡萄）美酒’为冠；盛唐绝，‘渭城朝雨’为冠。中唐绝，‘回雁峰前’为冠。晚唐绝，‘清江一曲’为冠。‘秦时明月’，在少伯自为常调，用修（明诗话家杨慎）以诸家不选，故《唐绝增奇》首录之。”② “渭城朝雨”为盛唐诗人王维《送元二使安西》中的句子，该诗又名《阳关曲》或《阳关三叠》，写送人赴边从军事，诗歌曲调高亢，洗尽雕饰抒发一种深厚的惜别之情。此诗若定为唐绝句之首，并不为过；被胡应麟誉之为“中唐绝”的“回雁峰前”，疑为衡州舟子的《吟》，诗写思乡孤独之状：“野鹊滩西一棹孤，月光遥接洞庭湖。堪嗟回雁峰前过，望断家山一字无。”《全唐诗》卷七八四有载。至于胡氏所云的晚唐“清江一曲”，实为唐宪宗时刘禹锡所写的《杨柳枝》诗，内容写与心上人再不相逢的惆怅之情：“春江一曲柳千条，二十年前旧板桥。曾与美人桥上别，恨无消息到今朝。”《全唐诗》卷三六五有载。此诗胡氏曾誉之为“神品”③。《吟》与《杨柳枝》意登鳌首，为胡氏的一己之见。胡氏将唐诗第一绝分为初、盛、中、晚四家，为恩师及师叔都找回了面子。

也有人以盛唐崔颢《黄鹤楼》为第一者。最早当为宋严羽《沧浪诗话》之《诗评》：“唐人七言律诗，当以崔颢《黄鹤楼》为第一。”④ 明杨慎以为还当加上沈佺期的《古意》诗（此诗第五节已引用，故此略）：“宋严沧浪取崔颢《黄鹤楼》诗为唐人七言律第一。近日何仲默、薛君采取沈佺期‘卢家少

---

① （明）王世懋：《艺圃撷余》，（清）何文焕辑：《历代诗话》，中华书局 1981 年校点本，第 779 页。

② （明）胡应麟：《诗薮》内篇卷六，上海古籍出版社 1979 年版，第 111 页。

③ 同上书，第 109 页。

④ （宋）严羽：《沧浪诗话》，（清）何文焕辑：《历代诗话》，中华书局 1981 年校点本，第 699 页。

妇郁金堂'一首为第一。二诗未易优劣。或以问予，予曰：'崔诗赋体多，沈诗比兴多。以画家法论之，沈诗披麻皴，崔诗大斧劈皴也。"①《古意》意在写少妇思念征辽阳的征夫，情恨绵绵；《黄鹤楼》与之风格不一，状景如画，乡愁可掬，李白见后曾为之搁笔。二诗相比，很难说谁更胜一筹。清马平泉《挑灯夜话》卷一曾就二诗之优劣评曰："余谓都不必如此说。诗家或以意兴胜，或以神韵胜，或以机调胜，或以风格胜，譬之橘、柚、楂、奈、各有其美。"众家诗歌，各自有其出色绝伦之处，不容人为轩轾。实难定评，故而无所谓第一第二之分。马氏之论，深中肯綮。明许学夷甚至以为评诗并不是一个好方法，《诗源辩体》卷三四云："古今人论诗，论字不如论句，论句不如论篇，论篇不如论人，论人不如论代。晚唐、宋、元诸人论诗，多论字、论句，至论篇、论人者寡矣，况论代乎？"② 因此，许氏言己之论诗云："予之论诗，多论代、论人，至论篇、论句者寡矣，况论字乎？"③ 比诗的优劣，因为没有一个统一的标准，是绝难论出结果的。

南宋黄升似乎并不如此地看问题，《诗人玉屑·原序》言道："诗之有评，犹医之有方也。评不精，何益于诗，方不灵，何益于医？然惟善医者能审其方之灵，善诗者能识其评之精，夫岂易言也哉！"④ 黄氏论诗追求存至味于淡泊之中，讲求诗歌的意脉贯通。曾与《诗人玉屑》的作者魏庆之同隐居于乡里。在他看来，评诗有如医方，既有好药方，也有不好的方子，只有善诗者方能善评。至于何为好的药方，黄氏没有说。不过，黄氏论诗视野不宽，境界不高，故而臆想其定无好的良方妙计。

倒是黄氏的好友魏庆之有一些办法，他说："诗全在讽诵之功。"（《诗人玉屑》卷一三）又说："须是先将诗来吟咏四五十遍了，方可看注。看了又吟咏三四十遍，使意思自然融液浃洽，方有见处。"（同上）与此相似的是，金人元好问也以为评诗当下苦功：

文章出苦心，谁以苦心为。正有苦心人，举世几人知。工文与工诗，大似国手棋。国手虽漫应，一着存一机。不从着着看，何异管中窥。文须字字作，亦要字字读。咀嚼有余味，百过良未足。功夫到方圆，言语通眷属。只许旷与

---

① （明）杨慎：《升庵诗话》卷一〇，近代丁福保辑：《历代诗话续编》，中华书局1983年校点本，第834页。

② （明）许学夷：《诗源辩体》卷三四，人民文学出版社1987年版，第326页。

③ 同上。

④ （宋）黄升：《诗人玉屑·原序》，文渊阁《四库全书》本。

夔，闻弦知雅曲。今人诵文字，十行夸一目。阙颤失香臭，瞀视纷红绿。毫厘不相照，觌面楚与蜀。莫讶荆山前，时闻刖人哭。[1]

元氏曾著《论诗三十首》以批评诗歌，论述极为允当，为古代著名的七言绝句诗话。作者认为，文章只有苦心作、苦心读，方可见真谛。至于读何种书，如何去读，元氏并没有答案。与之相比，明胡应麟《诗薮》外编卷四所言反倒是容易做到的："古大家有齐名合德者，必欲究竟，当熟读二家全集，洞悉根源，彻见底里，然后虚心易气，各举派长，乃可定其优劣。"[2] 熟读两位大家的全集，必有心得可言。清田同之《西圃诗说》注意到了读两家诗集时应当注意的另外的问题："诗有题不同而各相称，派不同而均相敌者，甚不可以优劣较。所谓离之则双美，合之则两伤也，当分别观之。"[3]

《庄子·山木》曾说过一句充满了哲理的话："其美者自美，吾不知其美也；其恶者自恶，吾不知其恶也。"[4] 古代诗歌美与丑之妙理，只有善读方可晓知其中三昧。加之硕儒巨公，意趣高远，语出天机云锦，皆舒雅秀丽。其诗歌或可意会，或仅得其形似者，各有造极处，故愈发不可轻易比量高下。因此，只有下工夫苦读，方可解其诗意，这样便能明当世之务，达群伦之情，箴其所阙，济以所长，使千载之下读今日所批评论者，如出乎其时，如见其人也。

---

① （金）元好问：《与张中杰郎中论文》，《遗山先生文集》卷二，《四部丛刊》本。

② （明）胡应麟：《诗薮》外编卷四，上海古籍出版社 1979 年版，第 190 页。

③ （清）田同之：《西圃诗说》，《清诗话续编》，上海古籍出版社 1983 年郭绍虞辑校点本，第 756 页。

④ （战国）庄子：《庄子·山木》，《四部备要》本。

第三章　格谓品格，韵为风神[①]

古代诗歌的神、韵、格、调是一种客观存在的文学现象，是诗人在一系列诗歌作品中，通过内容与形式的有机统一所表现出来的独特写作个性，它往往与作者的内心世界、品德修养、个性特征、审美情趣及作品的内容与艺术表现有直接的关联。另外，社会政治、经济、文化、生活等各方面的因素，都潜移默化地影响着神、韵、格、调的形成。因此，批评者可就神、韵、格、调之内容，探究诗人创作的大体风貌。

第一节　精神道宝，闪闪著地，文之至也[②]（上）

诗神内涵的理解往往带有不确定的因素　神如人　诗神以灵变之特性，迷离倘恍　流动为神　“入神”之笔为至文　有韵[③]则生，无韵则死　诗中入神者有等级之分

“诗神”，是中国古代诗话理论所论述的最高层次的诗歌创作艺术规律，是古代诗人梦寐以求所追寻的写诗境界，同时也是令批评者最为心动的价值所在。

古诗话出现以来，对诗神内涵的理解往往带有不确定的因素。人们大致喜

---

① （清）王士祯等：《师友诗传续录》，近代丁福保辑：《清诗话》，上海古籍出版社1978年修订本，第154页。

② （清）翁方纲：《石州诗话》卷三，近代丁福保辑：《历代诗话续编》，中华书局1983年校点本，第1405页。

③ “韵”：指神韵。

欢将其描述成一种具有超脱自然的力量，这种力量能引导作者写出连其本人都会惊讶的绝妙佳篇。同时，神还具有精神、神采、神色、神宇、神气、神似等含义。相较而言，对诗神的评论，当以用人为例来喻比其形最为精妙。唐末徐寅《雅道机要》曾形象地描摹说："体者，诗之象，如人之体象，须使形神丰备，不露风骨，斯为妙手。"[①] 这里的诗歌之"神"，即指诗人形成独特创作本质的内在精神，是诗人在诗歌艺术风格里完美而成熟的表现，与外在的诗之形体相辅相成。诗如同人一样，须形神具备，方可立于天地之间。无神，便如行尸走肉，生活顿然殊失光华。故而抽象的诗之"神"，便成为古代诗话热门探讨的论题。

以神来形容人的精神风貌古来有之，如《宋书》卷六六《王敬弘传》载南朝宋顺帝刘準诏曰："故侍中、左光禄大夫、开府仪同三司敬弘，神韵冲简，识宇标峻。"[②] 不过，其所言之神，与我们所讲的诗歌创作之神并非同属一类概念。从现存的资料来看，用神来惟妙惟肖地比拟诗歌内在精髓的论述，当效仿于六朝人用神来形容古书画。例如，南齐谢赫在其《古画品录》中评顾恺之的画时，提出了"神韵气力"之说[③]；张彦远《历代名画记》也说："鬼神人物，有生动之状，须神韵而后全。"[④] 二者虽为题画所作，但已与后世诗话所言诗歌创作之神的内容极其相近。

那么，古代诗话中理解的诗神又为何物呢？司空图《二十四诗品·精神》篇曾表述道："生气远出，不着死灰。"[⑤]《流动》篇云："超超神明，返返冥无。来往千载。"[⑥]《劲健》篇写道："行神如空。"[⑦] 神以"生气"、"超神"及"行"为根本，大致符合诗神的本质。遗憾的是，司空图并没有明确地指出这些都属于诗神的范畴。加之呆板的四言诗限制了作者做进一步表述的可能，其中模棱两可的语言，使得今人完全读懂它深刻的含义，已不是一件容易的事了。

贺贻孙的《诗筏》对诗神也加以了阐释，与司空图的论述相比，《诗筏》的旗帜业已张扬："神者（指诗神），灵变倘恍，妙万物而为言。读破万卷而

---

① （唐）徐寅：《雅道机要》，胡文焕：《格致丛书》，明万历三十一年（1603）刊本。

② （南朝梁）沈约：《宋书》卷六六《王敬弘传》，中华书局 1974 年版，第 1731 页。

③ （南齐）谢赫：《古画品录》，文渊阁《四库全书》本。

④ （唐）张彦远：《历代名画记》，文渊阁《四库全书》本。

⑤ （唐）司空图：《二十四诗品·精神》，（清）何文焕辑：《历代诗话》，中华书局 1981 年校点本，第 41 页。

⑥ 同上书，第 44 页。

⑦ 同上书，第 40 页。

胸无一字，则神来矣，一落滓秽，神已索然。”① 赋予诗神以灵变之特性，迷离倘恍，仿佛真的使人置身于神鬼的世界里，变化莫测，令人难以捉摸。相较而言，方东树《昭昧詹言》卷一《通论五古》所言“气之精”为神，反倒让人对这个问题更容易把握：“气之精者为神。必至能神，方能不朽，而衣被后世。彼伪者，非气骨轻浮，即腐败臭秽而无灵气者也。”② 与前两人相较，谢榛《四溟诗话》卷一深究司空图论述的以流动为神，最有见地：“诗有（如）造物。一句不工，则一篇不纯，是造物不完也。造物之妙，悟者得之。譬诸产一婴儿，形体虽具，不可无啼声也。越王枕易曰：‘全篇工致而不流动，则神气索然。’亦造物不完也。”③ 潘德舆《养一斋李杜诗话》卷一也感悟到了诗神行走的特征：“诗以神行，若远若近，若无若有，若云之于天，月之于水，诗之神者也。而五七绝尤贵以此道行之。昔之擅其妙者，在唐有太白一人，盖非摩诘、龙标之所及，所谓鼓之舞之，以尽其神，由神入化者也。”④

上述所说诗话对诗神的名称追述与形容，并未有跳出司空图所论神之窠臼。故而王士禛《池北偶谈》在崇尚《二十四诗品》的同时，愤然强调“兴会神到”之诗歌法则⑤，将神与韵视同为一体（尽管王士禛之神韵不完全等同于诗神，但其毕竟有着诗神某一方面的因素），创神韵说，其功终不可掩。

剔除王士禛外（王士禛之神韵说，今人无不烂熟于心，故本文主要论述其他诗话），司空图身后的诗话作者，对诗神内涵构建的最终完工，做出了大量的贡献。这其中尤以视“入神”之笔为至文的观念成为众多诗话的共识，最为耀人眼目。例如，严羽《沧浪诗话·诗辩》中曾断言道：“诗之极致有一，曰入神。诗而入神，至矣，尽矣，蔑以加矣！”⑥ 四百年后陆时雍在其《诗镜总论》中也鼓旗相应道：“精神⑦道宝，闪闪著地，文之至也。”⑧ 比严

① （清）贺贻孙：《诗筏》，《清诗话续编》，上海古籍出版社1983年郭绍虞辑校点本，第136页。

② （清）方东树：《昭昧詹言》卷一，汪绍楹点校，人民文学出版社1961年版，第25页。

③ （明）谢榛：《四溟诗话》卷一，人民文学出版社1962年宛平校点本，第6页。

④ （清）潘德舆：《养一斋李杜诗话》卷一，《清诗话续编》，上海古籍出版社1983年郭绍虞辑校点本，第2175页。

⑤ （清）王士禛：《池北偶谈》卷一八《王右丞诗》，文渊阁《四库全书》本。

⑥ （宋）严羽：《沧浪诗话·诗辩》，（清）何文焕辑：《历代诗话》，中华书局1981年校点本，第687页。

⑦ “精神”：指诗神。

⑧ （明）陆时雍：《诗镜总论》，近代丁福保辑：《历代诗话续编》，中华书局1983年校点本，第1405页。

羽稍早一点的吴沆在其《环溪诗话》卷中则以“美”的角度，对诗神予以肯定：“诗有肌肤，有血脉，有骨格，有精神。无肌肤则不全，无血脉则不通，无骨格则不健，无精神则不美。四者备，然后成诗。”① 尽管“精”之神似乎不敌血脉、肌肤、骨格在身体的重要，但内在之神若不注入精神之内，对于人来讲，毕竟是可怕的事情。

这种将诗神与他物相互比较的审美方法，后世也有人效尤。李重华《贞一斋诗说·论诗答问三说》最具有代表性：“诗有五长，曰：以神运者一，以气运者二，以巧运者三，以词运者四，以事运者五。”② 在谈到这五种关系中最主要的“神”、“气”时说：“神与气互相为用，曷以离而二之也？曰：《诗品》云：‘行神如空，行气如虹。’夫神妙物于不知，气入物于无间，固各有当也。”③ 诗之宗莫若李、杜，若以李、杜为例，则：“杜生气远出，而总以神行其间，李神采飞动，而皆以浩气举之。是两人得之于天，各擅其长矣。惟夫杜之妙，神行而气亦行；李之妙，气到而神亦到；此其所以未易优劣尔。”④ 以神与气审视李、杜诗之优劣，或凝神以发英，或振气以舒秀，顿时为干瘪的古人添加了灵魂。

今天看来，吴沆所谓将“肌肤”、“血脉”、“骨格”与“精神”并列的做法，与严羽之视诗神为极品的论述相比，略微降低了诗神的身份，实为本末混为一谈，开轻视诗神之先河。以后，王国维《人间词话》卷下即发展至极限：“言气质，言神韵，不如言境界。有境界，本也。气质神韵，末也。”⑤ 好在王国维身处于清廷灭亡之际，前辈的古诗话作者无缘听到这叛逆的声音，否则难免拼却了老命撞墙。事实上，王国维之论，并非不可反驳之真理。早在其一百多年前，翁方纲《石洲诗话》卷二即坦言道：“形在而气不完，境得而神不远，则亦何贵乎巧思哉？”⑥ 在众多诗话笔下，有无诗神绝非如同吴沆所言“无精神则不美”那样轻松。钟惺《诗归》断言云：“真诗者，精神所为也。”⑦ 寒溪道人《寒溪说诗》也危言耸听地告诫说：“有韵（韵：指神韵）则生，无

① （宋）吴沆：《环溪诗话》卷中，文渊阁《四库全书》本。

② （清）李重华：《贞一斋诗说·论诗答问三说》，近代丁福保辑：《清诗话》，上海古籍出版社1978年修订本，第921页。

③ 同上书，第921—922页。

④ 同上书，第922页。

⑤ 徐文雨：《人间词话讲疏》，成都古籍书店1983年影印本，第220页。

⑥ （清）翁方纲：《石洲诗话》，人民文学出版社1981年陈迩冬校点本，第77页。

⑦ （明）钟惺：《诗归》，清咸丰戊午（1855）刊本。

韵则死。"[①] 无神，如乾隆之诗，虽有万篇，且挟以帝王之势，后人谁可记得半句？诗有神，如李白之高趾、杜甫之落魄、王维之腾达、孟浩然之失路，其光焰万丈之诗歌早已融进中华民族的血液里。更何况诗神毕竟不等于芸芸众生之人体的内在精神。诗有神，汗青永照，不论圣贤、愚氓；而人之有精神者多矣！市井村妇，心机算尽，其名谁人知晓，垂传千世，岂非说梦？故而胡应麟有意将诗之有神提到统帅的位置："盖诗惟咏物不可汗漫，至于登临、燕集、寄忆、赠送，惟以神韵为主，使句格可传，乃为上乘。"[②] 令胡应麟捧心颦眉的是，纵眼遍观多无神之诗歌，故其痛心疾首地言道："今欲登临则必名其泉石、燕集则必纪其园林，寄赠则必传其姓氏，真所谓田庄牙人、点鬼簿、粘皮骨者，汉、唐人何尝如此？最诗家下乘小道。即一二大家有之，亦偶然耳，可为法乎？"[③] 方东树《昭昧詹言》卷一一披览古今诗歌写作，言道："大约不过叙耳、议耳、写耳，其入妙处，全在神来气来，纸上起棱，骨肉飞腾，令人神采飞越。此为有汁浆，此为神气。"[④] 卷一甚至说："凡诗、文、书、画，以精神为主。精神者，气之华也。"[⑤] 如此，便把诗神的作用移植到了诗之外的领域里，将其捧到了一个从所未有的高坛之上。

司空图身后的诗话作者所注意到的诗中入神者有等级之分，也令人刮目相看。王廷相《雅述》云："诗之神气，贵圆融而忌暗滞。"[⑥] 在神韵大师王士禛《渔洋诗话》卷中看来，"神韵天然，不可凑泊。"[⑦] 最理想的入神，是能达到司空图《二十四诗品·含蓄》所说的"不着一字，尽得风流"的境地。

权威的解释，令盲从者趋之若鹜。能自由出入司空图《二十四诗品》诗神之园囿者，首推乾隆时诗话巨子李重华。《贞一斋诗说》言道："风含于神，骨备于气，知神气即风骨在其中。况吾所言古人未及言之也，若风骨言之数数矣。"[⑧] 宣称诗神出于风骨之中，理论渊源盖于王士禛《师友诗传续录》中之

---

① （清）寒溪道人：《寒溪说诗》，清光绪乙未（1895）本。

② （明）胡应麟：《诗薮·内编》卷五，上海古籍出版社1979年，第98页。

③ 同上书，第98—99页。

④ （清）方东树：《昭昧詹言》卷一一，人民文学出版社1961年汪绍楹点校本，第234页。

⑤ （清）方东树：《昭昧詹言》卷一，人民文学出版社1961年汪绍楹点校本，第30页。

⑥ （明）王廷相：《雅述》，《王浚川所著书》，明嘉靖中刊本。

⑦ （清）王士禛：《渔洋诗话》卷中，近代丁福保辑：《清诗话》，上海古籍出版社1978年修订本，第187页。

⑧ （清）李重华：《贞一斋诗说》，近代丁福保辑：《清诗话》，上海古籍出版社1978年修订本，第922页。

名言："格谓品格，韵为风神。"[①] 但更具有感召力。

在一派春风得意之际，王渔洋并未使后世肌理派翁方纲于千人喏诺之声中，一改其谔士之品性。《复初斋文集》卷八《神韵论》直刺王士禛的命门："昔之言格调者，吾谓新城[②]变格调之说而衷以神韵，其实格调即神韵也。"[③] 同卷的《格调论》也不留颜面地写道："至于渔洋，变格调曰神韵，其实即格调耳。"究其变之因，翁方纲解释说："李、何、王、李之徒，泥于格调而伪体出焉。非格调之病也，泥格调者病之也。"故而"渔洋不敢议李、何之失，又惟恐后人以李、何之名归之，是以变而言神韵。"（同上）称王士禛之神韵不是真正的诗之神，无异釜底抽薪。尽管如此，翁氏依旧伐斥不已，不肯罢手，卷三《坳堂诗集序》继而论述道："神韵乃诗中自具之本然，自古作家皆有之，岂自渔洋始乎？古人盖皆未言之，至渔洋乃明著之耳。渔洋所以拈举神韵者，特为明朝李、何一辈之貌袭者言之，此特意偶举其一端[④]，而非神韵之全旨也。诗有于高古浑朴见神韵者，亦有于风致见神韵者，不能执一以论也。"今天看来，翁氏之铮言并非无本之木。

王夫之《姜斋诗话》卷下以另一种方式也曾形容过诗神的等级："以神理相取，在远、近之间。"[⑤] 写诗当以深远之神为妙。计发《鱼计轩诗话》受其启发，从诗人与批评者两方面的角度论述说："作诗须有远神，读者亦须有远神以会之。盖远则淡，淡则真，真则入于妙矣。"在作者的笔下，深远之神的目的只是为了达到淡、真。由于作者的偏爱，未免人为地抬高了"淡"的地位。当然，言其深远之神可"真"及"入妙"，还是令人精神振奋的。无名氏《雪月谈诗》也懂得诗神应远的道理："诗文有神，方可行远。"同时，他认识到，获得深远诗神对于一般诗人来讲，云山雾嶂并不易掌握其真谛："画家所谓平远者，如一幅乱山，几数百里，而烟嶂连绵，看之令人意兴无穷。在诗家惟汉人有之，今之学古诗者，但知学其平，不知学其远。盖平者其势，远者其神。"[⑥] 无疑，深远诗神论的提出，为诗歌创作提出了一个新的目标。

---

① （清）王士禛：《师友诗传续录》，近代丁福保辑：《清诗话》，上海古籍出版社 1978 年修订本，第 154 页。

② 王士禛为新城人。

③ （清）翁方纲：《复初斋文集》卷八《神韵论》，（清）李彦章校刻本。

④ 这里指王士禛的神韵说。

⑤ （清）王夫之：《姜斋诗话》卷下，近代丁福保辑：《清诗话》，上海古籍出版社 1978 年修订本，第 10 页。

⑥ （清）佚名：《雪月谈诗》，光绪丙午（1906）本。

与前相比，王文禄《诗的》以“性情”正斜衡量诗神的真伪，可谓另辟蹊径：“盖作文不在词句之工，而在性情之正。杜先悟之曰：‘文章有神。’神主意正也。杜值天宝之季，兵乱世危，其爱国忧民之心，经国匡时之略，每于诗中见之，所谓‘有神’，非苟作者，宜其垂世不朽云。故曰：一切惟心造也。今作诗文，而无主意，空谈则虚且伪。”① 这种以再现历史者为诗神的观点，不失为高见。

当然，对于诗神有等级之分这一论点来说，诗话内部阵营并非众志成城。杨维桢《东维子集》卷七《赵氏诗录序》即说：“诗之情性神气，古今无间也。”② “无间”，何以谈等级之分？令人沮丧的话语并不止此。钟惺于《诗归·序》中以一代竟陵派诗人领袖的身份也言道：“精神者，不能不同者也，然其变无穷也。”③ 后一句，多少使人能萌生出一丝劫后余生的味道。相形之下，前七子李梦阳则不像钟惺那样首鼠两端，《空同集》卷五二《缶音序》云：“夫诗，比兴错杂，假物以神变者也。”袁枚《随园诗话》卷一〇也说：“落笔无古人，而精神始出。”④ 无论是其“神变”，还是“无古人”，所得的结论都证明古今之诗神是有区别的。

第二节　精神道宝，闪闪着地，文之至也⑤（下）

诗神不可雕琢　“诗贵神似，形似末也”标志着古代诗话家对于诗歌创作中对诗神认识的成熟　“同源”与“似”　诗神之精灵当在其诗中的骨子里　旁见侧出、于题外相形，妙于形似之外　诗神再现的基础　诗神与今之灵感

宋以后的诗话所注意到的诗歌创作以神为主并不等于刻意追尾的论述，实际上也为诗话对今人诗歌创作理论所留下的一份宝贵遗产。谢榛《四溟诗话》卷三论说诗神时领悟到了其中的奥秘：“凡作诗不宜逼真。如朝行远望，青山

---

① （明）王文禄：《诗的》，《丛书集成初编·文学类》，上海商务印书馆 1935—1937 年排印本。

② （元）杨维桢：《东维子集》卷七《赵氏诗录序》，文渊阁《四库全书》本。

③ （明）钟惺：《诗归·序》，清刻本。

④ （清）袁枚：《随园诗话》，人民文学出版社 1982 年顾学颉校点本，第 352 页。

⑤ （明）陆时雍：《诗镜总论》，近代丁福保辑：《历代诗话续编》，中华书局 1983 年校点本，第 1405 页。

佳色，隐然可爱，其烟霞变幻，难于名状；及登临非复奇观，惟片石数树而已，远近所见不同，妙在含糊，方见作手。”[①] 不宜逼真的孪生子是不可太真切，否则适得其反：“太切则流于宋矣。”何谓“宋”者？卷一解释道：“宋人专重转合，刻意精炼；或难于起句，借用旁韵，牵强成章：此所以为宋也。”[②] 谢榛之高论，令同为“后七子”的王世贞充满了妒意：置其钟爱的“格调说”而不谈，摆出一副深谙诗神的架势来，兄弟阋于墙，隐射谢榛之论实剽于严羽之言，《艺苑卮言》卷四指出：“严又云：‘诗不必太切。’予初疑此言，及读子瞻诗，如‘诗人老去’、‘孟嘉醉酒’各二联，方知严语之当。”[③] 尽管为兄弟之间的煮豆燃萁之戏，也可表明王世贞论诗之理论并非仅仅单纯强调格调。

与后七子兄弟之间钩心斗角相反，陆时雍《诗镜总论》倡言诗神不可雕琢，直承谢榛“作诗不宜逼真”之说：“精神（这里指诗神）聚而色泽生，此非雕琢之所能为也。”[④] 李重华《贞一斋诗说》提出的达至诗神之境不必求工的创作理论，也可与谢榛的“不可太切”相互媲美：“诗求文理能通者，为初学言之也；诗贵修饰能工者，为未成家言之也。其实诗到高妙处，何止于通？到神化处，何尝求工？”[⑤] 贺贻孙《诗筏》甚至认为，求工者必反受其害：“蜀人赵昌花卉，所以不及徐熙者，赵昌色色欲求其似，而徐熙不甚求似也。中、晚唐人诗律，所以不及盛唐大家者，中晚人字字欲求其工，而盛唐人不甚求工也。”[⑥] 朱庭珍《筱园诗话》卷一批评时人言行不一：表面上标榜诗之神为正宗，背地里却抹月批风，修饰词华：“至近代咏物诗，误此一关[⑦]，尤为尘劫。词意谐俗，骨甘自贬，铅华媚人，色并非真。靡靡之音，陈陈之套，千手一律，万口同腔。外面似乎鲜妍风致，实则俗不可医，令人欲呕矣。不善求超脱，流弊一至于此！”[⑧] 这说明诗歌创作重视诗神，与能否超脱表面铅华有

---

① （明）谢榛：《四溟诗话》卷三，人民文学出版社1962年宛平校点本，第74页。

② （明）谢榛：《四溟诗话》卷一，人民文学出版社1962年宛平校点本，第13页。

③ （明）王世贞：《艺苑卮言》卷四，近代丁福保辑：《历代诗话续编》，中华书局1983年校点本，第1021页。

④ （明）陆时雍：《诗镜总论》，近代丁福保辑：《历代诗话续编》，中华书局1983年校点本，第1405页。

⑤ （清）李重华：《贞一斋诗说》，近代丁福保辑：《清诗话》，上海古籍出版社1978年修订本，第933页。

⑥ （清）贺贻孙：《诗筏》，《清诗话续编》，上海古籍出版社1983年郭绍虞辑校点本，第139页。

⑦ “一关”：指诗神为正宗。

⑧ （清）朱庭珍：《筱园诗话》卷一，《清诗话续编》，上海古籍出版社1983年郭绍虞辑校点本，第2342页。

极大的关系。做到了超脱，实质上也就实现了诗人独特风格的体现。

吴仰贤《小匏庵诗话》卷一以禅空的观点审视苏轼论画，也谈到这一问题："东坡云：'作诗必此诗，定非知诗人。'（'非知'，疑为'知非'）此言诗贵超脱，当别有寄托，不取刻画。"[①] 毛先舒《诗辩坻》卷四的"无不可"与之遥相呼应："风格色泽，诗家所谨，若臻神境，又自无不可。近世事与近世字面，初入手时，决当慎之；后来顾当用之如何，区区准绳，非所论于法之外。"[②] 故叶矫然在其《龙性堂诗话初集》中提出的"诗贵神似，形似末也"[③]之创作见解，便标志着古代诗学理论家对于诗歌创作中对诗神认识的成熟。他例举说："《十九首》不似《三百》，曹、刘（曹植、刘桢）不似《十九首》，沈、谢（沈约、谢朓）不似曹、刘，李、杜不似沈、谢，况苏、黄（苏轼、黄庭坚）乎？要各有独至之妙。又骚不似诗，赋不似骚，古体不似赋，今体不似古体，况辞曲乎？"[④] 遗憾的是，叶矫然在清初之时，无登高之名，加之《龙性堂诗话》流传不广，未能起到一呼百应的作用。

做到了所谓的超脱，并非摒弃效仿古人之举。关键是要随时注意如何与其"同源"，怎样才能高于"似"，达到"神似"。按照叶矫然的说法，须得"要实有同源之美"。（同上）犹如"徐熙画花卉，意在于不似，有高于似者，是谓神似。《诗》曰：'惟其有之，是以似之。'神似之谓也。"（同上）"神似"即须做到"无迹"与"无端"。贺贻孙《诗筏》以屈、宋诗之神论述云："段落无迹，离合无端，单复无缝，此屈、宋之神也，惟《古诗十九首》仿佛有之。"[⑤] 朱庭珍《筱园诗话》卷一亦言道："诗以超妙为贵，最忌拘滞呆板。"[⑥]诗之妙法，在于不即不离，若远若近，似乎可解不可解之间。恰似严羽《沧浪诗话·诗辩》中所谓的"水中之月，镜中之像"，但可神会，难以迹求[⑦]；

---

① （清）吴仰贤：《小匏庵诗话》，清刊本。

② （清）毛先舒：《诗辩坻》卷四，《清诗话续编》，上海古籍出版社 1983 年郭绍虞辑校点本，第 76 页。

③ （清）叶矫然：《龙性堂诗话初集》，《清诗话续编》，上海古籍出版社 1983 年郭绍虞辑校点本，第 946 页。

④ 同上。

⑤ （清）贺贻孙：《诗筏》，《清诗话续编》，上海古籍出版社 1983 年郭绍虞辑校点本，第 136 页。

⑥ （清）朱庭珍：《筱园诗话》卷一，《清诗话续编》，上海古籍出版社 1983 年郭绍虞辑校点本，第 2342 页。

⑦ （宋）严羽：《沧浪诗话·诗辩》，（清）何文焕辑：《历代诗话》，中华书局 1981 年校点本，第 688 页。

又类如司空图《二十四诗品·雄浑》里的“超以象外，得其环中”[①]，二者都说明了这个道理。

何若一定要如此审美呢？朱庭珍予以解释说：“盖兴象玲珑，意趣活泼，寄托深远，风韵泠然，故能高距题巅，不落蹊径，超超玄着，耿耿元精，独探真际于个中，遥流清音于弦外、空诸所有，妙合天籁。放翁云：‘文章本天成，妙手偶得之’，亦即此种境诣。诗至此境，如画家神品逸品，更出能品奇品之上。凡诗皆贵此诣，不止咏物诗以此诣为最上乘。乃是神来之候。”[②] 若有此诗神，诗人著想立异，用笔运法，必当无不高妙。若庄子笔下的藐姑仙子，迥非尘中美色可比。

事实上，达到不即不离、超脱玄俗之诗神的境界并非难不可及。袁枚《随园诗话》卷七以为当从游离诗神之外入手，来解决问题：“此言[③]最妙。然须知作此诗而竟不是此诗，则尤非诗人矣。其妙处总在旁见侧出，吸取题神，不是此诗，恰是此诗。”[④] 贺裳《载酒园诗话》卷一《咏事》以韩愈与唐末许浑诗之比较例举说：“昔人称退之‘一间茅屋祭昭王’为晚唐第一，余以不如许浑《经始皇墓》远甚：‘龙蟠虎踞树层层，势入浮云亦是崩。一种青山秋草里，路人惟拜汉文陵。’本咏秦始，却言汉文。韩原咏昭王庙，此则于题外相形、意味深长多矣。”[⑤] 王若虚《滹南诗话》卷二则以题画诗为例，说明其美者当追求骨子里神妙之境，切不可落于形似之中的道理：“夫所贵于画者，为其似耳，画而不似，则如勿画。命题而赋诗，不必此诗果为何语？然则坡之论[⑥]非欤？曰：论妙于形似之外，而非遗其形似，不窘于题，而要不失其题，如是而已耳。世之人不本其实，无得于心，而借此论以为高。画山水者，未能正作一木一石，而托云烟杳霭，谓之气象。赋诗者茫昧僻远，按题而索之，不知所谓，乃曰格律贵尔。一有不然，则必相嗤点，以为浅易而寻常，不求是而

---

① （唐）司空图：《二十四诗品·雄浑》，（清）何文焕辑：《历代诗话》，中华书局 1981 年校点本，第 38 页。

② （清）朱庭珍：《筱园诗话》卷一，《清诗话续编》，上海古籍出版社 1983 年郭绍虞辑校点本，第 2342 页。

③ “此言”：指苏轼的“作诗必此诗，定知非诗人”句。

④ （清）袁枚：《随园诗话》卷七，人民文学出版社 1998 年版，第 231 页。

⑤ （清）贺裳：《载酒园诗话》卷一，《清诗话续编》，上海古籍出版社 1983 年郭绍虞辑校点本，第 227 页。

⑥ “坡之论”：指苏轼的“作诗必此诗，定知非诗人”句。

求奇，真伪未知，而先论高下，亦自欺而已矣。”[①] 上述所言之例，不失为达到神韵超脱的有效方法。综而述之，诗神之精灵当在其诗中的骨子里，只有此方可称之为真诗神。

古代诗话所鼓吹的旁见侧出、于题外相形、妙于形似之外的写作方法，常可收到意想不到的美感效果：“古梅花诗佳者多矣：冯钝吟云：‘羡他清绝西溪水，才得冰开便照君。’真前人所未有。余《咏芦花》诗，颇刻划矣。刘霞裳云：‘知否杨花翻羡汝，一生从不识春愁。’余不觉失色。金寿门画杏花一枝，题云：‘香骢红雨上林街，墙内枝从墙外开。惟有杏花真得意，三年又见状元来。’咏梅而思至于冰，咏芦花而思至于杨花，咏杏花而思至于状元：皆从天外落想，焉得不佳？”[②] 文中所言虽有自责之意，但不难看出作者体会出真诗神后的欣喜之情。

但是，这种诗神再现的基础是应首先建立于本色之精而后才有所作为的。如前咏花诗，无论是从其颜色、形状，还是从季节着笔，或从其他方面来写，总得有其相似的地方。否则南辕北辙，便不会有满意的效果了。只有在“似”的基础上，同时又摆脱了原物形象之束缚，达到形体与诗神相辅相成之境界，才会翻意出新。谢榛《四溟诗话》卷二即说：“作诗贵乎似，此传神写照之法。当充其学识，养其气魄，或李或杜，顺其自然而已。”[③] 贺贻孙《诗筏》也说：“写生家每从闲冷处传神，所谓‘颊上加三毛’也。然须从面目颧颊上先着精彩，然后三毛可加。近见诗家正意寥寥。专事闲语，譬如，人无面目颧颊，但见三毛，不知果为何物？”[④] 故此陆时雍《诗镜总论》强调形与诗神无间之美：“盈盈秋水，淡淡春山，将韦诗陈对其间，自觉形神无间。”[⑤] 形与诗神新型的关系，为诗歌作者在创作上提出了更高的要求。

应当注意的是，古代诗话有时所言之诗神，类似于今之灵感。李重华《贞一斋诗说》言道：“凡多读书为诗家最要事，而胸有万卷，徒欲助我神与气耳。”[⑥] 只要诗神备，词自然便会流出：“词之妙，神气备而词从之也。若神

---

① （金）王若虚：《滹南诗话》卷二，近代丁福保辑：《历代诗话续编》，中华书局1983年校点本，第515页。

② （清）袁枚：《随园诗话》卷七，人民文学出版社1982年顾学颉校点本，第231页。

③ （明）谢榛：《四溟诗话》卷二，人民文学出版社1962年宛平校点本，第45页。

④ （清）贺贻孙：《诗筏》，《清诗话续编》，上海古籍出版社1983年郭绍虞辑校点本，第137页。

⑤ （明）陆时雍：《诗镜总论》，近代丁福保辑：《历代诗话续编》，中华书局1983年校点本，第1420页。

⑥ （清）李重华：《贞一斋诗说》，近代丁福保辑：《清诗话》，上海古籍出版社1978年修订本，第922页。

气索而剪词求工，特貌似而实非其真。”（同上）如果说李重华之论，还不太明显的话，那么，贺贻孙所论诗之神便是另一番天地了：“老杜云：‘读书破万卷，下笔如有神。’吾身之神，与神相通，吾神既来，如有神助，岂必湘灵鼓瑟，乃为神助乎？”① 通过长期的读书实践，待一朝“吾神既来，如有神助”，写出鬼神惊泣之诗歌来，对“灵感”的认识，已与今之看法基本相似。我们不能不为先辈们的正确创作思想而感到惊讶！当然，贺贻孙对灵感的认识并非是严谨的。《诗筏》紧接着说：“老杜之诗，所以传者，其神传也。田横谓汉使者云：‘斩吾头，驰四十里，吾神尚未变也。’后人摹杜，如印板水纸，全无生气，老杜之神已变，安能久存？”（同上）所论之诗神已非灵感了，这说明古人对创作中的诗神与灵感的认识，还不能很好地予以区别。

今天看来，诗神之自身内容的演变及其古代诗话对诗神解释的不统一，体现出古代诗话作者对诗神力求完美的诗歌理论心态。由此，推动了古代诗歌创作的百花竞开，同时也奠定了诗神在创作理论的崇高地位。

第三节　曰体格、曰声调，恒为先务②

格调与外在形体　神韵与格调的区别　格调成为诗歌抒写性灵的主要工具　格与调往往各行其是　古代诗话对“格”的理解异常混乱　品格之格与体格之格　格调之“调”远非能令音乐所涵盖　清代多种《声调谱》出现的意义与其有限的作用

在对古代诗歌的批评当中，如果我们将诗之形象喻比为一个活生生的人的话，那么，格调便是其人人都可看得见的外在形体。它与人之神（思想）相比，是最为物质的东西，是第一位的。没有神，人依然可以行尸走肉般地活着。但如果没有外在形体，神便无可依附了。清翁方纲《七言诗三昧举隅》论及神韵与格调之区别时说：“神韵者，格调之别名耳。虽然，究竟言之，则

① （清）贺贻孙：《诗筏》，《清诗话续编》，上海古籍出版社 1983 年郭绍虞辑校点本，第 136 页。
② （清）叶燮：《原诗》外篇上，人民文学出版社 1998 年霍松林校注本，第 45 页。

格调实而神韵虚，格调呆而神韵活，格调有形而神韵无迹也。”[①] 言格调为神韵的别名，显为不妥，但以“实”、“呆”、“有形”来说明诗歌风格之格调特征，还是极为透辟的。姚鼐在《古文辞类纂·序目》中论及散文作法时说：“凡文之体类十三，而所以为文者八，曰：神、理、气、味、格、律、声、色。神、理、气、味者，文之精也；格、律、声、色者，文之粗也；然苟舍其粗，则精者亦胡以寓焉?”[②] 以“格”、“声”为“文之粗”，诗文共同遇到了相同的问题，可见，诗文体裁在某种程度上是有相通之处的。既然如此，格调为诗歌表面形式的外在，也就肯定无疑了。故而叶燮《原诗》卷三将格调视之为诗家“总持门”，是首先要解决的当务之急：

诗家之规则不一端，而曰体格、曰声调，恒为先务，论诗者所为总持门也。[③]

没有格调，一切内在的东西统统无法表现出来。叶燮强调说：“体格、声调与苍老、波澜，何尝非诗家要言妙义！然而此数者，其实皆诗之文也。非诗之质也；所以相诗之皮也，非所以相诗之骨也。试一一论之：言乎体格：譬之于造器，体是其制，格是其形也。将造是器，得般倕运斤，公输挥削，器成而肖形合制，无毫发遗憾，体格则至美矣。”[④] 般倕、公输为古代著名的工匠，做器物以精美闻名于世。叶燮以此喻比“诗家要言妙义”来示格调的重要并不为过。

明代格调论的先驱李东阳在其《麓堂诗话》中恰如其分地将格调比喻为人之眼耳，影响波及后人：

诗必有具眼，亦必有具耳。眼主格，耳主声。闻琴断，知为第几弦，此具耳也；月下隔窗辨五色线，此具眼也。[⑤]

---

① （清）翁方纲：《七言诗三昧举隅》，近代丁福保辑：《清诗话》，上海古籍出版社 1978 年修订本，第 285 页。

② （清）姚鼐：《古文辞类纂·序目》，《四部备要》本。

③ （清）叶燮：《原诗》外篇上，人民文学出版社 1998 年霍松林校注本，第 45 页。

④ 同上。

⑤ （明）李东阳：《麓堂诗话》，近代丁福保辑：《历代诗话续编》，中华书局 1983 年校点本，第 1371 页。

眼耳可识，便为读者提供了充分发挥才智的用武之地。清毛先舒《诗辩坻》卷一以此批判“性灵说”：“鄙人之论云：‘诗以写发性灵耳，值优喜悲愉，宜纵怀吐辞，蕲快吾意，真诗乃见。若模拟标格，拘忌声调，则为古所域，性灵斯掩，几亡诗矣。’予案是说非也。标格声调，古人以写性灵之具也。由之斯中隐毕达；废之则辞理自乖。”① “由之斯中隐毕达”，格调成为诗歌抒写性灵的主要工具，便成为时人主要的共识。

李东阳也有类似的说法，他以为，但凡重视写性灵之具的格调，便可在瀚如烟海的古诗中航行，识得白诗：

> 费侍郎廷言尝问作诗，予曰：“试取所未见诗，即能识其时代格调，十不失一，乃为有得。”费殊不信。一日与乔编修维翰观新颁中秘书，予适至。费即掩卷问曰：“请问此何代诗也?”予取读一篇，辄曰：“唐诗也。”又问何人，予曰：“须看两首。”看毕曰，“非白乐天乎?”于是二人大笑，启卷视之，盖《长庆集》，印本不传久矣。②

大海里捞针竟如谙晓掌上纹路，此故事不能不使人愈发对格调的作用另眼相瞧。

毛先舒以为有格调可“政以声律节奏之妙”，使“神明逾新”：“夫古人之传者，精于立言为多，取彼之精，以遇吾心，法由彼立，杼自我成，柯则不远，彼我奚间？此如唱歌，又如音乐，高下徐疾，豫有定律，案节而奏，自足怡神，闻其音者，歌哭抃舞，有不知其然者，政以声律节奏之妙耳。倘启唇纵恣，戛击任手，砰磅伊亚，自为起阕，奏之者无节，则聆之者不訢，欲写性灵，岂复得耶？离朱之察，不废玑衡；夔、旷之聪，不斥琯律。虽法度为借资，实明聪之由人。籍物见智，神明逾新，标格声调，何以异此！”③

以音乐喻比格调，引起了叶燮的共识。他也说：“言乎声调，声则宫商叶韵，调则高下得宜，而中乎律吕，铿锵乎听闻也。”④ 如此明谢榛《四溟诗话》

① （清）毛先舒：《诗辩坻》卷一，《清诗话续编》，上海古籍出版社1983年郭绍虞辑校点本，第12页。

② （明）李东阳：《麓堂诗话》，近代丁福保辑：《历代诗话续编》，中华书局1983年校点本，第1371页。

③ （清）毛先舒：《诗辩坻》卷一，《清诗话续编》，上海古籍出版社1983年郭绍虞辑校点本，第12页。

④ （清）叶燮：《原诗》外篇上，人民文学出版社1998年霍松林校注本，第45页。

卷一所谈的诗之“四关”便凸显出来：

凡作近体，诵要好，听要好，观要好，讲要好。诵之行云流水，听之金声玉振，观之明霞散绮，讲之独茧抽丝。此诗家四关，使一关未过，则非佳句矣。①

内中的“诵”、“听”、“观”，与后来的风格格调极为相近。“四关”之难矣，使得叶燮首先认识到格调之质的重要：“乃按其质，则枯木朽株也，可以为美乎？此必不然者矣。夫枯木朽株之质，般、输必且束手，而器亦乌能成？然则，欲般、输之得展其技，必先具有木兰文杏之材也，而器之体格，方有所托以见也。”② 选以质，使其优，方有所托以见。他例举说：“请以今时俗乐之度曲者譬之：度曲者之声调，先研精于平仄阴阳；其吐音也，分唇鼻齿腭、开闭撮抵诸法，而曼以笙箫，严以鼙鼓，节以头腰截板，所争在渺忽之间，其余声调，可谓至矣。然必须其人之发于喉、吐于口之音以为质，然后其声绕梁，其调遏云，乃为美也。（假若）使其发于喉者哑然，出于口者飒然，高之则如蝉，抑之则如蚓，吞吐如振车之铎，收纳如鸣窌之牛；而按其律吕，则于平仄阴阳、唇鼻齿腭、开闭嘬抵诸法，毫无一爽，曲终而无几微愧色，其声调是也，而声调之所丽焉以为传者，则非也。则徒持声调以为美，可乎？”③ 古代诗话风格中对格调质的重视，显然有其合理的成分。至沈德潜时，阔谈格律声调，终成“格调”一派。

那么，古代诗话里，批评中所言格调之所指的大致内涵又有哪些呢？事实上，格与调往往又是各行其是的。明王世贞《艺苑卮言》卷一曾论述过二者的关系：“才生思，思生调，调生格。思即才之用，调即思之境，格即调之界。”④ 言调、格有如父子，有联系，也可独自于外，显得不伦不类。清冒春荣《葚园诗说》卷四则认为，格与调实质上的要害是古诗与律诗之别，令人耳目一新：“窃谓古诗之要在格，律诗之要在调，亦如遏云社中所谓北力在弦，南力在板耳。弦可操纵于手，板不可游移于腔；调可默会于心，格不能不

---

① （明）谢榛：《四溟诗话》卷一，人民文学出版社1962年宛平校点本，第6页。

② （清）叶燮：《原诗》外篇上，人民文学出版社1998年霍松林校注本，第45页。

③ 同上书，第45—46页。

④ （明）王世贞：《艺苑卮言》卷一，近代丁福保辑：《历代诗话续编》，中华书局1983年校点本，第946页。

模范于古。”[①]

认识与标准的不统一，使得古代诗话对“格”的理解异常混乱：

清薛雪《一瓢诗话》将格一分为二：体格与品格，二格且不可同日而语：“格有品格之格，体格之格。体格一定之章程；品格自然之高迈。”[②] 刘熙载《诗概》偷换“体格”之名为“格式”：“诗格，一为品格之格，如人之有智愚贤不肖也；一为格式之格，如人之有贫富贵贱也。”[③] 文中所说“体格”与“格式”的不同，自不必说，就连共同所有的“品格”也是不一样的：一指自然高迈，另指作者之才智。

唐李洪宣《缘情手鉴诗格》分格为三：“《诗有三格》一曰意，二曰理，三曰景。”[④] 唐齐己《风骚旨格·诗有三格》也有“意格”的说法，其他二格也与前不一：“一曰上格用意”，“二曰中格用气”，“三曰下格用事”。[⑤] 托名贾岛的《二南密旨》有“意”、“事”二格，另一格替为“情”格，且说得较为详细：

诗有三格：一曰情，二曰意，三曰事。情格一：耿介曰情。外感于中而形于言，动天地，感鬼神，无出于情。三格中情最切也。如谢灵运诗：“池塘生春草，园柳变鸣禽。”如钱起诗：“带竹飞泉冷，穿花片月深”，此皆情也。如此之用，与日月争衡也。意格二：取诗中之意，不形于物象。如古诗云：“行行重行行，与君生别离。”如昼公《赋巴山夜猿送客》：“何年有此路，几客共沾襟。”事格三：须兴怀属思，有所冥合。若将古事比今事，无冥合之意，何益于诗教？如谢灵运诗：“偶与张邴合，久欲东归山。”如陆士衡《齐讴行》：“鄙哉牛山叹，未及至人情。”如古诗云：“懒向碧云客，独吟黄鹤诗。”以上三格，可谓握手造化也。[⑥]

---

① （清）冒春荣：《葚园诗说》卷四，《清诗话续编》，上海古籍出版社 1983 年郭绍虞辑校点本，第 1620 页。

② （清）薛雪：《一瓢诗话》，近代丁福保辑：《清诗话》，上海古籍出版社 1978 年修订本，第 695 页。

③ （清）刘熙载：《诗概》，《清诗话续编》，上海古籍出版社 1983 年郭绍虞辑校点本，第 2445 页。

④ （唐）李洪宣：《缘情手鉴诗格》，《格致丛书》本。

⑤ （唐）齐己：《风骚旨格·诗有三格》，近代丁福保辑：《历代诗话续编》，中华书局 1983 年校点本，第 111—112 页。

⑥ 托名（唐）贾岛：《二南密旨》，见张伯伟《全唐五代诗歌汇考》，凤凰出版社 2005 年版，第 376—377 页。

以“意”、“事”、“情”三格标称总括天下，但万变不离其宗。

毛先舒《诗辩坻》卷四承袭《二南密旨》，有“事”、“情”二格，另将“意”格变为“景”格：“诗言情、写景、叙事，收拢拓开，点题掉尾，俱是要格。律尤须谨严，颓唐可时有耳。借如律诗，中二联一实一虚，一粘一离；起须高浑，势冒全篇；结欲悠圆，尽而有余，转折收纵，宜使合度，勿得后先倒置，舒促失节，然后可以告成篇矣。”[①] 托名唐王昌龄的《诗中密旨》倡有三格：“《诗有三格》一曰得趣，二曰得理，三曰得势。”[②] 明谢榛鹦鹉学舌，依而变为四格：“诗有四格：曰兴，曰趣，曰意，曰理。太白《赠汪伦》曰：‘桃花潭水深千尺，不及汪伦送我情’，此兴也。陆龟蒙《咏白莲》曰：‘无情有恨何人见，月晓风清欲堕时’，此趣也。王建《宫词》曰：‘自是桃花贪结子，错教人恨五更风’，此意也。李涉《上于襄阳》曰：‘下马独来寻故事，逢人惟说岘山碑。’此理也。悟者得之；庸心以求，或失之矣。”[③]

上述所引托名王昌龄所谓的“三格”之格，并非严格的定义，故其同书中又言诗有“二格”：“诗有二格，诗意高谓之格高，意下谓之格下。古诗：‘耕田而食，凿井而饮’，此高格也。沈休文诗：‘平生少年分，白首易前期’，此下格也。”善于模仿《诗中密旨》的谢榛也注意到了唐宋有繁琐之格：“唐人诗法六格，宋人广为十三，曰：‘一字血脉，二字贯串，三字栋梁，数字连序，中断，钩锁连环，顺流直下，单抛。双抛，内剥，外剥，前散，后散，谓之层龙绝艺。’”[④]

划分“格”的标准混杂，使初学诗者难以适从。清徐熊飞《修竹庐谈诗问答》载时人对于“格”之疑难：“近体自有绳墨，古诗信口而出，非有绳墨之可循。故尚格调者，动言近体难于古诗，然行乎其所不得不行，止乎其所不得不止，此中要有绳墨在否？则洋洋缅缅，倚马千言，求之古人。吾见亦罕，岂今人之才，果远胜古人欤？抑别有说欤？”[⑤] 为此，徐熊飞《修竹庐谈诗问答》不得不认真答其非难：

---

① （清）毛先舒：《诗辩坻》卷四，《清诗话续编》，上海古籍出版社1983年郭绍虞辑校点本，第74页。

② 托名（唐）王昌龄：《诗中密旨》，《格致丛书》本。另张伯伟《全唐五代诗歌汇考·诗中密旨》考云：“诗有三格”为“诗有三得”，“原本作‘格’误。”见凤凰出版社2005年版，第198页。此依旧时原本。

③ （明）谢榛：《四溟诗话》卷二，人民文学出版社1962年宛平校点本，第45页。

④ 同上书，第24页。

⑤ （清）徐熊飞：《修竹庐谈诗问答》，清刊本。

答：无论近体、古体，皆有一定之绳墨，特不可为绳墨所缚，反致夭阏性情耳。古体绳墨如草蛇灰线，看似无迹，其实离合顿挫，皆有天然凑泊之妙。譬如李贰师、郭汾阳士卒游行自在中，未尝不队伍森严也。若舍弃绳墨，以跅弛驰自诩，其与任华、刘叉相去几何矣！才力虽强，不足法也。

清钱泳《履园谭诗》更为说得干脆：“余尝论诗无格律，视古人诗即为格，诗之中节者即为律。诗言志也，志人人殊，诗亦人人殊，各有天分，各有出笔，如云之行、水之流，未可以格律拘也。故韩、杜不能强其作王、孟，温、李不能强其作韦、柳。如松柏之性，傲雪凌霜，桃李之姿，开华结实。岂能强松柏之开花，逼桃李之傲雪哉？《尚书》云：‘声依永，律和声。’即谓之格律可也。”[①]“视古人诗即为格”，浩漫无边。初学诗歌者，到哪里得寻渡过彼岸之筏具？因此，实际上等于一句空话。倒是其以《尚书》的“声依永（咏），律和声”为格，还是有一定道理的。尽管如此，其“未可以格律拘也”，毕竟使人们听到了砸开枷锁的声音。

不过，写出诗歌的风格来，对于初学者是一件极其不容易的事情。清王闿运《湘绮楼说诗》卷六感于此即说：“词章莫难于诗，而人皆喜为之。诗以养性，且达难言之情。既不讲格调，则不必作，专讲格调，又必难作。”[②]故而清人谢堃认为，作诗即需格，又不可泥于格：“《随园诗话》专主性灵，言无所谓格律，一时风气遂为之颓靡。独不思《孟子》云：‘公输子之巧，不以规矩，不能成方圆；师旷之聪，不以六律，不能正五音。’格律何可废也！然不可泥于格律。陆放翁曰：‘文章本天成，妙手偶得之。’斯言是也。”[③]明谢榛也说：“作者泥此（指格），何以成一代诗豪邪？”[④]清宋征碧《抱真堂诗话》提出了对于格，应该“巧行其间”的策略：“诗之规格，巧行乎其间矣。”[⑤]只有这样，方能“千金良骥，驰骤康庄。”（同上）

“巧行其间”谈何容易。明李东阳认为：“古诗与律不同体，心各用其体

---

① （清）钱泳：《履园谭诗》，近代丁福保辑：《清诗话》，上海古籍出版社1978年修订本，第871—872页。

② （清）王闿运：《湘绮楼说诗》卷六，民国印本。

③ （清）谢堃：《春草堂诗话》卷一，清刻本。

④ （明）谢榛：《四溟诗话》卷一，人民文学出版社1962年宛平校点本，第24页。

⑤ （清）宋征碧：《抱真堂诗话》，《清诗话续编》，上海古籍出版社1983年郭绍虞辑校点本，第127页。

乃为合格。然律犹可间出古意，古不可涉律。”[①] 清人王士禛探求了张籍、王建乐府、宫词不能追踪李、杜的原因，在于格不高：“许彦周谓张籍、王建乐府、宫词皆杰出，所不能追踪李、杜者，气不胜耳。余以为非也，正坐格不高耳。不但李杜，盛唐诸诗人所以超出初唐、中、晚者，只是格韵高妙。”[②] 清潘德舆《养一斋诗话》卷三提出了“词气富不如格高”的观点：“诗最争意格。词气富健矣，格不清高，可作而不可示人；格调清高矣，意不精深，可示人而不可传远。有以论意格为腐谈者，中其所短故耶？”[③] 薛雪以浪漫的想象描绘格高、格低的情景为：“品高，虽被绿蓑青笠，如立万仞之峰，俯视一切；品低，即掩绅搢笏，趋走红尘，适足以夸耀乡间而已。所以品格之格与体格之格，不可同日而语。”[④]

诗话风格中的格调之“调”，今天看来，与音律有关，但其又远非能令音乐所涵盖。明费经虞《雅伦》卷一五归纳调大致有四种情况：“所谓调者有四：曰高调，金镛鼍鼓，响声入云是也；曰缓调，琴瑟笙竽，从容闲适是也；曰清调，箫管长鸣，感幽动远是也；曰平调，水流路直，柳绿桃红是也。”四种调似乎都是在谈音乐，但其紧接下来说：“诗不从四调出，必杜撰文辞，旨乖韵失，不成章矣。然调高易粗疏而难蕴藉，其失也旷悍；调缓易拖沓而乏风华，其失也软弱；调平多轻率而少精炼，其失也鄙俗；调清多幽细而不振拔，其失也孱削。斟酌于声调。则文采灿然，音节安和矣。”（同上）此显然在谈论诗歌风格之调。故而古代诗话所谈论的风格之调，常常游窜于风格与音乐之间。

明李东阳《麓堂诗话》论诗也是如此：“今之歌诗者，其声调有轻重清浊长短高下缓急之异，听之者不问而知其为吴为越也。汉以上古诗弗论，所谓律者，非独字数之同，而凡声之平仄，亦无不同也。然其调之为唐、为宋、为元者，亦较然明甚。”[⑤] “轻重”、“清浊”、“长短”、“高下”、“缓急”，有论音

---

① （明）李东阳：《麓堂诗话》，近代丁福保辑：《历代诗话续编》，中华书局 1983 年校点本，第 1369 页。

② （清）王士禛：《带经堂诗话》卷一，人民文学出版社 1963 年版，1998 年戴鸿森校点本，第 42 页。

③ （清）潘德舆：《养一斋诗话》卷三，《清诗话续编》，上海古籍出版社 1983 年郭绍虞辑校点本，第 2047 页。

④ （清）薛雪：《一瓢诗话》，近代丁福保辑：《清诗话》，上海古籍出版社 1978 年修订本，第 695 页。

⑤ （明）李东阳：《麓堂诗话》，近代丁福保辑：《历代诗话续编》，中华书局 1983 年校点本，第 1379 页。

乐之虞，但所谓吴、越、唐、宋、元，确言诗之风格。

清翟翚《声调谱拾遗》自序在谈风格之调的作用时指出："夫诗之有声调，犹乐之有律吕也，工之有规矩也。乐有殊号，律吕之制则同，工有殊才，规矩之用则一。"① 故清陈仅《竹林答问》言及何以学调："作古诗欲讲声调，先须辨体，非特汉、魏、晋、宋、齐、梁、初唐、盛唐之别，即开、宝诸公，王、岑、李、杜五七古，声律音节，较然如泾渭之不相混。用其体即用其声调，必不可参入他家。"② 清李重华《贞一斋诗说·诗谈杂录》亦云："就唐人言之，音律原非一种。大家名家，各自为调。且如李、杜篇什，甫闻謦欬，便易分别谁某。其余凄锵磊落者，细玩之都具本来面目。"③ 目标明确，似乎不失为一条学习诗歌风格之调的好方法。但这只能学到皮毛而已。清陈仅《竹林答问》以为："杜、韩诸家，原未尝按谱填词，何以倚马千言，竟无一句不合声调者？可知为天籁之自然矣。"④ 清叶矫然也看到了这一点："盖《三百》之义，尽于兴、观、群、怨，其声则瞽史之徒皆能歌也。自后历代作者，精求其义，而节音不皆可歌，或五字并侧。或十字俱平。唐兴，昉《尚书》和声之旨，始制为律体。一律之内，旨悒音叶，格高句谐，平侧对待，自有一定，天然之妙，似于主声之说居胜。然兴会不高，神致索然，虽极宫商之美，弗善也。"⑤ 所谓尽善尽美，斯为难矣！故而翟翚得出结论道："是故诗之为道，声调所不能尽也。泥于声调者，不可以为诗，不娴声调者，亦不可以言诗。"他举例说："以声调为诗，譬之土偶之为人，有形骸而无神气，神气不充，不可以为人；去声调以为诗，如樵唱牧笛之声，呕哑嘲哳，自谓悦耳，求之太常协律之所掌，不能与《雅》、《颂》比次也。"⑥

何以能做到"娴声调"呢？明谢榛《四溟诗话》卷三注意到了平仄："夫

① （清）翟翚：《声调谱拾遗》自序，近代丁福保辑：《清诗话》，上海古籍出版社 1978 年修订本，第 351 页。

② （清）陈仅：《竹林答问》，《清诗话续编》，上海古籍出版社 1983 年郭绍虞辑校点本，第 2238 页。

③ （清）李重华：《贞一斋诗说·诗谈杂录》，近代丁福保辑：《清诗话》，上海古籍出版社 1978 年修订本，第 935 页。

④ （清）陈仅：《竹林答问》，《清诗话续编》，上海古籍出版社 1983 年郭绍虞辑校点本，第 2239 页。

⑤ （清）叶矫然：《龙性堂诗话初集》，《清诗话续编》，上海古籍出版社 1983 年郭绍虞辑校点本，第 936 页。

⑥ （清）翟翚：《声调谱拾遗》，近代丁福保辑：《清诗话》，上海古籍出版社 1978 年修订本，第 351 页。

平仄以成句，抑扬以合调。扬多抑少则调匀，抑多扬少则调促。"[①] 他举例证明自己的观点说："若杜常《华清宫》诗：'朝元阁上西风急，都入长杨作雨声。'上句二入声，抑扬相称，歌则为中和调矣。王昌龄《长信秋词》：'玉颜不及寒鸦色，犹带昭阳日影来。'上句四入声相接，抑之太过，下句一入声，歌则疾徐有节矣。刘禹锡《再过玄都观》诗：'种桃道士归何处，前度刘郎今又来。'上句四去声相接，扬之又扬，歌则太硬，下句平稳。此一绝二十六字皆扬，惟'百亩'二字是抑。又观《竹枝词》所序，以知音自负，何独忽于此邪?"（同上）李重华《贞一斋诗说》估计到了学习平仄的艰难："律诗止论平仄，终身不得入门。既讲律调，同一仄声，须细分上、去、入，应用上声者，不得误用去、入，反此亦然。就平声中，又须审量阴阳清浊，仄声亦复如是。至古体虽不限定平仄、逐句各有自然之音。"[②] 方东树猜测出了古诗音响与平仄阴阳的关系："音响最要紧，调高则响。大约即在所用之字平仄阴阳上讲，须深明双声叠韵喜忌。以求沈约四声之说，同一仄声，而用入声，用上、去声，音响全别。今人都不讲矣。"（《昭昧詹言》卷一四，清光绪刻方植之全集本）明李东阳《麓堂诗话》则喟叹古诗之调，湮没久矣，今之士大夫亦无能为力："古诗歌之声调节奏，不传久矣。比尝听人歌《关雎》、《鹿鸣》诸诗，不过以四字平引为长声，无甚高下缓急之节。意古之人，不徒尔也。今之诗，惟吴、越有歌，吴歌清而婉，越歌长而激，然士大夫亦不皆能。"[③] 也就是说，至明朝的时候，人们所听到的古诗音乐早已与《诗经》原来的音乐面目全非了。如何解决这些问题，使人一筹莫展。

在无奈之中，清人李重华想出了一个愚蠢的办法："古、近二体，初学者欲悟澈音节，他无巧妙，只须将古人名作，分别两般吟法：吟古诗如唱北曲，吟律诗如唱昆曲。盖古体须顿挫浏漓，近律须铿锵宛转，二者绝不相蒙，始能各尽其妙。"[④] 相较而言，北曲、昆曲之调毕竟比李氏更古老一些。如此指导初学写诗者，只能算是滥竽充数了。

因此，清代赵执信《声调谱》、翟翚《声调谱拾遗》的出现，具有划时代

---

① （明）谢榛：《四溟诗话》卷三，人民文学出版社 1962 年宛平校点本，第 78 页。

② （清）李重华：《贞一斋诗说》，近代丁福保辑：《清诗话》，上海古籍出版社 1978 年修订本，第 934 页。

③ （明）李东阳：《麓堂诗话》，近代丁福保辑：《历代诗话续编》，中华书局 1983 年校点本，第 1376—1377 页。

④ （清）李重华：《贞一斋诗说》，近代丁福保辑：《清诗话》，上海古籍出版社 1978 年修订本，第 934 页。

的意义，从此可以按谱填诗了。乔亿《剑溪说诗又编》载言："赵饴山赞善所撰《声调谱》，列唐、宋人诗数十篇，篇中拗字拗句，分区平仄，注明其下。用此施之近体，可裨于初学。"[①] 以《声调谱》助初学诗者写作，无疑是有益的。

不过，《声调谱》的作用，毕竟是有限的。

首先，对于古诗来讲，无能为力的尴尬境地显得尤为突出。《剑溪说诗又编》载有《声调谱》为古诗注调的情形："古诗则难口授，何况笔谭？乃并李、杜歌行，如《扶风豪士》、《梦游天姥》、《渼陂行》、《丹青引》，亦字字准以律调谐之，是以伶工节拍按均天广乐也。"（同上）古诗千差万别，并无定制，为其诗注调，企图规定一个统一的模式，将其框起来，愚蠢得令人发笑。袁枚即留下了讥笑声："近有《声调谱》之传，以为得自阮亭，作七古者，奉为秘本。余览之，不觉失笑。……阮亭不能以四仄三平之例缚之也。"[②] 乔亿觉察到了这一点，进而批评《声调谱》说："饴山乃桎梏名篇，桁杨声律，使人尽效尤，皆诗囚矣。风竹流泉，候虫时鸟，莫不含宫咀商，音响自然，岂亦尝赴节与？□诗道本大，饴山自小之，此谓雕虫，此谓传奇伎俩也。"[③]

其次，靠《声调谱》，终究不能教人写出极佳的诗来。袁枚云："诗为天地元音，有定而无定，到恰好处，自成音节。此中微妙，口不能言。试观《国风》、《雅》、《颂》、《离骚》、乐府，各有声调，无谱可填。杜甫、王维七古中，平仄均调，竟有如七律者。"[④] 明李东阳《麓堂诗话》说得好："大匠能与人以规矩，不能使人巧。律者，规矩之谓，而其为调则有巧存焉。苟非心领神会，自有所得，虽日提耳而教之，无益也。"[⑤] 《声调谱》亦当如此。因此，其为后人讥贬便势不可免了。陈仅《竹林答问》载道："赵秋谷《声调谱》颇为后人讥贬。"袁枚则昌言道："倘必照曲谱排填，则四始六义之风扫地矣。"[⑥]

---

① （清）乔亿：《剑溪说诗又编》，《清诗话续编》，上海古籍出版社1983年郭绍虞辑校点本，第1132页。

② （清）袁枚：《随园诗话》卷四，人民文学出版社1982年顾学颉校点本，第122页。

③ （清）乔亿：《剑溪说诗又编》，《清诗话续编》，上海古籍出版社1983年郭绍虞辑校点本，第1132页。

④ （清）袁枚：《随园诗话》卷四，人民文学出版社1982年顾学颉校点本，第122页。

⑤ （明）李东阳：《麓堂诗话》，近代丁福保辑：《历代诗话续编》，中华书局1983年校点本，第1379页。

⑥ （清）袁枚：《随园诗话》卷四，人民文学出版社1982年顾学颉校点本，第122页。

格与调是中国古代诗话批评八大要素（诗人、时代、格、调、神、韵、气、味）中的两项重要内容。明费经虞《雅伦》卷一五云："诗以格律声调为主。"故而辩明古诗话对格调的认识，便显得极为迫切了。

第四节 体者，诗之象。如人之体象[①]

"格调"的考辨 格调为进抵古人诗歌境界之基础 何谓古代诗歌格调 "体者，诗之象。如人之体象，须使形神丰备" 在"意"的统领下，格调各领风骚 "任用无方"和"不可强也" 诗话格调分类法

古代诗话对诗人格调之批评有过大量的论述。在我国古代，"格调"一词大约最早出现于唐代，如蒋防的《霍小玉传》所云："咋遣某求一好儿郎格调相称者。"[②] 不过，这里专指人的风度和品格，同今之格调所语，风马牛不相及。刘勰《文心雕龙·议对》曾用"风格"来指代作家在作品中所表现出来的独特格调，与今天的理解大同小异：

及陆机断议，亦有锋颖，而谀辞弗翦，颇累文骨，亦各有美，风格存焉。[③]

宋释文莹拾唾刘勰格调的用法，《湘山野录》卷下说："皇佑间馆中诗笔石昌言扬休最得唐人风格。"[④] 唐人虽有先驱之功，然格调名称的用法并未由此普及。后世有称格为"风骨格力"者，明屠隆《文论》谓："谙（'谙'，疑为'诸'字）子之风骨格力，即言人人殊；其道术之醇粹洁白，皆不敢望六经，乃其为古文辞一也。"[⑤] 也有"格力"的称呼。如唐元稹《唐故工部员外郎杜君墓系铭并序》言："文章以风容、色泽、放旷、精清为高，盖吟写性

① （唐）徐寅：《雅道机要·明体裁变通》，《格致丛书》本。

② （唐）蒋防：《霍小玉传》，鲁迅校录：《唐宋传奇集》卷二，文学古籍刊行社1956年版，第69页。

③ （梁）刘勰著，范文澜注：《文心雕龙注·议对》，人民文学出版社1998年版，第438页。

④ （宋）释文莹：《湘山野录》卷下，明津逮秘书本。

⑤ （明）屠隆：《由拳集》卷二三《文论》，明刻本。

灵，流连光景之文也，意义格力，无取焉。"① 时而有命名为"诗格"的例子，宋欧阳修《六一诗话》载："石曼卿自少以诗酒豪放自得，其气貌伟然，诗格奇峭。"② 陈善《扪虱新话》下三《欧阳公不能变诗格》也因袭前人道："欧阳公诗犹有国初唐人风气，公能变国朝文格，而不能变诗格，及荆公（王安石）、苏（轼）、黄（庭坚）辈出，然后诗格遂极于高古。"③ 或干脆称格为"格"，宋赵令畤《侯鲭诗话》卷八曰："有诗云：'入山不避虎，当路却防人。'格虽不高，真入理之言。"④ 陆游《老学庵笔记》卷一〇也说："唐王建《牡丹诗》云：'可怜零落蕊，收取作香烧。'虽工而格卑。"⑤ 然而，人们更多地称用其他名称，莫衷一是。诸如宋王谠《唐语林》卷二《文学》以"风俗"代替格："元和已后，文笔学奇于韩愈，学涩于樊宗师。歌行则学流荡于张籍，诗章则学矫激于孟郊，学浅切于白居易，学淫靡于元稹，俱名元和体。大抵天宝之风俗尚党，大历之风尚浮，贞元之风尚荡，元和之风尚怪也。"⑥ 明田艺蘅《香宇诗谈》则称格为"诗类"："诗类其为人。且只如李、杜二大家，太白做人飘逸，所以诗飘逸；子美做人沉着，所以诗沉着。"⑦ 清叶廷管《鸥陂渔话·随园续诗品》效颦司空图称格为"品"："不知表圣不落言诠，独取景象，以示诗中有如是种种品格，此其所以名诗品也。"⑧ 宋秦观《史籀李斯》谓之"气象"："今汉碑在者皆隶字，而程邈此贴乃是小楷，观其气象，岂敢遂信以为秦人书？"《文心雕龙·体性》谓格有八体："故辞理庸俊，莫能翻其才；风趣刚柔，宁或改其气；事义浅深，未闻乖其学；体式雅郑，鲜有反其习；各师成心。其异如面。若总其归途，则数穷八体：一曰典雅，二曰远奥，三曰精约，四曰显附，五曰繁缛，六曰壮丽，七曰新奇，八曰轻靡。"⑨

---

① （唐）元稹：《元稹集》卷五六，中华书局1982年冀勤校点本，第600页。

② （宋）欧阳修：《六一诗话》，（清）何文焕辑：《历代诗话》，中华书局1981年校点本，第271页。

③ （宋）陈善：《扪虱新话》下三，津逮秘书本。另外，"诗格"在诗话中的用法，更多是指诗歌的体例与格式，如唐王睿《炙毂子诗格》漫谈诗歌三、四、五、六、七、八、九言起源。论述三韵、连珠、侧声、六言、三五七言、一篇血脉条贯、玄律、背律、计调、双关、模写景象、含蓄、两句一意、句病、句内叠韵等。诗歌写作章法。其他诸如托名唐王昌龄的《诗格》、托名白居易的《文苑诗格》、《金针诗格》，均是如此。

④ （宋）赵令畤：《侯鲭录》卷八，知不足斋丛书本。

⑤ "格"在诗话中的用法有时并不特指格调，如宋李洪宣在《缘情手鉴诗格·自然对格》中，指诗的格律："自然对格：杜紫薇诗：'人世难逢开口笑，菊花须插满头归。'人世，菊花是也。"

⑥ （宋）王谠：《唐语林》卷二《文学》，上海古籍出版社1978年版，第69页。

⑦ （明）田艺蘅：《香宇诗谈》，（明）陶珽《说郛续》本。

⑧ （清）叶廷管：《鸥陂渔话·随园续诗品》，清代笔记丛刊本。

⑨ （梁）刘勰著，范文澜注：《文心雕龙注》，人民文学出版社1998年版，第505页。

刘勰并列举文学史上十二位作家不同之格加以说明："是以贾生俊发，故文洁而体清；长卿傲诞，故理侈而辞溢；子云沉寂，故志隐而味深；子政简易，故趣昭而事博；孟坚雅懿，故裁密而思靡；平子淹通，故虑周而藻密；仲宣躁锐，故颖出而才果；公斡气褊，故言壮而情骇；嗣宗俶傥，故响逸而调远；叔夜俊侠，故兴高而采烈；安仁轻敏，故锋发而韵流；士衡矜重，故情繁而辞隐。"① 众多的说法实为古人对格调从不同角度的认识。

穷究古代之格调，名称不一，上述枚举几种格调的叫法，实为挂一漏万。不过，刘勰《文心雕龙·体性》例评诗人格调的笔法，渐成模式，常为后世才子诗话所踵武前贤之楷模。例如，明王世贞《艺苑卮言》卷一："姬文之德盛，《周南》勤而不怨。太王之化淳，《邠风》乐而不淫。幽、厉昏而《板》、《荡》怒，平王微而《黍离》哀。故知歌谣文理与世推移，风动于上，波震于下。"② 传统血缘之遗传，使得诗话论格调之渊源愈加悠远。

我国古代文论，很早便开始注意研究诗歌格调的问题。如三国曹丕的《典论·论文》，南朝刘勰的《文心雕龙》、钟嵘的《诗品》等，都有关于诗歌格调的论述。唐司空图《二十四诗品》则为以诗话形式专门研究诗歌格调的专论。比司空图稍后的徐寅在其诗话《雅道机要》中，明确指出了格调在诗中的重要程度："凡为诗者，必须识体格。"清王士禛《带经堂诗话》卷一也谓："作古诗须先辨体。"③ 明费经虞《雅伦》卷二进一步将辨明格调作为进抵古人诗歌境界的基础："学者能辨别其体调，分其高下，始能追步前人。"而能否蹑踪古人，对于初学诗者，关系重大，否则会遗恨终身。清陈仅《竹林答问》以己之经验，言其重要：

诗人入门，勿求速成，初学切勿令其窥近时诗人，一入为主，遂误终身。夫"取法乎上，仅得乎中"，今"取法乎下"，将何以自处？犹记幼年尝读袁随园诗，数日间作诗示人，则交相赞誉，不曰"子才再世"，即曰"神似仓山"。予汗流浃背，遂弃不复再窥。吾师汪竹素先生尝诲予曰："子以宋诗入门，故后虽竭力学杜，终不能摆脱窠臼。"呜呼！吾师往矣，学业不成，终此

① （梁）刘勰著，范文澜注：《文心雕龙注》，人民文学出版社1998年版，第506页。

② （明）王世贞：《艺苑卮言》卷一，近代丁福保辑：《历代诗话续编》，中华书局1983年校点本，第951页。

③ （清）王士禛：《带经堂诗话》卷一，人民文学出版社1963年版、1998年戴鸿森校点本，第30页。

颓落，负负而已。汝曹其戒之哉！[①]

陈氏所言，语重心长。故而策鞭追及古人，便成为中国古代许多诗人奋斗的目标。清潘德舆《养一斋诗话》卷一载有苏轼教弟子作诗之事："东坡先生教人作诗曰：'熟读《毛诗·国风》与《离骚》，曲折尽在是矣。'"[②] 清叶燮也云："则夫作诗者，既有胸襟，必取材于古人，原本于《三百篇》、楚《骚》，浸淫于汉、魏、六朝、唐、宋诸大家，皆能会其指归，得其神理。以是为诗，正不伤庸，奇不伤怪，丽不伤俘，博不伤僻，决无剽窃吞剥之病。"[③] 正、奇、丽、博，均为诗歌格调的种类，学古人可避免诗歌格调上的诸病。故而严羽《沧浪诗话·诗评》录云："荆公（王安石）评文章，先体制而后（注重）文之工拙。"[④] 只有如此，作家自己的诗歌格调才可观、才可立。正如明陆时雍《诗镜总论》所言："石之有棱，水之有折，此处最为可观。人道谓之'廉隅'，诗道谓之'风格'，世道衰微，恃此乃能有立。"[⑤] 至于最终能否有幸学得古人精髓，诗作者则无须过问。宋何汶《竹庄诗话》卷一对此颇有心得："《漫斋语录》云：学诗须是熟看古人诗，求其用心处，盖一语一句不苟作也。如此看了，须是自家下笔要追及之。不问追及与不及，但只是当如此学，久之自有个道理。"

当然，在我国古代诗话史上，应不应该追及古人格调的问题，始终都在激烈地相互辩论着。孰是孰非，各怀珠月，难分伯仲。诸如反学古者言：

诗恶蹈袭古人之意。（宋魏泰《临汉隐居诗话》）[⑥]

《三百篇》之不能不降而《楚辞》，《楚辞》之不能不降而汉、魏，汉、魏之不能不降而六朝，六朝之不能不降而唐也。势也！用一代之体，则必似一

---

① （清）陈仅：《竹林答问》，《清诗话续编》，上海古籍出版社1983年郭绍虞辑校点本，第2249页。

② （清）潘德舆：《养一斋诗话》卷一，《清诗话续编》，上海古籍出版社1983年郭绍虞辑校点本，第2008页。

③ （清）叶燮：《原诗·内篇上》卷一，人民文学出版社1998年霍松林校注本，第18页。

④ （宋）严羽：《沧浪诗话·诗评》，（清）何文焕辑：《历代诗话》，中华书局1981年校点本，第695页。

⑤ （明）陆时雍：《诗镜总论》，近代丁福保辑：《历代诗话续编》，中华书局1983年校点本，第1419页。

⑥ （宋）魏泰：《临汉隐居诗话》，（清）何文焕辑：《历代诗话》，中华书局1981年校点本，第328页。

代之文，而后为合格。（顾炎武《日知录》卷二一）[①]

宋魏泰与清顾炎武之观点均为金玉良言。比之学古与反学古思想境界更高的是唐释皎然。《诗式》卷五认为，对待双方正确的态度应该是“复”、“变”：

作者须知复变之道，反古曰复，不滞曰变。若惟复不变，则陷于相似之格，其状如驽骥同厩，非造父不能辨，能知复变之手，亦诗人之造父也。[②]

“复变”之道最为公允，作者同时意识到“复、变”均不可矫枉过正：“复变二门，复忌太过，诗人呼为膏肓之疾，安可治也？如释氏顿教，学者有沈性之失，殊不知性起之法，万象皆真。夫变若造微，不忌太过，苟不失正，亦何咎哉？”[③] 故此，一千年后的袁枚在其《续诗品·著我》中，傍依皎然的观点，充满哲理地告诫后人：“不学古人，法无一可。竟似古人，何处著我？字字古有，言言古无。吐故吸新，其庶几乎？”[④] 锦心绣口，足见宗匠之胸襟。

那么，古代诗歌格调到底为何物呢？由于古代始终对诗歌格调没有明确、严格的概念，故而对其含义的理解，千百年间一直存有差异。晋陆机《文赋》曾喟然叹道：“体有万殊，物无一量，纷纭挥霍，形难为状。”宋陈师道《玉屑》卷一二力排众议：“诗、文各有体。”说明诗歌与散文的格调除上述所论总格调外，确实各有千秋。一般认为，构成诗歌格调的基本要素，离不开作者、时代、神、韵、气、味等内容。在古诗话中，诗歌格调被形象地描述成人之体象，最为允当。明费经虞说：“诗之不同，如人之面。”（《雅伦》卷二）清朱庭珍《筱园诗话》卷一道：“自来诗家，源同流异，派别虽殊，旨归则一。盖不同者，肥瘦平险、浓淡清奇之外貌耳。而其所以作诗之旨及诗之理法才气，未尝不同。犹人之面目，人人各异，面所赋之性，天理人情，历百世而无异也。”[⑤] 宋姜夔《白石道人诗说》也谓：“大凡诗，自有气象、体面、血

---

① （清）顾炎武：《日知录》卷二一，文渊阁《四库全书》本。

② （唐）释皎然著，李壮鹰校注：《诗式校注》卷五，人民文学出版社 2003 年版，第 330 页。

③ 同上。

④ （清）袁枚：《续诗品·著我》，近代丁福保辑：《清诗话》，上海古籍出版社 1978 年修订本，第 1035 页。

⑤ （清）朱庭珍：《筱园诗话》卷一，《清诗话续编》，上海古籍出版社 1983 年郭绍虞辑校点本，第 2328 页。

脉、韵度。气象欲其浑厚，其失也俗；体面欲其宏大，其失也狂；血脉欲其贯穿，其失也露；韵度欲其飘逸，其失也轻。”[①] 王士禛则将格调喻为精灵般的东西，令人神秘不已。然而，值得肯定是，他的论述将“神”引进了格调里：“昔人论诗之格曰：所以条达神气，吹嘘兴趣，非音非响，能诵而得之，犹清气徘徊于幽林，遇之可爱，微径纡回于遥翠，求之逾深。”[②] 唐徐寅《雅道机要·明体裁变通》论格调力透纸背：“体者，诗之象。如人之体象，须使形神丰备……斯为妙手矣。”[③] 附之形、神（意或心机），倜傥风流方可现。故而，格调应归“意”主宰这一雅见，在明徐祯卿《谈艺录》中，似乎便成了不刊之论：“要其格度，不过总心机之妙应，假刀锯以成功耳。”[④] 清冒春荣《葚园诗说》毕肖地描绘了一幅在“意”的统领下，格调各领风骚的情形：

故意在于闲适，则全篇以雅淡之言发之；意在于哀伤，则全篇以凄婉之情发之；意在于怀古，则全篇以感慨之言发之。[⑤]

当然，以“意”一统天下并非金瓯完整，金元好问首先于诗论发其难：“心画心声总失真，文章宁复见为人？高情千古《闲居赋》，争信安仁拜路尘。”（《论诗三十首·其六》）以潘岳《闲居赋》中所表现出来的千古高情，来强烈衬托其卑躬屈膝拜尘权臣贾谧之鄙贱人格，从而证明格调与“意”相左不一。黄梨洲《钱屺轩七十寿序》紧随其后，斥格调与人格相悖离者，“徒以字句拟其形容，纸墨有灵，不受汝欺也。”[⑥]

尽管龃龉纷争，然诗话对于诗人格调与古代经典及客观现实生活（即时代）的关系等问题，却做了有益的探索。清袁枚《随园诗话》卷一云：“《三百篇》半是劳人思妇率意言情之事，谁为之格？谁为之律？而今之谈格调者，

---

① （宋）姜夔：《白石道人诗说》，（清）何文焕辑：《历代诗话》，中华书局 1981 年校点本，第 680 页。

② （清）王士禛：《带经堂诗话·外纪门·答问类》，人民文学出版社 1963 年版、1998 年戴鸿森校点本，第 851 页。

③ （唐）徐寅：《雅道机要》，见张伯伟《全唐五代诗歌汇考》，凤凰出版社 2005 年版，第 436 页。

④ （明）徐祯卿：《谈艺录》，（清）何文焕辑：《历代诗话》，中华书局 1981 年校点本，第 765 页。

⑤ （清）冒春荣：《葚园诗说》卷二，《清诗话续编》，上海古籍出版社 1983 年郭绍虞辑校点本，第 1589 页。

⑥ （明）黄宗羲：《南雷文案》外卷，《四部丛刊》本。

能出其范围否?”[①] 比袁枚稍早的王夫之也以《诗经》为摇篮:“钟嵘‘源出小雅’之评,真鉴别也。”(《古诗评选》卷四阮籍《咏怀》评语)不过,比袁枚高明的是,船山先生同时还崇尚“身之所历,目之所见,是铁门限。”(同上)钦仰身历、目见,与今之文论所倚重的社会实践对一个作家格调形成起着重要作用的思想,是相同的。明邓云霄则将“天”的概念引入了诗评里:“诗者,人籁也,而窍于天。天者,真也。……孰能外民间真音而徒为韵语?”[②] 不难看出,所谓“天”实际是现实社会生活而已。因此他说:“真诗在民间。”(《空同子集》卷首《重刻空同先生集叙》)后来的刘熙载在其《诗概》更为鞭辟入里地指出:“《诗纬含神雾》曰:‘诗者,天地之心。’文中子曰:‘诗者,民之性情也。’此可见诗为天人之合。”[③] 并例举说:“代匹夫匹妇语最难,盖饥寒劳困之苦,虽告人,人且不知,知之必物我无间者也。杜少陵、元次山、白香山不但如身入闾阎,目击其事,直与疾病之在身者无异。”[④]“物我无间”,即强调客观外在各异之物,与千人千面的诗人内心世界之“我”,紧密地有机结合,从而构成纷然杂陈之格调。至于物、我在格调形成中所占据的比重,清朱庭珍《筱园诗话》卷一曾予以说明:“天与人各主其半,是以成就高下等差之不齐也。”[⑤] 人竟能与至高至大自然之天同等的重要,缺一不可组成格调,足见人功之重要。明徐祯卿《谈艺录》形容诗人用力不一使格调森罗万象之情形谓:“夫任用无方,故情文异尚:譬如钱体为圆,钩形为曲,箸则尚直,屏则成方。大匠之家,器饰杂出。……至于众工小技,擅巧分门,亦自力限有涯,不可强也。”[⑥] 正是由于这种“任用无方”和“不可强也”,才使得诗歌格调花团锦簇、仪态万方。

在这格调的大千世界中,古代诗话层见叠出的分类标准使人目不暇接。其中或抵牾,或辩难,或疏漏,或繁琐,或罗列抽象词语、故弄玄虚让人不知所云,或在格调论中,掺杂不易剥脱出来的其他非格调内容,所有这一切,都令人无所适从。今且按其种类多寡顺序,将较为著名的诗话格调按分类法排列,

---

① (清)袁枚:《随园诗话》卷一,人民文学出版社 1982 年版,第 2 页。

② (明)邓云霄:《重刻空同先生集叙》,(明)李梦阳:《空同子集》卷首,明万历刻本。

③ (清)刘熙载:《诗概》,《清诗话续编》,上海古籍出版社 1983 年郭绍虞辑校点本,第 2417 页。

④ 同上书,第 2430 页。

⑤ (清)朱庭珍:《筱园诗话》卷一,《清诗话续编》,上海古籍出版社 1983 年郭绍虞辑校点本,第 2328 页。

⑥ (明)徐祯卿:《谈艺录》,(清)何文焕辑:《历代诗话》,中华书局 1981 年校点本,第 764—765 页。

由此可大致看清其轮廓：

（1）清冒春荣的二十六种格调。即：高古、入神、离象、造巧、不俗、雅淡、凄婉、感慨、奇绝、飘逸、森严、雄壮、华丽、笼放、开阔、雄浑、沉着、痛快、直率、涵（含）蓄、不迫、精工、神奇、飞动、变化、峻峭。（释义原文太长，略）（《葚园诗话》卷二）

（2）唐司空图的“二十四品”。即：雄浑、冲淡、纤秾，沉着、高古、典雅、洗炼、劲健、绮丽、自然、含蓄、豪放、精神、缜密、疏野、清奇、委曲、实境、悲哀、形容、超诣、飘逸、旷达、流动。（释义原文太长，略）（《诗品》）

（3）唐皎然的“十九种体”。《诗式》释云：高（风韵切畅曰高）、逸（体格闲放曰逸）、贞（放词正直曰贞）、忠（临危不变曰忠）、节（持节不改曰节）、志（立志不改曰志）、气（风情耿耿曰气）、情（缘情不尽曰情）、思（气多含蓄曰思）、德（词温而正曰德）、戒（检束防闲曰戒）、闲（情性疏野曰闲）、达（心迹旷诞曰达）、悲（伤甚曰悲）、怨（词理凄切曰怨）、意（立言曰意）、力（体裁劲健曰力）、静（非如松风不动，林狖未鸣，乃谓意中之静）、远（非谓淼淼望水，杳杳看山，乃谓意中之远）。皎然十分自信地认为：“其一十九字，括文章德体，风味尽矣。”（《诗式》）

（4）恰如三足鼎立的十种格调。唐李峤最早分“十体”，即：“一曰形似，（谓邈其形而不得似也。诗曰：‘风花无定影，露竹有余清。’）二曰质气，（谓有质骨而依其气也。诗曰：‘霜峰暗无色，雪覆登道白。’）三曰情理，（谓叙情以入理致也。诗曰：‘游禽知暮返，行路独未归。’）四曰直置，（谓直书可置于句也。诗曰：‘隐隐山分地，苍苍海接天。’）五曰雕藻，（谓以凡目前事而雕妍之也。诗曰：‘岸绿开河柳，池红照海榴。’）六曰影带，（谓以事意相惬而用之也。诗曰：‘露花如濯锦，泉月似沉钩。’）七曰宛转，（谓屈曲其词，宛转成句也。诗曰：‘流波将月去，湖水带星来。’）八曰飞动，（诗曰：‘空葭凝露色，落叶动秋声。’）九曰情切，（诗曰：‘猿声出峡断，月影落江寒。’）十曰精华。（诗曰：‘青田拟驾鹤，丹穴欲乘风。’）”（《评诗格·诗有十体》）

稍后的齐已不甘示弱，另起炉灶，将十体改变成与李峤完全不同的内容：“一曰高古，（诗云：‘千般贵在无过达，一片心闲不耐高。’）二曰清奇，（诗云：‘未曾将一字，容易谒诸侯。’）三曰远近，（诗云：‘已知前古事，更结后人看。’）四曰双分，（诗云：‘船中江上景，晚泊早行时。’）五曰背非，（诗云：‘山河终决胜，楚汉且横行。’）六曰虚无，（诗云：‘山寺钟楼月，江城鼓角风。’）七曰是非，（诗云：‘须知项籍剑，不及鲁阳戈。’）八曰清洁，（诗云：‘大雪路亦宿，深山水也斋。’）九曰覆妆，（诗云：‘叠巘供秋望，无云到夕阳。’）十曰阖门。（诗云：‘卷帘黄叶落，锁印子规啼。’）”（《风骚旨归·诗有十体》）宋魏庆之《诗人玉屑》卷五，紧步后尘，分格调为另外十种，曰：典重、抛掷、出尘、浏亮、缜密、雅洲、温蔚、宏丽、纯粹、莹净。

（5）严羽的“九品”。“诗之品有九：曰高，曰古，曰深，曰远，曰长，曰雄浑，曰飘逸，曰悲壮，曰凄婉。”（《沧浪诗话·诗辩》）

（6）元杨载的“六体”。“诗之为体有六：曰雄浑，曰悲壮，曰平淡，曰苍古，曰沉着痛快，曰优游不迫。”（《诗法家数》）

（7）托名唐王昌龄《诗格》的“五种趣向”：“一曰高格，二曰古雅，三曰闲逸，四曰幽深，五曰神仙。”

（8）莫衷一是的三种格调。如托名白居易的“上”、“中”、“下”三种诗格：“纯而归正者上”，“淡中有味者中”，“华而不浮者下”（《金针诗格·诗有上中下》）。明谢榛的“堂上”、“堂下”、“阶下”三等语：“作诗有三等语：堂上语、堂下语、阶下语”（《四溟诗话》卷四）。清方贞观的三种人诗：“有诗人之诗，有学人之诗，有才人之诗”（《辍锻录》）；清马平泉的三种“语”：“范元质曰：‘诗有形似语，有激昂语。文章固多端，然警策处往往在此。’……亦形似亦激昂（此为第三种‘语’），古人如此类亦不可枚举，屈子尤擅长”（《挑灯诗话》）。清袁洁的三种格调诗：诗有“雄浑之诗，令人惊心动魄；幽折之诗，令人释躁平矜；新艳之诗，令人怡情悦目。”（《蠡庄诗话》卷一）以上三分格调法，终显局促。唯明费经虞三分格调雍容大雅：《雅伦》卷二将格调按类型分为时代、宗派、家数三种格调，并解释说：“诗体有时代不同，如汉、魏不同于齐、梁，初、盛不同于中、晚，唐不同于宋，此时代不同也；有宗派不同，如梁、陈好为宫体，晚唐好为西昆，江西流涪翁之派，宋初喜才调之诗，此宗派不同也；有家数不同，如曹、刘备质文之丽，靖节为冲淡之宗，太白飘逸，少陵沉雄，昌黎奇拔，子瞻灵隽，此家数不同也。”

（9）争芳斗妍的两种格调。清诗话多此分法。诸如贺贻孙《诗筏》里的“英”、“雄”之别：“诗亦有英分雄分之别。英分常轻，轻者不在骨而在腕，腕轻故宕，宕故逸，逸故灵，灵故变，变故化，至于化而英之分始全，太白是也。雄分常重，重者不在肉而在骨，骨重故沉，沉故浑，浑故老，老故变，变故化，至于化而雄之分始全，少陵是也。”谢坤《春草堂诗话》卷五中的“南”、“北”之派：“诗之所以分南北派者，盖南音上、去易淆，而北音平、入易混。兼之北方刚劲，多雄豪跌宕之词；南方柔弱，悉艳丽钟情之作。有诗以来，靡不若是。”李调元《雨村诗话》卷下的“正”“变”之风：“诗三百篇有正有变，后人学焉而各得其性之所近。楚骚之幽怨，少陵之忧愁，太白之飘艳，昌谷、玉川之奇诡，东野、阆仙之寒俭，从乎变者也。陶靖节以下，至于王昌龄、王维、孟浩然、高适、岑参、韦应物、储光羲、钱起辈，俱发言和易，近乎正者也。”薛雪《一瓢诗话·四二》的“奇（变）”、“正”两类：“曾受韬钤之法于蹇翁，揣摩久之，虽变化无穷，不出奇正二字，从受诗古文辞之学于横山，亦不越正变二字。”刘熙载《诗概》的“诵”、“歌”之分：“诗以意法胜者宜诵，以声情胜者宜歌。古人之诗，疑若千支万派，然曾有出于歌诵外者乎？”王闿运《湘绮楼说诗》卷七的“和”、“劲”两派：“诗既分和、劲两派，作者随其近自极诣。”

在明胡应麟的笔下，二格还可以演变众体：“古诗轨辙殊多，大要不过二格。以和平、浑厚、悲怆、婉丽为宗者，即前所列诸家；有以高闲、旷逸、清远、玄妙为宗者，六朝则陶，唐则王、孟、常、储、韦、柳。但其格本一偏，体靡兼备，宜短章，不宜钜什；宜古选，不宜歌行；宜五言律，不宜七言律。历考前人遗集，靡不然者。”（《诗薮》内篇卷二）

综上所述，论述构成诗歌格、调、神、韵等基本要素，便成为最迫切的问题了。

古诗话批评古代诗歌创作与风格的得失，追求诗神与格调之形体相辅相成的境界，充分体现出中华民族特有的批评心理与倾向，是一种成熟而完美的诗歌批评理论心态。

第四章　天有六气，降生五味①

明清诗话将多变而冗杂的诗之“气”理解为大自然或人体之气，将诗之“味”与大自然之辛、酸、咸、苦、甘五味联系起来，充分体现出中华民族特有的批评观，是一种成熟而务实的诗歌理论思想。在对诗气与诗味的探索之中，有如寻求隔水蒹葭之伊人，挫折中折射出了一缕淡淡的迷茫。然而，正是在这百折不挠地探寻之中，才使人深切地感受到：其探索的过程和经验，实为后人诗歌创作竖起了一面泽被百代、可资多方借鉴的铜镜。

第一节　气不充，不能作势②（上）

明清诗话之诗气多变而冗杂　诗气宛如大自然之气体无形无色，且在诗人心中无所不在　章法在外可见，气不可见　诗气体现出中华民族特有的历史文化积淀　古诗话家集思广益，对诗歌与气关系之探索　明清诗话对诗气的推崇及理论性研究

“气”，原本属于中国古代哲学的一个基本范畴，用以解释万物构成之世界，带有大量的主观臆测的特征。加上先贤对其解释玄而又玄，常使人如坠五里雾中，远非如天地间所存之气体让人有实实在在的感觉。故而，非明智者不

---

① “六气”为：阴、阳、风、雨、晦、明。见《春秋左传正义·昭公元年》，（清）阮元校刻：《十三经注疏》，中华书局1980年影印本，第2025页。

② （清）黄子云：《野鸿诗的》，近代丁福保辑：《清诗话》，上海古籍出版社1978年修订本，第849页。

能深辨其内里。正由于此，汉魏以来的诗学理论家探幽觅险，大胆借鉴“气”的概念，用以形容抽象且与诗人创作形影相随的诗之“气”。随着诗话对诗气理论认识的不断加深，至明清时，诗气在诗歌创作中不可替代的重要作用被更多的诗话作者所认识。从这一点来看，考察明清诗话对诗气认识的探索大致情形，不失为了解诗话“气”理论的一个有效的途径。

明清诗话著作里所讲述的诗气是多变而冗杂的：或指诗人的先天禀赋，或言诗家的后天积累，或喻诗者之道德人格，或谓诗人内心之深切理念，或比作写诗之气脉，或说为运行于诗歌之间的神气，或将其当成诗之气息、气韵、气概、气象、气度、气势、气根、气节、气力、气氛、气派、气色、气数等，甚至还可以理解其为诗人创作诗歌的风格，林林总总，不知凡几。总之，诗气似乎永远是一种深深隐匿于诗人心中、只可意会不可言传的神秘之物，这种物体流动着，宛如大自然之气体而无形无色，且在诗人心中无所不在，并可随时作用于诗、影响着诗的质量。在诗气的这种变幻莫测之身形面前，人们不能轻易地断定古人以上所说的哪一种说法更为确切一些，只得于向往和迷惘的矛盾之间抉择着。

相比较而言，崇奉“气格”、“养气”的后七子之首谢榛对诗气的看法最为全面：

自古诗人养气，各有主焉。蕴乎内，著乎外，其隐见异同，人莫之辨也。[①]

谢榛深究诗气之宏旨，将所有诗气分为两大类，使得诗气大致情形凸显出来：所谓“著乎外”者，言诗气源于大自然里的自然之气，充斥于天地之间无所不在，时而影响着诗歌创作，这是其一。例如，稍后的林希恩所描绘的情形：“故风生而水自文，春至而鸟能言者，气机之自然也。”[②] 至于其二的“气”蕴乎于内，当貌似于人体之气，行于肺腑与血液之中，人须臾不可离。方东树曾形象地加以解释道：“大约诗文以气脉为上。气所以行也，脉绾章法而隐焉者也。章法形骸也，脉所以细束形骸者也。章法在外可见，脉不可见，

① （明）谢榛：《四溟诗话》卷三，人民文学出版社1962年宛平校点本，第69页。

② （明）林希恩：《诗文浪谈》，见陶宗仪等编《说郛三种·说郛续》卷三三，上海古籍出版社1988年版，第1576页。

气脉之精妙，是为神至矣。”① 内外有别，本无妍媸上下之分，实为明清诗话对玄妙的诗之气所予以的一种形象而具体的认识，它充分体现出一种近乎成熟而务实的诗歌理论思想。

这种成熟和务实的创作心理与倾向，从其骨子里体现出中华民族特有的深厚基础和广博的历史文化积淀。我们从先秦的典籍里可窥测其一斑。《周易正义·系辞上》云：“精气为物，游魂为变，是故知鬼神之情状。”②《论语·泰伯》也说：“君子所贵乎道者三：动容貌，斯远暴慢矣；正颜色，斯近信矣；出辞气，斯远鄙倍矣。”③ 这些论述都有明清诗气的影子。相比较而言，孟子言气影响最大：“夫志，气之帅也。气体之充也。”④ “我知言，我善养吾浩然之气。”⑤ 与《孟子》相媲美，庄子一派也谈到了养气：“壹其性，养其气，合其德，以通乎物之所造。”除此之外，还论及到了“守气”的问题：“子列子问关尹曰：‘至人潜行不窒，蹈火不热，行乎万物之上而不栗。请问何以至于此？’关尹曰：‘是纯气之守也，非知巧果敢之列。’”⑥

遗憾的是，先哲宏论原本志于高飞之鸿鹄，无意于论及小小诗歌中的诗气，故而众家所言实与后世所论“诗之气”还有一段距离。

真正以气来阐释诗文的，三国曹丕首肇其端。《典论·论文》提出了“文以气为主”的观点，认为气有清浊之分，直接决定着文学创作水准的发挥，“文气说”自此而走上正途。南朝刘勰钟情于文气，于《文心雕龙》中专设《养气篇》，论述气与创作之关系。同时他认为，作者的气与才、学、习等因素各不相同，从而决定了作家创作思想的见仁见智。（见《文心雕龙·体性》）钟嵘《诗品·总论》开篇即言：“气之动物，物之感人。”主张物感创作论⑦。唐韩愈继承孟子以来的养气说，重视作者人格的道德修养所能达到的最高境界，鼓吹“气盛则言之短长与声之高下者皆宜”的文学观⑧。司空图喻比气之

---

① （清）方东树：《昭昧詹言》卷一，人民文学出版社1961年汪绍楹校点本，第30页。

② 校刻者（清）阮元：《十三经注疏·周易正义·系辞上》，中华书局1980年影印本，第77页。

③ 校刻者（清）阮元：《十三经注疏·论语注疏·泰伯》，中华书局1980年影印本，第2486页。

④ 校刻者（清）阮元：《十三经注疏·孟子注疏·公孙丑上》，中华书局1980年影印本，第2685页。

⑤ 同上。

⑥ 见《庄子集释·外篇·达生》，《诸子集成》第三册，上海书店1986年影印本。

⑦ （梁）钟嵘：《诗品·总论》，（清）何文焕辑：《历代诗话》，中华书局1981年校点本，第2页。

⑧ （唐）韩愈：《答李翊书》，见马其昶校注《韩昌黎文集校注》，上海古籍出版社1987年版，第171页。

形“行气如虹”[①]；宋苏辙推重养气的途径，将孟子善养吾浩然之气而侧重内在的道德修养，变通为以外在世界来丰富生活集累，所谓“求天下奇闻壮观，以知天地之广大”。只有这样，方可“其气充乎其中，而溢乎其貌，动乎其言，而见乎其文，而不自知也。”[②] 以上论气，无不深中诗气之肯綮。

与曹丕、刘勰、韩愈、苏辙等一言九鼎的著名古代批评家的文论相比，古代诗话著作大多披褐怀玉，贱如青草遍野，难登大雅之堂。但也正由于此，众诗话方才能集思广益，对诗歌与气关系之谜解，进行多角度、多层次的有益探索。

这种探索自诗话有其名的宋代便蔚然可观了。如《六一诗话》以气喻比苏舜钦诗歌创作的特点，形象生动：“余尝于《水谷夜行诗》略道其一二云：子美气尤雄，万窍号一噫，有时肆颠狂，醉墨洒滂霈。”[③] 张戒视情、味、气为诗歌创作的三要素：写咏物诗时，若“其情真，其味长，其气胜，视《三百篇》几于无愧。”[④] 严羽的诗话也意识到气的不同，创作效果便会出现差别：“唐人与本朝人诗，未论工拙，直是气象不同。”[⑤]

与宋人诗话相比，明清诗话对诗气的重视程度到达了无以复加的地步：所谓“气不充，不能作势”[⑥]，可略见明清时人对诗气的推崇。李东阳《麓堂诗话》言诗气时曾说：“秀才作诗不脱俗，谓之‘头巾气’；和尚作诗不脱俗，谓之‘馂馅气’；咏闺阁过于华艳，谓之‘脂粉气’。能脱此三气，则不俗矣。至于朝廷典则之诗，谓之‘台阁气’；隐逸恬淡之诗，谓之‘山林气’，此二气者，必有其一，却不可少。”[⑦] 抛开作者个人喜好不谈，仅看引文所列举诗气的种类，足可从某一个侧面形象地反映了明清诗话家对诗气作用于诗歌情况的探究。至于对诗气的理论性研究方面，这一时期的诗话比之传统诗话的研究

---

① （唐）司空图：《二十四诗品》，（清）何文焕辑：《历代诗话》，中华书局 1981 年校点本，第 40 页。

② （宋）苏辙：《栾城集》卷二二《上枢密韩太尉书》，文渊阁《四库全书》本。

③ （宋）欧阳修：《六一诗话》，（清）何文焕辑：《历代诗话》，中华书局 1981 年校点本，第 267—268 页。

④ （宋）张戒：《岁寒堂诗话》卷上，近代丁福保辑：《历代诗话续编》，中华书局 1983 年校点本，第 450 页。

⑤ （宋）严羽：《沧浪诗话 · 诗评》，（清）何文焕辑：《历代诗话》，中华书局 1981 年校点本，第 695 页。

⑥ （清）黄子云：《野鸿诗的》，近代丁福保辑：《清诗话》，上海古籍出版社 1978 年修订本，第 849 页。

⑦ （明）李东阳：《麓堂诗话》，近代丁福保辑：《历代诗话续编》，中华书局 1983 年校点本，第 1384 页。

也要复杂、深入得多。试以王世贞论述气对诗歌创作的影响为例："一师心匠，气从意畅，神与境合，分途策驭。"[①] 将气与意、神与境化归为两类，进而区别治之，其高论振聋发聩，令宋诗话有言诗气者羞能望其项背。

应该注意到，王世贞对诗气的卓然见识并非偶然，实则其已向人们显露出这样一个迹象：古之贤者对诗气的认识，业已泽被明、清两代诗话，从此诗话对诗气之论述形成前所未有的百花争艳之局面：或高睨大谈，森罗万象；或浅斟低唱，锦心绣口；或笔力纵横，鞭辟入里。这种局面的形成，有利于诗气理论走向成熟。

第二节　气不充，不能作势[②]（中）

诗人固有之气影响诗歌创作　诗气神秘的面纱　养真气的过程　养气与理、事、情密切的关系　有气与无气的两个端点　气之有无，与诗歌创作无关，它只决定着作品的质量好坏

无疑先贤的论述为明清诗话家研究诗气开了一个良好的开端。但是，诗话对诗气的深入探究则并非是一帆风顺的事情。诗气犹如隔水蒹葭、在水一方的"伊人"，想彻底地占有她并不能总遂人愿。人寰尘俗里形形色色的伪、拙之气充斥着诗人不能平静的心灵，使人欲罢不能。林昌彝告诫试图采纳诗气的习诗者说：

诗有烟火气则尘，有脂粉气则纤，有蔬荀气则俭。[③]

三种诗气在诗中各有不同的表现。"烟火"气飘逸而粗豪，"脂粉"气绮靡而华腻，"蔬荀（笋）"气清淡而无味，小疵微瑕，但似乎并无伤大雅，因为在林氏看来最危险的是袭取他人的伪装之气："诗不可以无气，而气尤不可

① （明）王世贞：《艺苑卮言》卷一，近代丁福保辑：《历代诗话续编》，中华书局 1983 年校点本，第 964 页。

② （清）黄子云：《野鸿诗的》，近代丁福保辑：《清诗话》，上海古籍出版社 1978 年修订本，第 849 页。

③ （清）林昌彝：《射鹰楼诗话》卷一〇，上海古籍出版社 1988 年王镇远标点本，第 235 页。

以袭而取，不可以伪为。”他颇为苛刻地说道：有非伪气者，“汉、魏以来，少陵一人而已。苏子瞻云：‘天下几人学杜甫，谁得其皮与其骨?’皮且不可得，而况得其神髓乎哉？此无他，骨不灵而气以颓，心不侠而气以慑，虽日取杜诗而读之，而去杜益远矣。”（同上）睥睨一切，仅信奉老杜，话虽偏激，但也从一个侧面说明非伪气对于诗歌创作的重要程度。

这种“非伪气”实质上也就是诗人本来固有之气。陈仅《竹林答问》按其质量等级细致地将其真容依次描摹为“元气”、“逸气”、“浩气”和“清气”四种，四气之中以前两种为妙，且各有千秋。后两种气相比，轩轾不辨，稍逊前两者一筹。这样，由于诗人所掌握的本来固有诗气不同，因而其诗歌创作便呈现出优劣高下的情形：

诗以气为主，此定论也。少陵，元气也。太白，逸气也。昌黎，浩气也。中唐诸君，皆清气之分，而各有所杂，为长篇则不振，气竭故也。（中唐）香山气不盛而能养气，沦澜渟蓄，引而不竭，亦善用其短者。晚唐则厌厌无气矣。譬之于水，杜为东瀛，李为天汉，韩为江河，白则平湖万顷，一碧涟漪；晚唐之佳者，不过涧溪之泛滥而已。①

以四气、四水为喻来比拟李、杜、韩、白及中晚唐诗人的创作风格，进而大体上概括出诗歌创作中的气之所归，变抽象为具体，仿佛顿时使人感觉到业已透过诗歌面纱，得意地扼住了诗气之命门。

事物的发展总是螺旋式地前进的。稍后的厉志在其《白华山人诗说》卷二中将诗之气的论述又引到了神秘的角落里：

唐之诗人盈千累百，而其有真气、有灵气者，亦不过数十人。其余特铺排妥适而已。

厉志轻傲天下，依稀可辨陈仅论气的影子。他接着说：“有明诸公皆力摹唐贤，但苦其概而学之，未能择其有真气、有灵气者耳。”② 明代诗人效颦学步之教训足以戒后来者，故在他看来，诗人成就之高低，只在是否有真气和灵

---

① （清）陈仅：《竹林答问》，《清诗话续编》，上海古籍出版社 1983 年郭绍虞辑校点本，第 2235 页。

② （清）厉志：《白华山人诗说》卷二，《清诗话续编》，上海古籍出版社 1983 年郭绍虞辑校点本，第 2286 页。

气之间，所谓“衡论千古作者，何从见其高下？所争在真气灵气耳。”① 珠玑之论警人诫世，不过，将气皈依为不可量化的真灵气中，总有点雾里看花的味道。这便愈加使人感到诗气神秘的面纱是极其虚伪和厚重的。

那么，如何才能获得真气呢？李重华以远见卓识，掀开了气之厚重帷幔的一角，引进一缕灿烂的曙光。《贞一斋诗说·诗坛杂录》写道：

诗至淳古境地，必自读破万卷后含蕴出来，若袭取之，终成浅薄家数。多读书非为搬弄家私，震川谓善读书者，养气即在其内。故胸多卷轴，蕴成真气，偶有所作，自然臭味不同。②

真气源于“善读书”、“胸多卷轴”，务实的召唤，使得迷茫的羔羊认定招幌而重返归途。尽管纸上得来终觉浅，但“善读书”实质上已经涉及了真气之发祥地及诗人如何“养气”的问题。

朱庭珍《筱园诗话》卷一较为周详地论述了养真气的过程，可视其为李重华“善读书”的补充。在朱庭珍看来，真气为至动与至静两种气的结合体：

夫气以雄放为贵，若长江、大河，涛翻云涌，滔滔莽莽，是天下之至动者也。然非有至静者宰乎其中，以为之根，则或放而易尽，或刚而不调，气虽盛，而是客气，非真气矣。

这种气只有“养”才能培育出来：“故气须以至动涵至静，非养不可。养之云者，斋吾心，息吾虑，游之以道德之途，润之以诗书之泽，植之在性情之天，培之以理趣之府，优游而休息焉，蕴酿而含蓄焉，使方寸中怡然涣然，常有郁勃欲吐畅不可遏之势，此之谓养气。”③ 从斋心、息虑、道德、诗书、性情、理趣、优游休息及蕴酿含蓄中来养真气，显然，其途径较之孟子养气说更为宽广，更接近于事物的本质，实为孟子以来重视道德、思想之养气的一个总结。当然，朱庭珍没有看到生活实践对养气的重要作用，这是他创作理论局限

① （清）厉志：《白华山人诗说》卷一，《清诗话续编》，上海古籍出版社1983年郭绍虞辑校点本，，第2277页。

② （清）李重华：《贞一斋诗说·诗坛杂录》，近代丁福保辑：《清诗话》，上海古籍出版社1978年修订本，第933—934页。

③ （清）朱庭珍：《筱园诗话》卷一，《清诗话续编》，上海古籍出版社1983年郭绍虞辑校点本，第2332页。

所限定的。

叶燮《原诗》内篇下三以理、事、情三者来理解养气，另辟蹊径，令诗者眼界一新。

首先，作者意识到了诗歌是物质生活中在创作里的反映，气在这种反映中所起到的主导作用是自始而终的：

曰理、曰事、曰情三语，大而乾坤以之定位，日月以之运行，以至一草一木一飞一走，三者缺一，则不成物。文章者，所以表天地万物之情状也。然具是三者，又有总而持之、条而贯之者，曰气。①

其次，因人而各异，诗气互不相同。无气，则“理、事、情俱无从施”，无法反映社会生活：

事、理、情之所为用，气为之用也。譬之一木一草，其能发生者，理也；其既发生，则事也。既发生之后，夭矫滋植、情状万千，咸有自得之趣，则情也。苟无气以行之，能若是乎？又如合抱之木，百尺干霄，纤叶微柯以万计，同时而发，无有丝毫异同，是气之为也。苟断其根，则气尽而立萎，此时理、事、情俱无从施矣。（同上）

因此叶燮以为，得到理、事、情，则气行于诗文之中，创作出千古至文，故养气与理、事、情有着极为密切的关系：“吾故曰：三者藉气而行者也。得是三者，而气鼓行于其间、氤氲磅礴，随其自然，所至即为法，此天地万象之至文也。岂先有法以驭是气者哉？不然，天地之生万物，舍其自然流行之气，一切以法绳之，夭矫飞走，纷纷于形体之万殊，不敢过于法，不敢不及于法，将不胜其劳，乾坤亦几乎息矣。”（同上）在诗歌创作时，以气代替诗之法，虽未尽科学，但也可大致圆其说。

当然，叶燮以理、事、情的观点解释大千世界气之所生，并不是天衣无缝的。对此，叶燮自己心里也非常清楚。他有些尴尬地辩解道：“草木气断则立萎，理、事、情俱随之而尽，固也。虽然，气断则气无矣，而理、事、情依然在也。”（同上）枯木徒有外在之形（理、事、情俱有），然其内在之气已殆尽。

① （清）叶燮：《原诗》内篇下三，人民文学出版社1998年霍松林校注本，第21—22页。

叶燮的尴尬是悲壮的。这使得后来的钱泳能够站在巨人的肩头放眼远望："诗文家俱有三足，言理足、意足、气足也。盖理足则精神，意足则蕴藉，气足则生动。理与意皆辅气而行，故尤必以气为主，有气即生，无气则死。但气有大小，不能一致。有若看春空之云，舒卷无迹者；有若听幽涧之泉，曲折便利者；有若削泰、华之峰，苍然而起者；有若勒奔踶之马，截然而止者。倏忽万变，难以形容，总在作者自得之。"①

能够清晰地看到有气与无气的两个端点，同时注意到气有大小之别，且变态万千，对诗歌创作产生着深远的影响。高妙的见解令人神怡往之，但其昌言诗歌"以气为主"、"无气则死"，便有些危言耸听了。这是由于无论是"气足"，还是"死气"，是大气还是小气，均能写出诗歌来。实际上，钱泳自己所觉察到的诗之气"难以形容"，并且无可奈何地将其归之为"作者自得之"，正似乎在向我们昭示着这样的一个道理：在诗歌创作当中气之有无，并不标志着诗歌能否创作出来，它只决定着作品的质量之好坏。

阙名《静居绪言》可谓此论之注脚："人以李、杜为才大，未也。李、杜之高凌八代、俛视一切者，气之大也。气大则宏中肆外，致广尽微而有余。"②否认李、杜才华高远，将其写绝代诗篇的原因，归结为气之宏中肆外，石破天惊，可知诗气对诗人创作的成功是何等的重要；严廷中所说的"馆阁体者"，可做上述注脚之反例："又有所谓馆阁体者，一诗偶出，本不足以惊人，乃饰其词曰：此名贵也，此端庄也。嗟乎，此如锦堂命妇，画阁夫人，金翠满头，自夸富贵，绮罗遍体，自喜矜持，而不知旁有澹妆侍儿，且哑然偷笑也。又有矜淹博，而不知死气满纸者，讲对仗，而不知语意隔绝者。凡此皆近世之所尚而皆仆之所不解也。"③ 在封建科举时代，馆阁者，位非不重也，才非不高也，学识非不渊博也，然其胸中无浩然之气可养，故只有"死气"而已，尽管如此，其犹可写出腐败臭恶不可近人的诗歌，并时常被逐臭小人所效仿。文学史上的西晋太康体、明之"三杨"台阁体，工巧炼字，清绮靡丽，但死气满纸，格调卑下，都说明了这个问题。

---

① （清）钱泳：《履园谭诗·总论》，近代丁福保辑：《清诗话》，上海古籍出版社 1978 年修订本，第 871 页。

② 阙名：《静居绪言》，《清诗话续编》，上海古籍出版社 1983 年郭绍虞辑校点本，第 1638 页。

③ （清）严廷中：《药栏诗话》乙集，见《丛书集成续编》第 158 册，上海书店 1994 年影印本，第 94 页。

第三节 气不充，不能作势[①]（下）

不良诗气对诗歌的影响 诗气的两个层面 “炼气说”在诗话中的盛行 对气的使用 气与“神”的统一

正反两方面的经验，使得所有注重诗歌质量的人们不得不审慎地查检着自家阵营。

事实上，除死气对诗歌质量有着致命的伤害外，明清诗话同时也将眼光放到了其他不良诗气对诗歌所造成的恶劣影响上面。如果我们以不拘小节的宋惠洪来做参照物的话，则更易看清问题。惠洪《冷斋夜话》卷四《诗忌》曾以指点江山的口吻提及过所谓的“气之夺人，百种禁忌，诗亦如之”之事，但其紧接着又说：“脱或犯之（之：指百种禁忌），人谓之诗谶，谓之无气，是大不然。诗者妙观逸想之所寓也，岂可陷以绳墨哉？”不屑癖疥的态度令人齿冷。因而其泛泛谈起的“百种禁忌”，宛如隔靴搔痒，对提高诗人的写作水平并无多大的指导意义。

与之相比，诗格风神秀朗、情韵翩翩的前七子之一的徐祯卿所论众多的诗之气，当更易让人警觉诗之皮毛所显现出来的内里的病症：

气有粗弱，必因力以夺其篇。[②]

诗之词气……良由人士品殊，艺随迁易。故宗工巨匠，词淳气平；豪贤硕侠，辞雄气武；迁臣孽子，辞厉气促；逸民遗老，辞玄气沉；贤良文学，辞雅气俊；辅臣弼士，辞尊气严；阉童壶女，辞弱气柔；媚夫悻士，辞靡气荡；荒才娇丽，辞淫气伤。（同上）

无疑徐氏的见解是值得肯定的。站在徐氏一方，并无意于贬低宋诗话。事

① （清）黄子云：《野鸿诗的》，近代丁福保辑：《清诗话》，上海古籍出版社 1978 年修订本，第 849 页。

② （明）徐祯卿：《谈艺录》，（清）何文焕辑：《历代诗话》，中华书局 1981 年校点本，第 765—768 页。

实上，许多宋诗话早就注意到了不良诗气对诗歌创作的影响。如蔡正孙即告诫诗家要提防短气对诗的影响：“山谷云：‘文章以气为主，郑谷此诗（指郑谷《十日菊》：节去蜂愁蝶不知，晓庭和露折残枝。自缘今日人心别，未必秋香一夜衰。）意甚佳，而病在气不长。西汉文字所以雄深雅健者，其气长故也。’”[①] 以“雄浑雅健”之气来医治诗歌疲倦、纤弱之病气，当觅到了世上最好的良方。

遗憾的是，这种“雄浑雅健”之气并不可无限制地生长。明清诗话卓越的贡献在于其不仅仅简单地罗列了诗气之病，而且还看到了更为深层的东西，即同时注意到了诗气的两个层面。徐祯卿说：“气本尚壮，亦忌锐逸。”[②] 厉志也以敏锐的眼光揭示了诗家写作的真谛：“作诗原要有气势，但不可瞋目短后，剑拔弩张，又不可如曹蜍、李志之为人，虽活在世上，亦自奄奄无生气。其要总在精神内敛，光响和发，斯为上乘。”[③] 霸气与馁气各自走向极端，俱为诗气之病，有如阳春白雪与下里巴人，追求过度的偏激，反倒不美。所以，诗气只有内部相持到了近乎于情理的地步，方可出神入化。

要做到不偏不倚的确不是一件易事。张谦宜注重“力”与“气”的结合，为诗气在诗歌创作里的应用开辟了一条新路：

力与气缺一不可。气要于接连贯注，直行曲行，抑扬跌宕处，潜心味之，忌在馁，忌在粗。力要于首尾腰脊，彼此救应蟠结处，细心求之，逐句求之，则当看其饱绽牢固、上下厮称处皆力也，忌萎，忌猛，忌不中节。[④]

气的用处主要是起连贯的作用，没有气，诗歌便如一盘散沙。力则如同人身上的骨架，对整个诗歌起着支撑的作用。故写诗最要紧之处是力与气的兼备：“作诗要力足气充搏炼就，少一句不得，添一句亦不得，方是妙手。”[⑤] 这些注意事项，即使今天看来，对于诗歌创作都有一定的指导意义。

与张谦宜同时代的李重华则注意到了诗气的另一个层面：“作诗从形迹处

---

① （宋）蔡正孙：《诗林广记》卷八《十日菊》，文渊阁《四库全书》本。

② （明）徐祯卿：《谈艺录》，（清）何文焕辑：《历代诗话》，中华书局1981年校点本，见第769页。

③ （清）厉志：《白华山人诗说》卷一，《清诗话续编》，上海古籍出版社1983年郭绍虞辑校点本，第2275页。

④ （清）张谦宜：《絸斋诗谈》卷三，《学诗初步》，《清诗话续编》，上海古籍出版社1983年郭绍虞辑校点本，第812页。

⑤ （清）张谦宜：《絸斋诗谈》卷一，《统论上》，《清诗话续编》，上海古籍出版社1983年郭绍虞辑校点本，第795页。

求工，便是巧匠镌雕，美人梳掠，决非一块生气浩然从肝腑流出。”[①] 浩然之气出于形迹还是内心，一家之言不必计较。这里的“从某某处求工”，实际上已涉及了“气”之如何加工铸炼的问题。未加工的产品，何能取信于读者？自此后“炼气说”在后世诗话中益加盛行。

刘熙载言炼气的重要性时说：“言诗格者必及气，或疑太炼伤气，非也。伤气者，盖炼辞不炼气耳。”[②] 稍后的朱庭珍在其《筱园诗话》卷一里进一步强调“炼真气”：“在识者谓之道气，诗家谓之真气。所云炼气者，即炼此真气也。”[③] 果真炼出了诗之真气，何愁名不称霸于诗坛？

当然，这种炼真气的条件是极为苛刻的。朱庭珍诠释道：

> 及其用之（指真气）之际，则又镇之以理，主之以意，行之以才，达之以笔，辅之以理趣，范之以法度，使畅流于神骨之间，潜贯于筋节之内，随诗之抑扬断续，曲折纵横，奔放充满于中，而首尾蓬勃如一。（同上）

做到以上所要求的“理”、“意”、“才”、“笔”、“理趣”、“法度”之后，还得注意“敛之欲其深且醇，纵之欲其雄而肆，扬之则高浑，抑之则厚重，变化神明，存乎一心，此之谓炼气。”（同上）“存乎一心”，类同于托辞，仿佛故意误导人坠落于迷雾之中。因此，诗人在炼气的过程中，心荡神骇、不能自持是常有的事：“似乎气之为气，诚中形外，不可方物矣”。（同上）但此时也最接近于真理，他继续说道：“然外虽浩然茫然，如天风海涛，有摇五岳、腾万里之势，内实渊渟岳峙，骨重神寒，有沉静致远之志。帅气于中，为暗枢宰，若北辰之系众星，以静主动。此之谓醇而后肆，此之谓动而实静，故能层出不穷，不致一发莫收，一览易尽也。”（同上）炼气所要经历的波折苦难，足可震慑任何欲图染指炼气者。

朱庭珍有意将气之理论复杂化，并不能将所有饰掩得大雪无痕。事实上，他的“炼气说”并没有跳出养气的范畴。这一点，在其论述养气与炼气的关系时，泄露了天机：“盖养于心者，功在平日；炼于诗者，功在临时。养气为诗之体，炼气则诗之用也。”（同上）由此看来，平日的养气，无非是由临时

---

① （清）李重华：《贞一斋诗说·诗坛杂录》，近代丁福保辑：《清诗话》，上海古籍出版社 1978 年修订本，见第 933 页。

② （清）刘熙载：《诗概》，《清诗话续编》，上海古籍出版社 1983 年郭绍虞辑校点本，见第 2445 页。

③ （清）朱庭珍：《筱园诗话》卷一，《清诗话续编》，上海古籍出版社 1983 年郭绍虞辑校点本，见第 2332—2333 页。

的炼气组合的合成物而已。

将诗气加工好后，便是如何去使用气了。由于“气有清浊厚薄”之分[①]，故使用诗气时便显得百花争艳。例如，方东树的方法为济气以顿挫：“气势之说，如所云‘笔所未到气已吞’，‘高屋建瓴’，‘悬河泄海’，此苏氏所擅场。但嫌太尽，一往无余，故当济以顿挫之法。顿挫之说，如所云‘有往必收，无垂不缩’，‘将军欲以巧服人，盘马弯弓惜不发’，此惟杜、韩最绝，太史公之文如此，《六经》、周、秦皆如此。”[②] 与之相比，袁枚使用诗气的方法当要稳妥一些。《续诗品·理气》云：“吹气不同，油然浩然。要其盘旋，总在笔先。”[③] 袁枚之论，其精华在于写诗之前，便应将诗气涨满于诗人的心胸之中。只有这样，方可“汤汤来潮，缕缕腾烟。有余于物，物自浮焉。”（同上）也就是以气“自泽”于诗人及其作品。赵翼另举一帜，他采取的方法是：将诗气交给诗之“神（思想）”来指挥：“盖才气豪迈，全以神运，自不屑束缚于格律对偶，与雕绘者争长。然有对偶处，仍自工丽，且工丽中别有一种英爽之气，溢出行墨之外。”[④] 气有了思想，便方可纸上起棱，骨肉飞腾，令诗歌神采飞越。与之相比，稍后的方东树走得更远：“气之精者为神，必至能神，方能不朽”[⑤]，气最终与“神”合二为一。贺贻孙《诗筏》也注意到了“神”与气的统一：“诗文有神，方可行远。神者，吾身之生气也。”[⑥]

显然，以“神”来指挥气之使用，较他人用气的方法棋高一筹。因为诗歌与器物不一样，器物，有形无气，足可供使用；诗歌，则为主、客观相互结合的产物。诗之气，有如诗歌之气脉，行乎其间，气之精妙，在于其有“神（思想）”之统领。有神之气，乃诗人在创作中成功到达彼岸去寻找心目中的“伊人”所必备的舟楫。有了它，诗人便可含咀风骚之精华，鼓动汉魏风骨，采撷六朝玉藻，分辨盛唐气象，写尽天下好诗。

由此，明清诗话对诗气认识的探索过程为后人诗歌创作竖起了一面泽被百代、可资多方借鉴的铜镜。在这一“铜镜”面前，诗歌将会得益许多。

---

① （清）刘熙载：《诗概》，《清诗话续编》，上海古籍出版社1983年郭绍虞辑校点本，第2445页。

② （清）方东树：《昭昧詹言》卷一，人民文学出版社1961年汪绍楹校点本，第24页。

③ （清）袁枚：《续诗品·理气》，近代丁福保辑：《清诗话》，上海古籍出版社1978年修订本，第1030页。

④ （清）赵翼：《瓯北诗话》卷一《李青莲诗》，郭绍虞辑：《清诗话续编》，上海古籍出版社1983年校点本，第1139—1140页。

⑤ （清）方东树：《昭昧詹言》卷一，人民文学出版社1961年汪绍楹校点本，第25页。

⑥ （清）贺贻孙：《诗筏》，《清诗话续编》，上海古籍出版社1983年郭绍虞辑校点本，第136页。

第四节　若无滋味之物，谁复饮食？[1]

诗味为诗歌创作与风格的评审标准之一　唐人注重诗味，宋人将味应用至实践之中　“味”与“趣”的联合　诗味的美感效果　味不在于本味之中，而旨在味外之外　求真趣　味不可强同　各自喜好不同，直接影响着诗歌创作与批评　诗歌创作与批评之趣味本无固定的模式

诗之味为古代诗话论述较多的部分之一，讲究诗歌作品所应具有的耐人寻味的美感效果，以及真实性与艺术性高度完美统一的艺术形象。

味，本指饮食带给人的味觉，先秦时借以“味”来说明音乐给予人赏心悦耳的美感享受。《礼记·乐记》云：“清庙之瑟，朱弦而疏越，一唱而三叹，有遗音者矣；大飨之礼，尚玄酒而俎腥鱼，大羹不和，有遗味者矣。”[2] 西晋陆机《文赋》说：“或清虚以婉约，每除烦而去滥，阙大羹之遗味，同朱弦之清汜，虽一唱而三叹，固既雅而不艳。”[3] 陆机第一次用比喻音乐给人以美感享受之味来说明文学作品的艺术感染力，李善于文后注云：“言作文之体必须文质相半，雅艳相资；今文少而质多，故既雅而不艳，比之大羹而阙其余味。”（同上）刘勰《文心雕龙·隐秀》篇提出了“深文隐蔚，余味曲包”[4]的观点，赋予味以新的艺术美感。稍后，钟嵘首创滋味说：

五言居文词之要，是众作之有滋味者也。故云会于流俗，岂不以指事造形，穷情写物，最为详切者邪？[5]

以“有滋味”欢呼新的诗歌体裁之盛行，表明钟嵘对“味”的正确认识。

---

① （元）揭傒斯：《诗法正宗》，《格致丛书》本。

② 校刻者（清）阮元：《十三经注疏·礼记正义·乐记》，中华书局1980年影印本，第1528页。

③ （西晋）陆机：《文赋》，见梁萧统编，唐李善注《文选》卷一七，上海古籍出版社1986年版，第770页。

④ （梁）刘勰著，范文澜注：《文心雕龙注》卷一〇《序志第五十》，人民文学出版社1998年版，第633页。

⑤ （梁）钟嵘：《诗品》，（清）何文焕辑：《历代诗话》，中华书局1981年校点本，第3页。

同时，钟嵘还以“味”作为诗歌创作与风格的评审标准之一：

永嘉时，贵黄老，稍尚虚谈。于时篇什，理过其辞，淡乎寡味。爰及江表，微波尚传，孙绰、许询、桓、庾诸公诗，皆平典似《道德论》，建安风力尽矣。①

又云：

《晋黄门郎张协》其源出于王粲。文体华净，少病累。又巧构形似之言，雄于潘岳，靡于太冲。风流调达，实旷代之高手。调彩葱菁，音韵铿锵，使人味之亹亹不倦。②

以实实在在的滋味来取代稍尚虚谈的论诗标准，便会使得诗歌更耐人咀嚼。

与前人比，唐宋人对“味”的论述，愈加细致。唐司空图《与李生论诗》提出了“辨于味，而后可以言诗”的观点，第一次将味提高到无与伦比的地位上来。宋欧阳修则以味应用至实践中，借以来比较好友梅尧臣、苏舜钦的诗歌风格，神形毕肖：梅尧臣与苏舜钦齐名于一时，而二人诗歌风格迥然有异。苏舜钦笔力豪隽，以超迈横绝为奇；梅尧臣覃思精微，以深远闲淡为意。各极其长，虽善论者不能强分其优劣。他说：“余尝于《水谷夜行诗》略道其一二云：‘子美（苏舜钦）气尤雄，万窍号一噫，有时肆颠狂，醉墨洒滂霈。譬如千里马，已发不可杀。盈前尽珠玑，一一难拣汰。梅翁事清切，石齿漱寒濑。作诗三十年，视我犹后辈。文词愈精新，心意虽老大。有如妖韶女，老自有余态。近诗尤古硬，咀嚼苦难嘬。又如食橄榄，真味久愈在。苏豪以气轹，举世徒惊骇。梅穷独我知，古货今难卖。’语虽非工，谓粗得其仿佛，然不能优劣之也。”③ 实践的运用，使得“味”更加形象地深入到风格之内里。

宋苏轼一方面谈味，追求“味在咸酸之外”（《与李生论诗书》）；另一方面也谈与“味”意思相似的“趣”。清吴乔《围炉诗话》卷一谈其影响时说：

---

① （梁）钟嵘：《诗品》，（清）何文焕辑：《历代诗话》，中华书局1981年校点本，第2页。

② 同上书，第9页。

③ （宋）欧阳修：《六一诗话》，（清）何文焕辑：《历代诗话》，中华书局1981年校点本，第267—268页。

“子瞻云：‘诗以奇趣为宗，反常合道为趣。’此语最善。”无奇趣何以为诗？他继续言道：“反常而不合道，是谓乱谈；不反常而合道，则文章也。山谷云：‘双鬟女娣如桃李，早年归我第二雏。’乱谈也。尧夫《三皇》等吟，文章也。”① 稍后的惠洪干脆变“味”之称为“趣”，并言“趣”之有三：奇趣、天趣、胜趣。他解释何为奇趣时说：

奇趣，天趣，胜趣。《田家》：“高原耕种罢，牵犊负薪归。深夜一炉火，浑家身上衣。”江淹《效渊明体》：“日暮中柴车，路暗光已夕。归人望烟火，稚子候檐隙。”此二诗脱去翰黑痕迹，读之令人想见其处，此谓之奇趣也。（《石门洪觉范天厨禁脔·诗分为三种趣》）

其《冷斋夜话》卷五即以为，柳诗中饱含有奇趣，并深以苏轼的“诗以奇趣为宗”的号召为然：

柳子厚诗曰：“渔翁夜傍西岩宿，晓汲清湘然楚竹。烟消日出不见人，欸霭一声山水绿。回看天际下中流，岩上无心云相逐。”东坡云：“诗以奇趣为宗，反常合道为趣。熟味此诗有奇趣，然其尾两句，虽不必亦可。”欸霭，三（“三”，疑为“山”）老相呼声也。

《石门洪觉范天厨禁脔·诗分为三种趣》语天趣云：

《宫词》：“白发宫娥不解悲，满头犹自摘花枝。曾缘玉貌君王宠，准拟人看似旧时。”《大林寺》：“人间四月芬菲尽，山寺桃花始盛开。长恨春归无觅处，不知转入此中来。”此二诗，前乃杜牧之作，后白乐天作。其词语如水流花开，不假功力，此谓之天趣。天趣者，自然之趣耳。《东林寺作》：“昔为东掖垣中客，今作西方社里人。手把杨枝临水坐，闲思往事似前身。”

《冷斋夜话》卷四《五言四句诗得于天趣》例举天趣道：“吾弟超然喜论诗，其为人纯至有风味。尝曰：陈叔宝绝无肺肠，然诗语有警绝者，如曰：‘午醉醒来晚，无人梦自惊。夕阳如有意，偏傍小窗明’。王维摩诘《山中》

① （清）吴乔：《围炉诗话》卷一，《清诗话续编》，上海古籍出版社 1983 年郭绍虞辑校点本，第 475—476 页。

诗曰：‘溪清白石出，天寒红叶稀。山路元无雨，空翠湿人衣。’[①] 舒王《百家夜休》曰：‘相看不忍发，惨澹暮潮平。欲别更携手，月明洲渚生。’此皆得于天趣。予问之曰：‘句法固佳，然何以识其天趣？’超然曰：‘能言萧何所以识韩信，则天趣可言。’予竟不能诘，叹曰：‘微超然谁知之！’”天趣出于天然，不借人工而可至美，与老庄崇尚自然有着天然的血缘关系。

所谓胜趣为：

《长安道中》：“镜中白发悲来惯，衣上尘痕拂转难。惆怅江湖钓鱼手，却遮西日望长安。”前诗白乐天作，后诗杜牧之作。吐词气宛在事物之外，殆所谓胜趣也。（《石门洪觉范天厨禁脔》）

我们从惠洪《冷斋夜话》卷四《五言四句诗得于天趣》中的“其为人纯至有风味”，可看出其以“味”过渡到“趣”的影子，味既是趣，趣也就是味。

至南宋时，严羽承继惠洪的衣钵，倡导“兴趣说”，《沧浪诗话·诗辩》云：

夫诗有别才，非关书也，诗有别趣，非关理也。……盛唐诸人，惟在兴趣；羚羊挂角，无迹可求。故其妙处，透彻玲珑，不可凑泊，如空中之音，相中之色，水中之月，镜中之象，言有尽而意无穷。[②]

“兴趣说”是钟嵘“滋味说”在新的社会条件下所提出的不同说法。从此“味”与“趣”联在了一起，成为批评与考察诗歌风格、流派的主要标准之一。

诗味追求美感效果，故而古代诗话十分注重诗之辨味。清郎廷槐《师友诗传录》载王士禛与人辨答辨诗味之事。问：古人说：辨乎味，始可以言诗。那么诗之味，又是从哪里加以分辨呢？王士禛答道：“诗有正味焉。太羹元酒，陶匏茧粟，《诗》三百篇是也；加笾折俎，九献终筵，汉、魏是也；庖丁

① 《全唐诗》卷一二八载王维此诗名为《阙题二首》，其中，“溪清白石出”，为“荆谿白石出”。见《全唐诗》，上海古籍出版社1986年版，第299页。

② （宋）严羽：《沧浪诗话·诗辩》，（清）何文焕辑：《历代诗话》，中华书局1981年校点本，第688页。

鼓刀，易牙烹敖，燀薪扬芳，朵颐尽美，六朝诸人是也，再进而肴蒸盐虎，前有横吹，后有侑币，宾主道餍，大礼以成，初、盛唐人是也；更进则施舌瑶柱，龙鲊牛鱼，熊掌豹胎，猩唇驼峰，杂然并进，胶牙螯吻，毒口螫肠，如中、晚、玉川、昌谷、玉溪诸君是也；又进而正献既彻，杂肴错进，芭糁藜羹，薇蕨籧篨，矜鲜斗异，则宋、元是也，又其终而社酒野筵，妄拟堂庖，粗胾大肉，自名禁脔，则明人是也。凡此皆非正味也。"[①] 总之，欲知诗味，当观其世运，味与时代有着紧密的联系，如此便可以辨味了。作者以《诗经》为正味，后代均非正味，显失偏颇。但其鼓吹各代有各代之味，确为先见之明。

元揭傒斯《诗法正宗》崇尚司空图的味外味，也为灼见："四曰诗味。唐司空图教人学诗须识味外味，坡公尝举以为名言，如所举'绿树连村暗'，'棋声花院闲'，'花影午时天'等句是也。人之饮食为有滋味。若无滋味之物，谁复饮食也？为古人尽精力于此，要见语少意多，句穷篇尽，目中恍然，别有一番境界意思。而其妙者意外生意，境外见境，风味之美悠然辛甘酸咸之表，使千载隽永，常在颊舌。"故而深恶时人以声韵束缚于语言，"救过不暇，均为无味"："今人作诗，收拾好语，襞积故实，秤亭对偶，迁就声韵，此于诗道有何干涉？大抵句缚于律而无奇语，语周于意而无余，语句之间救过不暇，均为无味。槁壤黄泉，蚓而后甘其味耳。"（同上）倡导辨别真味："若学陶、王、韦、柳等诗，则当于平淡中求真味，初看未见，愈久不忘。如陆鸿渐品尝天下泉味，如杨子中嚅为天下第一水味，则淡非果淡，乃天下至味，又非饮食之味可比也。但知饮食之味者，已鲜知泉味又极鲜矣。"（同上）真味有真感觉，非假味可比，令人三月不知肉味。

宋胡仔《苕溪渔隐丛话后集》卷九以为辨味时应把注意力放在"其美常在酸咸之处"，其味当"皆在其间"："司空图曰：'文之难，而诗之难尤难。古今之喻多矣，而愚以为：辨于味而后可以言诗也。江岭之南，凡是资于适口者，若醯，非不酸也，止于酸而已，若鹾，非不咸也，止于咸而已。华之人所以充饥而遽辍者，知其咸酸之外，醇美者有所乏耳。彼江岭之人，习之而不辨也，宜哉。诗贯六义，则讽谕抑扬，渟蓄渊雅，皆在其间矣。然直叛所得，以格自奇，前辈诸集，亦不专工于此，矧其下者邪？王右丞、韦苏州，澄澹精致，格在其中，岂妨于道学哉？贾阆仙诚有警句，视其全篇，意思殊馁，大抵

① （清）郎廷槐：《师友诗传录》，近代丁福保辑：《清诗话》，上海古籍出版社 1978 年修订本，第 143—144 页。

寒涩，无可置才，而亦为体之不备也。’苕溪渔隐曰：‘东坡云：司空图论诗曰：梅止于酸，盐止于咸。饮食不可无盐梅，而其美常在酸咸之外。’此语与前语不同，盖东坡润色之，其语遂简而当也。”[①] 味不在于本味之中，而旨在味外之外。

那么，何种味好呢？宋陈知柔《休斋诗话》倡导野味：“人之为诗要有野意。盖诗非文不腴，非质不枯，能始腴而中枯，无中边之殊，意味自长。风人以来得野意者，惟渊明耳。如太白之豪放，乐天之浅陋，至于郊寒岛瘦，去之益远。”[②] 崇尚陶诗，厌恶郊寒岛瘦，实为个人之喜好。乔亿《剑溪说诗》卷下以诵诗喻诗云：“凡读诗宜沉缓而悠圆，其滋味自出，音节亦自有会心。”[③] 袁枚《随园诗话》卷七则以食物比诗：“味甜自悦口，然甜过则令人呕；味苦自螫口，然微苦恰耐人思。要知甘而能鲜，则不俗矣；苦能回甘，则不厌矣。凡作诗献公卿者，颂扬不如规讽。余有句云，‘厌香焚皂荚，苦腻慕蒿芹。’”[④] 言微苦耐人思、苦能回甘，自有一定的道理，但以此得出“作诗献公卿者，颂扬不如规讽”的结论，便只能是作者的书生之见了。

吴雷发《说诗菅蒯》言味为：“人大率爱饧而恶橄榄。夫橄榄固不及荔枝，然其回味则可以补荔枝所不逮。故不能为荔枝，亦当为橄榄，断不可以爱饧者众，而学为饧也。”[⑤] 清张谦宜《絸斋诗谈》卷一暗熟多种“味”，令人不知所措，如称“老、辣”味道：“诗要老辣，却要味道，正如美酒好醋，于本味中严烈而有余力。然苦者自苦，酸者自酸，不相假借处，各有本等。大约‘老’字对‘嫩’字看。”[⑥] 老和嫩对于诗歌而言，凡用字造句妥帖稳当，即老味。‘辣’字对‘嫩’字看，凡字句中不油滑、不猥琐、不卑靡、不甜熟，即辣味。他解释说：“惟洒落最近辣，逆鼻、伤人、螫口不可近者，正不得援辣以自解。‘老’字头项甚多，如悲壮有悲壮之老，平淡有平淡之老，秾艳有秾艳之老。今匠人以竹木之成就者谓之老，以此思之可也。”（同上）称涩为妙者：“诗有以涩为妙者，少陵诗中有此味，宜进此一解。涩对滑看，如碾玉

---

① （宋）胡仔：《苕溪渔隐丛话后集》卷九，清乾隆刻本。

② （宋）陈知柔：《休斋诗话》，《宋诗话全编》第四册，江苏古籍出版社 1998 年版，第 4362 页。

③ （清）乔亿：《剑溪说诗》卷下，《清诗话续编》，上海古籍出版社 1983 年郭绍虞辑校点本，第 1098 页。

④ （清）袁枚：《随园诗话》，人民文学出版社 1982 年顾学颉校点本，第 231 页。

⑤ （清）吴雷发：《说诗菅蒯》，近代丁福保辑：《清诗话》，上海古籍出版社 1978 年修订本，第 901 页。

⑥ （清）张谦宜：《絸斋诗谈》卷一，《清诗话续编》，上海古籍出版社 1983 年郭绍虞辑校点本，第 793 页。

为山，终不到天然英石之妙。”（同上）还有称冷味者：“诗得性情之正者，亦须有冷味乃妙。如《三百篇》清庙明堂之作，其严肃坚凝处皆冷也。”（同上）另有称味纯正者：“诗贵蕴籍，正欲使味无穷耳。”（同上）称味道深长者：“意浑则味长，意露则透快而味短。硃砂之未被者，谓之浑宝，以其精力凝结也。又如果之皮肉、核仁、汁水、香味尚在一个时，亦谓之浑。”（同上）各味有各味之妙，互不可替代。

千人千味，众口难调。明陆时雍《诗镜总论》“求真趣”之说，似乎是解决此问题的最佳选择：“诗贵真，诗之真趣，又在意似之间。认真则又死矣。柳子厚过于真，所以多直而寡委也。《三百篇》赋物陈情，皆其然而不必然之词，所以意广象圆，机灵而感捷也。”[①] 《诗经》为真味最多者。明江盈科《雪涛诗评》进而认为，真诗有时虽不尽佳，但是，其中必有真趣：“凡为诗者，若系真诗，虽不尽佳，亦必有趣。若出于假，非必不佳，即佳亦自无趣。”[②] 清丘炜萲《五百石洞天挥麈》卷七也认为，诗以有真意生气者为上，有趣者次之：“诗以有真意生气者为上，所谓万象在旁，神与古会也。用趣者次之。然诗中确有此一体，自不可废，惟不可太纤、太雕镂，欲求生而反死，至贼意而帝辞，是为要诀。”[③] 诗歌太雕琢便失去了真的味道，也便没有生命力了。

贺贻孙《诗筏》提出了兴趣为诗的重要性：“诗以兴趣为主，兴到故能豪，趣到故能宕。释子兴趣索然，尺幅易窘，枯木寒岩，全无暖气，求所谓纵横不羁，潇洒自如者，百无一二，宜其不能与才人匹敌也。每爱唐僧怀素草书，兴趣豪宕，有‘椎碎黄鹤楼，踢翻鹦鹉洲’之概。使僧诗皆如怀素草书，斯可游戏三昧，夺李、杜、王、孟之席，惜吾未见其人也。”[④] 这里的兴趣，实际上也就是诗之味。宋魏泰强调味自当各有味不一，不可强同。他举例说：“顷年尝与王荆公评诗，予谓：‘凡为诗，当使挹之而源不穷，咀之而味愈长。至如永叔之诗，才力敏迈，句亦清健，但恨其少余味尔。’荆公曰：‘不然，如：行人仰头飞鸟警之句，亦可谓有味矣。’然余至今思之，不见此句之佳，

---

① （明）陆时雍：《诗镜总论》，《历代诗话续编》，民国五年（1916）无锡丁氏排印本。

② （明）江盈科：《雪涛诗评》，《全明诗话》，齐鲁书社 2005 年周维德辑校本，第 2751 页。

③ （清）邱炜萲：《五百石洞天挥麈》卷七，《续修四库全书》集部，第 1708 册，上海古籍出版社 2004 年版，第 183 页。

④ （清）贺贻孙：《诗筏》，《清诗话续编》，上海古籍出版社 1983 年郭绍虞辑校点本，第 192 页。

亦竟莫原荆公之意。信乎，所见之殊，不可强同也。”[①] 陆时雍《诗镜总论》甚至以为“无味者”也是好诗：“庾肩吾、张正见，其诗觉声色臭味俱备。诗之佳者，在声色臭味之俱备，庾、张是也。诗之妙者，在声色臭味之俱无，陶渊明是也。”[②] 趣之深浅俱佳，深情浅趣，深则情，浅则生趣：“杜子美云：‘桃花一簇开无主，不爱深红爱浅红。’余以为深浅俱佳，惟是天然者可爱。”[③] 以陶渊明为“无味”的代表，杜甫为“趣浅”之领袖，表明陆时雍已跳出“味”的窠臼。张戒《岁寒堂诗话》卷上与陆明雍的意见相反：“谢康乐‘池塘生春草’，颜延之‘明月照积雪’[④]，谢玄晖‘澄江静如练’，江文通‘日暮碧云合’，王籍‘鸟鸣山更幽’，谢真‘风定花犹落’，柳恽‘亭皋木叶下’，何逊‘夜雨滴空阶’，就其一篇之中，稍免雕镌，粗足意味，便称佳句。然比之陶、阮以前苏、李古诗，曹、刘之作，九牛一毛也。大抵句中若无意味，譬之山无烟云，春无草树，岂复可观？”[⑤] 所谓“粗足意味，便称佳句”，不免有不辨是非之虞。

人们对“味”之多寡、各色成分的各自喜好，直接影响着诗歌的创作与诗歌的批评，同时也决定着诗人如何去写诗歌。那么，诗歌怎样写，才能最大限度地使味发生作用呢？清袁枚给诗定标准云：“诗，如言也，口齿不清，拉杂万语，愈多愈厌。口齿清矣，又须言之有味，听之可爱，方妙。若村妇絮谈，武夫作闹，无名贵气，又何藉乎？其言有小涉风趣，而嚅嚅然若人病危，不能多语者，实由才薄。”[⑥] 言之有味方才会是好诗。元范德机《木天禁语》则认为，“诗若含糊便有余味”：“辞简意味长，言语不可明白说尽，含糊则有余味。如：‘步出城东门，怅望江南路。前日风雪中，故人从此去。’‘床前明月光，疑是地上霜。举头望明月，低头思故乡。’‘开帘见新月，便即下阶拜。细语人不闻，北风吹裙带。’”[⑦] 这里的“含糊”，实质上也就是含蓄，做到了含蓄，诗才能有回味的味道，显然这与每个人的兴趣有关。

---

① （宋）魏泰：《临汉隐居诗话》，（清）何文焕辑：《历代诗话》，中华书局 1981 年校点本，第 323—324 页。

② （明）陆时雍：《诗镜总论》，近代丁福保辑：《历代诗话续编》，中华书局 1983 年校点本，第 1409 页。

③ 同上书，第 1418 页。

④ 此句本为谢灵运《岁暮诗》的句子，张氏引文误。

⑤ （宋）张戒：《岁寒堂诗话》卷上，近代丁福保辑：《历代诗话续编》，中华书局 1983 年校点本，第 450 页。

⑥ （清）袁枚：《随园诗话》卷三，人民文学出版社 1982 年顾学颉校点本，第 82 页。

⑦ （元）范德机：《木天禁语》，（清）何文焕辑：《历代诗话》中华书局 1981 年校点本，第 746 页。

托名唐王昌龄《诗中密旨》以为诗中理得其趣为上品：“得趣一，谓理得其趣，咏物如合砌为之上也。诗曰：‘五里徘徊鹤，三声断续猿。如何俱失路，相对泣离樽’是也。得理二，谓诗首末确语不失其理，此谓之中也。诗曰：‘世胄蹑高位，英俊沉下僚’是也。得势三，诗曰：‘孟春物色好，携手共登临，放旷丘园里，逍遥江海心。’”叶燮《原诗·内编下》释“理”云：“譬如一木一草，其能发生者，理也。”① 相形之下，清马平泉《挑灯诗话》卷二较为客观，以为写诗当注意“理、趣并宜”不能单独强调“理”或“趣”：“诗有别趣，非关理也。然离理而趣亦不永。善诗者理、趣并宜，无可区分，若只摭实说理，便是儒先语录，于诗道无涉。”清林昌彝将“趣”视之为诗之“三要”中的第三要：“诗之要有三：曰格、曰意、曰趣而已。格以辨其体，意以达其情，趣以臻其妙也。体不辨则入于邪陋，而师古之义乖，情不达则堕于浮虚，而感人之实浅，妙不臻则流于凡近，而超俗之风微。三者既得，而后典雅、冲淡、豪俊、秾缛、幽婉、奇险之辞，变化不一，随所宜而赋焉。如万物之生，洪纤各具乎天；四序之行，荣惨各适其职。又能声不违节，言必止义，如是而诗之道备矣。”② 清徐增《而庵诗话》将“趣”摆在了第一位：“作诗之道有三：曰寄趣，曰体裁，曰脱化。今人而欲诣古人之域，舍此三者，厥路无由。”③ 贺贻孙与徐增的做法与宋张戒《岁寒堂诗话》卷上倡导的不同：“诗人之工，特在一时情味，固不可预设法式也。”④ “趣味”排列第几，并不影响诗话对其重视的程度。

诗歌创作与批评之趣味本无固定的模式，就诗人来言，全在作者思想内容、生活基础及写作技巧之独具匠心上面；对于批评者来说，批评者的人生经历、个性喜好不同，所体会出的诗之味道也就会有所不同。贺贻孙《诗筏》曾将李、杜、韩、苏之诗文与后代名家诗文相比，他发现前后效果各不相同：“李、杜诗，韩、苏文，但诵一二首，似可学而至焉，试更诵数十首，方觉其妙。诵及全集，愈多愈妙。反复朗诵至数十百过，口颔涎流，滋味无穷，咀嚼不尽。乃至自少至老，诵之不辍，其境愈熟，其味愈长。”⑤ 多读自然能理会

---

① （清）叶燮：《原诗·内编下》，人民文学出版社 1998 年霍松林校注本，第 21 页。

② （清）林昌彝：《海天琴思录》卷一，清同治三年刻本。

③ （清）徐增：《而庵诗话》，近代丁福保辑：《清诗话》，上海古籍出版社 1978 年修订本，第 426 页。

④ （宋）张戒：《岁寒堂诗话》卷上，近代丁福保辑：《历代诗话续编》，中华书局 1983 年校点本，第 453 页。

⑤ （清）贺贻孙：《诗筏》，《清诗话续编》，上海古籍出版社 1983 年郭绍虞辑校点本，第 135 页。

其中的奥妙，趣味便也发挥了最好的效益。反之，后代名家诗文，“偶取数首诵之，非不赏心惬目，及诵全集，则渐令人厌，又使人不欲再诵。”（同上）后世作家由于种种的条件的局限，自然不会如同李、杜、韩、苏那样，以个人之独到的匠心去抒写其心中的情怀，为李、杜、韩、苏超越他人的内在原因。

学习前代诗歌，不可生吞活剥。诸如熊掌、豹胎，味之最不易得，然若生吞活剥，其味道不如一蔬一笋；牡丹、芍药，百花之王，偶尔剪彩，其趣顿失，不如野蓼山葵。故寻求趣味，味得其鲜，趣欲其真，论诗也是如此。

第五章　不知古人之世，不可妄论古人之文辞也[①]

古代诗话在批评古诗歌的过程中，充分注意到了时代与诗人对于诗歌质量所起的关键作用。同时古诗话以批评的眼光，钩深致远地探求了时代、诗人与诗歌的相互关系。

第一节　文变染乎世情，兴废系乎时序[②]（上）

时代与诗风不离不弃　时代对于诗歌的决定性力量　时代使得历代诗风争妍斗艳　时代变迁与诗风变化　不可凭主观之强力，完成追及前代诗风的行为　溟茫的“气运”、“天工”　时代与诗风之间的内在关系

关于批评时代与诗风关系之谜解，早在孟子之时，似乎便已懵懂地触其脉搏。《孟子·万章下》说：“颂其诗，读其书，不知其人可乎？是以论其世也。”《离娄下》篇也道：“王者之迹熄而《诗》亡，诗亡然后《春秋》作。”不过，孟子的言论还没有真正点中批评时代与诗风不离不弃之要害。后来的《礼记·乐记》高唱“声音之道，与政通矣”之歌，走出了孟子所设的藩篱，其著名理论——“治世之音安以乐，其政和；乱世之音怨以怒，其政乖；亡国之音哀以思，其民困”，代表了时代的心声。一时间，效法者趋之若鹜，

---

① （清）章学诚：《文史通义》第一册卷三《内篇三·文德》，商务印书馆1932年版，第81页。

② （梁）刘勰著，范文澜注：《文心雕龙注》卷九《时序第四十五》，人民文学出版社1998年版，第675页。

《毛诗序》便苦心效颦，重复过同样的话。

遗憾的是，这种能令百雀随舞之论述，当时展现给世人的，还仅仅为一鳞半爪。至东汉季世，诗风与时代的关系，依旧雾锁庐山。直待南朝梁时，才被刘勰拨开阴霾一角，透露出绚烂的光彩。《文心雕龙·时序》描述道："时运交移，质文代变。""歌谣文理，与世推移，风动于上，而波震于下者也。""文变染乎世情，兴废系乎时序。原始以要终，虽百世可知也。"刘勰珠玑之论，文采炳蔚、博宏深长，后世诗论一时难以望脊，但其曲高和寡，未成洪流。加之艰深晦涩的言辞，堪如屠龙高技，令凡人迷堕烟海。故而在古代诗论家脚下之路，依旧是一条荆棘丛生的坎途。

真正全面负起拓荒使命的是宋代欧阳修之后勃然兴起的古诗话。与《文心雕龙》、《诗品》等宏论相比，古诗话大多乏骈偶藻俪、典雅精工之美，且贱鄙如木屑、马勃，难登大雅之堂。然竹头木屑，尚佐杞梓之用；牛溲马勃，并同参苓之效。在巨人的面前，古诗话并没有自惭形秽，而是集思广益，弥补了前贤一人一识的弊端，对时代与诗风关系之谜进行了多层次、多角度的探索。

古诗话对时代与诗风关系的谜底拆解，其落脚点为：时代对于诗风蕴藏有决定性的力量，而这一认识，逐渐成为诗论者的共识。宋严羽《沧浪诗话·诗评》曾提出过各代自有各自诗风的论断："大历以前，分明别是一副言语；晚唐分明别是一副言语；本朝诸公分明别是一副言语。"① 至于其原因，严羽未及深究，仅仅要求诗评者对待上述现象应该"具一只（慧）眼"而已。相形之下，明李东阳的《麓堂诗话》所言更为好理解一些："汉、魏、六朝、唐、宋元诗，各自为体，譬之方言，秦、晋、吴、越、闽、楚之类，分疆画地，音殊调别，彼此不相入。"② 形象的比喻，使这位茶陵诗派的领袖深切地感受到了时代的超凡功力，他不禁悲怆地言道："然则人囿于气化之中，而欲超乎时代土壤之外，不亦难乎！"（同上）时代土壤对于不同时代之诗人形成汉、魏、六朝、唐、宋不同诗风起着决定性的作用。任何人不能跳出凡尘，而另寻一片净土。有如醉眼迷蒙的阮籍，驾车远郊寻求心灵的安宁，其结果只会是迷途恸哭而返，去写一些晦涩的《咏怀》诗歌，以寄托自己情怀。

清沈德潜《说诗晬语》卷上也曾以阮籍为例，喟叹时代之不可抗拒的力

---

① （宋）严羽：《沧浪诗话·诗评》，（清）何文焕辑：《历代诗话》，中华书局1981年校点本，第695页。

② （明）李东阳：《麓堂诗话》，近代丁福保辑：《历代诗话续编》，中华书局1983年校点本，第1383页。

量："阮公《咏怀》，反复零乱，兴寄无端，和悦哀怨，俶诡不羁，读者莫求归趣，遭阮公之时，自应有阮公之诗也。"[①] 阮籍的时代，决定了阮籍诗歌的诗风，而不是其他。牟愿相《小澥草堂杂论诗》则以韩愈诗风为例，道出了同样的甘苦："盛唐只是厚，中唐只是畅。昌黎诗古奥诘曲，不能上口，而妨于厚，盖以畅故。"[②] 郎廷槐《师友诗传录》说得更为直接："时代不同，风气自变。"[③] 时代使得历代诗风争妍斗艳。诗风只能在时代的圈子里，由时代决定着诗风的品位。黄宗羲《南雷文集》附《撰杖集·陈苇庵年伯诗序》举例说："向令《风》、《雅》而不变，则诗之为道，狭隘而不及情，何以感天地而动鬼神乎？是故汉之后，魏、晋为盛；唐自天宝而后，李、杜始出；宋之亡也，其诗又盛。无他，时为之也。"[④] 王士禛亦云："后人之不能汉、魏，犹汉、魏之不能风雅，势使然也。"[⑤] "时"与"势"，均指历史发展之命运。

在上述清人诗话的笔下，"时"、"势"犹如不可阻挡的滔天巨流一般，荡涤着行进途中所遇到的一切，无论对何朝何代的诗风批评均不可幸免。故而当一个时代变迁时，诗风便会发生变化。以至于故人不能识。赵翼《瓯北诗话》卷八论元好问诗风就是一例："元遗山才不甚大，书卷亦不甚多，较之苏、陆，自有大小之别。……（然）又值金源亡国，以宗社丘墟之感，发为慷慨悲歌，有不求而自工者，此固地为之也，时为之也。"[⑥] 不同之"地"，与相异之"时"，竟然令元好问诗风事关家国，声泪俱下，"较胜于苏、陆"[⑦]，这是连元好问本人都未曾预料到的。明胡应麟也说："五七言律，晚唐尚有一联半首可入盛唐，至绝句，则晚唐诸人愈工愈远，视盛唐不啻异代。"[⑧] 时代的超异常力量，使得各时代之诗风不能凭主观之强力，来完成追及前代诗风的行为。

时代的变异不仅使诗风改颜换面，且时过境迁再不可得。元人吴师道以敏

---

① （清）沈德潜：《说诗晬语》卷上，近代丁福保辑：《清诗话》，上海古籍出版社 1978 年修订本，第 531 页。

② （清）牟愿相：《小澥草堂杂论诗》，《清诗话续编》，上海古籍出版社 1983 年郭绍虞辑校点本，第 923 页。

③ （清）郎廷槐：《师友诗传录》，近代丁福保辑：《清诗话》，上海古籍出版社 1978 年修订本，第 140 页。

④ （清）黄宗羲：《南雷文集》附《撰杖集·陈苇庵年伯诗序》，《四部丛刊》本。

⑤ （清）王士禛：《带经堂诗话》卷一，人民文学出版社 1963 年版，1998 年戴鸿森校点本，第 25 页。

⑥ （清）赵翼：《瓯北诗话》卷八，人民文学出版社 1981 年霍松林、胡主佑校点本，第 117 页。

⑦ 同上。

⑧ （明）胡应麟：《诗薮》内篇卷六，上海古籍出版社 1979 年版，第 109 页。

锐的洞察力谙晓其理，他在《吴礼部诗话》中说：“自储光羲而下，王建、崔颢、陶翰、崔国辅皆开元、天宝间人，词旨淳雅，盖一时风气所钟如此，元和以后，虽波涛阔远，动成奇伟，而求其如此等邃远清妙，不可得也。”① 以小李、杜之卓越，尚且被拒门外，何况晚唐皮日休、杜荀鹤之流？故而明、清许多诗话，将这种主宰诗风的力量归之为冥茫的“气运”、“天工”。胡应麟说：“盛、中、晚界限斩然，故知文章关气运，非人力。”② 清费锡璜《汉诗总说》也耳提面命地告诫后人：“《三百篇》后，汉人创为五言，自是气运结成，非人力所能为。……天成者，如天生花草。岂人翦裁点缀所能仿佛！”③ 清施补华《岘佣说诗》以唐诗为例总结道：“七律至中唐而极秀，亦至中唐而渐薄。盛唐之浑厚，至中唐日散；晚唐之纤小，自中唐日开。故大历十子七律，在盛衰关头，气运使然也。”④ 相比较而言，清陈仅《竹林答问》的想象力最为丰富：“使李、杜生建安、正始，亦能为子建、嗣宗；使东坡生天宝、元和，亦能为杜、韩。十五《国风》多闾巷妇女所作，谓李、杜、韩、苏不及成周之闾巷妇女，恐无此理。”⑤ 由此得出结论说：“古今诗人之不相及，非其才质逊古，运会限之也。”（同上）使人无奈的神秘“气运”，似乎越发令怵惕的古人俯首帖耳。

能于“气运”、“天工”浪嚣尘上之时砥柱中流者，当以明人王世贞最为刚烈。《艺苑卮言》卷三喟叹道：“诸仙诗在汉则汉，在晋则晋，在唐则唐，不应天上变格乃尔，皆其时人伪为之也。”⑥ 承认汉、晋、唐各代诗风不一，转而对上天决定作用之否定，将目光放在“时人”之上，显然是一种进步。不过，若其与那些苦陷“气运”、“天工”之大潮者相比，孤掌难鸣，终不成气候。

反之，苦陷大潮不能自拔者，亦被“气运”、“天工”的神魔力量弄得摸不着头脑。陈仅《竹林答问》里的诗作者即体现了这种混沌朦胧的心态：“休文（指南朝齐梁诗人沈约）何能为力！夫古诗之不能不为唐律，此声音之自

---

① （元）吴师道：《吴礼部诗话》，近代丁福保辑：《历代诗话续编》，中华书局1983年校点本，第611页。

② （明）胡应麟：《诗薮》内篇卷六，上海古籍出版社1979年版，第59页。

③ （清）费锡璜：《汉诗总说》，近代丁福保辑：《清诗话》，上海古籍出版社1978年修订本，第943页。

④ （清）施补华：《岘佣说诗》，近代丁福保辑：《清诗话》，上海古籍出版社1978年修订本，第993页。

⑤ （清）陈仅：《竹林答问》，《清诗话续编》，上海古籍出版社1983年郭绍虞辑校点本，第2222页。

⑥ （明）王世贞：《艺苑卮言》卷三，近代丁福保辑：《历代诗话续编》，中华书局1983年校点本，第999页。

然，即作者亦不知其然而然。”[①] 比之陈仅，清薛雪似乎要清醒一些，他明确地宣称，所谓“运会（气运）”实为“时代”耳：“运会日移，诗亦随时而变。”[②] 又云：“际文明极盛之运，当教化普被之时，声律多正。奉忠义之心，倾济世之志，进不偶用，退不获安，则正、变相半。身经丧乱，目击流离，则纯乎变矣。此诗道之运会，不得不然之数，作者也不知其然而然者也。”[③] 不过，清诗话中相信“运会”的这种使诗人不知其所然的神秘作用，是今人所始料不及的。清钱泳《履园谭诗》畅谈古今诗歌演变史，即走向了极端：“诗之为道，如草木之花，逢时而开，全是天工，并非人力。溯所由来，萌芽于《三百篇》，生枝布叶于汉、魏，结蕊含香于六朝，而盛开于有唐一代。至宋、元则花谢香消，残红委地矣；间亦有一枝两枝晚发之花，率精神薄弱，叶影离披，无复盛时光景。……花之开谢，实由于时，虽烂漫盈园，无关世事。则人亦何苦作诗，亦何必刻集哉？”[④] 今天看来，“全是天工”与“气运”、“运会”一样，在一定程度上揭示了时代与诗风之间的内在关系，然“并非人力”便不能使人臣服了。大至文坛泰斗杜甫，一生“颇学阴何苦用心”[⑤]，创己独特诗风，成一代诗圣；小到末流诗人刘得仁，吟己写作“到晓改诗句，四邻嫌苦吟”[⑥]，对诗风一丝不苟的态度，实际上都应归之为人力。至于钱泳悲观地以为“作诗”、“刻集”，全属无效劳作，当与痴人说梦一般，令人啼笑皆非。

第二节　文变染乎世情，兴废系乎时序[⑦]（下）

时代与诗风关系中诗人的作用　诗风与国祚紧密关联　时代之分与诗风之分　文盛世衰与世衰文盛　肯定“变”的合理性　变在于人为之主观努力

---

① （清）陈仅：《竹林答问》，《清诗话续编》，上海古籍出版社1983年郭绍虞辑校点本，第2227页。

② （清）薛雪：《一瓢诗话》，近代丁福保辑：《清诗话》，上海古籍出版社1978年修订本，第687页。

③ 同上书，第693页。

④ （清）钱泳：《履园谭诗》，近代丁福保辑：《清诗话》，上海古籍出版社1978年修订本，第872—873页。

⑤ 《全唐诗》卷二二六杜甫《解闷十二首》，上海古籍出版社1986年剪贴缩印本。

⑥ 《全唐诗》卷五四四刘得仁《夏日即事》，上海古籍出版社1986年剪贴缩印本。

⑦ （梁）刘勰著，范文澜注：《文心雕龙注》卷九《时序第四十五》，人民文学出版社1998年版，第675页。

那么，古代诗话里，诗人在时代与诗风的关系中的作用到底如何呢？清佚名《静居绪言》论述二者关系时，潜意识地谈到了人的作用："然《国风》辞多蕴藉，变雅则语类尽情。盖（诗人）所遇不同，虑关近远，或冀闻声之可悟，或慨枉志之难伸。"① 相形之下，明人诗话看得反倒比清佚名更深入一些，胡子厚摆出一副不畏权贵的架势言道："诗之盛衰，系于人之才与学，不因上之（指朝廷的举措）所取也。"② 胡应麟《诗薮》外篇卷六论述得更为具体："宋近体人以代殊，格以人创，巨细精粗，千歧万轨。"③ 内篇卷一也说："《风》、《雅》之规，典则居要；《离骚》之致，深永为宗；古诗之妙，专求意象；歌行之畅，必由才气；近体之攻，务先法律，绝句之构，独主风神：此结撰之殊途也。兼裒总挈，集厥大成；诣绝穷微，超乎彼岸。轨筏具存，在人而已。"④ 万事亨通，如何能镂月裁云，人在起着决定性的作用。

言人人殊的观点及诗话内部自相矛盾的说法，令身处于生产力不发达的古人，无法举手措足。无怪乎清郎廷槐《师友诗传录》，在多少人已经意识到了时代的变迁，对诗风的变化有着深刻影响的事实后，依然疑窦丛生地提出了令几代哲人喋喋告诫不休的问题："天道由质而趋文，人道由约而趋盈，诗道由雅而趋靡。诗之变也，其世变为之乎？"否定之否定似的反复，不得不使一些学者掩上书本，从更广阔的天地里去寻求答案。叶燮《原诗》内篇上试图从政治气候的角度，揭开时代与诗风相互关联的神秘盖子："且夫《风》、《雅》之有正有变，其正变系乎时，谓政治、风俗之由得而失，由隆而污，此以时言诗，时有变而诗因之。"⑤ 其言不啻幽黑的夜空倏地划过一颗闪亮的流星。

事实上，叶燮的做法，可以上溯至宋人的诗话。例如，洪迈《容斋诗话》卷一的分析便发人深省："唐人歌诗，其于先世及当时事，直辞咏寄，略无避隐。至宫禁嬖昵，非外间所应知者，皆反复极言，而上之人（指皇帝）亦不为罪。……今之诗人不敢尔也。"⑥ 稍后的严羽，在其《沧浪诗话·诗评》也极力强调政治势力的作用："唐以诗取士……我朝之诗所以不及也。"⑦

---

① （清）佚名：《静居绪言》，《清诗话续编》，上海古籍出版社 1983 年郭绍虞辑校点本，第 1631 页。

② （明）杨慎：《升庵诗话》卷七，近代丁福保辑：《历代诗话续编》，中华书局 1983 年校点本，第 773 页。

③ （明）胡应麟：《诗薮》外篇卷六，上海古籍出版社 1979 年版，第 230 页。

④ （明）胡应麟：《诗薮》内篇卷一，上海古籍出版社 1979 年版，第 1 页。

⑤ （清）叶燮：《原诗》内篇上，人民文学出版社 1998 年霍松林校注本，第 7 页。

⑥ （宋）洪迈：《容斋诗话》卷一，上海涵芬楼《学海类编》本，第 54 册。

⑦ （宋）严羽：《沧浪诗话·诗评》，（清）何文焕辑：《历代诗话》，中华书局 1981 年校点本，第 695 页。

传统认识的断绝，加之螺旋似的反复，使得蹈袭洪迈之举的严羽，遭到了明人的蜂起攻击。王世贞《艺苑卮言》卷四断然否定："人谓唐以诗取士，故诗独工，非也。"① 胡子厚曾不留情面地说："人有恒言曰：唐以诗取士，故诗盛；今代以经义选举，故诗衰。此论非也。"② 孰是孰非，无关痛痒。然诗风与国祚紧密关联，经过几朝几代的反复论争，成了更多古代诗话的共识。朱庭珍《筱园诗话》卷一代表清诗话总结道："诗运衰而国祚亦尽矣。此古今诗升降之大略也。"③ 王世贞也老于世故地鼓吹诗风共有"治世"、"乱世"、"亡国"④ 三种声音。

王世贞的老生常谈，标志着明诗话业已重新祭起声音之道与政相通的传统大旗。时明则歌咏，世暗则讥刺。同一王朝亦可存在诗风不一的现象。由此，治世之音与乱世诗风虽一朝却迥然有异。开此先例，稍后的胡应麟在其《诗薮》内篇卷六中依样画瓢，将此公式灵活运用到了分辨四唐诗风之中："盛唐绝句，兴象玲珑，句意深婉，无工可见，无迹可寻。中唐遽减风神，晚唐大露筋骨，可并论乎？"⑤ 四唐诗风不可同日而语有了理论依据。内篇卷四进而例举说："曲江之清远，浩然之简淡，苏州之闲婉，浪仙之幽奇，虽初、盛、中、晚，调迥不同。"⑥ 胡氏之言，惹得清叶矫然极不以为然，鲠言抗曰："燕公、曲江亦初亦盛，孟浩然、王维亦盛亦初，钱起、皇甫冉亦中亦盛，如此论人论世，谁不知之？夫所谓初、盛、中、晚者，亦不过谓其篇什格调中同者十八，不同者十二，大概言之而已，非真有鸿沟之画，改元之号也。"⑦ 时代之分，于古诗话里终于演变为诗风之分。胡、叶四唐是否有鸿沟之界的舌辩，即是如此。

明田艺蘅《香宇诗谈》基于诗风关系着国家气运的特点，从批评的角度

---

① （明）王世贞：《艺苑卮言》卷四，近代丁福保辑：《历代诗话续编》，中华书局 1983 年校点本，第 1015 页。

② （明）杨慎：《升庵诗话》卷七，近代丁福保辑：《历代诗话续编》，中华书局 1983 年校点本，第 773 页。

③ （清）朱庭珍：《筱园诗话》卷一，《清诗话续编》，上海古籍出版社 1983 年郭绍虞辑校点本，第 2330 页。

④ （明）王世贞：《艺苑卮言》卷四，近代丁福保辑：《历代诗话续编》，中华书局 1981 年点校本，第 1017 页。

⑤ （明）胡应麟：《诗薮》内篇卷六，上海古籍出版社 1979 年版，第 114 页。

⑥ （明）胡应麟：《诗薮》内篇卷四，上海古籍出版社 1979 年版，第 59 页。

⑦ （清）叶矫然：《龙性堂诗话初集》，《清诗话续编》，上海古籍出版社 1983 年郭绍虞辑校点本，第 950—951 页。

入手，另辟一路，来辨识时代与诗风的面目："诗关气运，此语诚然。固不特《周》、《召》、《郑》、《卫》，皎然可辨也。汉世浑厚高古，魏国雄俊秀发，两晋平典风丽，六代富艳绮靡。汉称东都，魏首建安；太康、永嘉，体分二轴，宋、齐、梁、陈，气出一机。精鉴详评，自然可别。"明王文禄《文脉》卷一上承欧阳修"穷而后工"的观点，透视到了问题的另一方面，提出了"世衰文盛"的主张："或曰：'文盛，世必衰。'曰：'非也，世衰而后文盛也。盖人才不效用于上，而遗弃于下，则精神不敷于实行，而光彩徒耀于空言。惜夫！'"遗憾的是，王氏对此观点并未深究。

这种以时代来划分诗风之优劣的做法，并未得到大多数清人诗话的认同。王士禛《带经堂诗话》卷三即倡导学诗未必越学远古越好："唐有诗，不必建安、黄初也；元和以后有诗，不必神龙、开元也；北宋有诗，不必李、杜、高、岑也。"[①] 吴雷发《说诗菅蒯》则说："论诗者往往以时之前后为优劣，甚而曰宋诗断不可学。彼盖拾人唾余，钝者以之自欺，黠者以之欺人。"[②] 叶燮甚至颊上添毫般地鼓吹说：若就初、盛、中、晚四唐来看，晚唐诗风为"商音"，并不劣于前三唐："论者谓晚唐之诗，其音衰飒。然衰飒之论，晚唐不辞；若以衰飒为贬，晚唐不受也。夫天有四时，四时有春秋，春气滋生，秋气肃杀。滋生则敷荣，肃杀则衰飒，气之候不同，非气有优劣也。使气有优劣，春与秋亦有优劣乎？故衰飒以为气，秋气也。衰飒以为声，商声也。俱天地之出于自然者，不可以为贬也。"[③] 以天之四季不可阙一为依据，来证明与其风马牛不相及的四唐并无优劣之分，显得不伦不类。故在叶燮眼里，奇丑无比的无盐与美似天仙的西施，共貌美于天下，无妍媸之别："盛唐之诗，春花也。桃李之秾华，牡丹芍药之妍艳，其品华美贵重，略无寒瘦俭薄之态，固足美也。晚唐之诗，秋花也。江上之芙蓉，篱边之丛菊，极幽艳晚香之韵，可不为美乎？"[④] 崇尚晚唐，本无可非议，不过，以秋气、商声喻以比拟，进而与盛唐相提并论，偏颇之语不能令人信服。

上述之言，各有千秋。比较而论，当以清梁九图所言最为公允："古人之诗，有后人所不能为者，亦有后人所不屑为者。不得谓一集流传，即尽可师

---

① （清）王士禛：《带经堂诗话》卷三，人民文学出版社1963年版，1998年戴鸿森校点本，第75页。

② （清）吴雷发：《说诗菅蒯》，近代丁福保辑：《清诗话》，上海古籍出版社1978年修订本，第900页。

③ （明）叶燮：《原诗》卷四，人民文学出版社1998年霍松林校注本，第66—67页。

④ 同上书，第67页。

法。尝观陶、谢、李、杜数公集中疵累尚寡，其余皆未免瑕不掩瑜。”[①] 故而只有辩证地看问题，才能更接近于真理。

诗话中时代与诗风之论，最有价值的是，对千百年来“天不变，道亦不变”的否定。清张燮承《小沧浪诗话》卷三肯定了“变”的合理性：“诗文之所以代变，有不得不变者。一代之文，沿袭已久，不容人人皆道此语。今且千数百年矣，而犹取古人之陈言，一一而摹仿之，以是为诗，可乎？”明谢榛则言，“变”使得诗歌走向繁荣：“诗以汉、魏并言，魏不逮汉也。建安之作，率多平仄稳帖，此声律之渐，而后流于六朝，千变万化，至盛唐极矣。”[②] 叶燮《原诗·内篇》上一所论，较之谢榛更为精邃和全面。他提出了“变”为常理，“变”不但可以启胜，而且还可以启衰的正确观点：“乃知诗之为道，未有一日不相续相禅而或息者也。但就一时而论，有盛必有衰；综千古而论，则盛而必至于衰，又必自衰而复盛；非在前者之必居于盛，后者之必居于衰也。”[③] 清朱庭珍披褐怀玉，言“变”之情形胜衰不定且二者可相互转化之说，将“变”的理论推向了完美之境域。《筱园诗话》卷一云：“盖一代之诗，有盛必有衰，其始也由衰而返乎盛，盛极而衰即伏其中。于是能者又出奇以求其盛，而变之上者则中兴，变之下者则愈降。”[④] “变”的崇高地位由此安如磐石。他继续说：“新旧递更，日即于变。大抵先后乘除之间，或补其偏，或救其弊，恒视其衰而反之，此诗道所以屡变，亦有不得不然者矣。”[⑤] 按照朱庭珍的说法，“变”可使太康诗人潘岳、陆机辈“古气尽矣”，亦可使身逢乱世之鲍照以俊异生动求新，而使诗“复胜”；即能令南朝宋、齐两代变而无风骨，雕刻乏气韵，选句工整而不解谋篇，“浅薄极矣”[⑥]，也可使初唐陈子昂、张九龄力起其衰，复归风骨于建安，进而与李白、杜甫同时并驾中华诗坛，“羽翼风雅，盛矣哉！”（同上）变可辉煌，也可衰落。成败无定数。变好变坏，在于人为之主观努力：“诗道亦然，其变之善与不善，恒视乎人力。力足以挽时趋，则人转移风气，其势逆以难，遂变而臻于上。力不足以挽时尚，则

① （清）梁九图：《十二石山斋诗话》卷一，清刊本。

② （明）谢榛：《四溟诗话》卷一，人民文学出版社 1962 年宛平校点本，第 3 页。

③ （清）叶燮：《原诗·内篇》上一，人民文学出版社 1998 年霍松林校注本，第 1 页。

④ （清）朱庭珍：《筱园诗话》卷一，《清诗话续编》，上海古籍出版社 1983 年郭绍虞辑校点本，第 2328 页。

⑤ 同上书，第 2328—2329 页。

⑥ 同上书，第 2329 页。

风气转移人，其势顺而易，遂变而趋于下。”[①] 因此，人力足，犹如唐“昌谷（李贺）以雄奇胜，元、白以平易胜，温、李以博丽胜，郊、岛以幽峭胜，虽品格不一，皆能自成局面。”[②] 力不足，像“张、王、皮、陆之属，非无意翻新变故者，特成就狭小耳。晚唐衰极，五代诗亡，几扫地尽。”（同上）这种情形正如王世贞《艺苑卮言》卷四所说的那样：“盛者得衰而变之，功在创始；衰者自盛而沿之，敝繇趋下。”[③] 荦荦大端，累黍不差。可谓英雄所见略同。不过，视皮日休、陆龟蒙为末流，终有龙蛇不辨之虞。

变，使得时代与诗风均不同于前人。明胡震亨《唐音癸签》卷一深知内中三昧：“诗自《风》、《雅》、《颂》以降，一变有《离骚》，再变为西汉五言诗，三变有歌行杂体，四变为唐之律诗。”胡应麟《诗薮》内篇卷一也大致描绘了一幅时代诗风历来递变图：“四言变而《离骚》，《离骚》变而五言，五言变而七言，七言变而律诗，律诗变而绝句，诗之体以代变也。《三百篇》降而骚，骚降而汉，汉降而魏，魏降而六朝，六朝降而三唐，诗之格以代降也。上下千年，虽气运推移，文质迭尚，而异曲同工，咸臻厥美。”[④] 各代自有各代的主要诗风。所谓“时有古今，语言亦有古今”[⑤]。故此，清吴乔《围炉诗话》卷一认为，各朝时代的诗风不须细究，即可识别：“汉、魏也，晋、宋也，梁、陈也，三唐也，宋、元也，明也，不须看读，遥望气色，迥然有别。此何以哉？辞为之也。犹夫衣冠举止，可以观人也。”[⑥] 稍后的沈德潜在其《说诗晬语》卷上例举之事可为吴乔所言之脚注：“《二南》，美文王之化也”，自有“王风皞皞气象”。[⑦] 再如唐太宗受南朝齐、梁诗风影响，虽手定中原，笼盖华夏，但其诗乏丈夫气，远逊曹操，时代使之然也。故而后人不得不变。“变”，是天经地义的。叶燮《原诗·内篇》上二说得好：“盖自有天地以来，古今世运气数，递变迁以相禅。古云：‘天道十年而一变。’此理也，亦势也，

---

① （清）朱庭珍：《筱园诗话》卷一，《清诗话续编》，上海古籍出版社1983年郭绍虞辑校点本，第2328页。

② 同上书，第2329页。

③ （明）王世贞：《艺苑卮言》卷四，近代丁福保辑：《历代诗话续编》，中华书局1983年校点本，第1008页。

④ （明）胡应麟：《诗薮》内篇卷一，上海古籍出版社1979年版，第1页。

⑤ （明）袁宗道：《论文》，《三袁先生集》本。

⑥ （清）吴乔：《围炉诗话》卷一，《清诗话续编》，上海古籍出版社1983年郭绍虞辑校点本，第504页。

⑦ （清）沈德潜：《说诗晬语》卷上，人民文学出版社1998年，第190页。

无事无物不然，宁独诗之一道，胶固而不变乎？”[①] 故此审视历代诗风，必当抱以“求时事以实之，则凿矣”[②] 的态度。只有这样，才能真正领会中国古代诗话关于诗风与时代关系的高远论述。

古代诗话对时代与诗风关系之谜的探究，为中国古代诗论昂然屹立于世界文艺理论之林，写下了最美、最浓重的一笔。

第三节　先生每言诗中须有人，乃得成诗[③]（上）

诗如其人，各有风致　仅仅有人还不够，还应该追求人品之高格　诗与人其特质各为不一　人有何情，便会写出何等诗歌来　“有我”与“无我”，均不可违心而出　诗与人的不一致

在对古诗的批评中，往往诗人与诗歌是不能加以分割的。诗人是诗风的主体，没有诗人，也便没有什么诗风了。清乔亿《剑溪说诗又编·经函谷关》说：“诗中有画，不若诗中有人。左司高于右丞以此。”[④] 在乔亿看来，以诗佛王维“诗中有画”之才高，竟然不敌区区韦应物之“诗中有人”。话虽偏倚，但足可说明，清代诗话已经密切注意到了诗歌诗风与人的紧密关系。不过，女娲造人不惮厌烦，使之雪肤花貌与猥琐寝陋者共立于天地之间。美丑妍媸令红尘世界，千人千面。故诗如其人，各有风致，璀璨如仙苑中百花斗艳，目不暇给。由此，以诗人之人格来推及其诗风，便为清诗话中乐此不疲的事情了。

文中子即曾以此遍评六朝诗风：“谢灵运小人哉！其文傲，君子则谨。沈休文小人哉！其文冶，君子则典。鲍照、江淹，古之狷者也，其文激以怨。吴筠、孔珪，古之狂者也，其文怪以怒。谢庄、王融，古之纤人也，其文碎。徐陵、庾信，古之夸人也，其文诞。孝绰兄弟，古之鄙人也，其文淫。湘东王兄

---

① （清）叶燮：《原诗·内篇》上二，人民文学出版社1998年霍松林校注本，第4页。

② （清）沈德潜：《说诗晬语》卷上，人民文学出版社1998年霍松林校注本，第201页。

③ （清）吴乔：《围炉诗话》卷一，《清诗话续编》，上海古籍出版社1983年郭绍虞辑校点本，第490页。

④ （清）乔亿：《剑溪说诗又编·经函谷关》，《清诗话续编》，上海古籍出版社1983年郭绍虞辑校点本，第1122页。乔亿同篇云：“左司有《送李侍御益赴幽州幕》诗。”故知“左司”为韦应物。韦应物贞元三年（787）任左司郎中。

弟，贪人也，其文繁。谢朓，浅人也，其文捷。江总，诡人也，其文虚，皆古之不利人也。颜延之、王俭、任昉有君子之心焉，其文约以则。”① 言简意赅，实为“人”所具有的特殊魅力之表现。因为诗中有“人”这一诗风的主体，叶燮才能从中国古代瀚如烟海般的诗中，分毫不差地识得老杜与韩愈的诗歌：

如杜甫之诗，随举其一篇，篇举其一句，无处不可见其忧国爱君，悯时伤乱，遭颠沛而不苟，处穷约而不滥，崎岖兵戈盗贼之地，而以山川景物友朋盅酒抒愤陶情：此杜甫之面目也。我一读之，甫之面目跃然于前。读其诗一日，一日与之对；读其诗终身，日日与之对也。故可慕可乐而可敬也。举韩愈之一篇一句，无处不可见其骨相稜（棱）嶒，俯视一切，进则不能容于朝，退又不肯独善于野，疾恶甚严，爱才若渴，此韩愈之面目也。②

观其诗，可以知其人。犹如茫茫人海之中可一眼辨认出挚友，绝不会张冠李戴。同朝人贺裳《载酒园诗话》卷一载黄山白评曰：“诗以言志，故观其诗而其人之襟趣可知，苟戚戚于贫贱，则必汲汲于富贵。人品如此，诗品便为之不高，虽声金石而词锦绣，何足取哉！”③ 因此，诗中有无个性之“人”，便成为清人衡量诗歌优劣的一个重要标准。《原诗·外篇上》正是依此而喟叹当世诗文缺乏个性之积重难返：“余尝于近代一二闻人，展其诗卷，自始至终，亦未尝不工，乃读之数过，卒未能睹其面目（指个性）何若，窃不敢谓作者如是也。”④ “闻人”不晓真谛，平庸之辈焉能几何？今天看来，叶燮所批评的写诗不见面目，仅用力于形式之“工”，恐怕是清代“闻人”之诗，不能林立于陶潜、李白、杜甫等诗人所作之行列的主要原因。故而能否于诗里再现有个性之“人”，便越来越被更多的诗话所重视。

诸如陈仪《竹林答问》曾以形象的比喻来题画喻诗，论及人在诗风中的重要程度：“予尝评友人诗云：‘诗中当有我在，即一题画，必移我以入画，方有妙题；一咏物，必因物以见我，方有佳咏。小者且然，况其大乎？’”⑤ 乔

---

① （清）庞垲：《诗义固说》下，《清诗话续编》，上海古籍出版社1983年郭绍虞辑校点本，第741页。

② （清）叶燮：《原诗·外篇上》六，人民文学出版社1998年霍松林校注本，第50页。

③ （清）贺裳：《载酒园诗话》卷一，《清诗话续编》，上海古籍出版社1983年郭绍虞辑校点本，第255页。

④ （清）叶燮：《原诗·外篇上》六，人民文学出版社1998年霍松林校注本，第51页。

⑤ （清）陈仪：《竹林答问》，《清诗话续编》，上海古籍出版社1983年郭绍虞辑校点本，第2245页。

亿《剑溪说诗》卷下亦云："景状万状，前人钩致无遗，称诗于今日大难。惟句中有我在，斯同题而异趣矣。"[①] 有"人"，便可使诗歌风格为"妙体"、"佳咏"，令读者为之一振。因而林昌彝《海天琴思录》卷八描述了诗风中有人，平添其身价砝码之情形："作诗者需有我在，便有身分，则诗品愈高。"徐增《而庵诗话》也激进地号召诗人：诗风中若仅仅有人还不够，还应该追求人品之高格："诗乃人之行路，人高则诗亦高，人俗则诗亦俗，一字不可掩饰，见其诗如见其人。"[②] 赵秋谷（赵执信）鼓旗唱和："诗中无我，即非作者；必也诗中有我在焉，始可谓之真诗，无忝作家，乃足传世。"[③] 方贞观《辍锻录》也说："能令百世而下，读其诗可想其人，无论其诗之发于诚与伪，而其诗已足观矣。"[④] 以诗里有人，有品格高尚之人，才会使诗传千古，不会辱没名声，来激励诗人在诗歌中写出高尚的"我"之诗风，可谓用心良苦。邬启祚《耕云别墅诗话》记其师教诲其如何作诗，反映清人注重诗中自我个性表现的时尚：

师一日又语余曰："吾辈作诗，必须使有我存，无论感遇书怀，即登临山水、刻画景物之作，必能自见本性，使阅者仿佛如见其为人，如是始成为我之诗。若随题铺写，不能自见性情面目，纵极刻镂藻绘，估客稗贩即去，则亦何从而目为我之诗乎哉！"此语可为作诗之座右铭。

吴乔《围炉诗话》卷一曾载其教诲弟子事，并说到诗中"有人"观点的来源：

问曰："先生每言诗中须有人，乃得成诗。此说前贤未有，何自而来？"答曰："禅者问答之语，其中必有人，不知禅者不觉耳。余以此知诗中亦有

① （清）乔亿：《剑溪说诗》卷下，《清诗话续编》，上海古籍出版社 1983 年郭绍虞辑校点本，第 1097 页。

② （清）徐增：《而庵诗话》，近代丁福保辑：《清诗话》，上海古籍出版社 1978 年修订本，第 430 页。

③ （清）朱庭珍：《筱园诗话》卷一引，《清诗话续编》，上海古籍出版社 1983 年郭绍虞辑校点本，第 2343 页。

④ （清）方贞观：《辍锻录》，《清诗话续编》，上海古籍出版社 1983 年郭绍虞辑校点本，第 1941 页。

人也。”①

虽故弄玄虚，但也表明：诗歌写作追求“有人”，并以此来主动地教育后代，确为前所未有的事情。

事实上，人与诗歌的关系，可溯及到孔子论德与言。《论语·宪问》说：“有德者必有言。”清人得之而昌。至晚清时，“诗中须有人”，愈加成为人们的共识，先后为数家看中。例如，刘熙载《诗概》提出了著名的“诗品出于人品”② 之说：以诗品是人品的反映，有何等人品就有何等诗品，来赞美屈原、司马迁、李白、杜甫等人及其作品，批评周邦彦“词进而人退，其词不可为也”（《艺概》卷四《词曲概》）。黄遵宪在其《人境庐诗草自序》里提出了“诗外有事，诗中有人”③ 的理论，要求诗歌创作反映现实生活，表现诗歌作者独特的艺术个性。由此，诗话诗风中人与之关系的论述，便成为引颈瞩望、令清代文学批评家得以自豪的东西了。

吴乔所论，代表了有清一代诗话论诗的精华，其影响深远，不啻一代。稍后的赵执信在其《谈龙录》里深有体会地说：“昆山吴修龄乔论诗甚精，所著《围炉诗话》，余三客吴门，遍求之不可得。独见其与友人书一篇，中有云：‘诗之中须有人在。’余服膺以为名言。夫必使后世因其诗以知其人，而兼可以论其世，是又与于礼义之大者也。若言与心违，而又与其时与地不相蒙也，将安所得知之而论之？”④ 遍求不得，颇有洛阳纸贵的味道。

此外，清代倡导作诗应学古者，也将“有人”观引进了其诗论里。刘熙载《诗概》说：“诗不可有我而无古，更不可有古而无我，典雅、精神，兼之斯善。”⑤ 袁枚《随园诗话》卷一〇总结古与今人的关系时说：“人闲居时，不可一刻无古人；落笔时，不可一刻有古人。平居有古人，而学力方深；落笔无古人，而精神始出。”⑥ 诗风中“有人”与学古的探索，无疑对诗风与人的研究是有益的。

---

① （清）吴乔：《围炉诗话》卷一，《清诗话续编》，上海古籍出版社 1983 年郭绍虞辑校点本，第 490 页。

② （清）刘熙载：《诗概》卷二，《清诗话续编》，上海古籍出版社 1983 年郭绍虞辑校点本，第 2445 页。

③ （清）黄遵宪：《人境庐诗草自序》，《邱黄二先生遗稿合刊》本。

④ （清）赵执信：《谈龙录》，近代丁福保辑：《清诗话》，上海古籍出版社 1978 年修订本，第 311 页。

⑤ （清）刘熙载：《诗概》，《清诗话续编》，上海古籍出版社 1983 年郭绍虞辑校点本，第 2446 页。

⑥ （清）袁枚：《随园诗话》卷一〇，人民文学出版社 1982 年顾学颉校点本，第 352 页。

然而，诗与人其特质各为不一。汪师韩《诗学纂闻》写道："一人有一人之诗，一时有一时之诗，故诵其诗，可以知其人、论其世也。若彼我之无分，后先之如一，阐阓混混，诗奚以近于经史哉？"[①] 叶燮意识到：诗并不仅仅只是先代文艺理论家所鼓吹的抒写性情那样简单，更有不同的"面目"，这一点，当时许多人还不懂得："'作诗者在抒写性情。'此语夫人能知之，夫人能言之；而未尽夫人能然之者矣。'作诗有性情必有面目'。此不但未尽夫人能然之，并未尽夫人能知之而言之者也。"[②] 之所以会出现这种情况，是因为人有何情，便会写出何等诗歌来。吴乔《围炉诗话》卷一列举说："人之境遇有穷通，而心之哀乐生焉。夫子言诗，亦不出于哀乐之情也。"[③] 在他看来，"诗而有境有情，则自有人在其中。如刘长卿之'得罪风霜苦，全生天地仁。青山数行泪，白首一穷鳞。'……有情有境，有人在其中也。子美《黑白鹰》、曹唐《病马》亦然。鱼玄机《咏柳》云：'枝迎南北鸟，叶送往来风。'黄巢《咏菊》曰：'堪与百花为总领，自然天赐赭黄袍。'荡妇、反贼诗，亦有人在其中。"（同上）由此便会自然得出不分贵贱高下，均以"人"之性为主的结论："故读渊明、康乐、太白、子美集，皆可想见其心术行己，境遇学问。刘伯温、杨孟载之集亦然。"（同上）以其诗想见其为人，在一定程度上揭示了诗风与人之间不离不弃的关系。这样，他批评没有个性且千篇一律的诗歌风格，便显得有理有据了："惟弘、嘉诗派浓红重绿，陈言剿句，万篇一篇，万人一人，了不知作者为何等人，谓之诗家异物，非过也。"（同上）

朱庭珍在其与朱彝尊诗辩中看到了更深层的思想内涵：其一，若仅仅做到了广取并收、各家面目兼有，还不能算是已经成了真正的大家；其二，较为系统地论述了与众人相反的"无我"之说。《筱园诗话》卷四称谓：

朱竹垞（朱彝尊）曰："王凤州博综六代，广取兼收，自以为无所不有，方成大家。究之千首一律，安在其为无所不有也！"愚谓高青丘诗，自汉、晋、六朝以及三唐、两宋，无所不学，亦无所不似，妙者直欲逼真，可云一代天才，孰学孰似矣，其意亦欲包罗古今，取众长以成大宗，然中无真我，未能独造，终非大家之诣。可知诗家工夫，始贵有我，以成一家精神气味。迨成一

---

① （清）汪师韩：《诗学纂闻》，近代丁福保辑：《清诗话》，上海古籍出版社 1978 年修订本，第 440 页。

② （清）叶燮：《原诗》外篇上，人民文学出版社 1998 年霍松林校注本，第 50 页。

③ （清）吴乔：《围炉诗话》卷一，《清诗话续编》，上海古籍出版社 1983 年郭绍虞辑校点本，第 490 页。

家言后，又须无我，上下古今，神而明之，众美兼备，变化自如，始无忝大家之目。盖不执我，而自然无处不有真我在矣。[①]

所谓有我与无我的变化，全在于用意树骨与使笔运法之间，不可以表面字句中求新，否则便会走入歧途。朱氏对“有我”与“无我”关系变化的全面展述，益加完善了清人对诗风与人之间关系的认识。

事实上，“无我”的观点，并非是朱氏的专利。袁枚早在《随园诗话》卷七里即已提到：“为人，不可以有我，有我，则自恃佷用之病多，孔子所以‘无固’、‘无我’也。作诗，不可以无我，无我，则剿袭敷衍之弊大，韩昌黎所以‘唯古于词必己出’也。北魏祖莹云：‘文章当自出机杼，成一家风骨，不可寄人篱下。’”[②] 袁氏之论与朱庭珍所言相比较，显然其未看到“有我”的发展变化。

叶燮从“心”的角度也曾探讨过这一论题。他以为，无论是“有我”，还是“无我”，均不可违心而出：“诗是心声，不可违心而出，亦不能违心而出。功名之士，绝不能为泉石淡泊之音；轻浮之子，必不能为敦庞大雅之响。故陶潜多素心之语，李白有遗世之句，杜甫兴‘广厦万间’之愿，苏轼师‘四海弟昆’之言。凡如此类，皆应声而出，其心如日月，其诗如日月之光，随其光之所至，即日月见焉。”[③] 诗歌以人而见，人又以诗歌而声显。文论巨匠的论述，并未使得半个世纪后的方东树感到满意。《昭昧詹言》卷三机警地注意到了做人与写诗并不是完全相互统一的历史现象：

古人著书，皆自见其心胸面目。圣贤不论矣。如屈子、庄子、史迁、阮公、陶公、杜公、韩公皆然。伪者作诗文另是一人，作人又另是一人。

方东树所提出的文与人的不一致问题，叶燮并非没有注意到。他以为，解决的办法只能是“阅其全帙”：“使其人其心不然，勉强造作，而为欺人欺世之语，能欺人一时，决不能欺天下后世。究之阅其全帙，其陋必呈；其人既漏，其气必苶（苶：疲倦的样子），安能振其辞乎？故不取诸中心而浮幕著

---

① （清）朱庭珍：《筱园诗话》卷四，《清诗话续编》，上海古籍出版社 1983 年郭绍虞辑校点本，第 2393 页。

② （清）袁枚：《随园诗话》卷七，人民文学出版社 1982 年顾学颉校点本，第 216 页。

③ （清）叶燮：《原诗》外篇上，人民文学出版社 1998 年霍松林校注本，第 52 页。

作，心无是理也。”[①] 叶燮所开的“阅其全帙”的药方，是否对症先且不说，“阅其全帙”，毕竟不能立收功效，故而方东树依旧持怀疑的态度：“虽其箸（著）书，大帙重编，而考其人之本末，另是一物，此书文所以愈多而愈不足重也。”（《昭昧詹言》卷三）那么，方东树是否反对批评诗歌之诗风“有我”可使诗风更加完美呢？回答是否定的。《昭昧詹言》卷一表明了其态度：“汉、魏、阮公、陶公、杜、韩皆全是自道己意，而笔力彊（强），文法妙，言皆有本。寻其意绪，皆一线则白，有归宿，令人了然。”但其不理解人无完人、金无足赤的道理，即使是卑鄙者也有其内心善良、高尚的一面，哪怕如流星倏然而逝，闪亮天际。故而他疑惑地提出许多有成就的著名诗人“多不免客气假象，并非从自家胸臆性真流出。如醴陵《杂拟》、陆士衡等《拟古》，吾不知其例（‘例’，其他版本为‘何’字）为而作也。”（同上）因此，他以为，只有回到“有我”的路子上，才是最好的解决办法：“惟大家学有本源，故说自己本分话，虽一滴一勺，一卷一嘬，皆足见其本。孟子所谓‘容光水澜’也。如是方合于兴、观、群、怨、六义之言。”（同上）

山穷水复，使人迷惘不已。无名氏《诗法源流》在彷徨中发现“人之神意不可学”，使人峰回路转：“诗者，原于德性，发于才情，心声不同，有如其面，故法度可学而神意不可学。是以太白自有太白之诗，子美自有子美之诗，昌黎自有昌黎之诗。其他如陈子昂、王摩诘、高、岑、贾、许、姚、郑、张、许之徒，亦皆各自为体，不可强而同也。”[②] 无名氏之论，承继了曹丕《典论·论文》里所说的“引气不齐，巧拙有素，虽在父兄，不能以移子弟”的观点。厉志《白华山人诗说》卷一也另辟蹊径，提出了“融化众有”的主张，“或谓文家必有滥觞，但须自己别具面目，方佳。予谓‘面目’二字，犹为确实，须别有一种浑浑穆穆的真气，使其融化众有，然后可以独和一组。是气也，又各比其性而出，不必人人同也。体会前人诗便知。”[③] “神意”与“众有”，若指构成人所构成诗风的骨、气、才、性、心等各方面因素，则似乎较他人所言“面目”之谈，更能令人信服一些。

---

① （清）叶燮：《原诗》外篇上，人民文学出版社 1998 年霍松林校注本，第 52 页。

② （清）吴乔：《围炉诗话》卷二引，《清诗话续编》，上海古籍出版社 1983 年郭绍虞辑校点本，第 519 页。

③ （清）厉志：《白华山人诗说》卷一，《清诗话续编》，上海古籍出版社 1983 年郭绍虞辑校点本，第 2274 页。

第四节 先生每言诗中须有人，乃得成诗[①]（下）

人的七情六欲影响诗歌诗风的走向，但不可能左右诗人一生的创作诗风 个性与诗风 诗类其为人与以诗征心 诗风一般随着诗人年龄的增长而有所变化 批评者对年龄各段各有所好

除清人讨论关于诗风与人中的“有我”、“面目”等论题之外，在诗话的历史长河里，以构成人之诗风诸因素为其特征的探讨，最为引人注目。如刘勰《文心雕龙·体性》篇即云：“性情所烁，陶然所凝。”[②] 刘勰以为，诗风决定于作者本身的“才”、“气”、“学”、“习”四方面，并且大致地加以区分：“才有庸儁，气有刚柔，学有浅深，习有雅郑。”由此而产生出典雅、远奥、精约、显附、繁缛、壮丽、新奇、轻靡共八种诗风。（同上）

旧题白居易《金针诗格》注意到了人之心情的得失，在很大程度上影响着诗歌风格的走向。诸如“心情得之者”诗风的大势为：“喜而得之者其辞丽；怒而得之者其辞愤；哀而得之者其辞悲；乐而得之者其辞逸。”[③] 对于“心情失之者”，《金针诗格》描绘道：“诗之大喜其辞放：‘春风得意马蹄疾，一日看尽长安花。’失之大怒其辞躁：‘解通银汉终须曲，才出昆仑便不清。’失之大哀其辞伤：‘主客夜呻吟，痛入妻子心。’失之大乐其辞荡：‘骤然始散东城外，倏忽还逢南陌头。’”[④] 心情无论得之还是失去，大都为其一时之心情。故诗话作者其着眼点，主要在单篇诗歌的创作上。显然，一时的心情不可能左右诗人一生的创作及其诗风特征。如孟东野毕生穷困潦倒，那能终日“春风得意马蹄疾”呢？

与《金针诗格》比，宋姜夔《白石道人诗说》所认为的人之七情六欲决定着诗风的形成，似乎使人能容易接受一些：

---

① （清）吴乔：《围炉诗话》卷一，《清诗话续编》，上海古籍出版社 1983 年郭绍虞辑校点本，第 490 页。

② （梁）刘勰著，范文澜注：《文心雕龙注》，人民文学出版社 1998 年版，第 505 页。

③ 旧题白居易：《金针诗格》，见张伯伟《全唐五代诗歌汇考》，凤凰出版社 2005 年版，第 354 页。

④ 托名（唐）白居易：《金针诗格》，《格致丛书》本。

喜词锐，怒词戾，哀词伤，乐词荒，爱词结，恶词绝，欲词屑，乐而不淫，哀而不伤，其惟《关雎》乎！[①]

宋张镃《诗学规范》中以人之“赋性”不一，来说明诗风各异，显得愈加聪明。至于“赋性”是如何产生的，他没有说明：“白乐天赋性旷达，其诗曰：‘无时日月长，不羁天地阔。’此旷达者之词也。孟东野赋性褊狭，其诗曰：‘出门即有碍，谁谓天地宽？’此褊狭者之词也。然则天地又何尝碍郊？盖郊自碍耳。”[②] 清薛雪在其《一瓢诗话》中将“赋性”改为“人之习性”，借以解释诗风各异。而且明言这种习性乃先天所赋，非后天学之所至：“鬯快人诗必潇洒，敦厚人诗必庄重，倜傥人诗必飘逸，疏爽人诗必流利，寒涩人诗必枯瘠，丰腴人诗必华赡，拂郁人诗必凄怨，磊落人诗必悲壮，豪迈人诗必不羁，清修人诗必峻洁，谨敕人诗必严整，猥鄙人诗必委靡。此天之所赋，气之所禀，非学之所至也。”[③]“赋性”和“习性”，实际上已经涉及了人之个性决定着其诗风的命题。正因为个性不一，方觉李、杜诗风之不同。明人田艺蘅《香宇诗谈》一语道破天机：“诗类其为人，且只如李、杜二大家，太白做人飘逸，所以诗飘逸；子美做人沉着，所以诗沉着。如书称钟、王，亦皆似人。”诗歌风格如其人，清黄子云《野鸿诗的》也说：“从摇飏而得者，其诗也神；从锤炼而得者，其诗也精；从鼓荡而得者，其诗亦有气。”[④]

与“诗类其为人”相佐的是“以诗征心”，清毛先舒为其代表：《诗辩坻》卷四云：“言为心声，而诗又言之至精者也。以此征心，善瘦者不能自匿矣。是故词夸者其心骄，采溢者其心浮，法佚者其心佻，势腾者其心驰，往而不返者其心荡，更端数者其心诡，不待势足而辄尽者其心偷，故蔓衍者其心荒，像拟失类者其心狂，强缀者其心溺，强盈者其心馁，按义错指求其故而不克自理者其心亡。”[⑤]《诗辩坻》的意义是将人之心情与个性等同视之，加以解释诗风。故而他提出了“法老”、“学邃”、“才高”、“意深”四项目标：“法

① （宋）姜夔：《白石道人诗说》，（清）何文焕辑：《历代诗话》，中华书局1981年校点本，第680页。

② （宋）张镃：《诗学规范》，郭绍虞：《宋诗话辑佚》本，中华书局1980年版，第617页。

③ （清）薛雪：《一瓢诗话》，近代丁福保辑：《清诗话》，上海古籍出版社1978年修订本，第708页。

④ （清）黄子云：《野鸿诗的》，近代丁福保辑：《清诗话》，上海古籍出版社1978年修订本，第355页。

⑤ （清）毛先舒：《诗辩坻》卷四，《清诗话续编》，上海古籍出版社1983年郭绍虞辑校点本，第78页。

老则气静，学邃则华敛，才高则辞简，意深则韵远。”（同上）

与“诗类其为人”、“以诗征心”鼎足而立的是，明陆时雍所倚重的“骨”对诗风影响的看法。《诗镜总论》言道：“凡骨峭者音清，骨劲者音越，骨弱者音痺，骨微者音细，骨粗者音豪，骨秀者音冽，声音出于风格间矣。”① 乔亿《剑溪说诗》卷上跳出陆时雍“骨”说的窠臼，追求“诗到圣处”，将骨之轻重，视为无可无不可的东西：“诗之骨有重有轻，骨重者易沉厚，其失也拙；骨轻者易飘逸，其失也浮。然诗到圣处，骨轻骨重，无乎不可。”② 只要诗到了一定的境界，其余小节不必深究。与乔氏遥相呼应的是清人吴仰贤。《小匏庵诗话》卷二鼓吹天性，反对人工刻意：“昔人谓画入神品、逸品者，以烟云养其性情，其人多寿，如黄子久、沈石田、文征仲、王石谷诸人是也。余谓诗主性灵，凡神动天随、专写寄托者，其人亦多享大年。如白乐天年七十五，杨诚斋年八十三，陆放翁、范石湖年皆八十六，我朝袁子才年八十二。若夫抉摘刻画、露其情状，昔人比之暴天物，故李长吉二十七而夭，我朝黄仲则年止三十有五。盖怡神者益人，劳神者贼人也。”以人之寿岁来验证“专写寄托者”之不诬，隔靴搔痒，毕竟是软弱无力的。不过，其所言的古今专擅写寄托者多为神品、逸品，可“诗到圣处”，还是有一定道理的。

今天看来，所谓“诗类其为人”，实指诗风中诗人的骨、气、才、力、性、心、学、等各方因素的直接体现；“以诗征心”，则讲以诗人的独特诗风来了解诗人的内心世界。当然，独特并不等于只有单一的诗风。诗风是发展变化的。而这种变化，往往年龄的递增充当着重要的角色。对此，古代诗话曾有过较为细致的论述。综合地来讲，有以下几方面。

（1）注意到了诗人诗风一般随着年龄的增长而有所变化，并对各段的具体诗风加以论述。如宋吴可《藏海诗话》即曾以杜甫为例，叙述年龄各段情况：“杜诗叙年谱，得以考其辞力，少而锐，壮而肆，老而严，非妙于文章不足以制此。如说华丽平淡，此是造语也。方少则华丽，年加长渐入平淡也。”③ 胡应麟《诗薮》续篇卷二则谓：“如老杜之入蜀，仲默、于鳞之在燕，元美之伏阙三郡，明卿藏甲西征，敬美巉帷兰省，皆篇篇合作，语语当行，初学所当

---

① （明）陆时雍：《诗镜总论》，近代丁福保辑：《历代诗话续编》，中华书局1983年校点本，第1413页。

② （清）乔亿：《剑溪说诗》卷上，《清诗话续编》，上海古籍出版社1983年郭绍虞辑校点本，第1088页。

③ （宋）吴可：《藏海诗话》，近代丁福保辑：《历代诗话续编》，中华书局1983年校点本，第328页。

法也。”[1] 在胡氏看来，“凡诗初年多骨骼未成，晚年则意态横放，故惟中岁工力并到，神情俱茂，兴象谐和之际，极可嘉赏。”（同上）少年、中年与老年，各个时段的诗风是决然不一样的。

（2）探求年龄递增而使诗风变迁之原因。张谦宜《𫍲斋诗谈》卷一以为：“诗要老成，却须以年纪涵养为洊此，必不得做作装点，似小儿之学老人。且如小儿入学，只教他拱手徐行，不得跳跃叫喊，其天真烂漫之趣，自不可掩。甫弱冠，则聪明英发之气，溢于眉睫。壮而授室，则学问沉静之容，见于四体。艾耄以后，则清瘦萧散，无所不可。”[2] 故其演变的原因在于：“全副精神，自少而老，不离躯干。”（同上）讲究一份不可泯灭的天然。清俞兆晟为王士禛《渔洋诗话》作序时，记有王士禛总结其诗风变化原因的事情：

先生晚居长安，位益尊，诗益老。每勤勤恳恳，以教后学。时于酒酣烛灺，兴至神王，辄从容言曰：“吾老矣，还念平生论诗凡屡变，而交游中，亦如日之随影，忽不知其转移也。少年初筮仕时，惟务博综该洽，以求兼长。文章江左，烟月扬州，人海花场，比肩接迹。入吾室者，俱操唐音，韵胜于才，推为祭酒。然而空存昔梦，何堪涉想？中岁越三唐而事两宋，良由物情厌故，笔意喜生，耳目为之顿新，心思于焉避熟。明知长庆以后，已有滥觞；而淳熙以前，俱奉为正的。当其燕市逢人，征途揖客，争相提倡，远近翕然宗之。既而清利流为空疏，新灵寖以佶屈，顾瞻世道，惄焉心优，于是以大音希声，药淫哇锢习，《唐贤三昧》之选，所谓乃造平淡时也，然而境亦从兹老矣。”[3]

社会经历之不同，使其诗风大变，令人感慨不已。宋吴沆《环溪诗话》卷上则归结为各年龄段性情不一：“某方其幼也，情性虚静，无事营为，则慕渊明，及其少长，志气稍动，务为飘逸，则慕太白；辞气一纵，非大快无已也，则慕卢仝……又念以四子之才，不能无累，如渊明得之清而失之淡，太白得之豪而失之放，卢仝得之狂而失之怪，乐天得之和而失之易。”[4] 各年龄段习性的不断变化，是任何诗人都想不到会发生的事情。

---

① （明）胡应麟：《诗薮》续篇卷二，上海古籍出版社1979年版，第360页。

② （清）张谦宜：《𫍲斋诗谈》卷一，《清诗话续编》，上海古籍出版社1983年郭绍虞辑校点本，第793页。

③ （清）王士禛：《渔洋诗话》“俞兆晟序”，近代丁福保辑：《清诗话》，上海古籍出版社1978年版修订本，第163页。

④ （宋）吴沆：《环溪诗话》卷上，文渊阁《四库全书》本。

（3）批评者对年龄各段各有所好。例如，喜欢老年诗者，苏轼爱白居易晚年诗之成熟："东坡云：'白公晚年，诗极高妙。'余请其妙处，坡云：如'风生古木晴天雨，月照平沙夏夜霜'，此少时不到也。"（宋赵令畤《侯鲭录》卷七）清郭麐推崇杜甫晚年诗歌的律严、干练："杜陵云：'老去渐于诗律细。'非独学问之功久而益进，即人世悲忧愉乐之境，亦必遍尝，而后神知，心灵炼而愈出。"① 清延君寿《老生常谈》言杜甫漂泊西南时期的诗歌精纯："然精意所到，益觉老手可爱。选本中常不经见者，亦当斟酌钞读，方有头绪可寻，门户可入。若读其《三吏》、《三别》、《出塞》、《北征》、《咏怀》等篇，急切难以入手。黄山谷善于学秦州以后诗，真能工于避熟就生。"② 宋孙奕《履斋诗说》赞誉杜甫老年诗"如少陵到夔州后诗，昌黎到南阳后诗，愈见光焰也。"③ 有批评老年之作颓唐者："仲默秦中之作，略无神采，于麟移疾之后，大涉深刻。元美郧台之后，务趋平淡……盖或视之太易，或求之太深，或情随事迁，获力因年减，虽大家不免。"④

再如，对少作之评，诗话中有悔其少而不工者："虽然，诗者易为而难工者也，有终身为之而不工者，有为之即工、急于行世而自悔少作者。"（清吴仰贤《小匏庵诗话》）有鄙视少作不谙事理者："学问……少时可笑处殊多。"（清王闿运《湘绮楼说诗》卷六）有喜少作之天真无邪者："诗家多悔少作，然天机泊凑，往往得之少年，如渔洋《秋柳》，随园《落花》，纵吟到桑榆，亦复难与争胜。"（清叶炜《煮药漫抄》卷上，清刊本）除此之外，也有青睐中年之作者："余问聪山：老杜《望岳》诗'夫如何'、'青未了'六字，毕竟作何解？曰：'子美一生，唯中年诸诗静练有神，晚则颓放。此乃少时有意造奇，非其至者。'"⑤

由上我们可以看出，人与人的诗风不一，即使是同一个人，其年龄不同，诗风也会迥然各异。明谢榛《四溟诗话》卷三总结经验道："作诗譬如江南诸郡造酒，皆以曲米为料，酿成则醇味如一，善饮者历历尝之曰：'此南京酒也，此苏州酒也，此镇江酒也，此金华酒也。'其美虽同，尝之各有甄别，何

---

① （清）郭麐：《灵芬馆诗话》卷一，清刻本。

② （清）延君寿：《老生常谈》，《清诗话续编》，上海古籍出版社1983年郭绍虞辑校点本，第1793—1794页。

③ （宋）孙奕：《履斋诗说》，清刻本。

④ （明）胡应麟：《诗薮》续篇卷二，上海古籍出版社1979年版，第360页。

⑤ （清）田雯：《古欢堂杂著》卷四，《清诗话续编》，上海古籍出版社1983年郭绍虞辑校点本，第720页。

哉？做手不同故尔。”[①] 所以，初学诗而欲建立自己诗风者，必须善于挑选自己的学习对象。宋魏庆之《诗人玉屑》卷一二为“诗欲词格”、“欲气格”、“欲法度”和“欲知诗之源流”者所列清单云：“为诗欲词格精美，当看鲍照、谢灵运；浑成而有正始以来风气，当看渊明；欲深清闲淡，当看韦苏州、柳子厚、孟浩然、王摩诘、贾长江；欲气格豪逸，当看退之、李白；欲法度备足，当看杜子美；欲知诗之源流，当看《三百篇》及《楚词》、汉、魏等诗。前辈云：‘建安才六七子，开元数两三人。’前辈所取，其难如此。”[②] 明谢榛《四溟诗话》卷三则告诫，学诗当行正道，不偏不倚，方可免入歧途：“古人作诗，譬诸行长安大道，不由狭斜小径，以正为主，则通于四海，略无阻滞。若太白、子美，行皆大步，其飘逸沉重之不同，子美可法，而太白未易法。本朝有学子美者，则未免蹈袭。亦有不喜子美者，则专避其故迹。虽由大道，跬步之间，或中或傍，或缓或急，此所以异乎李、杜而转折多矣。夫大道乃盛唐诸公之所共由者，予则曳裾蹑屐。由乎中正，纵横于古人众迹之中，及乎成家，如蜂采百花为蜜，其味自别，使人莫之辨也。”[③] “由乎中正”，犹如天方夜谭。何中何傍，并无定据：譬之元、白，虽均为中唐大家，诗风俱为元和体，但不可贸然追随。清李调元《雨村诗话》卷下以为：“白乐天《新乐府》，夭矫变化，用笔不测，而起承转收井然。其规讽劝戒，直是理学中古文，不可作词章读。元微之则宛然柔媚女郎诗矣。世称元白，元何能如白也。”[④] 清田同之《西圃诗说》则持相反的意见：“神韵超妙者绝，气力雄浑者胜，元轻白俗，皆其病也。然病轻尤其小疵，病俗实为大忌。古渔洋谓初学者不可读乐天诗。”[⑤] 故而学习古人诗风，要识其优劣，详加审视所选诗人之诗风的细微处：这一点，宋张戒《岁寒堂诗话》卷上为我们做出了榜样：“韦苏州诗，韵高而气清。王右丞诗，格老而味长。虽皆五言之宗匠，然互有得失，不无优劣。以标韵观之，右丞远不逮苏州。至于词不迫切，而味甚长，虽苏州亦所不及也。”[⑥] “柳柳州诗，字字如珠玉，精则精矣，然不若退之之变态百出也。使退

① （明）谢榛：《四溟诗话》卷三，人民文学出版社 1962 年宛平校点本，第 74 页。

② （宋）魏庆之：《诗人玉屑》卷一二，上海古籍出版社 1978 年，第 250—251 页。

③ （明）谢榛：《四溟诗话》卷三，人民文学出版社 1962 年宛平校点本，第 74 页。

④ （清）李调元：《雨村诗话》卷下，《清诗话续编》，上海古籍出版社 1983 年郭绍虞辑校点本，第 1531 页。

⑤ （清）田同之：《西圃诗说》，《清诗话续编》，上海古籍出版社 1983 年郭绍虞辑校点本，第 754 页。

⑥ （宋）张戒：《岁寒堂诗话》卷上，近代丁福保辑：《历代诗话续编》，中华书局 1983 年校点本，第 459 页。

之收敛而为子厚则易，使子厚开拓而为退之则难。意味可学，而才气则不可强也。”（同上）

在批评过程中，对于诗风的认真审视，使得古代诗话为人与诗风的论述，做出了最为完美的诠释。

第六章　八体虽殊，会通合数[①]（上）

古代诗话在其批评过程中，曾经细致地辨析了诗歌不同的诗风。如质朴淡泊、自然天工、含蓄深远、新奇豪宕、绮丽妍茂及其他众多不同的风格。诗话的这些探究为更好地批评古代诗歌起到了良好的作用。

第一节　犹之惠风，荏苒在衣[②]

清淡并不等同于拙易　世俗错误地理会平淡诗风　平淡当自组丽中来　外质内醇　造平淡难之叹　清淡与绚丽的关系　细分“清”之诗风可观“清”的大致情况

自东晋后期始，由于陶渊明的出现，古典诗歌开创了田园诗的新境界。陶诗质朴淡泊，清洌甘醇，经唐、宋、明、清诗话家的提倡，越来越被批评者们所喜爱。由此质朴淡泊亦成为古诗话所大量探讨的热门话题。唐司空图《二十四诗品》专列《冲淡》一品：

素处以默，妙机其微。饮之太和，独鹤与飞。犹之惠风，荏苒在衣。阅音修篁，美日载归。遇之匪深，即之愈希；脱有形似，握手已违。（同上）

---

① （梁）刘勰著，范文澜注：《文心雕龙注·体性》，人民文学出版社 1998 年版，第 508 页。

② （唐）司空图：《二十四诗品·冲淡》，（清）何文焕辑：《历代诗话》，中华书局 1981 年校点本，第 38 页。

质朴淡泊要求以朴素淡泊的语言，来表达深厚、隽永、超逸的思想感情。犹如轻轻之春风，吹拂着荏苒的衣襟。苏轼《东坡诗话》以柳宗元诗为例论诗道："柳子厚诗，在陶渊明下、韦苏州上。退之豪放奇险则过之，而温丽靖深不及也。所贵乎枯淡者，谓其外枯而中膏，似淡而实美，渊明、子厚之流是也。若中边皆枯淡，亦何足道！佛云：'如人食蜜，中边皆甜。'人食五味，知其甘苦者皆是。能分别其中边者，百无一二也。"① 所谓"外枯而中膏，似淡而实美"，极形象地描绘出质朴淡泊诗风的特色。清王士禛《带经堂诗话》卷三读司空图《二十四诗品》有感云："司空表圣作《诗品》，凡二十四，有谓'冲澹'者，曰：'遇之匪深，即之愈稀'，有谓'自然'者，曰：'俯拾皆是，不取诸邻'；有谓'清奇'者，曰：'神出古异，澹不可收'，是品之最上者。"② "清奇"为"澹不可收"，证明"淡"与"清"有相似之处。

司空图《二十四诗品》中言"清奇"诗风为：

娟娟群松，下有漪流。晴雪满竹，隔溪渔舟。可人如玉，步屧寻幽。载瞻载止，空碧悠悠。神出古异，淡不可收。如月之曙，如气之秋。③

在清新的松林下，旁边是水纹似锦的溪流。阳光照射在铺满白雪的水边上，飘荡的渔舟慢条斯理地划过来。似如美人寻幽，天空一碧如洗，又似青山绿水、月光清秋。这就是司空图笔下的清奇。可知冲淡质朴与新奇，在唐人看来是两种相互不同的诗风，与王士禛所言不一。今人常把清、淡合二为一，且清之诗风已与淡相类似，不易辨认了。明杨慎《升庵诗话》卷九《清新庾开府》论"清"之诗风与"淡"无异：

杜工部称庾开府曰清新。清者，流丽而不浊滞；新者，创见而不陈腐也。试举其略，如："文昌气如珠，大史明如镜。""凯乐闻朱雁，铙歌见白麟。""杨柳歌落絮，鹅毛下青丝。"④

---

① （宋）苏轼：《东坡诗话》，《萤雪轩丛书》本。

② （清）王士禛：《带经堂诗话》卷三，人民文学出版社 1963 年版，1998 年戴鸿森校点本，第 72 页。

③ （唐）司空图：《二十四诗品》，（清）何文焕辑：《历代诗话》，中华书局 1981 年校点本，第 38 页。

④ （明）杨慎：《升庵诗话》卷九，近代丁福保辑：《历代诗话续编》，中华书局 1983 年校点本，第 814 页。

清就是水流不浑浊，如杨柳落絮一般。明胡应麟《诗薮》外编卷四也曾论“清”：

绝涧孤峰，长松怪石，竹篱茅舍，老鹤疏梅，一种清气，固自迥绝尘嚣。至于龙宫海藏，万宝具陈，钧天帝廷，百乐偕奏；金关玉楼，群真毕集。入其中，使人神骨泠然，脏腑变易，不谓之清可乎？故才大者格未尝不清，才清者格未必能大。①

胡氏之清，似乎比杨慎之清要略带一些奇的因素。清朱彝尊《静志居诗话》卷一〇以“浙中庖”喻比清淡较为形象：“虞伯生告袁伯长云：‘文章之妙，惟浙中庖者知之。若川人之为庖也，粗块而大脔，浓醯而厚酱，非不果然餍也，而饮食之味微矣。浙中之庖则不然，凡水陆之产，皆择取柔甘，调其湆齐，澄之有方，而洁之不已，视之泠然水也，而五味之和，各得所求，羽毛鳞甲之珍，不易故性。为文之妙，亦犹是尔。’”② 川为庖粗块而大脔，浓醯而厚酱，非口味重者不能食；浙菜以清淡为主，泠然如水，故显得秀气可佳。朱氏接着说：“读用修诗，无异川人之庖矣。予为之调择澄洁，去其浓醯厚酱，盖窃比于浙中之庖之义云。”（同上）用修为杨慎之字，杨慎诗歌追求博雅宏丽诗风，故有川庖之喻。朱氏以“柔甘”，喻比清淡，符合温柔敦厚之诗教，故易受到古人青睐。

古代诗话自宋代以来，一直对清淡诗风予以了极高的评价。宋蔡正孙《诗林广记》后集卷一载《雪浪斋日记》以“平易”诗风“尽妙”，赞美欧阳修诗：“或疑六一诗未尽妙，以质子和。子和曰：六一诗只欲平易。如‘西风酒旗市，细雨菊花天’，岂不佳？‘晚烟寒橘柚，秋色老梧桐’，岂不似少陵耶？”明李东阳《麓堂诗话》以李、杜与王维诗证明诗贵淡、贵远：“诗贵意，意贵远不贵近，贵淡不贵浓。浓而近者易识，淡而远者难知。如杜子美‘钩帘宿鹭起，丸药流莺啭’，‘不通姓字粗豪甚，指点银瓶索酒尝’，‘衔泥点涴琴书内，更接飞虫打著人’；李太白‘桃花流水杳然去，别有天地非人间’；王摩诘‘返景入深林，复照莓苔上’，皆淡而愈浓，近而愈远，可与知者道，

① （明）胡应麟：《诗薮》外编卷四，上海古籍出版社1979年版，第185页。

② （清）朱彝尊：《静志居诗话》卷一〇，人民文学出版社1998年黄君坦校点本，第278页。

难与俗人言。”[①] 明胡应麟《诗薮》外编卷二引薛考功论诗“铮铮动人”以曰清远诗风“乃诗之至美者也”：“薛考功云：曰清、曰远，乃诗之至美者也，灵运以之。‘白云抱幽石，绿筱媚清涟’，清也；‘表灵物莫赏，蕴真谁为传’，远也；‘岂必丝与竹？山水有清音’，‘景昃鸣禽夕，水木湛清华’，清与远兼之矣。薛此论虽是大乘中旁出佛法，亦自铮铮动人。”[②] 以“清”为至美，反映了中国古人崇尚恬淡诗风的审美观。

清时，有更多的诗话对“清”之诗风引起了重视。其“清”与“淡”诗风意相同。方东树《昭昧詹言》卷一〇云：“又贵清，凡肥浓厨馔忌不用。”施补华《岘佣说诗》以清空诗风为最高格：“五律有清空一气不可以炼句炼字求者，最为高格。如太白‘牛渚西江夜’、‘蜀僧抱绿绮’，襄阳‘挂席几千里’、摩诘‘中岁颇好道’，刘慎虚‘道由白云尽’诸首，所谓‘羚羊挂角，无迹可求。’”[③] 张谦宜《絸斋诗谈》卷一以为“清”之诗风，重在神、骨之内在：“诗品贵清，运众妙而行于虚者也。譬如观人，天日之表，龙凤之姿，虽被服衮玉，其丰神英爽，必不溷于市儿，若乃拜马足，乞残鲭，即荷衣蕙带，宁得谓之仙人耶?”[④] 由此看来，清在于丰神英爽不在于外相，清在骨不在肤。丘炜萲《五百石洞天挥麈》卷二以所谓“气”、“曲”离不开“清”，来说明“清”之重要：“诗以意为体，然非曲无以达其意，则有事于曲者，笔也。诗以词为用，然非清无以运其词，则有事于清者，气也。廿载耽吟，每读古今名大家集，寻其义理骨脉，无一不从曲字来，亦无一不做到清字。极其有去此二字者，不但无好诗，亦决非诗人。”从清处不仅可以看到好诗，而且还可以分辨人之优劣。赵翼《瓯北诗话》卷四析中唐韩孟、元白两大诗派之别，“性情为主”，“沁人心脾”耐人咀嚼，赞美元、白之清淡：“中唐诗以韩、孟、元、白为最。韩、孟尚奇警，务言人所不敢言；元、白尚坦易，务言人所共欲言。试平心论之，诗本性情，当以性情为主。奇警者，犹第在词句间争难斗险，使人荡心骇目，不敢逼视，而意味或少焉。坦易者多触景生情，因事起意，眼前景，口头语，自能沁人心脾，耐人咀嚼，此元、白较胜于韩、孟，世

---

① （明）李东阳：《麓堂诗话》，近代丁福保辑：《历代诗话续编》，中华书局 1983 年校点本，第 1369—1370 页。

② （明）胡应麟：《诗薮》外编卷二，上海古籍出版社 1979 年版，第 151 页。

③ （清）施补华：《岘佣说诗》，近代丁福保辑：《清诗话》，上海古籍出版社 1978 年修订本，第 973 页。

④ （清）张谦宜：《絸斋诗谈》卷一，《清诗话续编》，上海古籍出版社 1983 年郭绍虞辑校点本，第 791 页。

徒以轻俗訾之，此不知诗者也。”① 清淡诗风有助于“触景生情”、“沁人心脾”，无疑对诗歌面向大众化，起到积极的影响。当然，我们也应该看到，作者所说元白轻俗一派必胜于韩孟奇险诗派，实为个人之所好所致，不属于科学的批评，不足为训。

除此之外，古诗话还注意到了清淡并不等同于拙易，清薛雪《一瓢诗话》云：“文贵清真，诗贵平澹，若误认疏浅为清真，何怪以拙易为平澹？伤千古文士之心，破四海诗人之颊，惟此为最。”② 平淡之语不能“故意为之”，以当做自然而融于诗中。宋周紫芝《竹坡诗话》说：“士大夫学渊明作诗，往往故为平淡之语，而不知渊明制作之妙，已在其中矣。如《读山海经》云：‘亭亭明玕照，落落清瑶流’，岂无雕琢之功？盖明玕谓竹，清瑶谓水，与所谓‘红皱檐晒瓦，黄团系门衡’者，悉异。”③ 故意为之，往往得不到清淡之精髓。清袁枚《随园诗话》卷八将平淡与“意”结合起来：“《漫斋语录》曰：‘诗用意要精深，下语要平淡。’余爱其言，每作一诗，往往改至三五日，或过时而又改。何也？求其精深，是一半工夫，求其平淡，又是一半工夫。”④ 用“意”深，是诗歌创作成败之关键所在，在袁枚看来，用“意”深，只做了一半，另一半便是平淡，如此抬高平淡，其目的是为了人人领解。他说：“非精深不能超超独先，非平淡不能人人领解。朱子曰：‘梅圣俞诗，不是平淡，乃是枯槁。’何也？欠精深故也。郭功甫曰：‘黄山谷诗，费许多气力，为是甚底？’何也？欠平淡故也。有汪孝廉以诗投余，余不解其佳。汪曰：‘某诗须传五百年后，方有人知。’余笑曰：‘人人不解，五日难传，何由传到五百年耶？’”（同上）只有人人晓得，方有存在的价值。

宋葛立方《韵语阳秋》卷一批评世俗错误地理会平淡诗风：“大抵欲造平淡，当自组丽中来，落其华芬，然后可造平淡之境，如此则陶、谢不足进矣。今之人多作拙易语，而自以为平淡，识者未尝不绝倒也。”⑤ 文中所说平淡“当自组丽中来”，承继了早些时候的周紫芝《竹坡诗话》“绚烂时至平淡”

---

① （清）赵翼：《瓯北诗话》卷四，人民文学出版社 1981 年霍松林、胡主佑校点本，第 36 页。

② （清）薛雪：《一瓢诗话》，近代丁福保辑：《清诗话》，上海古籍出版社 1978 年修订本，第 707 页。

③ （宋）周紫芝：《竹坡诗话》，（清）何文焕辑：《历代诗话》，中华书局 1981 年校点本，第 340—341页。

④ （清）袁枚：《随园诗话》卷八，人民文学出版社 1982 年顾学颉校点本，第 271 页。

⑤ （宋）葛立方：《韵语阳秋》卷一，（清）何文焕辑：《历代诗话》，中华书局 1981 年校点本，第 483 页。

的思想："有明上人者，作诗甚艰，求捷法于东坡，作两颂以与之。其一云：'字字觅奇险，节节累枝叶。咬嚼三十年，转更无交涉。'其一云：'冲口出常言，法度法前轨。人言非妙处，妙处在于是。'"[①] 作诗到平淡处，要旨似非力所能，"东坡尝有书与其侄云：'大凡为文，当使气象峥嵘，五色绚烂，渐老渐熟，乃造平淡。'"（同上）不但为文当追求平淡，作诗者尤当取法于此。同时的吴可《藏海诗话》亦云："凡文章，先华丽而后平淡，如四时之序，方春则华丽，夏则茂实，秋冬则收敛，若外枯中膏者是也，盖华丽茂实已在其中矣。"[②]"先华丽而后平淡"的提出，为后人正确理解清淡诗风，做出了榜样。

宋魏庆之的《诗人玉屑》卷一〇言其如何由"丽"而终归平淡之途："余少攻歌诗，欲与造物者争柄，遇事辄变化不一，其体裁始则陵轹波涛，穿穴险固，囚鏁怪异，破碎阵敌，卒造平淡而已。"[③] 明胡应麟《诗薮》外编卷四言清为"超凡绝俗"，并将曹植、李白、孟浩然与杜甫等诗人之诗统归于"清"中："清者，超凡绝俗之谓，非专于枯寂闲淡之谓也。婉者，深厚隽永之谓，非一于软媚纤靡之谓也。子建、太白，人知其华藻，而不知其神骨之清，枯寂闲淡，则曲江、浩然矣。杜陵人知其老苍，而不知其意致之婉；软媚纤靡，则六代、晚唐矣。"[④] 曹植、李白诗中是有一些清淡的气味，但若将其诗风统归于清淡之中，实为迂腐之论。谢榛《四溟诗话》卷二以为陶渊明"寄至味于澹然"，若加藻饰，无异于鲍、谢："皇甫湜曰：'陶诗切以事情，但不文尔。'湜非知渊明者。渊明最有性情，使加藻饰，无异鲍、谢，何以发真趣于偶尔，寄至味于澹然？陈后山亦有是评，盖本于湜。"[⑤]

清淡出于华丽纤秾之中的思想，在明时并非统一，陆时雍《诗镜总论》即提出了异议："绝去形容，独标真素，此诗家最上一乘。本欲素而巧出之，此中唐人之所以病也。李端'园林带雪潜生草，桃李虽春未有花'，此语清标绝胜。李嘉佑'野棠自发空流水，江燕初归不见人'，风味最佳。'野棠'句带琢，'江燕'句则真相自然矣。罗隐'秋深雾露侵灯下，夜静鱼龙逼岸行'，此言当与沈佺期、王摩诘折证。"[⑥] 不过，这种说法比起上述所云，其力量毕

---

① （宋）周紫芝：《竹坡诗话》，（清）何文焕辑：《历代诗话》，中华书局1981年校点本，第348页。

② （宋）吴可：《藏海诗话》，清知不足斋丛书本。

③ （宋）魏庆之：《诗人玉屑》卷一〇，上海古籍出版社1978年，第218—219页。

④ （明）胡应麟：《诗薮》外编卷四，上海古籍出版社1979年版，第185页。

⑤ （明）谢榛：《四溟诗话》卷二，人民文学出版社1962年宛平校点本，第41页。

⑥ （明）陆时雍：《诗镜总论》，近代丁福保辑：《历代诗话续编》，中华书局1983年校点本，第1418页。

竟太微弱了。

清时，清淡藏有秾丽的思想于诗话中愈加普及。何世瑾《然灯纪闻》云："诗要洗刷得净，拖泥带水，便令人厌观。"[①] "为诗先从风致入手，久之要造平淡。"[②] 宋咸熙《耐冷谈》卷三与上引明谢榛文论陶诗相比，显得激进一些："诗以清为主。'吉甫作诵，穆如清风。'《三百篇》言诗之旨，亦如是而已。清非一无采色之谓也。昔人评《离骚》者曰：'清绝滔滔。'读陶诗者曰：'香艳入骨。'会得此旨，可以追踪《风》、《雅》矣。"[③] 说陶诗"香艳入骨"，言过其实，令人难以认同。吴雷发《说诗菅蒯》以平淡诗风"驾警而上"，容易让人产生共鸣："有极平淡而难及者，人或以为警炼少，不知其驾警炼而上之也。"[④] 故此他以为"但学者未造警炼"，不可先学平淡，而且也断学不来。张谦宜《絸斋诗谈》卷一以为"平淡正其绚烂处"，"本色自不可掩"[⑤]。方东树《昭昧詹言》卷一四以"力"之用言绚烂与平淡，意味深长："诗有用力不用力之分。然学诗先必用力，久之不见用力之痕，所谓绚烂之极，归于平淡。此非易到，不可先从事于此，恐人于浅俗流易也。"徐增《而庵诗话》所云："必先具清逸流丽之笔，然后锻炼至于苍老"，与众诗话所言相近："诗写性灵，必先具清逸流丽之笔，然后锻炼至于苍老。唐惟子美有之，有极娟秀者，有极老成者，天才学力，略无欹头，似天平上兑出来者。"[⑥] 黄子云《野鸿诗的》以"诗写性灵"入手，言平淡为绚烂之极："理明句顺，气敛神藏，是谓平淡，如《十九首》岂非平淡乎？苟非绚烂之极，未易到此。"[⑦] 有时诗家误以为浅近为平淡，举世作不经意、不费力"皮殻数语，便栩栩以为历陶、韦之奥，可慨也已。"（同上）张清标《楚天樵话》卷上以孟浩然吟诗极意雕刻言诗"煞费几许钳锤"："孟浩然吟诗，眉毛尽脱，极意雕镂乃尔。及披其集读之。清空灵澹，似不以人力胜者。"由此可知，清淡之诗也许炼格炼意，煞费几许钳锤。他批评今世道："今世学者无浩然才情，并无经营修淡之功，徒

① （清）何世璂：《然灯纪闻》，近代丁福保辑：《清诗话》，上海古籍出版社1978年修订本，第120页。

② 同上书，第119页。

③ （清）宋咸熙：《耐冷谈》卷三，清刊本。

④ （清）吴雷发：《说诗菅蒯》，近代丁福保辑：《清诗话》，上海古籍出版社1978年修订本，第903页。

⑤ （清）张谦宜：《絸斋诗谈》卷一，《清诗话续编》，上海古籍出版社1983年郭绍虞辑校点本，第790页。

⑥ （清）徐增：《而庵诗话》，近代丁福保辑：《清诗话》，上海古籍出版社1978年修订本，第432页。

⑦ （清）黄子云：《野鸿诗的》，清昭代丛书本。

以空浅一派似之，匪失之率，即失之俗矣。何异齐人华游者，鞭马而东驰也？”[①] 清淡不易得，故张谦宜《絸斋诗谈》卷一以为，得清淡必须要胸中有书，腕底有力：“胸中无书，腕底无力，不得藉口清奇，自掩其短。”[②] 至此清淡便成了外质内醇的代名词了。

如何达到外质内醇的这种境地呢？他故弄玄虚地将其归结为“心术”上面：“所谓冲谈，此性情心术上事，不洗自净，不学而能。若勉强作冲淡语，似亦是伪，何况不似！”[③] “不学而能”显系唯心的说法。相较而言，田同之《西圃诗说》所说较为科学：“诗之妙处无他，清空而已。然不读万卷，岂易言清？不读破万卷，又岂易言空哉！杜诗云：‘读书破万卷，下笔如有神。’‘神’者，清空之谓也。而‘清空’二字，正难理会。”[④]

读万卷书，谈何容易。因此，自宋以来，便有“造平淡难”之叹。葛立方即言：“梅圣俞《和晏相诗》云：‘因今适性情，稍欲到平淡。苦词未圆熟，刺口剧菱芡。’言到平淡处甚难也。所以《赠杜挺之诗》有‘作诗无古今，欲造平淡难’之句。李白云：‘清水出芙蓉，天然去雕饰。’”[⑤] 平淡能够达到天然处，则为好诗。明何梦春《余冬诗话》卷上也提出了多读书的主张：“宛陵诗：‘为文无古今，欲造平淡难。’山谷云：‘文字难工，惟读书多贯穿，自当造平淡。’”[⑥] 清吴文溥《南野堂笔记》卷一甚至以为，清乃“真骨髓”：“元遗山《论诗绝句》云：‘乾坤清气得来难。’‘清’字乃真诗品、真骨髓也。不清则俗，俗则不可医。故曰：‘穆如清风。’诗家妙谛，尽于此矣。”[⑦] 严廷中《药栏诗话》卷一则将轻视清淡诗风视之为不知诗的门外汉：“至性至情语，似易而实难，或以浅目之，非知诗者也。如袁子才先生《病中赠内》云：‘千金买尽群花笑，一病才征结发情。’《送女还吴》云：‘好如郎在安眠食，莫带啼痕对舅姑。’此种真挚语，在唐惟香山，在宋惟放翁耳。近代诸公集中，不多见此。”言近代诗人集中不多见此，虽标准有些苛刻，却也反映出自宋以来扬古贬今之倾向。

---

① （清）张清标：《楚天樵话》卷上，清刊本。

② （清）张谦宜：《絸斋诗谈》卷一，《清诗话续编》，上海古籍出版社 1983 年郭绍虞辑校点本，第 795 页。

③ 同上书，第 796 页。

④ （清）田同之：《西圃诗说》，清乾隆刻本。

⑤ （宋）葛立方：《韵语阳秋》卷一，（清）何文焕辑：《历代诗话》，中华书局 1981 年校点本，第 483— 484 页。

⑥ （明）何梦春：《余冬诗话》卷上，学海类编本。

⑦ （清）吴文溥：《南野堂笔记》卷一，《南野堂集》本。

这种扬古贬今的倾向在诗话中是极为严重的，甚至我们可以将其视之为一个普遍的现象，自宋朝始，古诗话不断地发出这种批评的声音。如宋葛立方《韵语阳秋》卷一批评陶、谢以来诗歌之雕琢者："老杜云：'陶谢不枝梧，《风》、《骚》共推激。紫燕自超诣，翠驳谁剪剔'是也。"[①] 陶潜、谢朓诗皆平淡有思致，非后来诗人怵心刿目雕琢者所能为之。蔡正孙《诗林广记》前集卷五借苏轼评柳宗元诗之语，影射"余子所及"："苏东坡云：'李、杜之后，诗人继出，虽有远韵，而才不逮意。独韦应物、柳子厚，发秾纤于简古，寄至味于淡泊，非余子所及也。'"明谢榛《四溟诗话》卷三以"平平道出"，批评"今之工于近体者"："《古诗十九首》平平道出，且无用工字面，若秀才对朋友说家常话，略不作意。如'客从远方来，寄我双鲤鱼。呼童烹鲤鱼，中有尺素书'是也。及登甲科，学说官话，便作腔子，昂然非复在家之时。若陈思王'游鱼潜绿水，翔鸟薄天飞。始出严霜结，今来自露晞'是也。此作平仄妥帖，声调铿锵，诵之不免腔子出焉。魏、晋诗家常话与官话相半，迨齐、梁开口俱是官话。官话使力，家常话省力，官话勉然，家常话自然。夫学古不及，则流于浅俗矣，今之工于近体者，惟恐官话不专，腔子不大，此所以泥乎盛唐，卒不能超越魏进而追两汉也。"[②] 清薛雪《一瓢诗话》也以古人之清淡为武器，批评"今人"才短思涩："古人作诗到平澹处，令人吟绎不尽，是陶熔气质，消尽渣滓，纯是清真蕴藉，造峰极顶事也。今人作平澹诗，乃才短思涩，格卑调哑，无以见长，借之藏拙。"[③] 他又说："火候未到，徒拟平澹，何啻威喜丸，费尽咀嚼，斐然满口，终无气味。"（同上）故而例举云："如三家村里儿郎，见衣冠人物，其所欲言，格格不吐，与深沉寡默者，截然两途。故轩辕弥明云：'对于蚯蚓窍，常作苍绳声。'若果才力雄厚，笔气老劲，正不妨如快剑斫阵，骏马下阪，又不妨如回风舞絮，落花萦丝。何必乔妆贞静，缟素迎人，及至春心一般荡漾，识者见之，毕竟作恶数日。"（同上）潘德舆《养一斋诗话》卷三以为"今人"之所以"以平澹为易易"，是由于"未吃甘苦"："一唱三叹，由于千锤百炼。今人都以平澹为易易，知其未吃甘苦来也。右丞'雨中山果落，灯下草虫鸣'，其难有十倍于'草枯鹰眼疾，雪尽马蹄轻'者。到此境界，乃自领之，略早一步，则成口头语，而非诗矣。"[④]

---

① （宋）葛立方：《韵语阳秋》卷一，（清）何文焕辑：《历代诗话》，中华书局 1981 年校点本，第 483 页。

② （明）谢榛：《四溟诗话》卷三，人民文学出版社 1962 年宛平校点本，第 66—67 页。

③ （清）薛雪：《一瓢诗话》，清昭代丛书本。

④ （清）潘德舆：《养一斋诗话》卷三，清道光十六年徐宝善刻本。

田同之《西圃诗说》也认为，出现这种原因是由于“枵腹（空腹）”之过：“诗中平澹处，当自绚烂中来。今人以枵腹作俗浅语，而自以为平澹，且以歇后语为言外意者，宁不令识者代其入地?”[①] 比潘氏高明的是，田同之即反对诗歌过于肤浅，也反对晦涩不明：“作诗必使老妪能解，固不可；然必使士大夫读□（‘□’,《清诗话续编本》为‘之’字）不解，亦又何耶?”（同上）沈德潜《说诗晬语》卷下将其归之为“诗家一病”：“用意过深，使气过厉，抒藻过秾，亦是诗家一病。”[②] 此番议论同明人陆时雍所言的“气太重，意太深，声太宏，色太厉，佳而不佳，反以此病”[③] 极为相似。批评的例子多得令人目不暇接，足见古诗话对清淡诗风的重视。

那么，如何方能正确地处理好清淡与绚丽的关系呢？清姚椿《樗寮诗话》卷上提出了“调理”的思想：“戴剡源表元序许长源诗曰：‘酸咸甘苦之于食，各不胜其味也，而善庖者调之，能使无味；温凉平烈之于药，各不胜其性也，而善医者治之，能使之无性；风云月露、虫鱼草木以至人情世故之托于诸物，各不胜其为迹也，而善诗者用之，能使之无迹，是三者所为，其事不同，而同于为之之妙。”[④] 无味之味食始珍，无性之性药始匀，无迹之迹诗始神，一切都在于调和理之中的应用。当然，平淡之深意是不容易看到的。例如，清宋大樽《茗香诗论》即言:“或问:‘诗至靖节，色香臭味俱无，然乎?’曰：‘非也。此色香臭味之难可尽者，以极澹不易见耳。太平之世，风不鸣条，雨不破块。雷不惊人，电不眩目，雾不塞望，雪不封条，阴阳和也。和气之流，必有色香臭味。云则五色而为庆，三色而成矞。露则结味而成甘，结润而成膏。人养天和，其色香臭味亦发于自然。’”[⑤] 按宋大樽之论，故有《诗经》之和，有《诗经》之色香气味。有陶渊明之和，便有靖节之色香气味。宋氏之论恰与宋胡仔《笤溪渔隐丛话后集》卷二四所云识诗当“细味之”相符：“笤溪渔隐曰：圣俞诗工于平淡，自成一家，如《东溪》云：‘野凫眠岸有闲意，老树著花无丑枝。’《山行》云：‘人家在何许？云外一声鸡。’《春阴》云：‘鸠鸣桑叶吐，村暗杏花残。’《杜鹃》云：‘月树啼方急，山房人未眠。’似此等句，须细味之，方见其用意也。”故“调理”，当细分辨每一批评之要素。

---

① （清）田同之：《西圃诗说》，清乾隆刻本。

② （清）沈德潜：《说诗晬语》卷下，人民文学出版社 1998 年霍松林校注本，第 242 页。

③ （明）陆时雍：《诗镜总论》，近代丁福保辑：《历代诗话续编》，中华书局 1983 年校点本，第 1412 页。

④ （清）姚椿：《樗寮诗话》卷上，清刊本。

⑤ （清）宋大樽：《茗香诗论》，清乾隆道光间知不足丛书本。

明胡应麟的《诗薮》外编卷四细分“清”之诗风可观“清”的大致情况：“诗最可贵者清，然有格清，有调清，有思清，有才清。才清者，王、孟、储、韦之类是也。若格不清则凡，调不清则冗，思不清则俗。王、杨之流丽，沈、宋之丰蔚，高、岑之悲壮，李、杜之雄大，其才不可概以清言，其格与调与思，则无不清者。”[①] 清王寿昌《小清华园诗谈》卷上分“清”为四种：“诗有四清：心境欲清，神骨欲清，气味欲清，意致音韵欲清。”[②] 清蒋鸣翮《寒塘诗话》具体品味诗之“极真率”者，主要在于绝句：“诗有极真率而味愈长者，在绝句为多。戴石屏《访友人家即事》云：‘烂茅遮屋竹为床，口诵时文鬓已苍。妻病无钱供药物，自寻野草试单方。’……诗如话，视盛唐似有间矣，然不得谓宇宙间至文耶？”[③] 吴雷发《说诗菅蒯》以为清淡之成功，不外一“老”字：“入手时须讲一‘清’字，成功则不外一‘老’字，诗之初终略尽矣。即古文辞何独不然？”[④] 以老为清，为清淡之审美思想加上了举足轻重的砝码。

学古人浓易，学其疏淡处难。诸如兴会顺达淋漓，一气赶下，视之为浓。迂回往复，其不着力处，不弱不冗，行游自在，为其疏淡。中庸之路，稍不留意，则诸病而出。古近体诗皆是如此。

第二节　元气浑沦，天然入妙[⑤]

诗话对自然天工诗风的贡献　尊自然天工诗风为上　佳句不如自然　古诗话以“自然天工”为标准，评品作家，故多有崇奉陶诗之语　自然及雕琢两派　自然诗风难易之争　自然须“尽神”

古代诗话在批评古诗歌时，曾对自然天工的艺术手法进行了细致的辨析和

① （明）胡应麟：《诗薮》外编卷四，上海古籍出版社1979年版，第185页。

② （清）王寿昌：《小清华园诗谈》卷上，《清诗话续编》，上海古籍出版社1983年郭绍虞辑校点本，第1855页。

③ （清）蒋鸣翮：《寒塘诗话》，清刊本。

④ （清）吴雷发：《说诗菅蒯》，近代丁福保辑：《清诗话》，上海古籍出版社1978年修订本，第905页。

⑤ （清）朱庭珍：《筱园诗话》卷一，清光绪十年刻本。

探究。这些探究对于正确理解和批评古代诗歌起到了良好的作用。“自然天工”是古代诗话中所论述的一种重要诗风。它要求诗人以真挚的思想感情，客观地描写社会和自然现象，以自然为美，崇尚真淳、质朴、清新的艺术创作方法，反对晦涩、浮靡、雕饰、造作之文风。

自然天工诗风的起源形成，与《周易》及道家思想有着渊源的关系。《周易·系辞下》记言：圣人制八卦便是观察、取法自然的结果：“（包牺氏）仰则观象于天，俯则观法于地，观鸟兽之文与地之宜，近取诸身，远取诸物，于是始作八卦，以通神明之德，以类万物之情。”① 老子言自然云：

希言自然，故飘风不终朝，骤雨不终日。（《老子二十三章》）

人法地、地法天、天法道、道法自然。（同上）

庄子“天籁”的自然思想，对后世自然天工诗风的形成有着一定的影响。《庄子·齐物论》言：“汝闻人籁而未闻地籁，汝闻地籁而未闻天籁夫。”“地籁则众窍是已，人籁则比竹是已，敢问天籁。”“夫吹万不同，而使其自己也。咸其自取，怒者其谁邪?”天籁是一种不受任何约束，完全自发而天然产生出来的声音。老庄崇尚自然天工，反对矫揉造作，被后人应用到诗歌理论和创作上来。起了积极的作用。

但是，先秦道家并未将“自然天工”立旗标识于天下，最早以“自然”二字命名为篇目名称的是东汉王充的《论衡》。王充借“自然”阐述自己的朴素唯物主义思想，与诗风无关。直到刘勰的《文心雕龙·原道》篇，提出了文源于自然之道的理论，强调“自然之文”，方将“自然”真正与诗文联系了起来。以后，钟嵘《诗品》倡导“自然英旨”。特别是唐司空图《二十四诗品》专列“自然”一品，强调自然天工美：

自然：俯拾即是，不取诸邻。俱道适往，著手成春。如逢花开，如瞻岁新。真与不夺，强得易贫。幽人空山，过雨采苹。薄言情悟，悠悠天钧。②

自此之后，“自然天工”便成了诗歌创作的一种独特诗风。成为诗话推崇

---

① 校刻者（清）阮元：《十三经注疏·周易正义·系辞下》，中华书局1980年影印本，第86页。

② （唐）司空图：《二十四诗品》，（清）何文焕辑：《历代诗话》，中华书局1981年校点本，第40页。

和追求的一种理想的目标。

那么，何为诗话所言的自然天工诗风呢？司空图以为自然天工诗风实为现实生活“俯拾即是”、“如逢花开”的东西，这种思想后人多有遵奉。明蒋冕《琼台诗话》与其思想极为一致：“冕作《琼台诗话》既脱稿，忽忆先生尝与友人论诗云：‘吐语操词不用奇，风行水上茧抽丝。眼前景物口头话，便是人间绝妙词。’”① 清庞垲《诗义固说》下亦云：“禅者云：‘佛法事事现成。’唯诗亦然。作一诗，题前题后，题内题外，原有现成情景在，只要追寻得到，情景自出耳。”② 其“眼前景物口头话，便是人间绝妙词”、“追寻得到”与司空图“俯拾”并无异点。宋朱弁《风月堂诗话》卷上也言自然天工“皆时所见”，但他强调自然天工“不必出于经史”：“诗人胜语，咸得于自然，非资博古。若‘思君如流水’、‘高台多悲风’、‘清晨登陇首’、‘明月照积雪’之类，皆时所见，发于言辞，不必出于经史。故钟嵘评之云：‘吟咏情性，亦何贵于用事？’颜、谢推轮，虽表学问，而太始化之，寖以成俗，当时所以有书钞之讥者，盖为是也。大抵句无虚辞，必假故实，语无空字，必究所从，拘挛补缀而露斧凿痕迹者，不可与论自然之妙也。”③ 以上论述，大致描绘出了自然天工诗风的基本面貌。

诗话对自然天工诗风的贡献起着传导和推波助澜的作用。大致有以下几种情况。

（1）尊自然天工诗风为上。明谢榛《四溟诗话》卷四即云：“自然妙者为上，精工者次之，此着力不着力之分，学之者不必专一而逼真也。”④ 清人也有极相近的言论，冒春荣《葚园诗说》卷二说：“高廷礼列老杜于大家，不居正宗之目，此其微旨。五言如孟浩然《过故人居》，王维《终南别业》，又《喜祖三至留宿》，李白《送友人》，又《牛诸怀古》，常建《题破山寺后禅院》，宋之问《陆浑山庄》，此皆不事工巧极自然者也。”⑤ 故此他认为：“诗以自然为上，工巧次之。工巧之至，始入自然。”（同上）自然之妙，无须工巧。彭端淑《雪夜诗谈》也推崇自然为上，其他诸如雄浑、秀逸、琢雕均望

① （明）蒋冕：《琼台诗话》，明万历二十六年许自昌刻本。

② （清）庞垲：《诗义固说》下，《清诗话续编》，上海古籍出版社1983年郭绍虞辑校点本，第739页。

③ （宋）朱弁：《风月堂诗话》卷上，明宝颜堂秘籍本。

④ （明）谢榛：《四溟诗话》卷四，人民文学出版社1962年宛平校点本，第127页。

⑤ （清）冒春荣：《葚园诗说》卷二，《清诗话续编》，上海古籍出版社1983年郭绍虞辑校点本，第1584页。

自然之项背："诗之造句，以自然为上，雄浑次之，秀逸又次之，琢雕粉饰其下焉者也。"① 邬启祚《耕云别墅诗话》以自然天工为"作诗之旨"、"真所谓如来第一义"："陆石孙应暄自述其师孙稼亭之言云：'师一日语余曰：子亦闻作诗之旨乎？子徒知雕斫字句为下乘禅，而不知兢兢规格之，犹落第二义也。目之所见，境之所触，冲口而出。按之自然成文，思之窈然以曲，旷然以深，他人虽覃精研思亦不是过，斯真所谓如来第一义矣。'"徐增《而庵诗话》认为"自然天工"为贵，因其里面包含着变的因素："诗贵自然。云因行而生变，水因动而生文，有不期然而然之妙，唐人能有之。"② 诗话对自然天工诗风的推崇，由此到了无以复加的地步。

在诗歌理论批评巨匠（诸如司空图等人）的倡导下，及长期所形成的自然天工为上的心理影响，我国古代诗话渐渐出现了"佳句不如自然"的诗歌思潮。如宋范温《潜溪诗眼》以杜甫的"自然天工"与韩愈"言出于勉强"相互比较，得出二人"相去甚远"的结论：

老杜《樱桃诗》云："西蜀樱桃也自红，野人相赠满筠笼。数回细写愁仍破，万颗匀圆讶许同。"此诗如禅家所谓信手拈来，头头是道者。直书目前所见，平易委曲，得人心所同然，但他人艰难，不能发耳。至于"忆昨赐霑门下省，退朝擎出大明宫。金盘玉箸无消息，此日尝新任转蓬。"其感兴皆出于自然，故终篇遒丽。韩退之有《赐樱桃诗》云："汉家旧种明光殿，炎帝还书《本草经》。岂似满朝承雨露，共看转赐出青冥。香随翠笼擎偏重，色照银盘写未停。食罢自知无补报，空然惭汗仰皇扃。"盖学老杜前诗，然搜求事迹，排比对偶，其言出于勉强，所以相去甚远。若非老杜在前，人亦安敢轻议？"③

以"感兴皆出于自然"，得出"终篇遒丽"的结论，似乎有些牵强，但我们却也可从一斑中看出"佳句不如自然"思潮漫起的迹象。

明胡应麟《诗薮》外编卷六比之唐、宋、元三朝诗歌，也得出"自然可爱"的结论："唐人诗如初发芙蓉，自然可爱；宋人诗如披沙拣金，力多功

① （清）彭端淑：《雪夜诗谈》，乾隆四十二年刻。

② （清）徐增：《而庵诗话》，近代丁福保辑：《清诗话》，上海古籍出版社 1978 年修订本，第 432 页。

③ （宋）范温：《潜溪诗眼》，《宋诗话辑佚本》，郭绍虞辑佚，中华书局 1980 年版，第 314 页。

少；元人诗如镂金错采，雕缋满前。三语本六朝评颜、谢诗，以分隶唐、宋、元人，亦不甚枉也。”[①] 清诗话将此论点发展到了极点。朱彝尊《静志居诗话》卷一二首先倡言：“世之蕘童牧竖，矢口而成章，田翁野妪，发声而中节。彼盖不知何者为诗，况诗之所以妙，何也？天地之机，泄于人者，不知其所以然而然也。夫诗以言传，亦以言隐。求之于迹者非也，求之于音者亦非也，求之于揣摩拟议者，亦非也。”[②] 以“发声而中节”、“不知其所以然而然也”来批判“求之于迹”、“求之于音”，显然有些力不从心。

稍后，王士禛《带经堂诗话》卷三以自己亲身经历来说明“句句作意，此其所以不及前人”的道理：“曹颂嘉（禾）祭酒常语余曰：‘杜、李、苏、韩四家歌行，千古绝词，然语句时有利钝。先生长句，乃句句用意，无暇可攻，拟之前人，殆无不及。’余曰：‘唯句句作意，此其所以不及前人也。’”[③] 杜、李、苏、韩四家歌行诗，如万斛泉源，不择地而出，行乎其所不得不行，止乎其所不得不止，故有天然之妙。王士禛接着论述道：“余诗如鉴湖一曲，若放翁、遗山以下，或庶几耳。”原文释云：“宗楠附识：芷斋述蒿庐先生云：‘唯句句作意，故不及前人’，真诗中三昧语也。老杜云：‘得失寸心知’，谅（‘谅’，戴鸿森校点《带经堂诗话》为‘谅哉’。人民文学出版社 1998 年版，第 75 页）！故然先生此言，正所谓以鲁男子之不可，学柳下惠之可者。不然，鲜不流于画虎之诮矣。”[④] 王士禛列举唐人诗歌以证明佳句不如自然：“晚唐人诗：‘风暖鸟声碎，日高花影重’，‘晓来山鸟闹，雨过杏花稀’，元人诗：‘布谷叫残雨，杏花开半村’，皆佳句也，然总不如右丞‘兴阑啼鸟缓，坐久落花多’，自然入妙。盛唐高不可及如此。”（同上）沈德潜《说诗晬语》卷上谓“琢句”、“成句”不如“元化自在流出”：“梁、陈、隋间，专尚琢句。庾肩吾云：‘雁与云俱阵，沙将蓬共惊’、‘残虹收宿雨，缺岸上新流’、‘水光悬荡壁，山翠下添流’，阴铿云：‘莺随入户树，花逐下山风’，江总云：‘露洗山扉月，云开石路烟’，隋炀帝云：‘鸟警初移树，鱼寒欲隐苔’，皆成名句。然比之小谢‘天际识归舟，云中辩江树’，痕迹宛然矣。若渊明‘采菊东篱下，悠然见南山’、‘平畴交远风，良苗亦怀新’，中有元化，自在流出，乌可以道里计？”[⑤] 王士禛与沈德潜之语暗合。雕琢之句，必有人工之因素，在造物主

① （明）胡应麟：《诗薮》外编卷六，上海古籍出版社 1979 年版，第 234 页。

② （清）朱彝尊：《静志居诗话》卷一二，清嘉庆扶荔山房刻本。

③ （清）王士禛：《带经堂诗话》卷三，清乾隆二十七年刻本。

④ 同上。

⑤ （清）沈德潜：《说诗晬语》卷上，人民文学出版社 1998 年霍松林校注本，第 204 页。

的面前，任何经过掩饰过的东西，都显得苍白无力。

（2）中国古代诗话以“自然天工”为标准，评品作家，故多有崇奉陶诗之语。如清王夫之《姜斋诗话》卷一将陶诗与《诗经·周南》相媲美，陶之自然天工与《诗经》一脉相通：

“采采芣苡”，意在言先，亦在言后，从容涵泳，自然生其气象。即五言中，《十九首》犹有得此意者，陶令差能仿佛，下此绝矣。“采菊东篱下，悠然见南山”，“众鸟欣有托，吾亦爱吾庐”，非韦应物“兵卫森画戟，燕寝凝清香”所得而问津也。①

古人将《诗经》与《古诗十九首》的地位看得极高，只有陶诗可与之比肩。“下此绝矣”，愈显陶诗之珍贵。清朱庭珍《筱园诗话》卷一亦云：

陶诗独绝千古，在“自然”二字。《十九首》、苏、李五言亦然。元气浑沦，天然入妙，似非可以人力及者。后人慕之，往往有心欲求自然，欲矜神妙，误此一关，遂成流连光景之习。如禅家之顽空，不惟不能真空，反添空障，有何益哉！

陶诗的自然天工，使得其能与五言之冠冕《古诗十九首》等相抗衡。后世欲求自然天工，反而为之愈远，不免令人心灰意冷。宋胡仔《苕溪渔隐丛话后集》卷三分析陶诗不可及之原因云：“渊明诗所不可及者，冲淡深粹，出于自然。若曾用力学，然后知渊明诗非著力之所能成也。”与其同时人黄彻则以为陶渊明自然天工之不可及者，在于其“无心于非誉巧拙之间”：“（东）坡云：‘辨才诗如风吹水，自成文理。吾辈与参寥，如巧妇织锦耳。’取况亦类此。渊明所以不可及者，盖无心于非誉巧拙之间也。”② 无心反而最接近自然天工诗风，大自然对人类所开的玩笑，是努力雕饰以求接近自然的诗人们所始料未及的。

崇陶的结果，引得后人模拟不断。仅唐代就有王维、孟浩然、储光羲、韦

① （清）王夫之：《姜斋诗话》卷一，近代丁福保辑：《清诗话》，上海古籍出版社 1978 年修订本，第 4 页。

② （宋）黄彻：《䂬溪诗话》卷五，近代丁福保辑：《历代诗话续编》，中华书局 1983 年校点本，第 371 页。

应物、柳宗元等大家。以自然天工为标准分辨诗人之优劣，故有李白诗不如杜甫诗之说。清赵翼《瓯北诗话》卷一言："李青莲自是仙灵降生……其神采必有迥异乎常人者。诗之不可及处，在乎神识超迈，飘然而来，忽然而去，不屑屑于雕章琢句，亦不劳劳于镂心刻骨，自有天马行空，不可羁勒之势。若论其沉刻，则不如杜；雄鹜，亦不如韩。然以杜、韩与之比较，一则用力而不免痕迹，一则不用力而触手生春：此仙与人之别也。"① 言李诗不如杜诗，依个人喜好得出结论尚可理解，说韩愈诗胜过李白诗，则未免有些糊涂。

清马星翼《东泉诗话》卷一以陶渊明为领袖，分"自然"之途："陶诗以自然为贵，谢公以雕镂为工，二家遂为后世诗人分途。王、孟、储、韦多近于陶，至香山极矣。贾岛、李贺皆源于谢，至韩、孟联句极矣。"以陶渊明与谢灵运为鳌首，分自然及雕琢两派，其分法并非严密无隙可击。

例如，梁钟嵘《诗品》即言谢灵运诗"芙蓉出水"有自然诗风："宋光禄大夫颜延之：其源出于陆机。尚巧似，体裁绮密，情喻渊深，动无虚散，一句一字，皆致意焉。又喜用古事，弥见拘束，虽乖秀逸，是经纶文雅才。雅才减若人，则蹈于困踬矣。汤惠休曰：'谢诗如芙蓉出水，颜如错彩镂金。'颜终身病之。"② 宋叶梦得《石林诗话》卷中以谢灵运"池塘生春草"句，言其诗自然天工："'池塘生春草，园柳变鸣禽。'世多不解此语为工，盖欲以奇求之耳。此语之工，正在无所用意，猝然与景相遇，借以成章，不假绳削，故非常情所能到。诗家妙处，当须以此为根本，而思苦言难者，往往不悟。"③ 胡应麟《诗薮》外编卷二亦谓："'池塘生春草'。不必苦谓佳，亦不必谓不佳。灵运诸佳句，多出深思苦索，如'清晖能娱人'之类，虽非锻炼而成，要皆真积所致。此却率然信口，故自谓奇。至'明月照积雪'，风神颇乏，音调未谐。钟氏云云，本以破除事障，世便喧传以为警绝，吾不敢知。"④《颐山诗话》甚至言谢灵运诗"有天然之趣"："古人一句诗称振绝者，如'枯桑知天风'，如'海日生残夜'，下此如'满城风雨近重阳'之句，然未若谢客之'池塘生春草'也，少日读此不解，中岁以来，始觉其妙意在言外，神交物表，偶然得之，有天然之趣，所以可贵。谢客自谓殆有神助，非虚语也。今观

① （清）赵翼：《瓯北诗话》卷一，人民文学出版社1963年霍松林、胡主佑校点本，第3页。

② （梁）钟嵘：《诗品》，（清）何文焕辑：《历代诗话》，中华书局1981年校点本，第13—14页。

③ （宋）叶梦得：《石林诗话》卷中，（清）何文焕辑：《历代诗话》，中华书局1981年校点本，第426页。

④ （明）胡应麟：《诗薮》外编卷二，上海古籍出版社1979年版，第149页。

谢客诸作，皆精练似此者绝少，信乎有神助也。"[①] 明人谢榛言曰："谢灵运'池塘生春草'，造语天然，清景可画，有声有色，乃是六朝家数，与夫'青青河畔草'不同。叶少蕴但论天然，非也。又曰：'若作池边、庭前'，俱不佳。非关声色而何？"[②] 尽管如此，谢灵运之诗毕竟有雕琢的痕迹："造语天然"，直语陶、谢诗风的根本，只不过天然的地方有多寡之区分而已。同样，陶渊明诗也有锤炼的地方。马星翼《东泉诗话》卷一告诫后学者说："世之为高论者，欲合陶、谢而一之。若深入其中，自不相混耳。陶诗固多自然，亦有炼句，如'凉风起将夕，夜景湛虚明'。'寒气冒山泽，游云倏无依。''清气澄余滓，杳然天界高。'但非如谢公之炼，读者当自得其趣耳。""自不相混"之语，实道出陶谢诗风之不同。

（3）自然诗风的难与易之争。主张自然天工之"易"的宋人强幼安在其《唐子西文录》中说："古之作者，初无意于造语，所谓因事以陈词。如杜子美《北征》一篇，直纪行役尔，忽云'或红如丹砂，或黑如点漆。雨露之所濡，甘苦齐结实。'此类是也。文章只如人作家书乃是。"[③] 如人坐于家中写书信，即可达到自然天工，何等地洒脱。宋许颉主张作诗不可费力雕琢："黄鲁直爱与郭功父戏谑嘲调，虽不当尽信，至如曰，'公做诗费许多气力做甚？'此语切当，有益于学诗者，不可不知也。"[④] 明陆时雍以道家之风骨，述自然天工的"天致"，别味有趣："书有利涩，诗有难易。难之奇，有曲涧层峦之致，易之妙，有舒云流水之情。王昌龄绝句，难中之难，李青莲歌行，易中之易。难而苦为长吉；易而脱为乐天，则无取焉。总之，人力不与，天致自成，难易两言，都可相忘耳。"[⑤] 明林希恩《诗文浪谈》也轻松地说："古人有言曰：'吟成五个字，用破一生心。'又曰：'此子欲吐出心肝乃已。'夫轻重清浊之声，虽有吟咏而得矣，而其最所自得处，又岂专在于吟咏耶？不属于思，若或启之而合节从律，盖有不知为之者。"[⑥] 风生而水自生纹，春生而鸟能语，属于天道之自然。仿佛一切都是与之俱来的。

---

① （明）安磐：《颐山诗话》，文渊阁《四库全书》本。

② （明）谢榛：《四溟诗话》卷二，人民文学出版社1962年宛平校点本，第46页。

③ （宋）强幼安：《唐子西文录》，（清）何文焕辑：《历代诗话》，中华书局1981年校点本，第447页。

④ （宋）许颉：《彦周诗话》，（清）何文焕辑：《历代诗话》，中华书局1981年校点本，第391页。

⑤ （明）陆时雍：《诗镜总论》，近代丁福保辑：《历代诗话续编》，中华书局1983年校点本，第1418页。

⑥ （明）林希恩：《诗文浪谈》，见《全明诗话》，周维德辑校，齐鲁书社2005年版，第707页。

然追求自然天工诗风极易流于率易。清朱彝尊《静志居诗话》卷七说："文庄于诗不事锻炼，而矩度自合。其与友人论诗绝句云：'吐语操持不用奇，风行水上茧抽丝，眼前景物口头语，便是诗家绝妙辞。'其言未尝不是，第恐学者因之流于率易，堕入定山一派，不可也。"因其易滑行至率易的泥坑，故诗人倍加小心翼翼，古代诗话也多有"自然天工"难作之说。宋蔡启感叹云：

天下事有意为之，辄不能尽妙，而文章尤然。文章之间，诗尤然。世乃有日锻月炼之说，此所以用功者虽多，而名家者终少也。晚唐诸人议论虽浅俚，然亦有暗合者，但不能守之耳。所谓"尽日觅不得，有时还自来"者，使所见果到此，则"采菊东篱下，悠然见南山"之句，有何不可为？惟徒能言之，此禅家所谓语到而实无见处也。往往有好句当面蹉过，若"吟成一个字，捻断几茎须"，不知何处合费许（多）辛苦？正恐虽然尽须，不过能作"药杵声中捣残梦，茶铛影里煮孤灯"句耳。人之相去，固不远哉！[①]

越有意为之，越难以为工。清汤大奎《炙砚琐谈》卷上将自然天工诗风的写作描绘得极难："妙取筌蹄，弃想高妙也，不著一字，尽得风流，自然高妙也。一字百炼，一语百讽，兴有微会，纬无凡音，贪使事，好持论者，恐终身不解。"[②] 清钱泳《履园谭诗》也说："坡公尝言：'能道得眼前真景，便是佳句。'余尝在灯下诵前人诗，每有佳句，辄拍案叫绝。一妾在旁问何妙若此，试请解之？余为之讲释。乃曰：'此自然景象，何足取耶？'余笑曰：'吾所取者，正为自然耳。'"[③] 作诗易于造作，难于自然。清徐熊飞《修竹庐谈诗问答》以自然须"尽神"为目标，描绘了一幅"化境"的图景："问：今之评诗者，有曰'诗人之诗'，有曰'才人之诗'。……若饰智矜愚，夸多斗靡，以为押韵之类书则可矣，于风雅之道何居？答：自然而出，无关造化，此化境也。化境多从无心得之。诗道本源，必深造以臻其神，穷神以达其他，则化境乃不落空。若未能尽神，而遽欲达化，未有不背而驰者。此《三昧》一集，可与参变，未可与肇始也。情不能自达，必才以运之；才不可驰骤，必法以范之；法不可固执，必神以诣之。数者皆不可偏废，至夸多斗靡、为押韵类书

① （宋）蔡启：《蔡宽夫诗话》，见《宋诗话辑佚本》，郭绍虞辑佚，中华书局 1980 年版，第 383 页。

② （清）汤大奎：《炙砚琐谈》卷上，清乾隆五十七年赵怀玉亦有生斋刻本。

③ （清）钱泳：《履园谭诗》，近代丁福保辑：《清诗话》，上海古籍出版社 1978 年修订本，第 874 页。

者，其于风雅之道，本未窥见，何足齿数！”诗以言志，有如山之云，水之波，虫鸟之鸣声，自然而出，无关造作。乍看似乎极易，实际写诗非到“化境”的程度，不可达其要求。

难、易之争，各执一面之词。迫使更多的诗话作者探索何谓真正诗话的自然天工。明王世贞《艺苑卮言》卷四谓李白之自然天工云：“‘峨眉山月半轮秋，影入平羌江水流。夜发清溪向三峡，思君不见下渝州。’此是太白佳境。然二十八字中，有峨眉山、平羌江、清溪、三峡、渝州，使后人为之，不胜痕迹矣，益见此老炉锤之妙。”[①] 锤炼之妙，为李诗佳镜。其言王维之自然天工诗风，足令人深思：“凡为摩诘体者，必以意兴发端，神情傅合，浑融疏秀，不见穿凿之迹，顿挫抑扬，自出宫商之表可耳。”（同上）不见穿凿之迹，并非不要刻削。清薛雪《一瓢诗话》言杜诗之天然诗风谓：“杜浣花炼字蕴藉，用事天然，若不经意，粗心读之，了不可得，所以独超千古。余子皆如烧青接绿矣。”[②] 杜诗之天然，是与炼字蕴藉紧密结合在一起的。因此，清吴雷发《说诗菅蒯》谓：“诗须镵入，尤贵自然。但讲镵入而不求自然，恐雕琢易于伤气，但讲自然而不求镵入，恐流入于空腔熟调，且便于枵腹（空腹）者流。宜先从事于镵入，然后求其自然，则得矣。”[③] 自然流于“空腔熟调”，吴雷发的担心，并非没有道理。

宋叶梦得《石林诗话》卷下以杜诗炼字为例，说明自然天工用力的奥秘：

老杜“细雨鱼儿出，微风燕子斜”，此十字殆无一字虚设。雨细著水面为沤，鱼常上浮而淰，若大雨则伏而不出矣。燕体轻弱，风猛则不能胜，唯微风乃受以为势，故又有“轻燕受风斜”之语。至“穿花蛱蝶深深见，点水蜻蜓款款飞”，“深深”字若无“穿”字，“款款”字若无“点”字，皆无以见其精微如此。然读之浑然，全似未尝用力，此所以不碍其气格超胜。使晚唐诸子为之，便当如“鱼跃练波抛玉尺，莺穿丝柳织金梭”体矣。[④]

---

① （明）王世贞：《艺苑卮言》卷四，近代丁福保辑：《历代诗话续编》，中华书局 1983 年校点本，第 1009 页。

② （清）薛雪：《一瓢诗话》，人民文学出版社 1998 年杜维沫校注本，第 137 页。

③ （清）吴雷发：《说诗菅蒯》，近代丁福保辑：《清诗话》，上海古籍出版社 1978 年修订本，第 897～898 页。

④ （宋）叶梦得：《石林诗话》卷下，（清）何文焕辑：《历代诗话》，中华书局 1981 年校点本，第 431 页。

“全似未尝用力”当为经验之谈。因为诗句一方面忌讳用巧太过；另一方面又不能脱离了巧。诗歌缘情体物，自有天然工妙，虽巧而不见刻削之痕，方为妙手。明胡应麟《诗薮》外编卷二以为：“自然天工”当叠用而不觉：“严谓古诗不当较量重复，而引属国数章见例，是则然矣。古人佳处，岂在是乎？观少卿三章及两汉诸作。足知冗非所贵，第信笔天成，间遇一二，不拘拘窜定耳。‘青青河畔草’一章，六用叠字而不觉。正古诗妙绝处。”① 他总结两汉诗之自然天工诗风为：“汉人诗，质中有文，文中有质。”② 浑然天成，绝无痕迹，所以才能冠绝古今。清庞垲《诗义固说》上提出自然天工“用字须活，选言须雅”的写作标准：“古人论乐，以丝不如竹，竹不如肉，曰渐近自然。唯诗亦然。用字须活，选言须雅，诗成读之，如天生现成有此一首诗供吾抄出者，则合乎自然矣，乌不佳！”③ 何谓“活”呢？袁枚以为，自然天工除“修月无痕”之外，还当“意深词浅”。构思时千辛万苦，其诗读之甘甜入口：“织锦有迹，岂曰惠娘？修月无痕，乃号吴刚。白傅改诗，不留一字，今读其诗，平平无异。意深词浅，思苦言甘。寥寥千年，此妙谁探？”④ 改诗越苦，其妙越令人神往。

与袁枚意见相反的方东树以为，自然天工当选言要奇：“《荀子》、《国语》皆委靡繁絮，不能振起。此亦非关世盛世衰，如《变风》、《变雅》、《离骚》，岂非衰世之文，而战国、楚、汉尤为乱世，其文奇伟，亘古莫及。但奇伟出之自然乃妙，若有意如此，又入于客气矜张，伪体假象。此存乎其人读书深，志气伟耳。”（《昭昧詹言》卷一）文字要奇伟，有精彩，有英气、奇气。清田同之批评道：“诗以自然为至，以远造为功，才智之士，镂心刿目，镄奇凿诡，矜诩高远，铲削元气，其病在艰涩。若藉口浑沦，脱手成篇，因陈袭故，如官庖市贩，咄嗟辐辏，而不能惊魂骇目，深入人肺肠，寝就浅陋，其病反在艰涩下。”（《西圃诗说》）奇必会远离自然天工，这是诗话家所不能容忍的事情。清叶矫然《龙性堂诗话初集》亦谓：“诗中造句押韵，悉归自然，不强造作。

① （明）胡应麟：《诗薮》外编卷二，上海古籍出版社1979年版，第150页。

② （明）胡应麟：《诗薮》内编卷二，上海古籍出版社1979年版，第22页。

③ （清）庞垲：《诗义固说》上，《清诗话续编》，上海古籍出版社1983年郭绍虞辑校点本，第730页。

④ （清）袁枚：《续诗品·灭迹》，（清）何文焕辑：《历代诗话》，中华书局1981年校点本，第1036页。

唐之大家中，虽太白、子美、义山，莫不皆然。”①

无论构思时造句押韵须雅还是奇之分歧有多大，但有一点是可以肯定的：自然天工绝非是不加任何雕饰的自然天工。清吴文溥倡言道：“诗以自然宗，故谢胜于颜，陶胜于谢。自然者，非率直之谓也，乃凝练到极处也。即如陶诗，真朴处却又委婉，孤劲处却又忠厚，平淡处却又醽粹，不经意处却又他人千百构思所不能及者，大约他人凝练在字句之间，陶诗凝练在字句之外，此其所以至也。”（《南野堂笔记》卷一）“自然天工”为凝练到极处，赋予自然天工诗风以新的含义。

综上所述，所谓自然天工诗风者，自然而然，本不期然而适然得之，非有心求其必然。自然天工归之于作者根底深厚，性情真挚，有感而发。酝酿之熟，火色俱融；涵养之纯，痕迹进化。天机洋溢，意趣活泼，诚中形外，有触即发，自在流出，看似毫不费力。故其作品兴象玲珑，气体超妙，高深古谈，妙合自然，所谓绚烂之极，归于平淡。此可以渐渐臻于圆满，而不可以强求达到。且应锻炼求之，经百炼而旨归自然天工。只有如此，才不至于蹈空流于谷底。如果一味效颦，仿袭他人腔调字句，只能得以皮毛略似，而神理全非，如此不啻病入膏肓，无药可救矣！

第三节　诗贵有含蓄不尽之意[②]

含蓄“盛气直述”，反之“更无余味”　含蓄引向了极端　诗话将含蓄风格与《诗经》写作方法联系起来　古代诗话以含蓄为基础，探求如何写诗的规律　含蓄要“细细斟酌，不可孟浪”，否则有伤雅道　含蓄与温柔敦厚《诗经》有“骂人极狠者”　不含蓄并不妨碍其诗佳

古代诗话在批评过程中对含蓄深远类型的诗歌亦进行了深入细致的探究，为批评者更准确的批评诗歌提供了有益的帮助。所谓含蓄深远，是指一种含而

① （清）叶矫然：《龙性堂诗话初集》，《清诗话续编》，上海古籍出版社 1983 年郭绍虞辑校点本，第 940 页。

② （清）吴乔：《围炉诗话》卷一，郭绍虞辑：《清诗话续编》，上海古籍 1983 年校点本，第 476 页。

不露、诗意深远、藏不尽之意于言外的诗歌写作手法。它一般采用婉转的笔法，以生动的形象和精练的语言，使读者通过联想与想象，进而体察出作者深隐的寓意，以收到玩之者无穷、味之者不厌的艺术效果。

早在春秋末期，老子在其《道德经》第四十一章中即曾论述过类似含蓄的问题："大方无隅，大器晚成，大音希声，大象无形。""无隅"、"希声"、"无形"，表明最完美的东西不宜直接道出。只有仔细体味，才可觉出其奥妙。老子的论述，完全适应于诗歌。

汉代《毛诗序》依据儒家温柔敦厚的写作原则，对诗歌提出了"主文而谲谏"的要求。"谲谏"，就是含蓄，它要求作者不直接发表意见，采用委婉含蓄的方式来劝诫统治者，以求达到言者无罪、闻者足戒的目的。

上述这些只是零星的论述。深入地探究含蓄风格，是从六朝开始的。刘勰《文心雕龙·隐秀》篇可为其代表。《隐秀》篇虽曾佚失阙漏，又被纪昀和黄侃武断地怀疑是伪作，却不容人忽视。著名的国学大师詹锳先生高姿独见，详细考证《隐秀》篇补文曾经在万历年间经过许多毕生研究《文心雕龙》的专家鉴定过，且有避宋讳缺笔之字，实为宋椠翻印传抄本。（《文学评论丛刊》第二集《〈文心雕龙·隐秀〉篇补文的真伪问题》）理由充分，证据确凿，不容人再产生疑念。刘勰在《隐秀》篇中称含蓄为"隐"：

> 文之英蕤，有秀有隐。隐也者，文外之重旨者也，秀也者，篇中之独拔者也。隐以复意为工，秀以卓绝为巧，斯乃旧章之懿绩，才情之嘉会也。夫隐之为体，义主文外，秘响旁通，伏采潜发，譬爻象之变玄体，川渎之韫珠玉也。故玄体变爻，而成化四象；珠玉潜水，而澜表方圆。[①]
>
> 始正而末奇，内明而外润，使玩之者无穷，味之者不厌矣。（同上）

在刘勰眼里，隐是文外所含蓄的言外之意，与秀正好相反。隐于文外类似如一种秘密的音响从旁边传了出来，美妙的声音充满了变化，批评者可以从其中仔细地体会其中的妙处，使之玩者无穷，味者不厌。刘勰的论述，揭示了诗歌含蓄风格的特点。对唐宋人的影响尤深。唐代刘知几主张诗文要"言近而旨远，词浅而义深，虽发语已殚，而含义未尽。"[②] 如此方可使读者望表而知里，扪毛而辨骨，睹一事于句中，反三例于字外。司空图于《二十四诗品》

---

① （梁）刘勰著，（清）黄叔琳辑注：《文心雕龙注》卷八《隐秀第四十》，文渊阁《四库全书》本。

② （唐）刘知几撰，（清）浦起龙通释：《史通通释》卷六内篇，文渊阁《四库全书》本。

中特写《含蓄》一品：

含蓄：不著一字，尽得风流。语不涉己，若不堪忧。是有真宰，与之沉浮。如满绿酒，花时返秋。悠悠空尘，忽忽海沤。浅深聚散，万取一收。①

稍后的唐人景淳在其《诗评》中阔谈含蓄，比之司空图以诗的语言论述含蓄更为明白晓畅："诗之言，为意之壳，如人间果实，厥状未坏者，外壳而内肉也，如铅中金，石中玉，水中盐，色中胶，皆不可见，意在其中。使天下人不知诗者，视为灰劫，但见其言，不见其意，所为妙也。诗有动静，情动意也，情虽含蓄，览之可见。诗曰：'相看如远水，独自上孤舟。'……又诗：'灯微山馆雨，角咽海城秋。'以上并是情，但心绪易见为情也。诗曰：'风宿骊山下，月斜灞水边。'……又诗：'天形围泽国，秋色露人家。'"以浅俗的比喻谈论"意在言中"的含蓄，说明景氏对意在言中而外表难见诗人心意的喜好。

宋人比之唐诗话家喜爱含蓄有过之而无不及。魏泰《临汉隐居诗话》以"诗贵隐"而闻名于诗话界。他注意到了含蓄"盛气直述"，反之"更无余味"的效果："'桑之落矣，其黄而陨。''瞻乌爰止，于谁之屋。'其言止于乌与桑尔，及缘事以审情，则不知涕之无从也。'采薜荔兮江中，搴芙蓉兮木末'，'沅有芷兮澧有兰，思公子兮未敢言'，'我所思兮在桂林，欲往从之湘水深'之类，皆得诗人之意。"② 诗歌叙事抒情，叙事贵在详细，抒情贵在隐约，如此感会于心，则情见于诗句之中。"如将盛气直述，更无余味，则感人也浅，乌能使其不知手舞足蹈，又况厚人伦、美教化、动天地、感鬼神乎？"（同上）因此，他认可六朝乐府，而批评唐人乐府不上大雅之堂：

至于魏晋南北朝乐府，虽未极淳，而亦能隐约意思，有足吟味之者。唐人亦多为乐府，若张籍、王建、元稹、白居易以此得名，其述情叙怨，委曲周详，言尽意尽，更无余味。及其末也，或是诙谐，便使人发笑，此曾不足以宣讽，愬之情况，欲使闻者感动而自戒乎？甚者或谲怪，或俚俗，所谓恶诗，亦何足道哉！（同上）

---

① （唐）司空图：《二十四诗品》，（清）何文焕辑：《历代诗话》，中华书局1981年校点本，第40—41页。

② （宋）魏泰：《临汉隐居诗话》，（清）何文焕辑：《历代诗话》，中华书局1981年校点本，第322页。

唐朝乐府以元白、张王为代表，其意唯恐未尽，不给批评者以想象的空间，故其诗格成了政治教化的工具。与魏泰同朝的宋惠洪以“含蓄”作为诗人才气品评的一个重要标准：才高者意远，俗者则“字露”：“东坡尝曰：‘渊明诗初看若散缓，熟看有奇句。’如‘日暮巾柴车，路暗光已夕，归人望烟火，稚子候檐隙。’又曰：‘采菊东篱下，悠然见南山。’又‘霭霭远人村，依依墟里烟。犬吠深巷中，鸡鸣桑树颠。’大率才高意远，则所寓得其妙，造语精到之至，遂能如此。”（《冷斋夜话》卷一）高者之含蓄如大匠运斤，不见斧凿之痕。“俗人（诗）亦谓之佳。如曰：‘一千里色中秋月，十万军声半夜潮。’又曰：‘蝴蝶梦中家万里，子规枝上月三更。’又曰：‘深秋帘幕千家雨，落日楼台一笛风。’皆如寒乞相，一览便尽，初如秀整，熟视无神气，以其字露也”（同上）含蓄与露的区别，当细玩品味。只有意远不露，方得陶渊明之遗意。

南宋著名诗人杨万里《诚斋诗话》也曾以含蓄为标准，从“不淫”、“不乱”、“不汙”三方面来比较古今诗人的优劣：“大（‘大’，应为‘太’）史公曰：‘《国风》好色而不淫，《小雅》怨诽而不乱。’《左氏传》曰：‘《春秋》之称，微而显，志而晦，婉而成章，尽而不汙。’此《诗》与《春秋》纪事之妙也。”[①] 古纪事之妙，恰好与今之诗坛形成鲜明的对照：“近世词人，闲情之靡，如伯有所赋，赵武所不得闻者，有过之无不及焉，是得为好色而不淫乎？惟晏叔原云：‘落花人独立，微雨燕双飞’，可谓好色而不淫矣。唐人《长门怨》云：‘珊瑚枕上千行泪，不是思君是恨君。’是得为怨诽而不乱乎？惟刘长卿云：‘月来深殿早，春到后宫迟’，可谓怨诽而不乱矣。近世陈克咏李伯时画《宁王进史图》云：‘汗简不知天上事，至尊新纳寿王妃’，是得为微、为晦、为婉、为不汙秽乎？惟李义山云：‘侍宴归来宫漏永，薛王沉醉寿王醒’，可谓微婉显晦，尽而不汙矣。”（同上）古今之对比，愈显古人记事含蓄妙不可言。

唐、宋人以含蓄为批评标准，至明清时愈演愈烈，如有学唐人以“露”判定诗人之高下者：

> 高手下语，唯恐意露；卑手下语，惟恐意不露。高手遣调，唯恐过于甘口，卑手反之。此古近、高下之由判也。（清毛先舒：《诗辩坻》卷一，见郭绍虞辑《清诗话续编》，上海古籍出版社1983年校点本，第12页。）

---

① （宋）杨万里：《诚斋诗话》，文渊阁《四库全书》本。

有以所谓"可言处常留不尽"，评析时代者：

中唐人用意，好刻好苦，好异好详，求其所自，似得诸晋人《子夜》、汉人乐府居多。盛唐人寄趣，在有无之间，可言处常留不尽，又似合于风人之旨，乃知盛唐人之地位故优也。（明陆时雍《诗镜总论》，近代丁福保辑：《历代诗话续编》，中华书局 1983 年校点本，第 1417 页。）

有以含蓄比较诗歌优劣者：

诗宜含蓄，唐人不露论锋，所以可贵。庾子山本梁臣，后入东、西魏，又事后周，历四朝十主。唐人卢中《读子山集》云："四朝十帝尽风流，建业长安两醉游。惟有一篇《杨柳曲》，江南江北为君愁。"按：庾信《杨柳曲》："君言丈夫无意气，试问燕山那得碑"盖欲自比孟坚从窦宪立功塞外，究亦书生大言耳。卢诗隶事精切，风刺之意，都在言外。（清陆鎣：《问花楼诗话》卷一，郭绍虞辑:《清诗话续编》，上海古籍出版社 1983 年校点本，第 2298 页。）

有细分含蓄种类，以辨诗者：

诗贵有含蓄不尽之意，尤以不着意见、声色、故事、议论者为最上。义山刺杨妃事之"夜半宴归宫漏永，薛王沉醉寿王醒"是也。稍着意见者，子美《玄元庙》之"世家遗旧史，道德付今王"是也。稍着声色者，子美之"落日留王母，微风倚少儿"是也。稍用故事者，子美之"伯仲之间见伊吕，指挥若定失萧曹"是也。着议论而不大露圭角者，罗昭谏之"静怜贵族谋身易，危觉文皇创业难"是也。露圭角者，杜牧之《题乌江亭》诗之"胜负兵家未可期，包羞忍耻是男儿。江东子弟多才俊，卷土重来未可知"是也。然已开宋人门径矣。宋人更有不伦处。（清吴乔：《围炉诗话》卷一，郭绍虞辑：《清诗话续编》，上海古籍出版社 1983 年校点本，第 476—477 页。）

其间尤以神韵派领袖王士禛为最。他极度赞美所谓"色相俱空"、"羚羊挂角"之类的超逸之作，并说："表圣论诗，有二十四品，予最喜'不著一字，尽得风流'八字。"[①] 将含蓄引向了极端。

① （清）王士禛：《香祖笔记》，文渊阁《四库全书》本。

尽管如此，诗话对含蓄诗风的贡献令后世瞩目。

第一，重视诗风的含蓄。追求短中见长，小中蓄大，以在清新、质朴的诗歌中蕴藉深远的诗意，成为诗话的共识。宋胡仔《苕溪渔隐丛话后集》卷一五以“意在言外”来证明“诗贵夫如此”：“苕溪渔隐曰：《宫词》云：‘监宫引出暂开门，随例虽朝不是恩、银钥却收金锁合，月明花落又黄昏。’此绝句极佳，意在言外，而幽怨之情自见，不待明言之也。诗贵夫如此，若使人一览而意尽，亦何足道哉！”宋姜夔《白石道人诗说》以苏轼、黄庭坚重含蓄，得出“句中有余味，篇中有余意，善之善者”的结论：“语贵含蓄。东坡云：‘言有尽而意无穷者，天下之至言也。’山谷尤谨于此。清庙之瑟，一唱三叹，远矣哉！后之学诗者，可不务乎？若句中无余字、篇中无长语，非善之善者也；句中有余味，篇中有余意，善之善者也。”[①] 明王世贞《艺苑卮言》卷一悟出诗应“尽而有余”的道理：“张茂先曰，‘读之者尽而有余，久而更新。’”[②] 清张谦宜《絸斋诗谈》卷一宣称含蓄为“诗文第一妙处”：“‘含蓄’二字，诗文第一妙处。如少陵《前后出塞》、《三吏》、《三别》，不直刺主者，便是含蓄。机到神流，乃造斯境。”[③] 诗话对含蓄风格的肯定，于后来者的写作及风格研究都有着积极的影响。

第二，诗话将含蓄风格与《诗经》写作方法联系起来，并以此来批评诗人及其作品。“合风人之旨”，便是对含蓄风格的全面肯定。清沈德潜《说诗晬语》卷上以《诗经·卫风·硕人》为例，总结出诗歌风格应当含蓄的普遍规律：“庄姜贤而不答，由公之惑于嬖妾也。乃《硕人》一诗，备形族类之贵，容貌之美，礼仪之盛，国俗之富，而无一言及庄公，使人言外思之，故曰主文谲谏。”[④] 清厉志《白华山人诗说》卷一亦云所谓“风人之旨”，实为“直而能曲，浅而能深”：“直而能曲，浅而能深，文章妙诀也。有大可发挥，绝可议论，而偏出以浅淡之笔，简净之句，后之人虽什百千万而莫能过者，此

---

① （宋）姜夔：《白石道人诗说》，（清）何文焕辑：《历代诗话》，中华书局1981年校点本，第681页。

② （明）王世贞：《艺苑卮言》卷一，近代丁福保辑：《历代诗话续编》，中华书局1983年校点本，第958页。

③ （清）张谦宜：《絸斋诗谈》卷一，《清诗话续编》，上海古籍出版社1983年郭绍虞辑校点本，第795—796页。

④ （清）沈德潜：《说诗晬语》卷上，近代丁福保辑：《清诗话》，上海古籍出版社1978年版修订本，第526页。

《三百篇》之真旨，汉魏人间亦有之。”[①] 清吴雷发《说诗菅蒯》以为“含蓄无穷，乃合风人之旨”，力图为含蓄的正统化正名：“诗须得言外意，其中含蕴无穷，乃合风人之旨。故意余于词，虽浅而深，辞余于意，虽工亦拙。词尽而意亦尽，皆无当于风人者也。”[②] 合《诗经》国风之旨，诗才会词、意均深。清田同之《西圃诗说》也说：“声情并至之谓诗，而情至者每直道不出，故旁引曲喻，反复流连，而隐隐言外，令人寻味而得。此风人之旨，所以妙极千古也。”合《诗经》之旨，诗便会“蕴蓄有味”；远离诗旨，呈现读者面前的只能是不耐人寻味的白话，古人诗歌意在言外，故能从容不迫，蕴蓄有味，即所谓的温厚和平。若剑拔弩张，无所不至，只会是自露其横俗之态，何诗之有？宋张戒《岁寒堂诗话》卷上以《诗经》的含蓄，指点诗人之优劣：“《国风》云：‘爱而不见，搔首踟蹰。’‘瞻望弗及，伫立以泣。’其词婉，其意微，不迫不露，此其所以可贵也。《古诗》云：‘馨香盈怀袖，路远莫致之。’李太白云：‘皓齿终不发，芳心空自持。’皆无愧于《国风》矣。杜牧之云：‘多情却是总无情，惟觉尊前笑不成。’意非不佳，然而词意浅露，略无余蕴，元、白、张籍，其病正在此。”[③] 元白之诗只知道展露心中事，而不懂意尽则会陷入浅露的泥坑。平心而论，张戒指出白居易诗之病在于浅露、无余韵，有一定的道理，但这只能是说对了一半。白居易正是有了这一“缺点”，才使其以独有的特色成为一位家喻户晓的伟大诗人。

明胡应麟《诗薮》内编卷六清楚地看到了这一点：“乐天诗世谓浅近，以意与语合也。若语浅意深，语近意远，则最上一乘，何得以此为嫌！《明妃曲》云：‘汉使却回频寄语，黄金何日赎娥眉？君王若问妾颜色，莫道不如宫里时！’《三百篇》、《十九首》不远过也。”[④] 塞翁失马，焉知祸福。含蓄之功过，很难武断地去加以识别。

至于张戒言白居易“格卑”，便很难使人接受了。他究其格的原因是太烦太尽：“世言白少傅诗格卑，虽诚有之，然亦不可不察也。元、白、张籍诗，皆自陶、阮中出，专以道得人心中事为工，本不应格卑，但其词伤于太烦，其

---

① （清）厉志：《白华山人诗说》卷一，《清诗话续编》，上海古籍出版社1983年郭绍虞辑校点本，第2272页。

② （清）吴雷发：《说诗菅蒯》，近代丁福保辑：《清诗话》，上海古籍出版社1978年修订本，第896页。

③ （宋）张戒：《岁寒堂诗话》卷上，近代丁福保辑：《历代诗话续编》，中华书局1983年校点本，第454页。

④ （明）胡应麟：《诗薮》内编卷六，上海古籍出版社1979年版，第122页。

意伤于太尽，遂成冗长卑陋尔。比之吴融、韩偓俳优之词，号为格卑，则有间矣。若收敛其词，而少加含蓄，其意味岂复可及也？”① 这是由于诗歌的风格不能主观地全面衡量其优劣。除此之外，宋司马光《温公续诗话》还以《诗经·小雅·苕之华》评析杜甫诗也颇有说服力：“《诗》云：‘牂羊坟首，三星在罶。’言不可久。古人为诗，贵于意在言外，使人思而得之，故言之者无罪，闻之者足以戒也。近世诗人，惟杜子美最得诗人之体。如‘国破山河在，城春草木深。感时花溅泪，恨别鸟惊心。’山河在，明无余物矣，草木深，明无人矣；花鸟，平时可娱之物，见之而泣，闻之而悲，则时可知矣。他皆类此，不可遍举。”② 诗贵于含蓄，这种含蓄并非是显而易见的，它需要读者之“思”，方能得之。

第三，古代诗话以含蓄为基础，探求如何写诗的规律。此为诗话对含蓄风格的最大贡献。清王闿运《湘绮楼说诗》卷四以诗之“风上化下”的作用，导出写诗含蓄之必然：“诗，承也，持也。承人心性而持之，风上化下，使感于无形，动于自然。故贵以词掩意，托物起兴，使吾志曲隐而自达，闻者激昂而思赴。其所不及设施，而可见于施行。幽窈旷朗、抗心远俗之致，亦无是达焉。非可快意骋词，自状其偏颇，以供世之喜怒也。”情不可放，言不可肆虐无惮，只有含蓄，才能婉而多思，寓情于文。老夫子的说教，尽管透着儒教之腐儒气息，但也可证明诗话家对含蓄的重视非同一般。

宋严羽《沧浪诗话·诗法》归之写诗应“八忌”：“语忌直，意忌浅，脉忌露，味忌短，音韵忌散缓，亦忌迫促。”③ 八忌显然均与含蓄有关④。明徐祯卿《谈艺录》主张“气忌锐逸”：“气本尚壮，亦忌锐逸。魏祖（曹操）云：‘老骥伏枥，志在千里。烈士暮年，壮心不已。’犹暧暧也。思王（曹植）《野田黄雀行》，譬如锥出囊中，大索露矣。”⑤ 若出现锐逸的风格，便远离含蓄的宗旨了。清袁枚《随园诗话》卷二以为写诗当注意“有意义可思”：“诗无言外之意，便同嚼蜡。杭州俞苍石秀才《观绳伎》云：‘一线腾身险复安，往来

① （宋）张戒：《岁寒堂诗话》卷上，近代丁福保辑：《历代诗话续编》，中华书局1983年校点本，第459页。

② （宋）司马光：《温公续诗话》，（清）何文焕辑：《历代诗话》，中华书局1981年校点本，第277—278页。

③ （宋）严羽：《沧浪诗话·诗法》，（清）何文焕辑：《历代诗话》，中华书局1981年校点本，第694页。

④ （宋）严羽：《沧浪诗话·诗法》，文渊阁《四库全书》本。

⑤ （明）徐祯卿：《谈艺录》，（清）何文焕辑：《历代诗话》，中华书局1981年校点本，第769页。

不厌几回看。笑他着脚宽平者，行路如何尚说难?’又：‘云开晚霁终殊旦，菊吐秋芳已负春。’皆有意义可思。”① 只有做到了含蓄，方可咀嚼出滋味来。清田同之《西圃诗说》紧紧围绕含蓄特点，总结了四个“不可为诗”，他认为若做到了这四个“不可为诗”，诗者方算成熟：“不微不婉，径情直发，不可为诗；一览而尽，言外无余，不可为诗。美谓之美，刺谓之刺，拘执绳墨，不可为诗；意尽于此，不通于彼，胶柱则合，触类则滞，不可为诗。知此四者，始可与言诗矣。”所谓“径情直发”、“言外无余”、“拘执绳墨”及“意尽于此”均为不含蓄的表现。

宋何溪汶《竹庄诗话》卷一以为写诗不宜下语过多：“诗文皆要含蓄不露，便是好处。古人说‘雄深雅健’，此便是含蓄不露也，用意十分，下语三分，可几《风》、《雅》，下语六分，可追李、杜；下语十分，晚唐之作也。”② 用意要精深，下语要平易，此确为诗人作诗之难!

宋惠洪《冷斋夜话》卷四以为含蓄写作的要领在于“言其用不言其名耳”。唐桂林僧景淳也认为，含蓄风格写作当采用欲擒故纵的方法：“夫缘情蓄意，诗之要旨也。一曰高不言高，意中含其高；二曰远不言远，意中含其远；三曰闲不言闲，意中含其闲；四曰静不言静，意中含其静。”③ 明陆时雍的《诗镜总论》从反面证明类似于张籍、王建浅俗之病，其追求人情物态不可实现：“人情物态不可言者最多，必尽言之，则俚矣。知能言之为佳，而不知不言之为妙。”④ 清贺贻孙《诗筏》认为诗最忌讳不讲含蓄：“诗家最忌直叙，若竟将彦周所谓社稷存亡，生灵涂炭，孙氏霸业不成等意，在诗中道破，抑何浅而无味也！惟借‘铜雀春深锁二乔’说来，便觉风华蕴藉，增人百感，此政（正）是风人巧于立言处。彦周盖知其一，不知其二者也。”⑤ 含蓄之味，未道破时最令人神往，实道出诗中玄机。

与以上相比，王夫之曾谈到了含蓄写作的规律。他认为，古诗人能做到含蓄蕴藉者唯有杜甫一人：“情语能以转折为含蓄者，唯杜陵居胜，‘清渭无情极，愁时独向东’，‘柔橹轻鸥外，含凄觉汝贤’之类是也。此又与‘忽闻歌

---

① （清）袁枚：《随园诗话》卷二，人民文学出版社1982年顾学颉校点本，第41页。

② （宋）何溪汶：《竹庄诗话》卷一，文渊阁《四库全书》本。

③ （唐）景淳：《诗评》，见张伯伟《全唐五代诗歌汇考》，凤凰出版社2005年版，第500页。

④ （明）陆时雍：《诗镜总论》，近代丁福保辑：《历代诗话续编》，中华书局1983年校点本，第1421页。

⑤ （清）贺贻孙：《诗筏》，《清诗话续编》，上海古籍出版社1983年郭绍虞辑校点本，第190页。

古调，归思欲沾中'更进一格，益使风力遒上。"[①] 明陆时雍《诗镜总论》亦言："少陵七言律，蕴藉最深。有余地，有余情，情中有景，景外含情，一咏三讽，味之不尽。"[②] 如此抬高杜甫，盖古人欲为含蓄竖立一精神领袖耳！

清邬以谦《立德堂诗话》以自然山水为例另开一路。他要求写诗应曲折深远，要"耐读"，经得起批评者们的反复推敲："凡山水园林必须曲折深远，乃有可观。诗文亦然。如直泻而下，一览无余，便不耐读。"[③] 清梅成栋《吟斋笔存》卷一强调诗有远致，便不可一览无余。往往耐人寻玩处，正是引人入胜的地方。所以，诗人当追求"境远"、"情远"、"神远"三种境界："余尝举三远之说以教弟子，曰境远，曰情远，曰神远，望之不尽，味之靡穷，所谓远也。"[④] 宋惠洪《冷斋夜话》卷四将含蓄分"句"、"言"及"句意"含蓄三类："诗有句含蓄者，如老杜曰：'勋业频看镜，行藏独倚楼'。郑云叟曰：'相看临远水，独自上孤舟'是也。有意含蓄者，如宫词曰：'银烛秋光冷画屏，轻罗小扇扑流萤。天街夜色凉于水，卧看牵牛织女星'；又嘲人诗曰：'怪来妆阁闭，朝下不相迎。总向春园里，花间笑语声'是也。有句意俱含蓄者，如《九日》诗曰：'明年此会知谁健，醉把茱萸子（仔）细看'，《宫怨》诗曰：'玉容不及寒鸦色，犹带昭阳日影来'，是也。"惠洪进一步认为，句意含蓄，主要应追求"象外"之句："唐僧多佳句，其琢句法比物以意，而不指言某物，谓之象外句。如无可上人诗曰：'听雨寒更尽，开门落叶深。'是以落叶比雨声也。又曰：'微阳下乔木，远烧入秋山。'是以微阳比远烧也。"（同上，卷六）追求象外之意的含蓄，为含蓄风格的建立，从一开始便奠定了高雅的基础。

清沈德潜《说诗晬语》卷下总结写诗之注意事项，即含蓄应视其中心思想而为之，是浑融，还是蹈厉，二者对含蓄的要求不一："意主浑融，惟恐其露；意主蹈厉，惟恐其藏。究之恐露者味而弥旨，恐藏者尽而无余。"[⑤] 清延君寿《老生常谈》告诫诗人切勿随众人云亦云，含蓄要"细细斟酌，不可孟浪"，否则有伤雅道："读书随人称佛呼祖，随人打街骂巷，皆不是好汉。必

① （清）王夫之：《姜斋诗话》卷二，近代丁福保辑：《清诗话》，上海古籍出版社 1978 年修订本，第 14 页。

② （明）陆时雍：《诗镜总论》，近代丁福保辑：《历代诗话续编》，中华书局 1983 年校点本，第 1416 页。

③ （清）邬以谦：《立德堂诗话》，民国二十年刊邬家初集本。

④ （清）梅成栋：《吟斋笔存》卷一，屏庐丛刻本。

⑤ （清）沈德潜：《说诗晬语》卷下，人民文学出版社 1998 年霍松林校注本，第 242 页。

要设身处地，细细斟酌，不可孟浪。论者多引诛奸谀于既死为口实，然昌黎集中，不曾叫骂。前人如袁子才《拂水山庄》诗：‘老婢尚能怜沈约，兴朝终竟薄杨彪。’言外有多少惋惜，便合风人之旨。可惜又有‘官大降名署上头’，‘君多还要事空王’等句，则有伤雅道。”① 清王闿运《湘绮楼说诗》卷七以为写诗应注意诗人之“志”与“情”的区别：“诗者持也，持其志无暴其气，掩其情无露其词。直于己意，始于唐人，宋人继之，遂成倾泻。”清袁洁《蠡庄诗话》卷二以为，所谓含蓄，不可过于“刻”：“作诗贵含蓄，耐人讽咏，不可说煞，贵浑厚，深入咀嚼，不可过刻。”② 过刻有伤雅道，也与含蓄背道而驰。

与其他诗话家相比，清陈仪细致地要求防止写诗所出现的“十病”在诗话论含蓄中异常引人注目：“诗有十病”，这十种病总其归于“露”。意露则浅，气露则粗，味露则薄，情露则短，骨露则戾，辞露则直，血脉露则滞，典实露则支，兴会露则放，藻采露则俗。托名唐白居易《金针诗格》也有类似的论述：“《诗有义例七》：一曰说见不得言见，二曰说闻不得言闻，三曰说远不得言远，四曰说静不得言静，五曰说苦不得言苦，六曰说乐不得言乐，七曰说恨不得言恨。”③ 二人各持一端，显然，陈仪的见解更符合诗歌写作规律。清张谦宜《絸斋诗谈》卷一与陈仪见解类同，他认为，七情六欲不可毕见于诗，故学诗者当以学古人为法则：“人生喜怒之感，不可毕见于诗。无论一泄无余，非风人之致，兼恐我之喜怒，不合道理，不中节处多，有乖上道耳。”④ 诗贵含蓄，若凄厉陡险，一泻而尽，览之可喜，咀嚼索然。所以，诗人必须要涵养蓄隐，令其诗旨深厚。明李东阳也有此方面的经验，他在论述意贵远不重近时，以杜甫、李白等人为例说明问题：

杜子美“钩帘宿鹭起，丸药流莺转”，“不通姓字粗豪甚，指点银瓶索酒尝”，“衔泥点涴琴书内，更接飞虫打著人”；李太白“桃花流水杳然去，别有天地非人间”；王摩诘“返景入深林，复照莓苔上”，皆淡而愈浓，近而愈远，

---

① （清）延君寿：《老生常谈》，《清诗话续编》，上海古籍出版社 1983 年郭绍虞辑校点本，第 1794—1795 页。

② （清）袁洁：《蠡庄诗话》卷二，嘉庆二十五年刊巾箱本。

③ 托名（唐）白居易：《金针诗格》，见张伯伟《全唐五代诗歌汇考》，凤凰出版社 2005 年版，第 358 页。

④ （清）张谦宜：《絸斋诗谈》卷一，《清诗话续编》，上海古籍出版社 1983 年郭绍虞辑校点本，第 972 页。

可与知者道，难与俗人言。王介甫得之，曰：“坐看苍苔色，欲上人衣来。”虞伯生得之，曰：“不及清江转柁鼓，洗盏船头沙鸟鸣”，曰：“绣帘美人时共看，阶前青草落花多”。杨廉夫得之，曰：“南高峰云北高雨，云雨相随恼杀浓。”可谓闭户造车，出门合辙者矣。①

按李东阳的观点，诗贵意，意贵远不贵近，贵淡不贵浓。浓而近者易识，淡而远者难知。故此与“知者道”，即使是闭门造车，也可合辙。这里的“道”，显然是指唐人写诗的方法。相比较而言，清吴乔喜好唐人诗更为突显：“无好句不动人，而好句实非至极处。唐人至极处，乃在不著议论声色，含蓄深远耳。以此求明诗，合者十不得一，惟求好句，则丛然矣。”② 卷二也反复论证云：“唐人妙处，在于不着议论而含蓄无穷，定远有之。其诗曰：‘禾黍离离天阙高，空城寂寞见回潮。当年最忆姚斯道，曾对青山咏六朝。’金陵、北平事尽在其中。又有云：‘隔岸吹唇日沸天，羽书惟道欲投鞭。八公山色还苍翠，虚对围棋忆谢玄。”③ 不著一字，淝水战役的情形跃于字里行间。古人好句至极处在于不著议论声色，足见在含蓄上用力的好处。

第四，含蓄所涉之讽刺当温柔敦厚。明胡震亨《唐音癸签》卷四以为，刺讥须与含蓄相伍，这样才符合儒家诗教：“诗家虽刺讥中要带一分含蓄，庶不失忠厚之旨。杜甫《秋兴》：‘同学少年多不贱，五陵衣（裘）马自轻肥。’着一自字，以为怨之，可也；以为羡之，亦可也。何等不露！王维《喜祖三至留宿》：‘蚤岁同袍者，高车何处归？’似乎言同袍者之薄，然亦借之以明祖之过我者为厚，其意未尝不婉。若使他人为之，则露矣，直矣。虽取快唇吻，非所以自占地步也。”胡氏的标准完全是按照儒家诗教温柔敦厚来要求写诗的，故其所言讽刺要含蓄不露。清潘德舆《养一斋诗话》卷三亦有同感：“凡作讥讽诗，尤要蕴藉，发露尖颖，皆非诗人敦厚之教。如元人《博浪沙》云：‘如何十二金人外，犹有民间铁未消？’《陈桥驿》云：‘路人遥指降王道，好似周家七岁儿。’皆机警有余，深厚不足。予独爱袁凯《苏李泣别图》云：‘犹有交情两行泪，西风吹上汉臣衣。’”斧钺寓于缠绵，极耐寻讽，故潘德舆

① （明）李东阳：《麓堂诗话》，近代丁福保辑：《历代诗话续编》，中华书局 1983 年校点本，第 1369－1370 页。

② （清）吴乔：《围炉诗话》卷六，《清诗话续编》，上海古籍出版社 1983 年郭绍虞辑校点本，第 679 页。

③ （清）吴乔：《围炉诗话》卷二，《清诗话续编》，上海古籍出版社 1983 年郭绍虞辑校点本，第 514 页。

感觉袁凯诗“高出《白燕》诗百倍。”清沈德潜注意到了“婉道无穷”：“讽刺之词，直诘易尽，婉道无穷。卫宣姜无复人理，而《君子偕老》一诗，止道其容饰衣服之盛，而首章末以‘子之不淑，云如之何’二语逗露之。鲁庄公不能为父复仇，防闲其母，失人子之道，而《猗嗟》一诗，止道其威仪技艺之美，而章首以‘猗嗟’二字讥叹之。”① 中国古代诗歌深受《诗经》温柔敦厚的影响，因此沈氏以为“必深观其意者也”：“苏子所谓不可以言语求而得，而必深观其意者也。诗人往往如此。”（同上）

值得注意的是，清张谦宜看到了《诗经》不讲含蓄，且“骂人极狠者”的另一面：“人多谓诗贵和平，只要不伤触人。其实《三百篇》中有骂人极狠者，如‘胡不遄死’，‘豺虎不食’等句，谓之乖戾可乎？……只这两字（指‘和’与‘平’二字），人先懂不得，又讲甚诗！”② 作者解释说：“盖骂其所当骂，如敲扑加诸盗贼，正是人情中节处，故谓之‘和’。又如人有痛心，便须著哭，人有冤枉，须容其诉，如此心下才松颡，故谓之‘平’。”（同上）将含蓄立为诗歌写作的终极目标，一切以含蓄为妙，显然是不科学的。清贺裳《载酒园诗话又编》即注意到不含蓄而并不妨碍其诗佳者：“诗有一意透快，略不含蓄，不碍其为佳者，沈千运、孟云卿是也。沈之‘近世多夭伤，喜见鬓发白’，孟之‘为长心易忧，早孤意常伤’，语皆入妙。”③ 清方薰《山静居诗话》告诫说：“诗贵有不尽意，然亦须达意。意达与题清切而不模糊，措语妙者，则曲折如意，头头是道。”④ 元杨载《诗法家数》从诗之内、外意的概念，也意识到了写诗要求含蓄并非是绝对的真理：“诗有内外意，内意欲尽其理，外意欲尽其象。”⑤ 但他同时又言：“内外意含蓄，方妙。”（同上）杨载对含蓄认识之不一致，从另一方面说明含蓄风格不宜适用于一切。

由此我们可得出结论，诗歌贵余味，不讲究含蓄则会失于太实、太露。尽管如此，含蓄绝非是万不可少的东西，其中之妙，非实践不可得。

---

① （清）沈德潜：《说诗晬语》卷上，人民文学出版社 1998 年霍松林校注本，第 190 页。

② （清）张谦宜：《絸斋诗谈》卷一，《清诗话续编》，上海古籍出版社 1983 年郭绍虞辑校点本，第 792—793 页。

③ （清）贺裳：《载酒园诗话又编》，《清诗话续编》，上海古籍出版社 1983 年郭绍虞辑校点本，第 326 页。

④ （清）方薰：《山静居诗话》，近代丁福保辑：《清诗话》，上海古籍出版社 1978 年版修订本，第 964 页。

⑤ （元）杨载：《诗法家数》，（清）何文焕辑：《历代诗话》，中华书局 1981 年校点本，第 736 页。

第七章　八体虽殊，会通合数[①]（下）

古诗话不仅对世俗所喜爱的质朴淡泊、自然天工、含蓄深远、新奇豪宕等诗风进行了细致辨析，而且对其他一些存有争议的诗风也予以了深入的探讨。在这些探讨研究中，古诗话明辨是非，高扬一切合理有用的正确观点，批评旧观念上的错误认识，认真吐故纳新，为后人诗歌批评留下了一份宝贵的精神财富。

第一节　虎豹之文必炳，珠玉之光必耀[②]

过分追求绮丽，不注重思想内容，则会走向歧途　诗话对绮丽之诗风心存戒意　古代诗话意识到诗歌不能离开绮丽　诗当有容有德

古代诗话在批评古诗歌时，对绮丽诗风进行了多角度的探究，为批评者正确地批评古代诗歌提供了有益的启迪。绮丽，是中国古代诗话经常提及的一种重要诗风。其主要特色是华妍富丽，气象堂皇。有浓丽、清丽、秀丽、壮丽、艳丽、伟丽、富丽、雄丽之细小的差别。

古诗话很早便开始注重诗歌创作之绮丽诗风。魏文帝曹丕的《典论·论文》说："诗赋欲丽。"陆机《文赋》也说："诗缘情而绮靡。""其遣言也贵妍。"以后，刘勰《文心雕龙·明诗》亦言："四言正体，则雅润为本，五言流调，则清丽居宗。"上述所引均谈的是诗歌之绮丽。唐司空图为绮丽下定义说：

---

① （梁）刘勰著，范文澜注：《文心雕龙注·体性》，人民文学出版社 1998 年版，第 508 页。

② （清）袁枚：《随园诗话》卷七，人民文学出版社 1982 年顾学颉校点本，第 236 页。

神存富贵，始轻黄金。浓尽必枯，淡者屡深。雾余水畔，红杏在林。月明华屋，画桥碧阴。金尊酒满，伴客弹琴，取之自足，良殚美襟。[①]

“神存富贵，始轻黄金”，筑成绮丽诗风的基本框架。司空图另归之有纤秾诗风，今天看来与绮丽无太大的区分：

采采流水，蓬蓬远春。窈窕深谷，时见美人。碧桃满树，风日水滨。柳阴路曲，流莺比邻。乘之愈往，识之愈真。如将不尽，与古为新。[②]

美人、流莺，灿烂可观。给人一种神形结合的美感。“神存富贵，始轻黄金”，神形结合的美感，触手可及。但过分追求绮丽，不注重思想内容，则会流于歧路。柳宗元《答吴武陵论〈非国语书〉》指责华丽文采往往掩盖着内容的乖谬：“夫为一书，务富文采，不顾事实，而益之以诬怪，张之以阔诞，以炳然诱后生，而终之以僻，是犹用文锦覆陷阱也。不明而出之，则颠者众矣。”[③] 此虽为评论散文，但诗之情形也可套用。

那么，古代诗话对绮丽诗风的解释又是如何呢？明王世贞《艺苑卮言》卷一曰：“物相杂，故曰文，文须五色错综，乃成华采，须经纬就绪，乃成条理。”[④] 所言之“文”，便是绮丽。清王寿昌《小清华园诗谈》卷上言绮丽曰：“何谓丽？曰：美人香草，古人原有托而云，后人不究其旨。遂至流为郑、卫之音，如西昆、香奁之类，可谓流荡忘返矣。”[⑤] 最早的绮丽当为《诗经》的郑、卫之音，至屈原时，赋予诗句以美人香草，寄托诗人的政治情怀。不幸的是，后人歪曲了《诗经》与屈原的意思，最终沦落了。王氏举例说：“不知延年之《羽林郎》，子建之《美女篇》，宋子侯之《董娇饶》，繁钦之《定情篇》之类，皆非漫为婉媚以摇动人心，其大旨实有在耳。要以情有所寄，则思妇怨

① （唐）司空图：《二十四诗品·绮丽》，（清）何文焕辑：《历代诗话》，中华书局1981年校点本，第40页。

② （唐）司空图：《二十四诗品·纤秾》，（清）何文焕辑：《历代诗话》，中华书局1981年校点本，第38页。

③ （唐）柳宗元：《答吴武陵论〈非国语书〉》，《柳宗元集》卷三一，中华书局1979年版，第825页。

④ （明）王世贞：《艺苑卮言》卷一，近代丁福保辑：《历代诗话续编》，中华书局1983年校点本，第963页。

⑤ （清）王寿昌：《小清华园诗谈》卷上，《清诗话续编》，上海古籍出版社1983年郭绍虞辑校点本，第1877页。

女之辞，可以悟君亲于顷刻；意无所指，则男女赠答之语，徒以启荡子之邪淫。所以同一情诗，张茂先不及陈思王之可贵者，其所指异也。然不必尔也。”（同上）张茂先即魏晋时大诗人张华，其写的《情诗》一组共五首，均为夫妇离别赠答之词。辞藻艳丽，抒情意味浓重，风云气少，儿女情长，为一时之冠；魏曹植也曾写同名的《情诗》，今天看来，成就似乎不如张华高。不过，王寿昌高标绮丽要“有意”，无疑是正确的。

尽管如此，依旧有许多诗话对绮丽的诗风心存戒意。宋代著名江西诗派诗论家吕本中告诫初学诗者：“初学作诗，宁失之野，不可失之靡丽。失之野，不害气质；失之靡丽，不可复整顿。”[①] 对绮丽的警惕，有如防川。明陆时雍《诗镜总论》云：“魏人精力标格，去汉自远，而始彯之华，中不足者外有余，道之所以日漓也。李太白云：‘自从建安来，绮丽不足珍。’此豪杰阅世语。”[②] 清潘德舆《养一斋诗话》卷三厌恶“今人诗”以媚俗绮丽掩饰空虚的内容：“今人诗无一句不求伟丽峭隽，而怒张之气，侧媚之态，令人不可向迩，此中不足而饰其外之过也。道园诗未尝废气势词采，而了无致饰悦人之意，最为今人上药，惜肯学其诗者希耳。”清郎廷槐《师友诗传录》借王士禛语，反对艳丽：

阮亭答：“风雅之盛衰，存乎上人之振起。三代而上，其原在君相，故文、武、周、召兴，而有正风、正雅，否则变矣。三代而下，其权在士大夫，操文柄而转移一世。即以两汉言之，其君亦往往能文。”[③]

所以，诗人以诗传世者，大多以质为主，有《风》、《雅》遗意，不专以艳丽为工。王士禛继续分析道：“至西园诸子而风斯滥，迨于张华、傅玄以及潘、陆而风斯漓。虽正之以左、鲍、陶、谢而不能振。终之以《玉台》、徐、庾而词弥盛，而气弥茶矣。若然者，岂非艳丽之为害，而《雅》、《颂》之日亡也耶?”（同上）魏晋六朝时，三张、二陆、两潘追求艳丽的诗风，加之陈代徐陵的艳情诗歌总集《玉台新咏》，梁朝徐庾两父子大量的宫体诗，将绮丽的诗风推向了极端。所谓诗艳则精华泄而真气消，丽则靡心生而正声灭。王士

① （宋）吕本中：《童蒙诗训》，郭绍虞：《宋诗话辑佚》，中华书局1980年版，第594页。

② （明）陆时雍：《诗镜总论》，近代丁福保辑：《历代诗话续编》，中华书局1983年校点本，第1404页。

③ （清）郎廷槐：《师友诗传录》，近代丁福保辑：《清诗话》，上海古籍出版社1978年修订本，第144页。

禛接着言道："有志于风雅之君子，所为大忧也。救之以陶、韦，以渐几于苏、李，其庶几欤？"（同上）明谢榛《四溟诗话》卷一批评陆机《文赋》重六朝之弊："陆机《文赋》曰：'诗缘情而绮靡，赋体物而浏亮。'夫'绮靡'重六朝之弊，'浏亮'非两汉之体。徐昌穀曰：'诗缘情而绮靡，则陆生之所知，固魏诗之查（渣）秽耳。'"[①] 正是由于陆机《文赋》对绮丽的赞许，才导致了后世无穷的弊端。故郎廷槐《师友诗传录》总结云："风雅不作，形似艳丽之文兴，而雅颂、比兴之义废。艳丽百出，君子耻之。"（同上）

"君子耻之"似乎言重，习丽者历来层出不穷。为绮丽捧场的诗话，也从未断绝。清人宋征璧《抱真堂诗话》即认为绮丽并不与孔门教义相悖："诗贵自然，然孔门之雅言也，不曰'虎豹之鞟，犹犬羊之鞟'乎？"[②] 清汪师韩《诗学纂闻》以大量的实例，证明绮丽符合理义：

以绮丽说诗，后之君子所斥为不知理义之归也。尝读《东山》之诗矣，周公但言"慆慆不归"及"勿士行枚"数言而已足矣。彼夫"蠋在桑野，瓜在栗薪"，"伊威在室，蟏蛸在户"，町畽近庐舍而鹿以为场，熠耀乃仓庾而萤以为号，未至而"妇叹于室"，既至而"亲结其缡"，皆赘言也。[③]

《东山》是《诗经·豳风》里的一首著名的诗歌。《毛诗序》以为是周公东征归来犒劳士兵，士大夫赞美其事而作。今人多以为是征夫解甲归田返乡路上所作的诗歌，与周公无关。作者以为"蠋在桑野，瓜在栗薪"，"伊威在室，蟏蛸在户。町畽鹿场，熠耀宵行"，皆绮丽说诗。今天看起来，批评者似乎已经感觉不到其中的绮丽了。相对于"妇叹于室"与"亲结其缡"，言其绮丽，更为接近一些。汪师韩接着例举云：

又尝读《离骚》矣，屈子但言"国无人莫我知"及"指九天以为正"，亦数言而可毕矣。彼夫驷玉虬，戒鸾皇，饮咸池，登阆风，索宓妃而求简狄，占灵氛而要巫咸，始之春兰秋菊，终之琼珮琼縻，皆空谈也。是则少陵之杰句，无如"老夫清晨梳白头"；昌黎之佳作，莫若"老翁真个似童儿"。"一二

① （明）谢榛：《四溟诗话》卷一，人民文学出版社1962年宛平校点本，第18页。

② （清）宋征璧：《抱真堂诗话》，《清诗话续编》，上海古籍出版社1983年郭绍虞辑校点本，第121页

③ （清）汪师韩：《诗学纂闻》，近代丁福保辑：《清诗话》，上海古籍出版社1978年修订本，第441页。

三四五六七”，固唐贤《人日》之著题；“枇杷桔栗桃李梅”，且汉代大官之本色。香山《长庆集》，必老妪可解也；郑谷《云台编》，必小儿可教也。古乐府之“鱼戏”，浣花集之“杜鹃”；元刘仁本之“蕨萁”，明袁中郎之“西湖”，同一排比也。晋之《懊侬》，苏之《静坐》，同一直率也。刻划而有唐之卢延逊，坦易而有明之庄定山，几于风雅扫地矣。“窅窅乎思乙若抽，渊渊乎言长不足”，“起轮囷之调，扬缥渺之音”，《典论》、《文赋》之言，（指“诗赋欲丽”。）窃未可尽非也。（同上）

上有战国楚屈原，中有唐诗人韩愈、白居易、郑谷等人，下有元刘仁本，明代大诗人袁宏道，这些人之诗都不乏有绮丽之句，更何况有《典论》、《文赋》这些著名的文学理论加以提倡，绮丽应该是完全符合理义的。清杨际昌也随之呼应，《国朝诗话》卷二云：“良工不示人以璞，诗家亦何尝禁设色？要须腴不害骨，乃为作家。”① 要求诗人“示丽”，不应该简单的加以指责其有过错。

更有甚者，宋黄彻将绮丽的地位提到了很高的程度，《砻溪诗话》卷三以杜甫、韩愈、杜牧之绮丽，配黄钟之乐：“钟嵘称张茂先，惜其‘儿女情多，风云气少’。喻凫尝谒杜紫微，不遇，乃曰：‘我诗无绮罗铅粉，宜不售也。’淮海诗亦然，人戏谓可入小石调，然率多美句，但绮丽太胜尔。子美‘并蒂芙蓉本自双’，‘水荇牵风翠带长’，退之‘金钗半醉坐添春’，牧之‘春风十里扬州路’，谁谓不可入黄钟宫邪？”② 黄彻的反问是极有力量的，使反对者无从反驳。明陆时雍《诗镜总论》也赞美谢朓之绮丽如洞庭美人，绝非俗尘之色：“诗至于齐，情性既隐，声色大开。谢玄晖艳而韵，如洞庭美人，芙蓉衣而翠羽旗，绝非世间物色。”③ 绮丽诗风毕竟可以愉悦批评者之耳目。因此，更多的古代诗话意识到诗歌不能离开绮丽。唐释皎然《诗式》赞美诗当有容有德：“‘诗不假修饰，任其丑朴，但风韵正，天真全，即名上等。’予曰：不然，无盐阙容而有德，曷若文王太姒有容而有德乎？”④ 有容有德方为真正的

① （清）杨际昌：《国朝诗话》卷二，《清诗话续编》，上海古籍出版社 1983 年郭绍虞辑校点本，第 1699 页。

② （宋）黄彻：《砻溪诗话》卷三，近代丁福保辑：《历代诗话续编》，中华书局 1983 年校点本，第 360 页。

③ （明）陆时雍：《诗镜总论》，近代丁福保辑：《历代诗话续编》，中华书局 1983 年校点本，第 1407 页。

④ （唐）释皎然著，李壮鹰校注：《诗式校注》，人民文学出版社 2003 年版，第 39 页。

美女。清袁枚《续诗品·振采》主张即使美人也需要严妆，才会更美："明珠非白，精金非黄。美人当前，烂如朝阳。虽抱仙骨，亦由严妆。匪沐何洁，非熏何香？西施蓬发，终竟不臧。若非华羽，曷别凤皇？"① 清田雯《古欢堂集杂著》卷三以"富丽不可无"而生发"点染"之妙："作诗虽贵古淡，而富丽不可无。譬松篁之于桃李，布帛之于锦绣也。"② 诗歌如作画，秋山平远，野水寒林，复加点染着色，妙处方生。方东树《昭昧詹言》卷一四认为诗歌"兴会"选色，须鲜明妍茂，"忌衰飒黯淡。"袁枚《随园诗话》卷五说绮丽不可少，少则音韵嘶哑："宋曾致尧谓李虚己曰：'子诗虽工，而音韵犹哑。'《爱日斋诗话》曰：'欧公诗，如闺中孀妇，终身不见华饰。'味此二语，当知音韵。风华固不可少。"③ 上述古诗话的见解是极有见地的。

明胡应麟《诗薮》内编卷五对绮丽提出了更高的要求。绮丽必须要"格高气逸"："诗最贵丽，而丽非金玉锦绣也。晏同叔以'笙歌院落'为三昧，固高出至宝丹一等，然'梨花院落'又待入小石调矣。丽语必格高气逸，韵远思深，乃为上乘。"④ 故而只有像杜诗那样，才会秾丽隽永："宋人渭'老觉金腰重，慵更玉枕凉'为乞儿语，而以'楼台侧畔杨花过，帘幕中间燕子飞'为富贵诗，至今无道破者。不知此特诗余声口，景象略存，意味何在？杜集得一联云：'落花游丝白日静，鸣鸠乳燕青春深。'秾丽隽永，顿自不侔。至'香飘合殿'十四字，天然富贵。杨花燕子，又不免作乞儿矣。"（同上）格高气逸方可避免诗歌的缺点，使其传诵于后世。

与之相比，苏轼认为，杜甫、欧阳修有着共同伟丽的地方："七言之伟丽者，杜子美云：'旌旗日暖龙蛇动，宫殿声微燕雀高'，'五更鼓角声悲壮，三峡星河影动谣。'尔后寂寥无闻焉。直至欧阳永叔'苍波万古流不尽。白鹤双飞意自闲'，'万马不嘶听号令，诸蕃无事乐耕耘'，可以并驱争先矣。小生亦云：'令严钟鼓三更月，野宿貔貅万灶烟。'又云：'露布朝弛玉关塞，捷书夜到甘泉宫。'亦庶几焉耳。"⑤ 宋范温《潜溪诗眼》则较为细致地从"春容闲

---

① （清）袁枚：《续诗品·振采》，近代丁福保辑：《清诗话》，上海古籍出版社 1978 年修订本，第 1031 页。

② （清）田雯：《古欢堂集杂著》卷三，《清诗话续编》，上海古籍出版社 1983 年郭绍虞辑校点本，第 707 页。

③ （清）袁枚：《随园诗话》内编卷五，人民文学出版社 1982 年顾学颉校点本，第 165 页。

④ （明）胡应麟：《诗薮》内编卷五，上海古籍出版社 1979 年版，第 97 页。

⑤ （宋）苏轼：《东坡诗话补遗》，［日］近藤元粹辑，萤雪轩丛书本，日本明治二十五年至二十九年（1893～1897）嵩山堂刊。

适”、“秋景悲壮”、“富贵之词”、“吊古”、“巧壮”等方面，论述了杜诗的绮丽：

老杜云：“绿垂风折笋，红绽雨肥梅。岸花飞送客，樯燕语留人。”亦极绮丽，其模写景物，意自亲切，所以妙绝古今。（其）言春容闲适则有“穿花蛱蝶深深见，点水蜻蜓款款飞”，“落花游丝白日静，鸣鸠乳燕青春深”。言秋景悲壮，则有“蓝水远从千涧落，玉山高并两峰寒”，“无边落木萧萧下，不尽长江滚滚来”。其富贵之词，则有“香飘合殿春风转，花覆千官淑景移”，“麒麟不动炉烟转，孔雀徐开扇影还”。其吊古则有“映阶碧草自春色，隔叶黄鹂空好音”，（“竹送清溪月，苔移玉座春”。）皆出于风花，然穷尽性理，移夺造化。（又云：“绝壁过云开锦绣，疏松夹水奏笙簧。”）自古诗人巧即不壮，壮即不巧，巧而能壮，乃如是也。①

老杜诗也有写得极为绮丽的地方，其意亲切感人，所以能妙绝古今。清吴文溥归李、杜诗为清丽、细润，并认为二家不离绮丽诗风：“诗家月旦，目少陵为格律森严，青莲为仙才横逸，固也。然少陵于森严中标清丽之规，青莲于横逸处含细润之采。固知少陵之清丽、乃魏徵妩媚也，青莲之细润，乃嗣宗至慎也。”（《南野堂笔记》卷一）唐魏徵以讽谏唐太宗而著称于世，故而杜甫之忠君、爱国类似于魏徵，由此有“乃魏徵妩媚”之称。嗣宗为魏晋之际时的大诗人阮籍。阮籍以饮酒躲避身祸，其诗歌多以隐晦的笔法发泄对当时现实的不满，充满了愤世嫉俗之情。故而作者云李白诗“乃嗣宗至慎”。今天看来，作者所云杜甫较为符合实际情况，而言李白类似于阮籍便有些文不对题了。

清袁枚将绮丽与淡泊的视角转向了更多的诗人。《随园诗话》卷七言道：“人莫不有五官百体，而何以男夸宋朝（‘朝’疑为‘玉’字），女称西施？昌黎《答刘正夫》云：‘足下家中百物，皆赖而用也，然其所珍爱者，必非常物。’皇甫持正亦云：‘虎豹之文必炳，珠玉之光必耀。’故知色采贵华也。圣如尧舜，有山龙藻火之章；淡如仙佛，有琼楼玉宇之号，彼击瓦缶、披短褐者，终非名家。”② 袁枚的认识是有道理的，所谓“何以男夸宋朝（玉），女称西施”及“彼击瓦缶、披短褐者，终非名家”，实际上说明了这样一个道理：写淡诗者并非肯定必是名家，相反写绮丽诗者，也不能由此判定其为不出

①（宋）范温：《潜溪诗眼》，郭绍虞：《宋诗话辑佚本》本，中华书局1980年版，第326—327页。

②（清）袁枚：《随园诗话》卷七，人民文学出版社1982年顾学颉校点本，第236页。

名的三流诗人。

明陆时雍的《诗镜总论》主张既反对浮艳，也反对枯素："诗丽于宋，艳于齐。物有天艳，精神色泽，溢自气表。王融好为艳句，然多语不成章，则涂泽劳而神色隐矣。如《卫》之《硕人》，《骚》之《招魂》，艳极矣，而亦真极矣。柳碧桃红，梅清竹素，各有固然。浮薄之艳，枯槁之素，君子所弗取也。"[①] 清叶燮批评纯朴近俚俗，主张丽"本之前人"："夫诗纯淡则无味，纯朴则近俚，势不能如画家之有不设色。古称非文辞不为工，文辞者，斐然之章采也。必本之前人，择其丽而则、典而古者而从事焉，则华实并茂，无夸缛斗炫之态，乃可贵也。"[②] 因此，他以为不可"徒以富丽为工"："若徒以富丽为工，本无奇意，而饰以奇字，本无异物，而加以异名别号，味如嚼蜡，展诵未竟，但觉不堪。此乡里小儿之技，有识者不屑为也。故能事以设色布采终焉。"（同上）

那么，如何加以界定绮丽在诗歌中是否当以存在的必要呢？宋范温《潜溪诗眼》以为，绮丽是否需要，其标准为是否"当于理"："世俗喜绮丽，知文者能轻之。后生好风花，老大即厌之。然文章论当理与不当理耳，苟当于理，则绮丽风花同入于妙，苟不当理，则一切皆为长语。"[③] 以绮丽之风累其正气，或以质朴应付所有诗歌之描写抒情，显然都是不妥的。清施山为雄丽与平淡排序，也可说明了这个道理："雄丽与平淡，后先有序；性灵与格调，彼此宜兼。不能为沉博雄丽之计，不可以入平淡；不能为灵奇新颖之词，不可与言格调。"[④] 有绮丽方能有平淡，二者不可偏废。明胡应麟《诗薮》内编卷五分伟丽与粗豪之别，类似于宋范温与清施山为绮丽与平淡定性的方法：

七言律最宜伟丽，又最忌粗豪，中间豪末千里，乃近体中一大关节，不可不知。今粗举易见者数联于后。宋人吴江长桥观月诗，郑毅夫云："插天螮蝀玉腰阔，跨海鲸鲵金背高。"杨公济云："八十丈虹晴卧影，一千顷玉碧无瑕。"苏子美云："云头艳艳开金饼，水面沉沉卧彩虹。"三联世所共称。欧阳独取苏句，而谓二子粗豪，良是。然苏句苦斤两稍轻，不若子瞻"令严钟鼓

① （明）陆时雍：《诗镜总论》，近代丁福保辑：《历代诗话续编》，中华书局 1983 年校点本，第 1407 页。

② （清）叶燮：《原诗》卷一，近代丁福保辑：《清诗话》，上海古籍出版社 1978 年修订本，第 574 页。

③ （宋）范温：《潜溪诗眼》，郭绍虞：《宋诗话辑佚本》本，中华书局 1980 年版，第 326 页。

④ （清）施山：《望云诗话》卷一，光绪间抄本（国家图书馆所藏此书之书签题为"潄芳阁丛钞"）。

三更月，野宿貔貅万灶烟"，自称伟丽，盖庶几焉。又不若老杜"三年笛里关山月，万国兵前草木风"，以和平端雅之调，寓愤郁凄惋之思，古今言壮句者难及此也。①

丽与豪均不可轻废，但"豪"不如"丽"，"丽"不如"和平端雅"。与之相比，明杨慎也论述过雅与丽的关系。《升庵诗话》卷八云："《梁简文咏枫叶诗》'萎绿映葭青，疏红分浪白。落叶洒行舟，仍持送远客。'此诗二十字，而用彩色四字，在宋人则以为忌矣，以为彩色字多，不庄重，不古雅，如此诗，何尝不庄重古雅耶？"② 看来，是否高雅与丽之色彩无关，色浓亦雅。丽追求古雅庄重，是一种更高级的美，文质统一，具有特殊的美感作用。

绮丽注重表现技巧，注重形式美，尤注意不得过度追求声律，对偶、辞藻、用典，否则如玉人之攻玉，锦工之织锦，极天下之工巧组丽，而去建安风骨远矣。

第二节　英笔奇气，杰句高境，自成一家③

盘空硬语与精思结撰　新奇与风雅的距离　倡奇者有被后人蔑视之虞　言之有物与医治新奇诗风　奇太过之病　奇、平之序，无有定论

古代诗话从艺术批评的角度对新奇诗风进行了较为客观的审视，为批评者理解此类型的诗歌提供了宝贵的经验。例如，宋范晞文《对床夜语》卷二即云："五言律诗，固要贴妥，然贴妥太过，必流于衰。苟时能出奇，于第三字中下一拗字，则贴妥中隐然有峻直之风。老杜有全篇如此者……其他变态不一，却在临时斡旋之何如耳，苟执以为例，则尽成死法矣。"④ 可知古诗话对新奇的论述是很细致的。清方东树《昭昧詹言》卷一曾提出了"诗以豪宕奇恣为贵"的思想，将新、奇、豪、宕结为一体，即是新奇豪宕的具体表现，

① （明）胡应麟：《诗薮》内编卷五，上海古籍出版社1979年版，第98页。

② （明）杨慎：《升庵诗话》卷八，近代丁福保辑：《历代诗话续编》，中华书局1983年校点本，第798页。

③ （清）方东树：《昭昧詹言》卷一〇，清光绪刻方植之全集本。

④ （宋）范晞文：《对床夜语》卷二，文渊阁《四库全书》本。

他认为，在文学史上，“惟李、杜、韩、苏四公有之。前此则惟汉、魏、曹、阮、陶公、孙北海、刘越石数贤而已，谢、鲍已不能然。”显然，此观点与通常的以古为美的批评审美观有区别。（以古为美的批评思想请详见第十章《言合典谟则列于风雅（上）》第四节《文章家各适其用》，此略。）

那么，何为“奇”呢？唐司空图《二十四诗品·清奇》将其归结为“步屧寻幽”、“神出古异”①。清庞垲《诗义固说》下篇说得更加明白：

中庸外无奇，作诗者指事陈词，能将日用眼前、人情天理说得出，便是奇特。②

清赵翼则认为，“精思结撰”便是奇：

盘空硬语，须有精思结撰。若徒挦撦奇字，诘曲其词，务为不可读以骇人耳目，此非真警策也。③

仅仅能做到盘空硬语距离“奇”还有一定的差距，还须要有精思结撰方可成功。不过，在赵翼看来，能够达到此境界的只有唐代大诗人韩愈了：

昌黎诗如《题炭谷湫》云：“巨灵高其捧，保此一掬悭。”谓湫不在平地，而在山上也。“吁无吹毛刃，血此牛蹄殷。”谓时俗祭赛此湫龙神，而已未具牲牢也。《送无本师》云：“鲲鹏相摩窣，两举快一噉。”形容其诗力之豪健也。《月蚀诗》：“帝箸下腹尝其皤。”谓烹此食月之虾蟆，以享天地也。思语俱奇，真未经人道。（同上）

韩愈诗歌动人心魄，为“奇”的最高学习典范。尽管如此，古代诗话多有对“奇”之微词。明杨慎《升庵诗话》卷二《元次山好奇》即言：“文章

① （唐）司空图：《二十四诗品·清奇》，（清）何文焕辑：《历代诗话》，中华书局1981年校点本，第42页。

② （清）庞垲：《诗义固说》下篇，《清诗话续编》，上海古籍出版社1983年郭绍虞辑校点本，第739页。

③ （清）赵翼：《瓯北诗话》卷三，人民文学出版社1963年霍松林、胡主佑校点本，第29页。

好奇，自是一病。”① 明人蒋冕给好奇诗风扣上了与诗旨不符的帽子：“近代评诗者，谓诗至于不可解，然后为妙。夫诗美教化，敦风俗，示劝戒，然后足以为诗。诗而至于不可解，是何说邪？且《三百篇》，何尝有不可解者哉？”② 清贺裳亦言：“止务瑰奇，不求妥帖，以眩俗目可耳，与风雅正自径庭。”③ 新奇远离风雅的罪名，在古代诗论里是大逆不道的。

由此诗歌倡奇者，终有被后人蔑视之虞：“自中唐以后，律诗盛行，竞讲声病，故多音节和谐，风调圆美。杜牧之恐流于弱，特创豪宕波峭一派，以力矫其弊。山谷因之，亦务为峭拔，不肯随俗为波靡，此其一生命意所在也。究而论之，诗果意思沉着，气力健举，则虽和谐圆美，何尝不沛然有余？若徒以生僻争奇，究非大方家耳。”④ 新奇的出现本身是为了抵御声病，故有新奇豪宕一派，有黄庭坚江西诗派的出现。但是，新奇不可生僻争奇，否则便与正道无缘了。甚至有人指摘杜甫之好奇：“子美之病，在于好奇。作意好奇，则于天然之致远矣。五七言古，穷工极巧，谓无遗恨。细观之，觉几回不得自在。”⑤ 连苏轼也认为，但凡奇者，不过小辈杜默之流而已，仅配饮私酒，醉饱发狂言。他说：“石介作《三豪诗》，其略云：曼卿豪于诗，永叔豪于文。而杜默师雄豪于歌也。永叔补赠默诗云：‘赠之三豪篇，而我滥一名。’默之歌，少见于世，初不知之。后闻其一篇云：‘学海波中老龙，圣人门前大虫。’皆此等语。甚矣，介之无识也！永叔不欲嘲笑之者，此公恶争名，且为介讳也。吾观杜默豪气，正是京东学究，饮私酒，食瘴死牛肉，醉饱后所发者也。”（《东坡诗话补遗》）连杜甫、欧阳修之类的大诗人因新奇都被人指责，更何况他人乎？至于类似于中唐卢仝、马异之徒，作诗狂怪，唯恐批评者读懂诗作，一味地追求奇险，终被人所弃。千夫而指，使奇之诗风愈加步履维艰。

清钱泳《履园谭诗》曾以批评者的角度劝诫写诗者：意要深切，辞要浅显，最使诗人茅塞顿开：“有某孝廉作诗善用僻典，尤通释氏之书，故所作甚

---

①（明）杨慎：《升庵诗话》卷二，近代丁福保辑：《历代诗话续编》，中华书局1983年校点本，第663页。

②（明）俞弁《逸老堂诗话》卷下，近代丁福保辑：《历代诗话续编》，中华书局1983年校点本，第1318页。

③（清）贺裳：《载酒园诗话》卷一，《清诗话续编》，上海古籍出版社1983年郭绍虞辑校点本，第213页。

④（清）赵翼：《瓯北诗话》卷一一，人民文学出版社1963年霍松林、胡主佑校点本，第169页。

⑤（明）陆时雍：《诗镜总论》，近代丁福保辑：《历代诗话续编》，中华书局1983年校点本，第1415页。

多，无一篇晓畅者。一日示余二诗，余口噤不能读。遂谓人曰：'记得少时诵李、杜诗，似乎首首明白。'闻者大笑。始悟诗文一道，用意要深切，立辞要浅显，不可取僻书释典，夹杂其中。但看古人诗文，不过将眼面前数千字搬来搬去，便成绝大文章。乃知圣贤学问，亦不过将伦常日用之事，终身行之，便为希贤希圣。"① 古代大诗人非有六臂三首，写诗终日牛鬼蛇神之异。明俞弁也告诫诗者"写所见为妙"："叶文庄公与中云：'近之作者，嫫母蹙西施之额，童稚攘冯妇之臂，句雕字镂，叫噪聱牙，神头鬼面，以为新奇，良可叹也。'予尝见元人房白云题诗云：'后学为诗务斗奇，诗家奇病最难医。欲知子美高人处，只把寻常话做诗。'"② 作诗当写诗人所见为妙，不必过求奇险。宋蔡启《蔡宽夫诗话》指出，写诗重深僻语工，实为诗之短："王荆公晚年亦喜称义山诗，以为唐人知学老杜而得其藩篱，惟义山一人而已。每诵其'雪岭未归天外使，松州犹驻殿前军'，'永忆江湖归白发，欲回天地人扁舟'，与'池光不受月，暮气欲沉山'，'江海三年客，乾坤百战场'之类，虽老杜亡以过也。义山诗合处信有过人，若其用事深僻，语工而意不及，自是其短。"③ 世人并没有对此深解，反以为奇而效之，故而有西昆体之弊端。清李重华《贞一斋诗说》反对后世"说部"之"摭取新奇"，背离了韩愈新奇诗风之旨："诗家奥衍一派，开自昌黎，然昌黎全本经学、次则屈、宋、杨、马亦雅意取裁，故得字字典雅。后此陆鲁望颇造其境。今或满眼陆离，全然客气，问所从，则曰我韩体也。且谓四库书俱寻常闻见，于是专取说部，摭拾新奇，以夸繁富，不知说部之学，眉山时复用之者，不过借作波澜，初非靠为本领。今所尚止在于斯，乃正韩、苏大家吐弃不屑者，安得以奥衍目之?"④ 言韩诗本经学，字字典雅，实扬韩柳之所为，偏颇之语，不能令人信服。

相比之下，清薛雪《一瓢诗话》"希图掩丑"之讥，对效仿奇者最为铁面无情："近今诗家，侈谈古诗而薄近体，欲为藏拙计耳。又有一类，故为佶屈聱牙者，绝似地狱变相，适足以惊妇人孺子，不直识者一笑。如士大夫书学不精，晚年辄遁入隶篆，希图掩丑。殊不知笔法杜撰，字形舛错。以无师之智，

---

① （清）钱泳：《履园丛话》，清道光十八年述德堂刻本。

② （明）俞弁：《逸老堂诗话》卷下，近代丁福保辑：《历代诗话续编》，中华书局 1983 年校点本，第 1317 页。

③ （宋）蔡启：《蔡宽夫诗话》，《宋诗话辑佚本》，郭绍虞辑佚，中华书局 1980 年版，第 399—400 页。

④ （清）李重华：《贞一斋诗说》，清昭代丛书本。

窃弄于时，视此何异？"[1] 将慕奇者说成是足以惊妇人孺子或博得不识者一笑的小人，足见对奇之诗风的蔑视。由此，在清人的笔下，好奇者自困且不足以观："欧公在颍州作雪诗，戒不得用玉、月、梨、梅、练、絮、白、舞、鹅、鹤、银等事，后四十年，子瞻继守颍州，小雪，与客会饮聚星堂，复举前事。请客各赋一篇。客诗不传，两公之什具在，殊不足观。"[2] 若仅仅知晓钩奇立异，于诗中设苛法以困人，终究会缚绳自困。因此，清潘德舆《养一斋诗话》卷五从中自然得出"作奇语者，皆易为之"的结论："李长吉'天若有情天亦老'，秦少游以之入词，缘此句本似词也。至如'黑云压城城欲摧'、'酒酣喝月使倒行'，'石破天惊逗秋雨'，'酒中倒卧南山绿'，'卷起黄河向身泻'，凡有意作奇语者，皆易为之。"清贺贻孙《诗筏》则将"奇"想象成迫不得已的事情："诗以蕴藉为主，不得已溢为光怪尔。蕴藉极而光生。光极而怪生焉。李、杜、王、孟及唐诸大家，各有一种光怪，不独长吉称怪也。怪至长吉极矣，然何尝不从蕴藉中来。"[3] 振振有词的解释，愈使好奇者面对正襟危坐的君子们的指责而自甘沉沦。

好奇似乎使人走进了死胡同。宋严羽《沧浪诗话·诗评》于沉沦中给其一席之地："玉川之怪，长吉之瑰诡，天地间自欠此体不得。"[4] 天地万物，离开任何一体均不能圆满。清方东树《昭昧詹言》卷一〇高标英杰之气，提出以韩愈、黄庭坚为师的号召："英笔奇气，杰句高境，自成一家，则韩、黄其导师也。"清马平泉《挑灯诗话》卷二立"极足"的目标："诗家写景，须是微至，令极足。少陵《渼陂行》：'船舷暝戛云际寺'，高极；'水面月出蓝田关'，远极；以下纵笔挥去，千态万状，离奇光怪，齐奔赴腕底，所谓'下笔如有神'也。至末忽云：'咫尺但愁雷雨至，苍茫不晓神灵意。少壮几时奈老何，向来哀乐何其多！'好奇者那复解此。"故而他指出，好奇之诗风"正当于古人中求之。"今天看来，祭起学古之大旗，必将于事无补。

清延君寿《老生常谈》以为克服奇之"病"，最为重要的是要"言之有物"："文人荒诞好怪，自是一病。如《赤藤杖歌》，其奇创处要能言之有物。刘叉、卢仝、李贺、任华辈，往往怪而不中理，是无物也，所以不及昌黎。

---

① （清）薛雪：《一瓢诗话》，清昭代丛书本。

② （清）贺裳：《载酒园诗话》卷一，《清诗话续编》，上海古籍出版社 1983 年郭绍虞辑校点本，第 243 页。

③ （清）贺贻孙：《诗筏》，《清诗话续编》，上海古籍出版社 1983 年郭绍虞辑校点本，第 135 页。

④ （宋）严羽：《沧浪诗话·诗评》，（清）何文焕辑：《历代诗话》，中华书局 1981 年校点本，第 698 页。

'共传滇神出水献'四句，已好到极处，后又著'浮光照手'句，犹以为未足，更以'空堂昼眠'二语以束之，笔力奇杰，直可横塞九州。鼎足李、杜，非公而谁？"① 言之有物似乎成了医治新奇诗风怪疾的良方。

如何能做到"言之有物"呢？清方贞观《辍锻录》以史为源，代表了诗话的普遍看法：

所谓"语不惊人死不休"者，非奇险怪诞之谓也，或至理名言，或真情实景，应手称心，得未曾有，便可震惊一世。子美集中，在在皆是，固无论矣。他如王昌龄"奸雄乃得志"，一篇云："一人计不用，万里空萧条。"千古而下读之，觉皇甫郦之论董卓，张曲江之判禄山，李湘之策宠勋，古来恨事，历历在目。寻常十字，计关宗社，非惊人语乎？李太白之"秦人相谓曰：吾属可去矣。一往桃花源，千春隔流水"，以史中叙事法用之于诗，但觉安详妥适，非惊人语乎？刘禹锡之"风吹落叶填宫井，火入荒陵化宝衣"，李商隐之"于今腐草无萤火，终古垂杨有暮鸦"，不过写景句耳，而生前侈纵，死后荒凉，一一托出，又复光彩动人，非惊人语乎？韦应物之"欲持一瓢酒，远慰风雨夕。落叶满空山，何处寻行迹"，高简妙远，太音声希，所谓舍利子是诸法空相，非惊人语乎？②

以史中叙事法用之于诗，既新奇，又能做到安详妥适。与之相比，清郭兆麒《梅崖诗话》对杜诗所言的"语不惊人死不休"，有另外的见解："'惊人'二字须善体会。眼前景，口头话，从性情中流出，正复娓娓动人。盖一味作险语、破鬼胆，便易入恶道矣。"清贺贻孙《诗筏》以为作"奇"的秘诀是"稳"："苏子由云：'子瞻文奇，吾文但稳，吾诗亦然。'此子由极谦退语。然余谓诗文奇难矣，奇而稳尤难。"③ 譬如，西施、昭君同其他人没有任何区别，无非不过耳目口鼻，天然匀称而已，对她们而言，增之一分则太长，减之一分则太短，如此便是绝色。贺贻孙继续举例说："诸葛武侯老吏谓桓温曰：'诸葛公无他长，但事事停当而已。'殷浩阅内典叹曰：'此理只在阿堵边。'后代诗文名家，非无奇境，然苦不稳，不匀称，不停当，不在阿堵边。"（同上）

① （清）延君寿：《老生常谈》，《清诗话续编》，上海古籍出版社 1983 年郭绍虞辑校点本，第 1817 页。

② （清）方贞观：《辍锻录》，《清诗话续编》，上海古籍出版社 1983 年郭绍虞辑校点本，第 1944 页。

③ （清）贺贻孙：《诗筏》，《清诗话续编》，上海古籍出版社 1983 年郭绍虞辑校点本，第 140 页。

只有做到了稳，方可称得上奇。宋陈师道《后山诗话》以西汉扬雄为例，认为奇当“顺下”：“扬子云之文，好奇而卒不能齐也，故思苦而词艰。善为文者，因事以出奇，江河之行，顺下而已。至其触山赴谷，风抟物激，然后尽天下之变。子云惟好奇，故不能奇也。”① 顺从了自然，便会新奇。宋魏庆之《诗人玉屑》卷一四所云之“奇”，注重以理为主，其说法在情在理：“好作奇语，自是文章一病。但当以理为主，理得而辞顺，文章自然出群拔萃。观子美到夔州后诗，退之自潮州还朝后文，皆不烦绳削，而自合矣。”② 与魏庆之相比，清潘德舆《养一斋诗话》卷五改“以理为主”为“无理之奇，本不奇也”，他说：“变险而媚，则又如‘一双瞳人翦秋水’，‘小槽酒滴真珠红’，‘玉钗落处无声腻’，‘高楼唱月敲悬珰’，‘春营骑将如红王’等句，此尤词场骋妍之惯技，即之可喜，久之生厌者。然钓名之士，欲人一见惊喜，刻意造句，必险必媚，而后易于动目。呕出心肝者，竟为后世声气用矣，悲夫！”清洪亮吉《北江诗话》卷五也附和道：“诗奇而入理，乃谓之奇。若奇而不入理，非奇也。卢玉川、李昌谷之诗，可云奇而不入理者矣。”③ 古诗话对新奇之病开出了许多药方，令人不知举手措足。

金王若虚《滹南诗话》卷三提出奇“太过，亦其病也”的观点，被以后的诗话群起响应：“诗人之语，诡谲寄意，固无不可，然至于太过，亦其病也。山谷《题惠崇画图》云：‘欲放扁舟归去，主人云是丹青。’使主人不告，当遂不知?”④ 明杨慎《升庵诗话》卷二《元次山好奇》依此为理论，言“奇”之诗风说：“好奇之过，反不奇矣。”⑤ 王世贞也有“奇过则凡”之论：“李长吉师心，故尔作怪，亦有出人意表者。然奇过则凡。老过则稚。此君所谓不可无一，不可有二。”⑥ 清朱庭珍《筱园诗话》卷三高举“理”、“过”两面旗帜，倡导七律写作诗风要“奇之有理”、“奇不可太过”，他例举说：“如

① （宋）陈师道：《后山诗话》，（清）何文焕辑：《历代诗话》，中华书局1981年校点本，第309页。

② （宋）魏庆之：《诗人玉屑》卷一四，文渊阁《四库全书》本。

③ （清）洪亮吉：《北江诗话》卷五，人民文学出版社1983年版陈迩冬校点本，第86页。

④ （金）王若虚：《滹南诗话》卷三，近代丁福保辑：《历代诗话续编》，中华书局1983年校点本，第522页。

⑤ （明）杨慎：《升庵诗话》卷二，近代丁福保辑：《历代诗话续编》，中华书局1983年校点本，第663页。

⑥ （明）王世贞：《艺苑卮言》卷四，近代丁福保辑：《历代诗话续编》，中华书局1983年校点本，第1010页。

赵秋谷之‘客舍三千两鸡狗，岛人五百一头颅’，不惟显露槎枒，绝无余味，亦嫌求奇太过，无理取闹矣。此外如诗话所传‘金欲两千酬漂母，鞭须六百报平王’，‘羲画破天烦妹补，羿弓饶月待妻奔’，皆故为过火语，实无取义，不可为训。”七律贵有奇句，但奇应该做到不诡于正，如果奇而无理，伤及雅音，便会奇过则凡。也就是说，石破天惊之句，出人意料之奇，其意仍须在人意之中。

诗话论“新奇”之诗风，至清诗话时，理论愈加完善。丘炜萲《五百石洞天挥麈》卷九强调新奇诗风“贵当”：“诗不难作惊人语，而难于惬心贵当。”法式善《梧门诗话》卷五将句与理分开，要求写诗者当“句奇”、“理平”：“诗贵句奇而理平，意豪而事切。如黄仲则句：‘茅店灯青鸱啸鬼，荒林月黑虎驱伥。’奇险极矣，然非诞语也。”[①] 薛雪《一瓢诗话》引苏轼论奇之诗风，鼓吹奇“当于言下领会”：“东坡作诗颂云：‘字字觅奇险，节节累枝叶。咬嚼三十年，转更无相涉。’又云：‘冲口出常言，法度法前轨。人言非妙处，妙处在于是。’普天下诗人，当于言下领会，勿便下得转语去。”[②] 李调元《雨村诗话》卷下以为，奇不可悖于“入情入理”：“王建、张籍乐府，何曾一字险怪？而读之入情入理，与汉、魏乐府并传。古人不朽者以此，所以诗最忌艰涩也。”[③] 因此，在古诗话中，奇之外貌不可学：“诗不可以貌为，少陵《发同谷》诸篇，昌黎、东野联句，皆偶立一体。至昌谷之奇诡，义山之獭祭，各有寓意，不可以貌为。乃今人袭取二李隐僻字句，以惊世眩目，叩其中绝无所谓，是皆无病呻吟，效颦而不自知其丑者。”[④] 他例举说：“诗以道性情，自渊明而上溯《三百篇》，何尝有不可解字句，使人眩惑？而其意之所托，或兴或比，往往出人意表，千百载意无能道破者。余尝谓古之诗文，句平而意奇，后人句奇而意平，可笑也。”（同上）所言句平而意奇，实则已触及好奇诗风中的奇与平的关系。明方以智《通雅诗话》分析古人之奇云：“（古人）不可以庄语，故以奇语写之。奇者多创，创，创于不自知。俗人效步邯郸，则杜撰难免矣。然而奇至极者，又转平地。或险诨，或故问，或影略，或

---

① （清）法式善：《梧门诗话》卷五，（台北）文海出版社“清代稿本百种汇刊”著者手定底稿影印本。

② （清）薛雪：《一瓢诗话》，人民文学出版社 1979 年版杜维沫校注本，第 130 页。

③ （清）李调元：《雨村诗话》卷下，《清诗话续编》，上海古籍出版社 1983 年郭绍虞辑校点本，第 1531 页。

④ 同上书，第 1530 页。

冷汰，或即事实叙，或无中生有。瞿塘龙门乎？通都桥梁乎？宫阙参差乎？荒邨茅合乎？各从其类，自行其开合纵横顿挫之致。”[①] 古人奇怀突兀，其思绪跃而可骑于日月之上，愤而愿投身于江流之中。故此方氏以为：“不以平废奇，不以奇废平，莫奇于平。莫平于奇。时因时创，统因创者，存乎其人。”（同上）方氏之言，并不能得出奇与平二者地位是相等的，下文即暴露了其鄙弃奇之写作手法：“清新俊逸，子美尝称太白，自谓不如也耶？太白得古诗之奇放，专效之者，久则索然，老杜以平实叙悲苦而备众体，是以平载乎奇，而得自在者也。”（同上）平载乎奇，视奇为平之寄生物。对此，清李调元《雨村诗话》卷下有不同的见解：“韩昌黎诗云：‘险语破鬼胆，高词媲皇坟。’此是公自赞其诗，不可徒作赞他人诗看。然皆经籍光芒，故险而实平。”[②] 险中有平与方以智所倡导的平载乎奇之观点正好相左。

奇、平之序，无有定论，那么，奇与平的关系到底如何呢？贺贻孙的《诗筏》干脆视二者分拆不得：“古今必传之诗，虽极平常，必有一段精光闪烁，使人不敢以平常目之，及其奇怪，则亦了不异人意耳。乃知‘奇’、‘平’二字，分拆不得。”[③] 若强行加以分开，奇、平均不可存在。贺氏之论颇有辩证的味道。

明谢榛《四溟诗话》卷三所言奇、正关系类似奇、平：“嘉靖间，有初学诗者，开口便多奇气。此虽天赋美质，其成之败之，则又在乎人矣。专尚奇者，乃盛唐之端，晚唐之渐也。譬游五岳，出门有伴引之，循乎大道而不失其正；否则，歧路之间，又分歧路，愈失愈远，而流荡莫之返矣。正者，奇之根，奇者，正之标。二者自有重轻。若歧而又奇，则堕于长吉之下。惜乎长吉不与陈拾遗同时，得一印正，则奇正相兼。造乎大家，无可议者矣。”[④] 奇不可压正，偏于歧路者，堕于李贺之下，所评还是有一定道理的。

李东阳也注意到了这一点：“李长吉诗有奇句，卢仝诗有怪句，好处自别。若刘叉《冰柱雪车》诗，殆不成语，不足言奇怪也。如韩退之效玉川子之作，断去疵类，摘其精华，亦何尝不奇不怪？而无一字一句不佳者，乃为难

① （明）方以智：《通雅诗话》，见周维德辑校《全明诗话》，齐鲁书社 2005 年版，第 5097 页。

② （清）李调元：《雨村诗话》卷下，《清诗话续编》，上海古籍出版社 1983 年郭绍虞辑校点本，第 1531 页。

③ （清）贺贻孙：《诗筏》，《清诗话续编》，上海古籍出版社 1983 年郭绍虞辑校点本，第 136—137 页。

④ （明）谢榛：《四溟诗话》卷三，人民文学出版社 1962 年宛平校点本，第 85 页。

耳。”[①] 文中有肯定李贺之意，但同时他也指出，李贺字字之奇，终非大道：“李长吉诗，字字句句欲传世，顾过于刿钵，无天真自然之趣。通篇读之，有山节藻棁而无梁栋，知其非大道也。”[②] 言李贺之奇诗风为梁上短柱之才，而无梁栋大用，并非杞人忧天之词，李贺重奇之诗风导致其诗歌鬼怪横行，正人君子视之，终非诗之正道矣。

由此，古今新奇诗风的代表作家李贺在清诗话中的境遇，远没有像在明诗话里那样被人礼遇了。清诗话群起而攻之。陈仅的《竹林答问》以答学生之所问的形式，斥责李贺之奇是“坠入鬼窟”：“问：‘李昌谷之诗工极矣，昔人以为鬼才，何邪?’（答）‘句不可字字求奇，调不可节节求高。纡余为妍，卓荦为杰，非纡余无以见卓荦之妙。抑扬迭奏，奇正相生，作诗之妙在是。长吉惟犯此病，故坠入鬼窟。’”[③] 方贞观《辍锻录》视李贺之奇为不入正道的“魔道伎俩”：“若李长吉，必籍瑰辞险语以惊人，此魔道伎俩，正仙佛所不取也。”[④] 庞垲《诗义固说》下以李贺欺世盗名之奇，言为后世之诫：“李长吉、卢仝辈故为险僻，欺世取名，所谓索隐行怪，后世有述者，有识之士不为也。”[⑤] 管世铭《读雪山房唐诗序例》因李贺新奇诗风“坠入恶道”，而评析其根本原因在于“晦昧格塞”：“李长吉不屑作一常语，奇处直欲突过昌黎。不善学之得其晦昧格塞，则堕入恶道矣。”[⑥] 众家诗话不加掩饰地指责李贺之奇，留给后人无限的反思。

李贺之奇，冠誉古今，历来褒贬不一。诸如其“梦入神山教神妪，老鱼跳波瘦蛟舞”（《李凭箜篌引》）、“天若有情天亦老”（《金铜仙人辞汉歌》）、“黑云压城城欲摧”（《雁门太守行》），何人不晓？故奇之诗风写作，为人人意中所能有、所能到者，忌不用。必出人意表，崛峭破空，不自人间来。写出后，同时还应该注意，切不可离开生活之真，只有如此，方可为真之奇。

---

① （明）李东阳：《麓堂诗话》，近代丁福保辑：《历代诗话续编》，中华书局1983年校点本，第1392页。

② 同上书，第1381页。

③ （清）陈仅：《竹林答问》，清镜滨草堂钞本。

④ （清）方贞观：《辍锻录》，《清诗话续编》，上海古籍出版社1983年郭绍虞辑校点本，第1944页。

⑤ （清）庞垲：《诗义固说》下，《清诗话续编》，上海古籍出版社1983年郭绍虞辑校点本，第739页。

⑥ （清）管世铭：《读雪山房唐诗序例》，《清诗话续编》，上海古籍出版社1983年郭绍虞辑校点本，第1549页。

第三节　桃花轻薄梅花冷，占尽春风是牡丹[①]

诗家以七情六欲写诗，因此读者各有所好　皆足赏心，何必泥定一格　任何一种诗风，也不能尽占天下之先

大千世界，物有万种，人有千面，各呈风骨，不可缺一。明徐祯卿《谈艺录》言诗之作用，有如儒家之“经术”，既可养德，也可“尽情思”：“诗人忠厚。上访汉、魏，古意犹存。故苏子之戒爱景光，少卿之厉崇明德，规善之辞也。魏武之悲东山，王粲之感鸣鹤，子恤之辞也。甄后致颂于延年，刘妻取譬于唾井，缱绻之辞也。子建言恩，何必衾枕？文君怨嫁，愿得白头，劝讽之辞也。究其微旨，何殊经术?”[②] 以“规善”、“子恤”、“缱绻”、“劝讽”之辞，比之“经术”，故有经术之用：“作者蹈古辙之嘉粹，刊佻靡之非轻，岂直精诗，亦可以养德也。”（同上）他列举《诗经》众篇目云：“《鹿鸣》、《頍弁》之宴好，《黍离》、《有蓷》之哀伤，《氓》蚩、《晨风》之悔叹，《蟋蟀》、《山枢》之感慨，《柏舟》、《终风》之愤懑，《杕杜》、《葛藟》之悯恤，《葛屦》、《祈父》之讥讪，《黄鸟》、《二子》之痛悼，《小弁》、《何人斯》之怨诽，《小宛》、《鸡鸣》之戒惕，《大东》、《何草不黄》之困疵，《巷伯》、《鹑奔》之恶恶，《绸缪》、《车舝》之欢庆，《木瓜》、《采葛》之情念，《雄雉》、《伯兮》之思怀，《北山》、《陟岵》之行役，《伐檀》、《七月》之勤敏，《棠棣》、《寥莪》之大义。”众诗无不合七情六欲，故“皆曲尽情思，婉娈气辞。”（同上）

诗家以七情六欲写诗，因此读者各有所好。清尚熔《三家诗话》说：“读三家之诗，巧丽者爱子才，朴健者爱笤生，宏博者爱云松。”[③] 善于读书者，在批评众家诗人之中，取其长而弃其短。在尚氏眼中，诗人之作有如美食，各呈异彩：“子才如佳果，笤生如佳谷，云松如佳肴。”[④] 诸如唐诗诗境不同，读

---

① （清）沈善宝：《名媛诗话》卷七，清光绪鸿雪楼刻本。

② （明）徐祯卿：《谈艺录》，（清）何文焕辑：《历代诗话》，中华书局 1981 年校点本，第 768 页。

③ （清）尚熔：《三家诗话》，《清诗话续编》，上海古籍出版社 1983 年郭绍虞辑校点本，第 1921 页。

④ 同上书，第 1920 页。

者自有感受而享受其诗风之美："杜诗如河岳；李诗如海上十洲；孟（襄阳）诗如匡庐；王（右丞）诗如会稽诸山；高、岑诗如疏勒、祁连，名标塞上；大历十子诗如巫山十二，各占一峰；韦诗如峨嵋天半，高无与比；柳诗如巴东三峡，清夜啼猿；韩诗如太行；孟（东野）诗如羊肠坂；苏诗如罗浮；黄诗如龙门八节滩。此类不可悉数，惟览者自得之耳。"①

所以，诗人之诗，腴者往往失于秾丽；清淡者，而又无深秀之观。不无失之一隅。只有投身大自然，游目平原，绝无一点杂花丛棘；高山长林，疏疏落落，兰芷随风披拂；云绕烟笼，飘扬空际，并为诗家妙境，丹青不及之处，都被诗人骚客收入锦囊。以充诗风之各异。宋胡仔《笤溪渔隐丛话前集》卷五谓诗人之所好："诗人各有所得：'清水出芙蓉，天然去雕饰，'此李白所得也；'或看翡翠兰笤上，未掣鲸鱼碧梅中'，此老杜所得也；'横空盘硬语，妥帖力排奡'，此韩愈所得也。"诗人得之各异，故而各有所长。例如，同为写讽谕诗，其写作结果，乐山乐水，判若天渊："讽谕诗有轻言细雨，令人意移，'好是秦淮今夜月，有人相对数归期'是也；有仗义执言，令人无辞以对者，如'不学遁翁捧蓍草，甘心钳口学偷生'是也；有乍听之似婉约，覆按之令人汗下者，如'一檄投溪能徙窟，听言犹觉鳄鱼贤'是也。"（清张晋本《达观堂诗话》卷二）古诗话清醒地辨析了诗人各呈一色的不同情形。

诗人用笔之异曲，诗风也呈迥异之彩："用刚笔则见魄力，用柔笔则出神韵。柔而含蓄之为神韵。柔而摇曳之为风致，读大历人七律，须辨此界。"②有此之别，同为田园诗人的陶渊明、韦应物及柳宗元的田园诗之诗风便歧出不一："陶诗质厚近古，愈读而愈见其妙；韦应物失之平易，柳子厚过于精刻。世称'陶韦'，又称'韦柳'，特概言之。惟谓学陶者，须自韦、柳而入，乃为正耳。"（明李东阳《麓堂诗话》）即使是诗人思意同轨，其诗风也会言人人殊。清徐世溥《榆溪诗话》云："'今日同堂，出门异乡，别易会难，各尽杯觞。'（子建）'劝君更尽一杯酒，西出阳关无故人。'（摩诘）'异方惊会面，终宴借征途。'（杜甫）数语一类也，而子建语爽俊，摩诘语酸冷，老杜语惨淡。譬之一琴二手，宫商异曲；一曲西弹，疾徐殊奏。"③ "一琴二手"、"一曲两弹"，极形象地说明了世人对不同诗风作品的需要。

① （清）乔亿：《剑溪说诗》卷上，清乾隆刻本。

② （清）施补华：《岘佣说诗》，近代丁福保辑：《清诗话》，上海古籍出版社 1978 年修订本，第 993 页。

③ （清）徐世溥：《榆溪诗话》，《豫章丛书》本。

诗风有各家诗风之长。郭熙论山水画论云："春山艳冶而如笑，夏山苍翠而如滴，秋山明净而如妆，冬山修淡而如睡。"又言："海山微茫而隐见，江山严厉而峭卓，溪山窈窕而幽深，塞山童赪而堆阜。操觚当作如是观。"① 清沈善宝《名媛诗话》卷七以为诗犹如花，"皆足赏心，何必泥定一格"，② 诸如牡丹、芍药，具国色天香，一望知其富贵；他如梅品孤高，水仙清洁，杏、桃秾艳，兰、菊幽贞。此外，则或以香胜，或以色著，但具一致。故而"最怕如剪彩为之，毫无神韵，令人见之生倦。读湘潭郭六芳论诗云：'玉溪獭祭非偏论，长吉鬼才亦妙评。依爱湘江江水好，有波澜处十分清。''厨下调羹已六年，酸咸情性笑人偏。近来领略诗中味，百八珍羞总要鲜。''今古才人一例看，端庄流丽并兼难。桃花轻薄梅花冷，占尽春风是牡丹。'"（同上）诗人也是如此，像苏、李之诗长于高妙，曹、刘之诗长于豪逸，陶、阮之诗长于冲淡，谢、鲍之诗长于峻洁，徐、庾之诗长于藻丽。各有其优劣。

各类诗风足以玩味咀华。诗家如春秋战国称雄一方："壮武之世，茂先、休奕，莫能轾轩，二陆、潘、张，亦称鲁、卫。左太冲拔出于众流之中，胸次高旷，而笔力足以达之，自应尽掩诸家。钟记室嵘，季孟于潘、陆间，谓'野于士衡，而深于安仁'，太冲弗受也。过江以还，越石悲壮，景纯超逸，足称后劲。"（清沈德潜《说诗晬语》卷上，清乾隆刻沈归愚诗文全集本）有时众诗家又如水火，势不两立，以抗庭匹敌："陶诗合下自然，不可及处，在真在厚。谢诗经营而反于自然，不可及处，在新在俊。陶诗胜人在不排，谢诗胜人正在排。"（同上）陶诗之妙，在于自然合；谢诗之宜，在于反自然。诗界这种纷争割据的局面，后人一直延续着。宋阮阅《诗话总龟》后集卷九说："读谢灵运诗，知其揽尽山川秀气。读退之《南山》诗，颇觉似《上林》、《子虚》赋，才力小者不能到。李长吉、玉川子诗，皆出于《离骚》，未可以立谈判也。皇甫持正云：'吟诗未有刘长卿一字。'唐人必甚重长卿，今诗十卷亦清丽。"③ 唐之"诗仙"、"诗圣"也不例外："太白诗妙处在空际，子美诗妙处在实际。"④

这种格局，不时演为鼎足之势："李青莲之诗，佳处在不著纸；杜浣花之诗，佳处在力透纸背；韩昌黎之诗，佳处在'字向纸上皆轩昂。'"（清洪亮吉

① （清）陈鉴：《操觚十六观》，檀几丛书本。

② （清）沈善宝：《名媛诗话》卷七，清光绪鸿雪楼刊本。

③ （宋）阮阅：《诗话总龟》后集卷九，人民文学出版社 1987 年周本淳校点本，第 57 页。

④ （清）余宣：《余甸甫诗话》，道光刊本。

《北江诗话》卷二，第35页）“太白之诗清新，少陵之诗雄整，昌黎之诗奇特。”（清余宣《余甸甫诗话》）直至清代诗坛也是如此。尚熔《三家诗话》谓：“子才之诗，诗中之词曲也，笤生之诗，诗中之散文也，云松之诗，诗中之骈体也。”①

诗之风格，雄壮则伟丽，清新则峻拔，淡远则闲暇，中和则欢适。诗风不同，各有所长。然而，任何一种诗风，也不能尽占天下之先。宋张戒《岁寒堂诗话》卷上例举说：“张司业诗与元、白一律，专以道得人心中事为工，但白才多而意切，张思深而语精，元体轻而词躁尔。籍律诗虽有味而少文，远不逮李义山、刘梦得、杜牧之，然籍之乐府，诸人未必能也。”② 张籍与元白诗各有优劣，其他唐代诗人也如此：“王右丞、韦苏州澄淡精緻，格在其中，岂妨于道哉！贾浪仙诚有警句，视其全篇，意思殊馁。大抵附于寒涩，方可致才，亦为体之不备也。”（宋魏庆之《诗人玉屑》卷一二）这种各有所长之局面，似乎任何时候都不可抹杀。

清人王寿昌《小清华园诗谈》卷上遍览诗坛，数尽汉至于唐诗家诗风之短，大致情况为：李陵诗偏于忿憾，曹操诗偏于深险，阮籍诗偏于幽愤，张华诗偏于浮华，郭璞诗偏于隐怪，陶渊明诗偏于高尚，鲍照诗偏于感时嫉俗，谢灵运诗偏于矫情肆志，江淹诗偏于繁艳，沈约诗偏于琐屑，徐陵、庾信诗偏于绮靡，王、杨、卢、骆诗偏于浮薄，李白诗偏于豪纵，刘禹锡诗偏于褊狭，孟郊诗偏于孤峭，卢仝诗偏于险怪，李贺诗偏于奇幻，白居易诗偏于坦率，元稹诗偏于柔媚，李商隐诗偏于瑰异，温庭筠诗偏于婉弱。其余各类诗人，也各有弊。众家诗风各偏，唯杜甫性情真挚，忧国爱君之意，盎然于笔墨之间，故“犹有诗人遗意。”但是，作者紧接着认为，杜甫由于多忧伤感愤，故而“拟诸《三百》，实为变风变雅，终非盛世之音。”③ 至于以“唐代名儒”而著称的韩愈，“性情颇得其正，故篇什之间，每吐德音，然以文笔为诗，往往不免过于豪放。要之古来作者，各有短长。学者贵取其所长，弃其所短，驯而至于温柔敦厚之归，则《雅》、《颂》之音，庶可复睹耳。”（同上）相形之下，宋严羽《沧浪诗话·诗评》对杜甫更为崇拜一些：“少陵诗，宪章汉、魏，而取

① （清）尚熔：《三家诗话》，《清诗话续编》，上海古籍出版社1983年郭绍虞辑校点本，第1920页。

② （宋）张戒：《岁寒堂诗话》卷上，近代丁福保辑：《历代诗话续编》，中华书局1983年校点本，第460页。

③ （清）王寿昌：《小清华园诗谈》卷上，《清诗话续编》，上海古籍出版社1983年郭绍虞辑校点本，第1858页。

材于六朝，至其自得之妙，则前辈所谓集大成者也。”[①] 在明胡应麟的笔下，李白虽词气飞扬，但只能与王维抗衡：“李词气飞扬，不若王之自在，然照乘之珠，不以光芒杀直，王句格舒缓，不若李之自然，然连城之璧，不以追琢减称。”[②] 李白与王维各有所长，但二人毕竟比不得老杜，只能屈属臣下之位。

至于稍逊李、杜的唐代著名诗人，也各有优劣：“李义山、刘梦得、杜牧之三人，笔力不能相上下，大抵工律诗而不工古诗，七言尤工，五言微弱，虽有佳句，然不能如韦、柳、王、孟之高致也。”[③] 李商隐诗多奇趣，刘禹锡诗以高韵见长，杜牧诗专事华藻。就连名不见经传的子才等人也有所长，尚熔《三家诗话》云：“曩尝仿敖器之《诗评》，评本朝诗人，有曰：‘子才如画舫摇湖，荡人心目；笘生如剑仙跃马，所向无前；云松如吴、越锦机，力翻新样。’”[④] 又云：“子才笔巧，故描写得出；笘生气杰，故撑架得住，云松典赡，故铺张得工。然描写而少浑涵，撑架而少磨砻，铺张而少熔裁，故皆未为极诣也。”（同上）尺有所短，寸有所长。故清翁方纲《七言诗三昧举隅》云：“人之为志，有不必繁言以含蓄为正者，亦有必以发抒详实为正者，所谓言岂一端而已，达而已矣，各指其所之而已矣。”[⑤] 达意者，即有所长。他批评王士禛过分强调含蓄：

《北征》、《奉先咏怀》与陶、谢、阮、陈竟划然分界乎？其果孰为温柔敦厚之正？则必推陶、谢、阮、陈，而杜公不得与焉矣。愚尝论文章之正变，初不尽以繁简浓淡之外貌求之，如“于穆清庙”，“维清缉熙”，《周颂》也，而篇章极简古；“小球大球”，“来享来王”，《商颂》也，而篇章极畅达。夫值其当含蓄之时，而徒事繁缛者，非也；值其不能含蓄之时，而故为敛抑者，亦非也。（同上）

对含蓄诗风的正确态度是：行乎其所不得不行，止乎其所不得不止。不求

---

① （宋）严羽：《沧浪诗话·诗评》，（清）何文焕辑：《历代诗话》，中华书局 1981 年校点本，第 697 页。

② （明）胡应麟：《诗薮》内编卷六，上海古籍出版社 1979 年版，第 118 页。

③ （宋）张戒：《岁寒堂诗话》卷上，近代丁福保辑：《历代诗话续编》，中华书局 1983 年校点本，第 460 页。

④ （清）尚熔：《三家诗话》，《清诗话续编》，上海古籍出版社 1983 年郭绍虞辑校点本，第 1921 页。

⑤ （清）翁方纲：《七言诗三昧举隅》，近代丁福保辑：《清诗话》，上海古籍出版社 1978 年修订本，第 291 页。

与古人离，而不能不离，不求与古人合，而不能不合。

那么，如何才能避免过分强调含蓄之短呢？清林昌彝《海天琴思录》卷一倡导相兼众之所长："自汉、魏、晋而降，杜甫氏之外诸作者，各以所长名家。而不能相兼也。学者誉此诋彼，各师所嗜，譬犹行者埋轮一乡，而欲观九州之大，必无至矣。渊明之善旷而不可以颂朝廷之光，长吉之工奇而不足以咏丘园之致，皆未得为全也。故必兼师众长，随事摹拟，待其时至心融，浑然自成，始可以明大方而免夫偏轨之弊矣。"袁枚《随园诗话》卷五要求诗人切不可囿于一家之言："诗人家数甚多，不可硁硁然域一先生之言，自以为是，而妄薄前人。"① 谢灵运、孟浩然的清幽诗歌，岂可施诸边塞？杜、韩排奡之诗，如杜甫《北征》、韩愈《陆浑山火》未便播之管弦。沈佺期、宋之问诗以庄重见长，善于写应制诗篇，若将其放置于山野则俗；卢仝诗险怪异常，若令其登临庙堂则野。韦应物、柳宗元诗隽逸峭刻，故不宜长篇；苏轼、黄庭坚诗歌瘦硬，短于言情。若讲究悱恻芬芳，非温庭筠、李商隐不可；属词比事，非元稹、白居易莫属。古人各成一家。优秀诗人也有其弱点，甚至诗圣杜甫均有短处，其诗"未便播之管弦"，故不应轻易非薄他人。

今人虽才力笔性，各有所宜长，然驰骋诗坛，纵横古今之时尤当注意看到自己的短处。品评诗歌要尽可能看到别人的长处；若护其所短，而反讥人之所长，则为诗家大忌。所谓以宫笑角、以白毁青者，谓之陋矣！

第四节　作诗家数不必画一，但求合律②

诗家巨子的特点为"总萃"　兼有众长，是其高于他人之处　大家之才，以其力使之诗风繁复万端　总萃百家之舟楫法则

古代诗风无体不备，无美不臻。诗人于此争其长，后学之辈于此遵其辙。社会生活纷纭复杂，诗人生活经历的丰富多彩，加之天赋、气质的作用，决定了诗歌作者诗风的多样性。情随物迁，文因情异，与物万变，使得诗坛百花绽放，诗话竞相评论。

---

① （清）袁枚：《随园诗话》卷五，人民文学出版社 1982 年顾学颉校点本，第 149 页。

② （清）薛雪：《一瓢诗话》，清昭代丛书本。

中国古代诗话多有赞美诗人诗风什锦多样之论。清吴仰贤《小匏庵诗话》卷一即以杜甫、陆游证明大家的诗集各体皆备：

今人论诗，见阔大语，辄曰此近少陵；见新颖语，辄曰此近放翁。不知大家诗集中，无体不包。二老同源异派，杜不乏新颖处，陆亦多阔大处也。今戏列二诗于此，不知论者又以为何如。少陵《江村》云："清江一曲抱村流，长夏江村事事幽。自去自来梁上燕，相亲相近水中鸥。老妻画纸为棋局，稚子敲针作钓钩。多病所需唯药物，微躯此外更何求?"放翁《感愤》云："今皇神武是周宣，谁赋南征北伐篇？四海一家天历数，两河百郡宋山川。诸公尚守和亲策，志士虚捐少壮年。京洛雪消春又动，永昌陵上草芊芊。"

大诗人的诗风并不局限于一种。所谓同源异派，无体不包。杜甫诗歌不乏新颖处，陆游诗歌也多阔大处。正如宋曾季貍《艇斋诗话》感叹大诗人为"备极全美"①。

陶渊明独帜于晋人，而被后人誉之为语全："晋人多尚放达，独渊明有忧勤语，有自任语，有知足语，有悲愤语，有乐天安命语，有物我同得语。倘幸列孔门，何必不在季次、原宪下?"（沈德潜《说诗晬语》卷上）季次为孔子著名的弟子子路；原宪也为孔子的弟子，其蓬户褐衣蔬食，不减其乐。二子均位七十二贤人之列。由此可知陶渊明在沈氏心中的地位是很崇高的。白居易亦各种诗风长短毕备："《诗苑类格》云：'白乐天诗有五长：讽谕之诗长于激，闲适之诗长于遣，感伤之诗长于切，律诗百言以上长于赡，五字、七字百言以下长于情。'"（宋蔡正孙《诗林广记》前集卷一〇）与其相比，杜甫能尽取前人之诗风："至于子美，所谓上薄风雅，下该沈、宋，古旁苏、李，气奋曹、刘，掩颜、谢之孤高，杂徐、庾之流丽，尽得古人之体势，而兼昔人之所独专。如使仲尼考锻其旨要，尚不知贵其多乎哉？苟以其能所不能，无可无不可，则诗人以来，未有如子美者。"（宋胡仔《苕溪渔隐丛话后集》卷八）故胡仔说："元稹云：'余读诗至杜子美，而知古人之才，有所总萃焉。'"（同上）总萃方才配得上大家的称号。

明胡应麟的《诗薮》内编卷四总结盛唐诗歌云："盛唐一味秀丽雄浑。杜则精粗、巨细、巧拙、新陈、险易、浅深、浓淡、肥瘦，靡不毕具，参其格调，实与盛唐大别。其能会萃前人在此，滥觞后世亦在此，且言理近经，叙事

① （宋）曾季貍：《艇斋诗话》，清光绪琳琅秘室丛书本。

兼史，尤诗家绝睹。其集不可不读，亦殊不易读。”① 杜诗的宏大，如“昔闻洞庭水”；其富丽，如“花隐掖垣暮”；其感慨，如“东郡趋庭日”；其幽野，如“风林纤月落”；其饯送，如“冠冕通南极”；其投赠，如“斧钺下青冥”；其追忆，如“洞房环珮冷”；其吊哭，如“他乡复行役”；等等，“皆神化所至，不似人间来者。”（同上）胡应麟又云：

五言律体，极盛于唐。要其大端，亦有二格：陈（子昂）、杜（甫）、沈（佺期）、宋（之问），典丽精工，王（维）、孟（浩然）、储（光羲）、韦（应物），清空闲远。此其概也。然右丞（王维）赠送诸什，往往阑入高（适）、岑（参）。鹿门（孟浩然）、苏州（韦应物），虽自成趣、终非大手。太白（李白）风华逸宕，特过诸人，而后之学者，才匪天仙，多流率易。唯工部（杜甫）诸作，气象嵬峨，规模宏远，当其神来境诣，错综幻化，不可端倪。②

杜甫能兼有众长，是其高于他人之处。因此，胡氏赞颂道：“千古以还，一人而已！”（同上）宋蔡梦弼《杜工部草堂诗话》卷一称誉杜甫言：“然不集诸家之长，子美亦不能独至于斯也，岂非适当其时故耶？《孟子》曰：‘伯夷，圣之清者也。伊尹，圣之任者也。柳下惠，圣之和者也。孔子，圣之时者也。孔子之所谓集大成。’呜呼！子美亦集诗之大成者欤？”③ 将杜甫比喻为诗界的孔子，实为对杜甫诗歌诗风总萃百家的肯定。

大家之才，以其力使之诗风繁复万端，令后人望而却步：“坡诗略如昌黎，有汗漫者，有谨严者，有丽缛者，有简澹者。翕张开合，千变万态，盖自以其气魄力量为之，然非本色也。”④ 他人若无宏大气魄和力量，恐不可学。杜甫诗也有这样的情况。明王世懋《艺圃撷余》谈及杜诗诗风“多变态”时说：

轻浅子弟，往往有薄之者，则以其有险句、拙句、累句也，不知其愈险愈老，正是此老独得处，故不足难之。独拙、累之句，我不能为掩瑕。虽然，更千百世无能胜之者何？要曰无露句耳。其意何尝不自高自任？然其诗曰：“文

---

① （明）胡应麟：《诗薮》内编卷四，上海古籍出版社 1979 年版，第 70 页。

② 同上书，第 58 页。

③ （宋）蔡梦弼：《杜工部草堂诗话》卷一，近代丁福保辑：《历代诗话续编》，中华书局 1983 年校点本，第 194 页。

④ 宋刘克庄：《后村诗话》前集卷二，中华书局 1983 年王秀梅校点本，第 25 页。

章千古事，得失寸心知。”曰：“新诗句句好，应任老夫传。”温然其辞，而隐然言外，何尝有所谓吾道主盟代兴哉？自少陵逗漏此趣，而大智大力者，发挥毕尽，至使吠声之徒，群肆挦剥，遐哉唐音，永不可复。①

杜甫诗有深句，有雄句，有老句，有秀句，有丽句，有险句，有拙句，有累句。众多诗风为后人提供了丰富的土壤。宋胡仔《苕溪渔隐丛话后集》卷九总结云：“苕溪渔隐曰：宋子京作《唐史·杜甫赞》，秦少游作《进论》，皆本元稹之说，意同而词异耳。子京《赞》云：‘唐兴，诗人承隋、陈风流，浮靡相矜。至宋之问、沈佺期等，研揣声音，浮切不差，而号律诗，竞相沿袭，逮开元间，稍裁以雅正。然恃华者质反，好丽者壮违。人得一概，皆自名所长。’”意同而词异之评，无外乎浑涵汪茫，千汇万状，兼古今而有之。他接着说：“他人不足，甫乃厌余，残膏剩馥，沾丐后人多矣。故元稹谓诗人以来，未有子美者。甫又善陈时事，律切精深，至千言不少衰，世号‘诗史’。昌黎韩愈于文章少许可，至歌诗独推曰：‘李、杜文章在，光焰万丈高。’诚可信云。”

古代大诗人的影响是巨大的。古代诗话探求了杜甫、李白、韩愈等几位著名诗人之所以能超逸一代诗人的原因，胡应麟以为，杜诗之过人处，在于其骨力、精彩、气象、风神四方面有他人不可及之处。“‘山随平野阔，江入大荒流’，太白壮语也，杜‘星垂平野阔，月涌大江流’骨力过之。‘九衢寒雾敛，万井曙钟多’，右丞壮语也，杜‘星临万户动，月傍九霄多’精彩过之。‘气蒸云梦泽，波撼岳阳城’，浩然壮语也，杜‘吴楚东南坼，乾坤日夜浮’气象过之。‘弓抱关西月，旗翻渭北风’，嘉州壮语也，杜‘北风随爽气，南斗避文星’风神过之。读唐诸家至杜，辄令人自失矣。”② 且杜诗之过人处，在于杜甫集前人众家之所长。诸如：“飞星过水白，落月动沙虚”，集有吴均、何逊之精思。“春色浮山外，天河宿殿阴”，含有庾信、徐陵之妙境。“山河扶绣户，日月近雕梁。碧瓦初寒外，金茎一气旁”，高华秀杰，使杨炯、卢照邻为下风。“冠冕通南极，文章落上台。诏从三殿去，碑到百蛮开”，典重冠裳，令沈佺期、宋之问退却。“耕凿安时论，衣冠与世同。在家常早起，忧国愿年丰”，寓神奇于古澹，储光羲、孟浩然莫能为前。“片云天共远，永夜月同孤。落日心犹壮，秋风病欲苏”，含阔大于沉深，高适、岑参瞠目于其后。“退朝

① （明）王世懋：《艺圃撷余》，（清）何文焕辑：《历代诗话》，中华书局1981年校点本，第777页。

② （明）胡应麟：《诗薮》内编卷四，上海古籍出版社1979年版，第71—72页。

花底散，归院柳边迷”，“花动朱楼雪，城凝碧树烟”，王维在其面前失其秾丽。“地平江动蜀，天阔树浮秦”，“日月低秦树，乾坤绕汉宫”，李白让其豪雄。至“岸花飞送客，樯燕语留人”，则钱起为之低头。“两行秦树直，万点蜀山尖”，令元稹、白居易拱手低伏。“冻泉依细石，晴雪落长松”，贾岛为之让步。“两边山木合，终日子规啼”，有卢仝、马异之浑成。“山寒青兕叫，江晚白鸥饥”，挟孟郊、李贺之瑰僻。“竹斋烧药灶，花屿读书床”，有张籍、王建浅显之风，“雨抛金锁甲，苔卧绿沉枪”，可同李商隐纤新媲美。故胡应麟所说的“杜集大成，五言律尤可见者”[①] 深中肯綮。

宋蔡梦弼《杜工部草堂诗话》卷一以为杜诗集众家之大成，且“适当其时”使众家所不及：“淮海秦少游《韩愈论》曰：‘杜子美之于诗，实积众流之长，适当其时而已。昔苏武、李陵之诗长于高妙，曹植、刘公干之诗长于豪逸，陶潜、阮籍之诗长于冲澹，谢灵运、鲍照之诗长于峻洁，徐陵、庾信之诗长于藻丽：于是子美者穷高妙之格，极豪逸之气，包冲澹之趣，兼峻洁之姿，备藻丽之态，而诸家之作所不及焉。”[②] 由此看来，集大成者非杜甫莫数。

清贺贻孙《诗筏》以为杜诗的高妙，在于杜诗有似李贺、王维、常建、王昌龄等“尚不可尽指”的诸家处。如杜甫诗中的“白摧朽骨龙虎死”等语，似李贺语；又“叶里松子僧前落”、“天清木叶闻”等语，似王维的诗；“水流心不竞，云在意俱迟”等语，似常建诗；“灯影照无寐，心清闻妙香”等语，似王昌龄诗。其余似诸家处，尚不可尽指。但是，杜甫却无法学得李白诗的句子：“终不能指其某篇某句似太白。太白诗中，如《凤凰台》作似崔颢，《赠裴十四》作似长吉，《送郄昂谪巴中》诸作似高、岑，《送张舍人之江东》诸作似浩然，‘城中有古树，日夕连秋声’等语似摩诘。其他似诸家处，尚不能尽指，而终不能指其某篇某句似少陵。”[③] 李杜互不可学，故李、杜诗风凌然而对。贺氏感慨道：“盖其相似者，才有所兼能；其不相似者，巧有所独至耳。”[④]

宋张戒《岁寒堂诗话》卷上以苏辙评韩、杜之优劣，得杜诗之雄在于“笃于忠义，深于经术之正”的结论：“退之诗，大抵才气有余，故能擒能纵，

---

① （明）胡应麟：《诗薮》内编卷四，上海古籍出版社 1979 年版，第 71 页。

② （宋）蔡梦弼：《杜工部草堂诗话》卷一，近代丁福保辑：《历代诗话续编》，中华书局 1983 年校点本，第 194 页。

③ （清）贺贻孙：《诗筏》，《清诗话续编》，上海古籍出版社 1983 年郭绍虞辑校点本，第 143—144 页。

④ 同上书，第 144 页。

颠倒崛奇，无施不可。放之则如长江大河，澜翻汹涌，滚滚不穷；收之则藏形匿影，乍出乍没，姿态横生，变怪百出，可喜可愕，可畏可服也。苏黄门子由有云：‘唐人诗当推韩、杜，韩诗豪，杜诗雄，然杜之雄亦可以兼韩之豪也。’此论得之。诗文字画，大抵从胸臆中出。子美笃于忠义，深于经术，故其诗雄而正。”[①] 在他的笔下，李白之飘逸，既不能敌杜甫诗之“正”，也不可敌韩诗之“廊庙气”；“李太白喜任侠，喜神仙，故其诗豪而逸。退之文章侍从，故其诗文有廊庙气。退之诗正可与太白为敌，然二豪不并立，当屈退之第三。”[②]

但是，李白之飘逸犹可胜元稹、白居易与李贺：“杜牧之序李贺诗云：‘骚人之苗裔’，又云：‘少加以理，奴仆命《骚》可也。’牧之论太过。贺诗乃李白乐府中出。瑰奇谲怪则似之，秀逸天拔则不及也。贺有太白之语，而无太白之韵。元、白、张籍以意为主，而失于少文。贺以词为主，而失于少理，各得其一偏。故曰：‘文质彬彬，然后君子。’”[③] 将韩愈之奇豪，僭居之李白之上，显为不妥。故严羽《沧浪诗话·诗评》大声疾呼，要真正认识李白：“观太白诗，要识真太白处。太白天才豪逸语，多率然而成者。学者于每篇中，要识其安身立命处可也。”[④] 胡应麟以“才超一代”将李、杜相提并论：“唐人才超一代者，李也；体兼一代者，杜也。李如星悬日揭，照耀太虚；杜若地负海涵，包罗万汇。李惟超出一代，故高华莫并，色相难求；杜惟兼总一代，故利钝杂陈，巨细咸畜。”[⑤] 李、杜并举，为诗人树起两面耀眼的大旗。

李杜之别，在于格与调之分。“李才高气逸而调雄，杜体大思精而格浑。超出唐人而不离唐人者，李也；不尽唐调而兼得唐调者，杜也。”（同上）“调”使李白诗轻沉深，“格”令杜甫诗体大思精。故胡应麟以为：“太白有大家之材，而局量稍浅，故腾踔飞扬之意胜，沉深典厚之风微。昌黎有大家之具，而神韵全乖，故纷拏叫噪之途开，蕴藉陶熔之义缺。杜陵氏兼得之。”（同上）于诗坛领袖地位的基础上尊奉万乖之躯，或扬李抑杜，或崇杜贬李，今天看来，李、杜二人无论是谁拔头筹，都是较为科学的；至于韩愈，毕竟相差李杜一筹。

---

① （宋）张戒：《岁寒堂诗话》卷上，近代丁福保辑：《历代诗话续编》，中华书局1983年校点本，第458—459页。

② 同上书，第459页。

③ 同上书，第462页。

④ （宋）严羽：《沧浪诗话·诗评》，（清）何文焕辑：《历代诗话》，中华书局1981年校点本，第697页。

⑤ （明）胡应麟：《诗薮》内编卷四，上海古籍出版社1979年版，第70页。

古人诗风总萃百家，并非无舟楫而到达彼岸的。明王世贞《艺苑卮言》卷一即言见其“法”：“《诗》旨有极含蓄者、隐恻者、紧切者，法有极婉曲者、清畅者、峻洁者、奇诡者、玄妙者。《骚》、赋、古《选》、乐府、歌行，千变万化，不能出其境界，吾故摘其章语，以见法之所自。”① “千变万化，不能出其境界”，盖为其法。清薛雪《一瓢诗话》云诗之家传法宝为“合律”：“作诗家数不必画一，但求合律，便可造进。譬如作乐，八音迭奏，原各就其所发以成之，圣人闻之，三月忘味，何也？知其所以然，始可与言诗矣。观周乐一篇，是作诗指南；《进学解》一篇，是作文宗旨，学者当于此体会。”宋蔡正孙《诗林广记》后集卷三言苏轼诗，在于深刻和尖锐：“《诗话》云：‘苏子瞻诗，如武库乍开，干戈森然，不觉令人神慑，子（仔）细检点，不无利钝。’”宋胡仔《苕溪渔隐丛话后集》卷一二以为使李贺诗稍微加以“理”，即可以达到诗风的最高级：“盖《骚》之苗裔，理虽不及，辞或过之。《骚》有感怨刺怼，言及君臣理乱，时有以激发人意；及贺所为，无得有是？贺能探寻前事，所以深叹恨今古未尝经道者，如《金铜仙人辞汉歌》，《补梁庾肩吾宫体谣》，求取情状，离绝远去笔墨畦径间，亦殊不能知之。贺生二十七年死矣，世皆曰使贺且未死，少加以理，奴仆命《骚》可也。”

上引所评是否有道理，先且搁置，仅就其探究诗家之法则，足以证明古诗话的探索是积极的。

古诗话对韩愈也有辨析。宋胡仔《苕溪渔隐丛话后集》卷一二载杜牧评韩愈云：“杜牧之云：‘元和中，韩吏部颇道其诗云：云烟锦联，不足为其态也；水之迢迢，不足为其清也；春之盎盎，不足为其和也；秋之明洁，不足为其格也；风樯阵马，不足为其勇也，瓦棺篆鼎，不足为其古也；时花美女，不足为其色也；荒园陊殿，梗莽丘陇，不足为其恨怨悲愁也；鲸呿鳌掷，牛鬼蛇神，不足为其虚荒诞幻也。’”韩愈自言其“态”、“清”、“和”、“格”、“勇”、“古”、“色”、“恨怨悲愁”、“虚荒诞幻”的不足，多为其壮心之词，同时也为后来的诗人提出了更高的目标。

相形之下，杜诗便没有韩愈那样多的遗憾了。宋吕本中《童蒙诗训》言杜诗做到了“自然”与“雕琢”之极，他例举说：“‘丹青不知老将至，富贵于我如浮云’，此自然不做底语到极至处者也；如‘金钟大镛在东序，冰壶玉

---

① （明）王世贞：《艺苑卮言》卷一，近代丁福保辑：《历代诗话续编》，中华书局1983年校点本，第972页。

衡悬清秋’，此雕琢语到极至处者也。”[①] 由此看来，杜甫诗歌并不刻意拘泥于“自然”或“雕琢”之法，而意于追求能自由出入其间。清李调元《雨村诗话》卷下以为杜诗以“意胜”、“篇法胜”、“俚质胜”、“仓率造状胜”。“如‘剑外忽传收蓟北’一首，仓卒间写出欲歌欲哭之状，使人千载如见。”[②] 袁枚《随园诗话》卷三以为，诗要有放有合，只会其一，终为小家：“诗虽奇伟，而不能揉磨入细，未免粗才。诗虽幽俊，而不能展拓开张，终窘边幅。”[③] 他例举说：“诸葛躬耕草庐，忽然统师六出，蕲王中兴首将，竟能跨驴西湖：圣人用行舍藏，可伸可屈，于诗亦可一贯。”（同上）诗人也如此。其诗歌放之则弥六合，收之则敛方寸，巨刃摩天，会针刺绣，随心所欲。故此袁枚以为：“然能大而不能小，能放而不能敛，能刚而不能柔”（同上）非大家之所为。与之相比，清朱庭珍《筱园诗话》卷四言提高写作诗风之法最为精到：“此须如庖丁之用刀，游刃于虚，以无厚入有间，故迎刃而解，批却导窾，官止神行，虽一日解十二牛，犹若新发于硎。精艺入神，非可尽以言传。学者目击道存，悟澈三昧，得用笔之妙于天，忘用笔之法于手。心之所至，笔亦至焉，心所不至，笔先至焉。笔中有笔，笔外亦有笔，即无笔处无非笔，而有笔处反若无笔。如是则笔等神龙，足补造化，天不能限，人何能测乎！”诗人写作之时，要提得空，放得下，转得快，入得透，出得轻，又要能刚能柔，能大能小，能正能奇，能使死者生，能使断者续，能使笨者灵，方尽用笔之妙。能够以一笔作数笔用，同时也善于以数笔作一笔用。

古人倡导诗风，“有所总萃”，完全符合诗人诗风的创作规律。企图以一种诗风统领诗人，从实际上来看，显然是不科学的。

---

① （宋）吕本中：《童蒙诗训》，郭绍虞辑：《宋诗话辑佚》，中华书局 1980 年版，第 586 页。

② （清）李调元：《雨村诗话》卷下，《清诗话续编》，上海古籍出版社 1983 年郭绍虞辑校点本，第 1528 页。

③ （清）袁枚：《随园诗话》卷三，顾学颉校点，人民文学出版社 1982 年版，第 83 页。

第八章　更能识诗家病，方是我眼中人①

言为心声，诗以言志。诗人之心有所触，志存然后发为咏歌。得春夏之气者多风华，聚秋冬之气者多浑朴，自成天籁之声。然而雅颂寝衰、骚楚难继，苏李思汉，文姬掠身。诗人上溯曹刘，远追潘陆，高慕陶谢，左联鲍左，右涉徐庾；学唐诗无不具备，效宋体广集才气；登高自卑，行远自迩，怀古常误入歧途，抚今则茫然失路。由此顿感明、清诗歌前途之黯淡。类如此，古诗歌何能无病乎？此时，只有古诗话能与古诗歌骈行，去条分缕析诗歌之病，指导后人的诗歌写作方为正路。

第一节　蝼蚁、稊稗、瓦甓无所不在②

诗病多　古今诗歌均有病　诗病的形式　诗病的变迁　诗歌当有忌讳　散文之病与诗歌之病

诗至齐梁时，诗坛发现了永明体。从此宫商角徵互以成声。诗歌如贯珠合璧，新美异常。贯珠者，似夜光走盘，不失回旋曲折之妙。合璧者，如玉匣有盖，绝无参差扭捏之痕。一时人人口颂四声、八病，以为从此找到了医治诗病的最好良方。然殊不知固守四声、八病本身就是最大的诗病。由此真可谓诗歌

① （宋）吴聿：《观林诗话》，近代丁福保辑：《历代诗话续编》，中华书局 1983 年校点本，第 124 页。

② （清）宋荦：《漫堂说诗》，近代丁福保辑：《清诗话》，上海古籍出版社 1978 年修订本，第 416 页。

生存于诗病之中。宋吴聿的《观林诗话》曾云诗病之多：

昔人有言："诗有三百四病，马有三百八病，诗病多于马病。"信哉！高子勉能诗，涪翁与之诗云："更能识诗家病，方是我眼中人。"此亦苦口也。①

涪翁即为宋代诗坛领袖黄庭坚。黄氏重视诗法，勤苦锤炼，讲究一字一句都有来历，开创著名的江西诗派。其言"识诗家病"，足见其对无处不在的诗病有何等的担忧。故而若能"识诗家病"，即可知诗歌创作的总体走向，并将病诗医治成无病之诗。

知晓诗歌患有何种病便可以医诗，反之，优秀的诗歌也可以医治人病。明李贽《读史·曹公二长》载陈琳檄文医治曹操头风病事："魏武病头风，方伏枕时，一见陈琳檄，即跃然起曰：'此愈我疾！此愈我疾！'"② 由此李贽认为，优秀的诗文是天下的良药，这种药不是从口入的，而从心授来医人之病。病因诗文而愈，所以，天下之真药不能以形而求之，只能靠心领神会。除此之外，当然还须对症下药，假设使陈琳檄文呈于同样患头风病的一个凡夫俗子面前，未必能使其疾立即好转。由此，足见魏武爱才最笃。

唐代著名大诗人白居易也曾求人医其诗病，只不过他求的人为并不懂诗的老妇人。宋胡仔《苕溪渔隐丛话》前集卷八引《冷斋夜话》云："白乐天每作诗，令一老妪解之，问曰'解否?'妪曰'解'，则录之，'不解'，则又复易之。故唐末之诗，近于鄙俚。"盛唐诗歌几乎将唐诗写绝，中唐诗人极难在其上翻样花新。白居易另辟一路，走极俗的路子，以不蹈盛唐之覆辙，故有其求老妪问诗事。然而，胡仔并不如此看问题："苕溪渔隐曰：乐天诗虽涉浅近，不至尽如《冷斋》所云。余旧尝于一小说中曾见此说，心不然之。惠洪乃取而载之《诗话》，是岂不思诗至于老妪解，乌得成诗也哉?"（同上）白居易写讽谏诗的主要目的是"惟歌生民病，愿得天子知"③，注重诗歌的教化作用，因此要求诗歌通俗易懂，一看便知。诗歌若写得深奥艰涩，不仅老百姓们看不懂，而且皇帝也须仔细琢磨方可知晓其内容，如此一来，何以教化，何以天子知？故而胡仔以"老妪解乌得成诗"来否认白居易求教于老妪，便站不住脚

---

① （宋）吴聿：《观林诗话》，近代丁福保辑：《历代诗话续编》，中华书局 1983 年校点本，第 124 页。

② （明）李贽：《读史·曹公二长》，《焚书》卷五，清国粹丛书本。

③ （唐）白居易：《寄唐生》，《全唐诗》卷四二四，上海古籍出版社 1986 年剪贴缩印本。

了。至于其所云白居易“虽涉浅近，不至尽如《冷斋》所云”，还是符合事实的。我们只需打开白居易的集子，看一下他的律诗便知晓了。

白居易诗追求俗，使得明人王世懋对其极为反感。《艺圃撷余》曾说：“生平闭目摇手，不道《长庆集》。”[①] 白居易的集子曾名为《白氏长庆集》，白居易的挚友元稹的集子名为《元氏长庆集》。二人诗风基本相近。王氏诗歌追求律细工巧，风格主要学习盛唐诗人王维和孟浩然。自然不会喜欢元白诗歌了。

然而，大千世界并不可一概而论，自有喜欢白居易的诗人。以白居易和苏轼诗为其推崇对象的金代著名文学家和诗话家王若虚也曾论述过诗歌之病。《滹南诗话》云：“善乎吾舅周君之论也，曰：‘宋之文章，至鲁直已是偏仄处，陈后山而后，不胜其弊矣。人能中道而立，以巨眼观之，是非真伪，望而可见也。’若虚虽不解诗，颇以为然。”[②] 文中所言其舅周君为周昂（德卿），王氏的主要艺术观点均远源于周昂。主张诗歌贵不失真，由此将江西诗派列为其主要的攻伐对象。王氏所以为的诗病至江西诗派时方才肆虐横行，是有道理的。江西诗派是宋代以来最大的诗歌派别，诗人参差不齐，诗歌有奇而无妙，铺张学问以为富，点化陈腐以为新，然不能做到如肺腑流出、浑然天成，因此成为诗病之丛生地。

比王氏看得更远的是明人陆时雍，他清醒地意识到古今诗歌均有病：

上古之言浑浑尔，中古之言折折尔，晚世之言便便尔，末世之言纤纤尔。[③]

清代《诗经》大家姚际恒借鉴陆时雍评诗经验，将其转用于《诗经》上的评论：“抑予谓解《诗》，汉人失之固，宋人失之妄，明人失之凿，亦为此也。”[④] 在姚氏看来，“凿亦兼妄，未有凿而不妄者也。”（同上）从历史上来看，凿与妄是相通的。比如，孔子曾在《论语·阳货》中说学习《诗经》可以“多识于鸟、兽、草、木之名”，后人即多有误解。姚氏批评道：

---

① （明）王世懋：《艺圃撷余》，（清）何文焕辑：《历代诗话》，中华书局1981年校点本，第783页。

② （金）王若虚：《滹南遗老集》卷三九《滹南诗话》，《四部丛刊》本。

③ （明）陆时雍：《诗镜总论》，近代丁福保辑：《历代诗话续编》，中华书局1983年校点本，第1413页。

④ （清）姚际恒：《诗经通论》卷首《诗经论旨》，私立北泉图书馆丛书。

圣人第教人识其名耳。苟因是必欲为之多方穿凿以求其解，则失矣。如“雎鸠”，识其为鸟名可也，乃解者为之说曰“挚而有别”，以附会于“淑女”、“君子”之义。如“乔木”，识其为高木可也，乃解者为之说曰“上疏无枝”，以附会于“不可休息”之义。如此之类，陈言习语，凿论妄谈，吾览而辄厌之鄙之。是欲识鸟、兽、草、本之名，或反致昧鸟、兽，草、木之实者有之；且或因而误及《诗》旨者有之，若此者，非惟吾不暇为，亦不敢为也。（同上）

后人如若必究其深刻的意旨，往往会误解诗的本来意思。与陆时雍相比，明张蔚然《西园诗麈》也曾宏观地指点各朝诗病，但同时张氏也注意到了各朝之超脱无病者：

在六朝无六朝习气者，左太冲、陶彭泽也。在唐无唐习气者，初唐陈拾遗、盛唐孟襄阳，中唐韦苏州，韩昌黎，晚唐司空图也。在宋无宋习气者，谢皋羽也。此亦关于其人。盖六朝之习靡，唐之习嚣，宋之习萎，非其人有超焉者，何以洗此?①

张氏论诗主诗格、诗韵、诗源于六义，故而自有其偏见。初唐陈子昂虽能突破齐梁诗风，但其辞藻未免粗糙，才韵不及，调似未极跌宕洋溢之致；中唐韦应物之诗，虽高雅闲淡，诗歌富有情趣，但不免染上了中唐的萧瑟、寂寞和感伤；韩愈之诗，深险怪癖，喜追求奇特之形象，但诗歌斧凿痕迹太重，乃押韵文耳；晚唐司空图之诗，质朴圆滑，其《咏田家》、《公子行》，与陆龟蒙、罗隐、皮日休等人反映现实的一些诗歌相类似。至于南宋亡国诗人谢皋之诗，虽风格沉郁、寄予家国之感，但其诗与当时的文天祥、郑思肖、林景熙、汪元量等人的感今怀昔之诗歌并无什么区别。至于其所总结的六朝诗病之“习靡”，唐朝诗病之“习嚣”，宋朝诗病之“习萎”，还是有借鉴作用的。

清吴乔也对各代之诗病深恶痛绝，《围炉诗话》卷一甚至将诗病比成魔鬼：“诗有魔鬼：宫体淫哇，齐、梁至初唐之魔鬼也。打油钉铰，晚唐、两宋之魔鬼也。木偶被文绣，弘、嘉之魔鬼也。今日兼有之。”② 诗病形式共有三

① （明）张蔚然：《西园诗麈》，《说郛续》本。

② （清）吴乔：《围炉诗话》卷一，《清诗话续编》，上海古籍出版社 1983 年郭绍虞辑校点本，第 472 页。

种：宫体淫哇、打油钉铰、木偶被文绣，黯淡而无奈的心情油然而生，酷似鲁迅先生短篇小说《风波》里的九斤老太所发之感慨：一代不如一代！那么，如何方能远离当今世上之恶魔呢？吴氏无可奈何地感慨道："谈何容易？弘、嘉之魔鬼，实能净尽脱之。余则五十余年，全在其中行坐寝食，近乃觉之，而衰病无可进矣。正大高古之诗，有来生在。言此，欲使英年有志节者早自觉悟，毋若乔之愦愦一生，悔无所及耳！"（同上）吴氏以五十余年摸索经验得出的药方，竟然仅仅对当时的弘治、嘉靖两朝的"木偶被文绣"诗病有效，而对自齐、梁至初唐的"宫体淫哇"、晚唐到两宋的"打油钉铰"诗病是无能为力的。

与其相比，宋吴可《藏海诗话》则将诗病分为两种形式："有无形病，有有形病，有形病者易医，无形病则不能医。诗家亦然。凡可以指瑕镌改者，有形病也，混然不可指摘，不受镌改者，无形病，不可医也。"吴可论诗主张以意为主，辅之以华丽。故而特别强调有形与无形诗病。不过，这种分法在清代神韵大师袁枚的眼里似乎复杂了许多，《随园诗话》卷五云："抱韩、杜以凌人，而粗脚笨手者，谓之权门托足。仿王、孟以矜高，而半吞半吐者，谓之贫贱骄人。开口言盛唐及好用古人韵者，谓之木偶演戏。故意走宋人冷径者，谓之乞儿搬家。好叠韵、次韵，剌剌不休者，谓之村婆絮谈。一字一句，自注来历者，谓之古董开店。"将诗病分为五类，并举例说明。比之吴可所言的宋诗病，种类增加了许多。这种现象似乎可用清章学诚的观点予以解释："论文拘形貌之弊，至后世文集而极矣。盖编次者之无识，亦缘不知古人之流别，作者之意指，不得不拘貌而论文也。"①

当然，章学诚的看法是片面的。自宋以来，诗病已有许多变迁，不可用老眼光来看问题了。如清陈仪的《竹林答问》曾就是否应当遵守齐、梁时沈约、谢朓等人的"四声八病"之说，慨而答道："诗法有古人不之忌而今人不可不忌者，如重韵、重字、复调、复典之类。诗律贵严，不能以古人解也。从未有古人所忌而今人可不之忌者，惟沈约八病，大半为驱古变律之用，今古、律已划然，正无需于此。至正纽、旁纽、大韵、小韵，唐人已不之遵，村学究斤斤讲守，反成拙累，亦何益之有？"② 陈仪较广泛地触及了诗歌创作与评论的许多方面，说诗完密精诣、诚通津筏。在其笔下，诗病是在变化着的，沧海桑田，原来的诗病，有的已经变成了后人必须要遵守的规章制度了；而另外的一些原本不属于诗病的写法，如今已经蜕变为诗病了。

---

① （清）章学诚：《文史通义·诗教下》，商务印书馆1932年版，第32页。

② （清）陈仪：《竹林答问》，《清诗话续编》，上海古籍出版社1983年郭绍虞辑校点本，第2241页。

宋托名白居易作《金针诗格》者，将诗病归之为《诗有四不入格》："轻重不等，用意太过，指事不实，用意偏枯。"[①] 除此之外，类似于"好吟而不工者才卑也，好奇而不纯者格卑也"[②] 者，当由于"诗有魔有舞"所致。《金针诗格》非白居易所为，已成共识，此书学术界怀疑为北宋初时人所作。书旨以诗病而得针医，其病自除自诩。北宋僧保暹的《处囊诀》将诗病划归为七类："一曰骈经之病，二曰钩锁之病，三曰轻浮之病，四曰剪辞之病，五曰狂辞之病，六曰逸辞之病，七曰背离题目之病。"[③] 保暹诗风淡远，重视"诗眼"，故此认为上述七病，作诗之人切切忌之。比保暹稍晚一些的梅尧臣曾效法托名白居易者作《续金针诗格》，他以为诗有五忌当最为重要："一曰格懦则诗不老，二曰字俗则诗不清，三曰才浮则诗不雅，四曰理短则诗不深，五曰意杂则诗不纯。"[④] 梅尧臣的《续金针诗格》"以广乐天之用意"，（欧阳修《六一诗话》引）要求诗歌能含不尽之意，见于言外，提出诗当注意美、刺、箴、规、诲等要素。

南宋严羽也认为，诗歌当有忌讳，《沧浪诗话·诗法》说："最忌骨（古）董，最忌衬贴。"又言："语忌直，意忌浅，脉忌露，味忌短，音韵忌散缓，亦忌迫促。"[⑤] 严羽的六忌，从诗歌的意旨，到诗歌的语言，说得已经较为全面了。元人杨载较之诗病的忌讳更多："曰不可硬碍入口，曰陈烂不新，曰差错不贯串，曰直置不宛转，曰妄诞事不实，曰绮靡不典重，曰蹈袭不识使，曰秽浊不清新，曰砌合不纯粹，曰徘徊而劣弱。"[⑥] 杨氏曾以布衣召为翰林院国史编修官，参与撰《武宗实录》，可知其学问很好。他的诗文以气为主，与虞集、范梈、揭傒斯并称为元诗四大家。能以诗之十条忌讳来规范诗歌，实可见其用心良苦。与之相比，明周履靖也将诗病归结为十种，但说得更为清晰："违式，体制散乱，无情；七情相干，景非时，景失地；无主，事不实，事抵捂；用事差讹，用事非宜，用事尘俗；意腐，意僻，意邪；思浅，思杂，音率；律乱，字俗，字腐，字不妥，语粗，语繁；语碎，辞费，言涉讥讪；有心

---

① （宋）托名白居易：《金针诗格》，见张伯伟《全唐五代诗歌汇考》，凤凰出版社2005年版，第355页。

② 同上书，第356页。

③ （宋）僧保暹：《处囊诀》，见张伯伟《全唐五代诗歌汇考》，凤凰出版社2005年版，第497页。

④ （宋）梅尧臣：《续金针诗格》，见张伯伟《全唐五代诗歌汇考》，凤凰出版社2005年版，第524页。

⑤ （宋）严羽：《沧浪诗话·诗法》，（清）何文焕辑：《历代诗话》，中华书局1981年校点本，第694页。

⑥ （元）杨载：《诗法家数》，（清）何文焕辑：《历代诗话》，中华书局1981年校点本，第726页。

刻薄，意太迫切。”① 周氏以诗酒颠放，风流自赏而闻名于时，其诗论以唐代为主，对唐诗的渊源，述之尤详。显然，周氏的规定，对诗人来说似乎更好操作一些。

少有文采的明杨慎不为古人所囿，他曾批评西晋著名的诗论家挚虞论诗赋之四过：“假象太过，则与类相远。命辞过壮，则与事相违。辨言过理，则与义相失。丽靡过美，则与情相悖。”② 挚虞曾撰《文章流别集》，溯其源流，考其正变，辨明古今异同，为著名的文艺理论著作。杨慎对其口诛笔伐，足见其见识高远。

至清代时，诗话作者将批评的目光放得更远。清李沂《秋星阁诗话·指陋习》首先对诗之陋习予以了警示：“一曰不择题；二曰限韵；三曰步韵；四曰滥用；五曰犯古人成语。”③ 李沂喜隐居，以诗歌自娱。为人和平坦易，淡远自适，然对诗之病却是避而远之的。继之而起的是清王夫之，不离器而言道，其历史哲学具有辩证思想。论诗标举以意为主，以主待宾。并将古今所有诗病分为四种恶诗：

门庭之外，更有数种恶诗：有似妇人者，有似衲子者，有似乡塾师者，有似游食客者。④

为何将此四类视为恶诗呢？他解释说：类似如妇人、僧侣之辈，以小聪明而行事；私塾先生、游客，大凡喜欢高谈阔论。上述这些人，其见识不出针线、蔬笋、米盐而已；或是总想着找关系求门路能与有权势者结交，骗取些财物，求一些告贷。这类人从古至今，对诗歌之历史、写法一窍不通，却往往善于揣度行事，其言诗无非如粤人咏雪，只言“白”、“冷”而已。

王氏之言充满了鄙视之情。批评者切莫仅仅凭表面字句认定其在批评引车博徒及卖浆者，显然，王氏之论另有所指：

---

① （明）周履靖：《骚坛秘语》卷上《病第十》，见周维德辑校《全明诗话》，齐鲁书社 2005 年版本，第 2209 页。

② （明）杨慎：《升庵诗话》卷一二《挚虞论诗赋四过》，近代丁福保辑：《历代诗话续编》，中华书局 1983 年校点本，第 883 页。

③ （清）李沂：《秋星阁诗话·指陋习》，近代丁福保辑：《清诗话》，上海古籍出版社 1978 年修订本，第 914 页。

④ （清）王夫之：《姜斋诗话》卷下，近代丁福保辑：《清诗话》，上海古籍出版社 1978 年修订本，第 20 页。

似妇人者，仿《国风》而失其不淫之度。晋、宋以后，柔曼移于壮夫，近则王辰玉、谭友夏中之。似衲子者，其源自东晋来，钟嵘谓陶令为"隐逸诗人之宗"，亦以其量不弘而气不胜，下此者可知已。自是而贾岛故其本色；陈无己刻意冥搜，止堕齑盐窠臼；近则钟伯敬通身陷入；陈仲醇纵饶绮语，亦宋初九僧之流亚耳。似塾师、游客者，《卫风·北门》实为作俑。彼所谓"政散民流，诬上行私而不可止"者，夫子录之，以著卫为狄灭之因耳。陶公"饥来驱我去"，误墮其中；杜陵不审，鼓其余波。嗣后啼饥号寒、望门求索之子，奉为羔雉，至陈昂、宋登春而丑秽极矣。[①]

谭友夏与钟伯敬分别为明代著名诗人谭元春和钟惺，二人共创竟陵诗派，曾编有《古诗归》及《唐诗归》等，诗歌追求幽深孤峭；陈仲醇为明代诗人陈继儒，一生唯喜与官僚交接，为时人所讥。王氏贬斥其为下三烂，并深究其源，触动了古今许多禁区。如《诗经》、陶渊明、杜甫、贾岛等均为诗病的渊源。在王氏的笔下，上述所言之诗病是极其凶恶的，后学诗者一旦染其恶习，便会"白练受污，终不可复白"。王氏大胆怀疑明代诗人，当与明杨慎怀疑古人的思想是一脉相承的。

除上述所言的后学诗者当"尚戒之哉"之外，王氏还憎恶"猥贱于此者"，并视其为"诗佣"：

诗佣者，衰腐广文，应上官之征索；望门幕客，受主人之雇托也。[②]

"诗佣"即古代的应制诗。多为奉命而作，写诗每每于不得已时而为之。王氏云："宗子相之流，得已不已，闲则缗书以求之，迫则倾腹以出之，攒眉叉手，自苦何为?"（同上）宗子相即明代后七子之一"宗臣"的字，其诗模拟李白，但成就不高。王氏讥刺宗臣诗歌的写法规律为：将姓氏、官爵、邑里、山川、寒暄、庆吊等内容，各以类从。另外，"移易故实，就其腔壳，千篇一律，代人悲欢，迎头便喝，结煞无余；一起一伏，一虚一实，自诧全体无瑕，不知透心全死。风雅下游至此，而浊秽无加矣。宋以上未尝有也。"[③] 其

① （清）王夫之：《姜斋诗话》卷下，近代丁福保辑：《清诗话》，上海古籍出版社 1978 年修订本，第 20—21 页。

② 同上书，第 21 页。

③ 同上书，第 21—22 页。

从学者的数目“车载斗量矣”。正由此，使人惊心触目，令“风雅痛哭者也。”（同上）

与之相比，清袁枚注意到了选诗之病，《随园诗话》卷一四以为共有七病当避之：“捃遮一二，并非其人应选之诗，管窥蠡测：一病也。”① 第二种病为：“以己履为式，而削他人之足以就之”。此病症，忽视天下无所不包之至理，往往以一人见解之小，而主观地去解释群才之大。第三种病为：“不能判别真伪，采撷精华”。这种诗病，分唐界宋，抱杜尊韩，以己之所好来附会大家门面。第四种病为：“学究条规，令人欲呕”。这类诗病，动辄便称纲常名教，箴刺褒讥，以为古之诗歌，必有所寄托军国大事，非此不录。第五种病为：选诗时“从宽滥录”。这种病症在选诗时，喜爱贪选大部头，不够数时，遂以强行搜寻。第六种病症为：“妄为改窜，遂至点金成铁”。这种病症自以为是，对古人之诗随意改写。其实，若与古代诗人的才力和智慧相比，相隔古人甚远。第七种病症为：“循一己之交情，听他人之求请”，袁枚以为：这种病症是无法避免的，故而云：“余作诗话，亦不能免。”（同上）

与明代杨慎及清初王夫之怀疑古人相比，清方东树《昭昧詹言》卷一更多的则为吸取古人的创作经验，将朱熹所列散文之病，应用到了诗歌上来：“朱子论文，忌：意凡、思缓，软弱，没紧要，不仔细，辞意一直无余，浮浅，不稳，絮，巧，昧晦，不足，轻，薄，冗。愚谓此虽论文，皆可通之于诗。”清林昌彝《射鹰楼诗话》卷五也能另辟蹊径：“余谓诗话之作，其弊有五：一则无识，二则偏见，三则滥收，四则徇情，五则好异。”② 林氏以为：去此五种病后，所有诗话之作，均可以跃上一个等级。

诗病可谓由来已久，诗人与批评者往往身于诗病之中而茫然不知。诗话家意识到了诗歌之病，并愤然指出，其旨在引人正确地进行诗歌创作。但诗病是顽固的，很难将其彻底地克服掉。有如清袁枚那样，明知其为诗病而故意去触犯，并以此为荣，这样的事例很值得人们深加思考。然而，更多的诗人及批评者并不把诗病看成是什么了不起的大过失，以为其不过是在讲禅，或是谈道，令人昏昏欲睡；或是捕风捉影，荒唐无益，究非诗之正旨。呜呼！往者不可谏，来者犹可追。诗话家指正诗病，注明旨趣，破其迷惘，必唤醒将来之学者。

---

① （清）袁枚：《随园诗话》卷一四，人民文学出版社 1982 年顾学颉校点本，第 465 页。

② （清）林昌彝：《射鹰楼诗话》卷五，清咸丰元年刻本。

第二节　然函人欲全，矢人欲伤[1]

函人欲全，矢人欲伤，术在纠恶，势必深峭　古诗话对诗病的态度，时代越久远，语气越加平和；时代越近，言语便越加尖锐　批评者与诗歌的夸张想象　禅为诗病

由于古今诗人及批评者多将诗病看成是无伤大雅的过失，因此，古代诗人多不顾忌诗病而限制自己思想的空间。如李白即不愿意以四声八病去制约自己的想象。后世也多有诗人每每故意地去触犯诗病。清薛雪《一瓢诗话》曾怒叱小心避讳诗病之人："何期今日阛阓鄙夫（市井小人），乳臭厮养，手持四声一本，口哦五言七言，诗道不幸也知此。"薛雪曾就学于清代大诗话家叶燮，反对拟古，但主张诗歌向《诗经》、《楚辞》学习。故而在其眼里，谨讳诗病的诗人成了邯郸学步的小人："尚欲不愧不怍，侈言于人曰：近体我薄为之。作诗庶几拟古。及观其所作，比近体不过稍增几句不工不致、不唐不宋之语，寻绎其所拟何人，究无着落。可知拟古二字，尚不得解，而欲拟古诗耶?"（同上）只有雄才者方能上薄《风》、《骚》。由此类似如清袁枚沾沾自喜而蹈辙诗病者便不足为奇了。

但诗病毕竟是病。梁刘勰《文心雕龙·奏启》曾云："然函人欲全，矢人欲伤，术在纠恶，势必深峭。"[2] 刘勰所指主要针对朝堂上的奏启文体。在政治上是不能予以政敌把柄的，否则便有性命之忧，他说："《诗》刺谗人，投畀豺虎；《礼》疾无礼，方之鹦猩；墨翟非儒，目以豕彘；孟轲讥墨，比诸禽兽：《诗》、《礼》儒墨，既其如兹，奏劾严文，孰云能免。是以世人为文，竞于诋呵，吹毛取瑕，次骨为戾，复似善骂，多失折衷。"（同上）墨子之学，主张非攻、兼爱，与孟子的仁政有许多类似的地方。但孟子却将墨家视为死敌。这样做，尽管有失中庸，但心头可图一快。宋苏轼之"乌台诗案"可为其最好的注脚。当时政敌即抓住苏轼的一首诗而大做文章的。宋舒亶在其《监察御史里行舒亶札子》深究苏轼诗之病：

---

① （梁）刘勰著，（清）黄叔琳辑注：《文心雕龙辑注·奏启》，文渊阁《四库全书》本。

② 同上。

臣伏见知湖州苏轼近《谢上表》，有讥切时事之言，流俗翕然，争相传诵，忠义之士，无不愤惋。且陛下自新美法度以来，异论之人，固不为少。然其大不过文乱事实，造作谗说，以为摇夺沮坏之计；其次又不过腹非背毁，行察坐伺，以幸天下之无成功而已。至于包藏祸心，怨望其上，讪讟漫骂而无复人臣之节者，未有如轼也。盖陛下发钱以本业贫民，则曰"赢得儿童语音好，一年强半在城中"陛下明法以课试郡吏，则曰"读书万卷不读律，致君尧舜知无术"。陛下兴水利，则曰"东海若知明主意，应教斥卤变桑田"。陛下谨盐禁，则曰"岂是闻韶解忘味，迩来三月食无盐"。其他触物即事，应口所言，无一不以讥谤为主。小则镂板，大则刻石，传播中外，自以为能。其尤甚者，至远引襄汉梁窦专朝之士，杂取小说燕蝠争晨昏之语，旁属大臣，而缘以指斥乘舆，盖可谓大不恭矣。①

舒亶捕风捉影，大兴文字狱，所列苏轼无人臣之节的罪状，无论皇帝老儿跟哪一首诗歌较真儿，苏氏都有可能掉脑袋。宋胡仔《苕溪渔隐丛话》前集卷四六记述了此事：

王定国《闻见近录》云："王和父尝言：苏子瞻在黄州，上数欲用之，王禹玉辄曰：'轼尝有此心惟有蛰龙知之句，陛下龙飞在天而不敬，乃反求知蛰龙乎？'章子厚曰：'龙者非独人君，人臣皆可以言龙也。'上曰：'自古称龙者多矣，如荀氏八龙，孔明卧龙，岂人君也？'及退，子厚诘之曰：'相公乃覆人家族耶？'禹玉曰：'此舒亶言尔。'子厚曰：'亶之唾，亦可食乎？'"

王禹玉言苏轼"蛰龙"诗事，指宋神宗元丰间苏轼系御史台狱发生的事情。本来神宗无意杀掉苏轼，但政敌抓住苏轼诗病非置其死地不可。并言苏轼有不臣之意。政敌最有力的证据便是举苏轼曾经写过的一首《桧诗》，诗中有"根到九泉无曲处，岁寒惟有蛰龙知"句，由此而生发说，陛下龙飞在天，苏轼以为皇帝不了解他，从而求知地下之蛰龙，因此，苏轼不愿意给皇帝当臣子了。幸亏神宗爱才，说：诗人之词，安可如此论？苏氏自比他的桧树，与朕何干？苏轼才没有丢掉性命。舒亶与王禹玉抓住苏轼诗病，使苏轼着实地领教了一回诗病的厉害。

一般来说，古诗话作者对诗病的态度，时代越久远，语气越加平和；时代

① （宋）舒亶：《监察御史里行舒亶札子》，朋九万《乌台诗案》，函海本。

越近，言语便越加尖锐。由于古诗话主要品评宋以前的古诗人，故而从总体上来看，诗话对诗病的批评，远非舒亶与王禹玉抓住苏轼诗歌上的漏洞，而置对方于死地那样激烈。

宋阙名《漫叟诗话》品评《诗经》传注者云："《诗》三百篇各有其旨，传注之学，多失其本意，而流俗狃习，至不知处尚多。"[①] 流俗狃习，仅仅是一种感慨而已。清沈德潜对唐杜甫、李商隐及宋朱熹也如此品评："朱子云：'楚词不皆是怨君，被后人多说成怨君。'此言最中病痛。如唐人中少陵固多忠爱之词，义山间作风刺之语，然必动辄牵入，即小小赋物，对镜咏怀，亦必云某诗指其事，某诗刺某人，水月镜花，多成粘皮带骨，亦何取耶？"[②] 朱熹之论，在于其并不盲从于古人，把古人看做是不食人间烟火的神人，他们也有抒发情怀之诗。沈氏能看到这一层，足见其不同于那些粘皮带骨的诗话家们。

宋沈括批评李善注释司马相如赋穿凿之态度也是平缓的："司马相如叙《上林》诸水曰：'丹水、紫渊、灞、浐、泾、渭，八川分流，相背而异态，灏溔潢漾，东注太湖。'李善注：'太湖，所谓震泽。'按，八水皆入大河，如何得东注震泽？又白乐天《长恨歌》云：'峨嵋山下少人行，旌旗无光日色薄。'峨嵋在嘉州，与幸蜀路全无交涉。杜甫《武侯庙柏》诗云：'霜皮溜雨四十围，黛色参天二千尺。'四十围乃是径七尺，无乃太细长乎？"[③] 沈括所言李善误注、白居易诗病及杜甫诗之病，若从事件真实来讲，是正确的，但他所指出的纰漏不应该是诗病，只能说明他不懂诗，不懂得诗歌是可以想象和夸张的。

中唐权德舆注释谢灵运诗《登池上楼》，清人对他错误的品评基本上是平和的。清潘德舆与吴景旭记载最详。潘氏《养一斋诗话》卷二云："若权文公谓：'池塘二句，托讽深重，以池塘潴溉之地而生春草，是王泽竭也。《豳》诗所配，一虫鸣则一候，今日变鸣禽者，时候变也。'穿凿太甚，亦不足辩矣。"[④] 权德舆以文章著称，由谏官入相，故解诗能由普通的写景联想到"王泽竭"。除此之外，潘氏载有其他诗话对"池塘生春草"句的注释。如叶石林以为："世多不解此语为工。盖欲以奇求之。此语之工，正在无所用意，猝然

---

① （宋）阙名：《漫叟诗话》，见吴文治主编《宋诗话全编》，江苏古籍出版社 1998 年版本，第 10756 页。

② （清）沈德潜：《唐诗别裁集·凡例》，《唐诗别裁集》本卷首，上海古籍出版社 1978 年，第 1 页。

③ （宋）沈括：《梦溪笔谈》卷二三，《四部丛刊续编》景明本。

④ （清）潘德舆：《养一斋诗话》卷二，《清诗话续编》，上海古籍出版社 1983 年郭绍虞辑校点本，第 2028 页。

与景相遇，借以成章，故非常情所能到。”[①] 引录释冷斋说：“古人意有所至，则见于情，诗句盖寓也。谢公平生喜见惠连，而梦中得之，此当论意，不当泥句。”记述张九成云：“灵运平日好雕镌，此句得之自然，故以为奇。”田承君言：“病起，忽然见此而可喜，而能道之，所以为贵。”另外，潘氏还记有金王若虚的看法：“天生好语，不待主张，苟为不然，虽百说何益！李元膺以为‘反覆求之，终不见此句之佳’，与鄙意暗同。”潘氏评论说：“然则谢公此句，论者凡六家（指叶石林、释冷斋、张九成、田承君与金人王若虚、李元膺六人），只王、李之见相似。愚旧论适与张尚书（张九成）暗合，王、李终不免以奇求之耳。”[②] 潘氏所记与前四家之评观点是一致的。清吴景旭亦多记录诗话对谢灵运此诗之评论。如记写《吟窗杂录》曰：“‘池塘生春草，园柳变鸣禽’，灵运坐此诗得罪，遂计以阿连梦中授此语。有客以请舒王曰：‘不知此诗何以得名于后世，何以得罪于当时？’舒王曰：‘权德舆已尝评之……池塘者，泉州潴溉之地，今日生春草，是王泽竭也。《豳诗》所纪：一虫鸣则一候变，今日变鸣禽，禽者，是候将变也。’”与潘德舆相比，吴氏对权德舆的附会表示了极大的憎恶。如录述吴旦生诗话评论曰：“《谢氏家录》言康乐每对惠连，辄得佳语，后在永嘉西堂思诗，竟日不就，寤寐间忽见惠连，即成‘池塘生春草’，故常云：‘此语有神助，非吾语也。’以此韵事，谱此韵语，可令千载遥溯。权文公谓其‘托讽深重，为广州祸张本’，此等附会恶劣，胜致顿削，令余恨恨。”[③] 吴氏对古人附会穿凿不能原谅，对今人附会古人的态度则却出人意料地平和：“吴旦生曰：古来三渔父，一出《庄子》，一出屈子，一出《桃花源记》，皆其滉洋迷幻，感愤胶葛，因托为其辞以寄意焉，岂必真有其人哉？岳州屈子立庙，以渔父配享，余窃笑之。乃葛常之以不听其说督责屈子，张文潜又转而督责渔父，把一渔父粘作实实地。”[④] 今人附会古代三渔父趣味盎然。

从吴氏对权德舆的附会表示极大的憎恶，对今人之穿凿一笑了之两件事来看，可以使我们清醒地意识到，所谓的古诗话作者对诗病的态度，时代越久

---

① （清）潘德舆：《养一斋诗话》卷二，《清诗话续编》，上海古籍出版社 1983 年郭绍虞辑校点本，第 2027 页。

② 同上书，第 2028 页。

③ （清）吴景旭：《历代诗话·汉魏六朝》卷三二，陈卫平、徐杰校点，京华出版社 1998 年版，第 278 页。

④ （清）吴景旭：《历代诗话·楚辞》卷一〇，陈卫平、徐杰校点，京华出版社 1998 年版，第 93 页。

远，语气越加平和；时代越近，言语便越加尖锐的说法，只能大体上如此说，而并不能一概而论。这是由于对于每个诗话家之个体个性、习惯、情感、地位、经历等要素都是不一样的，故而不可能得到百分之百的统一。我们可以找到许多许多例证来加以证明。如清人冯班对南宋严羽的批评即是如此。

以禅喻诗，沧浪自谓亲切透彻者。自余论之，但见其漫漶颠倒耳。具疏之如左：沧浪曰："禅家者流，乘有大小，宗有南北，道有邪正。学者须从最上乘，具正法眼，悟第一义。若小乘禅、声闻、辟支果，皆非正也，论诗如论禅，汉、魏、晋与盛唐之诗，则第一义也；大历已还之诗，则小乘禅也，已落第二义矣。晚唐之诗，则声闻、辟支果也。学汉、魏。盛唐之诗，临济下也；学大历已还之诗，曹洞下也。"①

明嘉靖末年，后七子领袖王世贞、李攀龙名盛一时。其诗论主张诗必盛唐，李、杜为先，李白以气为主，以自然为宗；杜甫以意为主，以独造为宗。中唐以后诗歌毫不足取。写诗要以才思为基础，以格调为核心。作诗讲究法度，但不为法累。影响极为深远。详其诗法，冯班以为，尽本于严羽《沧浪诗话》，故对严羽之论进行了毫不留情的批判。

佛经传闻：初祖达摩祖师自西域来震旦，传至五祖忍禅师，下分二支派：南为能禅师，是为六祖。以下又分五宗。北为秀禅师，其徒自立为六祖，七祖普寂以后湮灭无闻。故而冯氏驳斥严羽道："纠曰：'乘有大小'，是也，声闻、辟支，则是小乘。今云大历已还是小乘，晚唐是声闻、辟支，则小乘之下，别有权乘，所未闻一也。"（同上）又云"沧浪虽云宗有南北，详其下文，都不指喻何事，却云临济、曹洞。按临济元禅师，曹山寂禅师，洞山价禅师，三人并出南宗，岂沧浪误以二宗为南北乎？所未闻二也。临济、曹洞，机用不同，俱是最上一乘。今沧浪云大历已还之诗小乘禅也，又云学大历已还之诗，曹洞下也，则以曹洞为小乘矣。所未闻三也。"（同上）但凡以彼喻此，首先要将彼物了然于胸中，然后此物方可加以比喻。冯氏不屑一顾地讽刺严羽道："沧浪之言禅，不惟未经参学南北宗派大小三乘，此最是易知者，尚倒谬如此；引以为喻，自谓亲切，不已妄乎？至云'单刀直入'、云'顿门'、云'活句''死句'之类，剽窃禅语，皆失其宗旨，可笑之极。"（同上）

对严羽《沧浪诗话》中著名的"不落言筌，不涉理路"之论，冯氏也进

① （清）冯班：《严氏纠谬》，《钝岭杂录》卷五，《丛书集成》本。

行了批驳，认为此二言似是而非，惑人为最："此在教家已自如此，若教外别传，则绝尘而奔，诚非凡情浅见所测，吾不敢言也。至于诗者言也。言之不足故长言之，长言之不足故咏歌之，但其言徽不与尝言同耳，安得有不落言筌者乎?"（同上）冯氏所认为的诗是讽刺的语言，凭理而发，进而怨诽者不乱，好色者不淫的论述，有一些道理。但是，如果说这就是孔子评论《诗经》的"思无邪"，显然是不正确的。

冯氏批评严羽之以禅喻诗，并非指责禅不能喻诗，而是嘲笑严羽并不懂得真正的禅理。相形之下，清汤大奎《炙砚琐谈》卷下便把"禅"作为一种诗病了："诗家霸气、禅气，过者之病；冷气、庸气，不及者之病。杜、韩之沉雄，惟沉故雄，非霸也。王、孟之妙悟，妙理入悟，非禅也。韦、柳萧寥，清而不寒，无神味则冷。渊明平和，腴而不枯，无气色则庸。至于饾饤绮靡。繁缛泛滥，非膏肓痼疾。不足为虑。"[①] 在汤氏看来，在诗中讲究"霸气"与"禅气"均为过激之诗病。事实上，诗歌以妙悟言诗，是创作诗歌的一条宝贵的经验。但以禅来言诗，便会走上极端的道路。如晚宋诗人"学诗浑似学参禅"为七绝首句，互相唱和，累累不休，明人也复效颦。这些诗很快便被人们所唾弃了。两晋时期玄言诗的湮灭，便是其前车之鉴。玄言诗崇尚老庄，奢谈玄理，理过其辞，淡乎寡味，缺乏形象，远离社会生活，平典似《道德论》，违背了诗歌的基本创作规律，故其是一种短命的诗体。以禅言诗乃文人好佛之结习，脱离生活，其结果也只能将诗歌引向死亡。

第三节　虽不为无理，然穿凿可笑也[②]

妙处在于无意之中，在无意中达到了有意　穿凿杜诗的危害　不注重考证何以能知人论世　宋人以唐史附和杜诗是荒唐可笑的　一心寻找出处，不知杜甫的本意并不如此　一饭未尝忘君

中国古代诗话曾集中对历代穿凿杜诗病者予以了论述。有关这方面的资料

---

① （清）汤大奎：《炙砚琐谈》卷下，清乾隆五十七年赵怀玉亦有生斋刻本。

② （宋）蔡正孙：《诗林广记》前集卷二，文渊阁《四库全书》本。

汗牛充栋，不可胜数。今人张忠纲先生编著有《杜甫诗话六种校注》一书[1]，该书精选自宋朝至清代六家评杜诗话。由中可略知古代诗话穿凿杜诗病者蔚然大观。

杜甫是中国古代伟大的诗人，其诗歌集古典诗歌之大成。杜诗包罗万象，远承《诗经》、《楚辞》，学曹植、刘桢之豪逸，陶潜、阮籍之冲澹，谢灵运、鲍照之峻洁，徐陵、庾信之藻丽，故能成其大。宋代主张学杜者第一大家黄庭坚曾就杜诗之精华阐发了自己的观点：

子美诗妙处，乃在无意于文。夫无意而意已至，非广之以《国风》、《雅》、《颂》，深之以《离骚》、《九歌》，安能咀嚼其意味，闯然入其门耶？故使后生辈自求之，则得之深矣。使后之登大雅堂者，能以余说而求之，则思过半矣。（宋胡仔《苕溪渔隐丛话前集》卷六）

杜诗之妙处，全在于无意之中，在无意中达到了有意。故而若穿凿杜甫诗歌而弃掉"无意"之大旨，杜诗也便没有了灵魂。以广泛收集众家诗话而闻名于世的南宋魏庆之亦注意到了穿凿杜诗的危害："余谓论诗若此，皆非知诗者。善乎山谷之言曰：彼喜穿凿者，弃其大旨，取其发兴，于所遇林泉、人物、草木、鱼虫，以为物物皆有所托，如世间商度隐语者，则诗委地矣。（渔隐）"（《诗人玉屑》卷九）他例举说："觉范《禁脔》云：杜子美诗，言山间野外事，意在讥刺风俗，如三绝句曰：'楸树馨香倚钓矶，斩新花蕊未应飞。'言后进暴贵可荣观也。'不如醉里风吹尽，可忍醒时雨打稀。'言其恩重材薄，眼见其零落，不若未受恩眷时。雨比天恩，以雨多，故致花易坏也。"（同上）魏庆之所引杜甫《三绝句》诗为第一首，《全唐诗》卷二二七有载，原文为："楸树馨香倚钓矶，斩新花蕊未应飞。不如醉里风吹尽，可忍醒时雨打稀。"此诗为纯粹的写景诗，解杜诗者，任意穿凿，认为杜诗每一句话物物有所托，故杜诗"委地矣"。

穿凿杜诗者迂阔酸腐，常常会弄出笑话。宋蔡正孙的《诗林广记》前集卷二引洪驹父论诗云："尝见一老书生，忘其姓名，自言评老杜诗。取而观之，注'纨袴不饿死，儒冠多误身'云：'冠，上服，本乎天者亲上，故称冠，譬之君子。袴，下服，本乎地者亲下，故举袴，譬之小人。'虽不为无理，然穿凿可笑也。"纨袴意为世家子弟，儒冠为奉儒而仕途不达的知识分子。

---

① 见齐鲁书社 2002 年版。

“纨袴不饿死，儒冠多误身”，本为杜甫激愤之言，宁肯忘其姓名也不愿忘却天地君师的老书生，深研字之原义，评杜诗虽有理，但一味穿凿，令人哭笑不得。

宋胡仔《苕溪渔隐丛话》前集卷二二引《蔡宽夫诗话》记云：

尝有士大夫称杜诗用事广，旁有一经生忽愤然曰：“诸公安得为公论乎？且其诗云：‘浊醪谁造汝，一酌散千忧。’彼尚不知酒是杜康作，何得言用事广？”闻者无不绝倒。

经生言杜不识杜康，不知发明酿酒，实不懂写诗之妙处，故其越愤然，便越令人忍俊不禁。卷八又引《学林新编》云：“《古柏行》曰：‘霜皮溜雨四十围，黛色参天二千尺。’沈存中《笔谈》云：‘无乃大细长？’”杜甫《潼关吏》诗曰：“大城铁不如，小城万丈余。”岂有万丈城邪？使用夸张手法姑言其高。上言“四十围”、“二千尺”，用的也是相同的夸张比喻的写作手法，姑言古柏高且大。每个诗人的语言都当如此。沈氏乃拘以实际的尺寸校之，则显得无知了。

明胡应麟曾就沈存中批评杜诗之言慨然辩曰：“杜题柏：‘霜皮溜雨四十围，黛色参天二千尺。’说者谓太细长。诚细长也，如句格之壮何？题竹：‘雨洗涓涓净，风吹细细香。’说者谓竹无香。诚无香也。如风调之美何？宋人咏蟹：‘满腹红膏肥似髓，贮盘青壳大于杯。’荔枝：‘甘露落来鸡子大，晓风吹作水晶团。’非不酷肖，毕竟妍丑何如？”[①] 胡应麟并没有看出沈存中之穿凿，而是坦然承认杜诗之不合情理。这是由于胡应麟似乎意识到了，正是杜诗的不合情理，方才使诗歌更为“格之壮”和“风调之美”。由此杜诗之误便无伤大雅了：“诗固有以切工者，不伤格、不贬调乃可。”（同上）

相比较而言，清王夫之意识到了宋人解诗的陋习：

“落日照大旗，马鸣风萧萧”，岂以“萧萧马鸣，悠悠旆旌”为出处邪？用意别，则悲愉之景原不相贷，出语时偶然凑合耳。必求出处，宋人之陋也。[②]

---

① （明）胡应麟：《诗薮》内编卷五，上海古籍出版社 1979 年版，第 100 页。

② （清）王夫之：《姜斋诗话》卷二，近代丁福保辑：《清诗话》，上海古籍出版社 1978 年修订本，第 17 页。

"落日照大旗，马鸣风萧萧"为杜甫《后出塞五首》第二首，原文与出处悲喜情感不一样，故王夫之予以怀疑。清仇兆鳌释"马鸣风萧萧"之出处为："《诗》：萧萧马鸣。荆轲歌：风萧萧兮易水寒。"[①] 仇氏之注最为可信。又释"落日照大旗"为："谢惠连诗：落日隐檐楹。"杜诗原本之用意非注诗者所挖掘的微言大义，纯为偶然凑合，故不可强行求得出处。王夫之继续例举道：

> 其尤酸迂不通者，既于诗求出处，抑以诗为出处，考证事理。杜诗："我欲相就沽斗酒，恰有三百青铜钱。"遂据以为唐时酒价。崔国辅诗："与沽一斗酒，恰用十千钱。"就杜陵沽处贩酒，向崔国辅卖，岂不三十倍获息钱邪？求出处者，其可笑类如此。[②]

王夫之认为，杜诗注者曲解杜诗而讽刺考证者，进而彻底否定考证是欠妥的。

第一，崔国辅与杜甫买酒，并非一时之事。崔氏为唐玄宗开元时期(713—741)人，时政治清明，国家安定；杜甫的"我欲相就沽斗酒，恰有三百青铜钱"，为其《逼侧行赠毕四曜》诗，作于唐肃宗乾元元年（758）[③]。《杜诗详注》引《杜臆》曰："此时酒价苦贵，乃实语。"[④] 故二者不存在相同的可比性。

第二，注释古代诗歌，不注重考证，仅仅凭自己的主观认识去理解古人诗歌，何以能知人论世？其结果往往会是错误的。

王夫之所言酒价事，源本于宋周必大的《二老堂诗话》："昔人应急，谓唐之酒价，每斗三百，引杜诗：'速宜相就饮一斗，恰有三百青铜钱'为证。然白乐天为河南尹《自劝》绝句云：'忆昔羁贫应举年，脱衣典酒曲江边。十千一斗犹赊饮，何况官供不著钱。'又古诗亦有：'金尊（樽）美（'美'，其他版本为'清'字）酒斗十千。'大抵诗人一时用事，未必实价也。"[⑤] 周必大尽管不知"金尊美酒斗十千"为李白诗《行路难》三首其一的名句，但其

---

① （清）仇兆鳌：《杜诗详注》卷四，中华书局 1979 年版，第 287 页

② （清）王夫之：《姜斋诗话》卷二，近代丁福保辑：《清诗话》，上海古籍出版社 1978 年修订本，第 17 页。

③ 见（清）仇兆鳌注《杜诗详注》，中华书局 1979 年版，第 466 页。

④ 同上书，第 469 页。

⑤ （宋）周必大：《二老堂诗话》，（清）何文焕辑：《历代诗话》，中华书局 1981 年校点本，第 658 页。

所说的“未必实价”的认识，还是很精明的。

清李调元注意到宋人以唐史附和杜诗是荒唐可笑的：“注杜者全以唐史附会分笺，甚属可笑。如少陵《初月》诗云：‘光细弦欲上，影斜轮未安。微升古塞外，已隐暮云端。河汉不改色，关山空自寒。庭前有白露，暗满菊花团。’此不过咏初月耳，而蔡梦弼谓‘微升古塞外’，喻肃宗即位于灵武也，‘已隐暮云端’，喻肃宗为张皇后，李辅国所蔽也。句句附会实事，殊失诗人温厚之旨，窃恐老杜不若是也。”① 蔡梦弼为南宋著名的诗话家，著有《草堂诗话》二卷，专以品评杜甫诗歌，妍媸共存，集中反映了宋人研究杜甫诗歌的成就与其缺陷。蔡氏以历史所发生的史实来强行曲解杜诗，证明杜诗为“诗史”，其方法是不可取的。

与之相比，鼓吹不行万里路、不读万卷书便不可读杜诗的清薛雪，也曾以嬉戏的笔调记述其师横山先生嘲讽北宋张表臣之曲解杜诗事：

张表臣驳老杜“轩墀曾宠鹤”、小杜“欲把一麾江海去”，以为误用懿公好鹤与颜延年诗意。殊不知二公非死煞用事者，其好处正是此种。昔吾师横山先生恶此等咬文嚼字，因摘取杜少陵似有可议而实无可议之句，戏代俗子评驳，摹写妄人口吻，句句酷肖，令人捧腹。恨不能悉记，聊述数语，以共欣赏：“自是秦楼压郑谷。”俗子必曰：秦楼与郑谷不相属，压郑谷何出？“愚公谷口村。”必曰：愚公谷也，从无村字，押韵杜撰。“参军旧紫髯。”必曰：晋有髯将军，紫髯另是一人，杜撰牵合。（清薛雪《一瓢诗话》）

“不闻夏殷衰，中自诛褒妲。”必曰：褒、妲是殷、周，与夏无涉。（同上）

“泾渭开愁容。”必曰：泾渭亦有愁容耶？（同上）

“郭振起通泉。”必曰：郭元振去元字，何据？（同上）

“凉忆岘山巅。”必曰：岘山之凉，有出乎？（同上）

张表臣论诗以意为主，推崇杜甫、黄庭坚，曾著《珊瑚钩诗话》多有卓识，但薛雪与其师横山先生并不因为张表臣与己同为扬杜派，便对其笔下留情，故代为其穿凿评诗。

注杜诗者之穿凿，严重曲解了杜诗的本意。明胡应麟愤然总结道：“后人

---

① （清）李调元：《雨村诗话》卷下，《清诗话续编》，上海古籍出版社 1983 年郭绍虞辑校点本，第 1528 页。

穿凿附会，动辄笑端。余尝谓千家注杜，类五臣注《选》，皆俚儒荒陋者也。”[①] 言五臣（吕延济、刘良、张铣、吕向及李周翰）注《文选》，“皆俚儒荒陋者”，一棒子打死，并不公允。但注杜诗者穿凿杜诗，惹千古笑端，使得杜诗之艺术魅力大减，毕竟为事实。清施闰章《蠖斋诗话》云：“注杜诗者，谓杜语必有出处。然添却故事，减却诗好处。如‘五更鼓角声悲壮，三峡星河影动摇’，盖言峡流倾注，上撼星河，语有兴象。竹坡乃引《天官书》：天一枪棓矛盾，动摇角，大兵起。谓语中暗见用兵之意，顿觉索然。且上句已明言‘鼓角’矣，何复暗用为哉?”[②] “棓”，又名“天棓”，星宿名，形状类似于彗星，古人以为天人相应，故天棓出，天灾必来。由此来看，周紫芝（竹坡）的注释还是有道理的。然周氏的注释使得杜诗兴趣索然，故施氏感慨曰：“杜诗蒙冤如此者甚众也。”（同上）

施氏的感慨，使我们意识到，注杜诗者解杜诗，只一心寻找出处，不知杜甫之本意当初并不如此。且如杜甫的《登岳阳楼》诗：“昔闻洞庭水，今上岳阳楼。吴楚东南坼，乾坤日夜浮。亲朋无一字，老病有孤舟。戎马关山北，凭轩涕泗流。”此岂能每个字必求其出处？纵使字字寻得了出处，离杜甫诗之原意相去甚远矣。以每一字的出处为工，必不是杜诗真正的原意。例如，宋代的《西昆酬唱集》中的诗歌，每一字都追求出处，其诗歌的思想内容贫乏到了极点。故此可以肯定地说：字字有出处，离恶诗已经不远了。

穿凿杜诗者，以苏轼的“一饭未尝忘君”最为著名[③]。以后宋人不断地随声附和：南宋罗大经曾据此言李白忠义之气、识君臣大体等大是大非上的人格问题，均不如杜甫：“唐人每以李杜并称，韩退之识见高迈，亦惟曰：‘李杜文章在，光焰万丈长。’无所优劣也。至本朝诸公，始至推尊少陵。东坡云：‘古今诗人多矣，而惟以杜子美为首，岂非以其饥寒流落，而一饭未尝忘君也与?’又曰：‘《北征》诗识君臣大体，忠义之气，与秋色争高，可贵也。’”[④] 宋楼钥也云：“工部之诗，真有参造化之妙，别是一种肺肝，兼备众体，间见层出，不可端倪，忠义感慨，忧世愤激，一饭不忘君，此其所以为诗人冠冕。”[⑤] 言杜诗有参造化之妙、兼备众体、忠义感慨、忧时愤激，本无可非议，

---

① （明）胡应麟：《诗薮》内编卷四，上海古籍出版社 1979 年版，第 74 页。

② （清）施闰章：《蠖斋诗话》，近代丁福保辑：《清诗话》，上海古籍出版社 1978 年修订本，第 397 页。

③ （宋）苏轼：《王定国诗集序》，《东坡全集》卷三四，文渊阁《四库全书》本。

④ （宋）罗大经：《鹤林玉露》丙篇卷六《李杜》，中华书局 1983 年版、2005 年印刷，第 341 页。

⑤ （宋）楼钥：《答杜仲高旃书》，《攻丑集》卷六六，《四部丛刊》本。

但说杜甫一饭不忘君，便不妥了。

清乾隆皇帝也曾写诗高度评价杜甫，认为杜甫高出其他诗人的地方，就是在其“一饭不忘君”上。《读杜牧集》云：“茂学本工文，清辞每出群。虽称有奇节，未觉副高闻。锦字常悬壁，朱楼喜梦云。所输老杜者，一饭不忘君。”[①] 杜牧之所以“未高闻”“输老杜者”，在其忠义不如老杜。乾隆以一代君主的身份理解杜诗，自然愿天下的臣子能向杜甫之“一饭不忘君”学习，臣子忠奉君主，时刻感念天子恩德，故其赞颂老杜并不难理解。

与乾隆帝相比，清毛先舒的见解振聋发聩：“论文不可束缚，如信《云汉》而谓周无遗民是也。论文不可穿凿，如解杜诗而句句傅著每饭不忘君是也。”[②] 又云：“靖节好饮，不妨其高，解者多曲为辩说，亦如解杜诗句句引着每饭不忘君，胶绕牵合，几无复理，俱足喷饭。”[③] 毛氏是一位不为陈规所囿的学者，个性刚强，其三番两次地批评：“一饭不忘君”，幸好其活动于康熙年间，否则不免有违圣旨，惹下文字狱的官司。其后人曾于乾隆年间修补毛氏之《西河诗话》，幸未惊动清廷好事者。

除却君主以“一饭不忘君”来定诗人的优劣外，触怒权贵、弃官归隐者也以政治标准来区分诗人。南宋黄彻云：“白之论撰，亦不过为玉楼、金殿、鸳鸯、翡翠等语，社稷苍生何赖？就使滑稽傲世，然东方生不忘纳谏，况黄屋既为之屈乎？说者以谋谟潜密，历考全集，爱国忧民之心如子美语，一何鲜也！”[④] 东方生为西汉武帝时的东方朔，其人以诙谐滑稽、善辩讽刺著称，他经常以独特的形式向汉武帝进谏。故而黄氏言李白不如东方朔。尽管如此，黄氏毕竟与君主的想法有区别：“世俗夸太白赐床调羹为荣，力士脱靴为勇。愚观唐宗渠渠于白，岂真乐道下贤者哉？其意急得艳词蝶语，以悦妇人耳。”（同上）黄彻继续分析道：“力士闺闼腐庸，惟恐不当人主意，挟主势驱之，何所不可，脱靴乃其职也。自退之为‘蚍蜉撼大木’之喻，遂使后学吞声。余窃谓如论其文章豪逸，真一代伟人。如论其心术事业，可施廊庙，李杜齐

① （清）高宗（爱新觉罗·弘历）：《读杜牧集》，《全唐文纪事》卷首，上海古籍出版社1987年10月第50页。

② （清）毛先舒：《诗辩坻》卷三，郭绍虞辑《清诗话续编》，上海古籍出版社1983年校点本，第63—64页。

③ （清）毛先舒：《诗辩坻》卷二，《清诗话续编》，上海古籍出版社1983年郭绍虞辑校点本，第32页。

④ （宋）黄彻：《䂬溪诗话》卷二，近代丁福保辑：《历代诗话续编》，中华书局1983年校点本，第351页。

名，真黍窃也。”（同上）在黄氏看来，李白的诗可称得上是好诗，人也可谓一代伟人，但比之杜甫的“心术事业，可施廊庙”，毕竟要差杜一筹。

黄彻的《䂬溪诗话》写于其晚年的隐居时期，这时候仕途困窘，但其忠心不改，其见识远逊于毛先舒。

那么，何样的杜诗最好呢？南宋大批评家朱熹提出了自己的看法：“人多说杜子美夔州诗好，此不可晓。夔州诗却说得郑重烦絮，不如他中前有一节诗好。鲁直一时固自有所见，今人只见鲁直说好，便却说好，如矮人看场耳。”[①]黄庭坚说好，是因其对杜甫有研究，但其说法并非完全正确。故随之说好，如矮子在高个子人的后面观场，没有亲自见场内把式如何的好，只是随声附和。因此解诗不可以全不看道理为何。清袁枚解杜诗即能不随波逐流：

余读钱注杜诗，而知钱之为小人也。少陵“鄜州月”一首，所云儿女者，自己之儿女也。钱以为指肃宗与张后而言。则不特心术不端，而且与下文“双照泪痕干”之句，亦不连贯。善乎黄山谷之言曰：“少陵之诗，所以独绝千古者，为其即景言情，存心忠厚故也。若寸寸节节，皆以为有所刺，则少陵之诗扫地矣！”[②]

明末钱谦益为研究杜诗著名的大学问家，著有《杜诗笺注》内多有真知灼见者。然钱氏屈节降清，逢迎权奸马士英，其人品不能让人恭维。袁枚通过读其注，知其为小人，见识非谄谀者可比拟。

明胡应麟以为唐诗之好在于其赋、兴手法多，比喻之手法较之少用的缘故。而杜诗恰好印证了这一方法，故此杜甫高于其他诗人：“唐人赋、兴多而比少，惟杜时时有之。如‘寒花隐乱草，宿鸟择深枝’、‘独鹤归何晚，昏鸦已满林’之类。”[③] 胡氏之说，可存为一家，但言赋、兴的应用一定当好于比喻手法的应用，毕竟是没有道理的。清薛雪《一瓢诗话》云：“排比声韵，较量属对以为工，夸繁斗缛，缀锦铺花以为丽；惊哄喝喊，叫啸怒骂以为豪；枯澹无神，索寞无味以为幽。坐此恶疾，终身不愈，永不能立李、杜之门，安望其能见李、杜以前哉？”注重排比声韵，计较属对工整，辞藻为丽，铺叙为豪等，终不能成气候，较之清莫友棠讲得较为准确：“诗有虚用而非典实者，若

① （宋）朱熹：《晦庵诗说》，《谈艺珠丛》本。
② （清）袁枚：《随园诗话》卷一六，人民文学出版社 1982 年顾学颉校点本，第 556 页。
③ （明）胡应麟：《诗薮》内编卷四，上海古籍出版社 1979 年版，第 74 页。

指实转见其凿。如少陵之‘无风云出塞，不夜月临关’，无风、不夜，人多认为城名，沈归愚驳正之，是已。”① 注释杜诗一定要注意其虚用，不可以严格的标准衡量杜诗里的夸张和喻比，否则即会陷入凿的泥坑里。

第四节　未必不善也，而患在于好使人同己②

批评唐代其他诗人诗病　议论不可軗刻好奇，未能灼见，不妨阙疑　诗歌不可等同于史书上的历史记录　“过求”便会真隐伪行　古代诗话关于诗歌所描写的对象能否完全等同于现实生活实际的争论　如何避免后人喜欢窜改古人诗的办法　古诗话对宋人穿凿古诗批判　白居易诗穿凿之病

古代诗话对杜甫诗歌品评之诗病的论述如若比作长江大河的话，那么，对品评唐代其他诗人诗病，便可称为无法计数的淙淙小溪了。如沈德潜对初唐王绩《野望》诗的品评即是其中最小的一个支流：“通首只无相识意，‘怀采薇’，偶然兴寄古人也。说诗家谓感隋之将亡，毋乃穿凿！”③《野望》诗抒发了诗人无所依归的彷徨和苦闷。诗中所遇见的隐士，与王绩并不一定要必须相识，只是为了抒发了一种远离尘嚣之后人性的自足和完满，表现了一种对高洁品行的追求。与隋亡而隐毫不相关。

言李白诗者亦不足以与评杜者的数量相抗衡。明胡震亨《唐音癸签》卷二五曾批评王安石、王世贞二人错误理解李白诗：“宋人以荆公四家诗不选太白，嫌其羡说富贵，多俗情。而近代王弇州亦谓其《上皇西巡》一歌‘地转锦江成渭水’等句，不异宋人东狩钱塘故事，讥论尤切。”“地转锦江成渭水”出自李白诗《上皇西巡》，此诗又名为《上皇西巡南京歌十首》，《全唐诗》卷一六七有载。诗写安史之乱爆发，唐玄宗仓皇出逃离长安至西蜀事。在李白的笔下，“胡尘轻拂建章台，圣主西巡蜀道来。”“谁道君王行路难，六龙西幸万人欢。”一派祥和欢腾的景象。此举与北宋灭亡、南宋高宗赵构逃至钱塘，美其名曰“东狩钱塘”事极为相近。可知王世贞讥讽李白诗并不是没有道理

① （清）莫友棠：《屏麓草堂诗话》卷二，道光二十九年黄鹤龄刊本。
② （宋）苏轼：《答张文潜书》，《经进东坡文集事略》卷四五，《四部丛刊》本。
③ （清）沈德潜：《唐诗别裁集》卷九王绩《野望》评语，上海古籍出版社 1978 年版，第 288 页。

的。但胡震亨依旧愿意为李白掩饰："夫白亦诗酒自娱，跌宕一生者耳，安能顾语忌，拘教义，为是屑屑者哉?"（同上）李白诗专主豪放、浪漫，不拘小节，加之诗人各自抒写其性情，独自成一品局，不能等同于他人。故而胡氏之说亦可成一家之言。

与胡震亨所言李白的"安能顾语忌，拘教义，为是屑屑者"相比，宋洪迈也注意到了李白的眼高四海，出口成章，不肯囿于正史所载之个性。"李太白诗云：'山阴道士如相见，应写《黄庭》换白鹅。'盖用王逸少事也。前贤或议之曰：逸少写《道德经》，道士举鹅群以赠之，元非《黄庭》，以为太白之误。"[①] 洪迈所言之逸少，乃晋王羲之字。《晋史·王羲之传》载："山阴有一道士，养好鹅，羲之往观焉，意甚悦，固求市之。道士云：'为写《道德经》，当举群相赠耳。'羲之欣然写毕，笼鹅而归，甚以为乐。"李白诗误以《道德经》为《黄庭》，无伤大雅，若过于认真，反觉不美。同时也证明李白对于史实细节并非太看重。

清沈德潜通过品评李白《白头吟》诗，得出结论云：李白于历史史实是很精通的："太白诗固多寄托。"[②] 尽管如此，"然必欲事事牵合，谓此指（唐高宗）废王皇后事，殊支离也。"（同上）《白头吟》诗写汉武帝与阿娇事，诗谓："此时阿娇正娇妒，独坐长门愁日暮。但愿君恩顾妾深，岂惜黄金买词赋。"沈氏仅凭诗中的表面意思是写汉武帝与陈阿娇事，便断云李白暗合唐高宗废王皇后事"殊支离"，结论太武断，似乎不足以服人。唐人写汉皇而实际暗合本朝事是很正常的事情，如白居易写唐玄宗与杨玉环的《长恨歌》即是如此。

清赵翼《瓯北诗话》批评附会李白乐府诗者："谓某诗以某事而作，某诗以某人而作。诗人遇题触景，即有吟咏岂必皆有所为耶？无所为，则竟不作一字耶?"[③] 他例举说："即如《蜀道难》，本亦乐府旧题，而黄山谷误信旧注，以为刺章仇兼琼之有异志，宋子京又据范摅《云溪友议》，以为严武帅蜀，不礼于故相房琯，并尝欲杀杜甫，故此诗为房，杜危之。"（同上）章仇兼琼与严武均曾为剑南节度使。《资治通鉴·开元二十七年（739）》载："十二月，以（章仇）兼琼为剑南节度使。"郁贤皓先生考证章仇氏任此职的时间为开元

---

① （宋）洪迈：《容斋诗话》卷二，《学海类编》本。

② （清）沈德潜：《唐诗别裁集》卷六李白《白头吟》评语，上海古籍出版社 1978 年版，第 189 页。

③ （清）赵翼：《瓯北诗话》卷一，人民文学出版社 1963 年霍松林、胡主佑校点本，第 5 页。

二十七年至天宝五载（739～746）。[①]《资治通鉴·宝应元年（762）》六月载严武云："壬戌，以兵部侍郎严武为西川节度使。"郁氏考证其任此职的时间为：上元二年至宝应元年（761～762）。[②] 黄庭坚认为，《蜀道难》在影射章仇兼琼不臣；宋子京则穿凿说严武与故相房琯为仇，并欲杀杜甫。著名国学大师詹锳先生经过缜密地考订，得出《蜀道难》诗当作于玄宗天宝二年（745），与李白的《送友人入蜀》、《剑阁赋》同为送友人王炎入蜀时所作。与严武无任何牵连；由此宋子京等人曲为附会不攻而破。至于黄庭坚所猜想的李白诗刺章仇氏不臣事，还有待于考证。

清马位《秋窗随笔》注意到了李诗艺术上的夸张："太白'白发三千丈'，下即接云'缘愁似个长'，并非实咏。严有翼云：'其句可谓豪矣，奈无此理。'诗正不得如此讲也。"[③] 李白夸张并非为实咏，不懂得这一点，一定要去一寸一尺地去丈量，诗歌便会失去艺术魅力。

清薛雪注释柳宗元《别弟宗一》诗正说明了"辞直而意哀，最为可法"这一道理："讲解切不可穿凿傅会，议论切不可欹刻好奇，未能灼见，不妨阙疑。如竹坡老人驳柳子厚《别弟宗一》诗末句云：'欲知此后相思梦，长在荆门郢树烟。'谓梦中安能见郢树烟？只当用'边'字，盖前有'江边'故耳。此语已属梦中说梦。后又改云：'欲知此后相思处，望断荆门郢树烟。'是魇不醒矣。殊不知别手足诗，辞直而意哀，最为可法。观此一首，无出其右。"（《一瓢诗话》）柳诗原文为："零落残红倍黯然，双垂别泪越江边。一身去国六千里，万死投荒十二年。桂岭瘴来云似墨，洞庭春尽水如天。欲知此后相思梦，长在荆门郢树烟。"写政治上的失意，思乡之无奈，极度悲哀。北宋周紫芝号竹坡老人，著有《竹坡诗话》。周氏受江西派的影响，讲究词语的锤炼和出处，故有"江边"之疑。薛雪通过批评周氏之穿凿，注意到解诗当注意三点：第一不可穿凿，二是不可好奇而附会，三为未能灼见不妨阙疑。此三点直至今日依然有借鉴作用。

稍后的清马位也曾评周紫芝窜改柳诗。"《竹坡诗话》：柳子厚《别弟宗一》诗云（诗略）。'烟'字只当用'边'字，盖前有江边故耳。不然，当改云：'欲知此后相思处，望断荆门郢树烟。'如此却似稳当。予谓非是。既云梦中，则梦境迷离，何所不可到？甚言相思之情耳。一改'边'字，肤浅无

① 郁贤皓：《唐刺史考》，江苏古籍出版社 1987 年版，第 2579 页。

② 同上书，第 2583 页。

③ （清）马位：《秋窗随笔》，近代丁福保辑：《清诗话》，上海古籍出版社 1978 年修订本，第 835 页。

味，若易以‘处’字、‘望断’字，又太直，不成诗矣。诗以言情，岂得沾沾以字句求之？宋人论诗，吾所不取。唯严仪卿《诗话》是正派。”[①] 严仪卿《诗话》指南宋严羽的《沧浪诗话》。其内容主张以禅喻诗，讲究妙悟。马位曾向神韵大师王士禛学习，诗论主张不必拘泥于生活逻辑，诗歌当注意含蓄有味，故其以为周紫芝改柳诗，肤浅无味，只有严羽《沧浪诗话》最为正规。马位之师王士禛也曾批评过注诗者之穿凿附曲：“元赵章泉、涧泉选唐绝句，其评注多迂腐穿凿。如韦苏州《滁州西涧》一首：‘独怜幽草涧（涧）边生，上有黄鹂深树鸣。’以为君子在下小人在上之象。以此论诗，岂复有风雅耶？”（《带经堂诗话》卷四）任意穿凿，将韦应物优美的《滁州西涧》绝句，喻比为君子与小人之象，愚蠢可笑。

古代诗话中有关品评唐代大诗人白居易诗病的论述，也不可与评杜甫诗病者之数量相颉颃。相较而言，论述白居易《长恨歌》者较多一些。南宋张戒曾较为详细地论述了白居易诗歌的优缺点：“梅圣俞云：‘状难写之景，如在目前。’元微之云：‘道得人心中事。’此固白乐天长处。然情意失于太详，景物失于太露，遂成浅近，略无余蕴，此其所短处。”[②] 他例举说：“如《长恨歌》虽播于乐府，人人称诵，然其实乃乐天少作，虽欲悔而不可追者也。”（同上）《长恨歌》写于唐宪宗元和元年（806）[③]，时白居易35岁，初登仕途，任周至县尉。故张氏言《长恨歌》为白居易少作。至于言“欲悔而不可追”，乃张氏的想象之辞，不足为训。张氏接着言道：“其叙杨妃进见专宠行乐事，皆秽亵之语。首云：‘汉皇重色思倾国，御宇多年求不得。’后云：‘渔阳鼙鼓动地来，惊破霓裳羽衣曲。’又云：‘君王掩面救不得，回看血泪相和流。’此固无礼之甚。‘侍儿扶起娇无力，始是新承恩泽时。’此下云云，殆可掩耳也。‘遂令天下父母心，不重生男重生女。’此等语乃乐天自以为得意处，然而亦浅陋甚。‘夕殿萤飞思悄然，孤灯挑尽未成眠。’此亦可笑，南内虽凄凉，何至挑孤灯耶？”[④] 白居易诗歌的优点为：状景如在眼前，缺点是：太详、太露、浅陋。此评极中肯綮。至于其指责白居易对明皇无礼，便太过迂腐了。所言唐明皇不会“挑孤灯”之事，也并不见得完全正确。按常理明皇不必亲

---

① （清）马位：《秋窗随笔》，近代丁福保辑：《清诗话》上海古籍出版社1978年修订本，第835页。

② （宋）张戒：《岁寒堂诗话》卷上，近代丁福保辑：《历代诗话续编》，中华书局1983年校点本，第457页。

③ 见朱金城《白居易年谱》，上海古籍出版社1982年版，第36页。

④ （宋）张戒：《岁寒堂诗话》卷上，近代丁福保辑：《历代诗话续编》，中华书局1983年校点本，第458页。

自动手，但谁又能保证明皇一时兴起，主动去“挑孤灯”呢？故而过于追求“实”，便诗味索然了。

张戒曾任殿中侍御史、司农卿等官职，因其主战，得罪主和派，被贬官。故其对皇帝是赤胆忠心的，他曾将晚唐杜牧、温庭筠二人写明皇诗与中唐刘禹锡、白居易这类诗相比较：

往年过华清宫，见杜牧之、温庭筠二诗，俱刻石于浴殿之侧，必欲较其优劣而不能。近偶读庭筠诗，乃知牧之之工。庭筠小子，无礼甚矣。刘梦得《扶风歌》，白乐天《长恨歌》，及庭筠此诗，皆无理于其君者。庭筠语皆新巧，初似可喜，而其意无礼，其格至卑，其筋骨浅露，与牧之诗不可同年而语也。其首叙开元胜游，固已无稽，其末乃云“艳笑双飞断，香魂一哭休”，此语岂可以渎至尊耶？人才气格，自有高下，虽欲强学不能。如庭筠岂识风雅之旨也？①

杜牧与温庭筠二人的诗歌辞藻繁密、情致俊爽，正是敌手，故张氏少时不能分出高下。待其为高官参与朝政后，自然会以维系君主颜面为准则了：谴责白居易、刘禹锡皆“无理于其君者”，怒斥温庭筠“岂可以渎至尊”、“无礼甚矣！”足见其对君王之赤诚。然不区分是非，将荒淫无道的唐明皇视为神圣不可侵犯的圣尊之体，便有些迂腐了。至于其由诗人揶揄了几句荒淫的君主，进而否定诗人的人才、气格，便是一副十足的政客嘴脸了。

比张戒稍晚一些的宋王楙曾就张戒所提出的唐明皇“何至挑孤灯耶”，提出过反对的意见：

乐天《长恨歌》：“夕殿萤飞思悄然，孤灯挑尽未成眠。”岂有兴庆宫中夜不点烛，明皇自挑灯之理？《步里客谈》曰：“陈无己《古墨行》谓：‘睿思殿里春将半，灯火阑残歌舞散。自书小字答边臣，万国风烟入长算。’‘灯火阑残歌舞散’乃村镇夜深景致，睿思殿不应如是。”二说甚相类。仆谓二词正所以状宫中向夜萧索之意。……使言高烧画烛，贵则贵矣，岂复有长恨等意邪？观者味其情旨，斯可矣。（《野客丛书》卷五）

---

①（宋）张戒：《岁寒堂诗话》卷上，近代丁福保辑：《历代诗话续编》，中华书局1983年校点本，第462页。

王氏擅长于考证史实，著有《野客丛书》。但其论白居易《长恨歌》并没有固囿于考证之中。作者认为：主观言明皇不能自挑灯，武断不可信。挑灯一事，正表明了宫中长夜萧索之意，与白居易诗中所状之景是相称的。

北宋范温也曾指责过白居易《长恨歌》诗用事之误，明杨慎《升庵诗话》卷七载有此事：

> 范元实诗话；白乐天《长恨歌》工矣，而用事犹误。“峨眉山下少人行”，明皇幸蜀，不行峨眉山也，当改云剑门山。“七月七日长生殿，夜半无人私语时。”长生殿乃斋戒之所，非私语地也。华清宫自有飞霜殿，乃寝殿也，当改“长生”为“飞霜”则尽矣。按郑嵎《津阳门》诗：“金沙洞口长生殿，玉蕊峰头王母祠。”则长生殿乃在骊山之上，夜半亦非上山时也。又云：“飞霜殿前月悄悄，迎风亭下风飕飕。”据此，元实之所评信矣。[①]

范温论诗承袭黄庭坚之“字字有来处”，曾著有诗话《潜诗诗眼》。故考证出《长恨歌》诗地名上的失误。杨慎力主性情，竟以为范氏所言不虚，实掉进了江西派的泥沼里。诗歌不可等同于史书上的历史记录。明陆时雍曾就此问题讲了自己的看法：“诗之所以病者，在过求之也，过求则真隐而伪行矣。”[②] 陆氏明确地将“过求之”视为诗之病，并认为“过求”，便会真隐伪行。一般来说，每个诗人之诗病各有其特点：李白诗多为其才气所误，杜甫诗多为其意驱使，高适、岑参等人诗多被其习困扰，元稹、白居易诗多被词所奴役，韩愈诗多被气所掌握。

古诗话对盛唐诗人张继诗《枫桥夜泊》也多有论述。如宋王直方《王直方诗话》云：“欧公言唐人有‘姑苏城下寒山寺，半夜钟声到客船’之句，说者云，句则佳也，其如三更不是撞钟时。”[③] 张继原诗为“月落乌啼霜满天，江枫渔火对愁眠。姑苏城外寒山寺，夜半钟声到客船。”就欧阳修的观点，王直方引唐人诗论证道：“余观于鹄《送宫人入道》诗云：‘定知别后宫中伴，遥听缑山半夜钟。’而白乐天亦云：‘新秋松影下，半夜钟声后。’岂唐人多用此语也？傥非递相沿袭，恐必有说耳。温庭筠诗亦云：‘悠然逆旅频回首，无

① （明）杨慎：《升庵诗话》卷七，近代丁福保辑：《历代诗话续编》，中华书局1983年校点本，第769页。

② （明）陆时雍：《诗镜总论》，近代丁福保辑：《历代诗话续编》，中华书局1983年校点本，第1417页。

③ （宋）王直方：《王直方诗话》，郭绍虞：《宋诗话辑佚》，中华书局1980年版，第88页。

复松窗半夜钟。’庭筠诗多攒在白乐天诗后。”（同上）中唐诗人于鹄、白居易及晚唐诗人温庭筠均写半夜钟声，但此三人比张继出生都晚，故其证据依旧不足以服人。

明郎瑛与宋陈岩肖所补充的证据似乎更有说服力，先看郎瑛之高论：

“夜半钟声到客船”，唐张继之诗。《学林新编》作温庭筠，非也。欧阳文忠以诗则佳，而无夜半钟声之理。《王直方诗话》以金轮寺僧谦咏月而得“清光何处无”句，喜极而夜半撞钟。子意谦得句而撞钟，乃各时之事，张岂无据而云？即以僧谦之事以犊耶？况寒山与金轮自非一地，真可谓疾人前不得说梦矣。及见《中吴纪闻》辩夜半钟声之实有，第惟姑苏承天寺为然。予复意其龚固苏人，而寒山原非承天，似亦未得其旨。又读《墨客挥犀》云：古有分夜钟。盖半夜打也。至读《南史·邵仲孚传》：“每读书，以中宵钟声为限。”则思唐时半夜亦沿流古人分夜之打，故于鄴有“远钟来夜半”、皇甫冉有“夜半隔山钟”，非后世晓暮比也。龚时承天寺尚尔也。①

从《中吴纪闻》、《墨客挥犀》及《南史·邵仲孚传》三书得出结论：“古有分夜钟，盖半夜打也。”极有说服力。宋陈岩肖也以自己亲历证明夜半鸣钟，可为郎氏之论的补充：“姑苏枫桥寺，唐张继留诗曰：（诗略）六一居士诗话谓‘句则佳矣，奈半夜非鸣钟时。’然余昔官姑苏，每三鼓尽四鼓初，即诸寺钟皆鸣，想自唐时已然也。后观于鹄诗云：‘定知别后家中伴，遥听维山半夜钟。’白乐天云：‘新秋松影下，半夜钟声后。’温庭筠云：‘悠然旅榜频回首，无复松窗半夜钟。’则前人言之，不独张继也。”② 多方加以考证，唐人未诬吾也。可知张继写诗，确为实写。

实写自有其妙，但古代诗歌多不能以诗歌实际的字句而不去联想和想象。宋许顗品评杜牧的《赤壁》诗便犯下了以字面之意来理解诗歌的错误：“杜牧之作《赤壁诗》云：‘折戟沉沙铁未消，自将磨洗认前朝。东风不与周郎便，铜雀春深锁二乔。’意谓赤壁不能纵火，为曹公夺二乔置之铜雀台上也。孙氏霸业，系此一战，社稷存亡，生灵涂炭都不问，只恐捉了二乔，可见措大不知

① （明）郎瑛：《七修类稿》续稿卷四，明清笔记丛刊本。

② （宋）陈岩肖：《庚溪诗话》卷上，近代丁福保辑：《历代诗话续编》，中华书局1983年校点本，第171—172页。

好恶。”[①] 杜牧《赤壁》诗不从正面叙写东风如何帮助周瑜设计破曹，却从反面落笔写曹操捉住二乔享受，化实为虚，充分体现了诗人善用形象思维写诗的高超笔法。许氏批评杜牧不懂得江山与美人孰重孰轻，实则表明许氏不懂得如何应用形象思维去写诗。

诗话大家杨慎品评杜牧诗，也暴露了其诗论的缺憾：“唐诗绝句，今本多误字，试举一二，如杜牧之《江南春》云：‘十里莺啼绿映红’，今本误作‘千里’。若依俗本，‘千里莺啼’谁人听得？‘千里绿映红’谁人见得？若作十里，则莺啼绿红之景，村郭楼台，僧寺酒旗，皆在其中矣。”[②] 将“千”改成“十”，说明作者不懂得写诗需要夸张，杨氏之论遭到了清人何文焕的讥讽。《历代诗话考索》言道：“即作十里，亦未必尽听得著，看得见。”[③] “千里”一句，正表现了诗人对江南美景的赞美之情，曾任明正德皇帝翰林修撰的杨慎，岂会有如此浪漫的想象？

杨慎改杜牧诗并不能证明杨慎不懂得诗歌。犯类似错误者，在古代论诗者中不乏其人。甚至一代文学领袖苏轼也不能免俗。

> 东坡云：“世间事勿笑为易，惟读王祈大夫诗，不笑为难。”祈尝谓东坡云：“有《竹诗》两句，最为得意。”因诵曰：“叶垂千口剑，干耸万条枪。”坡云：“好则极好，则是十条竹竿，一个叶儿也。”[④]

苏轼所言尽管是正确的，但与杨慎改诗意趣相同。诗话大家王士禛也曾记述了类似的有趣事情：“萧山毛检讨大可生平不喜东坡诗，在京师日，汪季角（‘角’，《带经堂诗话》清乾隆二十七年刻本为‘角’字。）举坡绝句云：‘竹外桃花三两枝，春江水暖鸭先知。蒌蒿满地芦芽短，正是河豚欲上时。’语毛曰：如此诗，亦可道不佳耶？毛愤然曰：‘鹅也先知，怎只说鸭！’众为捧腹。”[⑤] 毛氏所言也是有道理的，但已为笑柄。明冯梦龙《广笑府·赋诗》所

---

① （宋）许顗：《彦周诗话》，（清）何文焕辑：《历代诗话》，中华书局1981年校点本，第392页。

② （明）杨慎：《升庵诗话》卷八，近代丁福保辑：《历代诗话续编》，中华书局1983年校点本，第800页。

③ （清）何文焕：《历代诗话考索》，（清）何文焕辑：《历代诗话》，中华书局1981年校点本，第823页。

④ （宋）王直方：《王直方诗话》引，郭绍虞：《宋诗话辑佚》，中华书局1980年版，第10页。

⑤ （清）王士禛：《带经堂诗话》卷二七，人民文学出版社1963年版，1998年印刷戴鸿森校点本，第764页。

言笑话与此类似：

苏人有二婿者，长秀才，次书手。（翁）每薄次婿之不文，次婿恨甚，请试。翁指庭前山茶为题，咏曰："据看庭前一树茶，如何违限不开花？信牌即仰东风去，火速明朝便发芽。"翁曰："诗非不通，但纯是衙门气。"再命咏月，咏云"领甚公文离海角？奉何信票到天涯？私度关津犹可恕，不合黄夜入人家。"翁大笑曰："汝大姨夫亦有此诗，何不学他？"因请诵之，首句云："清光一片照姑苏。"哗曰："此句差了。月岂偏照姑苏乎？须云'照姑苏等处'。"①

从实际情况来说，毛氏和次婿的话无疑都是正确的，但同时也已经变成了纯粹的笑料了。这也说明：古代诗话关于诗歌所描写的对象能否完全等同于现实生活实际的争论，在当时是非常激烈的，甚至许多诗人自身对这个问题也不是很清楚。

清薛雪曾试图总结如何方能避免后人喜欢窜改古人诗之办法："得句先要炼去板腐。后人于高远处，则茫然不会；于浅近处，最易求疵。如温太原《早行》诗：'鸡声茅店月，人迹板桥霜。'未尝不佳，而俗子偏指摘之，谓似村店门前对子。若余早行所作'朝暾迷海角，残月挂春城'，又不知遭如何指摘也。"（《一瓢诗话》）在薛氏看来，诗话作者首先要炼去板腐之气，否则就会茫然不知诗人所云，或以求疵的心理去改动古人诗句。

古诗话对宋代穿凿古人诗也多有批判。北宋魏泰提及到了西昆体："杨亿、刘筠作诗务积故实，而语意清浅，一时慕之，号'西昆体'，识者病之。欧阳文忠公云：大年诗有'峭帆横渡官桥柳，叠鼓警飞海岸鸥'，此何害为佳句？予见刘子仪诗句有'两势宫城阔，秋声禁树多'，亦不可诬也。"② 西昆诗派领袖杨亿，字大年，作诗讲究用典、对偶，主妍华，尚纤巧；刘筠，字子仪，与杨亿齐名，其诗词藻华丽。欧阳修批判杨亿、刘筠不注重诗歌的思想内容，故云其二人诗非为佳句。清贺贻孙《诗筏》亦曾批评宋人论诗之穿凿："梅圣俞有《金针诗格》，张无尽有《律诗格》，洪觉范有《天厨禁脔》，皆论诗也。及观三人所论，皆取古人之诗穿凿扭捏，大伤古作者之意。三书流传，

---

① （明）冯梦龙：《广笑府》，尔弓校点，荆楚书社 1987 年版，第 14—15 页。

② （宋）魏泰：《临汉隐居诗话》，（清）何文焕辑：《历代诗话》，中华书局 1981 年校点本，第 328 页。

魔魅后人，不独可笑，抑复可恨。不知诗人托寄之语，十之二三耳，既云托寄，岂使人知？"[①]《金针诗格》旧署名为中唐白居易著，今人大多以为其当是北宋初人托名白居易所作。洪觉范是北宋僧人惠洪的字，《天厨禁脔》是一部论诗的专著，注重诗法、句法、韵法。三部诗话穿凿古诗人之诗，与原诗作者之意大相径庭，由是遭到贺氏"魔魅后人"的强烈谴责。清乾隆时代著名国学大师纪昀在其《四库全书总目·余师录》总结道：

> 宋人论文，多区分门户，务为溢美溢恶之辞。是录采集众说，不参论断，而去取之间，颇为不苟，尤足尚也。[②]

宋人论文，多门派之见，多溢美、溢恶。不能实事求是地评论诗歌。苏轼曾感于宋诗话这种不好的风气，悲哀地说："文字之衰，未有如今日者也。"[③]在苏轼看来，这一切都应该是有渊源的："其源实出于王氏。王氏之文，未必不善也，而患在于好使人同己。自孔子不能使人同。颜渊之仁，子路之勇，不能以相移，而王氏欲以其学同天下。地之美者，同于生物，不同于所生，惟荒瘠斥卤之地，弥望皆黄茅白苇，此则王氏之同也。"（同上）苏轼批评王安石之文，患在好使人同己。清袁枚认为，苏轼也不可逃此一劫："且所谓一家者，谓其蹊径之各异也。三苏之文如出一手，固不得判而为三。"[④]

大凡古人诗歌写作，不出情、景两个要素。写景者每以情为精神，言性者或借景为色泽。两要素之内又有虚实、远近、大小、死活等不同的区别，不能混为一谈。故而诗话评论家当思接千载与古诗人同心、同情、同境，想古人之所想，进而达到与古人神游的地步，只有如此，方可理解古人诗歌之用心。

附录：白居易诗穿凿之病

陈寅恪先生曾盛赞白居易《新丰折臂翁》为"极工之作"，并根据诗中的"五月万里云南行"，以及"又不闻天宝宰相杨国忠，欲求恩幸立边功"句，推断其为记言唐玄宗天宝十三载杨国忠征丁对云南用兵事[⑤]。从白居易这首诗

① （清）贺贻孙：《诗筏》，《清诗话续编》，上海古籍出版社1983年郭绍虞辑校点本，第144页。

② （清）纪昀等：《四库全书总目》卷一九五《集部·诗文评类一·余师录》，中华书局1965年版，第1787页。

③ （宋）苏轼：《答张文潜书》，《经进东坡文集事略》卷四五，《四部丛刊》本。

④ （清）袁枚：《小仓山房集》卷三〇《书茅氏八家文选》，清乾隆刻增修本。

⑤ 陈寅恪：《元白诗笺证稿》第五章《新丰折臂翁》，古典文学出版社1958年版，第175页。

中所描述的唐玄宗天宝年间兵役制度为“三丁点一丁”（家有三丁放两丁，点一丁服兵役，）一句来看，知陈先生所言有溢美之处，白诗并非白玉无瑕。

（1）天宝年间兵役制度应该是五丁放一丁，点四丁服兵（徭）役。《改元天宝赦》写道：“如闻百姓之内，或有户高丁多，苟为规避，父母见在，乃别籍异居。宜令州县勘会。其一家之中有十丁以上者，放两丁征行赋役。五丁已（以）上者，放一丁。即令同籍共居，以敦风教。”① 为了体现孝道，予以高丁之户优惠政策：十丁以上的家庭，容许有两丁可以不服兵、徭役；五丁以上的家庭，可以有一丁免除徭役。显然，这种做法与白居易所说的“三丁点一丁”的兵役制度相差太悬殊了。

《新唐书》卷五一《食货志一》记载，玄宗开元末年也为五丁放免一丁、点四丁服兵役：“（玄宗开元二十六年）以民间户高丁多者，率与父母别籍异居，以避征戍，乃诏十丁以上免二丁，五丁以上免一丁，侍丁孝者免徭役。”②

玄宗朝时，有关“侍丁孝者免徭役”也有具体的规定。《新唐书》卷五一《食货志一》记述天宝五载（746）玄宗诏命云：“男子七十五以上、妇人七十以上，中男一人为侍。”③ 何谓“中男”呢？《旧唐书》卷四八《食货上》解释道：“男女始生者为黄，四岁为小，十六为中，二十一为丁，六十为老。每岁一造计账，三年一造户籍。州县留五比，尚书省留三比。”④（《旧唐书》卷四三《职官二》⑤ 及《文献通考》卷一〇《户口考一》与其记载相同。⑥）可知所谓“侍丁孝者”主要是以中男为主的，这样对征丁的整体质量并没有多少影响。

严格地说，唐玄宗开元年间朝廷确实曾颁布过涉及“三丁”的有关法令条文，不过其并不是像白居易所说的“三丁点一丁”，而是三丁点两丁服兵役。《旧唐书》卷四八《食货志上》记言：“（开元）二十二年五月，敕：‘定户口之时……有蓄役合免征行者，一户之内，四丁已（以）上，任此色役不得过两人，三丁已（以）上，不得过一人。’”⑦ 在一户之内，有三丁者点两

① （宋）敏求编：《唐大诏令集》卷四《改元天宝赦》，商务印书馆 1959 年版，第 21 页。《旧唐书》卷四八《食货志上》载天宝元年正月一日赦文有意思相同的记载。

② （宋）欧阳修、宋祁撰：《新唐书》卷五一《食货志一》，中华书局 1975 年版，第 5 册，第 1346 页。

③ 同上。

④ （后晋）刘昫等撰：《旧唐书》卷四八《食货上》，中华书局 1975 年版，第 6 册，第 2089 页。

⑤ （宋）欧阳修、宋祁撰：《新唐书·职官二》，中华书局 1975 年版，第 6 册，第 1825 页。

⑥ （元）马端临：《文献通考》卷一〇《户口考一》，（台北）新兴书局 1963 年 10 月影印殿本，第 109 页。

⑦ （后晋）刘昫等撰：《旧唐书》卷四八《食货志上》，中华书局 1975 年版，第 6 册，第 2090 页。

丁去服役，准免一人；四丁以上的高丁之户，则不可超出两人免除赋役。开元年间的这种征兵（徭）役的政策，比之先前提及的玄宗天宝年间的“五丁放一丁”、“十丁已上者，放两丁”来说，面向了更多的百姓家庭：可使原先不具备多丁的家庭同样得到实惠。

（2）“三丁点一丁”服兵役制度在有唐一代的推行，仅为唐代宗时的事情，且推行的地域不广。代宗朝时推行最广泛的征丁办法为三丁抽两丁服役。这一抽丁方法是从代宗广德元年（763）时推行的。《旧唐书》卷四八《食货志上》记载云：“（代宗）广德元年七月，诏：‘一户之中，三丁放一丁。庸调地税，依旧每亩税二升。天下男子，宜二十三成丁，五十八为老。’”① 《新唐书》卷五一《食货一》也说：“广德元年，诏一户三丁者免一丁，凡亩税二升，男子二十五为成丁，五十五为老，以优民。”② （百姓到“老”之年龄，脱丁籍，可免除课役。《文献通考》卷一〇《户口考一·历代户口丁中赋役》曰：“老疾应征免课役。”③）代宗广德元年，朝廷平叛取得了最终的胜利：正月，自称燕皇帝的史朝义自缢身亡，自此，安史之乱得以平息；四月，“起乱台州，连结郡县，积众二十万，尽有浙江之地”④ 的叛吏袁晁，为李光弼所平。七月御宣政殿宣制，改元曰广德。但是，连年征战，朝廷耗尽了元气，社会百孔千疮，百姓生活在水深火热之中，急需补救。故而代宗大赦天下，施行“三丁放一丁”的优民宽松政策，以利于百姓休养生息。

比“三丁放一丁”更对百姓有利的是“三丁点一丁”的抽丁办法。这种制度的首创者是主持泽潞军事的李抱真。其具体推行的时间，正史载有两个不同的年份：其一为永泰元年（765）正月；其二是大历十二年（777）李抱玉卒后。《资治通鉴》卷二二三《唐记三九·代宗永泰元年（765）》载录了第一种说法：“春，正月，癸卯朔，改元；赦天下。戊申，加陈郑、泽潞节度使李抱玉凤翔、陇右节度使，以其从弟殿中少监抱真为泽潞节度副使。抱真以山东有变，上党为兵冲，而荒乱之余，土瘠民困，无以赡军，乃籍民，每三丁选一壮者，免其租徭，给弓矢，使农隙习射，岁暮都试，行其赏罚。比三年，得

① （后晋）刘昫等撰：《旧唐书》卷四八《食货志上》，中华书局 1975 年版，第 6 册，第 2091 页。

② （宋）欧阳修、宋祁撰：《新唐书》卷五一《食货一》，中华书局 1975 年版，第 5 册，第 1347 页。《旧唐书》卷一一《代宗本纪》记载同，第 2 册，第 272 页。

③ （元）马端临撰：《文献通考》卷一〇《户口考一》，第 110 页。

④ （后晋）刘昫等撰：《旧唐书》卷一五二《王栖曜传》，中华书局 1975 年版，第 12 册，第 4069 页。

精兵二万，既不费廪给，府库充实，遂雄视山东。由是天下称泽潞步兵为诸道最。”①

言代宗永泰元年李抱真于上党地区实行“三丁点一丁”之征兵政策，有一疑点：新、旧《唐书·李抱真传》均载述李抱真迁殿中少监后，朝廷任命其为陈郑、泽潞节度留后拒授官职事：“迁殿中少监。居顷之，为陈郑、泽潞节度留后，抱真因中谢言曰：‘臣虽无可取，当今百姓劳逸，系在牧守，愿得一郡以自试。’上许之，改授泽州刺史，兼为泽潞节度副使。居二年，转怀州刺史，复为怀泽潞观察使留后。”② 无论是泽州，还是怀州，均与上党无关。李抱真虽兼任泽潞节度副使，但毕竟不好直接插手上党地区军务事，姑存疑。

《旧唐书》卷一三二《李抱真传》记录了“三丁点一丁”服兵役的第二个推行时间——代宗大历十二年。是年怀泽潞观察使留后李抱真于其治下施行“三丁点一丁”的征兵办法：“抱玉卒，抱真仍领留后。抱真密揣山东当有变，上党且当兵冲，是时乘战余之地，土瘠赋重，人益困，无以养军士。籍户丁男，三选其一，有材力者免其租徭，给弓矢，令之曰：‘农之隙，则分曹角射；岁终，吾当会试。’及期，按簿而征之，都试以示赏罚，复命之如初。”③李抱真为代宗时同中书门下平章事李抱玉之从父弟。李抱玉于大历十二年(777) 卒④，李抱真与其治下施行三选其一入军籍政策，在李抱玉卒后，故此，“三丁点一丁”之推行时间当在代宗大历十二年以后无疑。

“三丁点一丁”的征丁办法不仅予以百姓最大的实惠。同时也使得昭义军步兵勇冠诸军。至德宗贞元十年时，这种征丁办法终因诸军影占编户，而被迫进行改革。《唐会要》卷七二《京城诸军》载：“十年（794），京兆尹杨于陵奏：诸军影占编户，无以别白，请置挟名。敕每五丁者，得两人入军，四丁三丁者，差以条限。从之。”⑤ “影占编户”，即禁军冒认、占有编入户籍平民人家，使其逃逸国家的赋役税收，转入将领或地方豪强手中。《旧唐书》卷一六四《杨于陵传》释“请置挟名”云：“先是，禁军影占编户，无以区别。自于陵请致挟名，每五丁者，得两丁入军，四丁、三丁者，各以条限。由是京师豪

---

① （宋）司马光撰，（元）胡三省音注：《资治通鉴》永泰元年（乙巳，公元七六五年）条，中华书局 1955 年版，第 15 册，第 7172 页。

② （后晋）刘昫等撰：《旧唐书》卷一三二《李抱玉传》，中华书局 1975 年版，第 11 册，第 3647 页。

③ 同上。

④ 同上。

⑤ （宋）王溥撰：《唐会要》卷七二《京城诸军》，商务印书馆 1935 年版，第 1295 页。

强，复知所畏。”[①] 从代宗朝的每三丁点一丁、六丁点两丁，到德宗贞元十年的五丁点两丁，可依稀看到德宗朝效法代宗朝征丁办法的影子。

由上我们可以得出结论，所谓“三丁点一丁”的征丁办法，实为唐代宗朝时的事情，与玄宗天宝年间征丁没有任何关系。白居易记忆错位，再无史料佐证，诗歌乃道听途说之作，铸就了玄宗天宝年间三丁点一丁的错案。加之白居易出生于代宗大历七年（772），至德宗贞元十五年（799）入仕之前，在这个时段里，以昭义军所施行的“三丁点一丁”的征丁办法最令人心仪，这便愈发使得白居易对三丁点一丁征丁办法的深信不疑，于是终将记忆错位的“三丁点一丁”写入其著名的《新丰折臂翁》诗中。

第五节　邪正相背，斯循理而得路[②]

若知诗病须懂得诗法　宋诗话之经验乃诗病最大的渊薮　古今对诗病标准不同与变迁　去取在我与不必因噎废食　各有精神　不宜过度地考证，但考证有时有助于澄清事实真相，诸如诗人罗隐

至明清时，中国古代诗话渐把眼光集中到了如何避免诗病、何以疗医诗病上面。究其渊源，《孟子·公孙丑上》盖为其滥觞：“何谓知言？曰：波辞知其所蔽，淫辞知其所陷，邪辞知其所离，遁辞知其所穷。”[③] 知言者，应当注意四个方面，即：其所蔽，其所陷，其所离和其所穷。何以可发现知言的四点呢？按照南宋诗话大家严羽的方法便是“看诗须着金刚眼睛，庶不眩于旁门小法”。[④] 南宋姜夔以为当注意诗法：“不知诗病，何由能诗？不观诗法，何由知病？名家者各有一病，大醇小疵，差可耳。”[⑤] 各朝各代的诗人均有诗病，

---

① （后晋）刘昫等撰：《旧唐书》卷一六四《杨于陵传》，中华书局 1975 年版，第 13 册，第 4293 页。

② （清）冯班：《严氏纠谬》，《钝吟杂录》卷五，《丛书集成》本。

③ （战国）孟子：《孟子·公孙丑上》，《四部丛刊》本。

④ （宋）严羽：《沧浪诗话·诗法》，（清）何文焕辑：《历代诗话》，中华书局 1981 年校点本，第 695 页。

⑤ （宋）姜夔：《白石道人诗说》，（清）何文焕辑：《历代诗话》，中华书局 1981 年校点本，第 681 页。

只不过其病有大小区别而已，故此懂得诗法方是关键。相较而言，南宋魏庆之将所需避讳之诗病列成所谓的“十戒”，供写诗者观览：“一戒乎生硬，二戒乎烂熟，三戒乎差错，四戒乎直置，五戒乎妄诞，六戒乎绮靡。七戒乎蹈袭，八戒乎浊秽，九戒乎砌合，十戒乎俳谐。”（《诗人玉屑》卷五）戒掉十种诗病，诗歌便将其自身上的癖疥、污垢通通清除掉了。

宋诗话为后来的明清诗话提供了可资借鉴的宝贵经验。但明、清诗话同时也意识到，宋诗话乃诗病最大的渊薮，并予以了极为猛烈地抨击。

宋人议论拘执。宋人作诗极多蠢拙，至论诗则过于苛细，然正供识者一噱耳。如严维“柳塘春水漫，花坞夕阳迟”，此偶写目前之景，如风人榛苓、桃棘之义，实则山不止于榛隰，不止于苓园，亦不止千桃棘也。刘贡父曰：“‘夕阳迟’则系‘花’，‘春水漫’不须‘柳’。”渔隐又曰：“此论非是。‘夕阳迟’乃系于‘坞’，初不系‘花’。以此言之，则‘春水漫’不必‘柳塘’，‘夕阳迟’岂独‘花坞’哉！”不知此酬刘长卿之作，偶尔寄兴于夕阳春水，非咏夕阳春水也。夕阳春水，虽则无限，花柳映之，岂不更为增妍！倘云野塘山坞。有何味耶？①

贺裳文中所言的刘贡父即北宋诗话家刘攽，著有《中山诗话》。其诗论主张以意为主，文辞次之；渔隐为南宋著名诗话家胡仔，曾编有综合性的诗话总集《苕溪渔隐丛话》。二人均为著名的诗话家。但在贺裳的笔下宋人不仅不会作诗，而且也不会论诗。

清严廷中指责宋诗话害诗，甚至连杜诗也被宋诗话糟蹋殆尽：“窃有鄙见以为工部之诗，坏于宋人之诗话，因之以误后人，盖宋人尊之过甚，往往附会穿凿。”他例举云：“引某字曰此渊源于某书也，引某句曰此一代之史笔也。工部诗诚高矣，而何至字字皆书，句句皆史？且工部当日下笔时，又何必字字皆书，句句皆史，如此其不惮烦？遂至后人不体此意，不学其沉雄阔大，而学其字字皆书；不学其忠厚缠绵，而学其句句皆史；几至堆砌直率，而不自知。”故此他得出结论云：“此非工部之误后人，宋人之诗话误之矣，亦非尽宋人之诗话误之，后人以耳为目自误之也。”② 明杨慎批评宋人解诗故弄玄虚，

① （清）贺裳：《载酒园诗话》卷一，《清诗话续编》，上海古籍出版社 1983 年郭绍虞辑校点本，第 252 页。

② （清）严廷中：《药栏诗话》，《云南丛书》初编本。

使诗歌主旨不明："'落月满屋梁，犹疑照颜色。'言梦中见之，而觉其犹在，即所谓'梦中魂魄犹言是，觉后精神尚未回'也。诗本浅，宋人看得太深，反晦矣。传神之说非是。"①

清朱庭珍全面批评总结宋人论诗病说：

自宋以来，如邵尧夫、二程子，陈白沙、庄定山诸公，则以讲学为诗，直是押韵语录。其好二氏书者，又以禅机丹诀为诗，直是偈语道情矣。此外讲考据者，以考据为诗，工词曲者，以词曲为诗，好新颖者，以冷典僻字、别名琐语入诗，好游戏者，以稗官小说，方言俚谚入诗。凌夷至今，风雅扫地。有志之士，急须别裁伪体，扫除群魔，力扶大雅，上追元音，勿为左道所惑，误入迷津。若夫已入歧途者，宜及早回头，捐除故伎，更求正道，如康昆仑之于段师，虽失之东隅，犹可救之桑榆也。②

故而写诗切不可似宋人迷恋词曲尖巧倩语，不必以经书板重古奥为能，不需用子史集中僻涩逞强，不可模仿稗官俚语为能事，不可入道去学高奥之玄语，不可写游戏趣语，其他诸如禅语丹经修炼语、杀风景语、烂熟典故语及寻常应付大道理，皆在所忌，均须扫而空之。由此应当注意：骨有余而韵不足，格有余而神不足，气有余而情不足，多为板重、晦涩之病，类如初唐诸诗人、江西一派均易犯此诗病；肉有余而骨不足，词有余而意不足，风调有余而神力不足，则为绮靡、肤浮之病，例如，晚唐派中人、西昆体及明七子均逃不过此劫难。因此，诗歌写作必须要有骨有肉，有笔有书，文质得中，词能达意。同时还要有格有韵，有才有情，有气有神，有声有色，奇正不偏。追求诗歌的多种风格：雄浑而兼沉着，高华而实精切，深厚而能微妙，流丽而极苍雄，如此写诗才会骨肉均匀，才能色声香味无不俱全。

在一片口诛笔伐之中，清贺贻孙砥柱中流，辩证地看宋诗及诗话的缺陷，显现了著名诗话家之大家风范："明代弘，正、嘉、隆间诸诗人，非无佳诗可传，但其议论太刻，谓后人目中不可有宋人一字。不思唐人诗集，汗牛充栋，今所称不朽名篇，仅得尔许。不独精灵之气，神物护持，亦赖历代明眼，弃瑕

---

① （明）杨慎：《升庵诗话》卷一一，近代丁福保辑：《历代诗话续编》，中华书局 1983 年校点本，第 863 页。

② （清）朱庭珍：《筱园诗话》卷四，《清诗话续编》，上海古籍出版社 1983 年郭绍虞辑校点本，第 2407 页。

录瑜，排沙简金，得有今日。岂真上天生才，唐、宋悬殊乎？果尔，则何以有今日也。宋诗惟谈理谈学者，当如禅家褐颂，另为一书。彼原不欲以诗名家，不必选入诗中耳。亦勿以此遂贬宋诗也。”① 明朝人鼓吹所谓“不可有宋人一字”，绝非大海可容百川之气度。在贺氏看来，宋诗及论述尽管有缺陷，但毕竟自有其存在的价值。

当然，明人并非都是昏聩者。明王世懋即注意到了古今诗病标准的差别，其论无啻于黑暗的深夜里划过的一颗最明亮的流星：

诗有古人所不忌，而今人以为病者。摘瑕者因而酷病之，将并古人无所容，非也。然今古宽严不同，作诗者既知是瑕，不妨并去。如太史公蔓词累句常多，班孟坚洗削殆尽，非谓班胜于司马，顾在班分量宜尔。今以古人诗病，后人宜避者，略举数条，以见其余。如有重韵者……②

王世懋的观点是非常理智的，时代变迁，诗病必随之有所变化。清代徐增《而庵诗话》也有同感：“昔之学诗者，病在冗滥。冗滥则礼乐不兴，今之学诗者，病在横厉，横厉则干戈日起，关系世道人心不小。”③ 今之诗病主要矛盾已不在乎冗滥，而在于纵横凌厉。徐增的总结并不见得准确，但其注意到了古今诗病的不一致，比同时代的诗话家之见识高出许多，清张谦宜也说：“诗有因病而得贵者，是犀之通天是也。”④ 犀角通天，人之所宝，正在病处。张氏的观点，正说明了诗病变迁的道理。

清延君寿对徐增的总结不以为然，他对诗歌的长篇大论有着自己的看法：“大凡好大喜多，皆是一病。工部有一百韵长律，元，白亦有之，后人读之已少。竹垞亦有《风怀二百韵》，《鸳湖棹歌一百首》。近人亦多有作绝句百篇、长律一二百韵者，出以诧人，其实工少拙多。又好学宋人，叠韵不休，皆不关系人之能诗不能诗。”⑤ 延氏诗学宋人，著有诗话《老生常谈》，但其诗论主张

---

① （清）贺贻孙：《诗筏》，《清诗话续编》，上海古籍出版社 1983 年郭绍虞辑校点本，第 196 页。

② （明）王世懋：《艺圃撷余》，（清）何文焕辑：《历代诗话》，中华书局 1981 年校点本，第 775 页。

③ （清）徐增：《而庵诗话》，近代丁福保辑：《清诗话》，上海古籍出版社 1978 年修订本，第 431 页。

④ （清）张谦宜：《絸斋诗谈》卷一，《清诗话续编》，上海古籍出版社 1983 年郭绍虞辑校点本，第 798 页。

⑤ （清）延君寿：《老生常谈》，《清诗话续编》，上海古籍出版社 1983 年郭绍虞辑校点本，第 1804 页。

要有新意。朱彝尊因对南宋严羽的"诗有别才，非关学也"屡屡加以讥讽，故当其作《风怀二百韵》、《鸳湖棹歌一百首》等长诗示人后，延氏讥讽其"工少拙多"便在情理之中了。

平心而论，冗滥毕竟为诗病，写诗者当以警惕。但诗论若也奉此为神明，那便不妥了。清吴仰贤批评诗话大家沈德潜即说："咼阅沈归愚《明诗选序》云：'宋诗近粗，元诗近纤，明诗其复古也。'窃谓此论过矣。夫聚一代之才，成一代之诗，体制何所不备？乃加以一字之贬，尽行抹煞。讵为定评？"（《小匏庵诗话》卷一）清赵翼《瓯北诗话》卷五亦云："岂可泥于一字一句，即以为据？"① 一字一句以定褒贬，确为轻率了些。

那么，对于清代以前诗话论诗之病该如何处理最为恰当呢？清吴仰贤为学诗者指明了一条捷径。《小匏庵诗话》卷一论述道：

如虞、杨、范、揭诸家，胚胎三唐，格律精细，非明七子所能及。学诗者若先从此数家入手，可医肤廓之病，至其余以绮丽为工者，乃学晚唐而过，原不足法，去取在我，不必因噎而废食也。

虞、杨、范、揭诸家，指"元四家"虞集、杨载、范梈、揭傒斯。其四人生活于元大德、延祐年间（1297～1320），为元代诗歌宗师式的人物。"三唐"即初盛晚三唐。吴氏所谓的"去取在我"，不必因噎而废食，当为清人诗话扬弃古诗话精华最明智的选择。

"去取在我"首先应当注意论诗不可拘泥。清何文焕云："解诗不可泥，观孔子所称可与言诗，及孟子所引可见矣，而断无不可解之理。谢茂秦创为可解、不可解、不必解之说，贻误无穷。"② 谢茂秦即明代著名诗话家谢榛，他曾一度为后七子之首。论诗讲究音声格律，《四溟诗话》卷一言："诗有可解、不可解、不必解，若水月镜花，勿泥其迹可也。"③ 何为可解、不可解、不必解呢？谢氏例举说："黄山谷曰：'彼喜穿凿者，弃其大旨，取其发兴于所遇林泉、人物、草木、鱼虫，以为物物皆有所托，如世间商度隐语，则诗委地

① （清）赵翼：《瓯北诗话》卷五，人民文学出版社1963年霍松林、胡主佑校点本，第75页。

② （清）何文焕：《历代诗话考索》，（清）何文焕辑：《历代诗话》，中华书局1981年校点本，第823页。

③ （明）谢榛：《四溟诗话》卷一，近代丁福保辑：《历代诗话续编》，中华书局1983年校点本，第1137页。

矣。’予所谓‘可解，不可解、不必解’，与此意同。”① 谢氏之论实际上就是要求对某些诗句不必穿凿。此观点对后人解诗有一定的借鉴作用。何文焕所云解诗不可泥，主要目的是为了批驳谢氏，故其对何为“泥”的解释并不清楚。

与之相比，清陈仪专就“泥”做了解释：“问：然则说诗之道当何如？说诗当去三弊：曰泥，曰凿，曰碎。执典实训诂而失意象，拘格式比兴而遗性情，谓之泥。厌旧说而求新，强古人以就我，谓之凿。释乎所不足释，疑乎所不必疑，谓之碎。”② 解诗时，失去意象，丢掉性情即为“泥”。它与凿、碎共被陈氏所列为评诗时当去的“三弊”。

清薛雪以为论诗取决于活泼：“用事全在活泼泼地，其妙俱从比、兴中流出，一经刻画评驳，则闷杀才人，丧尽风雅也。”（《一瓢诗话》）刻画为泥，泥则诗味全无；活泼便会使诗进入奇妙的境界。然活泼一方面要避开庸俗和浮浅，另一方面当注意兴象。清乔亿《剑溪说诗》卷下谓：“又或知肤庸不可为诗，但求新于事实词句间，兴象都绝，尚何诗之可贵？”③

叶秉敬《敬君诗话》认为解诗当注意以意融会：“张祐云：‘一宿金山寺，微茫水国分。僧归夜航月，龙出晓堂云……’或云：‘僧亦有昼归者，何偏云夜航月耶？’不知旦出暮归，人情之常况，称夜月则景色清迥。此当以意融会，不必苛责也。”④ 解诗只要能做到了以意融会，即使是有疵陋，也是可原谅的。清狄葆贤以自己写作诗话的亲身经历证明感物哀时之真情博采与心存邦国同等重要：“余诗话之作。不无博采之嫌，未能悉中诗律，而名流佳作，又往往致憾遗珠。友人尝执此相规，此则余咎无可辞者也。然款款私衷，窃附史家之末，颇欲因人以见道，即不得不有时以人而废言。果其人心存邦国，具真性情，感物哀时，声若金石，自能当于人心，又未可以诗律相概。若非然者，虽言之成理，毋宁割爱焉。”⑤ 相形之下，清厉志看得更远一些：“古人作诗，因题得意，因意得象，本见虚悬无著，偶有与时事相隐合者，遂牵强附会，徒失真旨。不知古人之诗，如仁寿殿之镜，向著者自然了了写出，于镜无与也。孙幼连云：‘吾侪作诗，非有心去凑合人事，是人事偶然来撞著我，即以我为

① （明）谢榛：《四溟诗话》卷一，近代丁福保辑：《历代诗话续编》，中华书局1983年校点本，第1143页。

② （清）陈仪：《竹林答问》，《清诗话续编》，上海古籍出版社1983年郭绍虞辑校点本，第2253页。

③ （清）乔亿：《剑溪说诗》卷下，《清诗话续编》，上海古籍出版社1983年郭绍虞辑校点本，第1111页。

④ （明）叶秉敬：《敬君诗话》，《说郛续》本。

⑤ （清）狄葆贤：《平等阁诗话》卷一，清刊本。

人事而发亦可。’亦即此意也。”[①] 以意融会可得到“象”，但也不可牵强，否则便会“徒失真旨”。故而清贺贻孙强调对于诗歌不可牵强索解：“若字字穿凿，篇篇扭捏，则是诗谜，非诗也。《三百篇》中有比、有兴、有赋，尽如圣俞，无尽、觉范所言，则《三百篇》字字皆比，更无赋、兴，千古而下，只作隐语相猜，安能畅我性情，使人兴观群怨哉？惟子美咏物诸五言，则实有寄托，然亦不必牵强索解，如与痴人说梦也。因书此以为注诗者之戒。”[②] 诗谜安能畅人性情？贺氏之论，实为谢榛之“诗有可解、不可解、不必解”的翻版。

清陈仪也赞同解诗不可牵强：“问：曹子建《七哀诗》，吕向以为：‘病而哀，痛而哀，感而哀，悲而哀，耳目闻见而哀，口叹而哀，鼻酸而哀，虽一事而七者具。’其说何如？（答）吕向此说牵合，绝无意义。或谓情有七而偏主于哀，亦未当。大抵当时必别有所感，不欲明言。读古人书遇此等处，苟无关典要，宁缺毋凿可也。”[③] 宁缺毋滥盖为诗歌不必牵强，解诗之最本质的东西。大凡诗也有深浅次第，然须在有意无意之间。例如，注唐诗者，每首从始至末，必欲强为联络，遂至妄生枝节，而诗之主旨反而不见，诗之生气也索然无味了。

为何一定要做到宁缺毋滥呢？古诗话以八仙过海的方式论述了其内在的深层的原因。清王士禛《带经堂诗话》卷二注意到了钱谦益褒贬不当的问题：“钱牧斋撰《列朝诗》，大旨在尊李西涯，贬李空同、李沧溟，又因空同而及大复，因沧溟而及弇州，索垢指瘢，不遗余力。夫其驳沧溟拟古乐府、拟古诗，是也；普空《东山草堂歌》而亦疵之，则妄矣。所录《空同集》诗，亦多泯其杰作。”李空同即前七子之一的李梦阳，其诗论反对台阁体，主张诗歌尊古；李沧溟为后七子领袖李攀龙，倡导文学复古，大复为前七子何景明之号，何氏与李梦阳齐名；弇州为后七子领袖王世贞之号，李西涯为茶陵派领袖李东阳。上述明代大家各有瑕瑜。清初钱谦益编著《列朝诗集》，或褒不见瑕，或贬不见瑜，显然有失公允。

清吴乔意识到了限制古代诗歌批评有六种不同的语境：“弘、嘉诸公所以

---

① （清）厉志：《白华山人诗说》卷二，《清诗话续编》，上海古籍出版社 1983 年郭绍虞辑校点本，第 2282 页。

② （清）贺贻孙：《诗筏》，《清诗话续编》，上海古籍出版社 1983 年郭绍虞辑校点本，第 144—145 页。

③ （清）陈仪：《竹林答问》，《清诗话续编》，上海古籍出版社 1983 年郭绍虞辑校点本，第 2226 页。

致此者，有六故焉；一时文，二早捷，三高才，四随邪，五事繁，六泛交。”[①]他解释六种语境道：“时文于二者更异。彼既长于时文，即以时文见识为古文诗，骨髓之疾也。早捷则心骄，忠言无闻。才高则笔下易得斐然，不以古人自考离合。随邪则才执笔便似唐人，终身更无进步。事繁则应酬如麻，无暇苦吟详读。泛交则逼迫征求，不容量入而出。”时文、早捷、高才、随邪、事繁、泛交六种语病给人的打击是致命的：“六病环攻，虽青莲、少陵，不能不为二李。”（同上）

清薛雪《一瓢诗话》强调批评者功力欠缺的问题：“村学究断不可与谈诗。有识量者，得其道，守其道，以俟知者。倘识量未定，为其所移，一盲引众盲，相将入火坑矣。”功力欠缺便会自相矛盾，明朱承爵例举道：“作诗凡一篇之中，亦忌用自相矛盾语。东坡有‘日日出东门，寻步东城游。城门抱关卒，怪我此何求。我亦无所求，驾言写我忧。’章子厚评之云：‘前步而后驾，何其上下纷纷也？’东坡闻之曰：‘吾以尻为轮，以神为马，何曾上下乎？’”[②] 苏轼的强辩虽可一时堵住章子厚的嘴，毕竟前后矛盾，惹人讥笑。

清方东树也注意到了诗人与批评者二者才气的差距。诗人之“高”为：“其言高旨远，一也；奇警而出之自然，流吐不费力，二也；随意喷薄，不装点做势安排，三也；沉著往来，不拘一定而自然中律，四也。此惟苏、黄之才，能嗣仿佛。”（《昭昧詹言》卷一四）批评者之“卑”为：“他人卑离凡近，义浅词碎，一也；略有一二警句，必费力流汗赤面，二也；安排起结，无不贯足，三也；非不合律则为律诗，四也。”二者相较，云泥之分。故此他得出结论云：“况今世伧才村夫，梦谈呓语者耶！”（同上）

吴仰贤所倡导的“去取在我，不必因噎废食”是明清诗话处理诗病的法宝，其第二点注意事项便是“各有精神”。清袁枚云：

选家选近人之诗，有七病焉：其借此射利通声气者，无论矣。凡人全集，各有精神，必通观之，方可定去取。[③]

批评古代诗人及其作品时，必须注意其所具有独特性，这一独特性是区分

---

① （清）吴乔：《围炉诗话》卷六，《清诗话续编》，上海古籍出版社 1983 年郭绍虞辑校点本，第 682 页。

② （明）朱承爵：《存余堂诗话》，（清）何文焕辑：《历代诗话》，中华书局 1981 年校点本，第 791 页。

③ （清）袁枚：《随园诗话》卷一四，人民文学出版社 1982 年顾学颉校点本，第 465 页。

其与另外作家作品的唯一可信赖的东西。

但“各有精神”是极为复杂的。如何具体加以识别呢？明李东阳鼓吹作诗之“五气”（即：秀才作诗之头巾气、和尚作诗之馂馅气、闺阁之脂粉气、重臣之台阁气和隐逸之山林气。原文第四章之第一节《气不充，不能作势上》已引用，此略）从一个侧面说明了“各有精神”的渊源①。“头巾气”、“馂馅气”、“脂粉气”，能脱此三气则不俗，而台阁气、山林气每个诗人当必具备其一。

山林与台阁实为古代知识分子处世道路的两条选择：或在朝，或在野。在朝者具备台阁气，在野者则应具备山林气。李东阳的分类法并不科学，因为在大千世界里，在朝为官者多有写山水诗的诗人，如唐代的王维，虽官至右丞，但心如死灰，在朝出家，一心只想着山林；而在野者，也多有写朝堂之诗的诗人。如穷困潦倒的杜甫，虽身在荒野，但心忧朝廷。清吴雷发曾将山林和台阁二气相互媲美：“诗以山林气为上。若台阁气者，务使清新拔俗；不然，则格便低。”② 五种气的存在使得诗人及其作品有了高下之分。气高者诗歌自会流芳百世；气弱者则会影响诗歌质量。清方东树云：“凡诸诗家，大抵语气雌弱，境界隘小，气骨轻浮。纵有佳句，不过前人熟径。即有标新领异，又失之新巧伧俗。乃知作家之未易到也。”（《昭昧詹言》卷一〇）气弱则境界小，气骨轻浮，纵有佳句，终不为美。

“除气”之外，还当注意语声之病，不可以拗语为美。清袁枚说：“近见作诗者好作拗语以为古，好填浮词以为富，孟子所谓‘终身由之而不知其道’者也。”③ “拗语”之声拗口不易朗读，很容易影响诗的质量。明代大诗话家胡应麟将声调与兴象风神二者视为“作诗大法”：“盖作诗大法，不过兴象风神，格律声调。格律卑陬，音调乖舛，风神兴象，无一可观，乃诗家大病。”④ 诗与音乐有着极为密切的血缘关系。诗之声调不美为诗家大病。清代神韵大师王士禛因此要求将声律不美的唐代诗歌删去：“原本仅四百余则，然中之可商者正多。罗隐《谢表》，殷文圭《启事》，此四六骈词，何关吟咏？更若李氏藏书，太原草檄，和凝之諗痴符，桑维翰之铸铁砚，徐寅之献《过大梁赋》，虽

① （明）李东阳：《麓堂诗话》，近代丁福保辑：《历代诗话续编》，民国五年（1916）无锡丁氏校印本。

② （清）吴雷发：《说诗菅蒯》，近代丁福保辑：《清诗话》，上海古籍出版社 1978 年修订本，第 902 页。

③ （清）袁枚：《随园诗话》卷一四，人民文学出版社 1982 年顾学颉校点本，第 503 页。

④ （明）胡应麟：《诗薮》外编卷一，上海古籍出版社 1979 年版，第 126 页。

有事迹堪寻，更无声律可采。诸如此类，概从芟薙。"[1] 无声律之诗当删。

讲究"各有精神"，还当注意考证。批评古代诗歌不加考证何以能知人论世？清袁枚说："然太不知考据者，亦不可与论诗。"[2] 他举例说："余《钱塘江怀古》云：'劝王妙选三千弩，不射江潮射汴河。'或訾之曰：'宋室都汴，不可射也。'余笑曰：'钱镠射潮时，宋太祖未知生否，其时都汴者何人，何不一考？"（同上）批评古诗歌时当考证其为何年之作，诗人居何地而作，当搜索其年、其地之事，某句指何人，某句指何事。这是由于诗人在是年只许说是年话，居此地只许说此地话。如杜甫诗，安史之乱前，杜甫不应该说出《石壕吏》、《闻官军收河南河北》之事。李白也不应该说出被贬夜郎之诗。世远事湮，只有考证方能最大可能地杜绝批评者之不合实际的臆想。

对于考证，袁枚清醒地意识到其另外的一方面，即不宜过度地考证："考据家不可与论诗。或訾余《马嵬》诗曰：'石壕村里夫妻别，泪比长生殿上多，当日贵妃不死于长生殿。'余笑曰：'白香山《长恨歌》：峨嵋山下少人行，明皇幸蜀，何曾路过峨嵋耶？'其人语塞。"（同上）过度地加以考证，便会陷入凿的泥坑里。如李白《北风行》云："燕山雪花大于席。"《秋浦歌》云："白发三千丈。"详加考证，世上何来的大如席之雪？何来三千丈之白发？如此便不成诗了。同样的道理，与史学家也不宜讨论诗歌。唐代著名史学家刘知几曾云："今俗文士谓鸟鸣为啼、花发为笑。花之与鸟，安有啼笑之情哉？"（《史通通释》卷一六外编）自己不懂得诗歌需要夸张和想象，反而责备诗人为"俗士"，对牛弹琴，何以言诗？故批评者不可不知，讲考据者，其诗多涉迂腐。

另外，批评者还当注意诗歌的游离于诗旨而模棱成章的现象，了解行文涣散而漫无结束的情况，发现远离性情、专以典故堆砌而辞旨不能融畅的规律，分清对偶如夹道林立、无本末轻重、可存可削的诗病。另外类如意浅、字俚、句弱、调浮、气熟、格碎、品杂等诗病，也应格外的加以鉴别。

梁钟嵘《诗品》曾云："至若诗之为技，较尔可知，以类推之，殆均博弈。"[3] 既然为一种技艺，那么批评者在认识诗病时，就当注意古代诗歌里的得意处、不得意处、转笔处、难转笔处、趁水生波处、翻空出奇处、不得不补

---

① （清）王士禛：《五代诗话》郑方坤例言，人民文学出版社 1989 年版，1998 年 2 月印刷郑方坤删补、戴鸿森校点本，"例言"第 2 页。

② （清）袁枚：《随园诗话》卷一三，人民文学出版社 1982 年顾学颉校点本，第 446 页。

③ （梁）钟嵘：《诗品》，（清）何文焕辑：《历代诗话》，中华书局 1981 年校点本，第 4 页。

处、不得不省处、顺添在后处、倒插在前处，等等，无数方法，无数筋节，统统加以审核，方才能了解古诗人及其诗歌的深奥之处。

附录：诗歌尽管不宜过度地考证，但考证有时可助于澄清事实真相，诸如诗人罗隐即是如此。

罗隐期冀科第折桂的强烈欲望，在有唐一代很少有诗人能与之比肩。这一点，人们不难从罗隐参加礼部试的次数看出端倪。《吴越备史》卷一《罗隐传》载其："凡十上不中第"①；《五代史补》卷一《罗隐东归》言："六举不第"②；罗隐的《湘南应用集序》则说："自己卯至于庚寅，一十二年，看人变化。"③ 以后作的《偶兴》诗甚至叹息："逐队随行二十春，曲江池畔避车尘"④，上述所说四个数字尽管不一，但足以证明参加科举考试是罗隐一生行止中极为重要的大事情。加之罗隐几乎所有的优秀作品集中写于举进士期间，故而愈加显得这一时期重要非凡。由此罗隐何时、何地第一次取解应礼部试，也随之成为研究罗隐一生行止的关键所在。

罗隐第一次取解应礼部试，古今学界共有两种说法：

其一，为二十岁取解（即唐宣宗大中六年，852）。代表人物为汪德振与雍文华。⑤ 汪德振为第一部《罗隐年谱》的作者；雍文华曾校辑《罗隐集》。二人的观点源本于沈崧《罗给事墓志》所记言的罗隐"弱冠举进士"⑥。因沈崧与罗隐晚年同佐吴越王钱镠，故"二十岁取解应礼部试"之说影响极大。另外，罗隐《甲乙集》卷十《南康道中》亦言："弱冠负文翰，此中听鹿鸣（鹿鸣宴）。使君延上榻，时辈仰前程。"⑦《通典》卷十五《选举》三《历代制》（下）载唐时情形为：州郡试考中后，"歌《鹿鸣》之诗，征耆艾，叙长少而观焉。"⑧ 在当时，乡贡取解歌《诗·小雅·鹿鸣》是一件非常严肃的事

① （吴越）托名范坰、林禹：《吴越备史》卷一《罗隐传》，见文渊阁《四库全书》本，第464册，第527页。

② （宋）陶岳：《五代史补》卷一《罗隐东归》，文渊阁《四库全书》本，第407册，第647页。

③ （唐）罗隐：《罗隐集·杂著·湘南应用集序》，中华书局1983雍文华校辑本，第286页。

④ （唐）罗隐：《罗隐集·甲乙集·偶兴》，中华书局1983年雍文华校辑本，第97页。

⑤ 见近代汪德振《罗隐年谱》，商务印书馆1937年版，第11页及《罗隐集·前言》，雍文华校辑，中华书局1983年版，第1页。

⑥ 近代汪德振：《罗隐年谱》，商务印书馆1937年版，第11页。

⑦ （唐）罗隐：《罗隐集·甲乙集·南康道中》，中华书局1983年雍文华校辑本，第156页。

⑧ （唐）杜佑：《通典》卷十五《选举》三《历代制》（下），文渊阁《四库全书》本，第603册，第161页。

情，世俗风气将此看得极重。《全唐文》卷九四九记有苗收《对贡士不歌鹿鸣判·甲秀才充贡郡送不歌鹿鸣之诗》判词，文曰：“鹿鸣不奏，凤德何衰。尔阙其仪，我爱其礼。甲有言矣，郡何词焉？自速其尤，谁曰无咎。”[①] 即使是郡守，也不敢疏懒懈怠、无端废礼不歌，否则有被上司查处之虞，同时举子们也不会善罢甘休的。这样看来，罗隐诗中所言“鹿鸣”、“使君”两句，乃述其乡贡取解事无疑。如果此诗真为罗隐所作，那么罗隐二十岁第一次取解于南康郡便是无可辩驳的事实了。

其二，罗隐二十七岁第一次取解应礼部试。今人多持此观点。（见李之亮《〈罗隐年谱〉补正》，《郑州大学学报》哲社版，1986 年第 6 期第 84 页；吴在庆《关于罗隐生平行踪的几个问题》，《文学遗产》1994 年第 1 期第 42 页）这一派的主要理由为：罗隐《湘南应用集序》云：“隐大中末即在贡籍中。命薄地卑，自己卯至于庚寅……”，[②]“大中末”的己卯年，指唐宣宗大中十三载(859)。罗隐《谗书·序》也说：“生少时自道有言语，及来京师七年，寒饿相接，殆不似寻常人。丁亥年正月，取其所为书诋之曰：云云”[③]“丁亥年正月”，为唐懿宗咸通八年（867）正月，相距大中十三载，正好是七年零一个月。时罗隐 27 岁。

两说相较，各有优劣，虽真伪难辨，但其中必有一真一伪，不可能同时都正确。不过，后者以罗隐本人言及具体年代为证，似乎更接近于事实。然其无法解释罗隐《南康道中》诗所提到的年龄，为何竟然会与罗隐散文《湘南应用集序》及《谗书·序》里的说法不一致，反而与沈崧“弱冠”之言相吻合？此问题的存在，使得学界对罗隐何时第一次取解始终不能做出令人信服的合理解释。例如，《罗隐集校注》的作者潘慧惠先生即持骑墙之说：《罗隐集校注·前言》认为罗隐 27 岁入贡籍[④]；《附录·年表》又云罗隐 20 岁举进士不第[⑤]。两说同时为真，令人无以适从。

将《南康道中》诗归于罗隐名下有许多可疑之处，理由如下：

第一，罗隐为余杭新城（今浙江省富阳县西南）人。余杭即杭州，《旧唐书》卷四十《地理志三》云：“杭州……天宝元年，改为余杭郡，乾元元年，

---

① （清）董浩等：《全唐文》卷九四九《对贡士不歌鹿鸣判·甲秀才充贡郡送不歌鹿鸣之诗》，中华书局 1983 年影印本，第 9862 页。

② （唐）罗隐：《罗隐集·杂著·湘南应用集序》，中华书局 1983 年雍文华校辑本，第 286 页。

③ （唐）罗隐：《罗隐集·谗书·序》，中华书局 1983 年雍文华校辑本，第 197 页。

④ 潘慧惠校注：《罗隐集校注·前言》，浙江古籍出版社 1995 年版，第 1 页。

⑤ 潘慧惠校注：《罗隐集校注·附录》，浙江古籍出版社 1995 年版，第 691 页。

复为杭州。……新城，永淳元年，分富阳置。"① 罗隐的祖父知微曾官福唐（今福建省福州附近的福清县）县令，父修古曾应开元礼②，后官为贵池尉，曾阻黄巢兵③。《罗隐年谱·弁言》载罗隐故乡有《罗氏宗谱》④，故知罗氏一族在当地有一定的名望和影响。由此推理，罗隐在本地取解应当是很便利的事情，没有必要弃本籍而另奔南康郡取解之路。即使假设罗隐学识不如他人，不在他郡取解便不能参加礼部试，按常理推算，也当首选于其父为官的贵池，或次选其祖父为官的福州。贵池也名秋浦，今址在今安徽省贵池县。为唐池州治所。罗隐在此地曾居住过多年。《甲乙集》有《送姚安之赴任秋浦》、《寄池州郑员外》和《贵池晓望》等诗⑤，知其对池州是极有感情的。

第二，罗隐自幼聪慧，沈崧《罗给事墓志》言其："稚齿能文。"⑥ 罗隐与同宗罗虬、罗邺齐名，号称文坛"三罗"⑦，而罗隐名气最大。同族显贵罗威对罗隐极其崇拜，曾言："得在侄行，为幸多矣，敢不致恭?"⑧ 宰相郑畋之女喜慕罗隐诗曾得相思病⑨，青州王师范也曾遣信赍礼求诗，得到罗隐诗后大喜；权臣令狐绹得到罗隐之诗，曾云："吾不喜儿得第，喜得罗公一篇耳。"⑩ 加之罗隐对其故乡是极为热恋的。他在举进士期间自称为"罗江东"，其诗文中怀念故乡的诗文俯拾即是。故知罗隐凭自己的才华，完全有实力，也愿意于本州郡入贡籍应礼部试。

第三，南康郡，唐时为蛮荒之地，属江西虔州统辖。郡有河名"章水"（贡水）流经境内。交通极为不便：东有武夷山脉隔路，西为罗霄山脉天险，南为大庾岭、南岭阻绝去路。唯北上取道赣县为正途，行八百余里至豫章（今江西南昌市），然后方可择道北图京师。《旧唐书·地理志三》言其离京师四千一十七里路⑪，路远迢迢，在当时社会动荡不安的条件下，土匪横行，虎

① （后晋）刘昫等撰：《旧唐书》卷四十《地理志三》，中华书局1975年版，第5册，第1588—1589页。

② （唐）沈崧：《罗给事墓志》，见汪德振《罗隐年谱》，商务印书馆1937年版，第77页。

③ 无名氏：《南畿志》，《罗隐集·附录》，雍文华校辑，中华书局1983年版，第336页。

④ 近代汪德振：《罗隐年谱·弁言》，商务印书馆1937年版，第2页。

⑤ （唐）罗隐：《罗隐集》，中华书局1983年雍文华校辑本，分别见第123、126、136页。

⑥ （唐）沈崧：《罗给事墓志》，见汪德振《罗隐年谱》，商务印书馆1937年版，第77页。

⑦ （五代）王定保：《唐摭言》卷十，文渊阁《四库全书》本，第1035册，第771页。

⑧ （宋）陶岳：《五代史补》卷一，文渊阁《四库全书》本，第407册，第647页。

⑨ （五代）何光远：《鉴戒录》卷八，文渊阁《四库全书》本，第1035册，第914页。另《旧五代史·罗隐传》也载此事。

⑩ 见《十国春秋》卷八四，文渊阁《四库全书》本，第466册，第129页。

⑪ （后晋）刘昫等撰：《旧唐书·地理志三》，中华书局1975年版，第5册，第1606页。

豹豺狼凶险，非不得已罗隐不会平白前往冒险的。

南康郡在唐时历来是朝廷贬斥犯有严重罪行官吏的恶地。如唐德宗贞元十九年（803），长安万年令李众得罪权臣李实，被贬虔州司马，使得“朝士畏而恶之”①；唐宪宗时，韩泰坐交王叔文党，被政敌贬为虔州司马②。唐穆宗长庆元年（821），考功员外郎李渤得罪了宰相杜元颖，被贬为虔州刺史③。唐文宗大和九年，京兆尹杨虞卿与御史大夫李固言交恶，被贬为虔州司马，席不暖再贬为虔州司户，卒于贬所④。似这等穷山恶水之地，罗隐何屑于此取解应礼部试？

第四，唐时进士考试录取之结果，与举子何地取解有着极为紧密的关联。经济、文化发达的州郡录取人数多，偏远落后地区几乎无人录取。《唐摭言》卷二《海述解送》记言荆州刘蜕舍人中进士为破“天荒”⑤。傅璇琮先生《唐代科举与文学》考江西情况也如此，卢肇登进士第，因取解于蛮荒之地袁州而遭人讥讽⑥。袁州在南康郡之北约六百里处，离京师更近一些，较之南康郡地理环境要好得多。故而假使由南康郡取解，当更为世俗所轻视，录取的希望更渺茫，同时也是考生无能的表现。罗隐自恃才高，藐视天下人。《吴越备史》卷一载罗隐生性“才高性下”⑦；《五代史补》卷一《罗隐东归》说：“罗隐在科场，恃才傲物，犹为公卿所恶。”⑧《北梦琐言》卷六甚至说：罗隐诋毁权臣韦贻范“是何朝官！我脚夹笔可以敌得数倍”。⑨ 故其必不能弃故土而远至比袁州更远的蛮荒之地南康取解。

第五，唐代举子一般当于本州郡取解。他郡取解，虽不提倡，但不难找出一些违反常规的实例。大体其必定遵守两条原则：其一为换移上郡。此条原则与朝廷偏重举子取解地有着很强的因果联系。其二是追寻名人求其举荐。有了这两个先天优势，将大大增加礼部试录取的希望。由此，举子们之间的竞争也是很激烈的。《唐摭言》卷二《争解元》载云：“白乐天典杭州，江东进士多

---

① （后晋）刘昫等撰：《旧唐书·李实传》，中华书局1975年版，第11册，第3731页。

② （后晋）刘昫等撰：《旧唐书·本纪第十四顺宗宪宗上》，中华书局1975年版，第2册，第413页。

③ （后晋）刘昫等撰：《旧唐书·本纪第十六穆宗》，中华书局1975年版，第2册，第489页。

④ （后晋）刘昫等撰：《旧唐书·杨虞卿传》，中华书局1975年版，第14册，第4563页。

⑤ （五代）王定保：《唐摭言》卷二《海述解送》，文渊阁《四库全书》本，第1035册，第705页。

⑥ 傅璇琮：《唐代科举与文学》，陕西人民出版社1986年版，第207—208页。

⑦ （吴越）托名范坰、林禹：《吴越备史》卷一，文渊阁《四库全书》本，第464册，第522页。

⑧ （宋）陶岳：《五代史补》卷一《罗隐东归》，文渊阁《四库全书》本，第407册，第647页。

⑨ （唐）孙光宪：《北梦琐言》卷六，文渊阁《四库全书》本，第1036册，第46页。

奔杭州解。时张祜（南阳人）自负诗名，以首冠为己任。既而徐凝（睦州人）后至。会郡中有宴，乐天讽二子矛楯。祜曰：'仆为解元，宜矣。'凝曰：'君有何嘉句？'祜曰：'《甘露寺诗》有：日月光先到，山河势尽来。又《金山寺诗》有：树影中流见，钟声两岸闻。'凝曰：'善则善矣，奈无野人句云：千古长如白练飞，一条界破青山色。'祜愕然不对。于是一座尽倾。凝夺之矣。"[①] 张（祜）祜和徐凝均为晚唐著名的诗人，为求得善地取解及白居易的全力举荐，激烈角逐互不相让，从中可窥见其世俗所好之情形。与罗隐同时代的其他人于善郡取解也很多，如诗人张乔，池州九华人，咸通末时赴京兆府取解[②]；赵嘏，山阳人，赴宣城取解。[③] 罗隐好友黄滔为莆田（今福建莆田）人，曾于河南府取解[④]；甚至罗隐自己也曾于京兆府取解。[⑤] 举子们从未有弃善地而择恶郡、拿自己科举前途命运与朝廷录取规律相赌博者。

查新、旧《唐书》及《资治通鉴》、傅璇琮先生的《唐才子传笺释》、郁贤浩先生的《唐刺史考》、严耕望的《唐仆尚丞郎表》及吴廷燮的《唐方镇年表》（附：岑仲勉的《唐方镇年表正补》）等书，时南康郡并未有被贬谪的朝廷重臣与文坛宿将。加之罗隐 20 岁时，杭州地区并无战乱发生。故罗隐弃故土、远赴南康取解，与情理不合。

那么，《南康道中》这首诗该是谁的作品呢？我以为当为与罗隐姓名音近的江西秀才罗颖所作。理由如下：

第一，从罗颖现今仅存的名为《题汉祖庙》诗歌残句来看，其诗风与罗隐写作手法极为相似，符合罗隐诗歌喜好谐谑讽刺的特点。《全唐诗》卷八七一《谐谑三》载《题汉祖庙》残句云："项羽英雄犹不惧，可怜容得辟阳侯。"[⑥] 辟阳侯为沛人审食其，汉高祖刘邦曾兵败彭城西，项羽活捉了刘邦的父亲和吕后。审食其以舍人身份侍奉吕后不离左右，成为吕后的亲信。以后吕后掌权，审食其升为左丞相。横行一时，为君子所不齿。罗颖诗之意，讽刺刘邦一世英雄，但不识得小人辟阳侯。

---

① （五代）王定保：《唐摭言》卷二《争解元》，文渊阁《四库全书》本，第 1035 册，第 706 页。

② 见《唐摭言》卷十，文渊阁《四库全书》本，第 1035 册，第 772 页。

③ 见谭优学《赵嘏诗注》，上海古籍出版社 1985 年版，第 1 页。

④ 见《唐黄御史集》卷四《河南府试秋夕闻新雁》，文渊阁《四库全书》本，第 1084 册，第 125 页。

⑤ 见《唐摭言》卷二《置等第》，文渊阁《四库全书》本，第 1035 册，第 704 页。

⑥ （清）曹寅、彭定求等：《全唐诗》卷八七一《谐谑三》，载《题汉祖庙》，中华书局 1960 年版，第 25 册，第 9880 页。

与之相比，罗隐也有意思相类似的残句。《全唐诗》卷六六五《句》载罗隐拜谒吴越王钱镠句云："一个祢衡容不得，思量黄祖谩英雄。"[①] 三国时名士祢衡为曹操所不容，曹操将其送至荆州刘表处，刘表又转送其至江夏太守黄祖那里，黄祖嫌弃祢衡太狂傲，终于杀掉了祢衡。罗隐诗嘲笑黄祖等人没有度量，容不下持有不同政见的英雄。可见，罗颖与罗隐二人诗风如出一辙。

第二，《全唐诗》卷八七一《罗颖》题下小注云："应举下第，道经汉祖庙，题此（指《题汉祖庙》诗）。少顷，辙自免冠，鞠俯庙庭，口陈自咎之言。掖而去，数日卒。"[②] 罗颖因不敬汉高祖而遭神谴事之可信程度有待考证，但其讥刺荒祠木偶与罗隐之喜好是相同的。《唐才子传》卷七评罗隐之讽刺也云："诗文多以讥刺为主，虽荒祠木偶，莫能免者。"[③]

第三，罗颖疑为江西南康郡人氏，并顺理成章地于当地州郡取解，写下于南康"听鹿鸣"之诗。《全唐诗》卷八七一《罗颖》题下小注云："颖，南昌人。"[④] 南昌又名为钟陵、豫章，《旧唐书·地理志三》云："钟陵汉南昌县，豫章郡所治也。隋改为豫章县，置洪州，炀帝复为豫章郡。宝应元年六月，以犯代宗讳，改为钟陵。"[⑤] 两汉时，豫章与南康一带地广人稀，故两地同设为一郡。《旧唐书·地理志三》言南康郡名历史沿革为："汉县，属豫章郡。汉分豫章立庐陵郡，晋改为南康郡。隋初为虔州，炀帝为南康郡。"[⑥] 又云："南康：汉南野县，属豫章郡。吴分南野立南安县，晋改为南康。"[⑦] 由此可知：南康郡诗人与人称己为南昌人，自在情理之中。这就好比今天的浙江温州附近的丽水、黄岩、苍南、平阳等地的商人外出经商，可以对别人说自己是温州人，对方更容易对其加深印象的道理一样。

现存《罗昭谏集》为清康熙九年（1670）罗隐故乡新城县令张瓒所辑。《四库全书》所录本即为此本。张瓒言其所辑书来源云："得《江东集》抄本于袁公卓湄，嗣复得《甲乙集》刻本，合独之。"[⑧]《四库全书·罗昭谏集·

---

① （清）曹寅、彭定求等：《全唐诗》卷六六五《句》，中华书局1960年版，第19册，第7624页。

② （清）曹寅、彭定求等：《全唐诗》卷八七一《罗颖》，中华书局1960年版，第9880页。

③ （元）辛文房：《唐才子传》卷七，文渊阁《四库全书》本，第451册，第470页。

④ （清）曹寅、彭定求等：《全唐诗》卷八七一《罗颖》题下小注，中华书局1960年版，第25册，第9880页。

⑤ （后晋）刘昫等撰：《旧唐书·地理志三》，中华书局1975年版，第5册，第1605页。

⑥ 同上书，第1606页。

⑦ 同上。

⑧ 见（清）张瓒《罗昭谏集跋言》，《罗隐集·附录》，雍文华校辑，中华书局1983年版，第345页。

提要》言“袁公卓湄”为张瓒所辖邑人袁英[①]。《甲乙集》刻本源于海盐姚士麟[②]。袁英之手抄本源于何人已无从考证；姚士麟时因“罗隐有《江东》、《甲乙》等集，今皆不可见。”故其所刻本“辄为搜录”而成集。[③]清纪昀于《四库全书·罗昭谏集提要》考证云：至宋陈振孙著《直斋书录解题》时，罗隐诗文已经散佚大半了[④]。由此我们完全可以得出结论：清人在网罗罗隐诗歌时，极有可能将与罗隐名字相似、性格相仿，经历相近（同样参加进士考试）的江西籍诗人罗颖之《南康道中》诗搜刮进了罗隐的诗集里。由此方有罗隐二十岁于南康郡取解之说，才会与罗隐散文《湘南应用集序》及《谗书·序》里所说的罗隐二十七岁首次应礼部试相矛盾。至于沈崧《罗给事墓志》所言的罗隐“弱冠举进士”一说，当为唐代盛行的谀墓之词。

---

① 见文渊阁《四库全书》本，第1084册，第191页。

② 见溧阳吴颖之《重刻罗昭谏江东集叙》，《罗隐集·附录》，雍文华校辑，中华书局1983年版，第343页。

③ 见姚士麟《罗昭谏江东集叙》，《罗隐集·附录》，雍文华校辑，中华书局1983年版，第341页。

④ （清）纪昀：《四库全书·罗昭谏集提要》，文渊阁《四库全书》本，第1084册，第191页。

第九章　文章得失寸心知，千古朱弦属子期[①]

古代诗歌的艺术感染力当与批评者独特的个人审美心理和审美经验发生作用时，便会产生共鸣现象。共鸣是批评者凭借想象、联想，反复玩味艺术形象的结果，是一种在批评古诗歌过程中产生的一种与古代诗人相同或相似的情感体验，这种体验将批评者的精神融化入另一番境界，表现出一种高亢的心理状态。在这种心灵感应和情感交流的条件下，批评者成了古代诗人的“知音”。

知音并不等同于具有艺术魅力的批评审美客体完全沟通于古代诗人。二者之间只是在某个方面有着相同的审美思想和共同语境而已。即使如此，成为古诗人的知音也往往要受到时代环境、生活道路、文化修养、思想倾向、心理素质及审美情趣等多方面条件的制约。

古代诗话经常出现这样的现象：知音并不仅仅局限于批评者与诗人之间，同时也存在于诗话家们之中。诗话家在共同理解同一诗人或同一诗歌的时候，再创造的审美批评达到了一致，相互认可而成为知音。

第一节　鲁直得子美之髓乎？[②]

赏心同　知音应具备的主要条件　诗人与其知音者的学识当不可等同论之

---

① （金）元好问：《遗山先生文集》卷一三《自题〈中州集〉后五首》，《四部丛刊》本。

② （宋）张戒：《岁寒堂诗话》卷上，近代丁福保辑：《历代诗话续编》，中华书局 1983 年校点本，第 463 页。

知音并不等于心心相印

中国古代对知音最早的描述当为《吕氏春秋·本味》篇，写善弹琴的伯牙与善听琴的钟子期在音乐中相互赏识的故事："伯牙鼓琴，钟子期听之。方鼓琴而志在太山，钟子期曰：'善哉乎鼓琴，巍巍乎若太山。'少选之间而志在流水，钟子期又曰：'善哉乎鼓琴，汤汤乎若流水。'钟子期死，伯牙破琴绝弦，终身不复鼓琴，以为世无足复为鼓琴者。"① 此故事流传到了明代，冯梦龙在其《警世通言》第一卷中将其改编成了话本小说《俞伯牙摔琴谢知音》。小说增加了许多情节，演变成了一个感人的故事。首先是二人地位悬殊，俞伯牙为晋国的上大夫，钟子期则为山野樵夫。其次是二人成为知音后结拜为兄弟。一年之后，俞伯牙专程探望钟子期，没有想到钟子期因心力耗损过度，已于数月之前亡故了。俞伯牙当时五内崩裂，泪如泉涌。随后，他在钟子期墓前抚琴为吊，一曲终了，把琴摔碎，决定再不弹琴。以后，又心灰意冷地辞去官职而隐居山林。

《吕氏春秋》伯牙、子期的故事讲的是音乐中的知音，但其在文坛上影响极大。汉司马迁受到腐刑后曾满腔悲愤地提到过知音："谚曰：'谁为为之？孰令听之？'盖钟子期死，伯牙终身不复鼓琴。何则？士为知己用，女为说己容。若仆大质已亏缺矣，虽才怀随、和，行若由、夷，终不可以为荣，适足以发笑而自点耳。"② 司马迁面对知音的愧疚，实然没有什么必要，"大质已亏缺"，知音不赏，对方也就称不上所谓的知音了。因此，没有必要在知音面前特意留下最好的印象。所谓"才怀随、和，行若由、夷，终不可以为荣，适足以发笑而自点耳"者，是决然算不上什么知音的。因为真正的知音，所欣赏的是对方的"心"，而不是其形。明代诗话大家李攀龙即曾这样论述过知音：

知音千载事，君适赏心同。从此《三都赋》，人传左太冲。③

左太冲即西晋大诗人左思。《晋书·左思传》载其相貌丑陋、语言迟钝，

① （秦）吕不韦撰，（汉）高诱注：《吕氏春秋》卷一四《孝行览第二·本味》，《四部丛刊》景明刊本。

② （汉）班固：《汉书》卷六二《司马迁传》，中华书局1962年版，第2725页。

③ （明）李攀龙：《沧溟集》卷一二《殿卿示乐府序小诗报》，文渊阁《四库全书》本。

因此，发奋好学，著《齐都赋》一年方成。后又写《三都赋》，十年辛苦构思，最后方得成功。一时传抄者无数，洛阳为之纸贵。在李攀龙看来，左思的知音是不会因左思的貌丑而嫌弃他的，只有"赏心同"方才属于真正的知音。

宋释智圆追求知音之"人"，与李氏求"心"赏稍有区别："立意造平淡，冥搜出众情。何人知有得，后世谩传名。云树饥猿断，冰潭片月倾。如无子期听，绿绮为谁听？"[①] 释智圆遁入空门，但依旧不能免俗。金代大诗人元好问也寻求有"形"的知音，《自题〈中州集〉后五首》道："文章得失寸心知，千古朱弦属子期，爱杀溪南辛老子，相从何止十年迟。"[②] 感叹钟子期不在，千古知音难觅。

汉桓谭曾谈及作为一个知音应具备的主要条件："成少伯工吹竽，见安昌侯张子夏鼓琴，谓曰：'音不通千曲以上，不足以为知音。'"[③] 知音必须是通才方可胜任。唐皎然也说："夫诗人造极之旨，必在神诣。得之者妙无二门，失之者邈若千里，岂名言之所知乎？故工之愈精，鉴之愈寡，此古人所以长太息也。若非通识四面之手，皆有好丹非素之失僻，况异于此乎？"[④] 知音的要求在于"神诣"，否则失之毫厘，差之千里。故而只有通才方可达到神诣的地步。但通才在现实生活中往往并不为人所理解，这是由于世俗之人总愿意听那些经过了修饰而顺耳的话语。但真正有才学之人，在其议论问题时语言是尖锐的，注重内容正确，不追求辞藻的华丽，不愿意逢迎别人。如果要求知音事事都应当顺从他人的心意，那么也就称不上是有才有识的通才了。汉王充《论衡·自纪编》言孔子云："孔子侍坐于鲁哀公，公赐桃与黍，孔子先食黍而啖桃，可谓得食序矣。然左右皆掩口而笑，贯俗之日久也。今吾实犹孔子之序食也，俗人违之，犹左右之掩口也。"[⑤] 以孔子之才，孔子之遵礼法，尚且被俗人所讥笑，更何况他人乎？王充继续言道："有美味于斯，俗人不嗜，狄牙甘食；有宝玉于是，俗人投之，卞和佩服。孰是孰非？可信者谁？礼俗相背，何世不然？"美食家易牙能发现美味、卞和在石砾之中能识宝玉，在于其有不人云亦云之恒心，否则事必败。王氏补充道："鲁文逆祀，畔者五人。盖犹是之

① （宋）释智圆：《闲居编》卷四九《读清塞集》，续藏经本。

② （金）元好问：《遗山先生文集》卷一三《自题〈中州集〉后五首》，《四部丛刊》本。

③ （汉）桓谭：《桓子新论·琴道》，《全上古三代秦汉三国六朝文·全后汉文》卷一五，中华书局本1958年版，第553页。

④ （唐）皎然：《诗式》卷五，见张伯伟《全唐五代诗歌汇考》，凤凰出版社2005年版，第330—331页。

⑤ （汉）王充：《论衡》卷三〇《自纪编》，《四部丛刊》上海涵芬楼本。

语，高士不舍，俗夫不好，惑众之书，贤者欣颂，愚者逃顿。”（同上）《公羊传·定公八年》载云：鲁文公违反祭祀顺序，有三位大臣背叛了他。鲁定公按照顺序祭祖，情况更糟糕，反倒有五位大臣叛离了他。由此看来，好的东西往往会被曲解，坏的习俗则习之以常了。

当然，通才并不能等同于做任何事情都一切无误。晋葛洪《抱朴子·辞义》云：“文贵丰赡，何必称善如一口乎？不能拯风俗之流遁，世涂之陵夷，通疑者之路，赈贫者之乏，何异春华不为肴粮之用，茝蕙不救冰寒之急？古诗刺过失，故有益而贵；今诗纯虚誉，故有损而贱也。”[①] 善是多样性的，不必完全等同。批评古代诗歌也是如此。只有对诗人有益而贵，方才是好的批评。宋张戒《岁寒堂诗话》卷上也重视通才之人：“韩退之之文，得欧公而后发明；陆宣公之议论，陶渊明、柳子厚之诗，得东坡而后发明；子美之诗，得山谷而后发明。后世复有扬子云，必爱之矣，诚然诚然。”[②] 张氏历数古代诗人之后世知音，无一不是通才。宋欧阳修诗、文、词、历史及文论无一不精，他在废纸篓里发现了韩愈的文集，从此大声疾呼：向韩愈的古文学习。苏轼为我国文学史上杰出的作家，在散文、诗歌、词等方面有着极高的贡献。另外，其书法、绘画之造诣也都很深。他曾大力提倡陆贽之文及陶渊明、柳宗元的诗歌。宋代由此而掀起了研究陶渊明诗歌的巨潮。黄庭坚为北宋著名的诗歌领袖及书法家，一生主张向杜甫学习，创宋代最大的诗派——江西诗派。类似如欧阳修、苏轼及黄庭坚等人，可谓是韩愈、陶渊明及杜甫的知音了。但张氏注意到，知音并不等同于古代诗人本人，他例举说：

往在桐庐见吕舍人居仁，余问：“鲁直得子美之髓乎？”居仁曰：“然。”“其佳处焉在？”居仁曰：“禅家所谓死蛇弄得活。”余曰：“活则活矣，如子美‘不见旻公三十年，封书寄与泪潺湲。旧来好事今能否？老去新诗谁与传？’此等句鲁直少日能之。‘方丈涉海费时节，玄圃寻河知有无。桃源人家易制度，橘州田土仍膏腴。’此等句鲁直晚年能之。至于子美‘客从南溟来’，‘朝行青泥上’《壮游》、《北征》，鲁直能之乎？如‘莫自使眼枯，收妆泪纵横。眼枯却见骨，天地终无情’，此等句鲁直能到乎？”居仁沉吟久之，曰：“子美

① （晋）葛洪：《抱朴子内外篇》卷四〇《辞义》，《四部丛刊》本。

② （宋）张戒：《岁寒堂诗话》卷上，近代丁福保辑：《历代诗话续编》，中华书局1983年校点本，第463页。

诗有可学者，有不可学者。”余曰：“然则未可谓之得髓矣。”①

黄庭坚可谓是宋代诗坛一代之大家了，称其为杜甫诗歌的知音并不为过。但他的诗并没有学到杜甫诗的精髓。在这里，古代诗人杜甫是独一无二的，知音并不能全部等同于他。

那么，具备通才的知音何以不能完全复制于古代的诗人呢？宋温州籍评论家叶适试图分析其中的原委：“昔人谓‘苏明允（苏洵）不工于诗，欧阳永叔（欧阳修）不工于赋，曾子固（曾巩）短于韵语，黄鲁直（黄庭坚）短于散句，苏子瞻（苏轼）词如诗，秦少游（秦观）诗如词。’此数公者，皆以文字显名于世，而人犹得以非之，信矣作文之难也。”② 即使如宋代大文豪欧、苏、曾、黄、秦等人，犹有短处，更何况世之俗人？这就如同世上没有两片相同的树叶，也没有完全等同的一条河水一样，当你重新迈进你曾经走过的河水之中的时候，原先的水流早已不存在了，而诗人与后世的知音，即是所喻比的不同的两片树叶和不同的河水。叶适接着论述道：“夫作文之难，固本于人才之不能纯美，然亦在夫纂集者之不能去取决择，兼收备载，所以致议者之纷纷也。向使略所短而取所长，则数公之文当不容议矣。”（同上）通才之知音也有不能纯美的地方，否则人们便不会批评他们了。叶适之名与欧、苏、曾、黄、秦等人决然是不可以相提并论的，但其论还是有道理的。

清翁方纲《石洲诗话》卷一也谈论到了古代诗人与其后之知音的差异问题：

元相作《杜公墓系》有铺陈、排比、藩翰、堂奥之说，盖以铺陈终始，排比声韵之中，有藩篱焉，有堂奥焉，语本极明。至元遗山作《论诗绝句》，乃曰：“排比铺张特一途，藩篱如此亦区区。少陵自有连城璧，争奈微之识碔砆。”则以为非特堂奥，即藩翰，亦不止此。所谓“连城璧”者，盖即杜诗学所谓参苓、桂术、君臣、佐使之说。是固然矣。③

杜甫在世的时候，贫病交加，其诗并不为大多数人所欣赏。乃至杜甫漂泊

① （宋）张戒：《岁寒堂诗话》卷上，近代丁福保辑：《历代诗话续编》，中华书局 1983 年校点本，第 463 页。

② （宋）叶适：《水心先生文集》卷一二《播芳集序》，《四部丛刊》景明刻黑口本。

③ （清）翁方纲：《石洲诗话》卷一，《清诗话续编》，上海古籍出版社 1983 年郭绍虞辑校点本，第 1373 页。

西南，最后病死于一条破烂的船上，死后连尸体也不能及时运回家乡，只好把灵柩厝于岳州。中唐元稹是唐代最早发现杜诗伟大价值的人。他大声疾呼向杜甫学习，可谓功不可没，是杜甫最知心的后世知音。尽管如此，元好问依旧批评元稹不识杜甫诗歌中的“连城璧”，不了解杜诗之精髓，只是认得一些“碔砆”而已。清翁方纲继续言道：“然而微之之论，有未可厚非者。诗家之难，转不难于妙悟，而实难于铺陈终始，排比声律，此非有兼人之力，万夫之勇者，弗能当也。但元、白以下，何尝非铺陈、排比？而杜公所以为高曾规矩者，又别有在耳。此仍是妙悟之说也。遗山之妙悟，不减杜、苏，而所作或转未能肩视元、白，则铺陈、排比之论，未易轻视矣。”（同上）翁方纲肯定元稹论杜诗之功劳，无疑为元稹后世的知音。元好问虽然猛烈地抨击元稹，但其作反倒不能比肩于对方。不过，就其所论而言，大而精当，杜甫若泉下有知，必当视其为知音。由此可得出这样的结论：无论是元稹，还是元好问，二人之学均逊于杜甫，但都深知于杜甫；翁方纲之文学成就也远逊于元稹、元好问，但其深知于二人。因此，诗人与其知音者的学识当不可等同而论之。

宋刘攽《中山诗话》发现另一个有趣的问题，即知音并不等于心心相印，知己并不等于志趣相投：

> 永叔云：“知圣俞诗者莫如某。然圣俞平生所自负者，皆某所不好，圣俞所卑下者，皆某所称赏。”知心赏音之难如是，其评古人之诗，得毋似之乎！①

宋欧阳修与梅尧臣是世间少有的知音。欧阳修曾写有《七交》诗，其中《梅主簿》就是写给梅尧臣的，他在诗中盛赞梅氏的为人和其才华。两人一生多有唱和。以后，欧阳修举荐梅氏出任国子监直讲、小试官，足见二人无论在文学方面，还是在仕途方面，都是莫逆的知己。尽管如此，欧阳修与梅氏依旧所赏不同。欧阳修所看重的，梅氏嗤之以鼻；欧阳修所轻视的，梅氏却如若获之至宝。明谭元春进而认为知音也有非我交好者：“予尝言凡为诗者，非持此纳交也。所赏人诗者，非为我交好也。”② 非我交好者，往往能更清楚地认识诗人内在的优点和缺点，故其也当为真知音之列。如汉班固对屈原的评价即是如此。班固曾著《离骚经章句》，已佚，今存有短篇《离骚序》文，内批评屈原为：“露才扬己”、“非明智之器”及“狂狷景行之士”，可知其对屈原之为

---

① （宋）刘攽：《中山诗话》，（清）何文焕辑：《历代诗话》，中华书局 1981 年校点本，第 286 页。

② （明）谭元春：《谭友夏合集》卷九《醉药轩遗诗序》，明崇祯六年刻本。

人是不满的。尽管如此，他曾高度赞扬屈原的文学开创之功："屈原离谗忧国，皆作赋以风，咸有恻隐古诗之义。其后宋玉、唐勒；汉兴枚乘、司马相如，下及扬子云，竞为侈俪闳衍之词，没其风谕之义。"① 在班固看来，屈原之楚辞直接导致了汉朝赋的形成和兴盛。班固又云："屈原，楚贤臣也，被谗放逐，作《离骚赋》"② 肯定屈原之忠心。再如对唐宋之问、陈子昂及宋王安石的评价也是如此。清徐熊飞《修竹庐谈诗问答》载言："然以五言、七言定人之邪正喜恶，往往不验。宋之问、陈子昂之流，人品卑不足道，其诗何尝不独步一时哉！盖诗者，性情所寄托，非心术所见端也。性情同而心术异，故贤者不必皆工，工者不必皆贤。宋人诗论，动以王荆公为坚僻、为执拗，皆隔膜之谈耳。即诗而论，未见荆公之奸慝也。"陈子昂心胸狭隘容易急躁，武则天执政时，他曾向朝廷献奏折，规劝武则天不要把高宗的灵柩西迁到长安。接着又上《谏政理书》。武则天"览其书而壮之"。他受到召见，授其麟台正字。他曾写过《上大周受命表》、《上大周受命颂》四章，歌颂武则天以周代唐的统治。《右赤雀章》赞美道："昆仑元气，实生庆云。大人作矣，五色氤氲。昔在帝妫，南风既薰。丛芳烂漫，郁郁纷纷。旷矣千祀，庆云来止。玉叶金柯，祚我天子。非我天子，庆云谁昌。非我圣母，庆云谁光。庆云应矣，周道昌矣。久九八千，天授皇年。"③ 由此，迁至右拾遗。同时其人品也受到后世诗话家们的质疑。尽管如此，陈子昂的诗歌朴实无华，以议论为主，一扫南朝华艳无实之绮靡，令初唐诗坛耳目一新。宋之问为人心术不正，能言善辩，曾极力巴结武则天宠男张易之，以求仕进。武则天死后，被贬到了蛮夷之地泷州。他忍受不了那里的艰苦生活，逃回了长安。自家不敢回，躲在好友张仲之的家中。不久他得知张仲之企图谋杀权臣武三思的消息，认为这是一个巴结武三思绝好的机会，便去告密，以牺牲朋友的代价，获得了重新回到官场的机会。因此宋之问被提拔为鸿胪丞。唐中宗景龙二年（708），太平公主权倾朝野，宋之问随即转换门庭，依附太平公主。晋升为吏部考功员外郎。在担任此职期间，大肆收受考生之贿赂，被降职为越州（今浙江绍兴）长史。《唐才子传》卷一评论沈佺期说："自魏建安迄江左，诗律屡变。至沈约、鲍照、庾信、徐陵，以音韵相婉附，属对精致，及佺期、之问又加靡丽。回忌声病，约句准篇，著定格律，遂成近体，如锦绣为文，学者崇尚。语曰：'苏李居前，

① （汉）班固：《汉书》卷三〇《艺文志第十》，中华书局1962年版，第1756页。

② （汉）班固：《汉书》卷四八《贾谊传第十八》，中华书局1962年版，第2222页。

③ （唐）陈子昂：《陈伯玉文集》卷七《右赤雀章》，《四部丛刊》景明本。

沈宋比肩。'"[①] 其意为：唐诗之所以能转变为近体诗，自沈佺期、宋之问始。这就好像是汉朝人的五言诗始于苏武、李陵一样。应该说，这个评论是很高的。王安石曾两度为相，推行新法，矫世变俗，抑制大官僚、豪商、大地主之特权，遭到保守势力激烈的反对，许多人都认为其人品有问题。但王安石在文学上的成就高如日月，对扫荡西昆体残余的影响起了很大的作用，其小诗被誉为"半山体"，情怨深婉、清新明丽、雅丽精工，深受人们的喜爱。由上可知，这种不以古代诗人之人品为标准，实事求是地去评价其诗歌成就，可为真知音。徐熊飞、刘攽及谭元春之论，为后世更深刻地认识知音提供了有益的帮助。

第二节　生前不可得，待之身后可也[②]

知音难觅　宁缺毋滥　身后知己易，生前知己难　深层内涵与文人之恶耳贵目贱　文人多能看到自己的长处和别人的短处　一代有一代的文学，后世更容易超越时代

但凡天地之间，人之性情各有不一，其所遇境界也各有妙处。性情与境遇相辅而成诗歌。批评者于讽咏之间，得诗人性情之正，或寓意于情而义愈至，或寓情于景而情更深，成为诗人的千古之音。由于知音要受到时代环境、生活道路、文化修养、思想倾向、心理素质及审美情趣等多方面条件的制约，故而知音极难遇见。加之文人相轻，愈增加了其寻找的难度。

最早提出文人相轻论断的是三国魏时的曹丕："文人相轻，自古而然。傅毅之于班固，伯仲之间耳，而固小之，与弟超书曰：'武仲以能属文为兰台令史，下笔不能自休。'夫人善于自见，而文非一体，鲜能备善，是以各以所长，相轻所短。里语曰：'家有敝帚，享之千金。'斯不自见之患也。"[③] 人不能成为全才，自己的缺点也不易发现，身边的人又相互瞧不起。如同班固看不起与他文笔相当的傅毅一样，故而知音于当世愈加难觅。

那么，何以知音于当世比之来世愈加不易得到呢？曹丕《典论·论文》

---

① 见傅璇琮《唐才子传校笺》卷一，中华书局 1987 年版，2002 年印刷，第 83—84 页。

② （清）徐增：《而庵诗话》，《清诗话》，上海古籍出版社 1978 年版，第 432 页。

③ （三国·魏）曹丕：《典论·论文》，《文选》卷五二，《四部丛刊》本。

继续解释道："常人贵远贱近，向声背实，又患暗于自见，谓己为贤。"（同上）贵远贱近、向声背实的直接后果便是墙内开花墙外香，使诗人和批评者愈来愈瞧不起当代之人。这种情况后来成了学界的一种通病，南朝梁江淹深有同感："又贵远贱近，人之常情，重耳轻目，俗之恒蔽。是以邯郸托曲于李奇，士季假论于嗣宗，此其效也。"[①] 江氏之言，道出了寻找知音无奈的心情。

事实上，文人相轻在曹丕之前即已司空见惯了，故此曹丕才有所谓的"文人相轻，自古而然"的说法，汉班固《汉书·扬雄传赞》载大学问家扬雄之事即可以证明：

时大司空王邑、纳言严尤闻雄死，谓桓谭曰："子尝称扬雄书，岂能传于后世乎？"谭曰："必传。顾君与谭不及见也。凡人贱近而贵远，亲见扬子云禄位容貌不能动人，故轻其书。昔老聃著虚无之言两篇，薄仁义，非礼学，然后世好之者尚以为过于《五经》，自汉文、景之君及司马迁皆有是言。今扬子之书文义至深，而论不诡于圣人，若使遭遇时君，更阅贤知，为所称善，则必度越诸子矣。"诸儒或讥以为雄非圣人而作经，犹春秋吴楚之君僭号称王，盖诛绝之罪也。自雄之没至今四十余年，其《法言》大行，而《玄》终不显，然篇籍具存。[②]

扬雄曾著《太玄》与《法言》，大学问家刘歆读过此二书。读后，他对扬雄说：当今学者一心只想着"禄""利"二字，恐怕你的书不会流传开。扬雄只是笑笑而已。以后扬雄死去，大司空王邑、纳言严尤再次问及到了这个问题，桓谭给予了肯定性的回答："必传。顾君与谭不及见也。"其理由即是贱近而贵远。知音只能等到来世以后了。千百年后，证实了桓谭预见的科学性。

宋代大诗话家蔡正孙曾记载白居易评论中唐诗人韦应物诗歌之事，也谈到了来世会有知音的问题："韦苏州歌行，才丽之外，颇近兴讽。其五言尤高雅闲澹，自成一家之体。今之秉笔者，谁能及之？然当苏州在时，人亦未甚爱重。必待身死，然后爱之。"[③] 韦应物诗深受陶渊明、谢灵运的影响，多写田园风物，以描写山水见长，讲究炼字，诗歌清深雅丽。元辛文房云其"虽诗

① （梁）江淹：《杂体诗序》，《全上古三代秦汉三国六朝文·全梁文》卷三八，中华书局1999年重印本，第3171页。

② （汉）班固：《汉书》卷八七《扬雄传赞》，中华书局1962年版，第3585页。

③ （宋）蔡正孙：《诗林广记》前集卷四，文渊阁《四库全书》本。

人之盛，亦罕见其伦，甚为时论所右”。[①] 与上文蔡正孙记述白居易所言的“人亦未甚爱重”不符，白居易与韦应物为同时代人，故推之辛文房所论有误。白居易期望的“必待身死，然后爱之”与扬雄身后显名是一脉相承的。

令白居易没想到的是，他所期待后世出现韦应物知音的事，在他自己身上也是如此。宋释智圆《读白乐天集》载云：“岂顾铄金口，志遏乱雅音。龌龊无识徒，鄙之元白体。良玉为碱砆，人参呼荠苨。须知百世下，自有知音者。所以《长庆集》，于今满朝野。”[②] 视元白体为“碱砆”、“荠苨”，是白居易如何也不愿接受的事实。宋初“白居易体”诗曾为徐铉、王禹偁所学，创“白居易体”，以浅俗、平易为其特点。但这一诗派很快为人所讥。欧阳修《六一诗话》举“有禄肥妻子，无恩及吏民”为例，怒斥效法“白居易体”的诗人：“常慕白乐天体，故其语多得于容易”[③] 之诗风。后世就白居易诗歌之评价问题几起几落，褒贬的距离相差悬殊。

相形之下，清徐增对后世之知音等待的时间要更长些：“作诗人人称好，毕竟有一人说不好，此一人可畏也；人人说不好，独有一人称好，此一人可恃也。吾平生立愿只要遇见此一人，生前不可得，待之身后可也，身后即不可得，待之千载后可也。”[④] 只此一人可待，遴选知音的条件更为苛刻。既然时无知音，不妨多等待一些时间。徐增这种宁缺毋滥翘首盼望知音的出现的观点，显得尤为悲壮。清叶矫然也慨时无知音：“少陵《偶题》云：‘前辈飞腾入，余波绮丽为。’自汉魏至齐梁，千余年间，文章升降，评骘尽此二语。其曰：‘车轮徒已斫，堂构惜仍亏’，伤己之无贤嗣也。‘漫作《潜夫论》，虚传幼妇碑’，慨时之无知音也。此篇微词隽旨最多，读者当心知其意。”[⑤] 杜诗微词隽旨最多，但时无知音，只有等待千载之后了。

与徐增相比，朱庭珍的观点更为悲观：

不然，杰作未易流传，而所流布于时者，多无可取。古人所谓身后知己

---

① （元）辛文房著，傅璇琮主编：《唐才子传校笺》卷四，中华书局 1989 年版，第 2 册，第 182 页。

② （宋）释智圆：《闲居编》卷四八《读白乐天集》，续藏经本。

③ （宋）欧阳修：《六一诗话》，（清）何文焕辑：《历代诗话》，中华书局 1981 年校点本，第 264 页。

④ （清）徐增：《而庵诗话》，近代丁福保辑：《清诗话》，上海古籍出版社 1978 年修订本，第 432 页。

⑤ （清）叶矫然：《龙性堂诗话初集》，《清诗话续编》，上海古籍出版社 1983 年郭绍虞辑校点本，第 971 页。

易，生前知己难，又谓作者难，知者不易，是也。[①]

言“流布于时者，多无可取”，言语太极端。中国诗歌史上是有一些诗人于身后而名显的，如陶渊明、杜甫等人。但绝大多数诗人在世的时候，其诗已经传世了。如李白、王维、孟浩然、白居易、韩愈、元稹、苏轼、欧阳修等人均是如此。至于朱氏所言的“身后知己易，生前知己难”，倒是实情，说出了知音出现的一个普遍现象。

生前知己难得，使得大量优秀的诗歌失传。叶矫然注意到了这个发人深省的现象：“韩退之《送李础序》：‘李生温然为君子，有诗八百篇，转咏于时。’又《卢尉墓志》云：‘君能为诗，自少至老可录者，在纸千余篇。无书不读，然止用以资为诗。’乐天作《元宗简集序》云：‘著古诗一百八十五，律诗五百有九。’至悼其死曰：‘遗文三十轴，轴轴金玉声。’世知其名者少矣，况于诗乎？乃知唐人诗湮没不传者尚多也。”[②] 没有知音，不识金玉，故湮没者多矣。明王世贞意识到世无知音当与“天授”有关，《艺苑卮言》卷三怆然道：“然如潘、左诸赋及王文考之《灵光》，王简栖之《头陀》，令韩、柳授觚，必至夺色。然柳州《晋问》，昌黎《南海神碑》、《毛颖传》，欧、苏亦不能作。非直时代为累，抑亦天授有跟。”[③] 注意到六朝诗文韩、柳不能作，韩、柳诗文，欧、苏不能作，也就肯定了一代自有一代文学的价值。上天授予了那个时代的诗风，也授予那个时代的知音。在王氏看来，这完全属于“天意”，人力不可为。

胡震亨的见解与叶矫然“唐人诗湮没不可传者多也”的观点相反，他乐观地说：“王毂举生平得意句，市人为之罢殴，李涉赠相逢莫避诗，夜客为之免剽。唐爱诗、识诗人何多！”（《唐音癸签》卷二六）晚唐诗人王毂曾写过一首名为《玉树曲》的乐府诗，诗中有几句特别著名：“璧月夜满楼风轻，莲舌泠泠词调新。当行狎客尽持禄，直谏犯颜无一人。歌舞未终乐未阕，晋王剑上粘腥血。君臣犹在醉乡中，一面已无陈日月。圣唐御宇三百祀，濮上桑间宜禁止。请停此曲归正声，愿将雅乐调元气。”（见《全唐诗》卷六九四）元辛文

---

① （清）朱庭珍：《筱园诗话》卷四，《清诗话续编》，上海古籍出版社 1983 年郭绍虞辑校点本，第 2396 页。

② （清）叶矫然：《龙性堂诗话初集》，《清诗话续编》，上海古籍出版社 1983 年郭绍虞辑校点本，第 944 页。

③ （明）王世贞：《艺苑卮言》卷三，近代丁福保辑：《历代诗话续编》，中华书局 1983 年校点本，第 1000 页。

房《唐才子传》卷一〇载云：一次王毂在街上看见一群无赖在殴打他的一位朋友。王毂上前救助，并说：我就是写"君臣犹在醉乡中"的诗人王毂，无赖们听后都非常惭愧，慌忙道歉地走了。李涉为晚唐著名诗人。有一次，他路过江南安庆，夜晚寄宿在了一个名叫江村井栏砂的客栈，恰逢土匪进村打劫，土匪首领得知李涉是诗人，便没有抢他的东西，反而要与他作诗比赛。并言如果输了诗后，便可放掉所有的人质，归还所有被抢的财产。于是李涉写了《井栏砂宿遇夜客》诗："暮雨潇潇江上村，绿林豪客夜知闻。他时不用逃名姓，世上如今半是君。"（《全唐诗》卷四七七）土匪们听了以后，自动认输，放下抢到手的财产离开了客店。胡震亨所言的"爱诗者"，无疑为诗人的知音。但我们不能由此而否认叶矫然的观点，因为在古代文学中，那些由于没有知音而失传的诗歌占有很大的比例。

那么，造成这样原因的深层内涵又是什么呢？古代诗话一致将矛头指向了文人之恶上。明陈子龙怒斥道：

> 文人浮薄，古今所疑。轻毁前贤，非轧侪辈，吾党深绝，实鲜其人。寥寥馀子之言，卿当第一之语，虽以一时取快，终非雅士所宜。若乃子玄篡向秀之书，延清攘希夷之句，事同盗侠，匪独轻浮，巧者勿矜，拙当自勉。[①]

晋人郭象，字子玄，好老庄，是当时著名的学者。向秀是魏晋之际著名的玄学家和文学家。向秀生前曾著有《庄子》一书，《秋水》、《至乐》二篇还未来得及注释，便去世了。其子年幼，无力保护向秀的注释稿，这样，向秀的稿子被郭象看到了，郭象贪天之功为己有，改成了自己的名字，只注释了《秋水》、《至乐》二篇。故此我们今天所看到的向秀和郭象所注释的《庄子》一书内容基本上都是相同的；延清为唐代大诗人宋之问的字。希夷，指的是初唐诗人刘希夷，他是宋之问的外甥。为人放荡不羁，喜欢声色犬马，故而为世人所鄙。刘希夷的代表作是《白头吟》诗，诗中有一联写道："今年花落颜色改，明年花开复谁在。"写后觉得这两句是不祥的谶纬之语，与西晋石崇说的"白首同所归"极相像。（石崇与潘安同时被杀，死时潘安对石崇说："可谓白首同所归。"此话正应验了石崇原先所说的诗句）于是刘希夷将两句诗改吟为："年年岁岁花相似，岁岁年年人不同。"改后仔细品评两组诗句，无法取舍。于是他便把两联诗都保留了下来。不幸的是，不久刘希夷便死于非命，死

---

① （明）陈子龙：《陈忠裕公全集》卷三〇《壬申文选凡例》，清嘉庆刊本。

时年不满三十岁。学界盛传刘希夷死亡的原因是被宋之问忌恨的结果。其导火索便是以上的两联诗。据说宋之问特别喜欢后一联诗，于是便恳请刘希夷将此佳句转让出来，刘希夷没有答应。宋之问恼羞成怒，令家丁用土袋子把刘希夷活活压死在屋子里。今天，许多人都认为这件事情太不近情理了，因为宋之问的才学远非刘希夷可比的；更何况骨肉亲情因两句无所谓的诗歌而互相残杀！大概是宋之问的政敌为诋毁他所生发的恶意诽谤。但是，退一步来讲，唐人是那样地重视诗歌，一首好诗极有可能享誉天下，同时带来数不尽的荣华富贵，为此宋之问去以土袋子压刘希夷，压一个终日泡在妓院里不成器的晚辈，逼他转让诗句，也是极有可能的。今之《全唐诗》卷五二中即有宋之问的名曰《有所思》之诗，这首诗与刘希夷的《代悲白头翁》诗的内容完全一样。应该说，这绝对不是偶然的事情。况且为诗句而丢掉性命的人在此之前是有先例的，例如，隋炀帝就曾经杀过这样的人。司隶薛道衡曾作《昔昔盐》诗，内有“暗牖悬蛛网，空梁落燕泥”句，这两句超过了会写诗的隋炀帝的诗篇，于是隋炀帝便起了杀心。以后找个机会把薛道衡杀了，并说：“更能作空梁落燕泥否!”故而陈子龙有“子玄篡向秀之书，延清攘希夷之句”的说法。在陈子龙看来，文人之恶习主要表现在：轻毁前贤，倾轧同辈。更有盗他人诗句者，事同盗侠。

清洪亮吉也注意到了文人的恶习，他说：“夫范蔚宗之文不及班、马，而其视班、马也不足比数；杜审言之诗不过沈、宋，而其视沈、宋也若不足比数；是则文人相轻一至此乎!”[①] 范蔚宗之才学远不如司马迁和班固，但范氏并不把班、马二人放在眼里；杜审言为杜甫的祖父，是初唐诗人，为人狂傲不羁。元辛文房《唐才子传》卷一载杜审言道：“吾文章当得屈、宋作衙官，吾笔当得王羲之北面。”[②] 意思是：我的文章能使诗歌之祖屈原和宋玉成为我的部下，我的书法可让东晋书法家王羲之成为我的学生。直到他病逝时犹不改这种傲气，大诗人宋之问探望他，他说：“甚为造化小儿相苦，尚何言！然吾在，久压公等。今且死，但恨不见替人也。”[③] 杜审言的这些话都是极为狂妄的。然平心而论，他也的确写过好诗。《经行岚州》及《和晋陵陆右丞早春游望》都写得真切感人。且诗歌结构严谨，对仗工整，余味无穷，历来被视为初唐第一首成熟的五言律诗。其意境和思想特色非大手笔不可为，但其成就毕

① （清）洪亮吉：《洪北江诗文集·卷施阁文甲集》卷一《意言二十篇·文采篇》，《四部丛刊》本。

② （元）辛文房著，傅璇琮主编：《唐才子传校笺》，中华书局1989年版，第1册，第68页。

③ 同上书，第73页。

竟与宋之问相差许多。由此，洪氏将范蔚宗与杜审言之流的自狂之习，视为文人的气度狭窄："盖古今来气量之窄者莫如文人，虽以屈原之忠而衔愤以致自沉，贾谊之达治体而自伤以致夭折，皆其气量窄之故也。"[①] 西汉贾谊怀才不遇，任梁怀王太傅之时，怀王坠马而死，贾谊认为自己没有尽到太傅的职责，经常哭泣，以致悲哀而死。故洪氏言贾谊气量窄，并不为过。至于所云屈原自沉汨罗江为气量窄，便有些苛责古人了。当时楚国首都郢已落入强秦之手，国土大半陷落，屈原满腔的爱国激情化为国将不国。愤然沉江，正表现了一位爱国如生命的志士的伟大情怀。因此，责备屈原是没道理的。

明袁中道注意到古今文坛另外一种恶习，重传闻而轻目见，且古今一致。《解脱集序》云："昔钟士季年少时，常作一纸出与人云：是阮步兵，便字字生意，既知是钟，谓不足道。又虞讷素轻张率之诗，随作随诋，托言沈约，便相嗟称。耳贵目贱，今古一揆。"[②] 魏晋之时大诗人阮籍的名望高出钟会许多，由此钟会言：同一句话由阮籍说出，人们便相信，而由钟会说出，便一文不值；南朝人张率努力地写诗，但始终得不到当时的一位名家虞讷的认可。后来，张率托言大诗人沈约之名，再将诗拿给虞讷看，虞讷便颔首相称了。王士禛《带经堂诗话》卷一也例举说："圣俞诗实胜子美。然子美有言：'平生不幸，写字被人比周越，作诗比梅尧臣。'此言妄矣。文人相轻习气，自古而然。"圣俞为宋代大诗人梅尧臣，其诗歌力求平淡，善于表现优美的意境。子美为与梅尧臣齐名的苏舜钦。苏氏诗歌豪放刚劲，但显得有些粗糙。尽管如此，其并不自知，总认为自己诗歌成就高于梅氏。故王士禛以为文人之恶，自古而然。以后王士禛至扬州时再次感叹文人自古相轻之恶习："予康熙癸卯在扬州，一日雨行如皋道上，得《论诗绝句》四十首，盖仿元裕之作，其一云：'三代而还尽好名，文人从古善相轻。"（同上，卷八）

比之王士禛，清尤侗并不那么悲观，《牧靡集序》言道："假令班、杨（疑为'扬'）、潘、陆、颜、谢、徐、庾诸子聚一堂之上，分毫比墨，有如宫商相宣、丝竹迭奏、唱予和（女）汝、相视而笑者矣，虽有韩、欧在座，必不龃龉而诋讥也。"[③] 将古今文人聚集一堂，分毫经墨有如宫商相协，相敬如宾，恐怕只是尤氏个人的一厢情愿而已，未免天真了些，但是尤氏总结为何自古文人相轻之原因，还是极有道理的："文心之不同，如其面焉。尺有所短，

① （清）洪亮吉：《洪北江诗文集·卷施阁文甲集》卷一《意言二十篇·文采篇》，《四部丛刊》本。

② （明）袁中道：《珂雪斋集》前集卷九文《解脱集序》，明万历四十六年刻本。

③ （清）尤侗：《西堂杂组（俎）》卷三《牧靡集序》，康熙刊本。

寸有所长，未可执此而弃彼，举一而废百也。今使驱天下之人，尽出于昌黎、庐陵之门，则西汉以下、六朝以上，千百年间，其人必皆化为异物而其文亦如冷烟荒草，随风飘灭于无何有之乡，然后可耳。若既有一代之人，则自有一代之文。”（同上）在尤氏看来，原因当有两点：其一是文如人面，各不相同，且各有优劣，文人多能看到自己的长处和别人的短处。其二是一代有一代之文学，后世更容易超越时代与个人的恩怨来品评古代诗歌。

文人相轻还在于诗歌之微妙太难以辩白了。例如，诗中韵律之宏处，用典用事之疏密，承继前人之多少，构思蕴藉之深浅，都是极难做出判断的。有如西晋葛洪所言：“其悬绝也，虽天外毫内，不足以喻其辽邈，其相倾也，虽三光熠耀，不足以方其巨细。龙渊铅铤，未足譬其锐钝，鸿羽积金，未足比其轻重。清浊参差，所禀有主。朗昧不同科，强弱各殊气。而俗士唯见能染毫画纸者，便概之一例。斯伯牙所以永思钟子，郢人所以格斤不运也。”[①] 伯牙与钟子期均难辨识，故苛求当世之人有知音出现，也太强人所难了。

一般来说，楚谣、汉风，并非一体，建安、太康，各走一途。这就好比朱、橙、黄、绿、青、蓝、紫七色，各成一家，相互有序地杂错之后，则颜色便会变化无穷；宫、商、角、徵、羽五音，独自发声，科学地将其组合起来，便会有无穷无尽的动听的音乐。而每个独立的人，必各有所好，千姿百态，不能划一。故而贵远贱近、文人相轻，也当为情理之中的事了，但这毕竟是一种文人的不幸。

第三节　音实难知，知实难逢[②]

难知与难逢　知音难得，各朝各代均是如此　不遇知音即使是处在“盐车焦爨”之下，也深为不悔　古代诗话在论述古今知音时多涉及君王与臣子之事　古诗话中所描述的知音往往与利益紧密关联

知音难觅，可谓古今一致的主题。纵然有千好万好，千人千面，观听不一，爱憎难同，如飞鸟睹西施之貌而逃逸，鱼鳖听闻九韶之音而沉渊。衣冠粲

---

① （晋）葛洪：《抱朴子内外篇》卷三二《尚博》，《四部丛刊》本。

② （梁）刘勰著，（清）黄叔琳辑注：《文心雕龙辑注·知音》，文渊阁《四库全书》本。

焕，难入山乡之俗，轻软清音，不能快楚囚之耳；即使有孔子学生子贡之辩才、子夏之文采，终不能释絷马之庸俗。《文心雕龙》感慨道：

知音其难哉！音实难知，知实难逢，逢其知音，千载其一乎！夫古来知音，多贱同而思古，所谓“日进前而不御，遥闻声而相思”也。（同上）

知音难，首先在于难知，其次在于难逢。所谓“夫麟凤与麏雉悬绝，珠玉与砾石超殊，白日垂其照，青眸写其形。然鲁臣以麟为麏，楚人以雉为凤，魏氏以夜光为怪石，宋客以燕砾为宝珠。形器易征，谬乃若是，文情难鉴，谁曰易分?”（同上）一旦知音相逢后，其境遇会发生改变。刘勰例举说：“昔《储说》始出，《子虚》初成，秦皇汉武，恨不同时；既同时矣，则韩囚而马轻，岂不明鉴同时之贱哉！至于班固、傅毅，文在伯仲，而固嗤毅云：下笔不能自休。”（同上）《储说》是韩非子重要的著作，分内、外篇。其中《内储说》两篇，《外储说》四篇。主要论述“七术”、“六微”的明主之道。时秦王嬴政读到《储说》时感慨不能与作者同生一个时代。宰相李斯告知秦王：韩非是其同学，于是秦王发兵韩国，得到了韩非。以后，秦王受李斯的挑唆，将韩非投入狱中，致使韩非死亡；汉代大文学家司马相如写出著名的《子虚赋》后，流传到了禁宫，汉武帝读后，大为赞赏，恨不能与其生于同代。狗监杨得意告知汉武帝司马相如是他的同乡。汉武帝终于得到了司马相如，并任以为郎。得到司马相如后，汉武帝并不委以大任，只图为其鸿烈大业添一分光彩而已。故刘勰感慨言道：“贵古贱今者，二主是也。”

知音难得，各朝各代均是如此。古代诗话对其有过大量的论述。宋范晞文以中唐贾岛诗为例，说明知音不赏之事：“‘两句三年得，一吟双泪流。知音如不赏，归卧故山秋。’岛之诗未必尽高，此心亦良苦矣。信乎非言之难，其听而识之者难遇也。虽然，马非伯乐而不鸣，琴非子期而不调，果不吾遇也，则困盐车焦爨下，吾宁乐之。”[①] 贾岛锤炼字句，乃至“两句三年得”。清薛雪《一瓢诗话》云：“贾长江‘独行潭底影，数息树边身’，只堪自爱。”可谓一针见血。在范氏看来，不遇知音即使是处在“盐车焦爨”之下，也深为不悔。范氏的乐观，在于其知“后世复有扬子云，必好之矣。”[②]

---

① （宋）范晞文：《对床夜语》卷二，近代丁福保辑：《历代诗话续编》，中华书局1983年校点本，第416页。

② 同上。

然即使是遇到知音又能如何呢？宋欧阳修《六一诗话》载："晏元献公文章擅天下，尤善为诗，而多称引后进，一时名士往往出其门。圣俞平生所作诗多矣，然公独爱其两联，云：'寒鱼犹著底，白鹭已飞前。'又'絮暖鮆鱼繁，露添莼菜紫。'余尝于圣俞家见公自书手简，再三称赏此二联。余疑而问之，圣俞曰：'此非我之极致，岂公偶自得意于其间乎？'乃知自古文士不独知己难得，而知人亦难也。"[①] 宋初晏殊与欧阳修二人均以爱惜人才著称于世。两人同时赞赏梅尧臣之诗，可称得上是梅氏的知音。但晏、欧二人所喜并非梅氏自己最爱的诗歌。诗人与其知音之间的差距太悬殊了。

欧阳修为一代文坛领袖，大文学家"三苏"，曾巩都是他的学生，梅、苏是他诗文革新的左右骖。知己可谓多矣！尽管如此，欧阳修犹叹知己难觅。元姚燧的《送畅纯甫序》记云："欧阳子为宋一代文宗，一时所交海内豪俊之士，计不千百而止。及谢希深、尹师鲁二人者死，序《集古录》遂有无谢、尹知音之恨。呜呼！岂文章也，作者难而知之者尤难欤！"[②] 连欧阳修都悲叹知者难得，他人更不必说。宋胡仔《苕溪渔隐丛话》后集卷三二记言黄庭坚云："鲁直《过平舆怀李子先》诗：'世上岂无千里马？人中难得九方皋。'《题徐孺子祠堂》诗：'白屋可能无孺子，黄堂不是欠陈藩'。二诗命意绝相似，盖叹知音者难得耳。"[③] 九方皋为春秋时善于相马的能人，伯乐对他非常赏识；陈藩，当为东汉陈蕃。徐孺子是东汉徐稺的字，徐稺家贫，为人高洁，以躬耕为生。朝廷多次征召，不仕。后陈蕃为太守，两人有深交。陈蕃不喜结宾客，唯有徐稺来，为徐稺特设一床，待徐稺走后，便把床悬立了起来，等待其再来。九方皋为宝马良驹的知音；陈蕃为人的知音。人间之知音与相马之知音相比，人间知音，更为难得。明王世贞也感叹知音难得："谢安石见阮光禄《白马论》，不即解，重相咨尽。阮叹曰：'非唯能言人不可得，正索解人亦不可得。'"[④] 谢安石即为东晋大破前秦苻坚于淝水的谢安。阮光禄将知音分成了两个阶段，即能言之人与能解之人。在阮光禄看来，谢安之流尽管战功卓著，但不足以论文。这就如同杜甫《偶题》所说的那样："文章千古事，得失寸心

---

① （宋）欧阳修：《六一诗话》，（清）何文焕辑：《历代诗话》，中华书局 1981 年校点本，第 269—270 页。

② （元）姚燧：《牧庵集》卷四《送畅纯甫序》，《四部丛刊》本。

③ （宋）胡仔：《苕溪渔隐丛话》后集卷三二，清乾隆刻本。

④ （明）王世贞：《艺苑卮言》卷八，近代丁福保辑：《历代诗话续编》，中华书局 1983 年校点本，第 1079 页。

知。"[①] 王世贞将知音看得极为神圣，他说："夫刿钵心腑，指要造化，如探大海出珊瑚，奈何令逐臭吠声之士轻读之也？至于有美必赏，如响之应，连城隐璞，卞生动容，流水离弦，钟子拊心。古人所以重知己而薄感恩，夫岂欺我！"[②] 在当时科学技术的条件下，于大海中探取珊瑚是何等艰难，故不容逐臭吠声之士玷污了知音的名声。

清叶矫然反映了作为知音另一种心态："予束发读云间陈卧子、夏彝仲举业文，心向往之，壮游四方，每以未至吴淞为恨。昨岁壬申腊，自禾城浮大江入松，泊旗亭，登岸市鲈鱼案酒，亟问土人陈、夏二公故宅后人，无有识者，不胜欷歔三叹。"[③] 文中所言陈卧子为明末诗人陈子龙；夏彝仲疑为明末诗人夏完淳，二人均为上海松江华亭人，曾举兵抗清，最后英勇就义。叶氏敬重二人之品德，故心怡神往。然一旦至上海吴淞后，物是人非，令人百感交集。

与叶矫然赏识陈、夏二人相比，古代诗话在论述古今知音时多涉及君王与臣子之事。这一独特的现象屡见不鲜，明代李贽曾感慨建安之陈琳与盛唐之孟浩然、杜甫三人命运不同："吾不喜陈琳之能文章，而喜陈琳之遇知己，盖知己甚难，虽琳亦不容不怀知己之感矣。唐之间（'间'字疑误，当为'明'）皇，岂不是能文章者？然杜甫《三大礼赋》，浩然'不才'诗，已弃之如秦、越人矣，况六朝之庸主哉！"[④] 陈琳曾投奔河北袁绍，为其作了一篇讨伐曹操的《为袁绍檄豫州》的檄文。檄文里痛斥曹操无恶不作。文辞优美，犀利无比。曹操得此檄文时，正患头风病，卧读檄文，病立即而愈。后曹操灭掉袁绍，对陈琳委以重任。故李贽云："喜陈琳之遇知己"。

杜甫于长安困守十年，残羹冷炙酸辛异常。他曾于天宝十载向玄宗献《三大礼赋》，只得到了"词感帝王尊"的虚名，玄宗未授其任何官职，更谈不上重用；孟浩然当初也曾希望得到一官半职，以报效朝廷。一次王维私自邀请孟浩然入内署饮酒，适逢玄宗到王维这里来玩，孟浩然急切之中隐藏于床下。玄宗见桌上有两个人的筷子和酒杯，便问王维另外那个人哪儿去了，王维只好以实相对。玄宗一听非常高兴，说："朕闻其人而未见也。"命孟浩然出来，并让其赋诗，孟浩然便诵名为《岁暮归南山》诗，诗曰："北阙休上书，

---

① （唐）杜甫：《偶题》，《全唐诗》卷二三〇，上海古籍出版社1986年剪贴缩印本。

② （明）王世贞：《艺苑卮言》卷八，近代丁福保辑：《历代诗话续编》，中华书局1983年校点本，第1079页。

③ （清）叶矫然：《龙性堂诗话续集》，《清诗话续编》，上海古籍出版社1983年郭绍虞辑校点本，第1050页。

④ （明）李贽：《焚书》卷五《读史·曹公》，明刻本。

南山归敝庐。不才明主弃，多病故人疏。白发催年老，青阳逼岁除。永怀愁不寐，松月夜窗虚。”不料，念至“不才明主弃”句时，玄宗挑出了毛病，他生气地说：“卿不求仕，朕未尝弃卿，奈何诬我？”因放还。这件事对孟浩然影响很大，以致终身不仕。后人不断地有人为孟浩然感到惋惜。也有人认为，玄宗对孟浩然法外开恩，表现了玄宗的大度，如宋胡仔《苕溪渔隐丛话》前集卷一五引《隐居诗话》云：“（孟浩然）因放归襄阳，世传如此。而《摭言》诸书载之尤详。且浩然布衣阑入宫禁，又犯行在所，而止于放归，明皇宽假之亦至矣，乌在以一‘弃’字而议罪乎？”但是，近年来有学者对此事表示怀疑，例如，西南师范大学的李景白先生即撰文考证，认为这是绝对不可能的。

玄宗弃掉孟浩然，已使李贽不可忍受，云：“况六朝之庸主哉！”若如同胡仔所云，古今何人再敢与君主知音？

陈琳与魏武帝曹操为知音，但对于陈思王曹植境况便不一样了。曹植曾批评陈琳以谎言唬人：“以孔璋之才，不闲于辞赋，而多自谓能与司马长卿同风，譬画虎不成反为狗者也。前有书嘲之，反作论盛道仆赞其文。夫钟期不失听，于今称之，吾亦不能妄叹者，畏后世之嗤余也。”① 钟期，即钟子期，曹植所言“钟期不失听，于今称之，吾亦不能妄叹者，畏后世之嗤余也。”一方面表现曹植坚定的审美立场，同时也当与陈琳交好于曹植其兄曹丕有关。

明王世贞《艺苑卮言》卷八言汉武帝识司马相如与隋炀帝杀薛道衡之事，也为极好的照应：

> 自古文章于人主未必遇，遇者政不必佳耳。独司马相如于汉武帝奏《子虚赋》，不意其令人主叹曰：“朕独不得此人同时哉！”奏《大人赋》则大悦，飘飘有凌云之气，似游天地间。既死，索其遗篇，得《封禅书》，览而异之。此是千古君臣相遇，令傅粉大家读之，且不能句矣。下此则隋炀恨空梁于道衡，梁武绌征事于孝标。②

在王世贞看来，司马相如与汉武帝之遇为千古君臣知音相遇。此观点显然与本节开头前所引刘勰《文心雕龙·知音》篇的“韩囚马轻”意见相反。不过像汉武帝这样的君主知音，能做到这一点，已经很不容易了。

---

① （三国·魏）曹植：《与杨德祖书》，见梁萧统《六臣注文选》卷四二，《四部丛刊》本。

② （明）王世贞：《艺苑卮言》卷八，近代丁福保辑：《历代诗话续编》，中华书局 1983 年校点本，第 1073 页。

隋炀帝除了杀掉薛道衡（事见本章第二节《生前不可得，待之身后可也》之内容，此略）外，唐刘悚《隋唐嘉话》还记有其杀王胄一事："炀帝为《燕歌行》，文士皆和。著作郎王胄独不下帝，帝每衔之。胄竟坐此见害，而诵其警句曰：'庭草无人随意绿'，复能作此语耶！"[①] 明胡震亨《唐音癸签》卷二七所记唐帝王喜爱知音事，可与隋炀帝忌才相对比："太宗作诗，每使虞世南和，世南死，即灵座焚之。"虞世南为初唐著名的诗人。其诗歌风格婉缛清新，诗歌内容多为应诏、侍宴、应酬之作。以歌功颂德、点缀盛世为主，故而唐太宗很赏识他。称赞他的品德、忠直、博学、文辞、书翰为五绝。待其死后，唐太宗手诏魏王泰曰："世南于我犹一体，拾遗补阙，无日忘之，盖当代名臣，人伦准的。今其云亡，石渠、东观中无复人矣。"[②] 虞氏的咏物小诗写得很美，如《咏萤》诗："的历流光小，飘摇弱翅轻。恐畏无人识，独自暗中明。"另外，他的边塞诗写得雄浑慷慨，如《出塞》："上将三略远，元戎九命尊。缅怀古人节，思酬明主恩。山西多勇气，塞北有游魂。扬桴（一作鞭）上陇坂，勒骑下平原。誓将绝沙漠，悠然去玉门。轻赍不遑舍，惊策骛戎轩。凛凛边风急，萧萧征马烦。雪暗天山道，冰塞交河源。雾锋黯无色，霜旗冻不翻。耿介倚长剑，日落风尘昏。"诗歌清而旷，于冲淡之中飘逸着一种壮逸之气。

唐德宗也爱知音。胡震亨继续言道："后德宗作诗，每示韦绶。尝示以黄菊歌，绶方疾，遽和进，敕令颐养，勿复尔。"（《唐音癸签》卷二七）故胡氏得出结论云："人主尚急知音如此。"（同上）

武则天也可称谓是诗人的知音。刘悚的《隋唐嘉话》下记云："武后游龙门，命群官赋诗，先成者赏锦袍。左史东方虬既拜赐，坐未安，宋之问诗复成，文理兼美，左右莫不称善，乃就夺袍衣之。"[③]

唐玄宗不欣赏孟浩然、杜甫，但其曾赏识过李白。宋黄彻《䂬溪诗话》卷二尖锐地指出唐玄宗"其意急得艳词媟语，以悦妇人耳。"[④] 故此唐玄宗算不上真正的君王知音。清薛雪《一瓢诗话》也表现出诗人对君王不能成为知音的遗憾："少陵诗：'初升紫寨外，已隐莫云端。'昌黎诗：'煌煌东方星，柰此众客醉。'一意肃宗。一意顺宗。前人善作，后人善看，诗遇善看人，亦一大快事。"唐肃宗在位时，因杜甫上书营救房琯，几乎杀掉杜甫，后终因房

---

① （唐）刘悚：《隋唐嘉话》上，中华书局1979年版，第2页。

② 见《新唐书》卷一〇二，宋欧阳修、宋祁撰，中华书局1975年版，第3973页。

③ （唐）刘悚：《隋唐嘉话》下，中华书局1979版，第40页。

④ （宋）黄彻：《䂬溪诗话》卷二，近代丁福保辑：《历代诗话续编》，中华书局1983年校点本，第351页。

琯事被贬华州司功参军；唐顺宗即位时，韩愈也没有得到重用，改任为江陵府法曹参军。杜甫和韩愈二人均没有得到君主的赏识。

唐帝王中，真正为君主知音的当属于唐宣宗。尤袤《全唐诗话》卷一《宣宗》记言道："白居易之死，帝以诗吊之曰：'缀玉联珠六十年，谁教冥路作诗仙？浮云不系名居易，造化无为字乐天。童子解吟长恨曲，胡儿能唱琵琶篇。文章已满行人耳，一度思卿一怆然。"① 如此伤感，即使是与俞伯牙痛悼钟子期相比，毫不逊色。与唐宣宗相比，唐宪宗、唐穆宗也可称得上君主知音："宪宗读白居易讽谏百余篇而善之，因召为学士，穆宗读元微之歌诗百余首而善之，立征为舍人。二君不以诗名而好尚乃尔。"② 与唐帝王中的君主知音相比，古代诗话所记述的宋代君主之气量要小得多。王世贞记柳永与宋仁宗事云：

宋仁宗时，老人星见。柳耆卿托内侍以《醉蓬莱》词进仁宗，阅首句"渐亭皋叶下""渐"字，意不怿，至"宸游凤辇何处"，与真宗挽歌暗同，惨然久之。读至"太液波翻"，忿然曰："何不言'太液波澄'耶？"掷之地，罢不用。此词之不遇者也。③

大词人柳永写词得罪天子，乃至影响了仕途。宋神宗虽懂诗，也不能算为知音的君主，清薛雪《一瓢诗话》云："坡公在狱，有以其《咏桧诗》逢迎神宗曰：'根到九泉无处曲，世间惟有蛰龙知。'陛下飞龙在天，轼以为不知己，而求之地下之蛰龙，有不臣之意。'神宗曰：'诗人之词，安可如此论？彼自咏桧，何预朕事？'" 宋神宗虽然没有追究苏轼的《咏桧诗》，但将苏轼投进了监狱，出狱后又贬苏轼为黄州团练副使，故此也不能算为知音的君主。

在古代诗话中所描述的知音中往往是和利益紧密相关联的。此可谓古诗话有关知音论述的一个重要特色，如尤袤《全唐诗话》卷四《项斯》载云："斯，字子迁，江东人。始未为闻人，因以卷谒杨敬之，杨苦爱之，赠诗云：'几度见诗诗尽好，及观标格过于诗。平生不解藏人善，到处逢人说项斯。'未几，诗达长安，明年擢上第。"④ 得遇知音后，立即科举中第。南宋魏庆之

① （宋）尤袤：《全唐诗话》卷一《宣宗》，（清）何文焕辑：《历代诗话》，中华书局 1981 年校点本，第 59 页。

② （明）胡应麟：《诗薮》外编卷三，上海古籍出版社 1979 年版，第 172 页。

③ （明）王世贞：《艺苑卮言》之《增补艺苑卮言附录卷之九》，明万历十七年武林樵云书舍刻本。

④ （宋）尤袤：《全唐诗话》卷四《项斯》，（清）何文焕辑：《历代诗话》，中华书局 1981 年校点本，第 160 页。

对类似的记载也十分热心。《诗人玉屑》卷一〇引《西清诗话》云：

王文穆钦若未第时，寒窘，依幕府家。时章圣以寿王尹开封，一日晚过其家，左右不虞王至，亟取纸屏障风，王顾屏间一联云："龙带晚烟归洞府，雁拖秋色入衡阳。"大加赏爱曰：此语落落有贵气，何人诗也？对曰：某门客王钦若。王遽召之，一见钦其风素，其后信任颇专，致位上相，风云之会，实基于此焉。

一朝得知音后，立即仕途通达，至位上相。同卷引诗话《遗珠》云：

晏元献公赴杭州，道过维扬，憩大明寺，瞑目徐行，使侍史诵壁间诗板，戒其勿言爵里姓名，终篇者无几。又俾别诵一诗云："水调隋宫曲，当年亦九成。哀音已亡国，废沼尚留名。仪凤终陈迹，鸣蛙只废声。凄凉不可问，落日下芜城。"徐问之，江都尉王琪诗也。召至同饭，又同步游池上。时春晚，已有落花，晏云：每得句书墙壁间，或弥年未尝强对；且如"无可奈何花落去"，至今未能也。王应声曰："似曾相识燕归来。"自此辟置，荐馆职，遂跻侍从。

晏殊得遇知音，立即为其荐馆职，从此官运亨通。再如同卷载诗话《复斋漫录》云王安石以诗取士之事："王公韶少日，读书于庐山东林裕老庵，庵前有老松，因赋诗云：'绿树皴剥玉嶙峋，高节分明似古人。解与乾坤生气概，几因风雨长精神。装点景物年年别，摆捭穷愁日日新。惟有碧霄云里月，共君孤影最相亲。'王荆公为宪江东，过而见之，大加称赏，遂为知己。"又引《蔡宽夫诗话》载王安石以诗取卢龙图事："卢龙图秉少豪逸，熙宁初游京师，久不得调，尝作诗曰：'青衫白发病参军，旋粜黄粮置酒樽。但得有钱留客醉，那须骑马傍人门！'荆公一见曰：此定非碌碌者。即荐用之，前此盖未尝相识也。"另引《石林诗话》载王安石以诗取刘季孙之事："刘季孙初以右班殿直监饶州酒，荆公为宪江东，巡历至饶，按酒务，始至厅事，见小屏间有题小诗曰：'呢喃燕子语梁间，底事来惊梦里闲！说与旁人应不解，杖藜携酒看支山。'大称赏之，即召与语，嘉叹久之。升车而去，不复问务事。"王安石以三诗取三士，可谓善知音者。被知音赏识后，带来的种种好处，实际上表现了古诗话作者梦寐以求能得到知音，最终走向富贵的一种世俗心理的反映。

第四节　理有固然，无容执一[①]

知音赏识诗歌时主要由人的好恶起关键作用　不可以用固有的好恶与偏见去批评诗人及其作品　“正法眼”　亲身经历与真知音　洞悉古人诗歌的优劣　多读书与心胸如海

知音难觅，难在其常常逾越时空的界限，古代诗话曾系统地探究了其深刻的内在原因。《论语·卫灵公》曾言：“子曰：君子不以言举人，不以人废言。”[②] 此言若放于朝堂之上举荐人才的话，可为公论。但以此来审查知音，便值得怀疑了。柳宗元曾有过不同的感慨：“嗟乎！道之显晦，幸不幸系焉；谈之辩讷，升降系焉；鉴之颇正，好恶系焉；交之广狭，屈伸系焉。则彼卓然自得以奋其间者，合乎否乎，是未可知也。”[③] 批评与人的好恶有关，多数情况与“不以人废言”相左。古代诗话也注意到了这个问题。宋陈善《扪虱新话》卷一云：“文章似无定论，殆是由人所见为高下耳。只如杨大年、欧阳永叔皆不喜杜诗，二公岂为不知文者？而好恶如此！”[④] 杨大年为宋初西昆诗派领袖，论诗主张声律婉谐；欧阳修乃北宋诗文革新运动的领袖，二人不喜杜诗，说明知音赏识诗歌时绝非由批评者的水平来决定，而是人的好恶起关键作用。

相形之下，清薛雪《一瓢诗话》看得似乎要更远一些：“从来偏嗜最为小见。如喜清幽者，则绌痛快淋漓之作为愤激，为叫嚣；喜苍劲者，必恶宛转悠扬之音为纤巧，为卑靡。殊不知天地赋物，飞潜动植，各有一性，何莫非两间生气以成此？理有固然，无容执一。”薛雪一方面看到了偏嗜最为小见，另一方面他也注意到了天地万物各有一性。人生于天地之间，当然也会如此。这就需要知音能够超越这种个性。清王士禛《带经堂诗话》卷一举施愚山例可说明此问题：

---

① （清）薛雪：《一瓢诗话》，清昭代丛书本。

② 《论语·卫灵公》，四部丛刊本。

③ （唐）柳宗元：《柳宗元集》卷三一《与友人论为文书》，中华书局 1979 年版，2000 年印刷，第 829 页。

④ （宋）陈善：《扪虱新话》卷一，民国校刻儒学警悟本。

宋梅圣俞初变西昆之体。予每与施愚山侍读言及《宛陵集》，施辄不应，盖意不满梅诗也。一日，予曰："'扁舟洞庭去，落日松江宿。'此谁语？"愚山曰："韦苏州、刘文房耶？"予曰："乃公乡人梅圣俞也。"愚山为爽然久之。

施氏只喜唐诗而不喜与之同乡的梅尧臣诗。故而王士禛以梅诗语施氏，施氏并不加理睬，然一旦隐去姓名后，施氏便以为是优美的唐诗了。此类事，宋人之诗也多有雷同，《带经常诗话》卷一引《艮斋杂说》云："杨用修尝举数诗示何仲默，曰：'此何人诗？'答曰：'唐诗也。'杨笑曰：'此乃吾子所不观宋人之诗也。'何沉吟久之，曰：'细看亦不佳。'"杨用修即明代诗话大家杨慎，何仲默为前七子何景明。此事说明：不可以以固有的好恶与偏见去批评诗人及其作品。明江盈科《雪涛诗评》以为不可以绳墨求诗："姑苏唐寅字伯虎……尝题所画小景云：'不炼金丹不坐禅，不为商贾不耕田，兴来只写江山卖，免受人间作业钱。'……此等语皆大有天趣，而选刻伯虎诗者，都删之，盖以绳墨（'墨'，周维德《全明诗话·雪涛诗评》为'尺'字，见周维德集校：《全明诗话》，齐鲁书社 2005 年版，第 2753 页）求伯虎耳。晋人有云：'索能言人不得，索解人亦不得。'诚然。"以绳墨求诗必受制约，脱俗而新异的优秀之诗往往会被绳墨拒之门外。

古诗话对知音好恶的争论，各执一端，互有道理。知音在赏识诗人及作品时带有好恶的主观性是不争的事实，任何人也无法将其改变。但去除这种固有的偏见，也是极为重要的事情。那么，何以做一个最为公正的知音呢？明代大诗话家谢榛以为当具有"正法眼"方不失公允："作诗能不自满，此大雅之胚也，虽跻上乘，得正法眼评之尤妙。勤以进之，苦以精之，谦以全之。能入乎天下之目，则百世之目可知。"[①] 有了"正法眼"，加之以勤、精、全为辅，便可以批评天下之诗人和文章了。

然而，"正法眼"毕竟是令大多数诗话家摸不着头脑的空谈。清钱泳以其自己的标准将其细化，"白香山使老妪解诗，为千古佳话。余亦谓诗非帷薄之言，何人不可与谭哉？然不可与谭者却有几等"。即："工于时艺者"、"乡党自好者"及"市井小人营营于势利者"，但凡遇此三类人均"不可与谭诗"。"若与此等人谭诗，毋宁与老妪谭诗也。"[②] 宋魏庆之《诗人玉屑》卷九引梅尧臣《金针诗格》专门谈论诗歌本身。他将诗分为内外意，亦较为好把握：

① （明）谢榛：《四溟诗话》卷三，人民文学出版社 1962 年宛平校点本，第 86 页。

② （清）钱泳：《履园谭诗》，近代丁福保辑：《清诗话》，上海古籍出版社 1978 年修订本，第 871 页。

圣俞《金针诗格》云：诗有内外意，内意欲尽其理，外意欲尽其象，内外意含蓄，方入诗格。如“族（‘族’疑为‘旌’）旗日暖龙蛇动，宫殿风微燕雀高。”“旌旗”喻号令，“日暖”喻明时，“龙蛇”喻君臣，言号令当明时，君所出，臣奉行也。“宫殿”喻朝廷，“风微”喻政教，“燕雀”喻小人，言朝廷政教才出，而小人向化各得其所也。如“岛屿分诸国，星河共一天。”言明君理化一统也。

“花浓者（‘者’疑为‘春’字）寺静，竹细野池幽。”“花浓”喻媚臣秉政，“春寺”比国家，“竹细野池幽”喻君子在野，未见用也。“沙鸟晴飞远，渔人夜唱闲。”“沙鸟晴飞远”喻小人见用，“渔人”比君子，“夜”，不明之象，言君子处昏乱朝，退而乐道也。“芳草有情皆碍马，好野云无处不遮楼。”“芳草”比小人，“马”喻势利之辈，“云”喻谄佞之臣，“楼”比钧衡之地。若此之类，可为言近而意深，不失风骚之体也。其说数十，悉皆类此。

在作者看来，诗歌当有内、外之意。既有主观的东西，也有客观的东西。内意重在于理，外意偏重于意象。同时内、外意还要做到含蓄。至于其所举“旌旗日暖龙蛇动，宫殿风微燕雀高”及“花浓春寺静，竹细野池幽”之例，由于社会变迁，今天看起来，其喻比的内容已经很牵强了。但作者能看到主客观对诗歌的写作的影响，已是很了不起的事情了。

相形之下，元杨维祯更多地看到了诗歌内在的主观性：“然诗之情性神气，古今无间也。得古之情性神气，则古之诗在也。然而面目未识，而（谓）得其骨骼，妄矣。骨骼未得，而谓得其情性，妄矣。情性未得，而谓得其神气，益妄矣。”① 一般而言，主观性随人而异，是不断变化的，但在杨氏看来，诗歌所具有的性情、神气古今是没有什么区别的。诸如生、老、病、死、爱情、战争，等等，可谓是永恒的母题。所变的只是主题而已。如《诗经·卫风·氓》里的爱情加弃妇，与汉乐府《孔雀东南飞》爱情加弃妇的变迁。杨氏之论，在一定程度上显示了主题与母题之间的被包含与包含的关系。

清袁枚则注意到了诗歌客观性的变化：“凡菱笋鱼虾，从水中采得，过半个时辰，则色味俱变，其为菱笋鱼虾之形质，依然尚在，而其天则已失矣。谚云：‘死蛟龙，不若活老鼠。’可悟作诗文之旨。然人莫不饮食也，鲜能知味

---

① （元）杨维祯：《东维子文集》卷七《赵氏诗录序》，《四部丛刊》本。

也。”①时代变异，作品便会不一样。知音也当随着时代的变迁而作出相应的变动。知音在品评诗歌的时候，应当注意诗歌随着时代的变迁而所发生的各种量与质的变化。清吴景旭注意到了身经兵燹后对此类诗歌的理解程度会发生改变：“按李伯纯之序云：‘盖其开元、天宝太平全盛之时，迄于至德、大历干戈乱离之际，凡四千四百余篇。其忠义气节，羁旅艰难，悲愤亡聊，一寓于诗。平时读之未见其工，迨亲更兵火丧乱之后，诵其诗如出乎其时，犁然有当于人心，然后知其语之妙也。’”②吴氏所言李伯纯疑为李伯纪之笔误。李伯纪为南北宋之交的抗金名将李纲之字。其所著的《重校正杜子美集叙》与吴景旭上述所言内容基本相同。只是所说的诗歌数量不一致：李纲所言为“诗凡千四百三十余篇”③，少三千一百篇。亲经战火后，方见作者诗歌之妙。

南宋末韦居安《梅磵诗话》卷中提到了乱离景象：“绍定间，江右寇作，抚、盱、吉、赣诸邑，多被焚荡。严坦叔《兵火后还家》诗云：‘万屋烟消余塔身，还家何处访情亲？旧时巷陌今难认，却问移新来住人。’此等景象，经乱离者方知之。”④清张谦宜《絸斋诗谈》卷八也说：“杨先生好念‘杀人如草不闻声’，便想见衔枚砍营，黯惨寂寥之象。昔自蜀回自三道𪨗（地名），执鞭人杨二述当日随营被劫时，贼领杀手三千，夜入官寨，但闻刀声毕剥，如剁瓠瓢，阖帐不敢喘咳。始知前人造句之妙，不知是身经，不知是想出，思之胆寒。”⑤显然，诸如此类诗的知音，还需乱离的洗练。只有如此，才会明白：为什么当初读这些诗并没有感觉出其写得有多么的出色，及亲身经历乱离之后，所闻所见，方会有深刻的印象。披卷及此，始觉酸鼻。

清林钧《樵隐诗话》卷一提及贫苦之事：“诗有全首在人意中，不历此境不知其佳者。如倪云癯明府《冬夜得句》云：‘萧条十笏冷如冰，街柝听残梦未能。洗釜预愁明日米，减油暂息此宵灯。家贫不畏穿窬客，夜静真如退院僧。欲试山泉烹苦茗。酣眠懒仆唤难应。’予迩来颇尝此味，读之大快。”⑥批评者读此类诗最难理解。这是由于饥寒劳困之苦，虽告于人，但人绝对体会不

---

① （清）袁枚：《随园诗话补遗》卷一，见顾学颉校点《随园诗话》，人民文学出版社1982年版，第568页。

② （清）吴景旭：《历代诗话》卷三八，《吴兴先哲遗书》本。

③ （宋）李纲：《李忠定公集选》卷一五《重校正杜子美集叙》，崇祯崇本堂刊本。

④ （宋）韦居安：《梅磵诗话》卷中，清嘉庆宛委别藏本。

⑤ （清）张谦宜：《絸斋诗谈》卷八，《清诗话续编》，上海古籍出版社1983年郭绍虞辑校点本，第900—901页。

⑥ （清）林钧：《樵隐诗话》卷一，清刊本。

出穷苦滋味来。例如，清吴景旭《历代诗话》卷三八载北宋蔡绦《西清诗话》曰："子美作《闷诗》，乃云：'卷帘惟白水，隐几亦青山'。若使予居此，当卒以乐死，岂复有闷乎？"① 蔡绦为宋徽宗宰相蔡京季子，官任龙图阁直学士，极富极贵，当然不会理解贫病交加的老杜为何愁闷。由此，《墨庄漫录》评曰："子美居西川，忧在王室，而又生理不具，与死为邻，故对青山，青山闷；对白水，白水闷。平时可爱乐之物，皆寓之为闷也。蔡约（'约'，疑为'绦'字）之处富贵所欠二物耳。其后窜逐，经历崎岖，必悟此诗之工。"② 蔡绦晚年获罪，被贬至广西百州，故始悟老杜之诗妙。评论者经历不同，读诗所想自会不一样。只有身经寒苦之事，做到物我无间，如杜甫、元结、白居易等人，不但身入百姓之中，目击其事，而且亲尝疾病在身，方知诗人写诗高明之处，只有此时方可成为诗人的知音。故而明王世贞总结道："实境诗于实境读之，哀乐便自百倍。"③

王世贞之言可谓检验能否成为知音的一块试金石。没有磨难，如何能理解饱经风霜的诗人所写诗歌的真正感情？没有烈火的烧炼，是决然炼不出好钢的。没有亲身经历，何以能成为真正的知音？清乔亿《剑溪说诗》卷下曾对比西汉贾谊与清人王士禛之诗歌："贾谊吊屈原，以谪长沙也。史迁以屈、贾合传，从其类以见志也。自汉以来，感其事作为文词者，亦何非拓落人耶？而渔洋先生以郎官主试西川，归途过三闾大夫庙，有何郁抑而赋此诗？宜其歔欷无涕。读者必不为之兴哀也。"④ 有感才能有发，贬官的贾谊英雄失志，其《吊屈原赋》流传千古；王士禛仕途得意，非身经多难之人，其在屈原庙宇前不知酸鼻，学贾谊悼念屈原，故无真实情感，诗歌即使写出来也不会感人。

归之于人体自身也是如此，没有经历不会有共鸣的心理。明陈继儒《佘山诗话》卷下注意到了老态之苦："赵子昂《老态》诗云：'老态年来日日添，黑花飞眼雪生髯。扶衰每藉过头杖，食肉先寻剔齿签。右臂拘挛巾不裹，中肠惨戚泪常淹。移床独就南荣坐，畏冷思亲爱日檐。'箨冠徐延之云：'非身处老境，真知灼见者，不能谙此，悲夫！'"⑤ 只有身老之后，方能体会老之

---

① （清）吴景旭：《历代诗话》卷三八，陈卫平、徐杰校点，京华出版社 1998 年版，第 383 页。

② 同上书，第 383—384 页。

③ （明）王世贞：《艺苑卮言》卷三，近代丁福保辑：《历代诗话续编》，中华书局 1983 年校点本，第 991 页。

④ （清）乔亿：《剑溪说诗》卷下，《清诗话续编》，上海古籍出版社 1983 年郭绍虞辑校点本，第 1101—1102 页。

⑤ （明）陈继儒：《佘山诗话》卷下，清刻本。

心境。

宋苏轼《东坡诗话》言非农者不能识此诗，也极有说服力："陶靖节云：'平畴返远风，良苗亦怀新。'非古之偶（偶：疑为'耦'）耕植杖者，不能道此语，非余之世农，亦不能识此语之妙也。"① 未做老农，自然不会讲述耦耕植杖，也就谈不上很好地批评诗歌了。

除此之外，古代诗话中曾集中讨论过如何深切体会写景之诗的议题。明胡震亨《唐音癸签》卷一一言北方景色云：

余友姚叔祥尝语余云：余行黄河，始知"孤村几岁临伊岸，一雁初晴下朔风"之为真景也。

非北方人习其风土者，不能知其诗妙。南方人一旦行至黄河，始知诗人所写为真景色。批评者足不出户，焉能知室外风景？清洪亮吉感慨唐代大诗人岑参所写北国诗之奇异景色：

诗之奇而入理者，其惟岑嘉州乎！如《游终南山》诗："雷声傍太白，雨在八九峰。东望紫阁云，西入白阁松。"余尝以乙巳春夏之际，独游南山紫、白二阁，遇急雨，回憩草堂寺，时原空如沸，山势欲颓，急雨劈门，怒雷奔谷，而后知岑之诗奇矣。又尝以己未冬杪，谪戍出关。祁连雪山，日在马首，又昼夜行戈壁中。沙石吓人，没及髁膝，而后知岑诗"一川碎石大如斗，随风满地石乱走"之奇而实确也。②

大凡读古人诗歌，必身亲其地，身历其险，而后可感知诗中所描写的惊心动魄的地方是何等的贴切，绝非妄语惑人。洪氏足以称得上是岑参的知音了。清王士禛《带经堂诗话》卷一四写秦蜀景致感受古人诗歌云：

余两使秦蜀，其间名山大川多矣。经其地始知古人措语之妙，如右丞："秋山敛余照，飞鸟逐前侣。采翠时分明，夕岚无处所。"二十字真为终南写照也。余丙子再使蜀，归次嘉陵江，有绝句云："冒雨下牛头，眼落苍茫里。一半白云流，半是嘉陵水。"盖斗头叫（《带经堂诗话》，人民文学出版社

① 吴文治：《宋诗话全编·苏轼诗话》，江苏古籍出版社1998年版，第785页。

② （清）洪亮吉：《北江诗话》卷五，人民文学出版社1983年版陈迩冬校点本，第86页。

1998 年印刷戴鸿森校点本“斗头叫”三字为“牛头山”，见其第 381 页）最高，一经羸旋而下，人行云气中，云与江水相连，沆漭一气不可辨，诗语虽不工，亦写照也。

王士禛另一部诗话——《渔洋诗话》卷中也写到了蜀地风景：“陈户部子文（奕禧）诗云：‘斜日一川汧水北，秋山万点益门西。’未入蜀，不知其写景之妙。”① 写蜀之景色，不入蜀，其景终是空无印象的文字，亲自体验方知其为活生生的大自然景象。清沈德潜通过登莲花峰体会后世只有身临其境者方知己诗描写之真：“予登莲花峰有句云：‘四体失所司，目眩心忡忡。’即篇中‘有时膝代足，手扪那容杖。’二句意也。未经历者，不知此语之真。”② 诗句语简意足，真古今绝唱也。然非历览此景者，断不可见此诗状景甚工。故此宋魏庆之《诗人玉屑》卷一〇引《蛩（“蛩”疑为“碧”）溪》云：“杜：‘烟烟消尽寒灯晦，童子开门雪满松。’子厚云：‘日午独觉无余声，山童隔竹敲茶臼。’秀老云：‘夜探童子唤不醒，猛虎一声山月高。’闲弃山中累年，颇得此数诗气味。”久在此中便自然而然地识得此类诗。

古诗话意识到有的时候批评者也有可能评论到一些看似有问题的诗歌。这些诗歌所描写的景象，批评者从未有见过，所论述的问题，似乎也不符合逻辑。批评者修改后，从表面上来看，诗句较之原先工整了，也显得符合逻辑了。但时过境迁之后，批评者终会在某一天的新发现中，得知自己原先见识之肤浅而深感痛悔。清马位即曾遇见此事：

和仲《梅花》诗：“夜寒那得穿花蝶？知是风流楚客魂。”余以为梅时未有蝶，曾戏咏云：“庄周无冷梦，不解到罗浮。”后偶看梅，见双白蝶翩翩然寻香于疏枝冷蕊间，始知苏诗之工也。古人用事，不可轻议，书此以志吾过。③

夜寒蝴蝶穿花确为罕见之事，但不能由此主观断定古人有错。只能说明自己之见识不广，故悔之。清薛雪《一瓢诗话》则发现古人评诗厚道、不轻易

---

① （清）王士禛：《渔洋诗话》卷中，近代丁福保辑：《清诗话》，上海古籍出版社 1978 年修订本，第 185 页。

② （清）沈德潜：《清诗别裁集》卷二六汪天与《西海门》评语，清乾隆二十五年教忠堂刻本。

③ （清）马位：《秋窗随笔》，近代丁福保辑：《清诗话》，上海古籍出版社 1978 年修订本，第 834 页。

下结论："评论诗文，品题人物，皆非美事，亦非易事。倘不能洞悉其优劣，且就好处一边说，慎勿率意雌黄。钟伯敬、谭友夏二人，钱蒙叟仅以'昏气'二字评之，可见前辈厚道。"评论诗歌有不解之处切莫呈强好斗，否则便会搞出笑话来。

那么，如何方能洞悉古人诗歌之优劣呢？所谓"有南威之容，乃可以论于淑媛；有龙渊之利，乃可以议于断割"①。故而最好的办法就是多读书，心胸如大海，方可论他人之作。宋王直方《王直方诗话》云：

古诗云："博山炉中百和香，郁金苏合及都梁"，又"氍毹五木香，迷迭（艾纳）及都梁"。尝按《广志》：都梁香出交广，形如藿（香）。迷迭出西域，魏文帝又有《迷迭赋》。信乎不行一万里，不读万卷书，不可看老杜诗也。②

王直方之诗话遭到了胡仔的质疑。宋王楙《野客丛书》卷二二引胡仔云："苕溪渔隐谓：王直方何鲁莽如此，方论古诗香事，初不论杜诗，遽有不行一万里，不读万卷书，不可看杜诗之语。"③ 显然，胡仔的见解是唐突的：王楙批评道："仆谓：渔隐不深察耳。直方盖谓大凡古诗中多有事迹，但人读书不多，见识不广，所以不知。使不观《广志》等书，孰知都梁等香事，因悟或者所谓不行一万里，不读万卷书，不可看杜诗之语为信然。渔隐自鲁莽如此，反谓直方鲁莽，其可笑也。"（同上）不读万卷书，不行万里路，不可读老杜书。若运用到对古代诗歌的批评上，完全可以说：批评一定要深察，不可妄发议论。要读万卷书，也要行万里路。只有如此，方可成为古代诗人真正的知音。否则不谙武备，必自呈败缺，使人贻笑大方。

① （魏）曹植：《与杨德祖书》，（梁）萧统：《六臣注文选》卷四二，《四部丛刊》本。
② （宋）王直方：《王直方诗话》，郭绍虞：《宋诗话辑佚》本，中华书局1980年版，第23页。
③ （宋）王楙：《野客丛书》卷二二，文渊阁《四库全书》本。

第十章　言合典谟则列于风雅[①]（上）

批评古诗歌必有其标准。没有标准，便无法区分诗歌的优劣。如古代之笙磬之音，必有节有奏；圭璋之器，必有尊有卑。只有如此，其言方能辨雅正之可贵，其器可知温润之宝。诗歌批评标准的目的，就是使辨别有准则，使后人心目有所不惑。然自诗歌问世以来，批评古诗之审美标准各殊不一。复古者拘于方隅，标新者逾越成规，或以政治标准以取向，各代均有所变异，或以个人好恶为准则，众口难调，意见多不统一，故而标准问题，终无定论。

第一节　有何裨益于世教人心，而夫子删诗之义谓何?[②]

以《诗经》来绳拘世上所有的诗歌　美君后，正风化，宣政教，陈得失，规时弊，著风土之美恶　强大的儒家正统思想标准　古代诗话对诗歌思想内容的重视与对艺术写作手法的轻视　批评诗歌不能简单地以是否有用于世而定性

清郑燮《与江宾谷江禹九书》曾将古代诗人与作品比之为释家之大、小乘法较为有趣："文章有大乘法，有小乘法。大乘法易而有功，小乘法劳而无谓。"[③] 在郑燮看来，所谓大乘法，类如《诗经》、《离骚》及曹操、陶潜、李白、杜甫之诗，这类诗歌"理明词畅，以达天地万物之情，国家得失兴废之

① （唐）高仲武：《中兴间气集续》，（宋）李昉辑：《文苑英华》卷七一二，明刻本。

② （清）黄子云：《野鸿诗的》，近代丁福保辑：《清诗话》，上海古籍出版社 1978 年修订本，第 859 页。

③ （清）郑燮：《与江宾谷江禹九书》，王镇远、邬国平编选：《清代文论选》，人民文学出版社 1999 年，第 493 页。

故。读书深，养气足，恢恢游刃有余地矣。”（同上）至于像六朝靡丽之诗，徐庾体、江淹、鲍照、任昉、沈约等人诗，均为小乘法。这类诗的特点是：“取青配紫，用七谐三，一字不合，一句不酬，捻断黄须，翻空二酉，究何与于圣贤天地之心，万物生民之命？凡所谓锦绣才子者，皆天下之废物也。而况未必锦绣者乎！此真所谓劳而无谓者矣。”（同上）在两者之间，也有相互变通者。如司马相如因其逞词华而媚合，故本为大乘，而入于小乘之流。李商隐则因其诗有人心世道之忧，本为小乘，而归于大乘，如其《重有感》、《随师东》、《登安定城楼》、《哭刘蕡》、《痛甘露》之类。除此之外，诸如李白放逸之诗歌、温庭筠艳冶荡逸之调，均与其名不符。叶燮之评，说明在批评者看来，任何文学作品都是有高下之分的，批评者往往会以自己固有的批评标准将其分为若干等级，有的时候其标准会发生变异，但其所有的一切均是紧紧围绕着批评者的世界观及其功用目的而展开的。对此，宋儒有着正统的认识，宋范仲淹有诗云：“松桂有佳色，不与众芳期。金石有正声，讵将群响随？君子著雅言，以道不以时。”[①]“上有帝皇道，下有人臣规。”“二雅正得失，五典陈雍熙。”（同上）何为“正声”呢？在范氏看来，就是《诗经》所谓的雅言了。雅言上可纠帝皇之道，下可规人臣之行。宋朱松评《诗经》的精华在于无邪和教化：“尝闻之夫子曰：‘《诗》三百，一言以蔽之，曰：思无邪。’嗟夫，圣人之意，其可思而知也。夫王者正心诚意于一堂之上，而四海之远，以教则化。以绥则来，以讨则服。与夫僖公牧于鲁野，而其马皆有可用之姿，盖本一道。而《诗》三百之意，圣人取一言以尽之，乃在于此。后之学者，不深惟古人述作之旨，而欲以区区者自名曰诗，诚可悯笑。”[②]《诗经》之旨在于无邪，圣人之意在于教化。因此，后世的学者当以《诗经》的教化和无邪为批评标准。否则便远离著述者之旨了。

宋许尹进一步将《诗经》之道无限制地扩充：“六经所以载道而之后世，而诗者止乎礼义，道之所存也。”[③]有道即会流传千古而不朽。《诗经》之道全在于“礼义”二字上，表明作者鲜明的政治思想倾向，正因为诗经的礼义，所以《诗经》之内容包含了万物。许氏例举说：“周诗三百五篇，有其义而亡其辞者六篇而已。大而天地日星之变，小而虫鸟草木之化，严而君臣父子，别而夫妇男女，顺而兄弟，群而朋友，喜不至渎，怨不至乱，谏不至讦，怒不至

---

① （宋）范仲淹：《谢黄揔太傅见示文集》，《范文正公集》卷一，《四部丛刊》续编景明本。
② （宋）朱松：《韦斋集》卷九《上赵漕书》，《四部丛刊》本。
③ （宋）许尹：《山谷诗集注》卷首《黄陈诗集注序》，《四部备要》本。

绝，此诗之大略也。”（同上）所谓“有其义而亡其辞者六篇”，指《诗经·小雅》六篇有目无词的“笙诗”：《南陔》、《白华》、《华黍》、《由庚》、《崇丘》、《由仪》。学界对其认识有两种：一是认为这六篇本来有词，但到了孔子以《诗经》为教材教育学生的时候，这些词全部散佚了。二是认为这六篇都是所谓的“过门曲”，因此六篇笙诗无词。总之，六篇内容写的是什么，今天已经无从考证了。除此六篇外，许氏将《诗经》的作用力无限地夸大，是企图以《诗经》绳拘世上所有的诗歌，全部都以《诗经》为准则。许氏的这种认识，明吴纳可谓是其知音。《文章辨体凡例》中明确指出，要以二南、雅、颂为选诗之标准：“作文以关世教为主。上虞刘氏有云：‘诗三百篇，有美有刺，圣人固已垂戒于前矣。后人纂辑，当本《二南》、《雅》、《颂》为则。’今依其言。凡文辞必择辞理兼备、切于世用者取之，其有可为法戒而辞未精，或辞甚工而理未莹、然无害于世教者，间亦收入，至若悖理伤教，及涉淫放怪僻者，虽工弗录。”[①]“二南”为《诗经》十五国风中的“周南”与“召南”，是《诗经》中的民歌。“周南”包括《关雎》、《葛覃》等十一首诗，“召南”包括《鹊巢》、《采蘩》等十四首诗，这些诗均具有或美或刺的作用。故以“二南”代表十五国风。吴氏以《诗经》的“二南”、雅、颂为准则选当代诗歌，关注辞理兼备，切于世用之诗，同时注重“无害于世教”的标准，就是要有意不选类似十五国风中的郑、卫之音。说明吴氏与许尹的标准还是有区别的。

吴氏的观点对清人影响极大，我们不难找出许多类似观点的看法。如诗话家黄子云《野鸿诗的》即云：

由《三百篇》以来，诗不绝于天下者，曰：美君后也，正风化也，宣政教也，陈得失也，规时弊也，著风土之美恶也，称人之善而谨无良也。故天子闻之则圣敬跻，大夫闻之则讦谟远，多士闻之则道义明，匹夫匹妇闻之则风节厉而识其所以愧耻矣。若夫月露之词，剿袭之说，悠谬之谈，秾纤之句，谀佞之章，有何裨益于世教人心，而夫子删诗之义谓何？[②]

诗可以教化天下，教化后人，同时诗之所以能够不绝于天下是由于诗能够

① （明）吴纳：《文章辨体序说·文章辨体凡例》，人民文学出版社 1998 年于北山校点本，第 9 页。

② （清）黄子云：《野鸿诗的》，近代丁福保辑：《清诗话》，上海古籍出版社 1978 年修订本，第 859 页。

美君后，正风化，宣政教，陈得失，规时弊，著风土之美恶。至于那些月露之词，剿袭之说，悠谬之谈，秾纤之句，谀佞之章，是无补于风教的。清沈德潜《唐诗别裁集·凡例》也云：“诗本六籍之一，王者以之观民风，考得失，非为艳情发也。”① 沈德潜的标准与黄子云大致上是一致的。在其看来，诗以观民风、考政教得失有关，并非为艳情而发。故而类如《子夜》、《读曲》等六朝乐府民歌，远离诗之旨规。其云：“自《子夜》、《读曲》专咏艳情，而唐末香奁体，抑又甚焉，去风人远矣。集中所载，间及夫妇男女之词，要得好色不淫之旨，而淫哇私亵，概从阙如。”（同上）但应当注意的是，同样写美人之思的《离骚》并未离开诗之宗旨：“词则托之男女，义实关乎君臣友朋。”（同上）故沈氏以为批评者的职责就是“去郑存雅”：“误用之者，转使人去雅而群趋乎郑，则分别去取之间，顾不重乎！尚安用意见自私，求新好异于一时，以自误而误人也。”② 正由于编诗者无正确的观点，所以诗教标准容易走向歧途。

明方孝孺探求了诗道衰落之原因：

凡文之为用，明道、立政二端而已，道以淑斯民，政以养斯民。民非养不能群居以生，非教不能别于众物。放圣人者出，作为礼乐教化刑罚以治之，修其五伦六纪天衷人极以正之，而一寓之于文。尧、舜、禹、汤、周公、孔子之心，见于《诗》、《书》、《易》、《礼》、《春秋》之文者，皆以文乎此而已。舍此以为文者，圣贤无之，后世务焉。③

方氏将文学的目的，简单地划归为“明道”、“立政”两种。圣人用诗文治理国家、端正人伦。故由此，方氏看来，“其弊始于晋、宋、齐、梁之间，盛于唐，甚于宋，流至于今，未知其所止也。”（同上）为何“盛于唐”呢？方氏继续解释道：“唐之士，最以文为法于后世者，惟韩退之。而退之之文，言圣人之道者，舍《原道》无称焉，言先王之政而得其要者，求其片简之记，无有焉。举唐人之不及退之者，可知也，举后世之不及唐者，又可知也。”（同上）韩愈文为法，只有《原道》。举先王政之要，后世颓落。再无人能以

① （清）沈德潜：《唐诗别裁集》卷首《凡例》，上海古籍出版社1978年版，第5页。

② （清）沈德潜：《唐诗别裁集·原序》，上海古籍出版社1978年版，第1页。

③ （明）方孝孺：《答王秀才书》，《逊志斋集》卷一一，《四部备要》本。

振兴。清桐城派领袖方苞也有类似的观点："《易》、《诗》、《书》、《春秋》及四书，一字不可增减，文之极则也。降而《左传》、《史记》、韩文，虽长篇，句字可薙芟者甚少。其余诸家，虽举世传诵之文，义枝辞冗者，或不免矣。未便削去，姑钩划于旁，俾观者别择焉。"① 只有四书为文之极，《左传》、《史记》韩文当次之，后世诸家皆不可观。这种以时代为高下的做法并不可取。相形之下，明陈子龙取诗的界限要灵活一些："苟比兴道备而褒刺义合，虽涂歌巷语，亦有取焉。"② 诗歌当具备两方面的要求：一是比兴，二是褒刺。此为最根本的要求，其余标准均可放宽。

陈氏之观点，显然标界太宽泛，已超越了儒学家们的心理底线。这是因为，世上大多数诗歌均可以有比兴和褒刺的，如此一来，便会有太多的诗歌可以宽松地入选。相形之下，倒是大诗话家袁枚的批评标准要稍严格一些："诗始于虞舜，编于孔子。吾儒不奉两圣人之教，而远引佛老，何耶？阮亭好以禅悟比诗，人奉之为至论。余驳之曰：毛诗《三百篇》，岂非绝调，不知尔时，禅在何处？佛在何方？人不能答。"③ 袁枚严厉批评王士禛不以孔子诗教为诗，反而以佛老禅悟为诗之最高标准，类于卫道士之语言。王士禛论诗独主神韵，追求"不着一字，尽得风流"的境界，特别推崇严羽《沧浪诗话》中的"羚羊挂角，无迹可寻"之妙悟。袁枚与王士禛主张略有不同，推崇性灵说，故其在反对王士禛"妙悟"的基础上，认为所谓的好诗就是："诗者，人之性情也，近取诸身而足矣，其言动心，其色夺目，其味适口，其音悦耳：便是佳诗。"（同上）二人各有自己的诗歌标准，各说一词，故他人很难明辨是非。

与袁枚相比，北宋曾巩更注重诗之道义："余悲贾生之不遇，观其为文，经画天下之便宜，足见其康天下之心。观其过湘为赋以吊屈原，足以见其悯时忧国，而有触于其气。后之人责其不一遇而为是忧怨之言，乃不知古诗之作，皆古穷人之辞。要之，不悖于道义者，皆可取也。"④ 曾巩历来以儒家正统思想而著称于文坛。故其诗虽类似于王安石之诗，但毕竟染有酸腐的气息。明赵凡夫、许学夷的观点显然与曾巩不符，许学夷引赵凡夫语云："凡论诗不得兼道义，兼则诗道终不发矣。如谈屈、宋、陶、杜，动引忠诚悃款以实之，遂令尘腐宿气孛然而起，且诗句何足以概诸公？即稍露心腹，不过偶然，政不在此

① （清）方苞：《古文约选凡例》，《古文约选》卷首，雍正刻本。

② （明）陈子龙：《六子诗序》，《陈忠裕公全集》卷二五，清嘉庆刊本。

③ （清）袁枚：《随园诗话》补遗卷一，见顾学颉校点《随园诗话》，人民文学出版社 1982 年版，第 565 页。

④ （宋）曾巩：《读贾谊传》，（宋）佚名：《宋文选》卷一三，文渊阁《四库全书》本。

时诵其德业也。”[1] 赵凡夫与许学夷离经叛道之言行，给沉闷的诗歌标准带来了一丝沁人心脾的清风，许学夷例举云：“靖节诗，惟《拟古》及《述酒》一篇中有悼国伤时之语，其它不过写其常情耳，未尝沾沾以忠悃自居也。”（同上）赵、许二人之论与以儒家正统思想为标准相抗衡，力量显得太单薄了。

宋杨万里以儒家正统思想为标准，并予以了阐发也应值得我们注意。《诚斋诗话》慷慨论述道：“太史公曰：国风好色而不淫，小雅怨诽而不乱。左氏传曰：《春秋》之称，微而显，志而晦，婉而成章，尽而不污。此《诗》与《春秋》纪事之妙也。”[2] 显然，真正能做到这种“正”的诗人是不多的。但杨氏的标准并非像他所讲的那样严格，他例举说：“惟晏叔原云‘落花人独立，微雨燕双飞。’可谓‘好色而不淫’矣。”（同上）将北宋专写歌女的晏几道视之为“好色而不淫”，在道学家的眼里是极为荒唐可笑的。杨氏继续云：“惟刘长卿云‘月来深殿早，春到后宫迟。’可谓怨诽而不乱矣。”（同上）此论还差强人意一些。至于“怨诽而不乱”的典型，杨氏则推举李商隐：“惟李义山云：‘侍宴归来宫漏永，薛王沉醉寿王醒’，可谓微婉显晦，尽而不污矣。”（同上）由此可见，杨万里与正统道学家的批评标准是不一样的。

杨万里对诗歌的解释影响了他的诗歌创作。明何良俊的《四友斋丛说》卷二五批评他的诗为：“虽则尖新，太露圭角，乏浑厚之气，然能铺写情景，不专事绮缋，其与但为风云月露之形者，大相径庭。”故而何良俊以为杨诚斋体“终在元人上。世谓元人诗过宋人，此非知言者也。”（同上）杨氏言行不一的做法，说明儒家正统思想的标准太强大了，使得古代诗话家们不得不采取迂回的策略来转述自己内心的真实思想。

相形之下，元方回注重“知义”与“知分”似与儒家正统思想标准距离稍远些：“今所选诗不于其达与不达之异。其位高，取其忧畏明哲而知义焉，其位卑，取其情之不得已而知分焉。骄富贵、叹贫贱者，咸黜之。是可以见选诗之意矣。”[3] 富贵者应知义，便不会忘乎所以，穷贱者应知分，也不至于陷入卑微穷贱之中。方氏如此选诗，实则与儒家诗教温柔敦厚有一定的渊源关系。

---

① （明）许学夷：《诗源辩体》卷六，人民文学出版社 1987 年版，1998 年印刷杜维沫校点本，第 104 页。

② （宋）杨万里：《诚斋诗话》，近代丁福保辑：《历代诗话续编》，中华书局 1983 年校点本，第 139 页。

③ （元）方回：《瀛奎律髓》卷六《宦情类》，（清）文渊阁《四库全书》补配清文津阁《四库全书》本。

明彭时注意到了以儒家正统思想有补于世教之诗，自夏商周三代以后，并没有几篇：“三代以下，名能文章者众矣。其有补于世教可与天地同悠久者，代不数人，人不数篇，可不精择而慎传之欤！”① 在彭时挑剔的眼光里，诗坛一片荒芜，而且与明陈子龙取诗标界太宽泛形成了极鲜明的对比。明方孝孺也曾用谨慎的态度去筛选诗文。“仆窃悲其陋，故断自汉以下至宋，取文之关乎道德、政教者为书，谓之《文统》，使学者习焉。违乎此者，虽工不录，近乎此者，虽质不遗。”② 今有方孝孺《方正学先生集选》一三卷，选诗标准以道德和政教为主，方氏之标准只注重诗歌的思想内容，而于艺术特色是不屑一顾的。

我国古代诗话对诗歌思想内容的重视与对艺术写作手法的轻视，并非是一个偶然的现象。主要当与诗话作者希望诗歌在政治上起作用的心理有关。诗歌创作可与“建功”、“立德”共为三不朽。诗歌通过“立言”以济世。它的主要目的是教化天下之百姓。如此便需要能让多数人看得懂的“质”的文风，同时也渐渐地淡化了诗的艺术向更高程度的追求。清薛雪《一瓢诗话》云：

“义无比兴，言睽世教；饥乌夜啼，山鬼昼啸。”普天下人诗文稿序跋，无出此右，可称十六字金。

诗歌的艺术特色，只需注意《诗经》留下的比兴而已。事实上，由于《诗经》的特殊地位，比兴也演变成了《诗经》美、刺内容的一部分了。写诗最主要当注意世教，这才是最为关键的东西。晋葛洪曾赤裸裸地表明了这种思想：“物贵济事，而饰为其末；化俗以德，而言非其本。故棉布可以御寒，不必貂狐，淳素可以匠物，不在文辩。”③ 让诗发挥它应有的社会效应是诗歌存在的最根本的原因。饰为末的审美价值必导致“棉布可以御寒，不必貂狐”的观点出现。朱熹注意到注重诗歌思想内容、饰以为末当区别开屈原的《楚辞》：“盖屈子者，穷而呼天，疾痛而呼父母之词也。故今所欲取而使继之者，必其出于幽忧穷蹙怨慕凄凉之意，乃为得其余韵。而宏衍巨丽之观，欢愉快适之语，宜不得而与焉！”④ 屈原重艺术尚可，但不等于所有人均可以幸免。他

① （明）彭时：《文章辨体序》，《文章辨体序说》卷首，人民文学出版社 1985 年版，第 7 页。

② （明）方孝孺：《答王秀才书》，《逊志斋集》卷一一，《四部备要》本。

③ （晋）葛洪：《抱朴子》外篇卷三九《广譬》，《四部丛刊》本。

④ （宋）朱熹：《楚辞后语目录序》，《晦庵先生朱文公文集》卷七六，《四部丛刊》本。

接着说："君人者，诚能使人朝夕讽诵，不离于其侧，如卫武公之抑戒，则所以入耳而著心者，岂但广厦细旃明师劝诵之益而已哉？此固余之所为眷眷而不能忘者。若高唐、神女、李姬、洛神之属，其辞若不可废，而皆弃不录，则以义裁之，而断其为礼法之罪人也。"（《晦庵先生朱文公文集》卷七六《楚辞后语目录序》）不能注重艺术美，是由于不宜令君主过分地接触淫邪之说，只有"抑戒"、"劝诵"之功，方为作者时刻不可忘怀的真功夫。

清代大诗话家潘德舆由注重诗歌思想内容进而转为注重诗人之品德。主张作诗当讲春秋之法：

颜、谢诗并称，谢诗更优于颜。然谢则叛臣也。颜生平不喜见要人，似有见地，然萮赤松讥其外示寡求，内怀奔竞，干禄祈进，不知极已。文人无行，何足恃哉！至如张华附后助逆，矫杀海南王亮、楚王玮。贾后欲擅废太子，潘岳为之作书草；陆机始附逆颖，建春门之战，俨然与帝相距；以春秋之法律之，皆贼臣也，岂独文人无行而已！沈约力赞梁武之篡，及居齐王于巴陵，又力赞杀之。忍心至此，贼臣之尤也。范云与沈约同谋，沈佺期、宋之问党附逆后，与潘岳无异。数人皆博学高才，词苑之领袖，顾得罪君父如此，岂得以其能为诗而贷之哉！故予欲世人选诗读诗者，如曹操、阮籍、陆机、潘岳、谢灵运、沈约、范云、陈子昂、宋之问、沈佺期诸乱臣逆党之诗，一概不选不读，以端初学之趋向，而立诗教之纲维。盖人品小疵，宜宽而不论，此诸人非小疵也。孟子曰："《诗》亡然后《春秋》作。"若论诗不讲《春秋》之法，是《诗》与《春秋》相戾，诗之罪人矣！可乎哉？①

在潘氏的笔下，魏晋六朝至初唐诗人如曹操、阮籍、陆机、潘岳、张华、颜延之、谢灵运、沈约、范云、陈子昂、宋之问、沈佺期均为"非小疵也"的"无行文人"。在这些文人当中，尽管其博学高才，甚至是诗坛领袖，但其诗不能掩饰其人品之卑劣。所以对这些人之诗，一概不选、不读，以端正诗教的纲维。

在一片主张诗歌思想内容高于一切之嘈杂声中，清代诗话家袁枚《答友人论文第二书》以其特有的胆识意识到了批评诗歌不能简单地以是否有用于世而定性："夫物相杂谓之文。布帛菽粟，文也；珠玉锦绣，亦文也；其他浓

① （清）潘德舆：《养一斋诗话》卷三，《清诗话续编》，上海古籍出版社 1983 年郭绍虞辑校点本，第 2045 页。

云震雷，奇木怪石，皆文也。足下必以适用为贵，将使天地之大，化工之巧，其专生布帛菽粟乎？抑能使有用之布帛菽粟，贵于无用之珠玉锦绣乎？人之一身，耳目有用，须眉无用，足下其能存耳目而去须眉乎？是亦不达于理矣。"[①]物相杂为文，故不能以有用无用的标准来衡量万事万物。他例举说："韩退之晚列朝参，朝廷有大著作，多出其手，如《淮西碑》、《顺宗实录》等书，以为有绝大关系，故传之不衰。而何以柳州一老，穷兀困悴，仅形容一石之奇，一壑之幽，偶作《天说》诸篇，又多谲诡悖傲，而不与经合，然其名卒与韩峙，而韩且推之畏之者，何哉？文之佳恶，实不系乎有用与无用也。"（同上）韩愈之《淮西碑》记载裴度、李愬讨伐不听朝廷政命的藩镇蔡州之事。《顺宗实录》记述了唐顺宗一朝之重要事件。二文均可为有用之文。柳宗元被贬永州之后，写了著名的"永州八记"；被贬柳州后，写了《柳州山水近治可游者记》等文章。这些文章无非"形容一石之奇，一壑之幽"而已，可基本代表柳文的最高成就。若论功用，无法与韩文相提并论。但柳文最终可与韩文并列。这表明诗文在其流行期间，与其有用、无用并没有绝对的关系。

诗文在其批评之中，批评者必定会以一定的标准去沿流讨源，寻其指归。诗中有优柔平中顺成和动之音，也有志微噍杀流僻邪散之响。故而批评者切不可一味地以诗教标准衡量世之所有诗歌。当然，也应注意，在我国古代诗歌当中，毕竟当以重视诗歌功用为其发展的主流。

第二节　诗者，发乎情而止乎礼义也[②]（上）

遵循古训　只要有关"风化"，艳诗也为好诗　"发于情，止于忠孝者"，代表了宋人极端的诗歌功利思想　表贞止淫　艳体也可以垂教

诗人作诗，本乎于心；心有所感而形于言。优秀诗人的诗歌，俨乎若高山，勃乎若浮云，质素如秋蓬，藻丽如春葩，然其所有的一切均须受时代思想所影响，受诗人自身世界观所制约。清潘德舆曾言诗之标准云："香山《读张籍古乐府》云：'为诗意如何，六义互铺陈。风雅比兴外，未尝著空文。上可

① （清）袁枚：《答友人论文第二书》，《小仓山房集》卷一九，清乾隆刻增修本。

② （明）宋濂：《宋文宪全集》卷二一《刘母贤行诗序》，《四部备要》本。

裨教化，舒之济万民。下可理情性，卷之善一身。言者志之苗，行者文之根。所以读君诗，亦知君为人。’数语可作诗学圭臬。”① 潘氏之诗歌准绳为：风雅颂和赋比兴。朝廷用此圭臬可教化万民，百姓用此准则可调理性情，独善其身。潘氏也曾以此为基准，编有《历代诗人总序》。他说：“合乎此则为诗，不合乎此，则虽思致精刻，词语隽妙，采色陆离，声调和美，均不足以为诗也。”②

合乎六义，合乎《诗经》风雅精神，在封建社会可为历朝历代所应遵循的古训。风雅精神有时会大于皇权，臣子也敢以雅正为托词而抗旨。宋计有功《唐诗纪事》卷一载云：

帝尝作宫体诗，使虞世南赓和。世南曰：“圣作诚工，然体非雅正，上有所好，下必有甚，臣恐此诗一传，天下风靡，不敢奉诏。”③

唐太宗李世民之诗大多以宫体、艳情见长，写得清新自然。如《赋得花庭雾》：“兰气已熏宫，新蕊半妆丛。色含轻重雾，香引去来风。拂树浓舒碧，萦花薄蔽红。还当杂行雨，仿佛隐遥空。”再如《芳兰》诗：“春晖开紫苑，淑景媚兰场。映庭含浅色，凝露泫浮光。日丽参差影，风传轻重香。会须君子折，佩里作芬芳。”与六朝宫体诗相比，唐太宗的宫体诗往往能以真情动人，如《饯中书侍郎来济》：“暧暧去尘昏灞岸，飞飞轻盖指河梁。云峰衣结千重叶，雪岫花开几树妆。深悲黄鹤孤舟远，独叹青山别路长。聊将分袂沾巾泪，还用持添离席觞。”虞世南曾任隋秘书郎，十年不徙。改仕唐后，为秦府记室参军，迁太子中舍人。其诗歌婉缛绮靡，多写应诏、侍宴、应酬之作，以歌功颂德、点缀盛世为主。然虞世南可借口“非雅正”而堂而皇之地忤逆君主之意，李世民竟然毫无办法说服对方。此说明风雅标准是至高无上的。

但是，自魏晋六朝以来，各代诗人多不以雅颂为评诗之标准。南朝陈徐陵《玉台新咏序》云：“往世名篇，当今巧制，分诸麟阁，散在鸿都，不藉篇章，无由披览。于是，然脂暝写，弄笔晨书，撰录艳歌，凡为十卷。曾无忝于雅

① （清）潘德舆：《养一斋诗话》卷一〇，《清诗话续编》，上海古籍出版社 1983 年郭绍虞辑校点本，第 2166 页。

② 同上书，第 2167 页。

③ （宋）计有功：《唐诗纪事》卷一，《四部丛刊》本。

颂，亦靡滥于风人。泾渭之间，若斯而已。”① 为此，明王祎批评道：“状物写景之工，固诗家之极致，而系于风化，补于世治者，尤作者之至言。”② “风化”即教化百姓，为汉儒解释《诗经》之精髓。清马位也尊崇风雅诗教，但似乎其标准更宽松一些。“郑云叟《富贵曲》云；‘美人梳洗时，满头间珠翠。岂知两片云，戴却数乡税！’李山甫《公子家》：‘不知买进长安笑，活得苍生几户贫！’唐人犹有咏蚕诗云：‘遍身罗绮者，不是养蚕人。’此等诗读之令人知衣食艰难，有关风化，得《三百篇》遗意焉。”③ 只要有关“风化”，虽咏美人梳洗这样的艳诗，也为好诗。马位的见解显然与迂腐的汉儒解释《诗经》有着本质的区别。

相比较而言，元方回将诗分成三类，似乎脱离了教化园囿的束缚：“诗先看格高而意又到语又工为上，意到语工而格不高次之，无格无意又无语下矣。”④ 诗之品位为：第一类是格高、意到、语工；第二类为意到、语工、格不高；最后一类为无格、无意、无语。尽管如此，何种诗歌方能称得上是“格高”，作者并不计较。明周逊分类诗歌方法类似于方回：“然率于人情之所必不免者以敷言，又必有妙才巧思以将之，然后足以尽属辞之蕴。故夫词成而读之，使人恍若身遇其事，怵然兴感者，神品也。意思流通无所乖逆者，妙品也。能品不与焉。宛丽成章，非辞也。”⑤ 周氏将诗歌分为神品、妙品与能品三类。神品有三个要素：一是要率于人情；二是要妙才巧思；三是属辞蕴藉。妙品要简单许多，只需意思流通，没有先后矛盾即可。能品宛丽成章即可。周氏之分类法，实际是从作品的艺术角度来区分的。其“神品”只强调“情”，与重视诗歌的风化、世教作用已经脱离关系了。

清代大诗话家吴乔将诗歌之内容分为五种类型，似乎比之周氏更为正统一些：

诗如陶渊明之涵冶性情，杜子美之忧君爱国者，契于《三百篇》，上也；

---

① （陈）徐陵：《玉台新咏序》，见《玉台新咏笺注》卷首，穆克洪点校，中华书局 1999 年重印本，第 13 页。

② （明）王祎：《书马易之颖川歌后》，《王忠文公集》卷一七，清嘉庆己巳重刊本。

③ （清）马位：《秋窗随笔》，近代丁福保辑：《清诗话》，上海古籍出版社 1978 年修订本，第 832 页。

④ （元）方回：《瀛奎律髓》卷二一《上元日大雪》，忏英庵丛书本。

⑤ （明）周逊：《词品序》，杨慎：《词品》附录，见《历代词话》，大象出版社 2002 年版，第 312—313 页。

如李太白之遗弃尘事，放旷物表者，契于庄、列，为次之；怡情景物，优闲自适者，又次之；叹老嗟卑者，又次之；留连声色者，又次之；攀缘贵要者为下。[①]

吴乔之分类方法实际本着一儒、二道、三隐、四叹老、五声色的顺序来分等级优劣的。但其又勉强地将陶诗放在第一类，显然与其整个标准不相谐和。陶诗大多数当属于“优闲自适”一类。故吴氏划分诗歌标准之本身是有矛盾的。吴氏论诗，以重情而著称，故其看重陶诗之涵冶性情，实则为其论诗歌主张“情”字当先的必然结果。

吴氏为江苏昆山人，生活于清顺治年间。时明朝刚刚覆灭，清人统治未稳，故其追念杜甫之爱国情操是可以理解的。正是由于这个原因，基于杜甫之忧君爱国，故列杜甫为第一等。所以，李白之放旷物表，便只能逊之了。至于吴氏将攀缘贵要者之诗列为最下等，实则反映了吴氏注重人品之内心感受。

如上节所述，中国古代诗论之批评标准基本上是以儒家解释《诗经》的观点为基准的。故《诗经》在诗人的心目中地位是极高的。但这并不等于没有反对的声音。清人金圣叹曾大胆地指出《诗经》之淫诗是很多的：“《国风》之淫者，不可以悉举。吾今独摘其尤者曰：‘以尔车来，以我贿迁。’嘻！何其甚哉？则更有尤之尤者曰：‘子不我思，岂无他人？’嘻！此岂复人口中之言哉？”[②]“以尔车来”出自于《诗经·卫风·氓》，此诗写弃妇由恋爱到被抛弃的全过程。“子不我思”，《诗经·郑风·褰裳》，写一女子陷入爱情的漩涡里不能自拔。金圣叹特别强调这些“淫诗”是大圣人之文笔：“国风采于初周，则是三代之盛音也，又经先师仲尼氏之所删改，则是大圣人之文笔也。而其语有如此，真将使后之学者奈之何措心也哉！”[③]按照金圣叹的推理，既然这些淫诗是经孔子之手删改，又是夏、商、周三代盛音，故而类似于《诗经》郑、卫风之类的诗便可登大雅之堂了。清吴景旭的《历代诗话》卷四一引范元实云：“世俗喜绮丽，知文者能轻之。后生好风花，老大即厌之。”[④]同样是绮丽，在范氏的眼里并不见得是坏事，他说：“然文章论当理与不当耳，苟当

---

① （清）吴乔：《围炉诗话》卷一，郭绍虞辑：《清诗话续编》，上海古籍出版社 1983 年校点本，第 474—475 页。

② （清）金圣叹：《增订金批西厢》卷四《酬简》批语，此宜阁藏版。

③ 同上。

④ （清）吴景旭：《历代诗话》卷四一，京华出版社 1998 年版，第 425 页。

于理，则绮丽风花，同入于妙；苟不当理，则一切皆为常语。”[①] 何为“当”与“不当”呢？他例举说：

上自齐、梁诸公，下至刘梦得、温飞卿辈，往往以绮丽风花，累其正气，其过在理不胜而词有余也。老杜“绿垂风折笋，红绽雨肥梅。”“岸花飞送客，樯燕语留人。”亦极绮丽，其模写景物，意自亲切，所以妙绝古今。言春容闲适，则有“穿花蛱蝶深深见，点水蜻蜓款款飞。”“落花游丝白日静，鸣鸠乳燕青春深。”言秋景悲壮，则有“蓝水远从千涧落，玉山高并两峰寒。”“无边落木萧萧下，不尽长江滚滚来。”其富贵之词，则有“香飘合殿春风转，花覆千官淑景移。”“麒麟不动炉烟转，孔雀徐开扇影还。”其吊古，则有“映阶碧草自春色，隔叶黄鹂空好音。”“竹送青溪月，苔移玉座春。”皆出于风花，然理穷尽性，移夺造化。又云：“绝壁过云开锦绣，疏松夹水奏笙簧。”自古诗人，壮即不巧，巧即不壮，巧而能壮，有如是乎![②]

作者批评上自梁，下至刘禹锡、温庭筠等人理不胜而词有余之诗歌，认为老杜之所写绮丽而“当”，主要是由于能做到“理穷尽性”的缘故。我们从作者所例举的“模写景物，意自亲切”及“移夺造化”来看，刘禹锡与温庭筠之诗歌也做到了这一点。如刘禹锡的《初夏曲三首》其二：“时节过繁华，阴阴千万家。巢禽命子戏，园果坠枝斜。寂寞孤飞蝶，窥丛觅晚花。”[③] 又如《柳花词三首》其二：“轻飞不假风，轻落不委地。撩乱舞晴空，发人无限思。”其三：“晴天暗暗雪，来送青春暮。无意似多情，千家万家去。”[④] 温庭筠的《吴苑行》：“锦雉双飞梅结子，平春远绿窗中起。吴江澹画水连空，三尺屏风隔千里。小苑有门红扇开，天丝舞蝶共徘徊。绮户雕楹长若此，韶光岁岁如归来。”[⑤] 由上可知范氏所论，并不足以服人。

《毛诗序》曾对《诗经》创作与批评提出标准云：“故变风发乎情，止乎礼义。发乎情，民之性也；止乎礼义，先王之泽也。”古代诗话对此也是极为

---

① 同上书，第425—426页。

② （清）吴景旭：《历代诗话》卷四一，京华出版社1998年版，第426页。

③ （唐）刘禹锡：《初夏曲三首》其二，见《全唐诗》卷三五四，上海古籍出版社1986年剪贴缩印本。

④ （唐）刘禹锡：《柳花词三首》其二，见《全唐诗》卷三六四，上海古籍出版社1986年剪贴缩印本。

⑤ （唐）温庭筠：《吴苑行》，见《全唐诗》卷五七五，上海古籍出版社1986年剪贴缩印本。

推崇的。清刘熙载《诗概》云："诗要超乎'空''欲'二界。空则入禅，欲则入俗，超之之道无他，曰'发乎情，止乎礼义'而已。"[①] 发乎情，止乎礼义，便可超乎空欲二界。宋苏轼曾论诗之"正"云：

太史公论诗，以为"国风好色而不淫，小雅怨悱而不乱。"以余观之，是特识变风变雅尔，乌睹诗之正乎？昔先王之泽衰，然后变风发乎情，虽衰而未竭，是以犹止于礼义，以为贤于无所止者而已。[②]

诗之"正"即发乎情，止乎礼义；司马迁由于认识到了"正"，故苏轼赞叹他"特识变风变雅。"在苏氏看来，"发乎情，止乎礼义"并没有做到极致，比这个标准更高的便是："若夫发于情，止于忠孝者，其诗岂可同日而语哉？古今诗人众矣，而杜子美为首，岂非以其流落饥寒，终身不用，而一饭未尝忘君也欤？"[③]

苏轼之"发于情，止于忠孝者"，代表了宋人极端的诗歌功利思想，导致了宋人诗话穿凿杜诗的严重后果。也遭到了明、清诗话的强烈批判。（详见第八章"更能识诗家病，方是我眼中人"第三节"虽不为无理，然穿凿可笑也"）尽管如此，苏轼之论表明"发乎情，止乎礼义"随着时代的变迁而变化着。

与苏轼相比，宋陆九渊更加强烈地意识到这种变化："《国风》、《雅》、《颂》，固已本于道风之变也，亦皆发乎情，止乎礼义，此所以与后世异。"[④] 时代变迁，发乎情，止乎礼义也与前世有异了。宋魏庆之也注意到了这种变化，他引《中兴词话并系玉林黄升叔旸中兴词话补遗·马古洲》说："闺词牵于情，易至诲淫。马古洲有一曲云：'睡鸭徘徊烟缕长，日长春困不成妆。步欺草色金莲润，捻断花须玉笋香。轻洛浦，笑巫阳，锦纹亲织寄檀郎。儿家门户藏春色，戏蝶游蜂不敢狂。'前数语不过纤艳之词耳，断章凛然，有以礼自防之意。所谓发乎情，止乎礼义。近世乐府，未有能道此者。"[⑤] 近世（宋）诗歌未能做到发乎情止乎礼义。只宜唱闺阁淫贱之诗。魏氏对今人强烈的不满似乎也影响了明人宋濂："诗者，发乎情而止乎礼义也。感事触物，必形之于

① （清）刘熙载：《诗概》，《清诗话续编》，上海古籍出版社1983年郭绍虞辑校点本，第2446页。
② （宋）苏轼：《王定国诗集叙》，《东坡七集》前集卷二四，《四部备要》本。
③ 同上。
④ （宋）陆九渊：《象山先生全集》卷一七《与沈宰》，《四部丛刊》本。
⑤ （宋）魏庆之：《诗人玉屑》卷二一，中华书局1961年校印本，第480页。

言，有不能自已也。”① 诗的旨归在于发乎情，今之诗人远离其宗旨，这种现象宋濂是不能容忍的。

应该说：宋氏所批评的“今人”悖逆了止乎礼义原则的现象，在诗话中，毕竟是偶然发生的事情。现实社会中依旧有许多人以止乎礼义的标准来评诗，如解缙于《永乐大典》卷八二三引《编类》文即云：“曰：‘河汉清且浅，相去复几许？盈盈一水间，脉脉不得语。’夫河汉清浅而易涉，可以与之语矣，乃脉脉不得语焉，‘发乎情、止乎礼义’也。”② 牛郎与织女为何脉脉不得语？在作者看来是发乎情、止乎礼义的结果。将诗中恋人默默地忍受离别之苦，说成是“止乎礼义”，滑稽可笑。明蒋冕也曾以此评论宋诗：

明妃曲，古今所称者，欧阳、王荆公数篇。然尝读荆公之作，见其所讼“汉恩自浅胡自深，人生乐在相知心”之句，未尝不为之叹息。夫发乎性情止乎礼义然后足以为诗，苟荡其情而不止于礼义，则何诗之足云。夫人之相与，顾礼义何如耳。苟徒以恩之浅深以为相知相乐，而不复知有礼义，可乎？③

王安石曾作《明妃曲》二首，写汉王昭君出塞之事。诗中有“意态由来画不成，当时枉杀毛延寿”句。诗歌刻画了一个怀念故国的绝代佳人的形象，对汉元帝的糊涂、昏庸进行了委婉的讽刺。在这首诗中，用发乎情、止乎礼义是极为恰当的。诗成之后，众多诗人为之唱和。故蒋氏得出结论：“夫发乎性情止乎礼义然后足以为诗。”

《论语·为政》云：“子曰：《诗》三百，一言以蔽之，曰思无邪。”思无邪是孔子提出对诗歌评价的标准。南宋朱熹释云：“盖诗之言美恶不同，或劝或惩，皆有以使人得其性情之正。然其明白简切，通于上下，未有若此言者，故特称之，以为可当《三百篇》之义，以其要为不过乎此也。”④ 思无邪劝人以正，其诗要义在此。梁刘勰亦云：“诗者，持也。持人情性。《三百》之蔽，义归‘无邪’。持之为训，有符焉尔。”⑤ 故而清人戴震认为，“思无邪”是解决发乎性情不至于滑向“淫”的最好方法：“作诗者之志愈不可知矣，断之以‘思无邪’之一言，则可以通乎其志。风虽有贞淫，诗所以表贞止淫，则上之

① （明）宋濂：《宋文宪全集》卷二一《刘母贤行诗序》，《四部备要》本。

② （明）解缙、姚广孝等：《永乐大典》卷八二三引《编类》文，中华书局影印本，第267页。

③ （明）蒋冕：《琼台诗话》上卷，清乾隆刊本。

④ （宋）朱熹：《诗经集传》卷八《鲁颂·駉》注，文渊阁《四库全书》本。

⑤ （梁）刘勰著，（清）黄叔琳辑注：《文心雕龙辑注》卷二，文渊阁《四库全书》本。

教化，时或寖微，而作诗者犹觊挽救于万一，故诗足贵也。《三百》之皆无邪至显白也。"[①]以"思无邪"三字即可通作者之志。同时，作者意识到了《诗经》十五国风中有"淫"，但《诗经》依然可起到教化作用，可以表贞止淫。清代大诗话家袁枚也有类似的观点：

闻《别裁》中独不选王次回诗，以为艳体不足垂教，仆又疑焉。夫《关雎》即艳诗也，以求淑女之故，至于展转反侧。使文王生于今遇先生，危矣哉！《易》曰："一阴一阳之谓道。"又曰："有夫妇然后有父子"，阴阳夫妇，艳诗之祖也。[②]

在袁枚看来，类似如《诗经·周南·关雎》之淫，周文王犹能津津乐道（《毛诗序》以为此诗是周文王吟咏后妃之德），同时能风化百姓。故此艳体也可以垂教。他陈述理由云："傅鹑觚善言儿女之情，而台阁生风，其人，君子也。沈约事两朝佞佛，有绮语之忏，其人，小人也。次回才藻艳绝，阮亭集中时时窃之。先生最尊阮亭，不容都不考也。"（同上）君子不管其歌咏什么类型诗歌，都能使台阁生风；小人即使是满口仁义道德，也必终归为小人。加之沈德潜所尊奉的王士禛，也时常窃取王次回的诗句，故此袁枚以为沈德潜不选艳体诗是不妥的。袁枚重视诗歌内容的百花齐放，是极有见地的。他接着论述道："诗之奇平艳朴，皆可采取，亦不必尽庄语也。杜少陵，圣于诗者也，岂屑为王、杨、卢、骆哉，然尊四子以为万古江河矣。黄山谷，奥于诗者也，岂屑为杨、刘哉，然尊西昆以为一朝郛郭矣。宣尼至圣，而亦取沧浪童子之诗。所以然者，非古人心虚，往往舍己从人，亦非古人爱博，故意滥收之。"（同上）大家应具有包容四海之心胸，否则便显得小气了些。袁枚之言是极有道理的，诗歌可写尽天地万物，批评诗歌也应兼而收之。不必尊宫商而贱角羽，进金石而弃丝匏。诗人各有所长，不可重彼薄此。如写庙堂典重，沈、宋所宜；使郊、岛为之，则陋矣。山水闲适，王、孟擅长，使温、李为之，则靡矣。边风塞云，名山古迹，李、杜所宜；使王、孟为之，则气薄。撞万石之钟，斗百韵之险，韩、孟所宜，使韦、柳为之，则诗弱。伤往悼来，感时记事，张、王、元、白所宜，使钱起为之，则不可胜任。故此天地间不可一日无众家之诗，即使是艳体、宫诗亦自是诗家一格，有其存在的价值。

① （清）戴震：《戴东原集》卷一〇《毛诗补传序》，《四部备要》本。
② （清）袁枚：《小仓山房集》卷一七《再与沈大宗伯书》，清乾隆刻增修本。

第三节　诗者，发乎情而止乎礼义也[①]（下）

冲破《毛诗序》所设置的“发乎情，止乎礼义”的界限　后世学者各明一义，其一为只强调“止乎礼义”，而不必发乎情；另一派则只知发乎情，而不必止乎礼义　注重声音之美，在古诗话中视为末流　宫商美与为世用

一人有一人之性情，一时有一时之境遇。喜怒哀乐，随心所感。《毛诗序》曾言：“国史明乎得失之迹，伤人伦之废，哀刑政之苛，吟咏性情，以讽其上，达于事变而怀其旧俗者也。”[②] 意思是说，在国家动乱之际，诗人有感于黑暗的现实，吟咏性情，以便朝廷知道，借以改变社会风气。但吟咏性情是有界限的，故《毛诗序》在这段话之后提出了所谓的“发乎情，止乎礼义”的标准。诗歌为古代诗人吟咏性情之工具，故足可见吟咏性情之重要。日遍照金刚云：“余于是以情绪为先，其直置为本，以物色留后，绮错为末，助之以质气，润之以流华，穷之以形似，开之以振跃。或事理俱惬，词调双举，有一于此，罔或孑遗。时历十代，人将四百，自古诗为始，至上官仪为终。”[③] 诗歌标准只以性情为本，显然冲破了《毛诗序》所设置的“发乎情，止乎礼义”的界限。与之相比，宋元时人仿佛更加墨守成规。宋魏庆之《诗人玉屑》卷一三言朱熹读诗标准为：“诗须是沉潜讽诵，玩味义理，咀嚼滋味，方有所益。”[④] 朱熹为宋代理学领袖，故提出吟咏性情，当不离“义理”二字，并不为奇。元人杨载号称为“元诗四大家”之一，论诗学习唐人诗法，并摆脱宋人诗话闲谈随笔的写作方法，作著名诗话《诗法家数》。但其对吟咏性情之理解，依然是很正统的：“征行之诗，要发出凄怆之意，哀而不伤，怨而不乱。要发兴以感其事，而不失情性之正。或悲时感事，触物寓情方可。若伤亡悼屈，一切哀怨，吾无取焉。”[⑤] 吟咏性情可以，但不可失其正，可不失其界限，否则便“无取”。对待讽谏诗也是如此：“讽谏之诗要感事陈辞，忠厚恳恻。

① （明）宋濂：《宋文宪全集》卷二一《刘母贤行诗序》，《四部备要》本。

② 校刻者（清）阮元：《十三经注疏·毛诗正义》卷一，中华书局 1980 年影印本，第 271—272 页。

③ ［日］遍照金刚：《文镜秘府论》南卷《集论》，人民文学出版社 1975 本，第 165 页。

④ （宋）魏庆之：《诗人玉屑》卷一三，上海古籍出版社 1978 年版，第 267 页。

⑤ （元）杨载：《诗法家数》，（清）何文焕辑：《历代诗话》，中华书局 1981 年校点本，第 733 页。

讽谕甚切，而不失情性之正。”（同上）

至明清时，有一大批诗话家越过了吟咏性情当“止乎礼义”的界限。后七子领袖王世贞批评元人施君美著元曲《拜月亭》云：“中间虽有一二佳曲，然无词家大学问，一短也；既无风情，又无裨风教，二短也；歌演终场，不能使人堕泪，三短也。”① 不能尽情地吟咏性情，自然不会使人落泪，得不到观众的共鸣。

一般来说，古代山林之诗往往以清激见长，感遇之诗或凄或哀，闺阁之诗缠绵悦解，登览之诗悲壮慷慨，讽谕之诗宛切正直，上述诗歌每每出于人之性情，咏而叹之，故能感人。不感人，何以为诗？明汪道昆《诗薮序》云：“夫诗，心声也。无古今一也。”② 正由于诗为心之声。明杨循吉将诗之优劣的界限定为是否能直吐胸臆：

> 予观诗不以格律体裁为论，惟求能直吐胸怀，实叙景象，读之可以谕，妇人小子皆晓所谓者，斯定为好诗。其它饾饤攒簇，拘拘拾古人涕唾以欺新学生者，虽千篇百卷，粉饰备至，亦木偶之假线索以举动者耳，吾无取焉。③

直吐胸怀，实叙景象是不加限制的。再加上人能读懂，即为好诗。杨氏将直吐性情与拘拾古人涕唾者相对立，表现了其鲜明的反复古倾向。明周立勋也肯定性情之重要：“诗者，性情之作，而有学问之事焉。凡论美刺非，感微记远，皆一时托寄之言。学士大夫赋以见志。一经之士，不能独知其辞，岂固可以不学哉！”④ 所有诗歌的论美刺非，均为性情之作。周氏并肯定了抒发性情乃有学问之事，非孤陋的一经之士所能为之，清代诗话领袖王士禛甚至言喜欢诗话的标准为诗话是否言情：“余于古人论诗，最喜钟嵘《诗品》、严羽《诗话》、徐祯卿《谈艺录》，而不喜皇甫汸《解颐新语》、谢榛《诗说》。”⑤ 梁钟嵘《诗品》倡导“诗缘情而绮靡”，并从诗歌吟咏性情的基本观点出发，强调外部事物对诗人内心感情变化的作用，宋严羽《沧浪诗话》强调诗歌为吟咏性情之物，主张兴趣之说。明徐祯卿《谈艺录》诗论主张贵实。由此王士禛

---

① （明）王世贞：《艺苑卮言·增补艺苑卮言附录卷之八》，明万历十七年武林樵云书舍刻本。

② （明）胡应麟：《诗薮·诗薮序》，上海古籍出版社 1979 年版，卷首第 1 页。

③ （明）杨循吉：《明文授读》卷三五《朱先生诗序》，味芹堂刻本。

④ （明）周立勋：《陈忠裕公全集》卷首《岳起堂稿序》，清嘉庆刊本。

⑤ （清）王士禛：《渔洋诗话》卷上，近代丁福保辑：《清诗话》，上海古籍出版社 1978 年版修订本，第 170 页。

将其奉为好诗话。明人皇甫汸的《解颐新语》论诗多疏陋，喜发高论而疏于考证；明谢榛的《诗说》今不传。谢氏另有诗话《四溟诗话》二四卷，主张气势与格调说。王士禛的喜好，足见吟咏性情之深入人心。

性情同样对批评有着重要的作用。清刘开以为“合诗人之性情”实为读诗法则之一：“然则读诗之法奈何？曰：‘从容讽诵以习其辞，优游浸润以绎其旨，涵泳默会以得其归，往复低徊以尽其致，抑扬曲折以循其节，温厚深婉以合诗人之性情，和平庄敬以味先王之德意。”吟咏性情即可不必熟之于古人，只要通之今便可以了，他继续言道：“不惟熟之于古，而必通之于今，不惟得之于心，而必验之于身，是乃所为善读诗也。”① 身之感官得到快乐，与心灵是不一样的。清焦循曾感慨诗教之亡：

不言理言情，不务胜人而务感人。自理道之说起，人各挟其是非，以逞其血气。激浊扬清，本非谬戾，而言不本于性情，则听者厌倦。至于倾轧之不已，而忿毒之相寻，以同为党，即以比为争，甚而假宫闱庙祀储贰之名，动辄千百人哭于朝门，自鸣忠孝，以激其君之怒，害及其身，祸于其国，全戾乎所以事君父之道。余读明史，每叹诗教之亡莫此为甚。②

焦循似卫道士般的哀叹从另一方面说明了明、清时代注重吟咏性情之风的盛行。自《毛诗序》所言《诗经》标准为“发乎情，止乎礼义”后，后世学者各明一义，逐渐失去原有的完整意义。其一为只强调“止乎礼义”，而不必发乎情，如濂洛风雅一派。北宋濂溪周敦颐与其弟子洛阳程颢、程颐，加上关中张载、闽中朱熹以理气为主，将性情隐去，将诗歌变为理学之工具。直至南宋严羽时，犹倡导“不涉理路，不落言诠”之论，另一派则只知发乎情，而不必止乎礼义。西晋太康时陆机《文赋》提出“诗缘情而绮靡”，经过六朝，初唐、晚唐、宋初几个朝代，愈发势不可挡了。

清初诗坛领袖钱谦益也以要求诗歌当反映真性情而闻名后世。他曾将有关性情定为有诗与无诗的关键成分：

余尝谓：论诗者，不当趣论其诗之妍媸巧拙，而先论其有诗无诗。所谓有诗者，惟其志意逼塞，才力愤盈，如风之怒于土囊，如水之壅于息壤，傍魄结

---

① （清）刘开：《刘孟涂集》卷一《读诗说中》，清道光六年姚氏檗山草堂刊本。

② （清）焦循：《雕菰集》卷一六《毛诗郑氏笺》，清道光岭南节署刻本。

辖，不能自喻，然后发作而为诗。凡天地之内，恢诡谲怪，身世之间，交互纬缅，千容万状，皆用以资为状，夫然后谓之有诗，夫然后可以叶其宫商，辨其声病，而指陈其高下得失，如其不然，其中枵然无所以而极其挦扯采撷之力以自命为诗，剪彩不可以为花也，刻楮不可以为叶也，其或矫厉矜气，寄托感奋，不疾而呻，不哀而悲，皆象物也，皆馀气也，则终谓之无诗而已矣。①

在钱氏的思想中，“有诗”者当具备三方面的条件，即志意（也就是性情）加上诗人的才力，再加上诗中是否有宫商之美。钱氏之论要远远高于《毛诗序》“发乎情，止乎礼义”之标准的。因为《毛诗序》的这种标准，并不能很好地衡量整个诗经中《风》、《雅》的具体内容。例如，《诗经》中的许多揭露统治者暴行的作品及男女恋歌的诗歌，诸如《伐檀》、《硕鼠》等均不可以“止乎礼义”来概括。至于《小雅·巷伯》中的“取彼谮人，投畀豺虎。豺虎不食，投畀有北。有北不受，投畀有昊!”完全是恶意的诅咒了，与止乎礼义全无干涉。

以音乐（声）美为诗话批评之标准，为我国古代诗论的一贯传统。汉刘安强调音当符合雅颂：“事不本于道德者，不可以为仪；言不合乎先王者，不可以为道，音不调乎雅颂者，不可以为乐。”② 宋郑樵将声音也看得极重：“夫诗之本在声，而声之本在兴。鸟兽草木乃发兴之本。汉儒之言诗者，既不论声，又不知兴，故鸟兽草木之学废矣。若曰‘关关雎鸠，在河之洲’，不识雎鸠，则安知河洲之趣与关关之声乎?”③ 郑樵注重考据之学，博学多识，故其论有着较大的影响。清姚鼐亦云：“诗、古文各要从声音证入。不知声音，总为门外汉耳。”④ 声音是诗歌所应具备的第一项指标，故而钱谦益重视诗歌的宫商之美，便是上合古意，下合人心之举了。

与郑樵的“诗之本在声”相比，金代著名诗话家元好问似乎不大注意声音对于诗歌所起的关键作用：“曲学虚荒小说欺，俳谐怒骂岂诗宜？今人合笑古人拙，除却雅言都不知。”⑤ 仅有曲学、俳谐显然不足以成为诗，元好问的提醒良言苦口，清沈德潜将声音与志结合起来，更为妥当：“得诗十二卷，凡

① （清）钱谦益：《书瞿有仲诗卷》，《牧斋有学集》卷四七，《四部丛刊》本。
② （汉）刘安：《淮南子》卷二〇《泰族训》，《诸子集成》第七册，中华书局1954年版，第365页。
③ （宋）郑樵：《通志》卷七五《昆虫草木略·序》，文渊阁《四库全书》本。
④ （清）姚鼐：《惜抱尺牍》卷七《与陈硕士》，宣统元年小万柳堂刊本。
⑤ （金）元好问：《遗山先生文集》卷一一《论诗三十首》，《四部丛刊》本。

一千一十余篇。皆深造浑厚，和平渊雅，合于言志永言之旨。"[①] "言"与"咏"实为声音之美。调高辞美，浑厚和平，言志永言，方可见诗歌各极其妙。相形之下，明代大诗话家王世贞看得更为全面："则诚所以冠绝诸剧者（指明代高明之《琵琶记》），不惟其琢句之工，使事之美而已，其体贴人情，委曲必尽，描写物态，仿佛如生，问答之际，了无扭造，所以佳耳。至于腔调微有未谐，譬如见钟、王迹，不得其合处，当精思以求诣，不当执末以议本也。"[②] 好剧离不开腔调之美。除此之外，还应注意人情、物态、句子及不扭捏。王世贞此论尽管言明代传奇剧，但用之于诗歌标准，亦是可以借鉴的。

但诗文注重声音之美，在中国古代诗话中毕竟视之为末流。如清人毛先舒即说："诗必押韵，故拈险俗生涩之韵及限韵步韵，可无作也。"[③] 至北宋时许多人写诗文只顾词采光华和声音之美，不顾文章之内容。王安石曾无不担忧地说："某尝患近世之文，辞弗顾于理，理弗顾于事，以襞积故实为有学，以雕绘语句为精新。譬之撷奇花之英，积而玩之，虽光华馨采，鲜缛可爱，求其根柢济用，则蔑如也。"[④] 患近世之文，不顾于理事，仅仅是辞采靡丽而已。由此宫商之美与诗文内容孰为诗歌最为主要的衡量标准便冲突了起来。明许学夷《诗源辩体》卷三四记言道："诗与文章，正、变一也。宋至和、嘉祐间，场屋举子为文尚奇涩，读或不成句，欧阳公既知贡举，凡文涉雕刻者皆黜之。及放榜，乃得苏子瞻第二，子由及曾子固亦在选中，一时有声者皆不录，士论汹汹。然迄今六百年来，世传文章，惟欧、苏、子由、子固而已，当时雕刻者安在耶？乃知诗文千古之业，断不可要誉一时也。"[⑤] 欧阳修选进士即不以宫商美者为标准，而以诗文是否有用于世为界限，这表明诗之宫商美在与诗之为世用的面前最终败却了。如元袁桷即云："其为诗文，如桑麻谷粟，切于日用，不求酸咸苦涩，以伤乎味之正。笃实浑厚，与其履践见于事物者，实相表里。"[⑥] 明王世贞批评时人皇甫汸、袁氏编集，只要辞藻宫商之美，不注重为世用："昌穀自选《迪功集》，咸自精美，无复可憾。近皇甫氏为刻《外集》，

---

① （清）沈德潜：《明诗别裁·序》，中华书局1975年版，《明诗别裁》书首第1页。

② （明）王世贞：《艺苑卮言·增补艺苑卮言附录卷之九》，明万历十七年武林樵云书舍刻本。

③ （清）毛先舒：《诗辩坻》卷三，《清诗话续编》，上海古籍出版社1983年郭绍虞辑校点本，第65页。

④ （宋）王安石：《临川先生文集》卷七五《上邵学士书》，《四部丛刊》本。

⑤ （明）许学夷：《诗源辩体》卷三四，人民文学出版社1987年版，1998年印刷杜维沫校点本，第324页。

⑥ （元）袁桷：《清容居士集》卷二二《曹伯明文集序》，《四部丛刊》本。

袁氏为刻《五集》。《五集》即少年时所称‘文章江左家家玉，烟月扬州树树花’者是已，余多稚俗之语，不堪覆瓿，世人猥以重名，遂概收梓。”[①] 昌穀为大诗话家徐祯卿之字，徐氏论诗主张学习汉魏古诗及盛唐近体诗，其诗话《谈艺录》多有真知灼见。皇甫汸诗歌学习大小谢，诗歌重视词句之美。“袁氏”不知指何人，待考。王世贞将皇甫汸、袁氏与徐祯卿相对比，说明为世用者必将流传千古，仅仅注重形式之美者只会给人留下笑柄。清吴骞《拜经楼诗话》卷一引陈爰立文云：“以温厚蕴藉为体，以风雅鼓荡为用。思入深沉，调出俊爽。宏丽诗不落浓俗，幽静诗不落枯淡，雄句宜浑不宜粗，婉句宜细不宜巧。一观意思，二观体裁，三观句调，四观神韵。四者皆得，方为全诗。四者中更以意思神韵为主。”[②] 将风雅与“用”联系起来，加之深沉、俊爽，宏丽不浓俗，幽静不枯淡，雄句不粗豪，婉句不细巧，再可观诗之意思、体裁、句调和神韵，此可谓一套完整的诗歌标准了。

古人吟咏性情离不开诗歌这一载体，有性情便有宫商，宫商不应在性情之外，这是由于宫商可将抒发的诗句动听悦耳，更为感人。但是，若仅仅注意声章辞藻之美，而忘记了诗人所感发的诗歌内容，得鱼而忘筌，便不妥了。

第四节　文章家各适其用[③]

以远古为美的批评标准　选体诗“去古浸远”的现象　“世用”为主　“各适其用”与“各有精神面目”

古代诗话对诗歌标准的认可，多以三代两汉诗歌为基准的。往往越古老越正确。甚至对帝王之诗的评价标准也是如此。宋陈岩肖《庚溪诗话》卷上即是如此：“汉高帝《大风歌》，不事华藻，而气概远大，真英主也。至武帝《秋风辞》，言固雄伟，而终有感慨之语，故其末年，几至于变。魏武、魏文父子，横槊赋诗，虽遒壮抑扬，而乏帝王之度。六朝以后人主，言非不工，而

① （明）王世贞：《艺苑卮言》卷六，近代丁福保辑：《历代诗话续编》，中华书局 1983 年校点本，第 1049 页。

② （清）吴骞：《拜经楼诗话》卷一，近代丁福保辑：《清诗话》，上海古籍出版社 1978 年修订本，第 721 页。

③ （清）袁枚：《小仓山房集》卷一九《答友人论文第二书》，清乾隆刻增修本。

纤丽不逞，无足言也。”[1] 曹氏父子的诗歌，无论从思想内容上来看，还是从艺术手法上来看，都是远远高于汉高祖刘邦及汉武帝刘彻的。曹操《短歌行》：“山不厌高，海不厌深。周公吐哺，天下归心。”《观沧海》：“日月之行，若出其中，星汉灿烂，若出其里。”自有千古帝王之气。陈氏言曹氏父子“乏帝王之度”，显为偏见，纯为以古为准的观念作祟。

古诗话对古代诗集标准的认可，也有以古为准的因素。纪昀《云林诗钞序》云：“《大序》一篇，确有授受，不比诸篇小序为经师递有加增。其中‘发乎情，止乎礼义’二语，实探风雅之大原。”[2] 毛诗《大序》之所以比毛诗《小序》有权威，是由于《小序》增加了后人的思想内容，不是纯古了。清桐城派领袖方苞曾论各家文集之优劣令人耳目一新：

盖古文所从来远矣，六经《语》、《孟》其根源也。得其支流，而义法最精者，莫如《左传》、《史记》，然各自成书，具有首尾，不可以剟。其次《公羊》、《谷梁传》、《国语》、《国策》，虽有篇法可求，而皆通纪数百年之言与事，学者必览其全而后可取精焉。惟两汉书疏及（原本作“两汉书及疏”）唐、宋八家之文，篇各一事，可择其尤。而所取必至约，然后义法之精可见。故于韩取者十二，于欧十一，馀六家或二十、三十而取一焉。两汉书疏，则百之二三耳。学者能切究于此，而以求《左》、《史》、《公》、《谷》、《语》、《策》之义法，则触类而通，用为制举之文，敷陈论策，绰有馀裕矣。[3]

方苞的标准基本上是以时代为准则的：第一等为六经之《论语》、《孟子》；其次为《左传》、《史记》；第三等为《公羊传》、《谷梁传》、《国语》及《战国策》；在其后为唐宋八大家之文。

当然，每个人的批评标准是不能等同的。宋范温《潜溪诗眼》以为建安诗学习古诗学得最好：“建安诗辩而不华，质而不俚，风调高雅，格力遒壮。其言直致而少对偶，指事情而绮丽，得风雅骚人之气骨，最为近古者也。”[4] 言建安诗得《诗经》风雅之精髓是有道理的。建安诗歌慷慨悲歌，注重描写社会现实，与十五国风之“饥者歌其食，劳者歌其事”的写作手法是一脉相

① （宋）陈岩肖：《庚溪诗话》卷上，近代丁福保辑：《历代诗话续编》，中华书局 1983 年校点本，第 165 页。

② （清）纪昀：《纪文达公遗集》卷九《云林诗钞序》，清嘉庆刊本。

③ （清）方苞：《古文约选》卷首《古文约选序》，雍正刻本。

④ （宋）范温：《潜溪诗眼》，郭绍虞：《宋诗话辑佚》本，中华书局 1980 年版，第 315 页。

承的。

与建安诗相比，古代诗话注意到了选体“去古浸远”的现象：“选体东京而上无迹可摹，典午以降，去古浸远，惟子建华实茂舒，情文备至，允是此体宗匠。”[①] 后人模拟梁萧统《文选》所选录古诗体所作的诗，被人称为“选体诗”，这类诗歌多五言体，张氏以为，三国魏曹植实为其宗匠，离《文选》中所录古诗没有血缘关系。那么，《文选》选诗的标准又为何呢？萧统《文选序》云：“若其赞论之综缉辞采，序述之错出文华，事出于沈思，义归乎翰藻。故与夫篇什，杂而集之。远自周室，迄于圣代，都为三十卷，名曰《文选》云尔。”[②]《文选》由于其上选自周朝，故其诗的标准自然会在诗话家的眼中是很高的。但由于其选诗之下限为“圣代”（即当时社会），所以有人对其权威性提出批评和质疑。宋真德秀云：

正宗云者，以后世文辞之多变，欲学者识其源流之正也。自昔集录文章者众矣，若杜预、挚虞诸家，往往堙没弗传。今行于世者，惟梁昭明《文选》，姚铉《文粹》而已。由今视之，二书所录，果皆得源流之正乎？夫士之于学，所以穷理而致用也。文虽学之一事，要亦不外乎此。故今所辑，以明义理、切世用为主。其体本乎古，其指近乎经者，然后取焉，否则辞虽工亦不录。[③]

作者怀疑《文选》和《文粹》没有做到源流之正，因此，指责其不以“世用”为主。《文粹》指《唐文粹》，北宋姚铉编的唐诗文选本，以古雅为标准，极为推重韩、柳文，不取律体和四六骈文。姚铉云其选诗文之情形为：

铉不揆昧懵，遍阅群集，耽玩研究，掇菁撷华，十年于兹，始就厥志。得古赋、乐章、歌诗、赞颂、碑铭、文论、箴、表、传录、书序，凡为一百卷。命之曰《文粹》。以类相从，各分首第门目，止以古雅为命，不以雕篆为工，故侈言曼辞，率皆不取。[④]

“止以古雅为命”，并经过十年的艰辛编选，足见其以古为重的程度。由

① （明）张蔚然：《西园诗麈》，见《全明诗话》，周维德辑校，齐鲁书社2005年版，第2463页。
② （梁）萧统：《六臣注文选》卷首《文选序》，四部丛刊本。
③ （宋）真德秀：《文章正宗复刻·文章正宗纲目》，清同治刻本。
④ （宋）姚铉：《唐文粹》卷首《唐文粹序》，《四部丛刊》本。

此看来，真德秀对姚铉爱古的怀疑当是不必要的。但是，我们不能由此证明姚铉真的搞懂了古诗文的渊源，其文章也符合“世用”的标准。清大诗话家袁枚曾就骈体与散体是否与上古三代诗文有关的问题阐发了自己的观点：“若以经世而论，则纸上陈言，均为无用。古之文不知所谓散与骈也，《尚书》曰：‘钦明文思安安’，此散也，而‘宾于四门’，‘纳于大麓’，非其骈焉者乎？《易》曰：‘潜龙勿田[①]。’此散也，而‘体仁足以长人，嘉会足以合礼。’非其骈焉者乎？安得以其散者为有用，而骈者为无用也。”[②] 既然《尚书》和《周易》中有散有骈，加之韩柳琢句，时有六朝余习，那么就不能简单地说散文有用，而骈文无用，因此姚铉不选骈文便不是彻底的“以古雅为命”者了。袁枚的分析无疑是正确的。他接着说：“夫高文典册用相如，飞书羽檄用枚皋，文章家各适其用。”（同上）“各适其用”与“纸上陈言，均为无用”的观点，显然比古诗话仅以时代年月划分诗歌优劣的标准，要灵活得多。

袁枚的“各适其用”为古诗话批评诗歌提供了极好的批评思想武器，用此观点来批评衡量古诗歌集，许多难以定性的问题都有了各自的标准。宋周必大言《皇朝文鉴》标准为：“古赋诗骚则欲主文而谲谏”。又云：“文质备者为先，质胜文则次之。复谓律赋经义，国家取士之源，亦加采劂，略存一代之制，定为一百五十卷。”[③] 唐殷璠谈《河岳英灵集集》的标准时也提到了“文”、“质”的问题：“璠今所集，颇异诸家，既闲新声，复晓古体。文质半取，风骚两挟。言气骨则建安为俦，论宫商则太康不逮。将来秀士，无致深憾（《文镜秘府论》‘憾’为‘感’）。”[④] 殷璠的标准是：文质与风雅并重。明王畿《击壤集序》谈到了更多诗家的批评标准：“予观晋、魏、唐、宋诸家，如阮步兵、陶靖节、王右丞、韦苏州、黄山谷、陈后山诸人，述作相望，虽所养不同，要皆有得于静中冲澹和平之趣，不以外物挠己，故其诗亦足以鸣世。”[⑤] 静中冲澹与和平之趣，为其众家的写诗之标准。

清人沈德潜以唐诗为例总结这种现象为：“凡流传至今者，自大家名家而

---

① “田”字疑误，当为“用”字，见《十三经注疏·周易正义·乾传第一》，中华书局1980年清阮元校刻影印本，第15页。

② （清）袁枚：《小仓山房文集》卷一九《答友人论文第二书》，《四部备要》本。

③ （宋）周必大：《皇朝文鉴》卷首《皇朝文鉴序》，四部丛刊本。

④ （唐）殷璠：《河岳英灵集集论》，见（清）杨守敬撰《日本访书志·河岳英灵集三卷（元刊本）·集论》，清光绪刻本。

⑤ 见（明）王麟：《龙溪先生全集》卷一三《击壤集序》，明刊本。

外，即旁蹊曲径，亦各有精神面目。”① “各有精神面目”与袁枚的“各适其用”从本质上来言，有着异曲同工之妙。

清贺贻孙《诗筏》言唐诗批评标准跳出了崇古的园囿：“盖盛唐人一字一句之奇，皆从全首元气中苞孕而出，全首浑老生动，则句句浑老生动，故虽有奇句，不碍自然。若晚唐气卑格弱，神韵又促，即取盛唐人语入其集中，但见斧凿痕，无复前人浑老生动之妙矣。”② 世俗以古之标准为常规，贺氏跳出古之标准追求“奇”，本身便是对传统的“以古为美”准则的挑战。唐高仲武曾言当时诗坛情形为：“暨乎梁昭明载述已往，撰集者数家，榷其风流，正声最备，其余著录，或未至正焉。何者？《英华》失于浮游，《玉台》陷于轻靡，《珠英》但纪朝士，《丹阳》止录吴人，此由曲学专门，何暇兼包众善，使夫大雅君子所以对卷而长叹也。”③ 高氏之叹从反面说明：所谓的“大雅君子”之诗，在当时并不占有绝对的优势。五代欧阳炯《花间集序》言自南朝始至晚唐诗风为：“自南朝之宫体，扇北里之倡风，何止言之不文，所谓秀而不实。有唐已降，率土之滨，家家之香径春风，宁寻越艳？处处之红楼夜月，自锁嫦娥。”④《花间集》镂玉雕琢，裁花剪叶之诗风显然与以古为美的思想大相径庭。

清纪昀总结汉魏六朝唐宋诗风之主流也与“以古为美”的批评标准无关：

夫两汉以后，百氏争鸣，多不知诗之有教，亦多不知诗可立教。放晋宋歧而元（玄）谈，歧而山水，此教外别传者也，大抵与教无裨亦无所损。齐梁以下，空而绮丽，遂多绮罗脂粉之篇，滥觞于《玉台新咏》，而弊极于《香奁集》，风流相尚，诗教之决裂久矣！有宋诸儒起而矫之，于是《文章正宗》作于前，《濂洛风雅》起于后，借咏歌以谈道学，固不失无邪之宗旨，然不言人事而言天性，与理固无所碍，而于兴观群怨，发乎情，止乎礼义者，则又大相径庭矣。⑤

两汉诗坛之后，诗人多不顾及诗教，至齐梁时诗风崇尚绮丽。以后宋儒力

① （清）沈德潜：《唐诗别裁集·原序》，上海古籍出版社1978年校点本，《唐诗别裁集》卷首，第1页。

② （清）贺贻孙：《诗筏》，《清诗话续编》，上海古籍出版社1983年郭绍虞辑校点本，第175页。

③ （唐）高仲武：《中兴间气集序》，见清董浩编《全唐文》卷四五八《高仲武》，清嘉庆内府刻本。

④ （五代）欧阳炯：《花间集序》，见清董浩编《全唐文》八九一，清嘉庆内府刻本。

⑤ （清）纪昀：《纪文达公遗集》卷九《诗教堂诗集序》，清嘉庆刊本。

求加以改变，但纪昀认为其虽可称得上不失诗无邪之宗旨。但其只言天性，与礼无干。宋诗这种差别在许多诗人中都得到了印证。苏轼云其诗作是“轼少时好议论古人，既老涉世更变，往往悔其言之过，故乐以此告君也。儒者之病，多空文而少实用。”① 宋吴子良也发现宋诗前后不一：“读中兴颂诗，前后非一，惟黄鲁直、潘大临，皆可为世主规鉴。”② 清贺裳《载酒园诗话·范成大》甚至公然主张诗歌切不可绳以古法：“选宋诗，不复可绳以古法，真须略玄黄，取神骏耳。但当汰其已甚，违拜从纯，不可无此权度也。”③ 相比较而言，卢疏斋更依恋于古人，明俞弁引摘其言道：“大凡作诗，须用《三百篇》与《离骚》，言不关于世教，义不存于比兴，诗亦徒作。夫诗发乎情，止乎礼义。《关雎》乐而不淫，哀而不伤，斯得性情之正。古人于此观风焉。”④ 写诗的标准是：世教与比兴，只有如此，方可得性情之正。清袁枚有选择地质疑较为理智：

《礼记》一书，汉人所述，未必皆圣人之言。即如温柔敦厚四字，亦不过诗教之一端，不必篇篇如是。二雅中之“上帝板板，下民卒殚”，“投畀豺虎”，“投畀有北”，未尝不裂眦攘臂而呼，何敦厚之有？故仆以为孔子论诗，可信者兴观群怨也，不可信者，温柔敦厚也，或者夫子有为言之也。夫言岂一端而已，亦各有所当也。⑤

“上帝板板，下民卒殚”为《诗经·大雅·板》里的诗句；写凡伯进谏周厉王。诗句直言不讳。“投畀豺虎”，“投畀有北”为《诗经·小雅·巷伯》里的诗句；写寺人孟子被谗受刑发泄愤懑的诗歌。二诗愤怒至极，与儒家诗教温柔敦厚无任何关系。故袁枚质疑《礼记》非圣人之言，质疑诗教温柔敦厚。认为孔子言兴、观、群、怨可信，温柔敦厚之诗教不可信。

唐独孤及也有这种大胆的怀疑精神：“尝谓扬、马言大而迂，屈、宋词侈而怨，沿其流者或文质交丧，雅郑相夺，盍为之中道乎？故夫子之文章深其

---

① （宋）苏轼：《经进东坡文集事略》卷四六《答王庠书》，《四部丛刊》本。

② （宋）吴子良：《荆溪林下偶谈》卷二《读中兴颂诗》，《丛书集成》本。

③ （清）贺裳：《载酒园诗话·范成大》，《清诗话续编》，上海古籍出版社1983年郭绍虞辑校点本，第450页。

④ （明）俞弁：《逸老堂诗话》卷上，近代丁福保辑：《历代诗话续编》，中华书局1983年校点本，第1316页。

⑤ （清）袁枚：《小仓山房尺牍》卷一〇《再答李少鹤书》，民国十九年（1930）国学书局刊本。

致，婉其旨，直而不野，丽而不艳。”[①] 扬雄、司马迁、屈原、宋玉之法皆不大适用，故而作者提出文章标准为：致、旨、直不野与丽不艳。清方熊以为不以诗闻世的汉高祖刘邦之诗能自创一路：“汉祖《大风歌》汪洋自恣，不必《三百篇》遗音，实开汉一代气象，实为汉后诗开创。”[②] 赞汉高祖大风歌脱三百篇开一代气象实为忠君之体现。清潘德舆《养一斋诗话》卷一〇批评陶渊明诗歌道：“陶公诗虽天机和鬯，静气流溢，而其中曲折激荡处，实有忧愤沈郁不可一世之概。”潘氏如此说的理由为：陶渊明《咏荆轲》诗云：“雄发指危冠，猛气冲长缨。”《读山海经》诗也说：“精卫衔微木，将以填苍海。刑天舞干戚，猛志故长在。”故而陶渊明其人虽已殁，千载有余情，其诗歌曲折激荡，忧愤亦多矣，并非仅仅以田园为乐。清徐熊飞以为诗歌之标准不在于诗歌之本身：“夫求之于字句外者，谓言尽而意不尽。如王、孟之酬答，储光羲之田家等作是也。若东坡，则一篇之中，翻覆淋漓，无一毫不尽。又何字句外之足求乎？”（《修竹庐谈诗问答》）从字句外求诗歌之标准，实际上是为批评诗歌者留一些体味的余地。只有如此，诗歌内容方可显得浑厚、有深度。批评者也能从其字里行间与诗句之外，看到诗人爱君忧国感时念物之情，进而理解其镂玉雕琼、化工迴巧之艺术表现手法。

---

① （唐）独孤及：《唐故殿中侍御史赠考功郎中萧府君文章集录序》，见（清）董浩编《全唐文》卷三八八，清嘉庆内府刻本。

② （清）方熊：《文章缘起》补注，文学津梁本。

第十一章　言合典谟则列于风雅[①]（下）

批评古代诗歌时没有标准，文章虽工而批评者不能加以辨别。故只有知其准则，方可以观文章，领会其中的旨意。至于批评古代诗歌之派别，因篇幅所限，故且放于本章末尾。以待来者。

第一节　温柔敦厚，诗教之本也[②]

温柔敦厚为“诗教之本”　温柔敦厚诗教之弊端重重　各代有各代的温柔敦厚

古代诗话在批评古诗歌之时，将温柔敦厚思想作为诗歌写作与批评之标准，对古代诗歌进行了细致的品评。温柔敦厚，本为中国传统儒家的诗教。诗人以其指导自己的诗歌创作，最终体现为诗歌价值之标准，并形成诗人独特的诗风。清丘炜萱《五百石洞天挥麈》卷一即云，“温柔敦厚”作为诗歌标准，已深入人心，可见其由来已久：“‘温柔敦厚’，诗之体；‘兴观群怨’，诗之用，此八字被老生常谈，已成口头禅语，苟细思之，千古作诗、谈诗者，又谁能舍此八字立脚?”所言“谈诗者”必为批评诗歌者无疑，故而可证明：无论是诗人还是批评者在论及诗歌时均不可避免要和温柔敦厚打交道。

温柔敦厚，始见于《礼记·经解》:“温柔敦厚，诗教也。……其为人也，

① （唐）高仲武：《中兴间气集续》，（宋）李昉辑：《文苑英华》卷七一二，明刻本。

② （清）朱庭珍：《筱园诗话》卷三，清光绪十年刻本。

温柔敦厚而不愚，则深于诗者也。”[①] 唐孔颖达《礼记正义》具体解释说：“温柔敦厚诗教也者；温，谓颜色温润；柔，谓性情和柔。诗依违讽谏，不指切事情，故云温柔敦厚是诗教也。”[②] 中国古代诗话批判地秉承其传统，对温柔敦厚的诗歌标准进行了较为全面的论述，为诗歌写作与批评起了积极的作用。

宋蔡正孙《诗林广记》后集卷四以“诗尚谲谏”，提出了诗歌当有补于社会的观点。他以为，若闻之者怒，便起不到“有补”的作用，故而，温柔敦厚势在必行：“诗尚谲谏，惟言之者无罪，闻之者足以戒，乃为有补。若谏而涉于毁谤，闻者怒之，何补之有?”例如，苏轼数次被贬的遭遇即能说明问题：“观苏东坡诗，只是讥诮朝廷，殊无温柔笃厚之气。以此，人故得而罪之。”（同上）

如何才能做到温柔敦厚呢？清厉志《白华山人诗说》卷一以为当注重诗人的道德修养，改变“今人”“不知养”的恶习；只有潜心向学，方能达到目标：“诗之所发皆本于情，喜怒哀乐一也。读古人诗，其所发虽猛，其诗仍敛蓄平易，不至漫然无节，此其所学者深，所养者醇也。今人情之所至，笔即随之，如平地注水，任势奔放，毫无收束，此其所学未深，而并不知养耳。”[③]“今人”比之古人所欠缺的就是“不知养”，最终导致蓄情不能高深。清沈德潜《说诗晬语》卷下以为，诗歌之根本当心境平和：“《记》曰‘宽而敬，柔而正者，宜歌《颂》。广大而静，疏达而信者，宜歌《大雅》。恭俭而好礼者，宜歌《小雅》。正直而静，廉而谦者，宜歌《风》。’凡习于声歌之道者，鲜有不和平其心者也。今人忌才扬己，揎拳露臂，观其意象，可觇所养矣。”也就是说，有何种习惯，便适宜作何种诗。

清吴乔《围炉诗话》卷二以为，温柔敦厚当“贵和缓优柔，而忌率直迫切”[④]。诸如元结、沈千运是盛唐人，但元结的《舂陵行》、《贼退诗》，沈千运的“岂知林园主，却是林园客”[⑤] 诗句，“已露率直之病”[⑥]。另外，像白居

① 校刻者（清）阮元：《十三经注疏·礼记正义·经解》，中华书局1980年影印本，第1609页。

② 同上。

③（清）厉志：《白华山人诗说》卷一，《清诗话续编》，上海古籍出版社1983年郭绍虞辑校点本，第2274页。

④（清）吴乔：《围炉诗话》卷二，《清诗话续编》，上海古籍出版社1983年郭绍虞辑校点本，第518页。

⑤（唐）沈千运：《感怀弟妹（一作汝坟示弟妹）》，见《全唐诗》卷二五九，上海古籍出版社1986年剪贴缩印本。

⑥（清）吴乔：《围炉诗话》卷二，《清诗话续编》，上海古籍出版社1983年郭绍虞辑校点本，第518页。

易《杂兴》的“色禽合为荒，政刑两已衰”，《无名税》的“夺我身上暖，买尔眼前恩。进入琼林库，岁久化为尘”，《轻肥》篇的“是岁江南旱，衢州人食人”，《买花》篇的“一丛深色花，十户中人赋”等，“率直更甚”（同上）。其他诸如孟郊《列女操》、《游子吟》等篇，命意真恳，措词亦善，而《秋夕》、《贫居》及《独愁》等，“皆伤于迫切”（同上）。再如韦应物《寄全椒道士》及《暮相思》，亦止八句六句，而“词殊不迫切，力量有余也”（同上）。贾岛之《客喜》、《寄远》、《古意》，“与东野一辙”（同上）。曹邺、于濆、聂夷中五古皆合理，“而率直迫切，全失诗体。梁、陈于理则远，于诗则近。邺等于理则合，于诗则违。宋人虽率直而不迫切”（同上）。这种诗歌与所谓的“理”，分离标准，尤令人齿冷。

以忌讳率直迫切为由，轻视讽刺性极强的白居易新乐府，今天看来，显然是落后的观点。同时反映了“温柔敦厚”作为诗教的片面性。尽管如此，宗奉“温柔敦厚”为圭臬之人，依旧极多。清宋咸熙《耐冷谈》卷四从诗教的角度，言温柔敦厚为金玉良言，为万古不变的真理：“温柔敦厚，诗教也。为人能得此四字，便终身享用不尽。盖诗以理性情，性情不治，心气即不能和平，处事待人，动多乖执，虽竟日长吟短咏，失作诗之本矣。”由此“失作诗之本”，何以言诗？

宋氏所言的以温柔敦厚为“诗之本”，实际上是古代诗话的基本认识：宋蔡正孙《诗林广记》后集卷四引《龟山语录》即言：“作诗不知《风》、《雅》之意，不可以作诗。”“《风》、《雅》之意”，就是温柔敦厚。故在朱庭珍《筱园诗话》卷三的笔下，“刻薄小人”便不能被称为诗人了：

古今以来，岂有刻薄小人，幸成诗家，忝入文苑之理？如阴参军已为宋臣矣，而陶渊明送之，但曰“才华不隐世，江湖多贱贫”，何等忠厚，何等微婉！若出后人手，不知如何浅露矣。少陵哭房琯，送严公，梦李白，寄王维，别郑虔，其诗无一不深厚沉挚，情见乎词，友朋风义，何其笃也！昌黎于柳州、东野，一往情深。有陶、杜、韩三公之性情，自宜有陶、杜、韩三公之诗文也。

言为心声，心诚则形于外，便会自然流露，人品学问心术，皆可于言决之，矫揉造作强加粉饰，欺骗不了识货之人。若违心之言，一见便可知晓。只有发自内心自然流出者，最有正气。

朱庭珍所言之“刻薄小人”，若仅从道义上理解，无疑有它正确的一面。

所谓“有陶、杜、韩三公之性情，自宜有陶、杜、韩三公之诗文”，实际上也就等于说，有何性情，便有何种诗。故而朱庭珍继续说：“温柔敦厚，诗教之本也。有温柔敦厚之性情，乃能有温柔敦厚之诗。本原既立，其言始可以传后世，轻薄之词，岂能传哉？”（同上）依诗教之本，立温柔性情，方能有温柔敦厚之风格。这样，“轻薄之词”，也便与以上所引的“率直迫切”，大旨归于统一了。

诗教繁缛的框框，并不能束缚古代诗人所有诗歌风格，清吴乔《围炉诗话》卷五解释“豪”之写法云：“诗以优柔敦厚为教，非可豪举者也。李、杜诗人称其豪，自未尝作豪想。豪则直，直则违于诗教。牧之自许诗豪，故《题乌江亭》诗失之于直。石曼卿、苏子美欲豪，更虚夸可厌。”[①] 诗教非万能的，豪风格便与其相谬，故在作者看来，李杜之成功，在于其“自未尝作豪想”，杜牧、苏舜卿之豪，则失于直。

清郭兆麒《梅崖诗话》规定了诗“宜”之准则：“诗寓规讽，乃其本教，宜隐不宜显，宜厚不宜薄，归于温厚和平而止。如云：‘万方频送喜，无乃圣躬劳’，此即脱胎《卫风》‘大夫夙退’二句。少陵一生尤擅场，‘不信楼头杨柳月，玉人歌舞未曾归’，稍露矣，亦非泛涉笔者。东坡用以讥切时政，便有‘乌台诗案’，癖吟者不可不知也。”[②] 苏轼之“乌台诗案”，便是违背诗“宜”的结果，结局之可怕，令诗人裹足不前。宋魏庆之《诗人玉屑》卷九《戒讪谤》也告诫诗人说：“诗者，人之情性也。非强谏争于延，怨忿诟于道，怒邻骂座之为也。”“非强谏争于延”，将怨刺之作排斥于诗教之外，束缚了诗人的行为。“其人忠信笃敬，抱道而居，与时乖逢，遇物悲言。同床而不察，并世而不同，情之所不能堪，因发于呻吟调笑之声，胸次释然，而闻者亦有所劝勉；比律吕而可歌，列干羽而可舞，是诗之美也。其发为讪谤侵陵，引颈以承戈。披襟而受矢，以快一时之忿者，人皆以为诗之祸；是失诗之旨，非诗之过也。”（同上）“诗之美”与“诗之祸”的效果对比，不无道理，表明温柔敦厚标准有益的一面。朱庭珍《筱园诗话》卷三将“文人相轻”之恶习，也视为违背诗教：

自宋以降，世风日下，文人相轻，渐成恶习。刘祁作《归潜志》，力诋遗

① （清）吴乔：《围炉诗话》卷五，《清诗话续编》，上海古籍出版社1983年郭绍虞辑校点本，第604页。

② （清）郭兆麒：《梅崖诗话》，山右丛书初编本。

山，自护己短。李空同与何大复书札相争，往复攻击。李于鳞因谢茂秦或（“或”疑为“成”字）名，反削其名于吟社，以书绝交。赵秋谷因不借《声调谱》之故，集矢阮亭，至作《谈龙录》以贬之。袁枚与赵翼互相标榜，亦互相刺讥，赵作四六文以控袁，虽云游戏，而笔端刻毒。与市棍揭帖、讼师刀笔无异。此等皆小人之尤，适以自献其丑，于人终无所损。君子之交，断不出此，才人当以为大戒也。

金代诗话家刘祁曾作《归潜志》，对诗人进行评论，有很高的文学史料价值。他曾批评元好问的诗歌。明代前七子李梦阳与同为前七子的何景明虽然共同反对虚浮的台阁体，主张文必秦汉、诗必盛唐，但二人每每书札相争，相互诋毁。后七子之首的李攀龙排挤同为后七子的谢榛，二人以书绝交。另外，类似清赵执信反目于王士禛，在其《谈龙录》中批评王士禛“诗中无人”。清袁枚与赵翼互相刺讥等“文人相轻”之恶习，均是由于没有做到温柔敦厚诗教的缘故，此愈发可证明温柔敦厚标准的益处。

但是这种正面有益的影响，并非是无限的。诗话家往往还需借助其他标准来加以助阵。清赵执信《谈龙录》不得不援以“发乎情，止乎礼义”来帮忙：“诗之为道也，非徒以风流相尚而已。《记》曰：‘温柔敦厚，诗教也。’冯先生恒以规人。《小序》曰：‘发乎情，止乎礼义。’余谓斯言也，真今日之针砭矣夫！”①

如果上述例子还不足以说明问题的话，那么，清末梁启超所看到的诗教局限性便异常明显了。《饮冰室诗话》以独特的眼光，审视着温文尔雅的诗坛，呼唤“蹈历之气”：

中国人无尚武精神，其原因甚多，而音乐靡曼亦其一端，此近世识者所同道也。昔斯巴达人被围，乞援于雅典，雅典人以一眇目跛足之学校教师应之，斯巴达人惑焉。及临阵，此教师为作军歌，斯巴达人诵之，勇气百倍，遂以获胜。甚矣声音之道感人深矣。吾中国向无军歌，其有一二，若杜工部之前、后《出塞》，盖不多见，然于发扬蹈厉之气尤缺。此非徒祖国文学之缺点，抑亦国运升沉所关也。②

---

① （清）赵执信：《谈龙录》，近代丁福保辑：《清诗话》，上海古籍出版社 1978 年修订本，第 311 页。

② 梁启超：《饮冰室诗话》，人民文学出版社 1959 年，第 42—43 页。

晚清诗话能于中国极贫极弱之时，感悟温柔敦厚诗教之弊端重重，倡导蹈厉之气，足见改良主义诗人的一腔热血。“往见黄公度《出军歌》四章，读之狂喜，大有‘含笑看吴钩’之乐，尝以录入《小说报》第一号。顷复见其全文，乃知共二十四首，凡出军、军中、还军各八章，其章末一字，义取相属，以‘鼓勇同行，敢战必胜，死战向前，纵横莫抗，旋师定约，张我国权’二十四字殿焉。其精神之雄壮活泼沉浑深远不必论，即文藻亦二千年所未有也，诗界革命之能事至斯而极矣。”① 梁启超充满激情之语令人热血沸腾。

事实上，意识到温柔敦厚之弊病者，千百年来早已固植在了人们的头脑里。例如，清康熙时的张谦宜在其《絸斋诗谈》卷一里，已看出不可一味地追求温柔敦厚的重要性：“诗要温雅，却不可一晌偏堕窠臼，连筋骨都浸得酥软，便不是真温雅矣。”② 宋黄彻《䂬溪诗话》卷一〇怀疑黄庭坚所说的“非强谏争于庭”，并非是普遍的真理：

山谷云：“诗者，人之性情也，非强谏争于庭，怨詈于道，怒邻骂坐之所为也。”余谓怒邻骂座固非诗本指，若《小弁》亲亲，未尝无怨；《何人斯》“取彼谮人，投畀豺虎”，未尝不愤。谓不可谏争，则又甚矣，箴规刺诲，何为而作？古者帝王尚许百工各执艺事以谏，诗独不得与工技等哉！故谲谏而不斥者，惟《风》为然。如《雅》云：“匪面命之，言提其耳。”“彼童而角，实讧小子。”“忧心惨惨，念国之为虐。”“乱匪降自天，生自妇人。”忠臣义士，欲正君定国，惟恐所陈不激切，岂尽优柔婉晦乎？故乐天《寄唐生》诗云：“篇篇无空文，字字必尽规。”③

以《诗经·小雅》中的《小弁》、《何人斯》，来证明《诗经》本身并不完全符合诗教，是极有说服力的。但黄彻同时承认：“怒邻骂座固非诗本指”，表明他本人并不愿脱离诗教去写诗。倒是其“诗独不得与工技等哉”、“忠臣义士，欲正君定国，惟恐所陈不激切，岂尽优柔婉晦乎”，慷慨陈词，富有叛逆精神。

清吴雷发《说诗菅蒯》承继了这种叛逆思想。“从古诗人，大约愤世嫉邪

① 梁启超：《饮冰室诗话》，人民文学出版社1959年版，第43页。

② （清）张谦宜：《絸斋诗谈》卷一，《清诗话续编》，上海古籍出版社1983年郭绍虞辑校点本，第794页。

③ （宋）黄彻：《䂬溪诗话》卷一〇，近代丁福保辑：《历代诗话续编》，中华书局1983年校点本，第395页。

者居多，今人作诗，切戒骂人，势必争妍取怜，学为妾归之道。宜乎诗稿中无非祝颂之词，谄谀之态，而气骨全不见也。”[①] 同黄彻相同的是，吴雷发的叛逆也是留有尾巴的：“但刺讥之中，须隐而彰，始为得体耳。至于深可憎恶者，原自不妨痛快。即《三百篇》中，何尝无痛骂不留余地处？以后不必论矣。夫强越人以文冕，犹可也；养鹓雏以死鼠，可乎哉？”（同上）清翁方纲《七言诗三昧举隅》干脆将诗教的含义扩大，将讥刺诗歌统统全部纳入“温柔敦厚”的麾下，甚至包括白居易的乐府诗：“而《北征》、《奉先咏怀》实继《二雅》而作，温柔敦厚之旨，所必归之者也。七言则不但《悲陈陶》、《哀江头》皆温柔敦厚也，即《长恨歌》、《连昌宫》、《望云骓》，亦皆温柔敦厚之至者也；香山乐府，亦皆温柔敦厚之至者也。”[②] 这种思想并非仅仅偶然。沈德潜《说诗晬语》卷上也说：“《巷伯》恶恶，至欲‘投畀豺虎’，‘投畀有北’，何尝留一余地？然想其用意，正欲激发其羞恶之本心，使之同归于善，则仍是温柔和平之旨也；《墙茨》、《相鼠》诸诗，亦须本斯意读。”言不留一余地仍符温柔敦厚之诗旨，显为狡辩。倒是清毛先舒《诗辩坻》卷三之坦言，反倒给人以诚实的感觉：

诗者，温柔敦厚之善物也。故美多显颂，刺多微文，涕泣关弓，情非获已。然亦每相迁避，语不署名。至若乱国迷民，如“太师”、“皇父”之属，方直斥不讳。斯盖情同痛哭，事类弹文，君父攸关，断难曲笔矣。而《诗》犹曰：“伊谁云从，惟暴之云。”又曰：“凡百君子，敬而听之。”其辞之不为迫遽，盖如斯也。后之君子，喜招人过，每相摭拾以资输写。夫朋友之道，本以义合者也，小瑕宜合好而掩恶，大过宜忠告而善道，至不获已，则徐引而退耳。今乃小垢宿愆，动见抵巇，淫辞巧诋，务盈篇牍，不卬彼恤，蕲竭我才。[③]

乱国迷民，难以曲笔、温柔敦厚地去写，当直斥不讳。可见，关涉于美刺，往往不能达到温柔敦厚诗教之标准。故而清黄子云《野鸿诗的》视“温

① （清）吴雷发：《说诗菅蒯》，近代丁福保辑：《清诗话》，上海古籍出版社 1978 年修订本，第 902 页。

② （清）翁方纲：《七言诗三昧举隅》，近代丁福保辑：《清诗话》，上海古籍出版社 1978 年修订本，第 291—292 页。

③ （清）毛先舒：《诗辩坻》卷三，《清诗话续编》，上海古籍出版社 1983 年郭绍虞辑校点本，第 68 页。

柔”与“切直”为经与权的关系，二者时有变通：“诗贵乎温柔，亦有不嫌切直，如《十月之交》篇中，历斥其人而不讳。则杜老《丽人行》：‘赐名大国虢与秦’，‘慎莫近前丞相嗔’，非风人之义与？因是知温柔者诗之经，切直者诗之权也。”[①] 将“切直”视之为权宜之变，实质上并未离开温柔敦厚而另立山头。清叶燮《原诗》内篇上也云：“或曰：温柔敦厚，诗教也。汉、魏去古未远，此意犹存，后此者不及也。不知温柔敦厚，其意也，所以为体也，措之于用，则不同；辞者，其文也，所以为用也，返之于体，则不异。汉、魏之辞，有汉、魏之温柔敦厚，唐、宋、元之辞，有唐、宋、元之温柔敦厚。”[②] 各代有各代之温柔敦厚，譬之如一草一木，无不得天地阳春以生长，草木之数量以亿万计，其形体及生长情状，亦以亿万计，未尝有相同一定之形。所谓大千世界没有两片相同的树叶，就是这个道理。故而叶燮云：“且温柔敦厚之旨，亦在作者神而明之。如必执而泥之，则《巷伯》‘投畀’之章，亦难合于斯言矣。”（同上）

各代有各代的温柔敦厚，实质上已远离了诗教最初之旨，但为了能说明诗人对讽刺作品的喜爱，也只能做此权下之计了。

第二节　从来偏嗜最为小见[③]

中和诗风最为难求　美颂与讽刺均不可至极　诗家注意事项及纠正方法　不可借此诗风去攻讦另一诗风

古代诗话将儒家传统思想——“中庸”应用到了诗歌的创作与批评之中。中庸思想本为儒家传统文化的人生哲学和方法论。早在《易经》中便有对“中”的认识，《易传》里有“中正”、“正中”、“中行”、“中直”、“大中”、“位中”、“行中”、“中时”、“中心”等近三十种称呼。“中庸”一词，最早出现在《论语·雍也》篇：“中庸之为德也，其至矣乎！”[④] 郑玄解释道：“以其

---

① （清）黄子云：《野鸿诗的》，近代丁福保辑：《清诗话》，上海古籍出版社1978年修订本，第859—860页。

② （清）叶燮：《原诗》卷一，人民文学出版社1998年霍松林校注本，第7页。

③ （清）薛雪：《一瓢诗话》，清昭代丛书本。

④ 校刻者（清）阮元：《十三经注疏·论语注疏·雍也》，中华书局1980年影印本，第2479页。

记中和之为用也。庸，用也。”[①] 程颐云：“不偏之谓中，不易之谓庸；中者天下之正道，庸者天下之定理。”[②] 朱熹谓：“中者，不偏不倚，无过无不及之名也；庸，平常也。”（同上）中庸思想用于古代的诗歌创作中，形成中和之美的诗风，对古代诗话产生了深远的影响。

中和，重在矛盾双方的对立统一，故诗人极难恰到好处地把握它。清叶燮《原诗》外篇上说：“陈熟、生新，二者于义为对待。对待之义，自太极生两仪以后，无事无物不然。”[③] 如日月、寒暑、昼夜，以及人事之万有：生死、贵贱，贫富、高卑，上下、长短，远近、新旧，大小、香臭，深浅、明暗，种种两端，不可枚举。对立源于天地，万事万物无不皆然，且各有美恶：“大约对待之两端，各有美有恶，非美恶有所偏于一者也。……人皆美生而恶死，美香而恶臭，美富贵而恶贫贱。然逢、比之尽忠，死何尝不美？江总之白首，生何尝不恶？幽兰得粪而肥，臭以成美；海木生香则萎，香反为恶。富贵有时而可恶，贫贱有时而见美，尤易以明。即庄生所云：‘其成也毁，其毁也成’之义。”（同上）美恶之标准是以事物为准，或旧胜新，或新胜旧，没有定案。叶氏云：“对待之美恶，果有常主乎？生熟、新旧二义，以凡事物参之，器用以商、周为宝，是旧胜新；美人以新知为佳，是新胜旧，肉食以熟为美者也，果食以生为美者也，反是则而恶。推之诗，独不然乎？舒写胸襟，发挥景物，境皆独得，意自天成，能令人永言三叹，寻味不穷，忘其为熟，转益见新，无适而不可也。若五内空如，毫无寄托，以剿袭浮辞为熟，搜寻险怪为生，均为风雅所摈。论文亦有顺、逆二义，并可与此参观发明矣。”[④] 批评诗歌当有“顺、逆”之义，二义普遍存于诗歌之中。

但无论是顺，还是逆，均不可过及，谢榛《四溟诗话》卷四写诗中比喻、嗟怨、称誉、模拟、愁苦、欢喜、熟字千用、难字几出等至极之病皆与过度有关：“比喻多而失于难解，嗟怨频而流于不平，过称誉岂其中心？专模拟非其本色。愁苦甚则有感，欢喜多则无味。熟字千用自弗觉，难字几出人易见。邈然想头，工乎作手，诗造极处，悟而且精，李、杜不可及也。”[⑤] 宋魏庆之《诗人玉屑》卷五归纳至极之“十易”：“气高而易怒，力劲而易露，情多而易

① 校刻者（清）阮元：《十三经注疏·礼记正义·中庸》，（汉）郑玄注，中华书局 1980 年影印本，第 1625 页。

② （宋）朱熹：《四书章句集注·中庸》，文渊阁《四库全书》本。

③ （清）叶燮：《原诗》外篇上，人民文学出版社 1998 年霍松林校注本，第 44 页。

④ 同上书，第 44—45 页。

⑤ （明）谢榛：《四溟诗话》卷四，人民文学出版社 1962 年宛平校点本，第 109 页。

暗，才赡而易疏，道情而易僻，思深而易涩，放逸而易迂，飞动而易浮，新奇而易怪，容易而易弱。”怒、露、暗、疏、僻、涩、迂、浮、怪、弱十病，均由僭越中庸而得。故清叶燮主张诗家不可一偏：“夫厌陈熟者，必趋生新；而厌生新者，则又返趋陈熟。以愚论之：陈熟、生新，不可一偏；必二者相济，于陈中见新，生中得熟，方全其美。若主于一，而彼此交讥，则二俱有过。然则，诗家工拙美恶之定评，不在乎此，亦在其人神而明之而已。”① 诸如雕刻，既不能不雕琢，也不可逾过尺度，所谓：“雕刻伤气；敷衍露骨。若鄙而不精巧，是不雕刻之过；拙而无委曲，是不敷衍之过。”②

除上之外，古诗话注意到了“力”与“气”均不可偏废的问题。唐皎然《诗式·诗有二要》即云，写诗“要力全而不苦涩，要气足而不怒张”③。“力”、“气”太随便，咀嚼诗时无深沉之诗味，容易犯牵合之病；“力”、“气”用少，则无超越之趣，易使诗费解。故而清叶矫然《龙性堂诗话初集》言“此中深浅，不可以言喻，解人自会”④。明杨慎《升庵诗话》卷九评庾信之诗得新意：“绮艳清新，人皆知之，而其老成，独子美能发其妙。余尝合而衍之曰：绮多伤质，艳多无骨。清易近薄，新易近尖。子山之诗，绮而有质，艳而有骨，清而不薄，新而不尖，所以为老成也。若元人之诗，非不绮艳，非不清新，而乏老成。宋人诗则强作老成态度，而绮艳清新，概未之有。若子山者，可谓兼之矣。不然，则子美何以服之如此?”⑤ 庾信之诗，为梁之冠绝，后启唐之先鞭。史评其诗曰绮艳，杜子美称之曰清新，又曰老成。庾信能与绮、艳、清、新兼而得之“中”，故能避前人之病。

在诗歌批评中，批评者发现“中和”诗风最为难求。“中和”是诗话梦寐以求的目标。明安磐《颐山诗话》体会到了诗歌中和之难。主要表现在：奇者诡而不法，兴者僻而不遂，丽者绮而不合，赋者直而不深，淡者枯而不振，比者泛而不揆，苦者涩而不入，达者肆而不制，巧者藻而不壮，质者俚而不华，丰者奢而不节，约者陋而不变。循者失之剽，新者失之怪，振者失之夸，

---

① （清）叶燮：《原诗》卷三，人民文学出版社 1998 年霍松林校注本，第 44 页。

② （宋）姜夔：《白石道人诗说》，（清）何文焕辑：《历代诗话》，中华书局 1981 年校点本，第 680 页。

③ （唐）皎然：《诗式·诗有二要》，（清）何文焕辑：《历代诗话》，中华书局 1981 年校点本，第 27 页。

④ （清）叶矫然：《龙性堂诗话初集》，《清诗话续编》，上海古籍出版社 1983 年郭绍虞辑校点本，第 938 页。

⑤ （明）杨慎：《升庵诗话》卷九，近代丁福保辑：《历代诗话续编》，中华书局 1983 年校点本，第 815 页。

径者失之浅，速者失之率，奥者失之沉。故其言曰：“诗之难如此！”且好诗与优秀诗人均不多见：“《三百篇》尚矣。三代而下，如曹、刘风骨之古，李、杜《选》律之备，其庶几焉。世之程才艺苑、献最吟坛者，非不精骛八极，心游无始，日摛前藻，心企往躅，然而咏高历赏、离众绝致者，盖不多见，讵非难欤？”① 峰在奇险，空嗟长叹，古今能有几人登上最高险峰？

引人注目的是，古代诗话意识到了写诗美颂或讽刺均不可至极的道理：“美颂不可情奢，情奢则轻浮见矣，讽刺不可怒张，怒张则筋骨露矣。”② 清薛雪《一瓢诗话》以为，只有做到以下几点，“方不愧老成”：第一，绮而有质，艳而有骨。第二，清而不薄，新而弗尖。第三，稗官野史，尽作雅音。马勃牛溲，尽收药笼（写俗，当尽量雅）。第四，执画戟莫敢当前，张空弩犹堪转战（写诗当尽量含蓄）。至于四点如何把握尺度，全在于用乎一心。

“用乎一心”实难把握恰当的尺度。唐李洪宣《缘情手鉴诗格·诗有五不得》可谓其注脚：“五不得”大意为：一不得以虚大为高古，二不得以缓漫为淡伫，三不得以诡怪为新奇，四不得以错用为独善，五不得以烂熟为隐约。清方东树《昭昧詹言》卷六认为，写诗用典须注意：“生而不典则伧，典而不生则旧，亦在烹炼熔铸，典则生新，斯又须择取而用之。有典而伧旧不新巧者，勿用也。”金王若虚《滹南诗话》卷一注意到了“巧”与“拙”的关系：“以巧为巧，其巧不足，巧拙相济，则使人不厌。唯其巧者，乃能就拙为巧，所谓游戏者，一文一质，道之中也。雕琢太甚，则伤其全；经营过深，则失其本。”③ 巧拙相济，一文一质；雕琢与经营均不宜过量，此为中和诗风之美。

由此，清毛先舒《诗辩坻》卷四以为写诗应当：“避痴重可也，削腴不可也。避板可也，导流不可也。避套可也，废法不可也。冥搜可也，害气不可也。谢已披之华可也，竞雕琢之字不可也。”④ 以上“可”与“不可”，“皆当辨于毫末，偏者顾失之远。”（同上）明王世贞以为屈原与司马相如的写作经验是：能于“杂”、“复”、“丽”、“放”四方面做到“中”：“杂而不乱，复而不厌，其所以为屈乎？丽而不俳，放而有制，其所以为长卿（司马相如）乎？以整次求二子则寡矣。”⑤

---

①（明）安磐：《颐山诗话》，《四库全书珍本初集本》。

②（唐）徐衍：《风骚要式》，见张伯伟《全唐五代诗歌汇考》，凤凰出版社 2005 年版，第 452 页。

③（金）王若虚：《滹南诗话》卷一，近代丁福保辑：《历代诗话续编》，中华书局 1983 年校点本，第 507 页。

④（清）毛先舒：《诗辩坻》卷四，《清诗话续编》，上海古籍出版社 1983 年郭绍虞辑校点本，第 87 页。

⑤（明）王世贞：《艺苑卮言·增补艺苑卮言附录卷之八》，明万历十七年武林樵云书舍刻本。

明胡震亨《唐音癸签》卷二要求诗人“逸辞”、“辩言”、“靡丽”，均应“止乎礼义”。“挚虞云：诗发乎情，止乎礼义。假象过大，则与类相过；逸辞过壮，则与事相违；辩言过理，则与义相失，靡丽过美。则与情相悖。”清王寿昌《小清华园诗谈》卷上归纳诗有“三留”：留好意以待发挥，留好字以助警策，留好韵以振精神。“诗有三不欲胜”：文不欲胜质，境不欲胜情，情不欲胜理。“诗有三不尽”：景尽情不尽，语尽意不尽，兴尽味不尽。“诗有四勿伤”：炼勿伤气，曲勿伤意，淡勿伤味，瘦勿伤神。“诗有四不可”：骨不可露，气不可浮，情不可过，意不可偏。“诗有五不可失”：丽不可失之艳，新不可失之巧，淡不可失之枯，壮不可失之粗豪，奇不可失之穿凿。“诗有三浅”：意欲深而语欲浅，炼欲精而色欲浅，学欲博而用事欲浅。

相形上述之经验，清冒春荣《葚园诗说》卷二要求诗家注意雅、俗之辨别，条条框框更多，共有十二种。大致情况是，诗欲高华，然不得以浮冒为高华；诗欲沉郁，然不得以晦涩为沉郁；诗欲雄壮，然不得以粗豪为雄壮；诗欲冲淡，然不得以寡薄为冲淡；诗欲奇娇，然不得以诡僻为奇娇；诗欲典则，然不得以庸腐为典则；诗欲苍劲，然不得以老硬为苍劲；诗欲秀润，然不得以微弱为秀润；诗欲飘逸，然不得以佻达为飘逸；诗欲质厚，然不得以板滞为质厚；诗欲精彩，然不得以雕绘为精彩；诗欲清真，然不得以鄙俚为清真。这十二种经验极为重要，作者感叹说：“诗家雅俗之辨，尽于此（指十二种雅、俗之辨）矣。”①

纵观古诗话，亦有简单明了的论述。明徐祯卿《谈艺录》提出“合度”的写作见解即很简洁：“诗贵先合度，而后工拙。纵横、格轨，各具风雅。繁钦《定情》，本之《郑》、《卫》，‘生年不满百’，出自《唐风》；王粲《从军》，得之二《雅》，张衡《同声》，亦合《关雎》。诸诗固自有工丑，然而并驱者，托之轨度也。”② 合度其实也就是中和，无论“工”还是“拙”，均应靠轨度行事。宋范温《潜溪诗眼》之论述可与徐氏的说法相媲美：“老杜诗凡一篇皆工拙相半，古人文章类如此。皆拙固无取，使其皆工，则峭急而无古气，如李贺之流是也。然后世学者。当先学其工者，精神气骨，皆在于此。”③ 诗歌应当工拙皆半，实际上也就是要有中和之美。

---

① （清）冒春荣：《葚园诗说》卷二，《清诗话续编》，上海古籍出版社 1983 年郭绍虞辑校点本，第 1597 页。

② （明）徐祯卿：《谈艺录》，（清）何文焕辑：《历代诗话》，中华书局 1981 年校点本，第 769 页。

③ （宋）范温：《潜溪诗眼》，郭绍虞：《宋诗话辑佚》，中华书局 1980 年，第 322—323 页。

清王寿昌《小清华园诗谈》卷上以为在应用中和写作方法时，达到“深入浅出”之境最难：“昔人谓狮子搏象用全力，搏兔亦用全力。余以为杜诗亦然，故有时似浅而实不浅，似淡而实不淡，似粗而实不粗，似易而实不易，此境最难，然其秘只在‘深入浅出’四字耳。”① 清洪亮吉批评袁枚诗太巧，走向极端：“诗固忌拙，然亦不可太巧。近日袁大令枚《随园诗集》颇犯此病。”② 巧本为好的现象，但太巧，便不符合中和思想了。故清张谦宜《絸斋诗谈》卷一倡导深浅不得至极，应“中间思忖”：“深不得钩棘，浅不得浮油，宜于中间思忖。”③ 清贺贻孙《诗筏》言写诗当兼有“中”、“内”：“乱头租服之中，条理井然；金玉追琢之内，姿态横生，兼此二妙，方称作家。”④

有的时候，在批评和写作时，思想不符合中和，那么便应该采取折中的态度。清吴仰贤《小匏庵诗话》卷一要求写作要“折衷”，不固执己见：“韩子苍谓：‘作语不可太熟，亦须令生。’……晋江丁雁水炜论诗云：‘清而不已，间入于薄，真而不已，或至于率。率与薄相乘，渐且为俚为野。’又云：‘诗贵合法，然法胜则离。诗贵近情，然情胜则俚。’此皆折衷之论，不胶已见者也。”王士禛言合肥李相国受益于中和，而卓然为诗家大宗：“合肥李相国容斋诗仅存千首，以《南》、《雅》为经，以《史》、《汉》、《骚》、《选》、古乐府为纬，取材博而不杂，持格高而不亢，托兴深而不诡，遣调婉而不靡，敷采丽而有则，卓然为本朝一大宗无疑。”（《带经堂诗话》卷五）言其为“本朝一大宗”，不乏有王士禛拍马屁之因素。但其以中和为大宗之标准，无疑是正确的。

金王若虚《滹南诗话》卷二深知黄庭坚之偏颇，要求诗人以能中道而立：“山谷之诗，有奇而无妙，有斩绝而无横放，铺张学问以为富，点化陈腐以为新，而浑然天成，如肺肝中流出者，不足也。”⑤ 他总结内里之原因道：“此所以力追东坡而不及欤？……同者袭其迹而不知返，异者畏其名而不敢非。”由

---

① （清）王寿昌：《小清华园诗谈》卷上，《清诗话续编》，上海古籍出版社1983年郭绍虞辑校点本，第1878页。

② （清）洪亮吉：《北江诗话》卷一，人民文学出版社1983年版陈迩冬校点本，第9页。

③ （清）张谦宜：《絸斋诗谈》卷一，《清诗话续编》，上海古籍出版社1983年郭绍虞辑校点本，第794页。

④ （清）贺贻孙：《诗筏》，《清诗话续编》，上海古籍出版社1983年郭绍虞辑校点本，第139页。

⑤ （金）王若虚：《滹南诗话》卷二，近代丁福保辑：《历代诗话续编》，中华书局1983年校点本，第518页。

此作者总结云："人能中道而立，以巨眼观之，是非真伪，望而可见也。"①

以中和思想为标准，便不能容忍诗歌有过激之语言了。清朱庭珍《筱园诗话》卷一以儒、释、道均倡导"中"，而进一步认为"过"实为诗之大病："孔子曰：'过犹不及。'又曰：'中庸不可能也。'《尚书》亦曰：'允执厥中。'释氏炼妙明心，归于一乘妙法；道家九转功成，内经圣胎，同是一'中'字至理。益超凡入圣，自有此神化境界，诗家造诣，何独不然！人力既尽，天工合符。所作之诗，自然如'初榻《黄庭》，恰到好处'从心所欲，纵笔所之，无不水到渠成，若天造地设，一定而不可易矣。此方是得心应手之技，故出人意外者，仍在人意中也。若夫不及者，固不足道，即过者，其病亦历历可指。"他总结写诗之"过"者，大致有：太奇则凡，太巧则纤，太刻则拙，太新则庸、太浓则俗，太切则卑，太清则薄，太深则晦，太高则枯，太厚则滞，太雄则粗，太快则剽，太神则冗，太收则蹙。以上"皆诗家大病也，学者不可不知"（同上）。由此当然"必造到适中之境，恰好地步"（同上）。只有这样，方无遗憾。

不能做到"中和"即偏，诗话论述了偏之补救。清张谦宜《䌹斋诗谈》卷一认为偏者须觉悟，加以补偏："凡人才力学识无有不偏者，要须早自觉悟，时为补救。"②"然须按类增益，不得向鳆鱼锅内煮狗肉。"③例如，其喜壮丽一路，久之必有粗粝病症，当以温雅济之；若喜澹远一路，久之必有枯瘦病痛，当以英华济之。

袁枚《续诗品·辨微》以为批评诗歌时，当辨明是新非纤，是淡非枯，是朴非拙，是健非粗等内容。"急宜判分，毫厘千里。勿混淄渑，勿眩朱紫。戒之戒之，贤智之过。老手颓唐，才人胆大。"④故此，他以为作诗与批评均有不可不辨者："为人不可不辨者：柔之与弱也，刚之与暴也，俭之为啬也，厚之与昏也，明之与刻也，自重之与自大也，自谦之与自贱也：似是而非。作诗不可不辨者：淡之与枯也，新之与纤也，仆之与拙也，健之与粗也，华之与

① （金）王若虚：《滹南诗话》卷二，近代丁福保辑：《历代诗话续编》，中华书局1983年校点本，第518—519页。

② （清）张谦宜：《䌹斋诗谈》卷一，《清诗话续编》，上海古籍出版社1983年郭绍虞辑校点本，第796页。

③ 同上书，第797页。

④ （清）袁枚：《续诗品·辨微》，近代丁福保辑：《清诗话》，上海古籍出版社1978年修订本，第1033页。

浮也，清之与薄也，厚重之与笨滞也，纵横之与杂乱也：亦似是而非。”① 以上似是而非之物，袁枚以为，若不辨明，往往会“差之毫厘，失之千里”（同上）。

除此之外，古诗话就批评诗歌当中常易出现的不符合中和写作方法的问题予以了纠正：

清毛先舒《诗辩坻》卷四提醒诗人应辨明“十似”。大致为：激戾似遒，凌兢似壮，铺缀似丽，佻巧似隽，底滞似稳，枯瘠似苍，方钝似老，拙稚似古，艰棘似奇，断碎似变。唐皎然《诗式·诗有六迷》中的“六迷”与“十似”相类似。大致为：以虚诞而为高古，以缓慢而为冲澹，以错用意而为独善，以诡怪而为新奇，以烂熟而为稳约，以气力少弱而为容易。清贺贻孙要求诗者反勘细察，内容大意为：似醇者中之杂，似深行中之浅，似细者中之粗，似静者中之乱，似密者中之疏，似腴者中之枯，似奇者中之迂，似达者中之憧。除此之外，还应“如此反勘，不可胜举，大约嫌其似而已”②。明王世贞《艺苑卮言·增补艺苑卮言卷之二》细辨三曹之诗：“曹公莽莽，古宜悲谅（‘谅’：疑为‘凉’）。子桓小藻，自是乐府本色。子建天才流丽，虽誉冠千古，而实逊父兄。何以故？材太高，辞太华。”宋范温《潜溪诗眼》赞建安诗深得“中”之旨：“建安诗辩而不华，质而不俚，风调高雅，格力遒壮。其言直致而少对偶，指事情而绮丽，得风雅骚人之气骨，最为近古者也。”③ 张戒辨杜诗与王安石、黄庭坚、欧阳修、苏轼、李商隐、杜牧等人诗的特点：“王介甫只知巧语之为诗，而不知拙语亦诗也，山谷只知奇语之为诗，而不知常语亦诗也，欧阳公诗专以快意为主，苏端明诗专以刻意为工，李义山诗只知有金玉龙凤，杜牧之诗只知有绮罗脂粉，李长吉诗只知有花草蜂蝶，而不知世间一切皆诗也。惟杜子美则不然，在山林则山林，在廊庙则廊庙，遇巧则巧，遇拙则拙，遇奇则奇，遇俗则俗，或放或收，或新或旧，一切物、一切事、一切意，无非诗者。故曰‘吟多意有余’，又曰‘诗尽人间兴’，诚哉是言！”④ 杜甫知世间一切皆为诗，他人只知一二，故有诗风之区别。明王世贞《艺苑卮言·增补艺苑卮言附录卷之三》注意到诗风愈巧愈拙、愈新愈陈的现象：“诗格变自苏、黄，固也，黄意不满苏，直欲凌其上，然故不如苏也。何者？愈巧

---

① （清）袁枚：《随园诗话》卷二，人民文学出版社1982年顾学颉校点本，第49页。

② （清）贺贻孙：《诗筏》，《清诗话续编》，上海古籍出版社1983年郭绍虞辑校点本，第175页。

③ （宋）范温：《潜溪诗眼》，郭绍虞：《宋诗话辑佚》，中华书局1980年版，第315页。

④ （宋）张戒：《岁寒堂诗话》卷上，近代丁福保辑：《历代诗话续编》，中华书局1983年校点本，第464页。

愈拙，愈新愈陈，愈近愈远。”

古诗话对上述偏颇的写作方法的纠正，充分体现出古诗话作者受传统中庸思想的影响是根深蒂固的。从另一角度上来讲，偏，实际上反映出诗家眼界之狭窄。清薛雪《一瓢诗话》即云：“从来偏嗜最为小见。如喜清幽者，则绌痛快淋漓之作为愤激、为叫嚣；喜苍劲者，必恶宛转幽扬之音为纤巧、为卑靡。殊不知天地赋物，飞潜动植，各有一性，何莫非两间生气以成此？理有固然，无容执一。”故元好问以韩愈奇警之诗风，责备秦观诗风为“女郎”，便受到众诗话的批评：

元遗山《论诗三十首》，内一首云：“有情芍药含春泪。无力蔷薇卧晚枝。拈出退之山石句，始知渠是女郎诗。”初不晓所谓，后见《诗文自警》一编，亦遗山所著，谓：“有情芍药含春泪，无力蔷薇卧晚枝”，此秦少游《春雨》诗也。非不工巧，然以退之《山石》句观之，渠乃女郎诗也。破却工夫，何至作女郎诗？按昌黎诗云：“山石荦确行径微，黄昏到寺蝙蝠飞。升堂坐阶新雨足，芭蕉叶大栀子肥。”遗山固为此论。然诗亦相题而作，又不可拘以一律。如老杜云：“香雾云鬟湿，清辉玉臂寒。”“俱飞蛱蝶元相逐，并蒂芙蓉本自双。”亦可谓女郎诗耶？①

“不可拘以一律”，以己之喜好，攻伐他人，是极端偏激错误的。清于源《灯窗琐话》卷一也批评元好问之偏激道：“‘有情芍药含春泪，无力蔷薇卧晚枝。’是少游体物佳境。元遗山论诗，援昌黎《山石》诗以衡之，未免拟于不伦。曾见朱梦泉为人画扇，题一绝云：‘淮海风流句亦仙，遗山创论我嫌偏。铜琶铁绰关西汉，不及红牙唱酒边。’实获吾心矣。”② 袁枚以《诗经·大雅·文王》与《诗经·周南·卷耳》驳斥元好问之偏激：“余雅不喜元遗山论诗，引退之《山石》句，笑秦淮海‘芍药蔷薇’，一联为女郎诗。是何异引周公之‘穆穆文王’，而斥后妃之‘采采卷耳’也？前于《诗话》中已深非之。”③ 文中虽将女子怀念征人之作，误解为后妃之诗，但其所说的不可以一诗风去攻讦另一诗风的认识，无疑是正确的。

---

① （明）瞿佑：《归田诗话》卷上，近代丁福保辑：《历代诗话续编》，中华书局 1983 年校点本，第 1240—1241 页。

② （清）于源：《灯窗琐话》卷一，一粟庐全集本。

③ （清）袁枚：《随园诗话·随园诗话补遗》卷八，人民文学出版社 1982 年顾学颉校点本，第 773 页。

往往被批评者鄙弃的诗风有其另一番天地。《随园诗话》卷五以为，韩愈与秦观不同诗风之诗，各有境界："元遗山讥秦少游云：（诗略）此论大谬。芍药、蔷薇，原近女郎，不近山石，二者不可相提而并论。诗题各有境界，各有宜称。杜少陵诗，光焰万丈，然而'香雾云鬟湿，清辉玉臂寒'，'分飞蛱蝶原相逐。并蒂芙蓉本是双'；韩退之诗，横空盘硬语，然'银烛未消窗送曙，金钗半醉坐添春。'又何尝不是女郎诗耶？《东山》诗：'其新孔嘉，其旧如之何？'周公大圣人，亦且善谑。"①

当然，诗话之评并非是整齐划一的，例如，清吴景旭即赞美元好问之评为"切中其病"：

遗山论诗，直以诗作论也，抑扬讽叹，往往破的，读者息心静气以求之，得其肯会，大是谈诗一助。少游乃填词当家，其于诗场，未免踏入软红尘去。故遗山所咏，切中其病，他日又书以自警，盖知之深，言之当也。如钟嵘评张华诗，恨其儿女情多，风云气少。而遗山乃云："风云若恨张华少，温李新声奈尔何！"则是遗山自出真裁，非一切以女郎抹人也。②

不过，这种认识毕竟只是支流而已。

诗话对中和的认识，使得诗话作者向往"宽"之诗风："司空表圣云：'味在酸咸之外。'盖概而论之，岂有无味之诗乎哉？观其所第二十四品，设格甚宽，后人得以各从其所近，非第以'不著一字，尽得风流'为极则也。"③清孙雄《眉韵楼诗话续集》卷二赞美孔子选诗不避凡俗，将各种各样的诗歌均网罗于内："番禺张南山先生维屏《论诗绝句》云：'《南》、《豳》、《雅》、《颂》逐篇求，《三百篇》中体不侔，至圣尼山真巨眼，短长浓淡一齐收。''天地氤氲万物春，缘情绮靡亦天真。《风》《骚》两种为诗祖，正派何曾废美人！'"④

古代诗歌之中，诗风多姿多彩，如雄浑、古逸、悲壮、幽雅、冲淡、清秀、生辣、沉着、古朴、典雅，婉丽、清新、豪放、质实、俊逸、清奇、妙

① （清）袁枚：《随园诗话》卷五，人民文学出版社1982年顾学颉校点本，第147—148页。

② （吴）景旭：《历代诗话》卷六四，京华出版社1998年版，第810页。

③ （清）赵执信：《谈龙录》，近代丁福保辑：《清诗话》，上海古籍出版社1978年修订本，第314页。

④ （清）孙雄：《眉韵楼诗话续集》卷二，清光绪年间本。

悟，诸品皆各有所主，故不能以其中的“豪放”、“婉约”、“现实”、“浪漫”取其一，而概乎其余。以“质实”诗风为例，质实易流于枯，易流于腐，易流于拙。因为“质实”诗风仅仅为诸品诗风之一品而已。若以其概括众家诗风则是荒唐可笑的。有如游泰山，奇峰怪崿，拔地倚天。然山涧中不乏杜鹃红艳，春兰幽香；溪水旁有昌条冶叶，动人春思。此泰山之所以为大也。故文坛巨匠当有文豪之心胸，不可褊狭，以有中和思想为佳。

第三节　文章公器，虽有宗派，无所谓统也[①]

诗派与统　诗派与“统”，分庭抗礼　批评诗派　呼唤本色，反对诗派

古代诗话在批评古诗歌时注意到了诗歌流派的问题，并予以其较为深刻的探究。这些探究，为后来的批评者批评古诗歌留下了一份宝贵的经验。

文学史上有屈宋、柏梁体、建安七子、竟陵八友、徐庾体、田园诗派、山水诗派、大历十才子、西昆诗派、江西诗派、永嘉四灵、前后七子等，这些称呼，实为中国古代诗歌之不同流派。现代一般认为，诗歌史上一些诗歌风格相同或相近的诗人，自觉或不自觉地结合在一起，形成一股诗歌潮流，称之为诗歌流派。一般来说，诗派成员的政治思想倾向、诗歌见解、写诗方法基本上是一致的。中国古代诗话对其有着相当多的论述。

清宋荦序张泰来《江西诗社宗派图录》，不仅注意到了诗派，还注意到了“统”：“诗有统有派。余友刘子山蔚曰：‘统犹水行于地，汇于归墟，而总为天一之所生，非支流别港之所得偏据以为名，至于四渎百川之既分，分而溢，溢而溯其所由出，然后称派以别之。’”[②] 故而他对诗派的解释非常地形象：“派者，盖一流之余也。”（同上）派，如同河水之支流。诗派为其诗歌总河的支流。统为其河流的主流。

诗话历来倚重对诗人鼻祖的研究。至钟嵘《诗品》时，已相当成熟。钟嵘力图揭示诗人创作风格的承继关系，溯源追本。这种传统，为后世诗话探求

---

① （清）朱庭珍：《筱园诗话》卷四，清光绪十年刻本。

② （清）张泰来：《江西诗社宗派图录》“宋荦序”，近代丁福保辑：《清诗话》，上海古籍出版社1978年修订本，第47页。

诗派之鼻祖，有相当大的影响。以致渐为时尚。不知时尚者，便是不识祖。清袁枚批评今人道："今人一见文字艰涩，便以为文体不正。不知'载鬼一车'、'上帝板板'，已见于《毛诗》、《周易》也。"① 清毛先舒《诗辩坻》卷一以为尽管诗派不一，而均有共同的鼻祖，即《诗经》里的《风》、《雅》："诗学流派，各有颛家，要其鼻祖，归源《风》、《雅》。《风》、《雅》所衍，流别已伙。"②《诗经》里的风、雅、颂，恩泽被及后人。

清袁枚之门户祖述，除《风》、《雅》外，范围更宽泛了些："古人门户虽各自标新，亦各有所祖述。如《玉台新咏》、温、李、西昆得力于《风》者也。李、杜排奡，得力于《雅》者也。韩、孟奇崛，得力于《颂》者也。李贺、卢仝之险怪，得力于《离骚》、《天问》、《大招》者也。元、白七古长篇，得力于初唐四子；而四子又得之于庾子山及《孔雀东南飞》诸乐府者也。"③ 宗奉之好恶，使他人并不能立即识得庐山真面目。诸如方东树《昭昧詹言》卷一载南宋以来诗家，只知李、杜、韩、苏，不知杜、韩源于《诗经》、屈原、汉、魏、鲍、谢："南宋以来诗家，无出李、杜、韩、苏四公境界，更不向上求，故亦无复有如四公者。一二深学，即能避李、苏，亦止追寻到杜、韩而止。乃若其才既非天授，又不知杜、韩之导源《经》、《骚》，津逮汉、魏，奄有鲍、谢处，故终亦不能到杜、韩也。"《诗经》与《离骚》为中国古代两座最早巍然耸立的高峰，以其为祖并无过错。

但方东树《昭昧詹言》卷一以为古今诗人不出庄子放旷、屈原穷愁两大派便眼光短浅了："《庄》以放旷，屈以穷愁，古今诗人，不出此二大派，进之则为经矣。汉代诸遗篇，陈思、仲宣，意思沉痛，文法奇纵，字句坚实，皆去经不远。阮公似屈，兼似经，渊明似《庄》，兼似道：此皆不得因以诗人目之。"庄子、屈原汪恣秾丽，想象天外，并不宜包含现实写实的诗歌，其所语显系偏颇。故其论杜甫诗，便只能含混地"浑其迹"了："惟杜公，本《小雅》屈子之志，集古今之大成，而全浑其迹。韩公后出，原本《六经》，根本盛大，包孕众多，巍然自开一世界。东坡横截古今，而迹未全化，亦觉其真实处微不及阮、陶、杜、韩。苏子由论太白，一生所得，如浮花浪蕊，好事喜名，不知义理之所在。今观其诗，似有然者。要之皆天生不再之才矣。"（同

---

① （清）袁枚：《随园诗话》卷五，人民文学出版社 1982 年顾学颉校点本，第 150 页。

② （清）毛先舒：《诗辩坻》卷一，《清诗话续编》，上海古籍出版社 1983 年郭绍虞辑校点本，第 6 页。

③ （清）袁枚：《随园诗话》卷五，人民文学出版社 1982 年顾学颉校点本，第 149—150 页。

上）以庄子、屈原为其诗歌之祖，偏重理想色彩，积极与消极人生观并存于世，终不免偏颇之讥。

唐人张为《诗人主客图》以风格分封诗派。派有六主，实为六派。除“主”之外，“客”有阶品，清李调元为之序，以为其乃宋论诗派风格之滥觞：

以白居易为广大教化主。上入室：杨乘。入室：张祜、羊士谔、元稹。升堂：卢仝、顾况、沈亚之。及门：费冠卿、皇甫松、殷尧藩、施肩吾、周元范、况元膺、徐凝、朱可名、陈标、童翰卿。

以孟云卿为高古奥逸主。上入室：韦应物。入室：李贺、杜牧、李馀、刘猛、李涉、胡幽正。升堂：李观、贾驰、李宣古、曹邺、刘驾、孟迟。及门：陈润、韦楚老。

以李益为清奇雅正主。上入室：苏郁。入室：刘畋、僧清塞、卢休、于鹄、杨洵美、张籍、杨巨源、杨敬之、僧无可、姚合。升堂：方干、马戴、任蕃、贾岛、厉元、项斯、薛寿。及门：僧良乂、潘诚、于武陵、詹雄、卫准、憎志定、喻凫、朱庆馀。

以孟郊为清奇僻苦主。上入室：陈陶、周朴。及门：刘得仁、李溟。

以鲍溶为博解宏拔主。上入室：李群玉。入室：司马退之、张为。

以武元衡为瑰奇美丽主。上入室：刘禹锡。入室：赵嘏、长孙佐辅、曹唐。升堂：卢频、陈羽、许浑、张萧远。及门：张陵、章孝标、雍陶、周祚、袁不约。①

唐张为所撰《诗人主客图》一卷，是继钟嵘《诗品》后，诗话作者有意识的区分诗歌派别的行为，标志着古代诗话对诗歌派别认识的成熟，影响深远。在张为的笔下，所谓“主者”，共有六人：白居易、孟云卿、李益、鲍溶、孟郊、武元衡，皆有标目。其余有升堂、入室、及门之殊，皆所谓“客”。在唐张为之前。南朝梁钟嵘分古今作者为三品，名曰《诗品》，大致情况是：上品十一人，中品三十九人，下品六十九人。其中多有划分不当的例子。如将陆机、潘岳放置上品，陶渊明、鲍照列入中品。尽管钟嵘三品之分，

---

① （唐）张为：《诗人主客图序》，《全唐文》卷八一七，上海古籍出版社 1990 年影印，1993 年印刷本，第 3814 页。

“彼捃拾宏富，论者称其精当无遗”,[①] 但其划分的标准完全是以质量为准则的，与张为赤裸裸地以诗歌风格划分派别的方法并不一样。故而宋人诗派之说，实本于张为的《诗人主客图》。

当然，张为派别之分有许多纰漏，更谈不上科学。如其将末流诗人孟云卿列为“高古奥逸主”，著名诗人韦应物屈居“上入室”，而久负盛誉的李贺、杜牧仅仅为“入世弟子”。分封有弊，显见一端。但是，毕竟是第一次与“统”分庭抗礼。

清张泰来《江西诗社宗派图录》亦将诗人划分为宗派。但他认为，其门庭之分，当源于宋朝的吕本中。理由是江西诗派之纲领为“同作并和。虽体制或异，要皆所传者一”[②]。由此，“大抵宗派一说，其来已久，实不昉自吕公也。严沧浪论诗体，始于《风》、《雅》，建安而后，体固不一，逮宋有‘元佑体’、‘江西体’。”[③] 除此之外，张泰来以为“矧江西宗派不止于诗，即古文亦有之，不独欧阳、曾、王也；时文亦有之，不独陈、罗、章、艾也。推之道德节义，莫不皆然。”[④] 以诗歌纲领为派别之标志，这种解释应该说是很有道理的。

与之相比，清王夫之《姜斋诗话》卷下则以为诗派之门庭当于建安始，并尽述其沿革：

> 建立门庭，自建安始。曹子建捕排整饰，立阶级以赚人升堂，用此致诸趋赴之客，容易成名。伸纸挥毫，雷同一律。……降而萧梁宫体，降而王、杨、卢、骆，降而大历十才子，降而温、李、杨、刘，降而江西宗派，降而北地、信阳、琅邪、历下，降而竟陵，所翕然从之者，皆一时和哄汉耳。宫体盛时，即有庾子山之歌行，健笔纵横，不屑烟花簇凑。唐初比偶，即有陈子昂、张子寿扢扬大雅。继以李、杜代兴，杯酒论文，雅称同调，而李不袭杜，杜不谋李，未尝党同伐异，画疆墨守。[⑤]

---

① （唐）张为：《诗人主客图》，（清）李调元序，近代丁福保辑：《历代诗话续编》，中华书局1983年校点本，第70页。

② （清）张泰来：《江西诗社宗派图录》，近代丁福保辑：《清诗话》，上海古籍出版社1978年修订本，第49页。

③ 同上书，第48—49页。

④ 同上书，第49页。

⑤ （清）王夫之：《姜斋诗话》卷下，近代丁福保辑：《清诗话》，上海古籍出版社1978年修订本，第15页。

严格地说，唐以前之诗派，还并未完全成熟。至宋江西诗派，始登上诗派之庙堂。王夫之对宋以后诗派态度如何呢？他以仇视的眼光、讥刺的语言讲述道：

沿及宋人，始争疆垒。欧阳永叔亟反杨亿、刘筠之靡丽，而矫枉已迫，还入于枉，遂使一代无诗，掇拾夸新，殆同觞令，胡元浮艳，又以矫宋为工，蛮触之争，要与兴、观、群、怨，丝毫未有当也。伯温、季迪以和缓受之，不与元人竞胜，而自问风、雅之津，故洪武间诗教中兴，洗四百年三变之陋。是知立"才子"之目，标一成之法，扇动庸才，旦仿而夕肖者，原不足以羁络骐骥。唯世无伯乐，别驾盐车上太行者，自鸣骏足耳。①

眼睛里喷火的论述，不免有些牵强不当之处。由上可见，清张泰来与王夫之所论均与唐人张为的论述相左。但张为开创之功不可没。

自唐张为派别之分后，古诗话便沉溺于划分古代诗人的大潮之中，而不能自拔。如清宋荦《漫堂说诗》描述的唐后流派之历史较为公允：

唐以后诗派，历宋、元、明至今，略可指数：宋初晏殊、钱惟演、杨亿号"西昆体"。仁宗时欧阳修、梅尧臣、苏舜钦谓之"欧梅"，亦称"苏梅"，诸君多学杜、韩。王安石稍后，亦学杜、韩。神宗时，苏轼、黄庭坚谓之"苏黄"；又黄与晁补之、张耒、陈师道、秦观、李廌称"苏门六君子"，庭坚别开"江西诗派"，为"江西初祖"。南渡后，陆游学杜、苏，号为大宗，又有范成大、尤袤、陈与义、刘克庄诸人，大概杜、苏之支分派别也。其后有"江湖"、"四灵"徐照、翁卷等，专攻晚唐五言，益卑卑不足道。金初以蔡松年、吴激为首，世称"蔡吴体"，后则赵秉文、党怀英为巨擘，元好问集其成；其后诸家俱学大苏。元初袭金源派，以好问为大宗，其后则称虞（集）、杨（载）、范（梈）、揭（傒斯）；元末杨维祯、李孝光、吴莱为之冠，前如赵孟頫、郝经，后如萨都剌、倪瓒，皆有可观。明初四家，称高（启）、杨（基）、张（羽）、徐（贲），而高为之冠。成、宏间李东阳雄张坛坫，迨李梦阳出，而诗学大振，何景明和之，边贡、徐祯卿羽翼之，亦称"四杰"，又与王廷相、康海、王九思称"七子"。正、嘉间又有高叔嗣、薛蕙、皇甫氏兄弟

① （清）王夫之：《姜斋诗话》卷下，近代丁福保辑：《清诗话》，上海古籍出版社 1978 年修订本，第 15—16 页。

稍变其体。嘉、隆间，李攀龙出，王世贞和之，吴国伦、徐中行、宗臣、谢榛、梁有誉羽翼之，称“后七子”。此后诗派总杂，一变于袁宏道、钟惺、谭元春，再变于陈子龙；本朝初又变于钱谦益。其流别大概如此。①

在众多的诗派当中，如何识别古今诗派呢？张泰来《江西诗社宗派图录》提出了“知味”的观点：“杨廷秀亦有‘江西之诗，世俗之作，知味者自能别之’之语。”②“味”在乎“变”，各代有各代之“味”：“江西之诗，自山谷一变，至杨廷秀又再变。以斯知一代之诗，未有不变者也，独江西宗派云乎？硐谷罗畸与葛山书：‘年来屏弃江西，为人轻姗，但就陈、黄中取数篇入吾意者读之，便知古人为不可及。’元遗山《论诗三十首》有云：‘只知诗到苏、黄尽，沧海横流却是谁？’又云：‘论诗宁下涪翁（黄庭坚）拜，未作江西社里人。’”（同上）由此得出结论：“由是观之，善学诗者，支派虽分，性情则一，即曹、刘、鲍、谢、李、杜集中，何尝无渊明一派？而诸家之所谓江、淮、河、汉者自在也。古来未有无派之诗，即未有无源之水，今必执江西一派，以求尽天下之诗，是凿井得泉者也，讵复知江、淮、河、汉之源流乎？”（同上）“古来未有无派之诗”，石破天惊。但并不一定正确。因为诗派是诗歌文学发展到成熟阶段的产物，并非生来俱有，至于所言“善学诗者，支派虽分，性情则一”，还是极有见地的。

那么，诗派形成的原因又是什么呢？张泰来《江西诗社宗派图录》以水为喻，证明诗派与人之性情有着密切的关系，性情不一，方有诗派。“诗派，人之性情也。性情不殊，系乎风土；而支派或分为十五国，而下概可知矣。譬之水然，水虽一，其源流固自不同，江、淮、河、汉，皆派也。若舍派而言水，是凿井得泉，而曰水尽在是，岂理也哉？”（同上）性情与诗派虽有密切的关系，但不是全部。

清杨际昌《国朝诗话》卷二以地域分派：“国初诗，大江以南多尚文，大江以北多尚质，各有不可磨灭处，则视乎性情得正。”③ 地域分派，也可得一理。

明李东阳《麓堂诗话》以气运与习尚决定诗歌兴衰，得出地域与政治两

① （清）宋荦：《漫堂说诗》，近代丁福保辑：《清诗话》，上海古籍出版社 1978 年修订本，第 419—420 页。

② （清）张泰来：《江西诗社宗派图录》，近代丁福保辑：《清诗话》，上海古籍出版社 1978 年修订本，第 62 页。

③ （清）杨际昌：《国朝诗话》卷二，《清诗话续编》，上海古籍出版社 1983 年郭绍虞辑校点本，第 1709 页。

大派别形成因素："文章固关气运，亦系于习尚。周、召二《南》，王、豳、曹、卫诸《风》，商、周、鲁三《颂》，皆北方之诗，汉、魏、两晋亦然。唐之盛时称作家在选列者，大抵多秦、晋之人也。盖周以诗教民，而唐以诗取士，畿甸之地，王化所先，文轨车书所聚，虽欲其不能，不可得也，荆楚之音，圣人不录，实以要荒之故。六朝所制，则出于偏安僭据之域，君子固有讥焉，然则东南之以文著者，亦鲜矣。本朝定都北方，乃为一统之盛，历百有余年之久，然文章多出东南，能诗之士，莫吴、越若者，而其北固鲜其人，何哉？无亦科目不以取，郡县不以荐之故欤？"① 习尚与统治者之所倡，与诗派的形成有着密切的关系。

清王闿运《湘绮楼说诗》卷六以"诗为心声"为例，证明时代、"家数殊"对诗派形成的影响，也有一定的说服力："文有朝代，诗有家数。文取通行，故一代成一代之风；诗由心声，故一人有一人之派。论文而分班、马，论诗而区唐、宋，非知言也。陈、隋南北绝而宗派同，王、骆家数殊而音韵近。亦有间相染者，细辨乃能分之。则诗究殊于文。文不易分，诗易分矣。"时代、"家数"各异，诗派自会不一，批评者可方便地辨明诗歌当属于何派。

上述诸家派别的分法，应该说各自有各自的道理。除此之外，宋刘克庄特别注意到了诗家宗祖对诗派形成的作用有如航标。《江西诗派小序》论述云："国初诗人……杨、刘则又专为昆体，故优人有挦扯义山之诮。苏、梅二子，稍变以平淡豪俊，而和之者尚寡。至六一、坡公，巍然为大家数，学者宗焉。"② 李商隐为杨亿、刘筠所创之西昆诗派鼻祖，影响宋诗数十年；苏舜钦、梅尧臣齐聚于欧阳修门下，是北宋诗文革新的左右骖。刘氏接着说："豫章（黄庭坚）稍后出，会萃百家句律之长，究极历代体制之变，蒐猎奇书，穿穴异闻，作为古律，自成一家，虽只字半句不轻出，遂为本朝诗家宗祖，在禅学中比得达磨，不易之论也。"（同上）领袖诸如黄庭坚，集百家之所长，自成一家。于是自有诗家紧随其后。张泰来《江西诗社宗派图录》列言：吕本中作《江西诗社宗派图》，自黄山谷而下，列陈后山等凡二十五人。

清朱庭珍《筱园诗话》卷四描述诗派组建的情况为：

---

① （明）李东阳：《麓堂诗话》，近代丁福保辑：《历代诗话续编》，中华书局 1983 年校点本，第 1377 页。

② （宋）刘克庄：《江西诗派小序》，近代丁福保辑：《历代诗话续编》，中华书局 1983 年校点本，第 478 页。

夫文章公器，虽有宗派，无所谓统也。其入理纯粹，叙事精严，措词雅洁，运气深厚，法度完密，而意味高古者，即系文章正宗，初不以人、地、时代限也。必欲秘为绝诣，据作一家私传，不惟诞妄，抑且孤陋矣。此不过拾宋儒唾余，仿道统之说，以自撑持门户耳。习气相沿，未免可笑，殊不足与深辩。

自古无"统"之诗，仅有诗派，其语有些苍凉。但作者对于"派"的描述，便为揶揄的口吻了。在朱氏的笔下，诗派拾宋儒唾余，孤陋诞妄，无可取之处。朱庭珍接着又说："近来古文，天下盛宗桐城一派。其持法最严，工于修饰字句，以清雅简净为主，大旨不外乎神韵之说。亦如王阮亭论诗，专主神韵，宗王、孟、韦、柳之意也。而自相神圣，谓古文正宗。"（同上）

"自相神圣"其弊荒唐可笑。相形之下，清薛雪《一瓢诗话》所论较为实际："论诗略分体派可也，必曰某体某派当学，某体某派不当学，某某人某篇某句为佳，某人某篇某句为不佳，此最不心服者也。人之诗犹物之鸣。莺鸣于春，蛩鸣于秋。必曰莺声佳可学，使四季万物皆作莺声，又曰蛩声佳当学，使四季万物皆作蛩声；是因人之偏嗜，而使天地四时皆废，岂不大怪乎？"在诗坛上，倡导莺鸣与蛩鸣并存，无疑是正确的。

诗话对诗派论述，不乏批评者。王士禛《带经堂诗话》卷二七即云："近人言诗，好立门户，某者为唐，某者为宋，李、杜、苏、黄强分畛域，如蛮触民之斗于蜗角，而不自知其陋也。"如果说王士禛之语只是略带微词的话，那么，王夫之对诗派的指责，便不那么温文尔雅了：

其一，王夫之将诗派贬得一钱不值。"所以门庭一立，举世称为'才子'、为'名家'者有故。如欲作李、何、王、李门下厮养，但买得《韵府群玉》、《诗学大成》、《万姓统宗》、《广舆记》四书至案头，遇题查凑，即无不足。若欲吮竟陵之唾液，则更不须尔，但就措大家所诵时文'之'、'于'、'其'、'以'、'静'、'澹'、'归'、'怀'熟活字句凑泊将去，即已居然词客。"① 诗歌到了凑泊的地步，何其哀也。

其二，王夫之视诗派"教主"与门下之地位升格，喻比为中唐逆贼朱泚僭上。"如源休一收图籍，即自谓酂侯，何得不向白华殿拥戴朱泚邪？为朱泚者，遂褎然自以为天子矣。举世悠悠，才不敏，学不充，思不精，情不属者，十姓百家而皆是，有此开方便门大功德主，谁能舍之而去？又其下更有皎然

① （清）王夫之：《姜斋诗话》卷二，近代丁福保辑：《清诗话》，上海古籍出版社1978年修订本，第16页。

《诗式》一派，下游印纸门神待填朱绿者，亦号为诗。《庄子》曰：‘人莫悲于心死。’心死矣，何不可图度予雄邪？”（同上）“印纸门神待填朱绿”，将诗派中人痛贬至极。

其三，王夫之痛责诗派领袖。王夫之预言：但凡立诗派者，自为大家，实无真才实学。“一解弈者，以诲人弈为游资。后遇一高手，与对弈，至十数子，辄揶揄之曰：‘此教师棋耳！’诗文立门庭，使人学已，人一学即似者，自诩为‘大家’，为‘才子’，亦艺苑教师而已。高廷礼、李献吉、何大复、李于鳞，王元美、钟伯敬、谭友夏，所尚异科，其归一也。”[①] 诗派之害，在其无性情，无兴会，自缚缚人。“才立一门庭，则但有其局格，更无性情，更无兴会，更无思致，自缚缚人，谁为之解者？昭代风雅，自不属此数公。”[②] 他例举云：“若刘伯温之思理，高季迪之韵度，刘彦昺之高华，贝廷琚之俊逸，汤义仍之灵警，绝壁孤骞，无可攀蹑，人固望洋而返，而后以其亭亭岳岳之风神，与古人相辉映。次则孙仲衍之畅适，周履道之萧清，徐昌穀之密赡，高子业之戍削，李宾之之流丽，徐文长之豪迈，各擅胜场，沉酣自得。正以不悬牌开肆，充风雅牙行，要使光焰熊熊，莫能掩抑，岂与碌碌余子争市易之场哉？”（同上）门人也懵懵懂懂，或坠烟海，或随波逐云。“李文饶有云：‘好驴马不逐队行。’”（同上）故立门庭与依傍门庭者，皆逐队而行者。言诗派领袖为无能之辈，显然，语言过分偏激了。

袁枚《续诗品·戒偏》则看到诗派“托足权门”而“偏则成魔”的危害性：“抱杜尊韩，托足权门，苦守陶、韦，贫贱骄人。偏则成魔，分唐界宋。霹雳一声，邹、鲁不哄。江海虽大，岂无潇湘？突夏自出，亦须庙堂。”[③] 故而明王世懋《艺圃撷余》告诫诗人作古诗应先须辨明风格，不可杂入他家：“作古诗先须辨体。无论两汉难至，苦心模仿，时隔一尘，即为建安，不可堕落六朝一语。为三谢，纵极排丽，不可杂入唐音。小诗欲作王、韦，长篇欲作老杜，便应全用其体。第不可羊质虎皮，虎头蛇尾。”[④] 由此，王氏提出了鉴别诗派的最好方法：“词曲家非当家本色，虽丽语博学无用，况此道乎？”（同上）杂入他家，诗歌本色便会失离。

---

① （清）王夫之：《姜斋诗话》卷二，近代丁福保辑：《清诗话》，上海古籍出版社1978年修订本，第14—15页。

② 同上书，第15页。

③ （清）袁枚：《续诗品·戒偏》，近代丁福保辑：《清诗话》，上海古籍出版社1978年修订本，第1035页。

④ （明）王世懋：《艺圃撷余》，（清）何文焕辑：《历代诗话》，中华书局1981年校点本，第775页。

今天看来，古诗话对诗派之批评实为诗歌批评发展之逆流。考其内在原因，诗话家当受孔子“君子矜而不争，群而不党”思想影响之结果。但诗歌毕竟属于文学作品，与君子人格并不能完全等同起来。君子可行为光明磊落，坚持真理，不结党营私，诗歌则宜汇入诗派之文学潮流中去。

不能说王世懋的担心是多余的。羊质虎皮，绝非作诗之道。故呼唤本色，以反对诗派门庭立户，成为古诗话极为时髦的事情。清贺贻孙《诗筏》说：“严沧浪云：‘唐人与宋人诗，未论工拙，直是气象不同。’此中切中窾要。但余谓作诗未论气象，先看本色。”① 这就如同街头泼皮仿效士大夫举止，暴发户模仿贵公子衣冠，纵使气象有一二分相似，然其村鄙本色犹在。故而贺贻孙接着论述道：“宋人虽无唐人气象，犹不失宋人本色。若近时人，气象非不甚似唐人，而本色相去远矣。”（同上）辨别唐、宋诗派直看其本色，鞭辟入里。

清王士禛《带经堂诗话》卷五亦鼓吹“悟本色之旨”。“论诗当先观本色。《硕人》之诗曰：‘巧笑倩兮，美目盼兮。’而尼父有‘绘事后素’之说，即此可悟本色之旨。彼黄眉黑妆，折腰龋齿，非以增妍，只益丑耳；矧效西子之颦，学寿陵之步者哉！怡斋从吾学诗数年矣，风气日上，遂能自名一家。大抵植基于阮、陈，取裁于二谢，沿溯于高、岑，而近体多近放翁。综而论之，妙在本色，如邢夫人乱头粗服，能令尹夫人望而泣下，自惭弗如。”本色令华贵者望而泣下，足见本色对诗派独立之重要性。

清贺贻孙《诗筏》以不识字者作好诗为例，得出有本色即可写出好诗的结论：“武人诗如杨素、高骈辈，风雅所收，不必论已。他若曹景宗仅能识字，及在席上拈竞。病二韵云：‘去时儿女悲，归来笳鼓竞。借问大将谁？恐是霍去病。’四语风韵洒落，翻觉杨素、高骈胸中多却数卷书。又如斛律金目不知书，及作《敕勒歌》云：‘敕勒川，阴山下。天似穹庐，笼盖四野。天苍苍，野茫茫。风吹草低见牛羊。’天然豪迈，翻觉曹景宗目中多却数行字。以此推之，作诗贵在本色。”② 在诗歌的国度里，目不识丁者耳濡目染，吟出几句诗来，并不值得钦羡。因为其永远也写不出《离骚》、《北征》、《自京赴奉先县咏坏五百字》等长篇巨论。但是诗派若寻求到真本色，便不是一件易事了。宋严羽《沧浪诗话·诗法》注意到“本色”之难得：“诗难处在结裹。譬

① （清）贺贻孙：《诗筏》，《清诗话续编》，上海古籍出版社 1983 年郭绍虞辑校点本，第 181 页。

② 同上书，第 168 页。

如番刀，须用北人结裹，若南人便非本色。”[①] 又说：“须是本色，须是当行。”[②] 外行何以解得其中的奥妙？在宋陈师道《后山诗话》看来，韩愈以文为诗，苏轼以诗为词，“如教坊雷大使之舞，虽极天下之工，要非本色。”[③] 清潘德舆《养一斋诗话》卷二倡导陶冶性灵之妙法，理尚清真，词须本色：“诗理，性情者也……若金闺之彦，结念山林，蓬户之儒，侈言经济，情词伪妄，夫何取焉？然循分无讥，而择言贵雅。使身拖紫绶，但夸阀阅高华；影对青灯，频诉饥寒憔悴。”本色即为语言当符合其性格特征。

如何才能有“本色”呢？古诗话对此问题予以了探讨。清贺贻孙《诗筏》以为，最简单适宜的办法就是洗尽天然为“佳人”。“记昔年有田中丞者，招余同龙仲房泛舟曲水，有妓以仲芳画扇乞余题。余戏书云：‘才子花怜惜，佳人水护持。’妓颇读书，问所谓‘水护持’者，得非用飞燕随风入水，翠缨结裙故事乎？余曰：非也。但将汝脂黛兰麝及汝腔调习气，和身抛向水中，洗濯净尽，露出天然本色，方称佳人，是谓‘水护持’也。妓含笑点首。今日学诗者，亦须抛向水中洗濯，露出天然本色，方可言诗人。”[④] 佳人露出天然本色方为绝美，诗歌洗净铅华乃为绝作。

清张维屏《听松庐诗话》倡导熔众长为一炉，且“以我为主”亦可为一说：“心余先生诗，篇篇本色，语语根心，不欲英雄欺人，不肯优孟摹古。言情而出以蕴藉，故无粗率之词，用事而妙于剪裁，故无堆垛之迹；金银铜铁，熔为一炉，而不觉其杂，酸咸辛甘，调于一鼎，而愈觉其和。无他，有我以主之，有气以运之故也。”[⑤] 将众味调于一鼎，有名家采纳百家之长风范。但须注意，下笔时不能邯郸学步，忘记己之本色：“顾宁人与某书云：‘足下诗文非不佳，奈下笔时，胸中总有一杜一韩放不过去，此诗文之所以不至也。’”[⑥] 只有真本色，方能取真意，观自得。

当然，在本色大潮盛行之下，亦有不苟同者，宋曾季狸的《艇斋诗话》即云：“东坡之文妙天下，然皆非本色，与其它文人之文、诗人之诗不同。文

---

① （宋）严羽：《沧浪诗话·诗法》，（清）何文焕辑：《历代诗话》，中华书局 1981 年校点本，第 692 页。

② 同上书，第 693 页。

③ （宋）陈师道：《后山诗话》，（清）何文焕辑：《历代诗话》，中华书局 1981 年校点本，第 309 页。

④ （清）贺贻孙：《诗筏》，《清诗话续编》，上海古籍出版社 1983 年郭绍虞辑校点本，第 196 页。

⑤ （清）张维屏：《听松庐诗话》，《国朝诗人征略》卷三七，清道光十年刻本。

⑥ （清）袁枚：《随园诗话》卷三，人民文学出版社 1982 年顾学颉校点本，第 70 页。

非欧、曾之文，诗非山谷之诗，四六非荆公之四六，然皆自极其妙。”[①] 非本色为苏轼成功的秘诀。当然“自极其妙”，从某种意义上说与本色相差并不甚远。

古代诗话论诗派，百花竞艳，各呈异彩。长处足以令人汲取，短处亦可以诫人重蹈覆辙。故而，既不应不加区分地加以消化，也不应以粗暴的态度，全盘否定，这才是正确对待派别的做法。

① （宋）曾季狸：《艇斋诗话》，近代丁福保辑：《历代诗话续编》，中华书局 1983 年校点本，第 323 页。

参考书目

（梁）刘勰著，詹锳义证：《文心雕龙义证》，上海古籍出版社 1992 年版

詹锳主编：《李白全集校注汇释集评》（八册），百花文艺出版社 1996 年版

詹锳：《语言文学与心理学论集》，齐鲁书社 1989 年版

蒋寅：《清诗话考》，中华书局 2005 年版

蒋寅：《大历诗人研究》，中华书局 1995 年版

傅璇琮：《唐代科举与文学》，陕西人民出版社 1986 年版

（清）洪亮吉：《北江诗话》，人民文学出版社 1983 年版陈迩冬校点本

（宋）王灼：《碧鸡漫志》，古典文学出版社 1957 年校点本

（明）袁宗道：《白苏斋类稿》，钱伯诚点校，上海古籍出版社 1989 年排印本

（晋）葛洪：《抱朴子》，《四部丛刊》本

（唐）虞世南修：《北堂书钞》，中国书店，1989 年影印光绪十四年南海孔广陶校刊本

（唐）白居易：《白氏文集》，《四部丛刊》影印日本翻宋大字本

（唐）白居易著，朱金城笺校：《白居易集笺校》（六册），上海古籍出版社 1988 年版

（清）劳孝舆：《春秋诗话》，《丛书集成初编》本

（清）谢堃：《春草堂诗话》，《春草堂丛书》本

（宋）俞文豹：《吹剑录》，《说郛》，商务印书馆本

（宋）吴可：《藏海诗话》，文渊阁《四库全书》本

（清）张清标：《楚天樵话》，清刊本

（清）姚椿：《樗寮诗话》，清刊本

（宋）张炎：《词源》二卷，人民文学出版社 1963 年出版

（清）陈鉴：《操觚十六观》，檀几丛书本

（唐）徐坚等：《初学记》，司义祖点校，中华书局1962年版

（唐）陈子昂：《陈子昂集》，徐鹏校，中华书局1960年版

（宋）陈亮：《陈亮集》，邓广铭点校，中华书局1987年排印本

（明）陈子龙：《陈子龙诗集》，上海古籍出版社1983年

（唐）岑参：《岑参集校注》，陈铁民、侯忠义校注，上海古籍1981年版

（明）刘基：《诚意伯文集》，商务印书馆1936年四部丛刊影印本

（明）李攀龙：《沧溟先生集》，包敬第点校，上海古籍出版社1992年排印本

（清）张晋本：《达观堂诗话》，清同治十二年刊本

（清）王士禛：《带经堂诗话》，戴鸿森校点，人民文学出版社1963年版1998年印刷；清乾隆二十七年刻本

（宋）苏轼：《东坡诗话补遗》，《萤雪轩丛书》本

（宋）苏轼撰：《东坡志林》，王松林点校，中华书局1981年排印本

（宋）王十朋：《读苏文》，《梅溪王先生文集》，《四部丛刊》本

（明）李攀龙：《殿卿示乐府序小诗报》，《沧溟先生集》卷十二，明万历重刊本

张忠纲辑：《杜甫诗话六种校注》，齐鲁书社2002年版

（宋）戴复古：《戴复古诗集》，金芝山点校，浙江古籍出版社1992年排印本

（元）虞集：《道园学古录》，《四部丛刊》本

（清）戴震：《戴东原集·毛诗补传序》，《四部备要》本

（宋）智圆：《读清塞集》，《闲居编》卷四十九，续藏经本

（清）仇兆鳌编注：《杜诗详注》，中华书局1979年

（明）何景明：《大复集》，上海古籍出版社1987年影印《四库全书》本

《二十四史》之《史记》、《汉书》、《后汉书》、《晋书》、《宋书》、《南齐书》、《梁书》、《陈书》、《新唐书》、《旧唐书》、《宋史》、《明诗》等有关章节，中华书局本

（明）李贽：《焚书》、《续焚书》，明刻本；中华书局1975年排印本

（宋）朱弁：《风月堂诗话》，明宝颜堂秘籍本

（清）翁方纲：《复初斋文集》，光绪刻本

（唐）杜牧：《樊川诗集注》，《四部备要》本

（元）范梈：《范循机诗集》，《四部丛刊》本

（清）方苞：《方苞集》，刘季高标点，上海古籍出版社 1983 年版
（明）文征明：《甫田集》，文渊阁《四库全书》本
（清）邬启祚：《耕云别墅诗话》，《邬家初集》本
（台北）广文书局编译所编：《古今诗话丛编》，广文书局 1971 年版
（台北）广文书局编译所编：《古今诗话续编》，广文书局 1973 年版
赵永纪：《古代诗话精要》，天津古籍出版社 1989 年版
（唐）高适：《高常侍集八卷》，《四部丛刊》影印明活字本
（唐）高适著，孙钦善校注：《高适集校注》，上海古籍出版社 1984 年版
（明）高启：《高青丘集》，（清）金檀辑注，徐澄宇、沈北宗校点，上海古籍出版社 1991 年排印本
（明）归有光：《归震川集》，周本淳校点，上海古籍出版社 1981 年排印本
（清）龚自珍：《龚自珍全集》，王佩诤校，中华书局 1959 年排印本
（清）寒溪道人：《寒溪说诗》，清光绪乙未（1895）本
（清）蒋鸣翩：《寒塘诗话》，清刊本
（宋）赵令畤：《侯鲭诗话》，萤雪轩丛书本
（清）林昌彝：《海天琴思录》，清同治三年刻本
（宋）吴沆：《环溪诗话》，文渊阁《四库全书》本
（宋）罗大经：《鹤林玉露》，王瑞来点校，中华书局 1983 年版，2005 年印刷本
邝健行等：《韩国诗话中论中国诗资料选粹》，中华书局 2002 年版
（宋）刘克庄：《后村诗话》，中华书局 1983 年王秀梅校点本
（宋）陈师道：《后山诗注》，宋任渊注，《四部丛刊》本
（宋）刘克庄：《后村先生大全集》，《四部丛刊》本
（元）杨载：《翰林杨仲弘诗》，《四部丛刊》本
（唐）韩愈著，屈守元、常思春等校注：《韩愈全集校注》（五册），四川大学出版社 1996 年版
（宋）黄庭坚著，刘尚荣校点：《黄庭坚诗集注》（五册），中华书局 2003 年版
葛晓音：《汉唐文学的嬗变》，北京大学出版社 1990 年版
（清）朱彝尊：《静志居诗话》，黄君坦校点，人民文学出版社 1998 年版；清嘉庆扶荔山房刻本
（清）周济等著：《介存斋论词杂著、复堂词话、蒿庵论词》，顾学颉校

点，人民文学出版社 1998 年版

陈衍：《金诗纪事》，商务印书馆 1936 年排印本

（元）揭傒斯：《揭文安公集》，《四部丛刊》本

（宋）苏轼：《经进东坡文集事略》，《四部丛刊》本；宋郎晔选注，文学古籍刊行社 1957 年排印本

（清）王跷堂：《匡山丛话》，清光绪本

（宋）王应麟：《困学纪闻》，孙通海校点，辽宁教育出版社 1998 年版

（明）袁中道：《珂雪斋集》，钱伯诚点校，上海古籍出版社 1989 年排印本

（明）李梦阳：《空同子集》卷首，明万历刻本

（明）李梦阳：《空同集》，上海古籍出版社 1987 年影印本

（清）吴景旭：《历代诗话》，《吴兴先哲遗书》本；中华书局上海编辑所 1958 年版；陈卫平、徐杰校点，京华出版社 1998 年版

辑录者（清）何文焕：《历代诗话》，台北艺文印书馆 1974 年本；中华书局 1981 年校点本；台北木铎出版社 1982 年本；清乾隆三十五年（1770）序刊本。本书汇集 28 种诗话，其中另有新印单行本的，注明于后

（梁）钟嵘：《诗品》，另有人民文学出版社 1961 年版

（唐）释皎然：《诗式》，另有凤凰出版社 2005 年张伯伟汇考《全唐五代诗歌汇考》本

（唐）司空图：《二十四诗品》，另有人民文学出版社 1963 年版

（宋）尤袤：《全唐诗话》

（宋）欧阳修：《六一诗话》，另有人民文学出版社 1962 年出版

（宋）司马光：《温公续诗话》

（宋）刘攽：《中山诗话》

（宋）陈师道：《后山诗话》

（宋）魏泰：《临汉隐居诗话》

（宋）周紫芝：《竹坡诗话》

（宋）吕本中：《紫微诗话》

（宋）宋许彦周：《彦周诗话》

（宋）叶梦得：《石林诗话》

（宋）强幼安：《唐子西文录》

（宋）张表臣：《珊瑚钩诗话》

（宋）葛立方：《韵语阳秋》，另有上海古籍出版社 1979 年据宋本

影印

（宋）周必大：《二老堂诗话》

（宋）姜夔：《白石道人诗说》，另有人民文学出版社 1962 年版

（宋）严羽：《沧浪诗话》，另有人民文学出版社 1961 年版

（元）蒋正子：《山房随笔》

（元）杨载：《诗法家数》

（元）范椁：《木天禁语》

（元）范椁：《诗学禁脔》

（明）徐祯卿：《谈艺录》

（明）王世懋：《艺圃撷余》

（明）朱承爵：《存余堂诗话》

（明）顾元庆：《夷白斋诗话》

（清）何文焕：《历代诗话考索》

辑录者近代丁福保：《历代诗话续编》，台北艺文印书馆 1974 年；中华书局 1983 年校点本；台北：木铎出版社 1983 年本；民国五年（1916）无锡丁氏排印本。该书包括 28 种诗话，另有单行本注于后面。

（唐）孟棨：《本事诗》，另有古典文学出版社 1957 年出版

（唐）吴兢：《乐府古题要解》

（唐）张为：《诗人主客图》

（唐）释齐己：《风骚旨格》

（宋）吴聿：《观林诗话》

（宋）杨万里：《诚斋诗话》，另有文渊阁《四库全书》本

（宋）陈岩肖：《庚溪诗话》

（宋）蔡梦弼：《草堂诗话》

（宋）吴幵：《优古堂诗话》

（宋）曾季狸：《艇斋诗话》

（宋）吴可：《藏海诗话》

（宋）黄彻：《碧溪诗话》

（宋）范晞文：《对床夜语》，另有文渊阁《四库全书》本

（宋）张戒：《岁寒堂诗话》

（宋）刘克庄：《江西诗派小序》

（宋）赵与虤：《娱书堂诗话》

（金）王若虚：《滹南诗话》。另有人民文学出版社 1962 年版及四部

丛刊本，《滹南遗老集》卷三十九

（元）韦居安：《梅磵诗话》

（元）吴师道：《吴礼部诗话》

（明）杨慎：《升庵诗话》

（明）王世贞：《艺苑卮言》

（明）顾起纶：《国雅品》

（明）谢榛：《四溟诗话》，另有人民文学出版社1961年版

（明）瞿佑：《归田诗话》

（明）俞弁：《逸老堂诗话》

（明）都穆：《南濠诗话》

（明）李东阳：《麓堂诗话》

（明）陆时雍：《诗镜总论》

武汉大学中文系：《历代诗话词话选》，武汉大学出版社1984年版

（清）吴淇：《六朝选诗定论》，见《六朝选诗定论缘起》，清康熙刊本

（宋）惠洪：《冷斋夜话》，文渊阁《四库全书》本

（宋）惠洪、朱弁、吴沆撰：《冷斋夜话、风月堂诗话、环溪诗话》，中华书局1988年版

（清）郭麐：《灵氛馆诗话》，清刻本

（宋）孙奕：《履斋诗说》，文渊阁《四库全书》本

陈应鸾：《临汉隐居诗话校注》，巴蜀书社2001年版

郁沅、张明高：《六朝诗话钩沉》，中国广播电视出版社1997年版

张璋等：《历代词话》，大象出版社2002年版

（清）邬以谦：《立德堂诗话》，民国二十年刊邬家初集本

陈衍：《辽诗纪事》，商务印书馆1936年排印本

（清）钱泳：《履园丛话》，（清）道光十八年述德堂刻本

（清）王琦注：《李太白全集》，中华书局1977年校点排印本

瞿蜕园笺证：《刘禹锡集笺证》，上海古籍出版社1989年版

卞孝萱：《刘禹锡年谱》，中华书局上海编辑所1963年版

（唐）刘禹锡著，蒋维崧、赵蔚芝、陈慧星、刘聿鑫笺注：《刘禹锡诗集编年笺注》，山东大学出版社1997年版

（唐）刘禹锡著，陶敏校注：《刘禹锡全集编年校注》，岳麓书社2003年版

吴文治等校点：《柳宗元集》，全四册，中华书局1979年版

（唐）柳宗元著，王国安笺释：《柳宗元诗笺释》，上海古籍出版社 1993 年版

（唐）李商隐著，刘学锴、余恕诚集解：《李商隐诗歌集解》，中华书局 1988 年版

（唐）李贺：《李长吉歌诗》，《四部备要》本

（唐）李贺著，叶葱奇疏注：《李贺诗集》，人民文学出版社 1959 年版

（唐）李益：《李益集》，《唐五十家诗集》本

（唐）刘长卿：《刘随州文集》，《四部丛刊》本

（唐）吕温：《吕衡州集》，《四部丛刊》本

（唐）李颀著，刘宝和评注：《李颀诗评注》，山西教育出版社 1990 年版

（唐）刘叉：《刘叉集》，《唐百家诗》本

（唐）卢仝：《卢仝诗集》，《四部丛刊》本

（唐）罗隐：《罗隐集》，雍文华校辑，中华书局 1983 年版

（宋）林逋：《林和靖诗集》，沈幼征校注，浙江古籍出版社 1986 年版

（宋）王安石：《临川先生文集》，中华书局上海编辑所 1959 年排印本

（宋）陆游：《陆游集》，中华书局 1976 年版

（明）李贽：《李温陵集》，明刻本

（明）李东阳撰：《李东阳集》，周寅宾点校，岳麓书社 1985 年排印本

（清）刘大櫆：《刘大櫆集》，吴孟复标点，上海古籍出版社 1990 年版

常振国：《历代诗话论作家》，湖南文艺出版社 1986 年版

杨家骆主编：《历代诗史长编》，台北鼎文书局 1971 年本

袁济喜：《六朝美学》，北京大学出版社 1989 年版

吴文治主编：《明诗话全编》（1—10 册），（本丛书辑录明朝人诗话 722 家，诗话目录略）江苏古籍出版社 1997 年版

（清）郭兆麒：《梅崖诗话》，《山右丛书初编》本

（宋）韦居安：《梅磵诗话》，清嘉庆宛委别藏本

（宋）陈善：《扪虱新话》，津逮秘书本

（清）沈善宝：《名媛诗话》，道光二十六年（1846）鸿雪楼刊本

（宋）沈括：《梦溪笔谈》，《四部丛刊续编》景明本

张寅彭主编：《民国诗话丛编》（1—6 册），（本丛书辑录近代人 37 种诗话）上海书店出版社 2002 年版，另有单行本注于后面。

陈衍：《石遗室诗话》，另有人民文学出版社 2004 年郑朝宗、石文英校点本。

陈衍:《石遗室诗话续编》
黄曾樾:《陈石遣先生谈艺录》
魏元旷:《蕉庵诗话》及续
魏元旷:《诗话后编》
陈锐:《褒碧斋诗话》
陈诗:《尊瓠室诗话》及补
孙雄:《诗史阁诗话》
赵熙:《香宋杂记》
赵元礼:《藏斋诗话》
袁嘉谷:《卧雪诗话》
黄节:《诗学》
赵炳麟:《柏岩感旧诗话》
范罕:《蜗牛舍说诗新语》
钱振鍠:《谪星说诗》
钱振鍠:《名山诗话》
海纳川:《冷禅室诗话》
夏敬观:《忍古楼诗话》
夏敬观:《学山诗话》
丁仪:《诗学渊源》
王逸塘:《今传是楼诗话》
由云龙:《定庵诗话》
由云龙:《定庵诗话续编》
杨香池:《偷闲庐诗话》
郭则沄:《十朝诗乘》
王蕴章:《然脂余韵》
蒋抱玄辑:《民权素诗话》
蒋抱玄:《听雨楼诗话》
胡怀琛:《海天诗话》
汪国垣:《光宣诗坛点将录》
汪国垣:《光宣以来诗坛旁记》
沈其光:《瓶粟斋诗话》
吴宓:《空轩诗话》
林庚白:《孑楼诗词话》

林庚白：《丽白楼诗话》
钱仲联：《梦苕盦诗话》
刘衍文：《雕虫诗话》
（清）陈田：《明诗纪事》，万有文库第二集本
（清）沈德潜：《明诗别裁集》，周准编，上海古籍出版社1979年排印本
（清）钱谦益：《牧斋初学集》，钱曾笺注，钱仲联标校，上海古籍出版社1985年版
（唐）孟浩然：《孟浩然集》，《四部丛刊》影印明刊本
（唐）孟浩然著，佟培基笺注：《孟浩然诗集笺注》，上海古籍出版社2000年版
（唐）孟郊：《孟东野诗集》，《四部丛刊》本
（宋）梅尧臣：《梅尧臣集编年校注》，朱东润编年校注，上海古籍出版社1980年排印本
（清）朱彝尊：《明诗综》，上海古籍出版社1993年排印本
（清）吴文溥：《南野堂笔记》，南野堂集本
（宋）咸熙：《耐冷谈》卷三，清刊本
（宋）吴曾辑：《能改斋漫录》，中华书局上海编辑所1960年版
（清）黄宗羲：《南雷文案》，黄梨洲遗书本
（清）叶廷管：《鸥陂渔话·随园续诗品》，清代笔记丛刊本
（清）赵翼：《瓯北诗话》，人民文学出版社1963年霍松林、胡主佑校点本；另有上海古籍出版社1983年版《清诗话续编》校点本
（清）赵翼：《瓯北集》，李学颖、曹光辅标校，上海古籍出版社1997年版
（宋）欧阳修：《欧阳文忠公集》，《四部丛刊》本，中国书店1986年影印本
（清）莫友棠：《屏麓草堂诗话》，道光二十九年黄鹤龄刊本
辑校者周维德：《全明诗话》，此书共录有明人诗话123种，诗话目录略。齐鲁书社2005年版
辑录者近代丁福保：《清诗话》，中华书局上海编译所1963年校点本；台北艺文印书馆1977年本；上海古籍出版社1978年修订本；民国十六年（1927）无锡丁氏排印本。此书录有42种清人诗话，新中国成立后有单行本者另注明
（清）王夫之：《姜斋诗话》二卷，另有人民文学出版社1961年版

（清）吴乔：《答万季野诗问》一卷
（清）冯班：《钝吟杂录》一卷
（清）张泰来：《江西诗社宗派图录》一卷
（清）吴伟业：《梅村诗话》一卷
（清）顾嗣立：《寒厅诗话》一卷
（清）宋大樽：《茗香诗论》一卷，另有清乾隆光绪间知不足丛书本
（清）王士禛：《律诗定体》一卷
（清）何世璂：《然镫记闻》一卷
（清）王士禛等：《师友诗传录》一卷
（清）王士禛等：《师友诗传续录》一卷
（清）王士禛：《渔洋诗话》三卷
（清）翁方纲：《王文简古诗平仄论》一卷
（清）翁方纲：《赵秋谷所传声调谱》二卷
（清）翁方纲：《五言诗平仄举隅》一卷
（清）翁方纲：《七言诗三昧举隅》一卷
（清）赵执信：《谈龙录》一卷，另有人民文学出版社 1981 年版
（清）赵执信：《声调谱》一卷
（清）翟翚：《声调谱拾遗》一卷
（清）施闰章：《蠖斋诗话》一卷
（清）宋荦：《漫堂说诗》一卷
（清）徐增：《而庵诗话》一卷
（清）汪师韩：《诗学纂闻》一卷
（清）查为仁：《莲坡诗话》一卷
（清）沈德潜：《说诗晬语》二卷
（清）叶燮：《原诗》一卷，另有人民文学出版社 1979 年出版霍松林校注本
（清）孙涛辑：《全唐诗话续编》二卷
（清）薛雪：《一瓢诗话》一卷，另有人民文学出版社 1979 年版
（清）吴骞：《拜经楼诗话》四卷
（清）钱良择：《唐音审体》一卷
（清）周春辑：《辽诗话》一卷
（清）马位：《秋窗随笔》一卷
（清）黄子云：《野鸿诗的》一卷

（清）钱泳：《履园谭诗》一卷
（清）吴雷发：《说诗菅蒯》一卷
（清）李沂：《秋星阁诗话》一卷
（清）李重华：《贞一斋诗说》一卷
（清）费锡璜：《汉诗总说》一卷
（清）方薰：《山静居诗话》一卷
（清）施补华：《岘佣说诗》一卷
（清）秦朝釪：《消寒诗话》一卷
（清）袁枚：《续诗品》一卷

辑录者郭绍虞：《清诗话续编》，人民文学出版社 1989 年版；上海古籍出版社 1983 年校点本。本书辑录清人诗话 34 种

（清）毛先舒：《诗辩坻》
（清）周容：《春酒堂诗话》
（清）宋征壁：《抱真堂诗话》
（清）贺贻孙：《诗筏》
（清）贺裳：《载酒园诗话》
（清）吴乔：《围炉诗话》
（清）田雯：《古欢堂杂著》
（清）庞垲：《诗义固说》
（清）田同之：《西圃诗说》
（清）方世举：《兰丛诗话》
（清）张谦宜：《絸斋诗话》
（清）牟愿相：《小澥草堂杂论诗》
（清）叶矫然：《龙性堂诗话》
（清）乔亿：《剑溪说诗》
（清）赵翼：《瓯北诗话》
（清）鲁九皋：《诗学源流考》
（清）翁方纲：《石洲诗话》
（清）李调元：《雨村诗话》
（清）管世铭：《读雪山房唐诗序列》
（清）冒春荣：《葚原诗说》
（清）阙名：《静居绪言》
（清）杨际昌：《国朝诗话》

（清）余成教：《石园诗话》

（清）延君寿：《老生常谈》

（清）王寿昌：《小清华园诗谈》

（清）尚镕：《三家诗话》

（清）方南堂：《辍锻录》

（清）梁章钜《退庵随笔》

（清）潘德舆：《养一斋诗话》（附李杜诗话），另有清道光十六年徐宝善刻本

（清）陈仅：《竹林答问》，另有清镜滨草堂钞本

（清）厉志：《白华山人诗说》

（清）陆蓥：《问花楼诗话》

（清）朱庭珍：《筱园诗话》，另有清光绪十年刻本

（清）刘熙载：《诗概》

汇考者张伯伟：《全唐五代诗歌汇考》，凤凰出版社 2005 年，此书共录有隋唐五代及宋初诗格 33 种，另有单行本注于后面

（唐）上官仪：《笔札华梁》

（隋）佚名：《文笔式》

旧题（三国）魏文帝：《诗格》

（唐）佚名：《诗格》

（唐）元兢：《诗髓脑》

（唐）佚名：《诗式》

（唐）崔融：《唐朝新定诗格》

旧题（唐）李峤：《评诗格》

旧题（唐）王昌龄：《诗格》

旧题（唐）王昌龄：《诗中密旨》，另有《格致丛书》本

（唐）释皎然：《诗议》

（唐）释皎然：《诗式》

旧题（唐）白居易：《金针诗格》

旧题（唐）白居易：《文苑诗格》

旧题（唐）贾岛：《二南密旨》

（唐）王叡：《炙毂子诗格》

（唐）李洪宣：《缘情手鉴诗格》

（唐）郑谷等：《新定诗格》

（唐）僧齐己：《风骚旨格》

（唐）僧虚中：《流类手鉴》

（五代）徐衍：《雅道机要》，另有胡文焕《格致丛书》，明万历三十一年（1603）刊本

（五代）徐衍：《风骚要式》

（五代）王玄：《诗中旨格》

（五代）王梦简：《诗格要律》

（五代）僧神彧：《诗格》

（宋）僧保暹：《处囊诀》

（宋）桂林僧景淳：《诗评》

旧题（宋）梅尧臣：《续金针诗格》

（宋）佚名：《诗评》

（唐）杜正伦：《文笔要诀》

（唐）窦蒙：《字格》

（唐）佚名：《赋谱》

（明）蒋冕：《琼台诗话》，明万历二十六年许自昌刻本

（清）沈德潜：《清诗别裁集》，清乾隆二十五年教忠堂刻本

（明）郎瑛：《七修类稿》续稿，明清笔记丛刊本

（清）陈鸿墀：《全唐文纪事》，上海古籍出版社 1987 年版

邓之诚：《清诗纪事初编》，中华书局 1965 年版

（清）曹寅、彭定求等：《全唐诗》，上海古籍出版社 1986 年版

辑校陈尚君：《全唐诗补编》，中华书局 1992 年版

（清）钱谦益等：《全唐诗稿本》，屈万里、刘兆祐主编，（台北）联经出版事业公司，1979 年版

（清）徐倬：《全唐诗录》，上海古籍出版社 1993 年版

王重民、孙望、童养年：《全唐诗外编》辑录，中华书局 1982 年版

（清）董浩等：《全唐文》，上海古籍出版社 1990 年版

（唐）张九龄著，刘斯翰校注：《曲江集》，广东人民出版社 1986 年版

四川大学古籍研究所：《全宋文》，上海世纪出版股份有限公司上海辞书出版社和安徽出版集团有限责任公司安徽教育出版社联合 2006 年版

北京大学古文献研究所：《全宋诗》，北京大学出版社 1991—1998 年

（清）杭世骏：《榕城诗话》，《丛书集成初编》本

徐文雨：《人间词话讲疏》，成都古籍书店 1983 年影印本

（清）顾炎武：《日知录》，文渊阁《四库全书》本

（宋）洪迈：《容斋诗话》，学海类编本；上海师范大学古籍整理编辑组点校，上海古籍出版社 1978 年排印本

（清）黄遵宪：《人境庐诗草自序》，《邱黄二先生遗稿合刊》本

吴文治主编：《宋诗话全编》1—10 册（本丛书辑录 562 家诗话，诗话目录略。）江苏古籍出版社 1998 年版

程毅中：《宋人诗话外编》，国际文化出版公司 1996 年版

郭绍虞：《宋诗话考》，中华书局 1979 年版

辑佚者郭绍虞：《宋诗话辑佚》，中华书局 1980 年版，本书辑录宋人诗话 34 种

（宋）王直方：《王直方诗话》

（宋）李颀：《古今诗话》

（宋）陈辅：《陈辅之诗话》

（宋）潘淳：《潘子真诗话》

（宋）范温：《潜溪诗眼》及增订《潜溪诗眼》

（宋）张某：《汉皋诗话》

（宋）不知撰人：《桐江诗话》

（宋）不知撰人：《漫叟诗话》

（宋）蔡启：《蔡宽夫诗话》

（宋）洪刍：《洪驹父诗话》

（宋）疑胡宗汲：《诗话隽永》

（宋）蔡居厚：《诗史》

（宋）李錞：《李希声诗话》

（宋）不知撰人：《垂虹诗话》

（宋）陈知柔：《休斋诗话》

（宋）员逢原：《三莲诗话》

（宋）李君翁：《李君翁诗话》

（宋）曾慥：《高斋诗话》

（宋）周知和：《松江诗话》

（宋）黄升：《玉林诗话》

（宋）赵舜钦：《茅斋诗话》

（宋）胡某：《胡氏评诗》

（宋）不知撰人：《纪诗》

（宋）不知撰人：《闲居诗话》
（宋）不知撰人：《藜藿野人诗话》
（宋）不知撰人：《雪溪诗话》
（宋）不知撰人：《粟斋诗话》
（宋）不知撰人：《诗事》
（宋）不知撰人：《唐宋名贤诗话》
（宋）郭思：《瑶谿集》
（宋）疑是刘炎：《潜夫诗话》
（宋）不知撰人：《诗宪》
（宋）严有翼：《艺苑雌黄》
（宋）吕本中：《童蒙诗训》
（宋）张镃：《诗学规范》

（明）胡应麟；《诗薮》，上海古籍出版社 1979 年版

（宋）魏庆之：《诗人玉屑》，上海古籍出版社 1978 年版；文渊阁《四库全书》本

（宋）蔡正孙：《诗林广记》，文渊阁《四库全书》本

（明）钟惺：《诗归》，清咸丰戊午（1855）刊本

（明）许学夷：《诗源辩体》，杜维沫校点，人民文学出版社 1987 年版，1998 年印刷

（唐）释皎然著：《诗式校注》，李壮鹰校注，人民文学出版社 2003 年版

（宋）阮阅：《诗话总龟》，人民文学出版社 1987 年；《四部丛刊》影印明嘉靖刊本

（清）林昌彝：《射鹰楼诗话》，王镇远、林虞生标点，上海古籍出版社 1988 年版；清咸丰元年刻本

（明）林希恩：《诗文浪谈》，见陶宗仪等编《说郛三种·说郛续》卷三十三，上海古籍出版社 1988 年版

弘道公司编辑部：《诗话丛刊》，（台北）弘道文化事业公司 1978 年《萤雪轩丛书》增补本

（清）袁枚：《随园诗话》，顾学颉校点，人民文学出版社 1982 年版

（明）何良俊：《四友斋丛说》，明万历七年张仲颐刻本

（明）谢榛：《四溟诗话》，人民文学出版社 1962 年宛平校点本

（明）谢榛：《四溟集》，上海古籍出版社 1987 年影印本

（清）翁方纲：《石洲诗话》，人民文学出版社 1981 年陈迩冬校点本，另

有《清诗话续编》本

（宋）惠洪：《石门洪觉范天厨禁脔》，文渊阁《四库全书》本

（清）梁九图：《十二石山斋诗话》，清刊本

（宋）苏轼：《东坡诗话补遗》，日人近藤元粹辑，萤雪轩丛书本，日本明治二十五年至二十九年（1893—1897）嵩山堂刊本

（清）纪昀等：《四库全书总目》，中华书局 1965 年版

（清）沈德潜：《说诗晬语》，人民文学出版社 1998 年霍松林校注本；清乾隆刻沈归愚诗文全集本

刘德重、张寅彭：《诗话概说》，中华书局 1990 年版

（唐）刘悚：《隋唐嘉话》上，中华书局 1979 年版

（唐）刘知几撰，清浦起龙通释：《史通通释》，清文渊阁《四库全书》本

（明）陈继儒：《佘山诗话》，清刻本

校刻者（清）阮元：《十三经注疏》，中华书局 1980 年影印，1996 年印刷本

（清）历鹗：《宋诗纪事》，乾隆刊本

（元）揭傒斯：《诗法正宗》，《格致丛书》本

（清）姚际恒：《诗经论旨》，《诗经通论》私立北泉图书馆丛书本

（唐）司空图：《司空表圣文集》，《四部丛刊》影宋旧抄本

（清）吴之振、吕留良、吴自牧选，管庭芬、蒋光煦补：《宋诗钞》，中华书局 1986 年排印本

（明）宋濂：《宋学士文集》，商务印书馆 1936 年《四部丛刊》影印本

张思绪：《诗法概述》，上海古籍出版社 1988 年版

朱光潜：《诗论》，生活·读者·新知三联书店 1984 年版

（宋）黄庭坚撰：《山谷内集诗注》、《外集诗注》、《别集诗注》，宋任渊注，《丛书集成初编》本

（清）曾国藩编：《十八家诗钞》，岳麓书社 1994 年版

（宋）苏舜钦撰，傅平骧、胡问涛校注：《苏舜钦集编年校注》，巴蜀书社 1991 年排印本

（宋）苏轼撰：《苏轼诗集》，孔凡礼点校，中华书局 1982 年排印本

（宋）苏轼著，孔凡礼点校：《苏轼诗集》，中华书局 1982 年版

罗宗强：《隋唐五代文学思想史》，上海古籍出版社 1986 年版

（明）胡震亨：《唐音癸签》，文渊阁《四库全书》本；古典文学出版社 1957 年排印本

（清）马平泉：《挑灯诗话》，清刊本
（宋）胡仔：《苕溪渔隐丛话前集》，清乾隆刻本
（宋）胡仔：《苕溪渔隐丛话后集》，清乾隆刻本
（宋）胡仔：《苕溪渔隐丛话》二卷，人民文学出版社 1962 年版
（宋）王谠：《唐语林》，上海古籍出版社 1978 年版
（明）方以智：《通雅诗话》，《全明诗话》齐鲁书社 2005 年版
（宋）曾季貍：《艇斋诗话》，清光绪琳琅秘室丛书本
（宋）计有功：《唐诗纪事》，《四部丛刊》影印（明）刊本
（宋）王溥撰：《唐会要》，中华书局 1955 年版
（五代）王定保：《唐摭言》，文渊阁《四库全书》本
（宋）王谠：《唐语林》，文渊阁《四库全书》本
（元）辛文房撰：《唐才子传校笺》，傅璇琮主编，中华书局 1987 年版
（宋）李昉等编：《太平广记》，上海古籍 1990 年版
（清）沈德潜：《唐诗别裁集》，上海古籍出版社 1978 年版
陈伯海：《唐诗学引论》，东方出版中心 1988 年版
（唐）贾岛：《唐贾浪仙长江集》，《四部丛刊》本
严耕望著：《唐仆尚丞郎表》，中华书局 1986 年版
吴廷燮撰：《唐方镇年表》，中华书局 1980 年版
郁贤皓、胡可先著：《唐九卿考》，中国社会科学出版社 2003 年版
施蛰存：《唐诗百话》，上海古籍出版社 1987 年版
（明）谭友夏撰：《谭友夏合集》，上海杂志公司 1935 年排印本
（元）杨维桢：《铁崖先生古乐府》，《四部丛刊》本
（明）黄凤池等：《唐诗画谱说解》，吴启明、阎昭典评解，齐鲁书社 2005 年版
（梁）刘勰著，范文澜注：《文心雕龙注》，人民文学出版社 1998 年版
（梁）刘勰：《文心雕龙輯注》，清黄叔琳辑注，文渊阁《四库全书》本
（清）章学诚：《文史通义》，商务印书馆 1932 年；中华书局 1984 年版
（清）王士禛：《五代诗话》，人民文学出版社 1989 年版，1998 年郑方坤删补、戴鸿森校点本
（明）屠隆：《文论》，《由拳集》，明刻本
（明）王文禄：《文脉》，《丛书集成》本
（宋）李昉辑：《文苑英华》，明刻本；中华书局，影印宋残本补配明本，1966 年版

日人遍照金刚：《文镜秘府论》，人民文学出版社 1975 年版

周钟游辑：《文学津梁》，1916 年上海有正书局石印本（内有：文章缘起一卷、文则二卷、文章精义一卷、修辞鉴衡一卷、文说一卷、文章薪火一卷、伯子论文一卷、目录论文一卷、退庵论文一卷、初月楼古文绪论一卷、文概一卷、论文集要四卷）

（明）徐师曾：《文体明辨序说》，罗根泽校点，人民文学出版社 1998 年版

（明）吴纳：《文章辨体序说》，于北山校点，人民文学出版社 1998 年版

王廷相：《王浚川所著书》，明嘉靖中刊本

（梁）萧统编、唐李善注：《文选》，上海古籍出版社 1992 年版

（清）邱炜萲：《五百石洞天挥麈》，《续修四库全书》集部第 1708 册，上海古籍出版社出版 2004 年版

（清）法式善：《梧门诗话》，（台北）文海出版社“清代稿本百种汇刊”著者手定底稿影印本

（唐）温庭筠著，清曾益注，顾予咸补注，（清）顾嗣立续注，王国安校点：《温飞卿诗集笺注》上海古籍出版社 1980 年版

（宋）王安石著，李之亮注补笺：《王荆公诗注补笺》，巴蜀书社 2002 年版

（清）施山：《望云诗话》，光绪间抄本（书签题漱芳阁丛钞，国家图书馆藏）

（唐）王勃：《王子安集》，《四部丛刊》影印明张绍和刊本

（唐）王维：《王右丞集笺注》，清赵殿成笺注，《四部备要》本

（唐）王维著，陈铁民校注：《王维集校注》，中华书局 1997 年版

（唐）王维著，杨文生笺注：《王维诗集笺注》，四川人民出版社 2003 年版

（唐）王建：《王建诗集》，明正德刘成德刻本

（唐）韦应物：《韦苏州集》，《四部备要》据项氏翻宋本排印本

（明）魏禧：《魏叔子集》，康熙易堂原刻本

（清）魏源：《魏源集》，中华书局 1976 年排印本

（五代）韦庄著，聂安福笺注：《韦庄集笺注》，上海古籍出版社 2002 年版

（清）吴仰贤：《小匏庵诗话》，清光绪刻本

近代张燮承：《小沧浪诗话》，《张师筠著述》本

（清）佚名：《雪月谈诗》，光绪丙午（1906）本

（清）彭端淑：《雪夜诗谈》，清刊本
（明）江盈科：《雪涛诗评》，明陶珽辑《说郛续》本
（清）徐熊飞：《修竹庐谈诗问答》，清刊本
（清）王闿运：《湘绮楼说诗》，民国印本
（宋）释文莹：《湘山野录》，明津逮秘书本
（明）田艺蘅：《香宇诗谈》，明陶珽《说郛续》本
（清）黄培芳：《香石诗话》，上海书店1985年影印本
（宋）陈知柔：《休斋诗话》，《宋诗话全编》第四册，江苏古籍出版社1998年版
（明）张蔚然：《西园诗麈》，《说郛续》本
（清）田同之：《西圃诗说》，清乾隆刻本
编校者张伯伟：《稀见本宋诗话四种》，江苏古籍出版社2002年版
（宋）杨亿编：《西昆酬唱集注》，王仲荦注，中华书局1980年排印本
逯钦立：《先秦汉魏晋南北朝诗》，中华书局1998年重印本
（清）袁枚：《小仓山房文集》，《四部备要》本
（清）袁枚：《小仓山房诗文集》，周本淳标校，上海古籍出版社1988年版
（清）袁枚：《小仓山房续文集》，《四部备要》本
（宋）王禹偁：《小畜集》，《四部丛刊》本
（清）姚鼐：《惜抱轩诗文集》，刘季高标校，上海古籍出版社1992年版
（明）费经虞：《雅伦》，安徽巡抚採进本
（明）安磐：《颐山诗话》，《四库全书珍本初集》本
（清）计发：《鱼计轩诗话》，《适园丛书》本，第十二集
（清）刘熙载：《艺概·词曲概》，清同治古桐书屋六种本
（明）郭子章：《豫章诗话》，清刻本
（宋）真德秀：《咏古诗序》，见《真文忠公文集》，《四部丛刊》本
（清）叶燮：《原诗》，人民文学出版社1998年霍松林校注本
（唐）李洪宜：《缘情手鉴诗格》，《格致丛书》本
（清）严廷中：《药栏诗话》乙集，见《丛书集成续编》第158册，上海书店1994年影印本
（明）何梦春：《余冬诗话》，学海类编本
（清）徐世溥：《榆溪诗话》，《豫章丛书》本
（清）冯班：《严氏纠谬》，《钝岭杂录》卷五，《丛书集成》本

（清）黄子云：《野鸿诗的》，清昭代丛书本

（清）薛雪：《一瓢诗话》，杜维沫校注，人民文学出版社 1979 年版，1998 年印刷本；清昭代丛书本

（明）王世贞：《艺苑卮言》，《历代诗话续编》中华书局 1983 年点校本；明万历十七年武林樵云书舍刻本

近代梁启超：《饮冰室诗话》，人民文学出版社 1959 年版

（宋）王楙：《野客丛书》，文渊阁《四库全书》本

（唐）段成式：《酉阳杂俎》，浙江古籍出版社 1999 年版

（宋）郭茂倩：《乐府诗集》，中华书局 1979 年版

（元）方回：《瀛奎律髓》，忏英庵丛书本

（清）纪昀：《阅微草堂笔记》，上海古籍出版社 1980 年排印本

（宋）沈义父：《乐府指迷》，人民文学出版社 1963 年版

（唐）欧阳询等：《艺文类聚》，中华书局上海编辑所影宋本，1959 年版

（清）陈衍：《元诗纪事》，商务印书馆 1936 年排印本

（清）王士禛：《渔洋山人精华录》，《四部丛刊》影印本

（陈）徐陵：《玉台新咏笺注》，穆克洪点校，中华书局 1999 年重印本

（唐）杨炯：《杨炯集》，徐明霞点校，中华书局 1981 年版

（唐）元结：《元次山文集》，《四部丛刊》影印明正德郭氏刊本

（唐）元稹：《元氏长庆集》，《四部丛刊》本

（宋）徐照、徐玑、翁卷、赵师秀撰：《永嘉四灵诗集》，陈增杰点校，浙江古籍出版社 1985 年排印本

（元）萨都剌：《雁门集》，殷孟伦、朱广祁点校，上海古籍出版社 1982 年排印本

（金）元好问：《遗山先生文集》，《四部丛刊》本

（明）刘基：《郁离子》，魏建猷、萧善芗点校，上海古籍出版社 1981 年排印本

（明）袁宏道：《袁宏道集笺校》，钱伯诚笺校，上海古籍出版社 1981 年排印本

（明）钟惺：《隐秀轩集》，李先耕、崔重庆标校，上海古籍出版社 1992 年排印本

（清）林则徐：《云左山房诗钞》，光绪十二年福州林氏家刻本

（清）方东树：《昭昧詹言》，清光绪刻方植之全集本；汪绍楹点校，人民文学出版社 1961 年校点本

（宋）何溪汶：《竹庄诗话》，文渊阁《四库全书》本
（清）叶炜：《煮药漫抄》，清刊本
（清）汤大奎：《炙砚琐谈》，光绪三十四年伍进盛氏刻本
（元）杨维祯：《赵氏诗录序》，《东维子文集》卷七，《四部丛刊》本
谭优学著：《赵嘏诗注》，上海古籍出版社 1985 年版
（清）李重华：《贞一斋诗说》，清昭代丛书本
（明）焦竑：《澹园集·题词林人物考》，金陵丛书本
编者许文雨：《钟嵘诗品讲疏、人间词话讲疏（附补遗）》，成都古籍书店 1983 年版
（宋）朱熹：《朱文公校昌黎先生文集》，《四部丛刊》影印元刻本
国学整理社：《诸子集成》，中华书局 1986 年重印本
王大鹏编：《中国历代诗话选》，岳麓书社 1985 年版
陈良云编：《中国历代诗学论著选》，百花洲文艺出版社 1995 年版
申骏：《中国历代诗话词话选粹》，光明日报出版社 1999 年版
蒋祖怡、陈志椿主编：《中国诗话词典》，北京出版社 1996 年版
蔡镇楚辑：《中国诗话史》，湖南文艺出版社 1988 年版
张葆全编：《中国古代诗话词话词典》，广西师范大学出版社 1992 年版
（宋）曾巩：《曾巩集》，中华书局 1984 年排印本
（元）王冕：《竹斋集》，《四库全书》本
（唐）张籍：《张司业集》，《四部丛刊》本
（明）张岱：《张岱诗文集》，夏咸淳校点，上海古籍出版社 1991 年排印本
（清）郑燮：《郑板桥集》，上海古籍出版社 1979 年整理版
（清）侯方域：《壮悔堂文集》，《四部备要》排印本
（宋）司马光：《资治通鉴》，古籍出版社 1957 年版
刘崇德著：《新定九宫大成南北词宫谱校译》，天津古籍出版社 1997 年版
詹福瑞著：《中古文学理论范畴》，河北大学出版社 1997 年版
詹福瑞著：《南朝诗歌思潮》，百花文艺出版社 1995 年版
胡大雷著：《宫体诗研究》，商务印书馆 2004 年版
罗根泽著：《中国文学批评史》，上海古籍出版社 1982 年版
吴文治著：《中国文学史大事年表》，黄山书社 1987 年版
（金）元好问：《中州集》，中华书局上海编辑所 1959 年排印本
爱新觉罗·启功：《诗文声律论稿》，中华书局 1977 年版